HELENA MARTEN | Die Kaffeemeisterin

HELENA MARTEN

# Die Kaffeemeisterin

Roman

Diana Verlag

MIX
Papier aus verantwortungsvollen Quellen
FSC® C014496

Verlagsgruppe Random House FSC-DEU-0100
Das für dieses Buch verwendete
FSC®-zertifizierte Papier *EOS*
liefert Salzer Papier, St. Pölten, Austria.


Redaktion | Carola Fischer
Satz | Leingärtner, Nabburg
Druck und Bindung | GGP Media GmbH, Pößneck
Printed in Germany

978-3-453-29060-0

www.diana-verlag.de

# PROLOG

## Frankfurt, 1729

Johanna klappte die Fensterflügel schnell wieder zu, damit nicht noch mehr Kälte in die Schlafkammer drang. Draußen war alles weiß. Das Licht des tief über der Stadt hängenden Mondes wurde von der dicken Schneedecke reflektiert, sodass es trotz der frühen Morgenstunde auf dem vor ihr liegenden Alten Markt erstaunlich hell war. Durch die Eisblumen an der Scheibe erkannte sie ihren Nachbarn, den Kartenmacher Ludwig Haldersleben, der mit einer großen Schaufel bewaffnet die Fläche vor seinem Laden frei zu räumen begann. Statt seiner üblichen altmodischen Perücke trug er eine zerbeulte Grenadiermütze auf dem Kopf.

Johanna fröstelte. Genau diese Arbeit würde sie auch gleich erledigen müssen. Schosch, ihr vierzehnjähriger Neffe, schlief sicher noch, und den beiden Dienstmägden Anne und Sybilla hatte sie einen Tag freigegeben, hatten sie doch in letzter Zeit so hart arbeiten müssen wie nie zuvor, seit sie sich das dritte Mädchen nicht mehr leisten konnten. Dass Adam ihr beim Schneeschippen half, daran war nicht zu denken. Die ganze Nacht hatte er gehustet, immer wieder war sie von dem lauten Keuchen an ihrer Seite wach geworden. Einmal war sie sogar aufgestanden, um ihm seinen Tee aus getrockneten Salbeiblättern und Kamillenblüten zuzubereiten, der die Anfälle in der Regel ein wenig linderte, auch wenn Adam das nicht zugeben wollte. »Ich kann die Brühe nicht mehr sehen, Hanne. Mach mir lieber einen Kaffee!«, hatte er mit verächtlichem Blick auf die halb volle Teetasse gesagt. Aber sie hatte nicht nachgegeben und ihm auch die flache Zinnwärmflasche neu mit Glut aus dem Ofen gefüllt und in ein Tuch gewickelt ins Bett gelegt.

Sie drehte sich zu dem Schlafenden um. Obwohl die Kerze in der Laterne auf ihrem Nachttisch längst verloschen war, konnte sie ihren Mann deutlich im Mondschein erkennen. Er lag auf dem Rücken, den Mund leicht geöffnet. Schweißperlen standen auf seiner fahlen Stirn. Das schütter gewordene Haar war an den Schläfen nass geschwitzt. Er sah nicht gut aus, mit seinen eingefallenen Wangen und der spitzen Nase. Selbst seine Schultern, die aus dem Federbett hervorragten, schienen ihr plötzlich weniger breit und kräftig als noch vor ein paar Jahren, als sie seine Frau geworden war.

Wie lange war das jetzt her? An Weihnachten würden es acht Jahre sein, rechnete sie nach. So lange schon! Wie schnell die Zeit vergangen war … Sie konnte sich noch gut an ihre erste Begegnung mit Adam Berger erinnern, seines Zeichens stolzer Besitzer der *Coffeemühle* am Frankfurter Markt in bereits zweiter Generation. Mit seinen beiden kleinen Töchtern – Margarethe musste damals zwei oder drei Jahre alt gewesen sein, aber Lili? Ja, natürlich, Lili war noch ein Säugling gewesen, keine zwölf Monate alt – hatte er plötzlich in der guten Stube ihres Bornheimer Elternhauses gestanden. Ihr Vater war gerade von der Apfelernte heimgekommen, die Mutter hatte einen riesigen Topf Kartoffelsuppe für die ganze Familie gekocht. »Wo sechs Leute ihren Hunger stillen können, kriegen wir auch noch zwei weitere satt«, hatte sie fröhlich gerufen, »die Kleine isst ja noch nicht richtig, oder?« Ihr Vater hatte den Fremden als entfernten Verwandten vorgestellt, dessen liebe Frau Luise im letzten Sommer am Kindbettfieber gestorben sei. Etwas unbeholfen hatte der blonde Hüne Adam mit der schreienden Lili auf dem Arm dagestanden, Margarethe hatte sich hinter seinen Beinen versteckt, während ihre, Johannas, drei Geschwister den Besuch aus großen Augen angestarrt hatten. Schließlich hatte sie ihm das aufgeregt strampelnde Kind abgenommen und es wiegenden Schrittes so lange durch die Stube getragen und leicht geschuckelt, bis es auf ihrem Arm selig eingeschlafen war. So hatte sie es auch mit ihren beiden kleinen Brüdern, den Zwillingen Leopold und Kaspar, immer gemacht, um die Mutter zu entlasten. Adam Berger hatte an jenem Abend während des Essens immer wieder bewundernd zu ihr hinübergesehen und ein paar Tage später bei ihrem Vater um ihre Hand angehalten.

Die Glocken vom Dom begannen ihr sonntägliches Morgenkonzert. Sechs Uhr war es gleich. Johanna zog bibbernd ihr Wolltuch über dem langen, weißen Leinenhemd zusammen. Sie selbst würde schon wieder nicht zum Gottesdienst in der Nikolaikirche gehen können. Und das alles nur wegen dieses elenden Schnees, den sie noch schippen musste – es war doch erst November, viel zu früh für einen solchen Wintereinbruch! Um halb acht würde sie spätestens den Laden öffnen müssen, bestimmt standen dann schon jede Menge Kirchgänger vor der Tür und verzehrten sich nach einer Tasse Kaffee. Sie konnte die Kunden unmöglich im Tiefschnee warten lassen, nachher legte sich ausgerechnet vor der *Coffeemühle* noch jemand auf die Nase und brach sich die Knochen – nein, diese Schmach wollte sie sich nicht antun! Sie musste in den sauren Apfel beißen und wie Ludwig Haldersleben schleunigst mit dem Schneeschippen beginnen. Aber zuerst würde sie nach den Kindern schauen. Und ihrem Mann ein paar Wadenwickel machen. Oder die Kräuter noch einmal aufgießen. Wenn sie doch nur wüsste, wie sie Adams Schmerzen ein wenig lindern könnte! Und Schmerzen hatte er, keine Frage. Nicht nur in der Brust. Das war neu; dieser laute, keuchende Husten war erst mit dem Herbst gekommen, mit den feuchtkalten Tagen. Aber das Grimmen im Bauch, das hatte er schon länger. Kein Wunder, dass er so schmal geworden war, er hatte ja auch kaum mehr mit Appetit gegessen, seit dem Frühling nun schon.

»Hanne? Ich …«

Der Rest seines Satzes ging in einem Hustenanfall unter. Während Adam Berger die eine Hand auf seine Brust gepresst hielt, um das röchelnde Bellen in einem verzweifelten Versuch zu ersticken, winkte er sie mit der anderen ans Bett heran.

»Hanne, meine liebe Hanne, wie gerne hätte ich mit dir ein Kind bekommen – weißt du das?«, flüsterte er heiser. Seine Augen glänzten fiebrig. »Aber nun ist es wohl endgültig zu spät …«

»Was heißt das: ›endgültig zu spät‹?«, empörte sich Johanna.

Doch sie hörte selbst, wie wenig überzeugend ihre Erwiderung klang.

»Hanne, du weißt doch, dass ich sterben werde, oder?«

Ihre Kehle war plötzlich wie zugeschnürt. Sie setzte sich neben ihn auf die Bettkante. Ja, sie wusste es, verdammt noch mal, aber doch jetzt noch nicht! Es war viel zu früh. Adam war gerade mal vierzig Jahre alt, da starb man nicht so einfach! Sie zwang sich zu einem Nicken.

»Es wird nicht mehr lange dauern, verstehst du? Ich fühle den Tod herannahen. Nachts, wenn ich nicht schlafen kann, lausche ich auf seine Schritte. Heute Nacht waren sie besonders nah. Polternd, als würde er geradewegs über den Markt auf unser Haus zustapfen.«

»Das kann doch gar nicht sein, Adam!« Johanna räusperte sich. »Es hat heute Nacht geschneit, guck mal zum Fenster raus! Alles ist weiß, der Schnee liegt mindestens eine Elle hoch – das dämpft jedes Geräusch ab.«

»Hanne, das habe ich immer besonders an dir geliebt: deine Zuversicht. Du glaubst immer, dass am Ende doch noch alles gut wird!«

Er lachte leise. Ein Röcheln entrang sich seiner Brust. Als er wieder bei Atem war, fuhr er fort:

»Diesen Glauben darfst du nicht verlieren, hörst du? Du musst stark und mutig sein, denn du wirst das Kaffeehaus bald alleine weiterführen müssen, schon sehr bald. Die *Coffeemühle* ist deine Zukunft – und die der Kinder. Ich werde euch kein Geld vererben können, alles, was ich jemals besessen habe, ist zurück ins Geschäft geflossen. Du musst die *Coffeemühle* zum ersten Haus am Platz machen, verstehst du? Sonst hast du keine Chance!«

Wieder zerriss ein Hustenanfall seinen mageren Körper. Er hatte sich aufgesetzt, um besser Luft zu bekommen. Johanna klopfte ihm kräftig auf den Rücken. Das Taschentuch, das sich Adam vor den Mund hielt, war im Nu dunkel gefärbt.

»Seit wann spuckst du Blut?«, fragte sie erschrocken.

»Schon länger. Ich habe es dir nur nicht gesagt, weil ich dich nicht beunruhigen wollte«, schnaufte er. »Ist nicht so schlimm, wird schon wieder …«

Johanna spürte, wie ihr die Tränen in die Augen schossen. Was hatte Adam eben noch gesagt? Sie würde immer an ein gutes Ende glauben … Diesmal war sie sich da nicht so sicher. Oh, Adam, du darfst mich nicht verlassen!, flehte sie stumm. Wie soll ich ohne dich auskommen? Die Kinder, die *Coffeemühle* – das ist doch alles viel zu viel für mich alleine …

Als hätte er ihre Gedanken gelesen, lächelte er ihr zu und drückte ihre Hand. Sein Blick war weich und zärtlich.

»Du schaffst das schon, mein Mädchen!«, schien er ihr bedeuten zu wollen. »Auch wenn ich bald tot sein werde, geht das Leben für dich weiter. Und alles wird gut, glaube mir!«

Johanna zwinkerte, um den Tränenschleier von ihren Augen zu entfernen. Sie schniefte leise.

Adam drückte noch einmal ihre Hand.

»Hanne, meine liebe, liebe Hanne …«, sagte er nur.

Dann wurde seine Stimme ernst und geschäftsmäßig.

»Pass auf, du musst mir jetzt gut zuhören, versprichst du mir das? Wir haben nicht mehr viel Zeit, in einer guten Stunde stehen die ersten Gäste vor der Tür. Nicht mal am Sonntag haben wir unsere Ruhe vor ihnen. Und du musst noch …«

»Ich weiß«, unterbrach sie ihn fast böse, »ich muss noch Schnee schippen!«

Eine Wolke hatte sich vor den Mond geschoben, als Adam seine Ausführungen schließlich beendet hatte. Mit einem Mal war es so düster im Zimmer, dass sie sein Gesicht nicht mehr erkennen konnte. Sie sah nur die Umrisse seines vorgebeugten Oberkörpers, der von heftigen Krämpfen geschüttelt wurde. Von der Anstrengung des langen Sprechens hustete er so stark, dass sie Angst hatte, er bekäme keine Luft mehr. Endlich sank er ermattet in die Kissen zurück.

»Mach dir keine Sorgen, Hanne!«, flüsterte er, während sie in der Dunkelheit, am ganzen Leib zitternd, in ihre kalten Kleider schlüpfte. »Du bist stark – auch wenn du das bisher selbst noch nicht gemerkt hast. Ich habe noch nie jemanden erlebt, der deine innere Kraft besitzt. Schon bei unserer ersten Begegnung habe ich das gespürt. Diese Hanne, die braucht eigentlich gar keinen Mann, habe ich da gedacht.« Seine Stimme wurde brüchig, als er nach kurzem Innehalten fortfuhr. »Aber ich habe dich gebraucht, Hanne! Und die Mädchen, sie haben dich auch gebraucht. Und sie brauchen dich immer noch – erst recht, wenn ich nicht mehr da bin. Pass mir nur gut auf sie auf, hörst du, Hanne? Du bist alles, was sie noch haben! Du und das Geschäft.«

Johanna schloss den letzten Knopf ihres Kleides und trat an das Bett. Die Tränen strömten ihr nun ungehindert über das Gesicht, als sie sich neben Adam kniete. Mit beiden Händen umfasste sie seine Rechte, die sich schmal und kalt unter ihren Fingern anfühlte.

»Du hast so schöne warme Hände«, murmelte er erschöpft. »Hast du immer gehabt. Und sogar warme Füße, egal wie eisig es draußen ist.«

»Ich muss gehen, Liebster«, schluchzte sie und stand auf.

»Ja, du musst gehen«, erwiderte Adam ernst. »Das Geschäft ruft.«

Sie beugte sich zu ihm hinunter, um ihm einen Kuss auf die feuchte Stirn zu drücken. Sie spürte sein Lächeln mehr, als dass sie es in der Dämmerung sah.

»Ach, Hanne!«, rief Adam ihr nach, als sie schon auf der Türschwelle stand. »Was ich dir noch sagen wollte: Wenn du mal gar nicht weiterweißt, wende dich an meinen Freund Floriano Francesconi aus Venedig. Ihm gehört dort das erste Kaffeehaus am Platz. Der alte Halunke schuldet mir noch einen Gefallen – und außerdem ist er einer schönen Frau wie dir schon allein aus Prinzip gerne behilflich!«

Adam hatte plötzlich fast heiter geklungen, regelrecht amüsiert. Doch Johanna hatte keine Zeit mehr, ihn nach diesem seltsamen Freund zu befragen, sie musste dringend hinunter in die Gaststube.

»Ja, ja, das mache ich, Lieber!« Sie winkte ihm ein letztes Mal zu. »Aber jetzt schlaf endlich, versprochen? Nachher geht es dir bestimmt schon viel besser!«

Ob Adam ihr die gespielte Munterkeit wohl abgenommen hatte?, fragte sie sich, während sie sich langsam und vorsichtig in dem finsteren Treppenturm die Stufen ins Erdgeschoss hinuntertastete. Sie würde später noch einmal nach ihm schauen, nahm sie sich vor. Später? Plötzlich hatte sie das Gefühl, ihr Herzschlag setzte aus. Würde Adam überhaupt noch leben, wenn sie das nächste Mal in die Schlafkammer kam? Oder wartete dann nur noch sein kalter Leichnam dort oben auf sie?

Jäh verspürte sie Abscheu vor sich selbst. Was hegte sie da für furchtbare Gedanken? Ihr Mann tot? Aber es nützte ja auch nichts, wenn sie sich etwas vormachte, sagte sie sich dann, sie musste der Wahrheit ins Auge sehen: Es konnte wirklich sein, dass Adam sehr bald starb. Sie würde damit rechnen müssen, dass jedes Mal, wenn sie mit ihm sprach, das letzte Mal gewesen sein könnte.

Seine Worte kamen ihr wieder in den Sinn. »Du bist stark«, hatte Adam gesagt. Wie war er bloß auf diese Idee gekommen? Sie war doch nur eine einfache Bauerntochter aus Bornheim, die allein durch ihre Heirat mit einem Frankfurter Kaffeehauswirt aus der Leibeigenschaft befreit und zu einer Bürgerin der Freien Reichsstadt geworden war. Doch diese freie Bürgerin war sie nur auf dem Papier. In ihrer Seele war sie noch immer das schüchterne junge Mädchen, das sich stets auf den großen, starken Adam verlassen hatte, auf seine ruhige, zuverlässige Art, seine breiten Schultern, die tiefe Stimme, mit der er freundlich, aber bestimmt seine Wünsche und Ziele formuliert hatte. Nie hatte es irgendjemand gewagt, sich gegen Adam Berger aufzulehnen, immer hatten alle getan, was er verlangte. Bei ihr würde das garantiert nicht so sein, das wusste sie schon jetzt. Angefangen bei Schosch, der immer nur auf seinen Onkel gehört hatte, auch wenn sie ihn wenige Momente vor Adam um exakt denselben Gefallen gebeten hatte. Und erst die Lieferanten, mit denen nun sie verhandeln sollte! Und dann würde sie auch die Finanzen regeln, sich mit dem Schatzamt und dem Rechneiamt wegen irgendwelcher Vorschriften und Auflagen herumschlagen müssen, die sie nicht einmal kannte. Nicht zu vergessen all die Neider und Konkurrenten, denen sie künftig allein ausgesetzt wäre. Und am allerschlimmsten: die Gäste! All die Jahre hatte sie versucht, sich nicht anmerken zu lassen, wie sehr diese Leute sie verunsicherten. Allesamt gewitzte Städter, denen es nie schnell genug gehen konnte. Ob sie hinter ihrem Rücken über sie lästerten, sich über den »Bauerntrampel« lustig machten? Adam war es nie schwergefallen, mit seinen Kunden ein paar nette Worte zu wechseln; sogar mit den Messegästen aus dem Ausland hatte er sich irgendwie verständigen können. Aber sie fühlte sich steif und gehemmt bei Menschen, die sie nicht kannte. Sie war wahrlich nicht die geborene Wirtin.

Wieder fühlte sie, wie ihr die Tränen die Kehle hinaufstiegen. Das war unmöglich, sie konnte die *Coffeemühle* nicht alleine weiterführen! Sie war dieser riesigen Aufgabe einfach nicht gewachsen. Wie sollte sie auch?

An dem unebenen Steinfußboden unter ihren Füßen erkannte Johanna, dass sie den Hausflur erreicht hatte. Da vorn musste der Eingang zur Gaststube sein. Sie schniefte und zog die Nase hoch. Was half es, wenn sie sich jetzt hängen ließ? Sie musste da durch, das erkannte sie pötzlich mit einer Klarheit, die sie selbst überraschte. Auf keinen Fall durfte sie sich von ihrer Angst um Adam oder ihrer Verzagtheit von der Arbeit abhalten lassen. Sie allein trug nun die volle Verantwortung: für die *Coffeemühle*, für die Kinder, die Dienstboten. Es stand außer Zweifel, was sie zu tun hatte.

Sie spürte den dicken, runden Türknauf unter ihren Fingern und straffte die Schultern. Sie musste es schaffen, es gab keine andere Wahl. Adam sollte schließlich stolz auf sie sein – und wenn er ihr nur vom Himmel aus würde zusehen können, wie sie das Kaffeehaus seiner Familie zum größten und schönsten des ganzen Landes machte.

Erster Teil

# DER DAMENSALON

# 1. KAPITEL

## Frühjahr 1732

Johanna öffnete die Tür zur Gaststube und wunderte sich über die angespannte Stille. Niemand nahm von ihr Notiz, als sie über die Schwelle trat. Dabei klapperten die zinnernen Becher auf ihrem Tablett, und der Schlüsselbund an ihrem Gürtel klimperte dazu im Takt.

»Was ist denn hier los?«, fragte sie laut.

Keiner von den nun, am späten Nachmittag, nur etwa zehn Anwesenden reagierte. Es war ein stürmischer Märztag, und der Wind warf die Tür hinter ihr ins Schloss.

Erst als sie mitten im Raum stand, erkannte sie, worauf alle Augen gerichtet waren. Selbst ihr Gehilfe Schosch, ein gut aussehender, stets schlecht gelaunter junger Mann, der sich wenig für die Welt um ihn herum interessierte, starrte gebannt zu der Fremden, die sich neben dem Herdfeuer niedergelassen hatte. Ihre Kleidung schien ganz aus bunten Tüchern und Umhängen zu bestehen, die sie in mehreren Schichten um ihren Körper gewickelt hatte. Auf dem Kopf trug sie eine papageienbunte, turmartige Kreation mit einem kleinen Schleier. Mindestens drei Schals ringelten sich eng um ihren Hals. Mit verklärtem Blick und weit ausgestrecktem Arm schwenkte sie eine kleine Kaffeeschale dreimal ganz langsam vor ihrem Körper hin und her. Nicht nur ihr Arm bewegte sich, sie drehte ihren ganzen Oberkörper mit, wie ein Priester, der Weihrauch schwenkt. Theatralisch hielt sie inne und pustete mit geschlossenen Augen mehrmals in das Gefäß, als wollte sie der Flüssigkeit darin Leben einhauchen. Sie schlug die Augen wieder auf und sah konzentriert auf ihr Gegenüber, den Sohn des Besitzers einer Schießpulvermühle aus der Eifel.

»*Trinkä Tassä läär!*«, raunte sie bedeutungsvoll und mit einem ausländischen Akzent, der so falsch klang, dass Johanna fast laut aufgelacht hätte.

Als der Junge die kleine Schale von ihr entgegennahm, zitterten seine Finger. Hastig schluckte er die schwarze Flüssigkeit hinunter. Mit einer beruhigenden Handbewegung bedeutete ihm die Wahrsagerin, langsamer zu trinken. Niemand redete, alle schauten gebannt auf das Geschehen. Nur die beiden Billardspieler kehrten unbeeindruckt zu dem Tisch im Hinterzimmer zurück.

»Wo hast du die denn aufgegabelt, Johanna?«, fragte sie einer der beiden, der Sohn eines Hufschmiedes aus der Fahrgasse, im Vorbeigehen.

Als die ersten Kugeln laut aufeinanderklackten, verzog die Wahrsagerin schmerzhaft das Gesicht, als müsste sie sich besonders anstrengen, um die Verbindung in die Zukunft zu halten.

Man sah dem Jungen an, dass ihm die ganze Aufmerksamkeit unangenehm war. Als er das leere Gefäß zurück auf die Untertasse stellte, nahm die Frau die Schale und hielt sie mit weit ausgestreckten Armen wie eine Opfergabe in die Höhe.

»*Turuus, tandurum dot schamis teleta tarbus manadoridum. Turuus*«, murmelte sie vor sich hin.

Die exotischen Worte klangen für Johanna wie eine Sprache, die der Fantasie entsprungen war.

»*Dauert einä Momänt. Müssä warten!*«

Die Frau stülpte die Schale auf die Untertasse und starrte gedankenvoll in die Ferne.

Selbst Ludwig Haldersleben, den Kartenmacher von gegenüber, der bisher in seine Zeitung vertieft gewesen war, hielt es nicht mehr auf seinem Platz an dem kleinen Tisch neben dem Eingang, der immer für Freunde und Familie reserviert war. Mit einem amüsierten Zwinkern in Richtung Johanna schlich er leise, um die Kaffeeguckerin nicht zu stören, zu der Versammlung um den Tisch der Frau hinüber. Ein knarzendes Dielenbrett ließ die Fremde den Kopf hochreißen. Streng, als wäre er ein ungezogenes Kind, sah sie den Kartenmacher an.

Seit sie erkannt hatte, was die Frau da in ihren Räumlichkeiten trieb, fragte sich Johanna, wie sie sie schnellstmöglich wieder loswerden konnte. Wenn es sich herumsprach, dass in ihrem Kaffeehaus aus dem Satz gelesen wurde, konnte sie in Teufels Küche kommen. Schon andere hatten wegen so etwas ihre Gerechtigkeit verloren, die Schanklizenz, ja waren vor Gericht gestellt worden. Zumindest eine saftige Geldstrafe wäre sicher fällig, und nicht einmal die konnte sie sich zurzeit leisten. Die Frau legte es ja geradezu darauf an, dass man sie für eine Hexe hielt. Auch wenn so etwas heutzutage niemand mehr wirklich für möglich hielt. Aber wenn man die Leute mit der Nase draufstieß, dann glaubten sie eben doch daran. Das hatte sie als Kind selbst oft genug zu spüren bekommen. Sobald ihre Spielkameraden sich über sie geärgert hatten, hatte es geheißen: »Dich haben sie wohl bei der Hexenverbrennung vergessen!« Und das nur, weil sie rote Haare hatte und ihre Nase etwas zu groß und spitz geraten war …

Johanna runzelte die Stirn und kniff die Augen zusammen. Was für eine Scharlatanin! Das Ganze war ein bisschen zu offensichtlich. Warum nur ging die Frau das Risiko ein, im Kerker zu landen und sie, Johanna, gleich mitzunehmen? Und was für eine Frechheit, sich mitten in ihr Lokal zu setzen und einfach seinem Gewerbe nachzugehen, ohne sie um Erlaubnis zu bitten! Schosch hätte sofort einschreiten müssen, war aber wohl wieder nur mit sich selbst beschäftigt gewesen.

Sie blickte zu ihrem Neffen und Gehilfen hinüber. Seine Unsicherheit überspielte er meistens mit extremer Gelassenheit. Jetzt stand sein Mund offen, er hatte alles um sich herum vollkommen vergessen. Sein Gesichtsausdruck war kindlich und staunend.

Laut klappernd stellte Johanna ihr Tablett auf dem Küchentisch ab.

»Willst du, dass ich meine Gerechtigkeit verliere? Warum lässt du so etwas zu?«, holte sie ihren Burschen flüsternd zurück in die Wirklichkeit.

Er sah sie nur erschrocken an, schüttelte kurz den Kopf und blickte wieder gebannt auf die Wahrsagerin. Dass der Kaffee auf dem Feuer wild im Topf brodelte, schien er gar nicht zu bemerken.

»Kann ich nicht einmal kurz auf den Hof gehen, ohne dass hier in der Stube was schiefläuft?«, zischte sie wütend in Schoschs Richtung.

Dieser schien ihre Worte nicht zu hören, so sehr fesselte ihn das Geschehen. Warum musste er der Kaffeeguckerin auch eine Tasse mit Untertasse geben, genau das, was sie für ihr Treiben brauchte?, ärgerte sich Johanna. Alle anderen tranken aus Bechern. Sie musste eigens danach gefragt haben, und Schosch, unerfahren wie er war, hatte die Gefahr nicht erkannt.

Schnell nahm Johanna zwei dicke Topflappen vom Haken und hob den Messingtopf von den Flammen. Mit dem Eisenhaken schob sie zwei der Herdringe auf das Feuer, um die Hitze zu verringern. Der neue ummauerte Herd mit der Eisenplatte war ihr ganzer Stolz. Die Platte bot genügend Platz, um beliebig viele Kaffeekannen warm zu halten, und mit den Ringen konnte man bequem die Hitze regulieren. Vor lauter Begeisterung über die neue Technik schob sie die unterschiedlich großen Ringe manchmal einfach hin und her, als würde sie ein Spiel spielen. Niemand außer ihr hatte so einen modernen Herd! Und erst der Rauchabzug! Er verhinderte, dass die ganze Stube voller Qualm war. Was bei all ihren Konkurrenten der Fall war. Allerdings hatte das Ganze sie auch ein Vermögen gekostet. Die wenigen Rücklagen, die sie nach Adams Tod durch eisernes Sparen und nächtelanges Arbeiten gebildet hatte, waren allesamt draufgegangen. Sie hängte die Topflappen zurück an ihren Haken und wandte sich wieder dem Geschehen im Raum zu. Eine weitere an Schosch gerichtete Bemerkung verkniff sie sich. Der neue Herd hob jedes Mal aufs Neue ihre Laune.

Die Kaffeeguckerin nahm nun die umgestülpte Schale von der Untertasse und beugte sich über das kleine Tellerchen, um den darauf verbliebenen Satz besser studieren zu können. Sie ließ sich viel Zeit bei ihrer Untersuchung. Noch immer herrschte bis auf das Klacken der Billardkugeln und das Knistern des Feuers völlige Stille im Raum. Nur ab und zu knackte eines der brennenden Holzscheite laut, oder man hörte den Wind um das Haus pfeifen.

Viel war auf der Untertasse nicht zu sehen. Ein winziger dunkler Klecks in der Mitte und einige Tropfen Kaffee am Rand.

Das wäre ja auch noch schöner, ging es Johanna durch den Kopf, wenn in dem Kaffee, den ich serviere, noch viel Satz wäre! Wenn sie und ihre Dienstboten den Kaffee aus dem Topf in die Kannen umschütteten, gaben sie sich schließlich alle Mühe, den Satz nicht mit auszugießen. Das bisschen, das doch in die Kanne gelangte, wurde möglichst nicht mit in die Schale gegossen. Nur weil Schosch von ihnen allen der Unachtsamste war, gab es überhaupt den kleinen Klecks auf der Untertasse. Wie sehr ähnelte er doch seinem Vater, ihrem älteren Bruder Simon! Die gleiche Nonchalance, die gleiche leichtfertige Herangehensweise an die Dinge. Aber das würde sie ihm schon noch abgewöhnen!

*»Ich sähen viele Erfolg. Einä bedeutendä Posten.«*

Voller gespielter Ehrfurcht sah die Kaffeeguckerin auf den pickligen Jüngling vor sich, dessen Gesicht dunkel anlief. Es war ein so tiefes Rot, dass man es selbst in dem winterlichen Halbdunkel in der Gaststube erkennen konnte. Um diese Jahreszeit stieg die Sonne nie hoch genug, um in den großen Hauptraum der *Coffeemühle* hineinzuleuchten, schon gar nicht am Nachmittag. Der Junge drehte sich Beifall heischend zu seinem Vater um, der an einen Stützpfeiler gelehnt stand und das Geschehen amüsiert verfolgte.

*»Vielä Söhne«*, fuhr die Kaffeeguckerin fort. Mit dem kleinen Finger deutete sie auf den Klecks, als gäbe es auf der Untertasse sonst noch etwas zu sehen. *»Und das bedeutet: vielä Geld.«*

Johanna reichte es nun. Noch immer ging sie Streitereien und

Unstimmigkeiten am liebsten aus dem Weg. Früher hätte Adam so etwas geregelt. Nachdem er gestorben war, hatte sie sich viel zu viel gefallen lassen, aus lauter Angst, irgendwo anzuecken. Aber irgendwann hatte sie gemerkt, dass eine Wirtin es sich einfach nicht leisten konnte, schüchtern zu sein.

»Bravo! Du wirst ein glückliches Leben haben!«, rief sie laut in die Hände klatschend dem Jungen zu.

Mit dem Klatschen hatte sie die Gruppe aus ihrer Trance gerissen. Mit schnellen Schritten lief sie zu der Kaffeeguckerin und raunte ihr ins Ohr:

»Lassen Sie uns erst mal das Geschäftliche regeln, Madame, bevor Sie hier weitermachen!«

Sie deutete mit der linken Hand auf die Tür zur Vorratskammer, woher man nun lautes Gestampfe hörte. Die rechte Hand legte sie auf die Schulter der Frau.

»Ich bin noch nicht fertig«, antwortete diese dreist. Jede Spur von Akzent war aus ihrer Sprache gewichen.

Sie versuchte Johannas Hand abzustreifen und machte keinerlei Anstalten aufzustehen. Stattdessen winkte sie Schosch, als wäre er der Wirt und als wüsste nicht die ganze Stadt, dass Johanna die Besitzerin der *Coffeemühle* war, ihr eine neue Schale mit Kaffee zu bringen. Doch Schosch reagierte nicht auf ihre Signale.

Der Jüngling aus der Eifel fummelte nach einem weiteren unsicheren Blick zu seinem Vater in seinem Geldbeutel herum und förderte einige Silberstücke zutage, die er auf den Tisch legte. Doch bevor die Kaffeeguckerin danach greifen konnte, hatte Johanna schon ihre Hand daraufgelegt und die Silberlinge an sich genommen.

»Das ist mein Anteil«, flüsterte sie der Fremden ins Ohr. »Wenn du etwas davon abhaben willst, komm endlich mit!«

Entrüstet blickte die Kaffeeguckerin sich um. Aber als niemand ihr zu Hilfe eilen wollte, entschloss sie sich, Johanna in den Nebenraum zu folgen. Einer ihrer langen Fransenschals verfing sich an einem Holzsplitter, sodass sie am Stuhl hängen blieb und es noch mal dauerte, bis sie sich umständlich befreit hatte.

Währenddessen hatte sich die kleine Versammlung wieder aufgelöst. Der Kartenmacher war erneut in seine Zeitung versunken, die Würfelspieler waren auf ihren Stammplatz am Ende des langen Tisches, genau vor der Hoftür, zurückgekehrt, an den zugigsten Platz in der ganzen Stube – eine Wahl, über die sich Johanna immer wieder wunderte. Nur der Pulvermühlenbesitzer und sein Sohn schauten ihr und der Kaffeeguckerin gebannt hinterher, als sie die Tür zur Vorratskammer öffnete und schnell die Frau hineinschob, die sich sofort theatralisch die Ohren zuhielt und zugleich gierig den Duft nach frischem Kaffee mit der Nase aufsog.

Anne und Sybilla hatten beide riesige Holzstößel in der Hand und stießen damit abwechselnd in das große auf dem Boden stehende Steingefäß, um die frisch gerösteten Kaffeebohnen zu zerstampfen. Sie klagten jeden Abend über Schmerzen in Rücken, Schultern und Armen, wehrten sich aber vehement dagegen, dass eine der neumodischen Kaffeemühlen angeschafft wurde. Der in der Mühle zerkleinerte Kaffee schmecke nicht, behaupteten die beiden Mägde. Wenigstens hatte sie sich mit dem neuen Herd durchsetzen können, beglückwünschte sich Johanna bei ihrem Anblick. Ihr Gesinde war hoffnungslos altmodisch, keine Frage.

Die Mägde hielten mit der Arbeit inne, und Anne fing sofort an, ihren Arm zu massieren, damit ihre Dienstherrin ja mitbekam, welche Strapazen sie auf sich nahm. Sie war eine kleine, äußerst agile Frau, die sich ungeheuer wichtig nahm und Johanna mit ihren Ideen und Kommentaren manchmal regelrecht auf die Palme brachte. Zu allem und jedem hatte sie eine Meinung, und nie konnte sie diese für sich behalten. Es kostete Johanna immer wieder eine ungeheure Kraft, sich gegen die eigene Magd durchzusetzen. Obwohl Anne viel eifriger und schneller wirkte als die behäbige ältere Sybilla, war es doch diese, die den Großteil der Arbeit erledigte, ohne jemals zu murren. Auch jetzt war ihr breitflächiges Gesicht mit dem leichten Schweißfilm vollkommen ausdruckslos. Die Welt bot keine Überraschungen für sie. Die als Hexe verkleidete Frau barg für die Bauerntochter Sybilla keinerlei Geheimnis in sich, nichts, was ihre Neugier geweckt hätte. Zumindest sah man ihr nichts an. Sie hatte den Stößel mit beiden Händen umklammert und auf den Rand des Steingefäßes gestützt.

»Wie kommst du dazu, einfach ohne mich zu fragen in meinem Haus aus dem Kaffeesatz zu lesen?«

Johanna bemühte sich um einen strengen Tonfall. Sie hatte die Arme vor der Brust verschränkt und funkelte die Kaffeeguckerin wütend an.

Doch die Frau grinste nur frech.

»Ach, das ist deine Wirtschaft? Das wusste ich gar nicht«, entgegnete sie gelangweilt und ließ ihren Blick durch die dämmerige Vorratskammer schweifen.

Das war ja mal wieder typisch! Warum nahmen ihr die Leute nie ab, dass sie die Wirtin war? Strahlte sie so wenig Autorität aus? Johanna versuchte ihren Ärger zu unterdrücken. Sie wusste, dass ihre Stimme nur schrill klang, wenn sie laut wurde.

»Wer bist du überhaupt?«, fragte sie betont sachlich.

»Das würdest du wohl gerne wissen, was?«

Die falsche Kaffeeguckerin lachte verächtlich. Mit einem schnellen Schritt zum Ausgang hin wollte sie die Tür zur Gaststube wieder aufstoßen. Sofort krallte Johanna ihr beide Hände in den Arm. Vor Schmerz verzog die Frau das Gesicht.

»Gib mir mein Geld zurück!«, fauchte sie.

»Jetzt hör endlich auf mit diesen Spielchen und sag uns, wer du bist und was du hier willst!«

Johanna riss allmählich der Geduldsfaden. Sie verstärkte ihren Griff um den wabbeligen Oberarm der Frau.

»Was war denn los?«, fragte Anne neugierig dazwischen.

Herablassend antwortete ihr die Wahrsagerin:

»Ich lese die Zukunft aus dem Kaffeesatz, Schätzchen.«

Wieder versuchte sie sich aus Johannas Umklammerung loszureißen, verhedderte sich jedoch erneut in ihrem Schal.

»Wenn du willst, sage ich dir, wie dein Leben verlaufen wird!«, fuhr sie ungerührt fort.

In dem Moment hob Sybilla drohend ihren Stößel und trat auf die Frau zu, als wollte sie ihn ihr über den Kopf schlagen. Ängstlich duckte sich die Kaffeeguckerin, während Johanna Sybilla mit ihrer freien Hand signalisierte, sich zurückzuhalten. Fieberhaft überlegte sie, was nun am besten zu tun sei. Aus der Frau schien man nicht mehr herauszukriegen. Aber lange konnten sie hier nicht mehr zu viert auf engstem Raum verweilen, zumal man sie in der Stube draußen sicher brauchte.

Das Bimmeln der Türglocke aus dem Nachbarzimmer riss sie aus ihren Überlegungen. Kurz darauf war eine laute, herrische Stimme zu hören.

»Uns wurde mitgeteilt, dass hier eine Kaffeeguckerin tätig ist. Wo steckt die Frau?«

Ein eisiger Schauer lief Johanna über den Rücken. Anne hatte sich erschreckt die Hand vor den Mund geschlagen, nur Sybilla verzog wie immer keine Miene. Allen war klar, was die Stimme bedeutete: Der Schultheiß hatte seine Piketts ausgeschickt – wie die Frankfurter ihre Polizei nannten. Man hatte sie angezeigt.

Nur die Betroffene selbst blieb ungerührt. Die Gunst der Stunde nutzend, befreite sie ihren Arm aus dem Griff der völlig überraschten Johanna und trat auf die Tür zur Gaststube zu. Sie hatte die Hand schon nach dem Knauf ausgestreckt, als Anne blitzschnell ein Bein ausstreckte und sie zum Stolpern brachte. Geistesgegenwärtig fing Johanna die fallende Frau auf und legte ihr sogleich eine Hand über den Mund.

»Mmhhmm .... mhmmmm«, versuchte die Kaffeeguckerin auf sich aufmerksam zu machen. Sie schlug und trat heftig um sich, konnte sich aber in ihren vielen Gewändern nicht frei bewegen.

Schließlich wurde es Sybilla zu bunt. Die Magd ließ ihren Stößel fallen und drehte der Frau so fest den Arm auf den Rücken, dass sie augenblicklich verstummte.

»Hier war niemand«, vermeldete von nebenan die Stimme von Schosch.

Endlich einmal übernimmt er so etwas wie Verantwortung, dachte Johanna erleichtert. Den Hauch von Verunsicherung in seinem Timbre hörte hoffentlich nur sie, die ihn so gut kannte.

»Wo ist die Wirtin?«, schnarrte der Polizist wieder.

»Ich muss wieder rüber«, flüsterte Johanna den beiden Mägden zu. »Ihr müsst sie allein in Schach halten.«

Anne nickte eifrig, während Sybilla der Frau vorsichtshalber noch einmal gegen das Schienbein trat, sodass sie nur ja keinen Mucks von sich geben würde, wenn Johanna die Hand von ihrem Mund nahm.

»Aber tut ihr nichts!«, raunte sie Anne ins Ohr, damit die Frau sie nicht hörte.

Sybilla machte ihr manchmal Angst. Sie konnte nicht nur Tiere schlachten, Hühnern den Hals umdrehen, Katzenjunge ertränken und Ratten fangen – nein, nicht einmal vor einer Giftschlange war sie im letzten Sommer zurückgeschreckt. Das Tier hatte sich in der Mauer im Hof eingenistet: Ein Stein, mit dem Sybilla ihm den Kopf zertrümmert hatte, hatte verhindert, dass aus ihrem Hof ein Schlangennest wurde. Nie spiegelten sich irgendwelche Gefühle auf dem breitflächigen Gesicht der Magd. Johanna wollte später nicht auch das Tassenweib mit gebrochenem Genick vorfinden.

»Sitzt meine Haube?«, fragte sie Anne.

Mit konzentriertem Blick strich die Magd über die weiße Leinenhaube ihrer Herrin, dann glättete sie Johannas Schürze, während diese selbst die Bänder hinter ihrem Rücken neu befestigte.

»Alles in Ordnung, Frau Johanna. Man sieht nichts von einem Kampf.«

Sybilla hatte währenddessen die Kaffeeguckerin mit dem Oberkörper auf einen Tisch bugsiert, als wollte sie sie zum Schlachten bereitlegen. Mit einer Hand hielt sie ihr noch immer den Mund zu, mit der anderen versuchte sie ihr Zappeln zu unterdrücken.

»Schnell, das Küchentuch!«, befahl sie Anne mit ihrer heiseren Stimme, die sofort begriff und das blau bestickte Tuch in lange Streifen riss.

Die beiden würden schon ohne sie zurechtkommen, dachte Johanna in einer Mischung aus Erleichterung und Unruhe und atmete noch einmal tief durch. Dann öffnete sie die Tür zur Gaststube und schloss sie schnell wieder hinter sich zu.

»Ah, die Herren von der Justiz!«, begrüßte sie die Männer mit gespielter Munterkeit. »Guten Tag! Wie schön, Sie auch einmal bei uns zu haben. Was dürfen wir Ihnen anbieten?«

»Uns liegt eine Anzeige gegen Sie vor«, kam der dickere der beiden Piketts sofort zur Sache. »In Ihrer Wirtschaft soll ein Weib aus der Tassenweiberzunft ihrem Handwerk nachgehen.«

Sein barscher Tonfall stand in einem merkwürdigen Gegensatz zu seinem Aussehen und Verhalten. Er hatte seinen Dreispitz abgenommen, sodass seine wenigen flaumigen Haare in alle Himmelsrichtungen abstanden, und hielt die Hände über das Herdfeuer, um sie zu wärmen. Seine Stiefel hatten eine lange Dreckspur auf den Holzplanken hinterlassen. Er blickte ihr nicht ins Gesicht, sondern schaute immer wieder misstrauisch zu den Würfelspielern hinüber, als würde er dort einen weiteren Hort der Unruhe vermuten.

Er muss neu sein, überlegte Johanna, sie hatte ihn noch nie zuvor gesehen.

»Mein Herr, das muss ein Irrtum sein! Hier ist niemand, auf den diese Beschreibung zutrifft«, sagte sie und lächelte den Mann unschuldig an.

»Das kann doch wohl nicht wahr sein!«, tönte es in dem Augenblick laut vom Tisch der Würfelspieler. »Niemand kann solch ein Glück haben!«

O Gott, der Neffe des Schultheißen!, erkannte Johanna. Schon spürte sie, wie ihr das Lächeln auf den Lippen gefror.

Justus von Zimmer war ein stadtbekannter Nichtstuer, aber aus bester Familie. Er hatte ein durchschnittliches Gesicht mit einer großen Kartoffelnase, an dem außer den herausfordernd schauenden Augen nichts auffällig war. Sie strahlten etwas Kühnes aus oder vielmehr das Versprechen von Kühnheit, denn Johanna hatte noch nie erlebt, dass der junge Patrizier überhaupt etwas tat außer Herumschwätzen, Wein und Kaffee trinken und Karten spielen. Er zählte zu den Stammgästen der *Coffeemühle*, doch man wusste nie, in welcher Stimmung er gerade war, einmal mehr, wenn er etwas getrunken hatte, was um diese Uhrzeit durchaus schon vorkommen konnte. Immerhin zeichnete er sich dadurch aus, dass er keinerlei Standesdünkel zu besitzen schien.

Als auf seinen Ausruf keiner von seinen Spielkumpanen reagierte, sondern alle nur wie gebannt auf Johanna und den kükenflaumigen Polizisten starrten, erhob er sich von seinem Platz. Er zwinkerte Johanna verschwörerisch zu und rief gebieterisch:

»Ihr seht doch, dass hier niemand ist, auf den eure Beschreibung zutrifft! Es war auch niemand da. Ihr solltet euch lieber um die Diebe in dieser Stadt kümmern, als anständigen Leuten hinterherzuspionieren!«

Mit dramatischer Geste schleuderte er eine Handvoll Würfel auf den Tisch.

Der Polizist mit dem Kükenflaum auf dem Kopf zeigte keinerlei Regung bei den Worten des jungen Mannes. Nichts ließ erahnen, dass er erkannte, wer der Würfelspieler mit der stutzerhaften Perücke und dem prächtigen Anzug war.

Der zweite Pikett, ein Mann mit stumpfem Gesicht und einem herabhängenden Schnurrbart, war hinter dem Kartenmacher stehen geblieben und tat, als ob ihn all das nichts anginge. Zum Ärger von Ludwig Haldersleben, für den die Lektüre seines *Journals* einer heiligen Tätigkeit gleichkam, der er jeden Tag mit äußerster Andacht nachging, versuchte der Polizist schon die ganze Zeit, in seiner Zeitung mitzulesen.

Der Kükenflaumige wandte sich nun an den Pulvermühlenbesitzer und seinen Sohn, als ahnte er, dass aus diesen beiden am ehesten etwas herauszukriegen wäre. Der Junge begann prompt zu zittern. Doch der alte Kaufmann war nicht so leicht einzuschüchtern.

»Wir haben auch niemanden gesehen, auf den Ihre Beschreibung passt.«

Seine Stimme klang kühl. Er nahm die Untertasse vor ihm auf dem Tisch in die Hand und pustete vornehm auf den Kaffee, den er zuvor daraufgegossen hatte, um ihn abkühlen zu lassen. Dann nahm er mit abgespreiztem kleinem Finger einen großen Schluck Kaffee.

»Vielleicht liegt eine Verwechslung vor?«, schaltete sich nun Johanna wieder ein, bemüht, ihre Stimme hilfreich und eifrig klingen zu lassen.

In Wirklichkeit war ihr ganz anders zumute. Am liebsten wäre sie einfach gegangen und hätte die anderen sich selbst überlassen. Solche Situationen waren einfach nichts für sie. Sie hatte es schon immer gehasst, in Bedrängnis zu geraten. Einmal mehr, wenn sie so tun musste, als wäre alles in bester Ordnung. Warum nur kam sie immer wieder in die Lage, sich selbst und ihr Hab und Gut verteidigen zu müssen? Konnte man sie nicht einfach in Ruhe lassen? Es war so schon schwierig genug, die Mädchen großzuziehen und das Kaffeehaus weiterzuführen. Wie oft hatte sie gedacht, sie müsste die Brocken hinwerfen, weil sie ihrer Aufgabe nicht gewachsen war und das Geschäft in den Ruin trieb. Weil entweder zu wenige Kunden kamen oder zu viele auf einmal, weil die bestellten Kaffeelieferungen nicht eintrafen oder die Ware mangelhaft war, weil nicht einmal ihre Dienstboten sie ernst nahmen und ihr auf der Nase herumtanzten, kaum gönnte sie sich einen winzigen Moment der Muße und wachte nicht mit Argusaugen darüber, dass alle ihre Pflicht erfüllten. Ach, Adam, warum hast du mich nur so früh verlassen?, dachte sie zum unzähligsten Male seit seinem viel zu frühen Tod. Manchmal war sie richtig von Wut erfüllt, wenn ihr wieder einmal bewusst wurde, welch große Verantwortung er auf ihre Schultern geladen hatte – weiß Gott nicht freiwillig, das war ihr genauso klar –, dann wieder hätte sie sich am liebsten weinend im Bett verkrochen und sich die Decke über den Kopf gezogen, um nie mehr den Gastraum der *Coffeemühle* betreten zu müssen.

Johanna spürte den durchdringenden Blick des Kükenflaumigen auf sich ruhen. Auch alle anderen im Raum schienen sie anzustarren, bis auf den zweiten Polizisten, der nach wie vor teilnahmslos in Haldersiebens Zeitung glotzte. Wie aus weiter Ferne ertönte als einziges Geräusch das Klacken der Billardkugeln aus dem Hinterzimmer. Aus der Speisekammer war kein Mucks zu vernehmen. Die Mägde mussten die Kaffeeguckerin wirklich gut im Griff haben. Johanna gab sich einen Ruck. Es half ja alles nichts, auch durch diese Geschichte musste sie durch.

»Ich bin mir ganz sicher, dass hier eine Verwechslung vorliegt«, wiederholte sie mit forscher Stimme und zwang sich, ein entwaffnendes Lächeln aufzusetzen.

Der Pikett warf einen fragenden Blick zu seinem Kollegen, der nun durchdringend einen der Orden an der Uniformjacke des Kartenmachers betrachtete. Haldersleben liebte Uniformen, obwohl er selbst nie beim Militär gewesen war. Heute trug er die dunkelblaue Jacke eines schwedischen Artilleristen.

Endlich schaute der zweite Polizist auf und schüttelte den Kopf.

»Es liegt bestimmt keine Verwechslung vor! Man hat uns gesagt, dass hier bei Ihnen Kaffeeguckerinnen ihr Gewerbe praktizieren würden. Wir sind hierher geschickt worden. Hierher zu Ihnen. Zur *Coffeemühle* am Alten Markt. Sie wissen, dass das Lesen aus dem Kaffeesatz verboten ist, oder?«

»Natürlich weiß ich das! Aber Sie sehen ja, dass das hier nicht der Fall ist.«

Rums! Aus der Vorratskammer war ein lautes Rumpeln zu hören, dicht gefolgt von einem Scheppern, als wäre etwas heruntergefallen und zerbrochen. Dann war es wieder still.

»Was befindet sich hinter dieser Tür?«

Der mit dem schütteren Haar legte eine Hand an seinen Degen.

Seine Stimme klang ungewöhnlich hell, registrierte Johanna mechanisch, der der Schreck in alle Glieder gefahren war. Die ganze Stube schien den Atem anzuhalten. Selbst die Würfelspieler sahen gespannt auf die Tür zur Vorratskammer. Auch Ludwig Haldersleben schaute für einen Moment von seiner Lektüre hoch. Er rückte die Kerze etwas näher an das Papier, warf einen unwirschen Blick über seine Schulter auf den mitlesenden Polizisten und blätterte raschelnd die Seite um.

»Das ist nur unser Vorratslager. Wir stampfen unseren Kaffee dort. Meine Mägde gehen da ständig rein und raus. Rein, raus, rein, raus. Sie wissen, was ich meine? Das war nur die Tür zum Hof, die Sie gehört haben.«

Wenn es sein musste, konnte Johanna lügen wie gedruckt. Das war eine ihrer großen Stärken – wenngleich noch nicht sehr lange. Früher war sie sofort rot geworden, wenn sie auch nur daran gedacht hatte, die Unwahrheit zu sagen oder sonst wie vom Pfad der Tugend abzuweichen. Adam hatte sich oft über sie lustig gemacht und behauptet, man könne in ihrem Gesicht lesen wie in einem offenen Buch. Insgeheim war Johanna sogar stolz darauf gewesen, dass sie nicht lügen konnte. Als Kind war sie einmal dabei erwischt worden, wie sie eine kleine Puppe, die aus einem Lumpen gefertigt war und ihrer Cousine gehörte, in ihren Rocktaschen hatte verschwinden lassen, um sie mit nach Hause zu nehmen. Seit ihre scharfzüngige Tante ihr den Diebstahl auf den Kopf zugesagt hatte, war sie nie mehr in Versuchung gekommen, etwas Unehrenhaftes zu tun. Zu groß war die Schande damals gewesen, zumal ihre Eltern Zeugen der Zurechtweisung durch die Tante geworden waren. Sie selbst hatten nicht mit ihr geschimpft, sondern sie nur bekümmert angesehen – was letztlich eine viel schlimmere Strafe gewesen war. Seit diesem Tag hatte sich Johanna immer um Redlichkeit bemüht und war damit bis zu Adams Tod recht gut durchs Leben gekommen. Doch allein auf sich gestellt, hatte sie bald gemerkt, dass ihre Mitmenschen es mit der Wahrheit längst nicht so genau nahmen wie sie selbst und alles daransetzten, sich persönlich einen Vorteil zu verschaffen. Nicht dass Johanna nun ständig versuchte, ihre Geschäftspartner über den Tisch zu ziehen, aber sie ließ sich nicht mehr so leicht etwas vormachen. Und wenn es gar nicht anders ging, kämpfte sie eben mit gleichen Waffen und warf all ihre moralischen Bedenken über den Haufen. Doch ein gutes Gefühl hatte sie nie dabei, wenn sie jemandem gegenüber nicht ehrlich war. Eines Tages würde sich das furchtbar rächen, fürchtete sie jedes Mal. Sie warf auch nun wieder einen schnellen Blick gen Himmel, um sich davon zu überzeugen, dass keine dunklen Gewitterwolken aufzogen. Töricht, das wusste sie, aber trotzdem hielt sie an diesem abergläubischen Ritual fest.

»Das war keine Tür!«

Der Pikett mit dem langen Schnurrbart riss sich von Halderslebens Zeitung und Orden los und durchschritt die Gaststube.

So viel zu ihrer Einbildung, sie könne gut lügen, dachte Johanna resigniert. Bevor sie ihm in den Weg treten konnte, hatte der Mann schon den Knauf zur Vorratskammer mit einem lauten Quietschen herumgedreht.

Nun ist alles aus!, schoss es ihr durch den Kopf. Wenn man ihr bloß die Gerechtigkeit nicht wegnehmen würde!

Mit zitternden Knien eilte sie hinter dem Mann, der sie einfach zur Seite geschoben hatte, in das Lager, um sich schützend vor Anne und Sybilla zu stellen.

Doch die Speisekammer war leer. Die Stößel lagen ordentlich nebeneinander auf der langen Bank. Der gemahlene Kaffee war in eine große Schüssel gefüllt worden, aber nicht zugedeckt.

Genießerisch sog der Schnurrbärtige den Duft der frisch gestampften Bohnen ein, wie kurz vor ihm die Kaffeeguckerin. Mit beiden Händen hob er die Schüssel dicht unter seine Nase.

»Hm!«, seufzte er verklärt.

»Wie Sie sehen, ist hier auch niemand, auf den Ihre Beschreibung zutreffen könnte.«

Johanna hatte sich wieder gefasst. Ihre Angst vor dem Polizisten war verflogen. Er schien ihr überhaupt der nettere der beiden Männer zu sein. Sie meinte, ihn schon einmal bei einer der täglichen Paraden an der Hauptwache gesehen zu haben.

»Lass uns im Hof gucken!«, schnarrte in dem Moment die helle Stimme des kükenflaumigen Piketts hinter ihr.

Er war neu und übereifrig, vermutete Johanna. Selbst seine Uniform sah aus, als hätte er sie zum ersten Mal an.

Der andere stellte widerwillig die Schüssel mit dem Kaffeepulver zur Seite, öffnete mit einem Ruck die klemmende Hoftür und streckte den Kopf hinaus.

»Hier ist nichts.«

Schwungvoll zog er die widerspenstige Tür wieder zu.

Seinem Kollegen stand die Enttäuschung ins Gesicht geschrieben, als sie alle zurück in die Gaststube traten.

»Mach den Herren eine Schale Kaffee!«, rief Johanna eilig dem erstaunten Schosch zu.

Dieser löste sich endlich aus seiner Erstarrung, nahm einen der dicken Topflappen und griff nach der großen Messingkanne auf dem Herd.

»Oder können wir Ihnen etwas anderes anbieten?«, fragte sie fröhlich an die Männer gewandt. »Schokolade, Tee oder einfach einen Würzwein? Es ist alles da!«

Hoffentlich hatte man ihr ihre Erleichterung nicht angemerkt, dachte Johanna kurz. Sie wusste, dass sie jetzt eigentlich nichts mehr zu verlieren hatte. Wohin auch immer: Die beiden Mägde hatten die Kaffeeguckerin sicher in Verwahrung gebracht. Wahrscheinlich in ihre Schlafkammer hoch oben unter dem Dach. Dort würden die Polizisten wohl kaum nach dem Tassenweib suchen.

Die beiden Männer schienen ihre Frage überhört zu haben, denn sie griffen gierig nach den bis zum Rand gefüllten Kaffeebechern, die Schosch ihnen entgegenhielt.

»Aua, ist das heiß!«

Fast hätte der Kükenflaumige seinen Becher fallen lassen. Seine Augenbrauen waren so dünn, dass sie sich kaum von seiner Gesichtshaut abhoben.

»Ich an Ihrer Stelle würde darüber nachdenken, wer meine Feinde sind«, sagte der Schnurrbärtige nach einer Weile gemütlich. »Gegen Sie liegt nämlich eine Anzeige vor.«

Wie ein Fisch bewegte er immer wieder seine Lippen vor und

zurück, um den heißen Kaffee in seinem Mund zum Abkühlen zu bringen.

»Wer hat mich denn angezeigt?«, fragte Johanna interessiert.

»Das können wir Ihnen leider nicht sagen.«

Dem Schnurrbärtigen schien die Sache nun wirklich unangenehm zu sein.

»Aber wie kann ich mich gegen solche Anschuldigungen wehren, wenn mir nicht einmal gesagt wird, woher sie kommen?«

Johanna musste sich zügeln, ihre Empörung nicht laut werden zu lassen. Wenn sie eines hasste, dann das Gefühl von Ohnmacht. Warum sagten ihr die Piketts nicht einfach, wer sie so auf dem Kieker hatte, dass er mit seinen Anschuldigungen ihre ganze Existenz bedrohte? Wenn sie ihren Feind nicht kannte, wie sollte sie ihn dann bekämpfen? Das musste doch auch der Polizei begreiflich sein – einmal mehr, wenn man sie geradezu darauf stieß, sich Gedanken über denjenigen zu machen, der die Anzeige gegen sie aufgegeben hatte. Oder steckte doch mehr dahinter? Vielleicht wollte man ihr ja von ganz oben das Geschäft madig machen und suchte nach offiziellen Wegen, eine Schließung des Lokals zu erwirken? Aber warum? Was sollte der Rat der Stadt Frankfurt gegen die *Coffeemühle* haben? Sie hatte doch stets sämtliche Abgaben bezahlt und sich immer korrekt verhalten, fast immer jedenfalls …

Eine Welle von Mutlosigkeit drohte sie zu überschwemmen. Wenn sie nicht in Erfahrung brachte, wer hinter der Sache mit der Kaffeeguckerin stand, nützte ihr der momentane Punktsieg überhaupt nichts, erkannte sie plötzlich.

»Würde mich nicht wundern, wenn es die da gewesen wäre«, machte sie schließlich einen lahmen Versuch ins Blaue hinein und deutete mit dem Kinn in Richtung Römerberg, wo Anfang des Jahres ein neuer Kaffeestand eröffnet hatte. Die von einer ehemaligen Kaffeehockerin betriebene Bretterbude konnte zwar nicht mit ihrem Etablissement mithalten, aber viele von Johannas Kunden waren zumindest einmal dorthin gegangen, um den Kaffee auszuprobieren.

»Nein, nein, das können wir verneinen! Mit der Ilse Laubenmacherin auf dem Römerberg hat das Ganze nichts zu tun. Ist zwar auch Konkurrenz für Sie und Ihre *Coffeemühle*, aber Konkurrenz belebt ja bekanntlich das Geschäft. Derjenige, der da Anzeige gegen Sie erstattet hat, ist jemand ganz anders.«

Der Kükenflaumige versuchte einen rein geschäftsmäßigen Ton anzuschlagen, aber man konnte ihm ansehen, dass er seine Rolle im Gegensatz zu seinem Kollegen deutlich genoss.

Endlich kann er mal seine ganze Macht ausspielen, dachte Johanna, endlich ist er mal nicht der arme Tölpel, der von allen nur ausgelacht wird! Sie fühlte sich fast schon wieder stark, als sie die feiste Gestalt musterte, die da mit vorgeschobener Brust und in die Hüften gestützten Händen vor ihr stand, das ganze Körpergewicht aufs Standbein verlagert, das Spielbein vorangestellt. So viel Lächerlichkeit auf einem Haufen hatte sie lange nicht gesehen. Doch sie durfte jetzt nicht übermütig werden, ermahnte sie sich. Was nützte es ihr, wenn sie dem Polizisten gegenüber erwähnte, dass nur die vier mit einer Gerechtigkeit ausgestatteten Kaffeehäuser einen Ausschank betreiben durften und deshalb die Laubenmacherin genauso illegal arbeitete wie viele andere.

»Wie recht Sie haben, Herr Hauptmann!«, wiederholte sie mit einem demütigen Lächeln, um Zeit zu gewinnen. »Ohne Konkurrenz würde das ganze Geschäft nur halb so viel Spaß machen.«

Angestrengt überlegte sie, wen der Mann mit seiner Bemerkung gemeint haben konnte. Vielleicht ihre bigotte Nachbarin von gegenüber, die mit Begeisterung bei jeder Rufmordkampagne mitmachte? Aber nein, sie anzuzeigen, das traute Johanna der Gewürzkrämerin dann doch nicht zu. Also mochte es einer ihrer Kollegen von den anderen Frankfurter Kaffeehäusern gewesen sein, der gegen sie intrigierte? Nein, auch nicht, korrigierte sie sich sofort. Sie kannte sie alle – für so gemein und hinterhältig hielt sie keinen von ihnen. Wen aber konnte man sonst noch zu ihren Konkurrenten zählen?

Mit einem Mal fiel es ihr wie Schuppen von den Augen. Natürlich, dass sie darauf nicht eher gekommen war!

»Zumal ja all die Apfelweinwirte, Schnapsbrenner und Bierbrauer in gewisser Weise auch noch dazuzuzählen sind«, versuchte sie weiter ihr Glück und lächelte dem Polizisten treuherzig ins Gesicht. »Nicht wahr, Herr Hauptmann, auch diese Leute wollen schließlich ihre Erzeugnisse an den Mann bringen. Also denken sie sich etwas aus, wie sie möglichst viel verdienen können. Entweder sie sind einfach besser als die Kollegen, oder sie brüten irgendwelche anderen Ideen aus, wie sie der Konkurrenz ein Schnippchen schlagen können. So ist es doch, oder etwa nicht?«

»Gewiss, gewiss, auch die Apfelweinzunft hat heutzutage schwer zu kämpfen«, stotterte das Küken ein wenig überrumpelt.

Hatte sie es doch geahnt! Johanna hatte Mühe, ein triumphierendes Lächeln zu unterdrücken. Dabei war ihr eigentlich viel eher zum Heulen zumute. Sie hatte also den richtigen Riecher gehabt: Hinter der ganzen Geschichte steckte ihr alter Feind Gottfried Hoffmann, seines Zeichens Apfelweinbauer aus Sachsenhausen – und Ehemann ihrer ehemals besten Freundin Elisabeth. Er hatte die falsche Kaffeeguckerin bezahlt, damit sie in der *Coffeemühle* ihr Unwesen trieb, und sie, Johanna, gleichzeitig beim Schultheißen angezeigt. Kein Monat verging, in dem sich Gottfried Hoffmann nicht etwas Neues ausdachte, um sie zu schikanieren. Das Tassenweib war nur eine weitere Maßnahme, um ihr Geschäft zu schädigen, ihre Kunden zu verschrecken und die Justiz auf sie aufmerksam zu machen. Wenn man mit genug Dreck warf, dann blieb irgendwann etwas hängen, so dachte Gottfried offenbar. Johanna hatte es sich immer wieder durch den Kopf gehen lassen, ob sie selbst zum Schultheiß gehen sollte, um die Schikanen des Apfelweinwirts anzuzeigen. Doch die Angst um Elisabeth hatte sie jedes Mal davon abgehalten. Als Kinder waren sie unzertrennlich gewesen. Nebeneinander hatten sie mit der Sichel die Felder gemäht, waren auf Obstbäume geklettert wie die Jungen und hatten Schafe gehütet. Sie hatten einander ihre größten Geheimnisse anvertraut und die herrlichsten Lachanfälle zusammen bekommen. Erst als Elisabeth Gottfried Hoffmann kennengelernt und gegen Johannas Rat geheiratet hatte, war ihre Freundschaft zu Ende gewesen.

Johanna ließ ihren Blick durch die Gaststube schweifen, wo alles wieder seinen normalen Gang genommen hatte: Ludwig Haldersleben las hoch konzentriert seine Zeitung, die Würfelspieler zockten unter fröhlichem Kampfgeschrei, der Eifeler Schießpulverfabrikant unterhielt sich leise mit seinem pickligen Sohn, Schosch hantierte lustlos am Herd herum, und die beiden Piketts rüsteten sich zum Aufbruch. Es war alles in bester Ordnung – und so sollte es bleiben! Niemand hatte das Recht, ihr und Adams Töchtern die Lebensgrundlage zu zerstören. Auch nicht Gottfried Hoffmann, mochte er noch so sehr mit Elisabeth verheiratet sein. Damit war nun endgültig Schluss!

## 2. KAPITEL

»Was soll ausgerechnet an der Bergerin so gefährlich sein?«, fragte der Bierbrauer Hildebrand Praetorius mit ungläubiger Stimme.

Martin Münch hätte ihm am liebsten sekundiert und noch hinzugefügt: »Ja, lassen wir sie doch endlich in Ruhe!« Aber das traute er sich nicht. Stattdessen drehte er sein Gesicht den ersten Sonnenstrahlen des Jahres zu, die durch die winzige Fensterluke der Hütte fielen.

Eine große Spinnwebe vom letzten Sommer wehte in der Ecke nahe der Öffnung hin und her. Bis vor Kurzem hatten ein paar Maurer in dem grob gezimmerten Bretterverschlag gewohnt, die am Neubau des Deutschordenshauses gearbeitet hatten. Ein Loch in der Mauer zwischen dem Ordensareal und dem Hof des *Roten Apfel* ermöglichte Gottfried Hoffmann und seinen Getreuen, hier ihre heimlichen Treffen abzuhalten. Noch war es viel zu kühl, als dass die Männer ihren Apfelwein im Hof des Hoffmann'schen Wirtshauses hätten trinken können. Auf ein Feuer verzichteten sie in der Hütte, hätte der aufsteigende Rauch sie doch bloß verraten.

Seine Erkältung machte Martin Münch zu schaffen. Sein Kopf brummte. Durch das Herumsitzen in der Kälte würde er auch nicht gesünder. Noch in der Nacht zuvor hatte es wieder zu frieren begonnen. Immer, wenn man dachte, der Winter sei nun endgültig vorbei, stellte man fest, dass man sich zu früh gefreut hatte. Jedes Jahr war das so. Die verwitterte Bank, auf der er saß, war feucht und morsch. Er spürte, wie die Kälte in seine Hüften kroch und den Schmerz an der empfindlichen Stelle oberhalb des Steißbeins vergrößerte.

Gottfried Hoffmann ließ sich Zeit mit seiner Antwort auf Hildebrand Praetorius' Frage, als würde es ausreichen, den Feind in Grund und Boden zu starren. Martin war froh, dass dieser Blick nicht ihm galt. Doch in dem mächtigen Bierbrauer hatte Gottfried – auch genannt »der Schläger von Sachsenhausen« – einen würdigen Gegner gefunden. Praetorius war kein Mann, der sich einschüchtern ließ. Er starrte einfach zurück, ohne mit der Wimper zu zucken, und hielt das Schweigen aus.

Gottfried Hoffmann selbst hatte den Bierbrauer zu dem konspirativen Treffen eingeladen, weil er gehört hatte, dass Praetorius eine Kampagne gegen den schwarzen Türkentrank ins Leben gerufen hatte. Seinem eigenen Feldzug gegen die Witwe Berger war in letzter Zeit etwas die Puste ausgegangen, und er erhoffte sich offenbar neuen Schwung durch ein Bündnis mit einem der mächtigsten Männer der Stadt. Nun aber schien er Probleme damit zu haben, die Macht tatsächlich abzugeben, und verfing sich erst einmal in seinen üblichen Spielchen.

Martin Münch konnte sich kaum etwas Langweiligeres vorstellen als Männer, die ständig dabei waren abzuklären, wer innerhalb der Gruppe welchen Platz innehatte – vor allem auch deswegen, weil er bei solchen Rangeleien meist am schlechtesten abschnitt. Nur deshalb war er überhaupt hier. Er selbst hatte nichts gegen Johanna Berger, er kannte sie schließlich gar nicht, aber er musste mitmachen, weil er Gottfried Hoffmanns Nachbar war und weil dieser sonst ihn und seine Frau Ännchen gnadenlos tyrannisieren würde. Seit Jahren schon versuchte er mäßigend auf Hoffmann einzuwirken. Bisher ohne Erfolg. Er schüttelte sich innerlich und presste die Kieferknochen aufeinander. Wie er diesen Mann hasste! Abgrundtief! Mit seiner gedrungenen Gestalt, dem muskulösen Oberkörper, den kurzen Beinen, dem kräftigen Hals und dem vorgeschobenen Kinn ähnelte Hoffmann stark einem seiner »Bullenbeißer«, einer Hunderasse, die vorzugsweise zum Kampf gegen Bullen und Bären eingesetzt wurde und die der Apfelweinwirt vor nicht allzu langer Zeit zu züchten begonnen hatte. Manchmal hatte er bis zu zehn Viecher von der Sorte in seinem Zwinger, mutmaßte Martin Münch, der aufgrund des lauten Gekläffs aus dem Nachbargehöft nachts oft nicht einschlafen konnte. Aber das war noch gar nichts gegen den Bären, den Hoffmann sich vor ein paar Tagen zugelegt hatte! Das Tier war angeblich noch nicht ausgewachsen, aber schon jetzt weit größer als sein Besitzer, wenn es sich zu voller Höhe aufrichtete. Und das tat es oft genug! Mit einem gefährlichen Zähnefletschen, das Hoffmann als Begrüßungslächeln deutete, wie er ihm, Martin Münch, erst gestern stolz erzählt hatte. Der Gestank, der von Luzifers – so der Name des Ungeheuers – mit Heu und Stroh ausgelegtem Stall ausging, war bereits jetzt kaum mehr auszuhalten. Wie er Gottfried Hoffmann kannte, würde er bestimmt nicht zu denjenigen Tierbesitzern zählen, die regelmäßig ans Ausmisten dachten. Er konnte nur hoffen, dass der Apfelweinwirt diese lästige Pflicht nicht auf seine Frau Elisabeth abschob. Nicht auszudenken, was passieren würde, wenn der spielwütige Luzifer auf die Idee kam, mit ihr »herumtollen« zu wollen!

»Wenn wir die Bergerin erst mal kleingekriegt haben, dann

kriegen wir auch die anderen klein«, meldete sich in dem Moment Jockel Lauer, der Vierte in der Hütte, in seinem stets fanatischen Tonfall zu Wort.

Jockel Lauer war nicht sehr intelligent und machte alles, was Hoffmann anordnete. Er brannte illegal Schnaps und hatte eine winzige Schenke am Stadtrand. Das Leben war für ihn ein einziger langer Krieg. Wenn es dabei Tote geben würde, nähme Jockel Lauer auch die fraglos in Kauf.

»Na ja, so ganz leuchtet mir das nicht ein, aber wir sollten mal weitermachen und nicht unsere Zeit mit Nebensächlichkeiten verplempern«, sagte Hildebrand Praetorius von oben herab, ohne Gottfried Hoffmann anzusehen.

Martin Münch konnte es kaum fassen, dass sich ein solch wichtiger Mann mit ihnen verbündet hatte. Praetorius galt als der erfolgreichste Bierbrauer der Stadt. Sein Schwager war Ratsmitglied. Er führte ein großes Haus auf der Zeil und besaß ein Sommerhaus im Grünen. Wie konnte sich so jemand mit einem gefährlichen Irren wie Gottfried Hoffmann und einem Kleinkriminellen wie Jockel Lauer einlassen?

Einige Steine schienen draußen aus der Mauer zu bröckeln. Man konnte hören, wie jemand darauftrat und sich der Hütte näherte. Jockel sprang auf, als müsste der Holzschuppen gegen die Ungläubigen verteidigt werden. Die Hand hatte er an seinen Gürtel mit dem Messer gelegt. Knarrend wurde die morsche Tür aufgezogen.

Elisabeth Hoffmann war noch immer eine Schönheit. Und ohne den großen Bluterguss rund um ihr linkes Auge wäre sie noch schöner gewesen. Mit der rechten Hand hielt sie ein Tablett mit einem dampfenden Krug und Bechern gegen ihre Hüfte gepresst. Der andere Arm steckte in einem Verband und war gegen ihren Oberkörper geschnürt.

»Hier ist etwas zu trinken.«

Es klang wie eine Frage, so zögerlich formulierte sie ihre Aussage.

»Danke.«

Martin Münch nahm sich als Erster einen Becher und lächelte Elisabeth aufmunternd zu. Er verspürte Zorn in sich aufsteigen. Was Hoffmann mit seiner Frau machte, war unerträglich!

Gottfried Hoffmann ignorierte Elisabeth. Unsicher sah sie ihn an.

»Lass uns in Ruhe, du kannst gehen!«, entfuhr es ihm unwirsch.

Mit einem eingeschüchterten Lächeln zog sie sich schnell wieder zurück. Die anderen grinsten betreten und murmelten einen Dank.

Endlich wurden seine klammen Finger wieder warm! Martin Münch schloss die Hände noch fester um den Becher mit dem heißen Apfelwein. Elisabeths lädiertes Aussehen erinnerte ihn an seine eigene vertrackte Situation. Die ganze Nachbarschaft wusste, was für ein brutaler Schläger Gottfried Hoffmann war, Elisabeths Schreie waren jedes Mal deutlich genug zu hören. Doch wenn man sie auf ihre blauen Flecken ansprach, behauptete sie immer, sie sei die Treppe hinuntergefallen und ähnliche Lächerlichkeiten. Neulich war sie allerdings zum ersten Mal weinend in Ännchens Armen zusammengebrochen, die sie auf der Straße getroffen und auf ihren gebrochenen Arm angesprochen hatte. Sie habe eine Fehlgeburt erlitten, hatte sie unter Schluchzen hervorgestammelt, weil Gottfried sie so geprügelt habe. Und dabei wünschten sie sich doch beide unbedingt ein Kind! Erst wenige Tage war das her. Ännchen hatte das nicht so genau verstanden, aber irgendwie musste diese verhängnisvolle Prügelei mit Johanna Berger zusammengehangen haben. Gottfried Hoffmann schien die Bergerin für den Grund zu halten, weshalb Elisabeth ihn nicht so liebte, wie er geliebt werden wollte. Nach all den Jahren noch! Offenbar hatte sie die Freundin damals vor dem »Mann mit der gebrochenen Nase« gewarnt und ihr von der Ehe abgeraten. »Wenn ich doch nur auf sie gehört hätte!«, hatte Elisabeth in Ännchens Armen geflüstert, bevor sie sich plötzlich von ihr losgerissen hatte und grußlos weggeschlichen war. Ännchen hatte ihm, Martin Münch, am Abend beim Essen von ihrer

Begegnung erzählt und ihn gebeten, sich mit Gottfried Hoffmann einmal »von Mann zu Mann« zu unterhalten, damit diese Brutalität gegen seine arme Frau endlich aufhörte. Doch dazu war es bisher noch nicht gekommen. Mangels Gelegenheit, wie er Ännchen gegenüber behauptet hatte. In Wirklichkeit jedoch hatte er einfach Angst.

»Worüber denkst du nach, Martin Münch?«

Gottfried Hoffmann schien ihn die ganze Zeit über beobachtet zu haben. Seine Augen waren blutunterlaufen, und die halblangen Haare trieften vor Fett, als hätte er sie seit Wochen nicht gewaschen. Nicht einmal einen Zopf band er sich mehr, geschweige denn, dass er anderweitig auf sein Äußeres achtete.

Martin Münch tat verblüfft.

»Worüber sollte ich schon nachdenken, Gottfried?«

Hoffmann antwortete nicht, beäugte ihn aber weiterhin misstrauisch.

»Du scheinst über meine Frau nachzudenken«, sagte er nach einer Weile unbehaglichen Schweigens. Er lachte hämisch.

»Wie kommst du denn darauf? Wieso sollte ich über deine Frau nachdenken?«

Martin Münch versuchte seiner Stimme Festigkeit zu geben. Er konnte sich kaum etwas vorstellen, das unangenehmer war als ein eifersüchtiger Gottfried Hoffmann. Nicht, dass er jetzt auch noch auf die Idee kam, er sei in Elisabeth verliebt! Zuzutrauen wäre ihm eine solche Idiotie durchaus. Wahrscheinlich würde er ihn dann von seinen Hunden durch Sachsenhausen jagen lassen, bevor er ihn dem Bären zum Fraß vorwarf.

»Lasst uns jetzt endlich zur Sache kommen!«, warf der Bierbrauer ungeduldig ein. »Es ist viel zu kalt, um hier lange rumzusitzen.«

Hildebrand Praetorius war ein kleiner drahtiger Mann, der immer in Eile war. Wäre die Hütte nicht so klein gewesen, wäre er sicher aufgestanden und hin und her gelaufen. Das Stillsitzen fiel ihm schwer. Er verbreitete eine geschäftsmäßige, unbehagliche Atmosphäre.

»Wir sind uns einig, dass die weitere Ausbreitung des Kaffees aufhören muss, weil sie unseren Geschäften schadet«, las er von einem Blatt ab.

Gottfried Hoffmanns rotes Trinkergesicht hatte sich schon verfinstert, als Praetorius sein Gespräch mit Martin Münch unterbrochen hatte. Nun schaute er geradezu gefährlich drein. Immer war er das Oberhaupt der Gruppe gewesen. Dass nun ein anderer sich als Anführer aufspielte, ließ er sich nur bieten, weil der Bierbrauer dringend gebraucht wurde. Seinen Unmut darüber zu zeigen, konnte er sich allerdings nicht verkneifen.

Doch Praetorius ließ sich nicht beirren.

»Der Kaffee muss mit allen Mitteln bekämpft werden, die uns zur Verfügung stehen«, las er weiter vor.

»Sollten wir nicht erst darüber sprechen, was mit unserem letzten Plan schiefgelaufen ist, bevor wir einen neuen machen?«, unterbrach ihn Martin Münch.

Er kam sich sehr mutig vor, weil er Widerstand leistete, auch wenn er wusste, dass er Hoffmanns Planungen bloß verzögern und nicht aufhalten konnte.

Dessen Augen waren auf den Schnapsbrenner Jockel Lauer gerichtet, als machte er ihn für das Desaster mit der Kaffeeguckerin verantwortlich.

»Jockel hat versagt. Er hat den Mann von diesem Weib nicht im Griff gehabt, diesen Hungerleider, der mir immer noch das Geld für drei Fuder von meinem besten Apfelwein schuldet. Und der hat seine Frau nicht im Griff gehabt, diese Kaffee-Schlampe! Die scheint ja ein tolles Schauspiel abgegeben zu haben, was man so hört!« Er grinste abfällig, sodass man seine gelben Zahnstummel sehen konnte. »Jedenfalls hat es auf die sanfte Tour nicht geklappt«, fuhr er fort, »und deshalb werden wir es diesmal anders angehen lassen – nicht wahr, Jockel?«

Das Gesicht des Schnapsbrenners zeigte keinerlei Regung.

»Nächstes Mal musst du den Leuten mehr Angst machen, verstanden? Denen muss richtig klar sein, was passiert, wenn sie nicht spuren!«

»Was soll ich denn machen? Ich habe der Alten mein Messer gezeigt, es ihrem Mann an den Hals gehalten. Soll ich sie etwa abmurksen?«

Martin Münch zweifelte keine Sekunde daran, dass der Schnapsbrenner seine Frage ernst gemeint hatte.

»Nein, nein, um Gottes willen! So etwas können wir nun wirklich nicht gebrauchen!«, rief Praetorius entsetzt. »Wir werden uns nicht mehr mit so einem Kleinkram wie diesen Einschüchterungsversuchen von Frau Berger aufhalten«, fügte er hinzu, als wäre er von Anfang an bei dem Feldzug gegen die Kaffeehauswirtin dabei gewesen. »Wir werden unseren Widerstand diesmal richtig groß aufziehen.«

Er wirkte verärgert, weil man ihn unterbrochen hatte, und erschüttert über Jockels Frage. Das ging ihm sichtlich zu weit.

»Es geht schließlich nicht um unsere Geschäfte, es geht um die Gesundheit der Bevölkerung!«

Der Schnapsbrenner hatte diesen Satz unter Mühen auswendig gelernt und sagte ihn nun bei jeder Gelegenheit auf. Immer wieder hatte Gottfried Hoffmann ihm eingebläut, dass ihr wichtigstes Bestreben sei, andere vor dem teuflischen Getränk zu retten, das süchtig machte. Bisher war nur Johanna Berger ihre Feindin gewesen, aber nun hatten sie sich mit Hildebrand Praetorius zusammengeschlossen und ein hehres Ziel: die Gesundheit der Frankfurter Bevölkerung. Sie alle hatten schließlich von Menschen gehört, die in einen Fieberwahn versunken waren, weil sie zu viel Kaffee getrunken hatten.

Martin Münch glaubte seinen Ohren nicht zu trauen. Unglaublich, dass ein illegaler Schnapsbrenner anderen Leuten das Kaffeetrinken verbieten wollte, weil er sich um ihre Gesundheit sorgte! Einer, der keinerlei Problem damit hatte, seinen Nächsten mit dem Tode zu bedrohen, wollte genau diesen plötzlich vor schädlichen Getränken beschützen! Trotzdem schien Jockel Lauer, dumm wie er war, langsam anzufangen, an seine Worte zu glauben. Doch statt auch nur zu schmunzeln, nickte Martin Münch genauso ernsthaft wie Hoffmann und Praetorius.

Der Bierbrauer griff in seine Mappe und zog ein weiteres eng beschriebenes Blatt hervor.

»Wir gehen am besten in zwei Schritten vor, um Frankfurt sauber zu halten von ausländischen Sitten, die nicht zu uns passen und unsere Bevölkerung nervös und gleichzeitig faul machen. Der muselmanische Magen mag ein solches Getränk vertragen. Der Körper eines Christenmenschen ist da anders. Bier, Wein und Schnaps – das ist deutsch. Das kennen wir, und dabei wollen wir bleiben.«

Beifall heischend blickte er in die Runde.

Jockel Lauer und Gottfried Hoffmann klopften mit den Fäusten zustimmend auf den Tisch, als hätte der Bierbrauer eine Staatsrede gehalten.

Martin Münch blieb nichts anderes übrig, als ebenfalls auf den Tisch zu klopfen. Selten hatte er einen größeren Quatsch gehört. Jeder von ihnen hatte schließlich berufsmäßig mit Leuten zu tun, die nicht nur nervös und faul waren, sondern schlichte Säufer. Sie alle kannten Familien, die am Hungertuch nagten, weil Vater oder Mutter alles versoffen. Doch sein Beifall kam zu spät, als dass die anderen sein Zögern nicht bemerkt hätten.

»Was ist, Martin?«, fragte Gottfried Hoffmann. »Bist du etwa anderer Meinung?«

»Keineswegs, das ist ... Das ist gg... ganz genau meine Meinung.«

Wie lange würde er das noch aushalten?, fragte sich Martin Münch erschöpft. War es wirklich zu spät, um auszusteigen? Er kannte Jockel Lauers Methoden. Würde der Schnapsbrenner dann auch ihn und seine Familie bedrohen?

»Schritt eins: Wir müssen die Apotheker auf unsere Seite ziehen. Das sollte nicht allzu schwer sein. Schließlich verdienen sie im Moment noch nichts am Kaffee. Erst wenn klar ist, dass das Getränk eine Droge ist und deshalb nur in Apotheken verkauft werden darf, machen sie ein Geschäft«, fuhr Praetorius fort. »Schritt zwei: Meine Frau, die ebenso besorgt ist wie wir, hat das Thema in ihrem Damenkränzchen angesprochen. Die Damen sorgen sich um die Gesundheit der Kinder. In manchen Familien sollen sogar schon die Kleinsten Kaffee trinken. Was viele Männer sonst noch so in den Kaffeehäusern treiben, will man gar nicht wissen. Doch stellen sich viele besorgte Ehefrauen diese Frage. Die Kaffeehäuser sind Orte der Hurerei. Nur mühsam hat man einst die Badestuben ausgeräuchert, nun huren sie in den Kaffeehäusern herum. Das muss abgestellt werden! Die Gruppe hat bereits ein Aufklärungsschreiben verfasst und wird während der Messe eine Kundgebung abhalten. Man will sich dann mit einer Petition an den Rat wenden.«

»Aber werden wir die Leute auf diese Weise nicht so aufhetzen, dass sie sich gegen jede Art von Gasthaus wenden?«

Martin Münch trank den letzten lauwarmen Schluck aus seinem Becher. Der Apfelwein der Hoffmanns war fader als seiner, befand er.

»Musst du immer alles ausbremsen und schlechtmachen?« platzte Gottfried Hoffmann heraus.

»Die Einwände sind doch berechtigt!«, widersprach ihm der Bierbrauer. Er zog eine große Uhr aus seiner Rocktasche. »Wir müssen uns beeilen. Ich habe nicht viel Zeit. Zu Ihrer Frage, Münch: Ich sehe das auch so. Wir müssen umsichtig vorgehen. Es muss klar sein, dass die Hurerei nur in den Kaffeehäusern geschieht. Wir haben bereits mit einigen Mädchen geredet und ihnen angedeutet, wie viel Geld sie dort verdienen könnten.«

Er zwinkerte den anderen anzüglich zu.

»Das ist alles viel zu umständlich!«, unterbrach ihn Jockel Lauer maulend. »Und es dauert zu lange. Wir schicken die Mädchen einfach zu Johanna Berger!«

»Wir dürfen auf keinen Fall Johanna Berger aus den Augen verlieren«, stimmte ihm Gottfried Hoffmann eilig zu.

»Das tun wir ja nicht – obwohl ich immer noch nicht ganz verstehe, warum wir uns um Johanna Berger und ihr Kaffeehaus ganz besonders kümmern sollten. Ist sie eine Art Anführerin?«, fragte Praetorius.

»Das ist sie«, sagte Hoffmann mit fester Stimme.

»Das also ist der Grund.« Praetorius fasste sich mit einer Hand an die Stirn, als hätte er es endlich begriffen. »Wenn sie die Anführerin ist, müssen wir uns natürlich vorrangig um sie kümmern.«

»Und sie ist eine Hure«, stieß Hoffmann finster hervor. »Eine Intrigantin, die die Frauen verdirbt. Sie wiegelt die Weiber gegen die Ehemänner auf.«

»Dann sollten wir leichtes Spiel mit ihr haben. Wir kümmern uns um ihren Ruf. Wir streuen das Gerücht, dass sie eine Hure ist und dass sie die Männer verdirbt und ihre Frauen gegen sie aufhetzt. Wir sorgen dafür, dass keine Frau will, dass ihr Mann in dieses Kaffeehaus geht. Wir beschaffen uns die Aussagen von einigen Mädchen und gehen dann vor den Rat, um die Schließung des Etablissements zu verlangen.«

Gottfried Hoffmann und Jockel Lauer nickten zustimmend.

»Gleichzeitig leiten wir die anderen Schritte ein. Und wir müssen Mitstreiter finden! Wir werden sie auch finden, denn wir sind nicht die Einzigen, die sich Sorgen machen.«

»Wir müssen versuchen, das Gesinde von Johanna Berger umzudrehen. Wir müssen mit denen reden und schauen, ob jemand dabei ist, der sich einem Angebot von unserer Seite geneigt zeigt. So eine Pleite wie die mit der Kaffeeguckerin können wir uns nicht noch einmal erlauben.«

Beifall heischend blickte sich Jockel Lauer um. Man konnte ihm ansehen, wie stolz er darauf war, auch mal eine Idee gehabt zu haben.

»Jockel hat recht«, stimmte Gottfried Hoffmann denn auch schmunzelnd zu. »Wir brauchen einen Zeugen gegen Johanna Berger. Jemanden, der ihre Hurerei miterlebt hat. Leider bist du nicht der Richtige, mein lieber Jockel, um dich dort rumzutreiben.« Er ließ seine Augen zu Martin Münch wandern. Sein Blick flackerte, als er triumphierend ausrief: »Aber du bist der Richtige, Martin!«

Die anderen sahen verblüfft zu dem großen hellblonden

Mann mit der ausgeprägten Adlernase, der so gar nichts Unauffälliges an sich hatte.

Martin Münch sank das Herz in die Hose. Das konnte Gottfried Hoffmann doch nicht ernst meinen!

»Warum ausgerechnet ich?«, fragte er.

»Darum!«, sagte Gottfried mit gefährlich leiser Stimme und starrte ihn aus seinen blutunterlaufenen Augen an.

»Mensch, Martin!«, sprang Jockel nach einem Moment des Zögerns hilfsbereit ein. »Wir haben keine andere Wahl! Die Berger-Schlampe kennt Gottfried. Herr Praetorius ist eine bekannte Persönlichkeit in der ganzen Stadt, und ich – na ja«, kicherte er gepresst, »ich eigne mich auch nicht wirklich dazu.«

Jockels Verbrechervisage flößte wahrlich niemandem Vertrauen ein, dachte Martin Münch. Selbst wenn er ausnahmsweise mal gar nichts Böses im Sinn hatte, schauten ihn die Menschen misstrauisch an, hielten ihre Geldbeutel fest und blickten sich nach den Ordnungshütern um. Jockel Lauer sah genau so aus, wie brave Bürger sich einen Verbrecher vorstellten.

»Aber ich bin doch viel zu auffällig!«, protestierte er.

»Du willst dich nur mal wieder drücken!«, stieß Gottfried Hoffmann wütend hervor und trat seinem Nachbarn unter dem Tisch ans Schienbein, sodass die Becher auf dem Tisch gegeneinanderschepperten.

»Na, na«, versuchte der Bierbrauer zu beschwichtigen.

»Es wird dir nicht gelingen, dich zu drücken! Oder stehst du etwa nicht hinter unserer Sache?«

»Doch, doch, natürlich!«, stotterte Martin Münch und hielt sein schmerzendes Schienbein.

Er würde etwas liefern müssen, um glaubwürdig zu bleiben, überlegte er. Je mehr er von dieser Kaffeehauswirtin hörte, desto interessanter erschien sie ihm. Nur einmal hatte er sie vor wenigen Wochen im Vorbeilaufen zufällig vor ihrem Lokal stehen sehen, und da er im Kampf gegen die Kaffeehausbesitzer bisher nicht an vorderster Front gekämpft hatte, konnte es gut sein, dass sie ihn noch nie bewusst wahrgenommen hatte. Wenn er ehrlich war, bewunderte er Johanna Berger sogar aus ganzem Herzen, wie sie so tapfer Widerstand gegen Gottfried Hoffmann und Jockel Lauer leistete und offenbar gänzlich unbeeindruckt von ihren Machenschaften weiter ihren Weg verfolgte. Noch dazu war sie ihm einfach unglaublich anziehend erschienen, mit ihrer zierlichen Figur und dem roten Haaransatz, der unter ihrer Haube hervorgelugt hatte. Die sehr blasse Haut und die kastanienfarbenen Augen hatten einen hübschen Kontrast zueinander gebildet. Sie hatte die Aura eines Menschen, der einmal etwas Großes tun würde, auch wenn sie es selbst noch nicht wusste. Und sie wirkte wie jemand, der den Dingen auf den Grund ging, der keine halben Sachen machte, sondern alles bis zum Ende durchfocht.

Plötzlich verspürte er eine gewisse Vorfreude, dass er die Frau, von der so viel die Rede war, endlich einmal persönlich kennenlernen würde. Auch wenn ihm die Umstände ganz und gar nicht recht waren, so ließe sich doch vielleicht noch etwas aus der Situation machen. Zumindest würde sich ihm eine Gelegenheit bieten, mit dieser starken und faszinierenden Frau ins Gespräch zu kommen.

## 3. KAPITEL

Lautes Stimmengewirr und ein durchdringender Essensgeruch empfingen Johanna, als sie die Gaststube betrat. Während sie noch ein paar dringende Einkäufe erledigt hatte, war die *Coffeemühle* richtig voll geworden. Hannes, ihr elsässischer Koch, ruhte sich wie jeden Tag über einem Becher dampfendem Kaffee vom Kochen aus und schaute Schosch bei der Arbeit zu. Nachdem sie einige Gäste persönlich willkommen geheißen und mehrere Hände geschüttelt hatte, trat sie zu dem Koch an den Familientisch.

»Hast du alles bekommen?«, begrüßte er sie.

Er hatte sich so hingesetzt, dass er die Töpfe auf dem Herd auch während seiner Pause im Blick hatte.

»Ja, bis auf Milch. Die hatten sie heute nicht.«

Johanna ließ sich auf dem kleinen Hocker ihm gegenüber nieder. Einen Moment nur, einen winzigen Moment wollte sie sitzen, mit dem Rücken zum Geschehen. Gleich würde sie sich wieder um alles kümmern.

»Schau mal, das habe ich heute Morgen auf dem Weg hierher in die Hand gedrückt bekommen.«

Hannes schob ihr einen zerknitterten Zettel hinüber. Er war ein stämmiger Mann mit dunkelblonden Korkenzieherlocken. Sein Gesicht war stark gerötet, da er häufig dem Schnaps zusprach.

Was konnte das nun schon wieder sein? Johanna hatte erst Lesen und Schreiben gelernt, als sie schon erwachsen war. Adam hatte es ihr beigebracht. Sie war nur eine einfache Bauerntochter, und niemand hatte geglaubt, dass diese Fähigkeiten für sie eines Tages von Nutzen sein könnten. Jeden Abend, wenn die Kinder schliefen und das Kaffeehaus geschlossen war, hatte Adam mit ihr geübt. Auch jetzt fiel ihr das Lesen schwer: Die kurzen Wörter erkannte sie sofort, aber die langen musste sie Buchstabe für Buchstabe laut lesen und dann die Silben einzeln zusammensetzen. Meistens ergab das Wort dann einen Sinn. Wenn sie mit ihrer Korrespondenz nicht weiterkam, lief sie zu Ludwig Haldersleben hinüber, der ihr dann zwar gleich einen ganzen Vortrag über das entsprechende Wort hielt, aber ihr stets zu Diensten war.

»Bürger!«, las sie nun, »haltet Euch fern von den unsittlichen Kaffeehäusern! Bleibt bei Euren Familien! Lasst Euch nicht verführen von losen Weibern und drogenhaltigen Getränken! Kommt zur Versammlung gegen die Unzucht in Kaffeehäusern am ersten Messetag um die Mittagsstunde …«

Johanna schüttelte angewidert den Kopf. Eine Strähne ihres roten Haares löste sich aus der Haube. So viel, wie sie heute schon hin und her gerannt war, war es kein Wunder, dass ihre Frisur nicht hielt. Rasch stopfte sie die Haare zurück in die Haube.

»Das sind doch alles Verrückte! Das nimmt denen keiner ab!« Hannes schlürfte seinen letzten Schluck Kaffee aus dem Becher. »Es steht nicht dabei, wer zu der Versammlung aufruft. Ob das wieder eine neue Attacke von Hoffmann ist?«

Sein breites Gesicht war von der Hitze im Raum noch geröteter als sonst.

Johanna zuckte mit den Schultern. Nein, das konnte sie sich nicht vorstellen. Gottfried hasste sie, weil er sie für die Schwierigkeiten, die er mit Elisabeth hatte, verantwortlich machte. Ein solcher Rundumschlag gegen sämtliche Kaffeehäuser Frankfurts wäre völlig untypisch für ihn. Seine Angriffe richteten sich immer nur ganz gezielt gegen sie.

»Nein, ich denke, das ist echt. Das kommt nicht von unserem Lieblingsfeind. Da stecken irgendwelche aufgebrachten Frauen dahinter, die sich grämen, weil ihre Ehemänner ihre gesamte Zeit im Kaffeehaus verbringen und dort ihr ganzes Geld hintragen.«

»Oder neidisch sind, weil sie selbst nicht herkommen dürfen!«

Johannas Hausnachbar, der Schuhmacher Denzel, zwinkerte ihr vieldeutig zu, während er sich geschmeidig neben den Koch auf die Bank gleiten ließ.

»Sie meinen, die Frauen sind in Wirklichkeit einfach nur zornig darüber, dass sie zu Hause bleiben müssen, während ihre Männer sich draußen amüsieren?«, fragte Johanna zurück.

»Natürlich! Das ist doch klar, oder? Sie glauben gar nicht, was meine Kundinnen mir so alles erzählen! Die meisten von ihnen leiden darunter, dass sie außerhalb ihrer vier Wände keinen Ort haben, wo sie sich treffen können. Wo sie auch mal andere Frauen kennenlernen. Oder auch ein bisschen gucken können, was die Herren der Schöpfung so alles treiben.«

Der Schuhmacher lachte leise und legte umständlich seinen Rock ab. In seiner Schusterei wurden die feinsten Pantöffelchen der ganzen Stadt hergestellt. Sogar aus Hanau, Höchst und Homburg kamen die Kundinnen eigens zu ihm angereist. Die Pantöffelchen und das viele Zwinkern, ja, eigentlich alles an ihm stand in einem eigenartigen Kontrast zu seiner starken Religiosität. Die Denzels gehörten zur Herrenhuter Brüdergemeinde. Viele Jahre hatten sie auf dem Gut des Grafen Zinzendorf, dem Gründer der Herrenhuter, mit Gleichgesinnten streng nach der Bibel gelebt. Erst nachdem Gregor Denzels Vater gestorben war und er den Betrieb hatte übernehmen müssen, war die Familie zurück in ihre Heimatstadt gekommen. Innerhalb von kürzester Zeit hatte Denzel sich einen exzellenten Ruf erworben. Er kam kaum nach, die zahlreichen Bestellungen abzuarbeiten, die all die vornehmen Frankfurter Bürgerinnen bei ihm aufgaben. Doch es waren nicht allein die Pantöffelchen, warum sie so gern zu Denzel gingen, mutmaßte Johanna. Obwohl sein rechtes Augenlid seit einem lange zurückliegenden Kutschenunfall stark nach unten hing, war der Schuster ein attraktiver Mann. Und er verstand die Frauen, das hatte sie selbst auch schon mitbekommen. Er wusste ihnen Aufmerksamkeit zu schenken, sich in sie einzufühlen, ihnen Komplimente zu machen. Über ihre zarten Füßchen. Oder den eleganten Schwung ihrer Waden … Über ihn und die Damenwelt wurde so einiges gemunkelt, das war Johanna nicht verborgen geblieben. Sie glaubte aber nicht, dass wirklich etwas an den Gerüchten dran war, dazu war Denzel dann doch zu strenggläubig.

»Glauben Sie mir: Ich kenne mich aus mit Frauen!«, warf sich der Schuhmacher in die Brust. »Ich weiß, wie es in ihren Seelen aussieht, liebe Johanna. Was den Damen gefällt und was ihnen nicht gefällt. Vor allem diejenigen, von denen man meinen möchte, es ginge ihnen besonders gut, mit ihren vielen Dienstboten und den schönen Kleidern, gerade die haben unter schrecklicher Langeweile zu leiden. Was meinen Sie, warum die Damen so häufig in meiner Werkstatt auftauchen? Hier eine Anprobe, da eine Anzahlung, dort eine Zweit- oder Umbestellung. Das wäre alles gar nicht nötig und in einer einzigen Sitzung zu erledigen. Oder man schickt die Magd. Aber nein, ein bisschen Tapetenwechsel ab und zu muss einfach sein! Und auch die weniger reichen Frauen, die den ganzen Tag in den Läden ihrer Männer stehen und das Gesinde beaufsichtigen müssen, haben ein wenig Abwechslung verdient. Auch sie brauchen schließlich mal eine Pause. Ja, warum sollte es den Frauen anders gehen als uns Männern?«

Johanna nickte bedächtig. Wie recht er hatte! Sie konnte sich noch gut daran erinnern, wie öde ihr das Leben manchmal vorgekommen war, als sie noch draußen in Bornheim gewohnt hatte. Dabei gab es auf einem Bauernhof natürlich immer genug zu tun. Das konnte man nicht vergleichen. Aber wie froh war sie über jeden Besucher gewesen, der das tägliche Einerlei durch seine Anwesenheit unterbrach. Sie selbst hatte ab dem Zeitpunkt, da sie mit Adam verheiratet war und jeden Tag in der *Coffeemühle* arbeitete, natürlich genug Abwechslung und Kontakt zu anderen Menschen gehabt. Wenn nicht gar zu viel. Schon oft hatte sie sich nach ein wenig mehr Ruhe und Einsamkeit gesehnt. Doch wenn man ein Kaffeehaus führte, musste man natürlich da sein, wenn die Gäste kamen …

Plötzlich durchfuhr es sie wie ein Blitz: Was wäre, wenn sie die Frauen, die vor lauter Neid auf ihre kaffeetrinkenden Männer auf dumme Gedanken verfielen, einfach zu sich einlud? Und zwar unabhängig von den Männern. Ja, das war es, was in der Stadt noch fehlte: ein Kaffeehaus nur für Frauen! Und sie wäre die Erste, die ein solches eröffnete. Genauer gesagt, die einen Damensalon eröffnete, ein separates Zimmer innerhalb der *Coffeemühle*, in dem ihre Kundinnen ganz unter sich sein konnten, fast als wären sie zu Hause. Eine Art gute Stube, mit Kaffee, Kuchen und Musik.

»Johanna, Sie lächeln so geheimnisvoll! Sieht ganz so aus, als hätte ich Sie auf eine Idee gebracht, kann das sein?«

Wieder zwinkerte Schuhmacher Denzel ihr mit seinem gesunden Auge zu.

Johanna wiegte leicht den Kopf. Dem Mann blieb aber auch

nichts verborgen! Doch sie würde ihre Idee noch nicht verraten. Erst einmal musste sie alles genau durchdenken, bevor sie darüber sprach.

»Dann gehe ich mal wieder und schaue nach dem Essen. Wirsingeintopf mit Speck gibt es heute«, sagte Hannes ächzend.

Die ganze Zeit hatte er mit auffallend unbeteiligter Miene zugehört, um klarzustellen, dass er in der Pause war und ihn das Ganze eigentlich gar nichts anging. Er griff nach dem Kochlöffel, der vor ihm lag, nickte Denzel zu und erhob sich schwerfällig. Seine leere Kaffeeschale ließ er auf dem Tisch stehen.

»Was hätten Sie denn gerne, lieber Herr Denzel?«, fragte Johanna den Schuhmacher freundlich, ohne auf seine letzte Bemerkung einzugehen.

Bevor Denzel etwas erwidern konnte, war Anne flink wie ein Wiesel herangeschossen. Mit frischer Haube und gestärkter Schürze trat sie ihren abendlichen Servierdienst an.

»Wie immer?«, fragte sie nur in Richtung des Schuhmachers.

»Wie immer«, antwortete dieser.

»Sie meinen, den Frauen fehlt es schlicht an Abwechslung? Und sie beneiden die Männer letztlich nur um ihre Möglichkeiten, sich außerhalb von zu Hause zu vergnügen?«, fragte Johanna, nachdem Anne in Richtung Küche verschwunden war.

Sie gab sich betont ungezwungen, damit der Schuster bloß nicht meinte, sie wolle noch mehr Informationen aus ihm herausholen. Der Gedanke an einen Salon nur für Damen ging ihr nicht mehr aus dem Kopf. Das wäre die Geschäftsidee! Das, wonach sie immer gesucht hatte! Sie würde der Konkurrenz ein für alle Male ein Schnippchen schlagen, jubelte sie innerlich.

»Genauso ist es doch! Meine Frau zetert jeden Abend rum, weil sie nicht mitdarf, wenn ich noch auf ein Tässchen in die *Coffeemühle* gehe. Natürlich würde sie das nie zugeben. Nur lose Weiber würden sich schließlich in ein Kaffeehaus setzen.« Er zögerte einen Moment und fügte dann hinzu: »Ausgenommen die Wirtin und das Serviermädchen natürlich!«

Er strahlte Anne an, die einen Becher Kaffee vor ihm abgestellt und bei seinen Worten in gespielter Empörung das Gesicht verzogen hatte.

Johanna rechnete es ihrem Nachbarn hoch an, dass er nicht ein einziges Mal in Versuchung gekommen war, den illegalen Kaffeestand auf dem Römerberg aufzusuchen. »Ich fühle mich hier wohl. Ihr Kaffee ist der beste, da muss ich nichts Neues ausprobieren«, hatte der Schuhmacher gesagt, als sie ihn auf ihre Konkurrentin angesprochen hatte.

Vom Herd roch es nun so stark nach Essen, dass sie plötzlich merkte, wie hungrig sie war. Gerade noch war sie fürchterlich erschöpft gewesen, aber durch die neue Geschäftsidee fühlte sie sich nun seltsam belebt. Am liebsten wäre sie aufgesprungen und hätte alles laut in den Raum hineinposaunt. Aber nein, die Konkurrenz würde noch früh genug davon Wind bekommen. Doch ganz für sich behalten konnte sie die Idee auch nicht.

»Ich mache das!«, platzte sie dem verdutzten Schuhmacher gegenüber heraus.

»Was?«

»Ich eröffne einen Salon für Damen. Stellen Sie sich das mal vor …« Sie drehte sich mit dem Gesicht in den Raum und zeigte zum Hinterzimmer. »Ich stelle den Billardtisch nach vorne und richte das abgeschottete Zimmer dort hinten schön ein, damit die Damenwelt es gemütlich hat. Das ist eine sensationell neue Idee! Sie werden alle kommen«, triumphierte sie.

»Das ist es also, was Ihnen die ganze Zeit schon durch den Kopf geht, während wir hier sitzen!« Denzel lachte vergnügt. »Aber Sie haben völlig recht: Das hört sich wirklich nach einem grandiosen Plan an.«

Er nippte an seinem Kaffee und schwieg einen Moment.

»Sie könnten Zettel bei mir auslegen«, sagte er dann. »Ich würde Sie natürlich weiterempfehlen, keine Frage.« Mit ernster Miene deklamierte er: »Ein jeder sehe nicht aufs Seine, sondern auf das, was seinem Nächsten dient!«

Wahrscheinlich wollte der Schuhmacher eine Provision für seine Vermittlung kassieren, vermutete Johanna. Doch sie hatte keine Lust, jetzt schon mit ihm darüber zu verhandeln. Denzel führte zwar immer das Wort Gottes im Mund, aber das Leben eines Bettelmönchs hätte er nicht führen wollen.

»Es würden vielleicht nicht die Vornehmsten der Vornehmen kommen. Aber so ein kleines Tässchen nach dem Schuhkauf, das würde bei meinen Kundinnen sicher gut einschlagen …«

Ohne dass Johanna ihr Herannahen gehört hätte, stand plötzlich wieder Anne neben ihnen und knallte hektisch zwei dampfende Schüsseln mit Wirsingeintopf auf den Tisch.

Sie hatte sich schon wieder umgedreht, als Johanna ihr hinterherrief:

»Wo sind Margarethe und Lili?«

Ihre zehn und dreizehn Jahre alten Stieftöchter hatten nach dem Tod ihres Vaters Adam nur noch sie. Sie musste gleich nach ihnen schauen.

»Essen oben mit Sybilla. Bringt sie auch ins Bett.«

Anne hatte es zu eilig, um in ganzen Sätzen zu reden. Sie war schon wieder unterwegs zum Herd, wo Hannes mit einer großen Schöpfkelle Schüssel um Schüssel füllte.

Pünktlich zum Essen öffnete sich die Tür zur Straße, und der Kartenmacher trat ein.

»Darf ich?«, fragte er höflich und ließ sich mit klirrenden Orden auf seinem Stammplatz neben dem Schuhmacher nieder. Er legte eine eng gewickelte Rolle neben sich ab.

»Die werde ich Eisenzink verkaufen«, antwortete er auf Johannas fragenden Blick. »Dem Schießpulvermühlenbesitzer. Es ist eine Karte von Oberitalien, wohin sie gerade unterwegs sind.«

»Die Bergerin hat eine neue Geschäftsidee. Sie überlegt, einen Salon für Damen zu eröffnen«, kam Gregor Denzel ohne Umschweife auf ihr eigentliches Thema zurück. Er tauchte seinen Löffel tief in den Wirsingeintopf.

»Ausgezeichnet!«, stimmte der Kartenmacher heftig nickend zu. Etwas Staub fiel aus seiner Perücke auf den Tisch. »Das wäre sicher auch etwas für meine Schwester.«

Cornelia Haldersleben führte ihrem Bruder den Haushalt,

seit dieser verwitwet war. Sie hatte ihren Mann in Darmstadt allein gelassen. Die Kinder waren schon lange aus dem Haus. Sie war eine resolute ältere Dame, die ihr dünnes, weißes Haar in einem souveränen Dutt trug. Jeden Vormittag unterrichtete sie Margarethe und Lili in Lesen, Schreiben und Rechnen. Nachmittags durften die Mädchen Ludwig Haldersleben beim Kartenstechen zusehen. Lili war ganz sicher, dass sie später einmal Kartenmacherin werden wollte. Für Margarethe, die Ältere und Vernünftigere, kam nur eine Zukunft als Kaffeehauswirtin infrage.

»Ihre Schwester könnte als eine Art Gastgeberin fungieren«, spann Schuhmacher Denzel die Idee weiter. »Sie wäre genau die Richtige dafür. Wenn Ihre Schwester käme, würde wohl sogar meine Frau kommen, denn dann wüsste man, dass das eine ehrenwerte Sache ist.«

Er schielte zu Johanna hinüber, als könnte sie beleidigt sein. Aber Johanna wunderte sich nur wieder einmal, weil nie jemand ein Wort darüber verlor, dass Cornelia Haldersleben ihren Mann in Wirklichkeit verlassen hatte. Alle taten so, als wäre sie verwitwet. Obwohl das doch ihre, Johannas, Rolle war.

»Ich lasse Sie beide jetzt mal allein, meine Herren! Ich muss nach den Mädchen sehen.«

Rasch griff sie ihren leeren Teller und Hannes' Tasse und stand auf, um den Schuster und den Kartenmacher weiter Pläne schmieden zu lassen. Sie hatte wirklich Glück, so nette Nachbarn zu haben, beglückwünschte sie sich einmal mehr. Im Grunde waren es ja eher Freunde. Jedenfalls Menschen, auf die man sich verlassen konnte, das hatte sie in den schweren Stunden nach Adams Tod oft genug gemerkt. Mit Rat und Tat hatten ihr die Halderslebens, Schuhmacher Denzel und noch einige andere zur Seite gestanden. Nur eine richtig gute Freundin fehlte ihr noch immer, so eine, wie Elisabeth es gewesen war. Der sie ihre ureigensten Ängste, Schwächen und Sehnsüchte hätte anvertrauen können. Ihre Nachbarn dachten sicher alle, sie würde ihr Leben gut hinbekommen – ein paar Geldschwierigkeiten hier, der Ärger mit Hoffmann da, aber alles in allem wäre sie hart im Nehmen. Ja, wenn das mal so wäre! Von den vielen Nächten, in denen sie vor Sorgen oder vor Erschöpfung kein Auge zubekam oder in denen sie sich einsam und unglücklich in den Schlaf weinte, hatte sie noch nie jemandem erzählt. Sie hatte schon ein paarmal überlegt, ob sie sich Cornelia Haldersleben anvertrauen sollte. Doch die sehr viel Ältere mit dem strengen Blick einer Äbtissin schüchterte sie ein. Johanna kam sich in ihrer Gegenwart immer so vor, als wäre sie eine Novizin im Kloster. Nein, sie brauchte eine richtige Freundin in ihrem Alter, mit der sie sich austauschen konnte. Oder einen Mann, der an ihrer Seite war und sie beschützte. So wie Adam es getan hatte.

Sie kämpfte sich an einigen Gästen, die im Stehen aßen und lautstark ihre Geschäfte diskutierten, vorbei zum Herd.

»Ah, die Frau Wirtin!«, versuchte der Bendermeister vom Garküchenplatz sie in ein Gespräch zu verwickeln, während er mit dem Finger gegen seine Schnupftabakdose klopfte, um sich eine Verdauungsprise zu gönnen.

»Schön, Sie zu sehen, Meister Volckhardt!«, grüßte Johanna und schob sich an ihm vorbei. »Ich muss rasch mal nach meinen Mädchen schauen.«

Auf keinen Fall wollte sie sich jetzt schon wieder die Geschichte von seinem Umzug anhören. Der Bendermeister war gerade von der Bendergasse zum Garküchenplatz gezogen und erzählte jeden Tag, wie zufrieden er mit seinem neuen Wohnort sei. Das glatte Gegenteil zur Bendergasse, wo man sich doch arg auf die Nerven gefallen sei. »Das ganze Geklopfe und Gehämmere den lieben langen Tag! Und alle reden nur über Fässer, Bottiche, Zuber, Tonnen und Eimer. Das ist doch eine ganz andere Welt am Garküchenplatz. Wir wohnen zwischen einer Eisenwarenhandlung und dem Kranmeister vom Leonhardstor. Viel ruhiger ist es dort«, pflegte er zu sagen.

Der Eintopf schmurgelte noch immer über dem Feuer. Sybilla nahm den großen Kessel vom Haken und schüttete das dampfende Wasser in einen Holzbottich, in dem schon die dreckigen

Teller und Löffel lagen. Etwas Wasser schwappte auf die Holzdielen. Anne und Sybilla nahmen je einen Griff des Bottichs, um ihn in die Spülküche zu tragen.

»Die Mädchen liegen schon im Bett«, rief Sybilla ihr im Gehen zu.

»Danke, Sybilla!«

Johanna eilte den Treppenturm zum zweiten Stock hinauf, wo die Familie wohnte, während der erste Stock den Übernachtungsgästen vorbehalten war. Die Mädchen schliefen bereits tief und fest. Sie unterdrückte ihr schlechtes Gewissen, weil es wieder einmal Sybilla gewesen war und nicht sie als ihre Mutter, die die beiden ins Bett gebracht hatte, und lief in das Kontor. Sie klappte Adams alten Sekretär auf, stellte den dreiarmigen Leuchter auf die Tischplatte und holte eine dicke Kladde aus dem kleinen Regal mit den Geschäftsbüchern. Ungelenk nahm sie die Feder in die Hand und klappte den Deckel des Tintenfasses zurück. Sie tauchte die Feder in die Eisengallustinte und listete in ihrer kindlichen Handschrift auf, was sie für einen Damensalon alles anschaffen müsste.

Als sie alle Posten zusammengezählt hatte – Rechnen fiel ihr leichter als Schreiben –, kam sie auf ein Ergebnis von über zweihundert Gulden. Eine beträchtliche Summe. Wo sollte sie die bloß hernehmen? Der Damensalon war wirklich eine großartige Idee, die unbedingt umgesetzt gehörte. Bei Licht betrachtet, war er sogar mehr als das: nämlich ihre letzte Chance. Mit dem Damensalon würde sie ihre Konkurrenz ein für alle Male hinter sich lassen und die *Coffeemühle* fest in der Stadt etablieren können. So etwas hatte niemand. Und war es nicht an der Zeit, endlich mal den Frauen etwas Amüsement zu bieten?

Sie grübelte über den Ziffern, kürzte hier und dort, aber die Summe änderte sich nicht. Zweihundert Gulden! Johanna starrte auf die flackernden Kerzen. Seit Adams Tod waren jetzt gut zwei Jahre vergangen. Mit mehr Glück als Verstand hatte sie das Geschäft bisher halten können. Fragte sich, wie lange noch. Die Umsätze waren in den letzten Monaten stark zurückgegangen, warum auch immer. Und jetzt mit diesem Aufruf gegen die Kaffeehäuser würden sicher noch weniger Gäste kommen. Wenn sie also den Laden nicht gleich dichtmachen wollte, blieb ihr nur die Flucht nach vorn. Ja, der Damensalon war wirklich ihre letzte Chance! Irgendwoher musste sie das Geld für die Einrichtung einfach nehmen, und wenn sie sich verschuldete!

Johanna stand auf und schob ihren Stuhl zurück. Draußen war es stockfinster. Nicht einmal der Mond schien. Die letzten Gäste waren sicher schon lange nach Hause gegangen. Auch für sie war es höchste Zeit, in die Federn zu kommen. Der Tag morgen würde wieder sehr anstrengend werden, sie würde all ihre Kraft brauchen. Um den Damensalon in Angriff zu nehmen und damit die *Coffeemühle* zu retten. Das war sie Adam und den Mädchen einfach schuldig.

## 4. KAPITEL

In der Judengasse herrschte Hochbetrieb. Als Johanna durch das Tor lief, das nachts und an Sonn- und Feiertagen geschlossen war, um die Bewohner der Gasse von den Christen zu trennen, sah sie vor sich einen Menschenauflauf. Sie nahm sich vor, einfach vorbeizugehen, ohne stehen zu bleiben. Zu spät bemerkte sie, dass die ganze Gasse mit Menschen verstopft war. Auf einmal stand sie mitten in der Menge, bekam kaum noch Luft, und als sie panisch zurück in Richtung Tor ausweichen wollte, stellte sie fest, dass auch nach hinten kein Durchkommen mehr war. Alle Fluchtwege waren abgeschnitten, sie steckte fest. Von jeder Seite drängte jemand gegen sie. Flüche und Schreie hallten in der engen Gasse wider. Ein rabiater junger Mann mit kurzen Schläfenlocken, der aus der Gegenrichtung kam, drückte sie rücksichtslos gegen die Flanke eines Ochsen.

»Achtung, passen Sie doch auf!«, schrie sie dem jungen Mann hinterher, der sich nicht einmal umdrehte.

Der Ochse zog einen mit Holz beladenen Karren und schien ganz allein unterwegs zu sein. Wenn man ihn hier so unbeaufsichtigt herumlaufen ließ und davon ausging, dass er seinen Weg kannte, dann konnte er nicht wirklich gefährlich sein, hoffte Johanna.

Ihre Position wurde immer unangenehmer. Ihr einer Fuß fühlte sich kalt an – kalt und irgendwie nass. Sie blickte an sich herunter. Das hatte ihr gerade noch gefehlt! Mit einem Bein stand sie in dem eisigen Wasser, das durch eine Abwasserrinne in der Mitte der Gasse floss. Vorsichtig versetzte sie ihren Fuß ein Stückchen mehr nach rechts, soweit es der wenige Platz zuließ. Eine Hand legte sie sicherheitshalber auf die Geldkatze, die sie um ihren Bauch gegürtet hatte. Bestimmt liefen hier jede Menge Taschendiebe herum, die das Gedränge für sich nutzen wollten.

Auf beiden Seiten der Gasse räumten die Ladeninhaber eilig ihre Waren aus dem Weg. Ein paar Hockinnen versuchten zeternd ihre kleinen Stände in Sicherheit zu bringen. Schon wurde ein Schubkarren umgeschmissen, aus dem heraus eine der Händlerinnen ihre Waren verkaufte, und Dutzende kleiner, verschrumpelter Äpfel kullerten auf dem Boden herum.

Was für ein Durcheinander! So schlimm waren die Verhältnisse bei ihren letzten Besuchen in der Judengasse aber nicht gewesen. Was war denn bloß los heute? So ein Gedränge, das war ja kaum zum Aushalten! Johanna musste unwillkürlich an die beiden großen Brände denken, die vor gar nicht allzu langer Zeit jeweils die ganze Gasse in Flammen hatten aufgehen lassen. Beim zweiten Feuer war der Schaden zwar nicht ganz so groß gewesen, wie Adam ihr erzählt hatte, aber die Häuser waren noch immer nicht alle wieder aufgebaut. Und trotzdem hatte der Rat der Stadt die Juden vor ein paar Jahren gezwungen, ihre Zwischenunterkünfte bei christlichen Familien zu verlassen und in die baufällige Gasse zurückzukehren. Kein Wunder, dass hier ständig weiteres Unheil drohte, Häuser in sich zusammenstürzten, Menschen von herabfallenden Ziegeln erschlagen wurden und neue Brandherde entstanden! Roch es nicht schon wieder nach Feuer? Johanna schnupperte. Stieg da hinten über dem Dach nicht eine Brandsäule auf? Und das, während sie zwischen diesen ganzen Leibern feststeckte!

Ein Peitschenknall ließ sie zusammenzucken. Sie meinte noch den Lufthauch der Gerte auf ihrer Wange zu spüren, als direkt vor ihr ein Pferd scheute und mit den Vorderbeinen in die Höhe stieg. Sein Reiter, ein junger Mann, den man an seiner Kleidung als Nichtjuden erkennen konnte, hatte es wohl eilig gehabt und durch die Menge preschen wollen. Jetzt schien ihm sein Pferd einen Strich durch die Rechnung zu machen. Johanna sah, wie er sich abmühte, nicht den Halt auf dem nunmehr fast senkrecht aufgerichteten Pferderücken zu verlieren und aus dem Sattel zu rutschen.

»He, holla!«, brüllte er auf sein Pferd ein und zog erneut die Peitsche, während er gleichzeitig an den Zügeln riss und dem Tier die Sporen in den Unterleib rammte.

Doch der Rappe tobte nur noch mehr und fing an, auf seinen Hinterbeinen im Kreis zu tänzeln. Rasch hatte sich eine kleine Freifläche um Pferd und Reiter gebildet; alle hatten sie Angst, von den Hufen des Tieres getroffen zu werden. Immer dichter pressten sich diejenigen aus der vorderen Front gegen die hinter ihnen Stehenden. Johanna hörte ein Kind schreien, das unter den Ochsen neben ihr gedrängt wurde.

»Nein!«, wimmerte der kleine Junge.

»Was ist passiert, Herschel?«

Der Vater des Jungen versuchte gerade mit Johannas Hilfe den Kleinen unter dem Ochsen hervorzuzerren, der als Einziger keine Panik zu verspüren schien und ungerührt wiederkäuend dastand, als ein Geräusch wie von zersplitternden Knochen an ihre Ohren drang, dicht gefolgt von einem markerschütternden Schrei.

Zwischen den Schultern ihrer Vordermänner hindurch konnte Johanna sehen, wie eine alte Frau in einem langen schwarzen

Mantel zu Boden stürzte. Der Rappe, dessen Hufe offenbar ihre Rippen zertrümmert hatten, bäumte sich ein letztes Mal auf und preschte dann, wild angetrieben von seinem auf ihn einpeitschenden Reiter, durch die sich blitzschnell bildende Furt in der Menschenmenge davon.

»Einen Arzt, so holt doch einen Arzt!«, schrie eine heisere Männerstimme.

Ein paar junge Kerle wollten die Verfolgung des Reiters aufnehmen, mussten aber schon nach wenigen Schritten einsehen, dass sie gegen das davongaloppierende Tier und die sich sofort wieder zusammendrängende Menge nichts ausrichten konnten.

Johanna war wie gelähmt. Wegen des schrecklichen Unfalls, der unmittelbar vor ihren Augen passiert war, hatte sie sich kaum gegen das Drängen der Umstehenden gewehrt und sich willenlos herumschubsen lassen. Sie befand sich nun Bauch an Flanke mit dem Ochsen, als wollte sie das Tier von hinten umarmen. Gott sei Dank stand sie mit dem Rücken zu der verletzten Frau und musste sich nicht dem Anblick von Blut und Knochensplittern aussetzen! Der Schrei, den die Alte ausgestoßen hatte, als die Hufe auf sie niederkrachten, hallte noch immer in ihren Ohren wider, wie ein Echo. Jetzt wimmerte die Frau nicht einmal mehr.

Endlich hatte der Vater seinen sich sträubenden Sohn unter dem Ochsen hervorgezogen und ihn sich auf die Schultern gesetzt. Energisch und ohne Rücksicht zu nehmen machte er Anstalten, sich seitlich an einer Dienstmagd mit einem Eierkorb auf dem Kopf vorbeizuzwängen. Das Mädchen schien keine andere Sorgen als ihre hochaufgetürmten Eier zu kennen, sodass es tatsächlich einen winzigen Schritt zur Seite tat und den Vater passieren ließ.

Johanna ergriff die Gelegenheit: Rasch ließ sie den Ochsen los und klammerte sich von hinten an den Mann, der sich mit Gewalt durch die schreiende Menschenmenge kämpfte. Einige der zur Seite gedrängten Leute riefen ihnen grob klingende Flüche hinterher. Immer tiefer drangen sie auf diese Weise in die

Gasse hinein. Johanna versuchte nicht an die alte Frau zu denken, auf deren Brustkorb die Hufe des Pferdes gelandet waren. Sie würde ihren Verletzungen bestimmt erliegen – wenn sie nicht schon gestorben war.

Kurz hinter der Synagoge passierten sie eine Baustelle, vor der ein Fuhrwerk mit Steinen parkte. Und dann lichtete sich endlich die Menge. Sie ließ von dem Mann ab, der in dem Getümmel nicht einmal mitbekommen hatte, dass sich jemand an ihn klammerte, und holte tief Luft. Ein unangenehmer Geruch zog von der Antauche herüber. Sie bemühte sich, nur durch den Mund zu atmen. Erst jetzt merkte sie, dass sie am ganzen Leib zitterte. Noch einmal Glück gehabt, dachte sie. Nur eine Schlaufe an ihrer Jacke war in dem Getümmel abgerissen. Und ihr linkes Strumpfband hatte sich mal wieder gelöst; sie spürte, wie der Strumpf allmählich über ihr Knie rutschte, aber hier mitten auf der Gasse konnte sie nichts dagegen tun. Ihr rechter Schuh war pitschnass, das war klar gewesen. Sie tastete nach ihrer Geldkatze: Wenigstens hier schien alles in Ordnung zu sein. Morgen würde sie überall blaue Flecken haben. Mit weichen Knien lief sie weiter.

Als sie die Judengasse vor einem Jahr zum ersten Mal betreten hatte, um bei einem jüdischen Krämer Kaffee zu kaufen, der besonders gut und günstig sein sollte, war ihr alles fremd und beängstigend vorgekommen. Inzwischen hatte sie sich daran gewöhnt: an die Enge, die Dunkelheit, den Geruch nach Abwasser, die Horden von Bettlern und Hausierern und die exotische Kleidung der Bewohner. Nur Situationen wie die eben erlebte brachten sie dazu, infrage zu stellen, ob es wirklich klug war, sich ganz allein in diesen Teil der Stadt vorzuwagen.

Ihre Geschäftsbeziehung zu Jehuda ben Abraham war dadurch zustande gekommen, dass zwei ihrer Kaffeehändler plötzlich und ohne Vorwarnung nicht mehr hatten liefern können. Sie hatte nicht zu beweisen vermocht, dass Gottfried Hoffmann hinter der Sache steckte, so seltsam es ihr auch erschienen war, dass beiden Lieferanten gleichzeitig die Ware ausgegangen war.

Damals hatte Jehuda ausgeholfen, der selbst ein guter Kunde beim Kartenmacher Ludwig Haldersleben war. Auf den von Haldersleben gefertigten Karten hatte er ihr gezeigt, wo der Kaffee wuchs, den sie bei ihm bezog. Inzwischen hatte sich ein fast freundschaftliches Verhältnis zwischen ihnen entwickelt, obwohl sie noch immer auf der Hut war, um nicht über den Tisch gezogen zu werden. Mochten die Juden ja in ihrer Mehrzahl ein raffgieriges, hinterhältiges Völkchen sein, wie man so sagte: Ihre Erfahrung mit Jehuda widerlegte diese Auffassung. Aber möglicherweise war sie an eine Ausnahme geraten. Oder das dicke Ende kam erst noch. Wer konnte das schon vorhersehen? Auf jeden Fall würde sie weiterhin die Augen offen halten und darauf achten, keine Schulden bei ihm zu machen, auch wenn sie zugeben musste, dass sie weitaus mehr Leute kannte, die bei christlichen als bei jüdischen Geldverleihern in der Kreide standen. Nur dass sie den Herrn Jesus ans Kreuz genagelt hatten, das konnte man den Juden nicht verzeihen, da war sie ganz einer Meinung mit dem Pfarrer. Wobei Jehuda persönlich natürlich nichts mit dieser alten Geschichte zu tun hatte, das war klar.

Sein Krämerladen im Haus *Zum goldenen Kamel* lag zwischen einer Druckerei und dem Geschäft eines Trödlers. Wohl die Hälfte der Waren hatte er in großen Körben auf der Straße zur Schau gestellt. Johanna schlängelte sich zwischen Erbsen, Rosinen, Zwiebeln, Kerzen, Stoffresten und Holzkohle hindurch. Über der Tür, direkt unter dem Schild mit dem Kamel, hingen an einer Leine Wollsocken und Handschuhe, die Jehudas Tochter Deborah strickte. Dazwischen einige Bücher mit geheimnisvollen hebräischen Buchstaben auf dem Einband. Unter dem Vordach lag ein großer Haufen Reisig, in dem schon jemand gewühlt zu haben schien.

Johannas linker Wollstrumpf war bis zum Knöchel hinuntergerutscht, als sie mit noch immer klopfendem Herzen den Laden betrat. Höchstens zehn Schuh breit und nur von einer einzigen Laterne beleuchtet war das Geschäft, sodass man sich wie in dem langen, dunklen Gang vorkam, der zum Inneren einer Burg führte. Überall befanden sich auf- und übereinandergestapelte Waren unterschiedlichster Art und Herkunft, und der Geruch in dem kleinen Laden war wahrhaft einzigartig: Erst roch man den Moder, dann verströmten Muskatblüten, Zimt und Nelken ihren exotischen Duft.

Der Krämer war dabei, Steck- und Nähnadeln in zwei kleine Schalen zu sortieren, die auf einem Stapel Schreibpapier standen. Wie immer trug Jehuda einen Rock aus Seide nach dem neuesten Schnitt. Unter dem Rock trug er einen langen schwarzen Kaftan und den vorgeschriebenen großen weißen Spitzenkragen. Auf dem Kopf hatte er nur eine Jamulke, der Hut hing am Haken.

Johanna musste lächeln. Was war der Krämer doch für ein bunter Vogel! Er hatte ihr einmal erklärt, dass er sich mit seinem Kleidungsstil nach allen Seiten abgesichert fühlte. Der grüne Seidenrock zeigte, dass er mit der Zeit ging, auch wenn das luxuriöse Kleidungsstück beim Gemeindevorsteher, dem Roschakol, aneckte. Deutlich sah man noch die Stelle, auf der bis vor Kurzem der gelbe Ring angebracht gewesen war. Mit dem Kaftan versuchte er sich beim Rabbiner einzuschmeicheln, was bisher allerdings nicht gefruchtet hatte. Und hatten nicht auch seine Vorfahren in Sepharad oder, wie die Araber sagten, Al-Andalus lange, weite Gewänder getragen, als sie in den schattigen Innenhöfen ihrer Paläste saßen und dem Plätschern der Springbrunnen lauschten?

Jehuda stellte das Tonschälchen mit den Stecknadeln auf seinen Platz im Regal und kam ihr mit offenen Armen entgegen.

»Ah, Frau Johanna, wie geht es Ihnen? Und der Familie? Den Geschäften?« Er musterte sie besorgt, als sie nicht sogleich antwortete. Dann fragte er: »Sie sehen ein wenig blass aus. Ist alles in Ordnung mit Ihnen?«

Rasch räumte er ein paar Kisten von einem Schemel.

»Setzen Sie sich doch einen Moment!«

»Guten Tag, Jehuda. Es war so furchtbar voll da draußen. So etwas habe ich noch nie erlebt. Man wurde fast zertrampelt!

Und eine alte Frau wurde verletzt, wer weiß, wie schwer! Ich glaube, sie ist regelrecht zu Tode getrampelt worden.«

»Wie schrecklich, das hört sich ja furchtbar an! Aber nachher fängt der Sabbat an. Da wollen alle vorher noch möglichst viel erledigen.«

Johanna atmete tief durch und merkte, wie sie allmählich wieder zu Kräften kam. Nach dem Tohuwabohu auf der Judengasse taten ihr die Ruhe und Abgeschiedenheit bei Jehuda nun einfach wohl.

»Für Sie habe ich etwas ganz Besonderes da. Einen Augenblick!«

Der Krämer verschwand eilig in dem langen, dunklen Gang. Johanna wusste, dass es eine Weile dauern würde, bis er wieder aus dem Labyrinth der Lager- und Kellerräume unter seinem Haus auftauchen würde, und machte sich schnell daran, ihren Strumpf neu zu befestigen.

Als Jehuda zurückkam, hielt er eine große Dose im Arm.

»Das hat mir mein Vetter Baruch aus Saloniki geschickt.«

Johanna kannte Vetter Baruch aus Erzählungen. Er war unermesslich reich, seine Karawanen zogen bis nach Mokka am Roten Meer und bis nach Bagdad und weiter an den Persischen Golf. Er lieferte nur erlesenste Ware. Sie bezog ihren Kaffee aus unterschiedlichen Quellen, aber Jehudas Kaffee war eindeutig am besten und günstigsten.

Unter dem Deckmantel des kleinen Ladengeschäfts betrieb Jehuda ben Abraham einen florierenden Großhandel. Seine Kunden waren handverlesen, denn er verspürte keinerlei Lust, sich vor Gericht, mit den christlichen Kaffeehändlern darüber zu streiten, ob denn der Kaffeehandel im Großen den Juden gestattet sei. Für ihn war alles erlaubt, was nicht ausdrücklich verboten war. So sahen es alle Juden, während die Haltung der meisten christlichen Geschäftsleute in der Stadt genau umgekehrt war: Den Juden war alles verboten, was ihnen nicht ausdrücklich erlaubt war. Darin waren sich Lutheraner, Reformierte und Katholiken ausnahmsweise einig. Bei allen Neuerungen – und Kaffee war noch immer neu – wurde ausgiebig von beiden Seiten prozessiert.

»Schnuppern Sie mal!«

Vorsichtig nahm Jehuda den Deckel ab und hielt ihr die Dose entgegen.

Johanna tauchte ihre Nase in das Steingefäß und atmete tief ein. Die noch grünen Bohnen dufteten wie ein Garten mit blühenden Pfirsichbäumen. Was würde ein Parfümeur dafür geben, so etwas Liebliches zu erschaffen!

»Ich würde am liebsten hineinkriechen und darin baden«, seufzte sie.

»Das ist die letzte Ernte aus Äthiopien. Wilde Bohnen. Schauen Sie mal, wie schön sie sind!« Jehuda nahm eine kleine graugrüne Bohne aus der Dose. »Eine wirklich hervorragende Qualität!«

Er hielt die Bohne zwischen Daumen und Zeigefinger und prüfte sie kritisch.

»Sie sind gerade gestern aus Venedig eingetroffen«, fuhr er fort. »Luftdicht in Fässern verstaut. Mit Maultieren über die Alpen transportiert. Und das, obwohl man die meisten Pässe noch gar nicht überqueren kann!«

Liebevoll blickte er auf die kleine Bohne. Dann klappte er schnell den Deckel der Dose wieder zu, damit nichts von dem guten Aroma verloren ging.

Aus dem dunklen Gang kam nun Jehudas stämmiger, bleicher Gehilfe angeschlurft, der einen großen Teil seiner Zeit in den unterirdischen Gewölben zwischen Wein- und Bierfässern, Stoffballen und Pfeffersäcken verbrachte. In der einen Hand hielt er einen kleinen arabischen Topf mit einem langen Messinggriff, dem ein wunderbarer Kaffeeduft entströmte, in der anderen zwei bunte Gläser. Grüßend nickte er Johanna zu.

»Ah, Schmuel hat die Bohnen schon für uns zubereitet.«

Mit wichtiger Miene und zeremoniellem Hin- und Hergeschwenke goss Schmuel seinem Herrn und Johanna den Kaffee ein und verschwand wieder in der Dunkelheit.

Als der Kaffeesatz auf den Boden des Glases gesunken war, nippte Johanna vorsichtig an dem dampfenden Gebräu.

»Wirklich ausgezeichnet!«

Jehuda nahm mit geschlossenen Augen ebenfalls einen Schluck aus dem bunten Glas und setzte sich dann hinter seinen Ladentisch. Er schob die große Waage zur Seite, um Johanna besser sehen zu können.

In andächtiges Schweigen versunken tranken sie in vorsichtigen Schlucken den ein wenig bitteren, aber umso würzigeren Kaffee.

»Man braucht nicht mal Zucker bei dieser Qualität«, bemerkte Jehuda mit kindlicher Begeisterung. »Es sind fünfzehn Fässer angekommen«, fügte er nach einem weiteren Schluck hinzu. »Ich musste ein neues Gewölbe bei einem Hufschmied in der Fahrgasse anmieten, um alles lagern zu können.«

»Eigentlich bin ich gekommen, um meine Schulden bei Ihnen zu bezahlen ...«

Johanna setzte ihr Glas ab und klopfte auf ihre Geldkatze. Sie hatte sie so fest vor ihren Bauchnabel geschnürt, dass sie ihr auf den Magen drückte.

Bei ihren Worten hatte Jehuda sofort abwehrend die Hände gehoben, als wäre Geld das Letzte, woran er dachte. Als käme es gar nicht infrage, dass Johanna ihre Rechnung bezahlte, auf der so einiges schon seit Monaten offenstand.

»Aber wir können natürlich auch Nachschub gebrauchen. Und bei dieser Qualität – ja, da werde ich wohl was von nehmen«, erklärte sie lächelnd.

»Sie müssen *unbedingt* etwas von dieser Lieferung nehmen! Das mit dem Bezahlen hat Zeit.«

»Ich will genau sehen, wo ich finanziell stehe, wissen Sie, Jehuda? Ich plane nämlich einen Umbau«, erläuterte Johanna. Obwohl außer ihnen niemand im Laden war, senkte sie die Stimme zu einem Flüstern herab. »Ich stelle den Billardtisch in den vorderen Raum und richte hinten ein Kaffeehaus für Damen ein. Ich habe schon beim Tischler nachgefragt, was das kosten würde. Rosa Wände, kleine Birnbaumtischchen, gemütliche

Sessel. So was schwebt mir vor. Und natürlich nur erstklassige Kaffeebohnen!«

»Eine hervorragende Idee!«

Man konnte sehen, wie es sofort hinter Jehudas hoher Stirn zu arbeiten begann. Er stellte das Kaffeeglas auf einem Stapel mit rechteckigen Seifen ab und streckte seinen dünnen Körper nach oben, um einen großen Stoffballen aus dem Regal hinter seinem Ladentisch hervorzukramen.

»Das ist echte Damaszener Seide. Ich gebe sie Ihnen billiger. Baruch hat sie aus Damaskus geschickt. Seit unser Gemeinderat meint, jeden Tag einen neuen Erlass herausbringen zu müssen, wie zurückhaltend die Jüdin sich zu kleiden hat, wird es immer schwieriger, so etwas hier zu verkaufen. Auf der Gasse tragen sie alle nur Schwarz. Nur zu Hause, wenn niemand sie sieht, ziehen sie sich schön an.«

Er hielt Johanna den Ballen hin und ließ sie über den kühlen Stoff streichen.

Jehuda haderte mit seinem Schicksal, das ihn in ein enges Haus in einer schmalen Gasse geworfen hatte, geknechtet durch hohe Steuern und tausend Regeln, die die Stadt, der Kaiser, der Gemeinderat oder die Rabbis ihm aufzwangen. Dabei hatte doch seine Familie einst zu den Hoflieferanten des Emirs von Cordoba gezählt, bevor man 1492 Spanien hatte verlassen müssen. Ausgerechnet seinen Zweig der großen Familie hatte es nicht ins für die Geschäfte deutlich besser geeignete London verschlagen oder ins sonnige Alexandria, sondern nach Frankfurt, wo man sich viel mehr abrackern musste, um es zu etwas zu bringen. Und selbst wenn man zu etwas gekommen war, saß man in der engen Gasse fest, weil Juden nur dort wohnen durften. Und die Christen, bei denen er seine Waren lagerte, weil in der Gasse einfach nicht genug Platz war, knöpften ihm unerhörte Mieten dafür ab. Seit Johanna ihn kannte, dachte Jehuda immer wieder daran auszuwandern. Einfach alles dichtzumachen und zu Baruch nach Saloniki zu ziehen, dort, wo sein Sohn Manasse schon in der Lehre war.

Johannas Finger strichen noch immer über den fein gewebten

grünen Stoff mit den silbernen Ranken. Sie stellte sich vor, wie ein Mann mit funkelnden Augen und einem großen Turban in einem gekachelten Innenhof an einem Webstuhl saß.

Jehuda schien sich nun doch dazu entschieden zu haben, ihr Geld anzunehmen. Er hatte ein großes Notizbuch unter einer Schiefertafel hervorgezogen, klappte das Tintenfass auf und nahm die Feder in die Hand. Eifrig schrieb er ein paar hebräische Ziffern untereinander.

Johanna hatte alles durchdacht. Sybilla und Anne würden auf ihren Lohn verzichten, bis das neue Geschäft lief. Dafür würden sie am Umsatz des Salons für Damen beteiligt werden. Einen Tag später hatte sie auch Schosch überzeugen können. Bei Hannes sah es natürlich anders aus: Er hatte eine Familie, und weil er ein Trinker war, stand er bei allen möglichen Gastwirten in der Kreide, unter anderem bei ihr. Die Halderslebens investierten achtzig Gulden in den neuen Salon, das hatten sie ihr fest zugesagt. Auch Schuster Denzel hatte ihr Geld versprochen – wie viel genau, mussten sie noch besprechen. Trotzdem würde sie auch das ohnehin nur kleine Erbe der Mädchen antasten müssen. Daran führte kein Weg vorbei. Aber würden ihre Töchter das Geschäft nicht einmal erben? Sie war achtundzwanzig Jahre alt, in den mittleren Jahren. Sicher, sie sah immer noch ganz passabel aus. Doch sie rechnete inzwischen nicht mehr damit, selbst einmal Kinder zu haben. Mit Adam war es nie etwas geworden, und nun hatte sie keinen Mann mehr. Margarethe und Lili würden also alles bekommen.

Plötzlich drang ein ungewohntes Geräusch an ihre Ohren. Was war das? Johanna hob den Kopf, bis sie erkannte, was da aus der Ferne zu ihr herüberklang: eine Geige, die Klänge einer Geige! Erst war es nicht mehr als ein zaghaftes Zupfen, dann eine leise Melodie, die sich langsam und fragend an etwas herantastete. Schließlich wurde die Musik lauter, schneller und immer leidenschaftlicher, ein wildes Auf und Ab von Tönen, die einander zu jagen schienen, in rasender Wut, dann wieder lustig hüpfend wie im Spiel.

Johanna wusste sofort, dass sie diese Melodie nie mehr vergessen würde. Gebannt lauschte sie den Klängen, und auch Jehuda hatte bei seiner Addition innegehalten. Etwas Tinte tropfte von seiner Feder auf das Papier. Mit einer Kopfbewegung in Richtung Decke erklärte er:

»Der Sohn von Doktor Stern ist aus Italien zurück. Er sollte dort Medizin studieren, wie sein Vater. Doktor Stern leitet unser Hospital. Aber der Junge hat nicht gemacht, was der Vater wollte, und stattdessen einfach Musik studiert. Beim großen Antonio Vivaldi persönlich. Und nun komponiert er und gibt gleichzeitig unseren höheren Töchtern Geigen- und Spinettunterricht.«

Johanna wünschte sich, er würde aufhören zu reden, damit sie der Musik lauschen könne, die nun triumphierend und gleichzeitig heiter klang. Wie ein Bergbach im Frühling, der fröhlich seinen Weg geht, dachte sie.

Jehuda tauchte die Feder wieder in das Tintenfass und fuhr ungerührt fort:

»Italienisch bringt er den Mädchen auch bei. Sie können sich die Aufregung hier vorstellen: ›Warum sollen unsere Mädchen Italienisch lernen? Hebräisch, das wäre gottesfürchtig, aber Italienisch?‹ So redet der Roschakol den ganzen Tag! Ich sage Ihnen: Manche dieser Leute wollen, dass wir wie im Mittelalter leben. Und warum? Nur um ihre eigene Macht zu festigen, es sind schließlich immer dieselben Familien, die hier in der Gasse das Sagen haben. Und Sie können sich ja vorstellen, welche … Die Reichen sind es! So ist es doch überall.«

Den letzten Satz hatte er murmelnd mehr zu sich selbst als zu ihr gesagt.

Das Geigenspiel war abgebrochen, und nun ertönte dieselbe Melodie auf dem Spinett.

»Warum sollen unsere Kinder nicht Musik- und Italienischunterricht bekommen?, frage ich mich. Überhaupt haben wir hier eher zu viel Religion als zu wenig. Als ob es nicht reichen würde, dass uns die Stadt Frankfurt und der Kaiser Vorschriften machen! Nein, der Gemeinderat versucht uns auch noch zu gängeln. Es sei zu unserem Besten, sagen sie.«

Jehuda schüttelte angewidert den Kopf. Schließlich stand er auf, riss die voll geschriebene Seite mit Schwung aus dem Heft und reichte ihr das Papier.

»Ich denke, das ist alles.«

Achtzehn Gulden und vier Kreuzer schuldete sie ihm. Einen nicht zu unterschätzenden Teil der Rechnung machte das Khojal aus, das sie aus dem Orient bezog, um ihre hellen Augenbrauen nachzuziehen und ihre Augen zu umranden. Und Wimperntusche kaufte sie ebenfalls bei Jehuda.

Sie knöpfte ihre Geldkatze auf und zählte Jehuda einen Gulden nach dem anderen vor. Seit Tagen hatten sie im Kaffeehaus die Gelder eingetrieben, die man ihr schuldete. Einige hatten nicht zahlen können und um Aufschub gebeten.

»Doktor Stern ist natürlich alles andere als begeistert vom Beruf seines Sohnes«, setzte Jehuda nach. »Alle in seiner Familie sind Ärzte. Er hat sich gewünscht, dass sein Sohn einmal seine Nachfolge im Hospital antritt. Und welche Familie will schon so viel Aufmerksamkeit auf sich ziehen? Ein Musiker? Ein Komponist? Da tratschen doch alle. Das bringt nur Scherereien. Als Jude sollte man möglichst nicht auffallen.«

Bedächtig schüttelte er den Kopf. Johanna verkniff sich ein Lachen, denn Jehuda selbst hatte ganz offensichtlich keinerlei Bedenken aufzufallen. Oder, wenn man so wollte: anzuecken. Es schien ihm geradezu diebischen Spaß zu machen, immer dagegen zu sein.

Von dem Blatt Papier, das auf ihrem Schoß lag, stieg ihr ein schwerer orientalischer Duft in die Nase. Die parfümierte Tinte bezog Vetter Baruch aus Persien.

»Was meinen Sie?«, wechselte Jehuda das Thema. »Könnten wir die Damen, die Ihren Salon besuchen werden, vielleicht auch dazu ermuntern, etwas Seide zu kaufen? Ich könnte einiges günstiger anbieten, als man es sonst wo findet.« Er drehte sich um und deutete auf das Regal, in dem nun wieder der Damastballen ruhte. »Und schauen Sie sich diesen wunderschönen Stoff an! Damit könnten Sie die Stühle beziehen lassen. Was kommt an die Wände?«

Jehuda seufzte und strich unbewusst über seinen Seidenrock.

»Meine Familie zählte zu den größten Seidenhändlern in ganz Al-Andalus. Das waren noch Zeiten! Aber nun schlägt man sich so von Tag zu Tag durch.«

Der Krämer klang, als hätte er persönlich noch gestern im Schneidersitz vor dem Kalifen gesessen und ihm glänzende Stoffe für seinen Harem verkauft.

Das Spinettspiel brach abrupt ab. Kurz darauf konnte man vorsichtige Schritte auf der Treppe hören, als würde sich jemand im Dunklen tastend nach unten bewegen. Dann flog die Tür vom Treppenhaus in den Laden mit so viel Schwung auf, dass sie krachend an ein hinter der Tür stehendes Fass schlug.

Neugierig drehte sich Johanna um.

Ein dunkelgelockter junger Mann mit einem Geigenkasten in der Hand blinzelte sie aus zusammengekniffenen Augen an, als müssten sie sich erst wieder an das hellere Licht im Laden gewöhnen. Er sah aus wie jemand, der aus einer ganz anderen Welt, von einem weit entfernten Stern plötzlich in diesen engen vier Wänden abgesetzt worden war. Johanna schätzte ihn auf kaum älter als zwanzig. Er war nicht wie jemand aus der Judengasse gekleidet, wo alle in dunklen Mänteln mit steifen weißen Krägen und Schabbesdeckeln herumliefen, sondern trug einen bordeauxfarbenen Rock mit einer leicht ausgefransten Stickerei an Ärmeln und Revers, dunkle Kniehosen aus Leder, weiße Strümpfe und glänzende Schnallenschuhe. Seine Locken fielen ihm ins Gesicht, obwohl er sie mit einem Band im Nacken zu bändigen versucht hatte. Er war mittelgroß und schlaksig und hatte ein schmales, längliches Gesicht mit einer sanft gebogenen Nase und vollen Lippen.

Johanna konnte ihren Blick kaum aus den ausdrucksvollen dunklen Augen mit den langen Wimpern befreien. So einen attraktiven Mann hatte sie schon lange nicht mehr gesehen. Die Welt schien ihr mit einem Mal stillzustehen.

»Ah, der Herr Kapellmeister persönlich! Wir haben andächtig gelauscht«, riss Jehudas Stimme sie aus ihrer Benommenheit.

»*Schalom Alechem*«, grüßte der junge Mann.

Behutsam stellte er seinen Geigenkasten auf dem Fass hinter der Tür ab und kam mit ausgestreckter Hand auf sie zu.

»Mein Name ist Gabriel Stern. Und wer sind Sie?«

Sein Lächeln war so strahlend, dass Johanna eine plötzliche Befangenheit befiel. Mühsam zwang sie sich, ebenfalls zu lächeln und zu grüßen.

»Johanna Berger … Sie … Sie haben sehr schön gespielt«, stammelte sie und löste schnell ihre Hand aus dem warmen Griff des Fremden.

»Danke.«

Er strahlte sie an.

Hilfe!, dachte sie. Was passierte da mit ihr? Sie hatte versucht eine halbwegs sinnvolle Erwiderung auf seinen Gruß zu finden, aber feststellen müssen, dass sie nicht in der Lage war, auch nur einen vernünftigen Satz hervorzubringen. Wie konnte das sein, dass dieser Mann sie allein durch seinen Anblick derart aus der Fassung brachte? Gib dir einen Ruck!, probierte sie sich zusammenzureißen. Sie konnte nur hoffen, dass man ihr den inneren Aufruhr nicht anmerkte.

»Was war das für ein Stück, das wir da gerade gehört haben?«, fragte sie betont unbefangen.

»Eine Sonate, die ich in Italien komponiert habe.«

»Das war sehr schön«, wiederholte sie noch einmal.

Wie einfallsreich von ihr! Konnte sie nicht etwas origineller sein? Johanna starrte auf das Revers des jungen Mannes, aus dessen Stickerei ein paar Fäden heraushingen.

»Die Sonne schien, und ich habe aufs Meer geblickt, während ich das Stück komponiert habe. Da kamen die Töne fast von allein.«

Immer noch lächelte er und schaute sie unverwandt aus seinen dunklen Augen an.

Hilfe!, dachte sie noch einmal. Wann war sie zum letzten Mal von einem Mann so angelächelt worden? Wann hatte sie jemals weiche Knie bekommen, nur weil ein Mann sie ansah?

»Frau Berger ist die Wirtin der *Coffeemühle* am Markt«, schaltete sich nun Jehuda ein.

Johanna hatte Mühe, einen klaren Gedanken zu fassen. Sie fühlte sich plötzlich alt und hässlich. Ausgerechnet heute hatte sie eine kleine Entzündung am linken Mundwinkel. Warum war sie nur aus dem Haus gegangen, ohne sich ein wenig zurechtzumachen? Dazu war sie noch in dieses Gedränge geraten, und eine Schlaufe an ihrem Kleid war abgerissen.

»Es hat mich sehr gefreut, Sie kennenzulernen, Frau Berger. Ich muss jetzt leider los, ich unterrichte die Töchter von Mosche Bär.«

Er zog die rechte Hand aus seiner Rocktasche und streckte sie ihr entgegen.

»Mich auch«, hörte sich Johanna wie aus weiter Ferne antworten.

Gabriel Stern griff mit der linken Hand nach seinem Geigenkasten, hob die rechte noch einmal grüßend und schob mit dem Fuß die Ladentür auf. Sie konnte nichts tun, um ihn aufzuhalten. Ob sie ihn jemals wiedersehen würde?

»Wo waren wir stehengeblieben?«, erklang hinter ihr Jehudas Stimme.

Gewaltsam riss Johanna ihren Blick von der ins Schloss fallenden Tür. Ganz langsam drehte sie sich um.

»Ich schicke Schosch mit der Schubkarre, um den Kaffee zu holen«, sagte sie mechanisch. Der fahle Klang ihrer Stimme brachte sie wieder zur Besinnung. »Wir nehmen ein Fass mehr als sonst«, beeilte sie sich hinzuzufügen. »Wegen des Damensalons.«

Endlich hatte sie wieder Gewalt über sich. Ihr war weniger heiß, und sie fühlte sich nicht mehr wie eine Pusteblume im Wind.

Jehuda kam hinter seinem Tisch hervor und öffnete die Ladentür für sie.

»Was für ein schöner Tag!«, sagte er und sog tief die kühle Luft ein.

Als hegte er einen Verdacht, sah er streng eine zerlumpte Frau an, die sich, eine Kerze in der Hand, über den großen Kerzenkorb vor seinem Laden gebeugt hatte und an dem Wachs schnupperte.

»Auf Wiedersehen, Jehuda, vielen Dank!«, verabschiedete sich Johanna.

»Auf Wiedersehen, Frau Johanna! Und *maseltov*!«

Der Krämer ließ die Bettlerin mit der Kerze nicht aus den Augen.

Die Vögel zwitscherten um die Wette, als Johanna auf die Gasse trat. Man konnte den Frühling schon spüren, obwohl es noch so kalt war. Auch war es zum Glück schon wieder länger hell. Der schlimmste Teil des Winters lag hinter ihnen.

Das Treiben im Getto hatte sich gelegt. Ein paar Mädchen spielten *Himmel und Hölle*. Mit Kreide hatten sie die hebräischen Zahlen auf das Pflaster gemalt.

»Eins, zwei, drei, vier, fünf, sechs, sieben, acht, neun, zehn!«, grölten die Kinder, während das älteste Mädchen mit hochgerafftem Rock auf einem Bein von einem Kästchen in das nächste sprang.

Aus einem Haus, dessen Schlussstein über der Haustür einen Bären zeigte, erklangen kratzige Geigentöne, offenbar von den Schülerinnen des jungen Stern. Am liebsten hätte sich Johanna die Ohren zugehalten. Die Töchter von Mosche Bär würden wohl noch lange üben müssen, um wohlklingende Töne zu erzeugen.

Langsam lief sie an dem Haus vorbei und überquerte das Judenbrückchen. Als sie wenig später in die Schnurgasse einbog, lief sie mitten in einen glühenden Sonnenuntergang hinein. Es war, als stände der Himmel in Flammen. Der letzte noch sichtbare Rest der Sonne blendete sie so, dass sie die Augen zusammenkneifen musste. Kleine rosa angeleuchtete Wölkchen schwebten von Westen her über die Häuserdächer. Sie erreichte die Hasengasse und sah auf der anderen Seite der Stadt den Mond aufgehen. Dick und voll stand er über dem Main.

Das Bild des jüdischen Geigers erschien ihr plötzlich vor Augen, so plastisch, als stünde er leibhaftig neben ihr. Was war bloß mit ihm, dass er sie so beeindruckt hatte?, fragte sich Johanna. War es die Musik gewesen, die er gespielt hatte, dieser süße, verlockende Klang? Oder hatte der Duft von Jehudas Kaffeebohnen ihr einfach nur die Sinne vernebelt? Sie konnte die farbenfrohen Stoffe, die der Krämer vor ihr ausgebreitet hatte, noch unter den Fingern spüren, die samtige Textur des Brokats, die kühle Seide, die zarten Spitzen. Wie sich die Haut des jungen Stern wohl anfühlen mochte?

Plötzlich spürte sie einen Widerstand an ihrem Fuß. Sie konnte gerade noch ihr Gleichgewicht halten, sonst wäre sie über den kleinen, dicken Hund gestolpert, der wie aus dem Nichts vor ihr aufgetaucht war. Das Tier schaute sie aus seinen triefenden Augen an, als wäre sie an seinem ganzen Elend schuld. Es gab einen japsenden Laut von sich und rannte davon.

Geistesabwesend blickte Johanna dem Straßenköter nach. Was für Gedanken sie da auf einmal hegte! Jeden Tag kam sie mit Dutzenden von Männern zusammen, und nie hatte sie auch nur eine Sekunde lang über die Beschaffenheit ihrer Haut nachgedacht. Sie schüttelte den Kopf. Völlig verrückt! Noch dazu war dieser Geiger viel jünger als sie. Und vor allem war er Jude.

## 5. KAPITEL

Laut klappernd knallte der Fensterladen gegen die Mauer. Johanna befestigte den Haken an der Wand und rieb fröstelnd ihre kalten Hände.

»Guten Morgen, Witwe Berger!«, grüßte der Nachtwächter, der mit seiner Laterne in der Hand nach Hause eilte.

Noch war es dunkel, doch das Leben in der Stadt erwachte

allmählich. Die ersten Vorboten der Dämmerung zeigten sich, schon hatte die Dunkelheit von ihrem tiefschwarzen Stadium ins lichtere Dunkelblau gewechselt. Eine gute Woche war seit Johannas Besuch bei Jehuda ben Abraham vergangen.

Johanna entschied sich, die anderen Fensterläden erst im Laufe des Tages aufzuklappen, wenn es etwas wärmer geworden war. Gestern hatten sie bis auf zwei Fensterläden alle geöffnet. Nur die großen Öffnungen zum Markt hin waren mit Glasscheiben versehen, das hatte sich Adam in einem besonders guten Jahr geleistet. Die bis zum Boden gehenden Öffnungen zur Langschirne hin waren dagegen nur durch die Fensterläden geschützt. Sie konnten auch mal wieder einen neuen Anstrich vertragen, dachte Johanna seufzend. Aber vielleicht würde es heute warm genug werden, um auch diese Läden zu öffnen.

Zurück in der Stube, nahm sie den Schürhaken und begann die Asche vom Vorabend aus dem Herd zu entfernen. Dann streute sie ein wenig Reisig aus einer großen, neben dem Herd stehenden Kiste in die Herdklappe und hielt den Kienspan daran. Sie wartete einen Augenblick, bis die kleinen Zweige zu ihrer Zufriedenheit brannten, und schob dann vorsichtig ein Holzscheit auf die jungen Flammen. Schließlich goss sie Wasser in einen Topf und stellte ihn auf den Herd.

Draußen rollte jemand rumpelnd ein Fass vorbei. Vor der Spezereiwarenhandlung schräg gegenüber kam ein Mann zu stehen, der einen hoch beladenen Karren an der Deichsel vor sich her geschoben hatte. Sie hörte im Stockwerk über sich Schritte und hoffte, dass sie den Morgen noch einen Moment für sich haben würde. Der erste Kaffee war für sie eine Art heilige Messe. Am liebsten genoss sie ihn ganz für sich allein, bevor der Trubel losging. Und jetzt, mitten in der Frühjahrsmesse, war das Haus bis unter das Dach voll mit Gästen. Anne und Sybilla waren sicher schon in den oberen Etagen zugange, weckten die Mädchen und machten die Betten. Schosch war ein Langschläfer, aber so spät wie er zu Bett ging, gönnte sie ihm auch seinen Schlaf. Gleich würden die bestellten Wäscherinnen für die große Wäsche kommen.

Während sich das Wasser auf dem Herd erhitzte, lief sie in die Vorratskammer und schob den Deckel von einem der großen Fässer zur Seite, die Schosch bei Jehuda abgeholt hatte. Sofort stieg ihr wieder der frische Duft von süßen Pfirsichen in die Nase, den die grünen Bohnen verströmten. Sie tauchte mit einer Hand in das Fass. Hm, wie gut sich das anfühlte, so glatt und zart! Immer wieder ließ sie die kleinen, körnigen Bohnen durch ihre Hände rieseln. Am liebsten hätte sie ein Bad darin genommen. Hatten sie jemals eine solche Qualität gehabt? Natürlich war die Ware, die sie bestellte, immer erlesen, aber diese neue Ernte aus dem äthiopischen Hochland stand weit über dem sonstigen Niveau ihres Kaffees.

Sie musste unwillkürlich wieder an ihren Besuch bei Jehuda vor einigen Tagen denken. Und an ihre Begegnung mit dem Geiger, Gabriel Stern. Warum nur hatte er einen derartigen Eindruck bei ihr hinterlassen? Es musste die Musik gewesen sein, sagte sie sich, die Musik hatte sie in diese schwelgerische Stimmung versetzt. Es war ihr unangenehm vor ihr selbst, wenn sie daran dachte, wie sehr sie sich von dem jungen Mann hatte gefangennehmen lassen. Wie ein naives kleines Mädchen, das zum ersten Mal für einen Jüngling schwärmte. Hoffentlich hatte Jehuda nichts gemerkt!

Das Rösten hatten sie schon am Vorabend erledigt, weil es besser war, die gerösteten Bohnen richtig abkühlen zu lassen, bevor sie gemahlen wurden. Sie nahm eine Handvoll Bohnen aus einem Steingefäß und legte sie in die Kaffeemühle. Mochten Anne und Sybilla auch auf die traditionelle Art der Kaffeezerkleinerung schwören, ihrer Meinung nach war die neue Mühle dem Mörser deutlich überlegen. Sie hielt die Mühle im Arm und kurbelte einige Male, während sie von der Vorratskammer zurück zum Herd lief, wo das Wasser zu brodeln begann. Sie öffnete die Schublade der Kaffeemühle, schnupperte an dem frisch gemahlenen Pulver und schüttete es in den Topf. Sie ließ alles einen Moment kochen und sog gierig den sich ausbreitenden Kaffeeduft ein. Dann nahm sie die Topflappen und goss ihren ersten Becher des Tages ein. Der Duft des Kaffees überlagerte all die anderen, vom Vorabend hängen gebliebenen Gerüche, den abgestandenen Tabakrauch und den Qualm vom Holzfeuer, den Dunst nach Essen und vielen Menschen. Den Topf stellte sie zwischen die Herdringe, damit der Kaffee warm blieb. Denn gleich würden die ersten Gäste zum Frühstück herunterkommen.

Mit dem dampfenden Becher in der Hand durchquerte sie die Gaststube. Das Hinterzimmer lag noch in völliger Dunkelheit. Sie stellte den Becher auf ein kleines Tischchen, das man im Dunkeln kaum sehen konnte, von dem sie aber wusste, dass es dort stand, weil sie es selbst am Vorabend erst dort platziert hatte. Es stammte, wie auch die Stühle ihres neuen Damensalons, aus dem Haushalt eines in Konkurs gegangenen Bankiers. Sie hatte das Mobiliar ersteigert, als der Haushalt aufgelöst worden war. Ein stämmiger Mittvierziger, der etwas vulgär klang, hatte noch lange mitgeboten, bevor sie endlich den Zuschlag für das vornehme Kirschbaumtischchen mit den passenden Stühlen erhalten hatte.

Vom Hof her ertönte ein lautes Poltern. Johanna klappte die Läden auf. Eine der Wäscherinnen, eine verhärmte junge Frau, die nur auf einem Auge sehen konnte, rief ihr einen Gruß entgegen, während sie unter Stöhnen und Ächzen einen großen Bottich aus dem Schuppen zog.

Sybilla, den Arm voller Bettlaken, nickte Johanna zu und eilte mit großen Schritten an ihr vorbei zum Herd, nachdem sie die Laken auf einem alten Tisch abgelegt hatte. Von der Treppe her waren Annes trippelnde Schritte zu hören.

Johanna nahm ihren Becher und plumpste zufrieden auf das weiche Sofa, das mit Jehudas schilffarbenem Damast mit den silbernen Ranken bezogen war. Zum Glück hatte der Polsterer sie mit Vorzug behandelt, sodass das Sofa schon nach drei Tagen in seinem neuen Glanz erstrahlt war. Dafür hatte sie Meister Gerhardt ein halbes Jahr kostenlose Getränke in der *Coffeemühle* versprochen – zusätzlich zu der beträchtlichen Summe, die sie fürs

Beziehen bezahlt hatte. Sie nippte vorsichtig an dem heißen schwarzen Gebräu. Exzellent! Jehuda hatte ihr wirklich allerbeste Ware geliefert, in jeder Hinsicht. Anerkennend strich sie mit der Hand über den feinen Sofastoff.

Zwölf Polsterstühle, vier kleine Tische und das Sofa standen dicht gedrängt in dem ehemaligen Billardzimmer. Das Tischchen vor dem Sofa, auf dessen leicht verkratzter Platte sie ihren Becher abgestellt hatte, war etwas zu hoch, fiel ihr auf. Wenn man so bequem im Sofa saß, war es, als müsste man seinen Kaffeebecher vom Rücken einer jungen Giraffe herunterheben. Aber mit solcherlei kleinen Mängeln musste sie eben leben, der Salon war ja wohl sonst wirklich schön genug.

An der Wand gegenüber hatte sie einige Stiche und kleinere Ölgemälde aufgehängt – aus demselben aufgelösten Haushalt wie die Stühle und das Tischchen. Sie zeigten den Markusplatz und den Dogenpalast in Venedig. Männer, die hinten auf ihren Gondeln standen, einen langen Riemen in beiden Händen, und schillernd gekleidete Männer und Frauen mit Masken vor den Gesichtern. Sie hatte noch anderen Plunder ersteigert, der mit zum Konvolut gehörte. Das Schachspiel mit den Figuren aus Elfenbein hatte sie gleich an Ludwig Haldersleben weiterverkaufen können und dabei noch einen schönen Gewinn eingestrichen. Die vier einarmigen Wandleuchter aus Messing hatte sie an der Wand zur Gaststube hin anbringen lassen. Von der Decke hing der achtarmige Lüster mit den Delfinen. Und für das große Barometer-Thermometer würde sich auch noch Verwendung finden.

Die Eröffnung ihres Damensalons sollte gleich nach der Zahlwoche stattfinden, wenn die Messegäste wieder abgereist waren. Das würde ein Fest werden! So etwas hatte es in Frankfurt noch nie gegeben! Ach, nicht nur in Frankfurt – mit Sicherheit auch nicht in Wien, Hamburg oder Leipzig. Vielleicht in Venedig, das konnte sein. Aber in den nördlichen Breitengraden war sie mit Sicherheit die Erste, die auf die Idee eines Salons eigens für die Damenwelt gekommen war. Und dabei war es so naheliegend! Welch einen Gefallen ihr doch der gute Denzel mit seiner zufällig hingeworfenen Bemerkung getan hatte! Johanna lachte in sich hinein. Er würde ihr garantiert bis an ihr Lebensende eine Provision abknöpfen wollen.

Sie war bei ihrem letzten Schluck Kaffee angelangt. Mit all ihren Geschmacksnerven spürte sie nach, wie sich das Aroma in ihrem Mund entfaltete. Wie gut konnte sie sich noch an ihren allerersten Becher Kaffee erinnern! Es war kurz nach ihrer Begegnung mit Adam gewesen. Er hatte sie in Bornheim abgeholt und mit seinem alten Pferdekarren nach Frankfurt gebracht. Ihr Bruder Simon und die beiden kleinen Mädchen waren auch dabei gewesen. Adam und sie hatten kaum Gelegenheit gehabt, ein vertrauliches Wort miteinander zu wechseln, so sehr waren sie die ganze Zeit mit den Kindern oder den störrischen Zugpferden beschäftigt gewesen. Simon hatte keinerlei Anstalten gemacht, Adam bei der Bändigung der Tiere zu helfen – typisch für ihn! Als sie endlich in Frankfurt angekommen waren, hatten sie schon fast wieder zurückfahren müssen, so viel Zeit hatten sie unterwegs vertrödelt. Aber Adam hatte darauf bestanden, dass sie erst sein Kaffeehaus besichtigte, bevor er sie wieder heimbrachte. Vom Keller bis zum Speicher hatte er ihr die *Coffeemühle* gezeigt. Um ihr am Ende der Besichtigung, die sie vollends beeindruckt hatte, persönlich einen Kaffee zu brauen. Die Bohnen waren schon geröstet gewesen, aber er hatte sie eigens für sie in dem großen Mörser zerstampft, während das Wasser auf dem Feuer erhitzt wurde, in das er schließlich das Kaffeepulver hineingerührt hatte. Schluck für Schluck hatte sie das heiße Getränk genossen, auf der Zunge zergehen und die Kehle hinunterrinnen lassen. Adam hatte sie mit Argusaugen beobachtet, während sie diesen ersten Kaffee ihres Lebens trank. Als wollte er sie auf den Prüfstand stellen. Genauso, wie er sie beobachtet hatte, als sie zum ersten Mal mit seinen Kindern in Berührung gekommen war. Nachdem sie ihre Tasse geleert und ihn begeistert angestrahlt hatte, war ein Leuchten über sein Gesicht gegangen. »Hanne«, hatte er nur gesagt und eine Bewegung gemacht, als wollte er sie in seine Arme ziehen. Da hatte sie es schon gewusst, dass sowohl dieser Mann als auch dieses Getränk in ihrem Leben noch eine große Rolle spielen würden.

Johanna schüttelte den Kopf. Wie lange war das schon her! Und doch war die Erinnerung an diesen Tag noch so nah. Der Beginn einer großen Leidenschaft, konnte man sagen. Allerdings wohl mehr für den Kaffee als für den Mann, wenn sie ganz ehrlich war. Sie hatte Adam geliebt, aber brennende Leidenschaft hatte sie keine für ihn empfunden, eher Freundschaft und tiefes Vertrauen. Leidenschaft war, wenn man sich nach jemandem oder nach etwas verzehrte. Das hatte ihr Ludwig Haldersleben einmal erklärt, als er ihr von einem galanten Roman erzählte, den er gelesen hatte. Welchen, hatte sie vergessen. Vielleicht war es aber auch gar kein Buch gewesen, von dem er gesprochen hatte, sondern eine Erfahrung aus dem eigenen Leben. Der Kartenmacher hatte so rote Ohren unter seiner struppigen Perücke gehabt, dass sie fast geneigt war zu glauben, er habe jene Passion, von der er ihr ebenso begeistert wie beredt vorgeschwärmt hatte, in jungen Jahren selbst erlebt. Auch Elisabeth hatte einmal eine Andeutung in diese Richtung gemacht, kurz nach ihrer Eheschließung mit Gottfried Hoffmann. Sie hatte von »Schmelzen« und »Hingabe« gesprochen und einen eigentümlichen Glanz in den Augen gehabt. Sie selbst, Johanna, die damals noch nicht verheiratet gewesen war, hatte sich gefragt, was der Apfelweinwirt um Himmels willen mit Elisabeth angestellt haben mochte, dass sie so fasziniert von ihm war. Sicher hatte er damals noch viel besser ausgesehen als heute, da seine Züge durch den Alkohol und die mehrfach gebrochene Nase etwas Grobes angenommen hatten, aber dennoch war für sie schon bei ihrer ersten Begegnung klar gewesen, dass er ein brutaler Schläger war, der andere gern erniedrigte. Als sie dann selbst das erste Mal das Bett mit Adam geteilt hatte, war sie sehr gespannt gewesen, was da wohl auf sie zukommen würde. Nach Halderslebens und Elisabeths vagen Ausführungen dürfte es eher keine Leidenschaft gewesen sein, was sie in jener ersten Liebesnacht und auch später im Zusammensein mit ihrem Mann empfunden hatte, das wusste sie mittlerweile. Zum Schmelzen hatte er sie nie gebracht, und auch verzehrt hatte sie sich nicht nach ihm. Ihre Trauer war groß und aufrichtig gewesen, als er starb, und in den ersten Wochen hatte es immer wieder Momente gegeben, in denen sie gedacht hatte, es ohne ihn nicht aushalten zu können. Aber dann hatte sie gemerkt, dass sie ihn zwar sehr vermisste, aber dass das Leben auch ohne ihn weiterging. Adam war sicher nicht ersetzbar, aber sie war nicht abhängig von ihm. Wie eine reife Frucht war ihr diese Erkenntnis eines späten Abends in den Schoß gefallen – als sie nach getaner Arbeit bei einer letzten Tasse Kaffee allein in der Gaststube gesessen und über ihr Leben nachgedacht hatte, ja, womöglich war das sogar nach ihrem ersten Besuch bei Jehuda in der Judengasse gewesen und ihrem ersten gemeinsamen Geschäftsabschluss. Ohne Kaffee hingegen konnte sie es keinen einzigen Tag aushalten. Wie waren die Menschen in früheren Jahrhunderten nur ohne dieses fantastische Getränk ausgekommen?, fragte sie sich immer wieder. Was hatten sie gemacht, um diesen wundervollen Zustand vollendeter Gemütlichkeit zu erreichen? Was hatten sie in ihren Pausen getan? Wie sich für den Tag geweckt?

Denn allzu lange war es ja noch gar nicht her, dass der Kaffee seinen Siegeszug rund um die Welt angetreten hatte. Unzählige Legenden rankten sich darum, wie die stimulierende Wirkung und damit der Kaffee entdeckt worden waren. Johanna mochte die Geschichte von dem äthiopischen Hirten und seinen Ziegen am liebsten, die an den Kaffeekirschen herumgeknabbert hatten und plötzlich auffällig munter wurden. Aus ihrem Ursprungsland war die Pflanze dann nach Arabien gelangt und von dort in die anderen Länder des Islam. Den Muslimen kam entgegen, dass das Getränk keinen Alkohol enthielt, denn den hatte ihr Prophet verboten. Johanna konnte nicht anders, als das zu befürworten, auch wenn sie das natürlich nicht laut vor ihren Gästen sagte, denn selbstverständlich gab es in der *Coffeemühle* auch Wein und Bier zu trinken. Der Gast war schließlich König.

Das Wort »Kaffee« stammte vom arabischen *»qahwa«* ab und bedeutete ursprünglich »Alkohol«, wusste Johanna, man hatte also einfach das verbotene Getränk durch ein anderes ersetzt und ihm denselben Namen gegeben. Adam hatte ihr die Geschichte des Kaffees und der Kaffeehäuser immer wieder vorgebetet, bis sie diese genauso auswendig kannte wie er selbst. Das sei wichtig, hatte er jedes Mal im Anschluss an seinen Vortrag erklärt, ein Kaffeehauswirt müsse um die Tradition seiner Zunft wissen, sonst fehle ihm die Voraussetzung, um sein Geschäft mit der nötigen Inbrunst führen zu können. Das erste Kaffeehaus hatte gegen 1500 in Mekka seine Pforten geöffnet, erinnerte sich Johanna an seine Ausführungen. Kurz darauf schlossen sich Medina, Kairo, Bagdad und Damaskus an. Pilger und Kaufleute brachten den Kaffee schließlich nach Konstantinopel, und von dort aus gelangte er endlich auch nach Europa. Die ersten europäischen Kaffeetrinker waren venezianische Kaufleute und Matrosen in den Hafenkneipen von Marseille gewesen. Im westlichen Europa wurde das erste Kaffeehaus 1647 in Venedig am Markusplatz gegründet. Sechs Jahre später eröffnete in London das *Virginia Coffee-House*. 1665 schickte Sultan Mehmet IV. seinen Gesandten Kara Mehmed Pascha auf eine diplomatische Mission nach Wien, und die Kaiserstadt verfiel der Kaffeesucht: Das erste Kaffeehaus gab es hier seit 1685. Nachdem der osmanische Gesandte, Soliman Aga, nicht nur den Kaffee am Hofe Ludwigs XIV. eingeführt, sondern eine regelrechte Orientalismusmode ausgelöst hatte, begann ab 1672 der Armenier Pascal in Paris erstmals öffentlich Kaffee auszuschenken. Während die deutschen Hafenstädte Bremen und Hamburg ihre ersten Kaffeehäuser schon 1673 und 1677 bekamen, folgte das süddeutsche Regensburg erst gute zehn Jahre später. Dann schloss sich 1689 die Messestadt Frankfurt an. Die vielen ausländischen Händler auf der Messe bestanden ganz einfach darauf, mit ihrem Lieblingsgetränk versorgt zu werden. So wie ihre Gäste auch. Und zum Glück waren es nicht mehr nur die Ausländer, sondern vor allem die Einheimischen, die es nach dem »Türkentrank« gelüstete.

Johanna lächelte zufrieden. Sie empfand ihren Beruf, den sie ja nun wahrlich nicht freiwillig ergriffen hatte, sondern in den sie über ihre Ehe hineingeschlittert war, allmählich als einen der schönsten der Welt. Als Kaffeehauswirtin fühlte sie sich tief verbunden mit den bärtigen Plantagenbesitzern in Mokka am Roten Meer und den Fischweibern in den Hafenspelunken von Marseille. Mit den Börsenhändlern in Amsterdam und den Kaufleuten der Ostindischen Compagnie in London. Mit Sultanen, Dogen und den Adeligen am französischen Hof. Die kleinen Bohnen brachten ihr die weite Welt ins Haus. Und alle, die mit Kaffee zu tun hatten, waren ihre Familie – zumindest dann, wenn das Geschäft gut lief und sie das Gefühl hatte, sie alle, egal ob Gesinde oder Gäste, Lieferanten oder Konkurrenten, würden an einem Strang ziehen und dem Zauber dieses wunderbaren Getränks huldigen. Aber wenn sie ehrlich war, kamen diese Momente nicht mehr allzu oft vor. Wann hatte sie zuletzt erlebt, dass sich ein Gast lobend über ihre Zubereitungskunst geäußert hatte, so wie das noch zu Adams Lebzeiten immer wieder geschehen war? Die Leute waren einfach zu verwöhnt, um noch wirklich anerkennen zu können, was man ihnen da anbot. Ihre Geschmacksnerven schienen sich längst an die Ausschussware gewöhnt zu haben, die von den illegalen Hockinnen auf der Straße feilgeboten wurde.

»Mutter, Anne erlaubt mir nicht, etwas Kaffee in meine Milch zu schütten!«, kam die zehnjährige Lili quengelnd auf sie zugelaufen.

»Guten Morgen, mein Schatz! Sag Anne, dass sie dir ruhig einen winzigen Schluck hineintun kann. Aber nur einen ganz kleinen!«

Johanna umarmte ihre Tochter.

Sybilla und die Wäscherin mit dem verhärmten Gesicht schleppten einen großen Topf in den Hof, wo die zweite Wäscherin inzwischen eingetroffen war. Aus der Gaststube erklang das Hüsteln eines zur Frühjahrsmesse angereisten älteren Augenarztes aus Nürnberg. Johanna erhob sich seufzend von ihrem neuen Sofa. Der Mann schien auf sein Frühstück zu warten. Der Tag begann.

»Guten Morgen, Doktor Erlanger«, begrüßte sie den Augenarzt, während Anne knicksend einen dampfenden Becher vor ihm abstellte.

»Das ging aber schnell!«, staunte der Mann.

»Ja, der Kaffee hat schon auf Sie gewartet. Ich habe ihn gerade frisch zubereitet.«

Johanna registrierte aus den Augenwinkeln, dass die Brüsseler Spitzenhändlerin den Raum betrat. Eine weizenblonde Flämin, die sonst morgens immer die Erste war. Sie war sehr sorgfältig geschminkt, aber ihre Kleidung erinnerte an einen zeltartigen Sack, als wäre sie mitten im Zurechtmachen unterbrochen worden und müsste nun im Hausgewand auf die Straße gehen. Johanna hatte schon mit ihr abgemacht, dass sie die Spitzen, die übrig blieben, in Kommission nehmen würde. Jehuda würde auch dafür Abnehmer finden, so viel war sicher.

Wenig später polterten ebenfalls die Lübecker Kaufleute, die Einkäufe für das dänische Königshaus tätigten, und eine Gruppe oberhessischer Tuchhändler die Treppe hinunter.

Johanna wurde nervös. Hannes war noch immer nicht zum Dienst erschienen. Mitten in der Messe ließ er sie wieder einmal hängen. Wie sie das hasste! Immer musste sie sich selbst um alles kümmern! Konnte der Tag nicht einmal reibungslos ablaufen? Resigniert griff sie nach dem großen Weidenkorb neben dem Herd und eilte in den Hof, um anstelle des elsässischen Kochs den Hühnern die Eier wegzunehmen. Zum Glück waren die meisten ihrer Hühner nicht schlau genug, um die frisch gelegten Eier zu verstecken. Nur die braune Lieblingshenne des Hahns suchte sich immer neue Schlupfwinkel. Aber die zu suchen hatte sie jetzt keine Zeit. Wahrscheinlich würden bald ein paar neue Küken über ihren Hof stolzieren, was machte das schon.

Im selben Moment, als sie die schon gut gefüllte Gaststube mit dem Korb am Arm betrat, sah sie durch die großen Frontfenster eine Art Sänfte vor dem Haus anhalten. Sie wurde von einem auffällig kleinen Mann gezogen, der sich wie ein Pferd davorgespannt hatte. Neben der Sänfte trottete ein Hund, so groß wie ein Pony, der ein gewaltiges Bündel auf den Rücken geschnürt hatte. Offenbar wollte der Fremde zu ihr.

Johanna drückte Sybilla den Korb in die Hand, die schon mit einer großen Pfanne bereitstand, um die Rühreier zuzubereiten, und trat vor die Tür. Freundlich begrüßte sie den neuen Gast, während sie zugleich die stürmischen Gunstbezeugungen des schwanzwedelnden schwarzen Ungeheuers abzuwehren versuchte.

»Pluto!«, ermahnte der Kleinwüchsige seinen Hund, der sofort den Schwanz einzog und sich mit eingeknickten Hinterläufen neben ihn kauerte.

Johanna nahm dem Mann zwei seiner Bündel und einen großen Vogelkäfig ab und führte ihn in die Gaststube. Nach einem prüfenden Blick auf die Anwesenden geleitete sie ihn zu einem Platz neben drei älteren Wechselmaklern, die nicht miteinander sprachen, sondern bei ihrem Morgenkaffee zu arbeiten schienen. Der Tisch war mit Papieren übersät. Jeder hielt eine Feder in der Hand, und abwechselnd benutzten sie den großen Rechenschieber. Ludwig Haldersleben und Justus von Zimmer hatten sich am Ende des langen Tisches zum Markt hin niedergelassen, sodass der Kartenmacher sein eigenes Geschäft im Blick behalten konnte. Mit einer großartigen Geste klappte er sein neues Schachbrett aus. Auch der blonde Hüne mit der Hakennase, der innerhalb weniger Tage nun bereits zum dritten Mal das Lokal besuchte, war so früh schon da, bemerkte Johanna. Offensichtlich ein Bekannter von Ludwig Haldersleben. Sie war noch nicht dazu gekommen, den Kartenmacher nach ihm zu befragen oder mit dem Gast selbst ins Gespräch zu kommen. Auf jeden Fall sah er ganz anständig aus, fand sie, solide und freundlich.

Erleichtert stellte sie fest, dass inzwischen zumindest Schosch eingetroffen war, der mit hochgekrempelten Ärmeln am Herd stand und aus einer großen Messingkanne Kaffee in mehrere Becher einschenkte.

Der kleinwüchsige Mann hatte derweil das Bündel vom Rücken seines Hundes abgeschnallt, der sich mit heraushängender Zunge zweimal um sich selbst drehte und dann mit dem Hinterteil voran unter den Tisch schob. Daneben stand der Vogelkäfig, in dem sich eine schneeweiße Taube befand.

»Mein Name ist Marcello Ranieri«, sagte er mit starkem Akzent an Johanna gewandt. *»E questo è Pluto«*, deutete er auf den Hund, der Johanna von unter dem Tisch her die Pfote reichte, und dann auf die Taube: »*E quella è la mia cara Esmeralda*. Wir kommen geradewegs aus Venezia, *Signora* – und brauchen eine Unterkunft.«

Mit einer dramatischen Bewegung schlug der Zwerg seine Kapuze zurück. Das Gesicht, das darunter zum Vorschein kam, war grobknochig und von unzähligen Falten durchzogen. Er hatte kurze, fast schon stoppelige graue Haare, musste aber jünger sein, als sein Aussehen vermuten ließ. Auf jeden Fall nicht viel älter als vierzig, schätzte Johanna.

»Wir wollen ein bisschen länger bei Ihnen bleiben«, raunte er ihr mit gesenkter Stimme zu, als handelte es sich um ein Staatsgeheimnis.

Johanna überlegte. Sie war sich nicht sicher, was sie von der seltsamen Gestalt halten sollte.

»Zurzeit sind alle Zimmer belegt«, begann sie zögernd.

»*Sì, sì, Signora,* das weiß ich. Eigentlich wollten wir schon viel früher hier sein. *Vero, Pluto?*«

Er streichelte dem Hund über den Kopf, der sofort aufsprang und ihm die Hand leckte.

»Wir wurden in den Alpen aufgehalten«, flüsterte der Italiener und sah sich nach allen Seiten um. »Erst waren die Pässe nicht frei. Dann wurde Pluto krank. *Un desastro!* Eine Darmkolik. *Povero Pluto!* Eine Verkettung unglücklicher Umstände – so sagt man, nicht wahr? Erst wurden wir in Lugano, dann in Schwyz aufgehalten. *Ma eccoci qua, finalmente!* Endlich! Wir wollen hier auf der Messe unser Bestes geben.«

Johanna dachte nach. Wenn sie zu den Mädchen ins Zimmer

zog, konnte sie dem Mann ihr eigenes Zimmer vermieten. Je länger der Fremde gesprochen hatte, desto mehr hatte er ihr Interesse geweckt. Noch dazu kam er aus Venedig. Einem Venezianer konnte sie einfach nichts abschlagen. Seit Adam ihr von seinem Freund und Kollegen Floriano Francesconi erzählt hatte, besaßen die Stadt und ihre Bewohner für sie einen eigentümlichen Reiz. Noch dazu war Venedig *die* Kaffeestadt. Wie gern würde sie einmal dorthin reisen! Welch ein Traum!

»Ja, doch, ich denke, ich kann es einrichten, dass Sie noch ein Zimmer bekommen«, sagte sie freundlich.

»*Oh, grazie, Signora*«, bedankte sich der Zwerg mit seiner heiseren Stimme. »*Mille grazie,* das ist so freundlich von Ihnen, wirklich!«

Schosch stellte ungefragt einen Becher Kaffee und einen Teller Rührei vor den Mann. Sofort sprang der Hund auf und legte seinen Kopf auf die Tischplatte.

»*Pazienza, Pluto!* Gleich bekommst du auch was«, versprach der Italiener.

Er bat Schosch, dem Hund schon einmal eine Schüssel mit Wasser zu bringen.

»Mit was handeln Sie denn?«, fragte Johanna, als sie das nächste Mal an seinen Tisch kam.

Die Bündel, die wild verstreut um den Platz des Fremden herumlagen, ließen nicht erahnen, was in ihnen steckte.

Der Mann zog beide Augenbrauen hoch und warf einen misstrauischen Blick auf die drei Wechselmakler am Ende des Tisches.

»Ich bin Zauberer«, sagte er dann mit stolzgeschwellter Brust.

Johanna musterte ihn erstaunt.

»Tatsächlich?«

»Ich enthaupte Pluto und erwecke ihn wieder zum Leben. Und Esmeralda lasse ich verschwinden, und dann taucht sie wieder auf.«

»Esmeralda ist die Taube?«, vergewisserte sich Johanna.

»Taube?«, wieherte der Mann los. »Hast du das gehört, Esmeralda?«, fragte er an den weißen Vogel gewandt, der mit hängenden Flügeln in seinem Käfig hockte.

Er beugte sich über den Tisch zu Johanna hinüber und raunte ihr ins Ohr:

»Esmeralda ist eine Möwe!«

»Eine Möwe?«

Johanna hatte Mühe, ihr aufsteigendes Gelächter zu unterdrücken. So ein seltsames Gespann hatte sie in ihrem Kaffeehaus noch nie begrüßen dürfen! Sie merkte, dass auch die anderen Gäste den Neuankömmling interessiert musterten.

»Man kennt mich in aller Welt«, fuhr der Zauberer mit einem drängenden Unterton fort. »Marcello Ranieri – merken Sie sich diesen Namen! Pluto und ich sind seit Jahren unterwegs. Esmeralda ist erst seit einem halben Jahr bei uns. *È di Napoli, come me.* Pluto ist am Goldenen Horn zu uns gestoßen. Ich habe ihn am Hafen gefunden, wo ihn die Besatzung eines venezianischen Schiffs ausgesetzt hatte. *Poverino!* Er stand mit hängenden Ohren da und hat dem Schiff hinterhergestarrt. Ich vermute, dass er von Hause aus Venezianer ist. Schade nur, dass wir Salomé in Marrakesch zurücklassen mussten. Sie lebt jetzt mit einem Schlangenbeschwörer zusammen.« Er zuckte verächtlich mit den Achseln. »Salomé konnte Pluto und Esmeralda verspeisen und sie anschließend wieder ausspucken. *Una cosa straordinaria!*«, redete er sich wieder in Begeisterung. »Stellen Sie sich das mal vor: der lange Schlangenkörper und dann zwei Hubbel in der Mitte! Der große war Pluto und der kleine Esmeralda! Aber Salomé reist nicht gerne, und wir drei anderen konnten uns einfach nicht dazu durchringen, für immer in Marrakesch zu bleiben.«

Johanna konnte kaum glauben, was sie da hörte. Das wurde ja immer besser! Wenn auch nur die Hälfte von dem, was der Mann erzählte, der Wahrheit entsprach … Schon wieder begannen sich ihre Gedanken zu überschlagen.

Der Italiener nahm einen Schluck aus seinem Kaffeebecher.

»*Ma che buono! Anzi – buonissimo!* Der ist richtig gut, Ihr Kaffee. Fast so gut wie bei meinem Freund Floriano aus Venedig.«

Er lächelte zufrieden.

»Floriano?«, rief Johanna erstaunt. »Sie meinen doch nicht etwa Floriano Francesconi?«

Der Zauberer nahm einen weiteren Schluck Kaffee und verdrehte verzückt die Augen. Statt zu antworten nickte er nur.

»Aber das ist ein Freund meines verstorbenen Mannes!«, sagte Johanna eifrig. »Adam hat zu mir gesagt: ›Wenn du mal gar nicht mehr weiterweißt, wende dich an Floriano Francesconi.‹ Und Sie kennen ihn? Das gibt es doch gar nicht!«

»*Sì, sì,* das gibt's, *come no*? Floriano hat ein Kaffeehaus unter den Arkaden an der Piazza San Marco. Und er serviert den besten Kaffee *di tutta l'Italia. Ma che dico*«, unterbrach er sich, »nicht nur von ganz Italien, sondern von der ganzen Welt! Ich kenne nur einen einzigen Menschen, der – oder besser gesagt: die – ihn in dieser Kunst übertrifft.«

»Die? Handelt es sich etwa um eine Frau?« Johanna horchte sofort auf.

»*Sì, sì, una donna!* Eine Armenierin: die alte Aglaia aus Konstantinopel. *Un vero miracolo!*«

Floriano Francesconi war für Johanna ein so mythischer Name, dass sie sich kaum vorzustellen vermochte, jemand anderes könnte einen noch besseren Kaffee als er zubereiten.

»Aglaia ist die oberste Kaffeemeisterin des osmanischen Sultans«, fuhr der Zauberer mit geheimnisvoller Miene fort, als er ihre skeptische Miene bemerkte. »Pluto und ich sind natürlich vor dem Sultan und seinem Hofstaat aufgetreten. *E naturalmente anche davanti alle signore del suo harem.* Allerdings konnten nur die Haremsdamen uns sehen, aber wir sie nicht. Und überall standen diese Eunuchen herum und haben sie bewacht. *Terribile!* Aber ich sage Ihnen: Am Ende ist es egal, ob man sie sieht oder nicht. Allein der Geruch ihrer Parfüms, der im Raum umherschwebt, das Geraschel ihrer seidenen Kleider und ihr Gekicher! Diese klimpernden Armbänder und Ohrringe! Das kann jeden Mann aus der Fassung bringen, glauben Sie mir! Es ist besser, dass sie hinter einem Schleier sitzen, so durchsichtig der auch sein mag. *Vero, Pluto?* Dich mussten wir auch immer wieder davon abhalten, hinter den Vorhang zu laufen, so sehr wolltest du von den gut riechenden Damen gestreichelt werden. Konntest dich gar nicht konzentrieren an dem Tag ...«

Er lachte heiser und stupste den großen Hund leicht mit dem Fuß an.

»Und ich sage Ihnen noch etwas, *Signora*«, fuhr er fort. »Dieser Kaffee dort, der macht süchtig! Jeder, der ihn einmal getrunken hat, will ihn wieder trinken.« Er schenkte ihr ein zerknittertes Lächeln. »Aber auch Ihrer ist ziemlich gut. *Davvero, non scherzo!*«

Er schob sich eine Gabel voll Rührei in den Mund und redete kauend weiter. Seit sie erwähnt hatte, dass Floriano Francesconi ein Freund ihres Mannes gewesen sei, war er regelrecht aufgetaut, ja fast ein bisschen geschwätzig geworden.

»Eine der Schülerinnen der alten Aglaia hat ein Kaffeehaus aufgemacht, *Zur Goldenen Kaffeetasse* nennt es sich. *E lei si chiama Fatma.* Fatma ist fast so gut wie Aglaia selbst.« Ein seltsamer Glanz war in seine Augen getreten, als schwelgte er für einen Moment in Erinnerungen. Doch sofort hatte er sich wieder gefasst. »Ich habe bei all meinen Reisen um die ganze Welt kein Kaffeehaus gesehen, das von morgens bis abends so voll ist wie die *Goldene Kaffeetasse – sì, sì, giuro, eh?* Man kann sich geehrt fühlen, wenn man überhaupt reinkommt, ein solcher Andrang herrscht dort. Selbst zu den Gebetszeiten ist es rappelvoll. Manche kommen sogar ausschließlich während der Gebetszeiten, weil man dann etwas schneller bedient wird.«

»Aber was ist denn an dem Kaffee der alten Aglaia so besonders?«, fragte Johanna wissbegierig. Die Kaffeemeisterin des Sultans ... *Zur Goldenen Kaffeetasse* ... Das klang ja immer verführerischer! Nun war ihre Neugier wahrlich geweckt.

»Das ist ein Geheimnis, das äußerst streng bewahrt wird, *si capisce*. Aber wenn Sie diesen Kaffee erst einmal probiert haben, wollen Sie nie mehr etwas anderes trinken!«

Johanna verspürte einen leichten Stich, als hätte der Italiener sie kritisiert. Ob er das wohl auch von ihrem Kaffee sagen würde, wenn er wieder in seiner Heimat war und von seinen Reiseerlebnissen berichtete? Wahrscheinlich nicht, musste sie sich eingestehen, auch wenn sie wusste, dass ihr Kaffee gut war. Er war gut, aber eben nicht hervorragend. Niemand kam von weit her angereist, um ihren Kaffee zu probieren. Ihre Gäste fühlten sich in der *Coffeemühle* wohl, sie genossen die freundliche Stimmung dort, sie liebten die feinen Kuchen und Pralinés – aber nach ihrem Kaffee waren sie nicht wirklich verrückt. Da konnte sie sich noch so viel Mühe bei der Auswahl der Bohnen, beim Rösten, Mahlen, Zubereiten geben. Irgendetwas fehlte, um ihrem Kaffee das gewisse Etwas zu geben, aber leider hatte sie nicht den blassesten Schimmer, um was es sich dabei handeln konnte.

»Und was genau zaubern Sie, *Signore*?«, fragte sie, um das Thema zu wechseln.

»Schauen Sie …«

Ehe sie sichs versah, hielt der Italiener ihr eine schwarze Kugel vor die Nase. Er schob seinen Teller zur Seite und legte die Kugel vor sich auf den Tisch. Dann stülpte er seinen leeren Kaffeebecher darüber und schob diesen ein paarmal auf der Tischplatte hin und her, um ihn schließlich ruckartig wegzuziehen. Von der Kugel war nichts mehr zu sehen.

»Wie haben Sie das denn gemacht?«, fragte einer der Wechselmakler, der dem Treiben des Zauberers fasziniert zugeschaut hatte.

»Tja, das nennt man Kunst, *cari signori* …. Aber warten Sie erst mal ab, bis ich Pluto enthaupte oder mich selbst entfessele! Oder wie ich einen Handschuh in eine Zitrone verwandle!«

»Das ist ja großartig! Fantastisch!«

Johanna klatschte in die Hände.

Einige Neugierige waren an ihren Tisch gekommen, und auch der blonde Hüne war vorgetreten. Doch der Italiener machte mit seinen Händen eine knappe Geste, die bedeutete, dass die Vorführung zu Ende war.

»Würden Sie auch bei mir auftreten?«, fragte Johanna den

Zauberkünstler, als sich die Menge der Schaulustigen gelichtet hatte.

So jemand wie er wäre genau das Richtige für die Eröffnung des Damensalons und das große Fest, das sie dazu geben wollte, freute sie sich im Voraus. Das wäre etwas ganz Besonderes, dem Anlass Angemessenes. Den kuriosen Italiener mit seinen Tieren würde so schnell niemand vergessen. Und damit auch nicht den Grund seines Auftritts, sprich: den neuen Damensalon.

## 6. KAPITEL

Für heute reichte es. Gabriel Stern beschloss, es mit dem Komponieren erst einmal sein zu lassen. Er konnte jetzt nicht arbeiten. Schon seit Tagen verschwendete er seine Zeit, weil er nur vor sich hin träumte, statt sich auf seine Noten zu konzentrieren. Rasch nahm er seinen Hut vom Haken und verließ die winzige Stube. Im Flur saßen zwei Patienten seines Vaters, die darauf warteten, dass der Doktor sich um sie kümmerte: Offensichtlich war er wieder einmal im Spital aufgehalten worden. Unten im Krämerladen wischte der bleiche Schmuel mit einem riesigen Staubwedel die Regale sauber. Jehuda unterhielt sich draußen vor der Tür mit der Druckersgattin von nebenan.

Mit weit ausholenden Schritten machte sich Gabriel auf in Richtung Bornheimer Pforte. Als er die Fahrgasse betrat, stellten sich ihm plötzlich drei verdreckte Lausbuben und ein kleines Mädchen in den Weg. Einer der Jungen schrie: »Judensau!«, und spuckte ihn an. Johlend liefen die Kinder davon. Gabriel reagierte nicht schnell genug und bekam nur noch das kleine Mädchen zu fassen, das sofort zu schreien anfing.

»Was machst du denn da?«, herrschte ihn eine junge Frau an. »Das sind doch bloß dumme Kinder!«

Das Mädchen schrie wie am Spieß. Aber Gabriel reichte es nun. Er packte das Mädchen noch fester, beugte sich zu ihm herunter und sagte drohend:

»Sag deinen Freunden, das nächste Mal kriege ich sie und schlage sie windelweich!«

Mit der freien Hand wischte er die Spucke von seinem Ärmel. Während all der Jahre, die er in Italien gelebt hatte, war ihm so etwas nie passiert.

»Ich war es nicht!«, heulte die Kleine und zappelte so heftig, dass Gabriel sie losließ.

Schnell schlängelte sie sich durch die Menge an Schaulustigen, die sich um sie gebildet hatte. Bevor sie ganz aus seinem Blickfeld verschwand, drehte sie sich noch einmal um und streckte ihm die Zunge heraus.

»Sich mit kleinen Mädchen anlegen, das kann ja wohl jeder!«, höhnte die junge Frau.

Gabriel schob sie zur Seite und ließ die Leute einfach stehen.

»Was fällt dir ein, Jud!«, pöbelte da auch schon ein zahnloser Alter in verfilzten Lumpen hinter ihm her. »Wir wissen alle, was ihr mit Christenkindern macht. Ihr schlachtet sie!« Er reckte die Faust in die Luft und grölte in Richtung Konstablerwache: »Waaaache, hierher!«

Gabriel beschleunigte seinen Schritt. Ein Bettler, der seinem gut geschnittenen Rock zufolge wohl mal bessere Tage gesehen hatte, hangelte sich an seinen Krücken hoch und humpelte mit ausgestreckter Hand auf ihn zu.

Nicht auch noch das!, dachte Gabriel, kramte aus seinem Rock einen Kreuzer hervor und warf ihn dem Mann zu.

»Ist das alles?«, schrie der ihm entgegen.

Wie betäubt lief Gabriel weiter in die Stadt hinein. Erst als er vor einem Kaffeehaus stand, in dem er sofort die *Coffeemühle* erkannte, kam er wieder zu sich. Er hatte seine Schritte nicht bewusst zum Alten Markt gelenkt, aber jetzt wurde ihm schlagartig klar, dass er wohl vor allem eins im Sinn gehabt hatte: die rothaarige junge Frau wiederzusehen, die er bei Jehuda getroffen hatte. Immer wieder hatte er an sie denken müssen. Wie anders sie war als die Frauen, mit denen er bisher in Berührung gekommen war. Obwohl sie eine gestandene Geschäftsfrau war, hatte sie zart auf ihn gewirkt, schutzbedürftig und verletzlich, fast als bräuchte sie seine Hilfe. Und sah sie nicht aus wie Bathseba, deren Anmut König David verführt hatte? Im Salon seiner venezianischen Zimmerwirtin hatte eine Kopie von Artemisia Gentileschis BATHSEBA IM BADE gehangen. Ob die Frankfurterin auch diese geschwungenen Formen hatte wie die jüdische Schönheit?

Alle Läden der Gaststube waren weit aufgeklappt und die begehrten Plätze zur Straße hin vollständig besetzt. Eine Dienstmagd stand auf einer Leiter und wienerte das Ladenschild. Gabriel schaute die prächtige Fassade hoch. Das Haus mit seinen drei Stockwerken und dem zweigeschossigen Dach galt als eines der schönsten der ganzen Stadt. Das untere Geschoss wurde von prächtigen geschnitzten Stützbalken gehalten. Hoch über dem Eingangsportal ragte ein spitz zulaufender Giebel vor. Was für ein Unterschied zu den engen Häusern in der Judengasse, bemerkte der Geiger mit einem Anflug von Wehmut. Er musste an Venedig denken, wo er in einem alten *palazzo* unweit der Piazza San Marco gewohnt hatte, zur Untermiete bei einer reichen Witwe. Zwei große Zimmer hatte er zu seiner persönlichen Verfügung gehabt. Er war niemals so produktiv gewesen wie in jenen Monaten. Allein der Ausblick aus seinem Fenster auf den Kanal unter dem alten Palast, auf die Fassaden der anderen Häuser, hatte genügt, ihn Melodien aufs Papier zaubern zu lassen. Aber auch das Haus der Bergerin hatte schon einmal bessere Tage gesehen, fiel ihm auf, während er die üppigen Schnitzereien studierte. An einigen Stellen gehörte das ochsenblutfarbene Fachwerk sicher ausgebessert. Doch was machte das schon, das Haus war und blieb etwas ganz Besonderes. Wie seine Besitzerin, dachte er – als er plötzlich einen so heftigen Stoß gegen seinen Körper erfuhr, dass er fast gestürzt wäre.

»Können Sie nicht aufpassen? Ich wäre beinahe umge…«

Gabriel unterbrach sich. Ein breites Lächeln glitt über seine

Züge, als er erkannte, wer da so stürmisch in ihn hineingerannt war. Er verstärkte seinen Griff um die Oberarme der Frau, die selbst mit dem Gleichgewicht kämpfte und ihn offenbar genauso wenig gesehen hatte wie er sie.

Voller Wut auf Hannes, der seinen Dienst noch immer nicht angetreten hatte, war Johanna aus der Gaststube gestürzt, um ihn zur Rede zur stellen. Wahrscheinlich schlief er zu Hause mal wieder seinen Rausch aus, hatte Sybilla gemutmaßt. Wenn Hannes seine Trunksucht nicht bald in den Griff bekam, musste sie sich eben einen neuen Koch suchen, hatte Johanna daraufhin beschlossen und ein warmes Umschlagtuch gegen den kalten Wind draußen vom Haken genommen, um dem Elsässer eben genau das an den Kopf zu knallen. Was sie fast am meisten ärgerte, war, dass Hannes ihr mit seiner Unzuverlässigkeit die gute Laune verdorben hatte. Dabei hatte der Tag so gut angefangen, war doch der Zauberkünstler genau das, was sie brauchte, um der Eröffnung des Damensalons ein besonderes Glanzlicht aufzusetzen.

Gereizt versuchte Johanna ihren Helfer abzuschütteln. Auch das noch! Wer musste sich ihr da ausgerechnet jetzt in den Weg stellen, wo sie es so eilig hatte? Doch die beiden Männerhände schienen sie nicht loslassen zu wollen. Ein weiterer Moment verging und noch einer; längst war die Gelegenheit verpasst, den Zusammenstoß als dummes Missgeschick abzutun und sich gegenseitig höflich um Verzeihung zu bitten.

Ohne dass sie den Blick zu heben brauchte, erkannte Johanna mit einem Mal, wer der Mann sein musste, der sie so fest im Griff hielt. Diese Stimme, dieser Geruch, diese ganze Gestalt mit ihrer beunruhigend sinnlichen Ausstrahlung hatten sie im Haus *Zum goldenen Kamel*, in Jehudas Krämerladen, schon einmal überwältigt, ja zutiefst verstört, wenn sie ehrlich war: Gabriel Stern, der junge jüdische Geiger, besaß doch tatsächlich die Chuzpe, sie vor der Tür ihres eigenen Lokals so hartnäckig in seinen Armen, so dicht an seinen sehnigen Körper gepresst zu halten, dass seine Nasenspitze nur wenige Fingerbreit von der ihren entfernt war, dass sie seinen Mund mit den blitzenden weißen Zähnen beinah küssen konnte. Seit sie ihm begegnet war, hatte er sich immer wieder in ihre Gedanken geschlichen, sosehr sie sich auch dagegen gewehrt hatte. Sie konnte kaum glauben, dass nun genau das passierte, was sie sich insgeheim erhofft hatte: Der Zufall führte sie erneut zusammen.

Johanna schloss die Augen, um sich einen winzigen Moment ihren widerstreitenden Empfindungen hinzugeben. Denn Zufall hin oder her: Es spielte überhaupt keine Rolle, ob sie das Wiedersehen mit Gabriel Stern herbeigewünscht hatte oder nicht. Sie durfte zwar mit Juden Geschäfte machen, aber alles darüber hinaus war strengstens verboten. Warum sollte sie sich also über ihr erneutes Zusammentreffen freuen?

Als sie die Augen wieder öffnete, sah sie genau in Sybillas Gesicht, die sie von ihrer Leiter aus erstaunt musterte und darüber völlig vergessen zu haben schien, das Schild weiterzuputzen.

»Was fällt Ihnen ein, lassen Sie mich sofort los!«, herrschte sie den Geiger laut genug an, dass auch ihre Magd sie hören konnte.

Über Gabriel Sterns Schulter hinweg konnte sie einen Blick auf den blonden Hünen mit der Hakennase erhaschen, der just in dem Moment die Langschirne hochkam und geradewegs auf sie zusteuerte. Bereits von Weitem schwenkte er leutselig seine Mütze. Ohne den Geiger, der sie endlich freigegeben hatte, weiter zu beachten, trat Johanna zur Seite, um den Eingang zu ihrem Kaffeehaus nicht länger zu versperren. Sie nickte dem Neuankömmling kurz zu und raffte ihr Umschlagtuch über der Brust zusammen.

»Sie gehen, gnädige Frau?«, fragte der Mann enttäuscht, als er erkannte, dass sie sich aufmachte, den Ort zu verlassen. »Äh, verzeihen Sie, ich habe mich noch gar nicht vorgestellt«, beeilte er sich zu ergänzen. »Mein Name ist Martin Münch, ich komme sogar den ganzen Weg aus Sachsenhausen, um Ihren Kaffee zu genießen. Er ist der beste in ganz Frankfurt!«

Nervös spielte er mit seiner Mütze. Seine blonden Haare, die er ungewöhnlich kurz trug, standen ihm vom Kopf ab.

Warum nur musste er ausgerechnet jetzt das Gespräch mit ihr suchen?, fragte sich Johanna gereizt. War er nicht heute Morgen schon einmal da gewesen? Aus dem Augenwinkel sah sie Cornelia Haldersleben mit einem großen Staubwedel in der Hand am Fenster im ersten Stock ihres Hauses stehen und das Geschehen auf der Straße beobachten.

»Das will ich meinen!«, bemühte sie sich um einen Ton, der zugleich scherzhaft und beflissen sein sollte. »Ich muss jetzt nur leider dringend etwas erledigen. Aber gehen Sie ruhig hinein, mein Gehilfe wird Ihnen einen vorzüglichen Mokka brauen.«

Die ganze Zeit hatte Gabriel Stern schweigend neben ihr gestanden. Sie hatte seine Anwesenheit fast körperlich gespürt, wie eine leichte Berührung, sanft und stetig zugleich. Doch erst als die Tür des Kaffeehauses hinter Martin Münch ins Schloss gefallen war, wagte sie es, ihm ins Gesicht zu schauen.

»Ich … ich muss mich entschuldigen«, brachte sie hervor. »Ich hatte es eilig, und …«

In den dunklen, mandelförmigen Augen las sie Belustigung. Doch seine Stimme klang ernst, als der Geiger ihr nun beruhigend die Hand auf den Arm legte.

»Frau Johanna, Sie müssen sich nicht bei mir entschuldigen! Ich hätte genauso gut besser aufpassen können. Aber …«, lachte er leise, »es war ja auch nicht so schlimm, oder?«

Er bückte sich, um seinen Geigenkasten aufzunehmen. Sein Ton wurde wieder sachlich, als er sie nun am Ellbogen fasste und sanft vom Kaffeehaus wegdirigierte.

»Kommen Sie, ich begleite Sie ein Stück, Sie haben es doch eilig, nicht wahr?«

Jegliche Anspannung fiel von ihr ab, als sie sich von dem Musiker durch das Gewimmel der Gassen führen ließ. Plötzlich fühlte sich Johanna leicht und beschwingt. Sogar ihr Zorn auf Hannes war verraucht. Eigentlich musste sie schnell zurück, um weiter Bohnen zu rösten. Mit Anne im Wechsel hatte sie heute schon über mehrere Stunden hinweg an der Rösttrommel gestanden. Henriette Schley, die Gewürzkrämerin von gegenüber, hatte sich zum bestimmt hundertsten Mal über die Geruchsbelästigung in der Gasse beschwert. Der durchdringende Röstgeruch würde den feinen orientalischen Duft in ihrem Laden überlagern und ihre Kunden vom Kaufen abhalten, hatte die Schley'sche behauptet. Deshalb hatten sie die Trommel in den Hof gerückt. Doch Anne würde schon ohne sie auskommen, beschloss Johanna spontan, einmal musste es auch ohne sie gehen.

Zielstrebig bahnte der Geiger ihnen einen Weg durch die wie immer überfüllte Fahrgasse. Johanna ahnte nicht, wohin er sie brachte, und es war ihr auch vollkommen gleichgültig; er machte den Eindruck, als wüsste er ganz genau, was er tat. Wie in einem Traum flog sie neben ihm her.

Die Dämmerung nistete bereits hinter den Dächern. Nicht mehr lange, und die fahle Vorfrühlingssonne würde gänzlich untergehen. Majestätisch erhob sich der hohe Brückenturm vor ihnen, eingerahmt von der Festungsmauer. Dahinter lag der Main, träge und glatt, ein lang gezogenes, silbriges Band. Ein paar Fischernachen liefen zum abendlichen Fang aus.

Gabriel steuerte geradewegs auf das nächste Tor flussaufwärts in dem steinernen Wall zu. Er lief schnell und leichtfüßig, den Geigenkasten in der Hand. Immer wieder streckte er seine freie Hand nach ihr aus, um ihr ein Hindernis überwinden zu helfen oder, so kam es ihr vor, die Verbindung zu ihr nicht abreißen zu lassen. Sie hatte Mühe, ihm zu folgen, schon taten ihr vom hastigen Ausschreiten die Lungen weh. Und nun begann er auch noch die Uferböschung hinunterzuklettern. Wie eine Gämse, dachte Johanna. Ohne zu straucheln. Und ohne sich mit der Hand abzustützen.

Unten angekommen, legte er den Geigenkasten auf den Boden und drehte sich nach ihr um. Was hatte er vor? Noch etwa zwanzig Schritte trennten ihn vom Wasser. Hinter ihm konnte sie die lange Reihe der steinernen Brückenbögen ausmachen, gekrönt von den beiden Brückenmühlen in der Mitte. Jeweils die erste Höhlung wölbte sich auf beiden Seiten des Ufers noch über dem grasbewachsenen Lehmboden. Johanna hatte oft genug Kinder unter den Bögen spielen sehen. Oder fahrende Leute beobachtet, die ihr Lager dort aufgeschlagen hatten, solange sie nicht von den Piketts mit Schimpf und Schande davongejagt wurden. Aber warum zeigte Gabriel immerzu dorthin? Was wollte er ihr mit seinen Gesten bedeuten?

Erst als er die Hände wie einen Trichter vor den Mund legte, konnte sie seine Worte verstehen:

»Kommen Sie, Frau Johanna, kommen Sie runter zu mir!«

Wie stellte er sich das vor? Johanna musste lachen. Sie war keine Gämse, so wie er. Sie hatte einen langen Rock an und einen ständig rutschenden Strumpf. Dazu Holzpantinen, die ihr einfach von den Füßen fielen, wenn sie nicht aufpasste. Abwehrend hob sie die Hände.

»Nein, nein, ich kann nicht! Unmöglich, das geht auf keinen Fall!«

Doch er schüttelte nur den Kopf mit den wilden Locken und kletterte mit wenigen Sätzen wieder zu ihr hinauf. Wortlos ergriff er ihren Arm, legte ihn sich um die Schultern, nahm ihre überhängende Hand in die seine und umfasste mit der anderen fest ihre Hüften. Vorsichtig begann er den Abstieg. Johanna schwebte mehr, als dass sie ihre Füße auf dem glitschigen Geröll aufsetzte, so fest hielt er sie gestützt.

Rasch löste sie sich aus seiner Umarmung, kaum dass sie wieder festen Boden unter sich fühlte. Diese Nähe durfte nicht sein! Nicht schon wieder! Sie hatte noch genau ihre Empfindungen in Erinnerung, als sie vorhin vor dem Kaffeehaus schon einmal seinen Körper so dicht an ihrem gespürt hatte. Seinen Geruch. Seine Kraft. Seine Sinnlichkeit, die sie mehr als verwirrte. Ein Mann, der so viel jünger war als sie. Ein Jude.

Sie musste jetzt sofort aufhören mit diesem Unsinn, versuchte sie sich einzureden. Das durfte so nicht weitergehen! Ein einziges Mal in ihrem Leben hatte sie sich so gefühlt, da war sie fünfzehn gewesen. Elisabeths Bruder Peter hatte um sie geworben, aber dann hatte sie sich entschieden, Adams Antrag anzunehmen. Er war ein wohlhabender Mann. Er hatte sie aus der Leibeigenschaft gekauft, waren die Bornheimer doch Untertanen der Frankfurter, und sie zu einer freien Bürgerin der Reichsstadt ge-

Verbeugung vor ihr machte. Sein Gesicht war gerötet, die hohe Konzentration hatte ihm das Blut in die Wangen steigen lassen. Kleine Schweißperlen standen auf seiner Stirn.

Stumm erwiderte sie seinen Blick. Sie konnte nicht sprechen. Sie ahnte, ihre Stimme würde ihr nicht gehorchen, wenn sie jetzt auch nur ein einziges Wort sagte. Wenn sie versuchen würde auszudrücken, was sie empfunden hatte während seines Spiels. Wenn sie die unermesslich weite Landschaft von Emotionen zu beschreiben trachtete, die sie im Laufe seines Konzerts durchschritten war: Berge, Täler, reißende Flüsse und plätschernde Bächlein, Wiesen mit leuchtend bunten Blumen, schroffe Felsen, wogende Felder – und darüber ein Himmel, der mal strahlend blau, dann wieder düster und von dräuenden Wolken durchzogen war.

Verstohlen wischte sie sich eine Träne aus dem Augenwinkel. Gabriel war auf sie zugetreten. Vorsichtig deponierte er die Geige in dem neben ihr liegenden Geigenkasten und deckte sie mit einem bunten Seidentuch ab. Er klemmte den Bogen in die dafür vorgesehenen Halter.

»Hat es Ihnen gefallen?«, fragte er betont beiläufig.

Johanna nickte. Sie räusperte sich und rückte ein Stück zur Seite, als er den Geigenkasten zuklappte, ihn auf dem grasbewachsenen Boden abstellte und sich neben sie auf den großen Stein schwang. Sie löste ihre Knie aus der Umklammerung, ließ die Beine hinunterbaumeln und stützte sich mit beiden Händen hinter ihrem Rücken ab. Zu spät bemerkte sie, dass auch Gabriel seine Hand dort abgelegt hatte. Ihre Finger berührten sich leicht.

»Die Überraschung am Schluss …«, begann sie stockend. »Das war eine Komposition von Ihnen, nicht wahr?«

Sie wagte nicht, ihn anzusehen. Hinter ihr schlugen leise die Wellen gegen das Ufer. Aus der Ferne läuteten mehrere Kirchglocken in einer seltsamen Harmonie zum Abendgebet.

»Ja, das war von mir«, erwiderte er leichthin. »Wollen Sie wissen, wie das Stück heißt?«

Wieder nickte sie stumm. Sie wollte ihre Haltung verändern,

um ihre Hand aus der gefährlichen Nähe zu seiner zu nehmen, doch er kam ihr zuvor.

»Gute Idee!«, sagte er. »Wir sollten auf den Fluss schauen und nicht von ihm weg!«

In einer fließenden Bewegung war er von dem Stein hinuntergeglitten und hatte ihre Beine auf Kniehöhe ergriffen, um sie einfach einmal um die eigene Achse zu drehen, bis sie mit dem Gesicht in die andere Richtung blickte.

»He, was machen Sie da?«

Johanna musste lachen. Sie hatte Strenge in ihre Stimme zu legen versucht, Missbilligung ob so viel Unverfrorenheit, doch es gelang ihr nicht, die plötzlich aufsteigende Heiterkeit zu unterdrücken.

Der Wind, der vom Main hochkam, blies ihr frontal ins Gesicht. Sie spürte, wie er an ihrer Haube zerrte, und knotete die Bänder unter dem Kinn noch einmal fester. Ehe sie sich versah, fuhr eine Böe unter ihre Röcke, sodass sie hochschlugen und ihre Beine freigaben.

O Gott, das Strumpfband! Schon wieder! Jetzt musste sie noch mehr lachen. Vergeblich kämpfte sie mit den widerspenstigen Stoffmassen, die in dem zunehmend stärker werdenden Wind nicht mehr zu bändigen waren. Sie konnte kaum etwas sehen, weil ihr immer wieder ein Stück des Rocks die Sicht versperrte. Wenigstens würde der Wind den Röstgeruch aus ihrer Kleidung vertreiben! Sie roch ja selbst wie eine Kaffeebohne.

»Es scheint ein Gewitter aufzukommen, wir müssen hier weg«, hörte sie ihn sagen, doch seine Stimme klang überhaupt nicht besorgt. Im Gegenteil, sie klang äußerst zufrieden. Und amüsiert.

»Bitte, Gabriel, jetzt helfen Sie mir endlich hier runter«, wollte sie ihn anfahren, als sie auch schon von seinen Armen hochgehoben wurde. Und wieder ließ er sie nicht sofort los.

Sie spürte sein Herz gegen ihren Bauch schlagen. Kühl umwehte die Abendluft ihr nacktes Bein, von dem sich der Strumpf nun endgültig gelöst hatte. Sie sah auf sein Gesicht herab.

Wie schön er ist, durchfuhr es sie unwillkürlich. Die hohe,

schmale Stirn. Die großen Augen mit den schweren Lidern, deren Pupille im Dämmerlicht kaum mehr von der dunklen Iris zu unterscheiden war. Die aristokratische Nase und die halb geöffneten Lippen, hinter denen seine weißen Zähne blitzten.

Sie fühlte seine Arme, die um ihren Unterkörper geschlungen waren, fest und stark. Ihre eigenen Arme hingen wie leblos an den Seiten herab.

»Gabriel, ich …«

Ein Blitz zuckte über den schlagartig dunkel gewordenen Himmel, dicht gefolgt von einem lauten Donnerkrachen. Schon begann der Regen herunterzuprasseln.

»Die Geige!«, stieß Johanna hervor.

Doch da hatte Gabriel sie schon losgelassen und nach dem Geigenkasten gegriffen. Rasch stürzte er zu der hinteren Wand des Brückenbogens und legte den Kasten vorsichtig in der Mitte der Mauer auf dem Lehmboden ab, sodass kein Regen und kein aufspritzendes Flusswasser ihn mehr erreichen konnten.

Fröstelnd starrte Johanna auf die weißen Schaumkronen, die sich auf dem Main gebildet hatten. Dicht neben ihr rauschte der Regen herab, als wäre er ein Vorhang aus unzähligen gläsernen Fäden. Immer wieder erhellten Blitze den schwarzen Himmel. Von beiden Seiten lief das Wasser in Sturzbächen die Böschung herunter. Nicht mehr lange, und sie würden nasse Füße bekommen, dachte sie. Aber da schien das Gewitter seinen Höhepunkt schon überschritten zu haben. Die Abstände zwischen Donner und Blitz wurden länger, und der Regen ließ nach.

Johanna atmete tief durch. Sie strich ihre Röcke glatt und zog den rutschenden Strumpf wieder hoch. Ihr Umschlagtuch knotete sie noch einmal neu über der Brust.

Das war knapp, dachte sie. Verdammt knapp!

# 7. KAPITEL

Gabriel Stern blickte von seinem Notenpapier auf. Er rieb sich die tränenden Augen. Einen einzigen Takt hatte er bisher aufs Papier gebracht. Dabei war in seinem Kopf der größte Teil seiner Oper DIE SÖHNE ABRAHAMS längst fertig. Bei der lang erwarteten Geburt Isaaks würden die Pauken und Trompeten einsetzen. Gleich vier Trompeten würde er schmettern lassen. Die Rabenfeder lag reglos in seiner Hand, die Tinte war längst eingetrocknet. Er starrte aus dem Fenster auf die mittelalterliche Stadtmauer, die die Judengasse vom Rest der Stadt abtrennte. Vorschrift war natürlich, dass die Fenster zugenagelt waren, damit die Juden die Christen nicht sehen konnten. Er hatte die Bretter gleich abgerissen, als er das Zimmer nach seiner Rückkehr aus Italien bezogen hatte, was in einen Streit mit seinen Eltern gemündet war. Über kurz oder lang würde ihn jemand denunzieren, und sie müssten eine Strafe zahlen. Nur Jehuda hatte die Sache kaltgelassen: »Man kann die Regeln unmöglich alle einhalten. Das schafft niemand. Sieh zu, dass du dich nicht erwischen lässt!«, war sein Kommentar gewesen.

Er erhob sich, klappte das Spinett auf und klimperte ein paar Takte vor sich hin. Sofort begann er wieder zu träumen. Ständig musste er an Johanna Berger denken, an den Nachmittag am Main, den Zauber jener Stunde, die sie zusammen verbracht und die ein so abruptes Ende genommen hatte. Johanna war einfach gegangen und hatte ihn im Regen stehen lassen. Buchstäblich. Sie hatte gerade noch ein förmliches »Auf Wiedersehen!« gemurmelt, dann war sie, ohne ihn anzusehen, am Mainufer in Richtung Leonhardstor davongeeilt. Ein seltsames Verhalten nach der Innigkeit, die zwischen ihnen geherrscht hatte! Als ob sie es mit der Angst zu tun bekommen hätte.

Mechanisch bewegten sich seine Finger auf dem Spinett hin und her. Gelangweilt von sich selbst, schob Gabriel schließlich einen mitten im Zimmer herumstehenden Sabbatleuchter zur

Seite und packte seine Geige aus. Er kramte die Noten hervor, eine Violinsonate von Giuseppe Tartini. Den ersten Satz ließ er weg und begann sogleich mit dem Largo, von dem er hoffte, es würde seine Nerven beruhigen.

Nie hätte er erwartet, dass ihm die Rückkehr nach Frankfurt solche Schwierigkeiten bereiten würde. Die Enge und Beschränktheit des Gettos waren kaum auszuhalten. Dabei hatte er in Venedig, vor allem in den ersten Wochen dort, solches Heimweh gehabt! Wie hatte er sich danach gesehnt, endlich wieder seiner Mutter beim Anzünden der Sabbatkerzen zuzusehen und dem Gesang von David Gans, dem Kantor mit der schönen Stimme, zu lauschen! Und nirgends schmeckte der Lokschenkugel so gut wie bei seiner Mutter, da kam selbst das raffinierteste *pasta*-Gericht nicht gegen an.

Er war erst zu Frühlingsanfang, kurz vor Pessach, nach Frankfurt zurückgekommen, aber er konnte schon jetzt absehen, dass er hier beruflich kein Glück haben würde. Jedenfalls nicht als Komponist, höchstens als Musiklehrer oder als Spielmann. Der Geigenunterricht bei Eva und Babette Bär brachte in der Tat ein bisschen Geld. Aber leider waren die Töchter des wohlhabenden Geldwechslers Mosche Bär vollkommen unmusikalisch, und ohnehin galt das Interesse der fröhlichen und nach Abenteuern hungernden Mädchen an erster Stelle dem Kartenspiel und gleich danach den jungen Männern auf der Gasse, die sie von ihrem Fenster aus kichernd beobachteten. Und was seine Tätigkeit als Spielmann betraf: Er war zwar sofort nach seiner Ankunft gleich mehrfach gebeten worden, auf irgendwelchen Verlobungen, Hochzeiten, Beschneidungen oder zur Bar-Mitzwa aufzuspielen. Doch den Juden waren ja vom Rat der Stadt Frankfurt nur zwölf Hochzeiten pro Jahr erlaubt! Und die anderen Gelegenheiten boten sich auch nicht so häufig, als dass er langfristig genug Geld damit verdienen könnte, zumal er beileibe nicht der einzige Besitzer eines Musikinstruments in der Gasse war. Und wie gut einer darauf spielte, das war am Ende doch bloß zweitrangig. Abgesehen davon: Für seine Eltern befanden sich Musikanten auf der gesellschaftlich niedrigsten Stufe. Irgendwo da, wo auch Tova, ihre Magd, stand.

Unwillkürlich waren seine Hände dazu übergegangen, statt des Tartini-Largos die ersten Takte von Die Söhne Abrahams für die erste Geige zu intonieren. Ja, genauso musste es gehen, hier gehörte unbedingt ein Dominantseptakkord hin! Warum war er nicht schon längst drauf gekommen? Dann konnte er ihn nämlich in der zweiten Geige ein paar Takte später wieder auflösen, und der Zusammenklang wäre plötzlich ein ganz anderer … Rasch legte er das Instrument auf einen Hocker und tunkte die Rabenfeder in das Tintenfass, um seinen Einfall zu notieren.

Doch genauso schnell, wie seine Begeisterung aufgeflammt war, verschwand sie auch wieder. Denn selbst wenn es ihm gelang, Die Söhne Abrahams hier in Frankfurt fertigzustellen – wer würde sie aufführen? Es gab ja nicht einmal eine Oper in der Stadt! Keinen Fürstenhof, der Musiker protegierte! Aber als Jude hätte er da sowieso keine Chance, tröstete er sich gleich darauf mit einem resignierten Auflachen. Für eine Stelle als Kirchenmusiker kam er auch nicht infrage, wobei er das kaum hätte machen wollen, wenn er ehrlich war. London, ja, früher oder später würde er nach London gehen müssen. Schon lange spielte er mit dem Gedanken. Die britische Weltstadt schien ihm der richtige Ort für Juden und für Komponisten zu sein. Niemand zwang einen dort, in einer engen Gasse zu leben, und die Londoner liebten Musik. Und deutsche Komponisten. Das sah man an Händel oder auch an dessen Widersacher Pepusch. Natürlich war Venedig die bedeutendste Musikstadt Europas, aber selbst dort lebte man als Jude eingeschränkt. Und er war nun einmal Jude. Und wollte es bleiben. Auf keinen Fall würde er wie manch anderer aus reinem Opportunismus zum Christentum übertreten.

Gabriel legte die Feder aus der Hand und murmelte das jüdische Glaubensbekenntnis vor sich hin:

»*Schma Jisrael, Adonai Elohenu, Adonai Echod, Adonai Hu Elohim, Adonai Hu Elohim* – Höre, Israel, der Ewige, unser Gott, der Ewige ist einzig, der Ewige ist Gott, der Ewige ist Gott.«

Wieder fiel sein Blick auf die Stadtmauer. Ein verkümmerter Ast ragte aus einem Spalt zwischen den verwitterten Steinen hervor. Kahl und dürr. Als hätte er Wurzeln zu schlagen versucht und sich dann aber aufgegeben. Gabriel verzog die Mundwinkel. Nicht nur, dass er mit allen anderen Frankfurter Juden in dieser Gasse eingekerkert hauste, auch seine Eltern engten ihn ein. Als Kind hatte er immer ein gutes Verhältnis zu ihnen gehabt, sogar noch als Heranwachsender. Nach seiner Rückkehr aus Italien war jedoch plötzlich alles anders gewesen, wie Fremde waren sie wieder aufeinandergetroffen. Und seit sie auch noch das mit der Balletttänzerin aus Mantua erfahren hatten, mit der er in Venedig ein Jahr lang zusammengelebt hatte, hörte er nur noch Vorwürfe. Dabei war Miri sogar Jüdin gewesen. Von der Opernsängerin, einer waschechten Venezianerin und Christin, hatte er dann gar nicht mehr erzählt. Doktor Stern war schon immer der Meinung gewesen, dass man um Christen am besten einen großen Bogen machte, wenn man sich keinen Ärger einhandeln wollte. Selbst seine wenigen christlichen Patienten hatte er weggeschickt, nachdem ihn ein christlicher Arzt erfolgreich verklagt hatte, weil er die Patienten angeblich von ihm abgeworben hatte. Ein gewaltiger Streit war daraufhin zwischen Vater und Sohn entbrannt, weil Gabriel einfach nicht verstehen konnte, dass der Vater sich diese Schikanen gefallen ließ, die noch dazu vom Rat sanktioniert wurden. Auch die Mutter hatte kein Verständnis mehr für ihn, dachte Gabriel in Erinnerung an jene Szene, bei der sie eindeutig die Partei des Vaters ergriffen hatte. Früher hatte sie immer zu ihrem Sohn gehalten, egal was für dumme Sachen er angestellt hatte. Aber das hatte sich nun leider geändert.

Esther Stern hatte selbst als junges Mädchen davon geträumt, einmal Ärztin zu werden. Wohl vor allem deshalb hatte sie mit heftigem Unverständnis reagiert, als ihr einziger Sohn sein Medizinstudium in Padua an den Nagel gehängt hatte. Nach wie vor las sie mit Begeisterung jedes neue medizinische Werk, das auf den Markt kam, und diskutierte eifrig darüber mit ihrem

Mann. Wann immer es an kundigen Kräften fehlte, half sie im Spital aus und engagierte sich zusammen mit ihrer Nachbarin Mirjam ben Abraham, Jehudas Frau, bei der Wohlfahrtsorganisation Chewra Kaddischa. Gemeinsam mit dem Krämer selbst hatte sie vor einigen Jahren sogar versucht einen Arzneimittelhandel aufzuziehen, war aber daran gescheitert, dass die Menschen wegen der schlechten Zeiten so wenig Geld hatten. Nun vermietete sie während der Messen ihr Wohnzimmer unter und hatte ihrem Sohn von den ersten Erlösen als Versöhnungsgeste das Spinett gekauft.

Was Gabriel in seinem ganzen Frankfurter Elend immerhin ein wenig Trost gab, waren seine neuen Musikerfreunde, mit denen er sich hin und wieder austauschen konnte: Hans, der Flötist, und Hetti mit der Gitarre. Er hatte sie kurz nach seiner Rückkehr aus Italien kennengelernt, als er seinen Konzertsaal unter der Brücke plötzlich besetzt vorfand. Die beiden Straßenmusikanten waren ihm schnell ans Herz gewachsen, zumal sie sich mit viel Talent und voller Begeisterung auf seine Kompositionen gestürzt hatten, so fremd sie ihnen auch erschienen sein mochten. Da störte es ihn auch kaum, dass Hetti etwas verrückt war, was im Übrigen sogar Hans, ihr Mann, zugeben musste. Der Arme hatte ihm schon manches Mal leidgetan, wenn Hetti mal wieder zu tief ins Glas geguckt und hemmungslos mit anderen Männern angebändelt hatte.

Es klopfte an seiner Tür.

»Gabriel?«, hörte er die Stimme seiner Mutter. »Hier ist Besuch für dich.«

Wer konnte das sein?, fragte er sich, als seine Mutter die Tür öffnete. Es verirrte sich doch sonst nie jemand zu ihm! Vielleicht ein Kunde, der ihm einen neuen Auftrag erteilen oder Unterricht bei ihm nehmen wollte?

Zu seinem Erstaunen stand plötzlich Johanna Berger in seinem Zimmer. Fast hätte er vor Überraschung den Hocker umgestoßen, auf dem die Violine lag.

Die Kaffeehauswirtin trug ein schlichtes, blaues Leinenkleid und hatte ihre Schürze vergessen abzulegen. Darüber trug sie eine graue Strickjacke. Die roten Haare quollen wie immer ein wenig unordentlich aus ihrer Haube hervor. Ihre Wangen waren vom Laufen an der frischen Luft gerötet.

»Ihr könnt in die Stube gehen.«

Esther Sterns Miene drückte höchste Missbilligung aus, als sie Johanna und ihren Sohn durch den schmalen Flur in den Salon lotste.

»Bitte!«

Gabriel bedeutete Johanna auf dem tannengrünen Sofa Platz zu nehmen. Am liebsten hätte er sie in die Arme genommen und sie auf den wunderschönen Mund geküsst, als er sah, mit welch bedrücktem Gesichtsausdruck sie sich hinsetzte. Sie machte keinen Hehl daraus, wie unangenehm ihr die ganze Sache war. Was sie wohl von ihm wollte? Es musste etwas Ernstes sein, sonst hätte sie sicher kaum das Risiko auf sich genommen, ihn, den Juden, in seinem Elternhaus aufzusuchen. So etwas sollte eine junge Witwe, die auf ihren Ruf bedacht war, nicht einmal bei einem unverheirateten Christen tun.

»Sie müssen mir helfen!«, legte die Kaffeehauswirtin sogleich los.

Kein Lichtstrahl drang durch das Fenster hinein, das von einem schweren Vorhang aus dunkel gemustertem Brokat verhüllt war. Johanna hockte auf der vordersten Kante des altmodischen Sofas, während Gabriel ihr gegenüber auf einem unbequemen Stuhl mit hoher Lehne Platz genommen hatte.

Der Geiger zog die Augenbrauen hoch. Er hoffte, dass seine Mutter nicht lauschend vor der Tür stand. Wie sollte er seinen Eltern diesen Besuch erklären? Wie den Nachbarn? In dieser Gasse bekam jeder alles mit. Schon jetzt würden sie über ihn klatschen. Er musste hier so schnell wie möglich raus.

»Morgen wird mein Damensalon eröffnet, und ich gebe zusätzlich ein großes Fest, damit alle anderen Gäste mitfeiern können. Meine Hauptattraktion sollte ein italienischer Zauberkünstler sein. Sogar die Frau des Schreibers des Jüngeren Bürgermeisters hat daraufhin durchblicken lassen, dass sie kommen würde. Bestimmt die Hälfte der Damen hat nur wegen des Zauberers ihr Kommen zugesagt. Ich habe überall damit geworben.«

Sie hielt inne und schluckte. Ihre Finger spielten nervös mit dem Rüschensaum der Schürze.

»Und?«

Gabriel, der ein Bein über das andere gelegt hatte, stützte das Kinn in die Hand und sah sie abwartend an.

»Er ist heute Morgen abgereist. Er hat einfach die Stadt verlassen und mir nur einen Brief hinterlegt.«

Sie kramte einen Zettel aus ihrer Schürze hervor. Irritiert sah sie an sich hinunter. Gabriel biss sich auf die Lippen, um nicht vor Lachen laut herauszuprusten. Johanna schien erst jetzt bemerkt zu haben, dass ihr Aufzug für einen solch heiklen Besuch ziemlich unpassend war. Wahrscheinlich dachte seine Mutter, sie wäre eine Küchenmagd, die sich von ihm hatte schwängern lassen. Kein Wunder, dass sie so schmallippig gewesen war! Aber wirklich lustig war das alles nicht, riss er sich dann zusammen. Johanna musste ernsthafte Sorgen haben, sonst wäre sie wohl kaum zu ihm gekommen.

Mit bebenden Händen reichte die Kaffeehauswirtin dem Geiger über den schmalen Sofatisch hinweg einen verknitterten Zettel.

*»Gentile Signora«*, las er, »leider kann ich nun doch nicht bei Ihnen auftreten, weil wichtige Geschäfte mich aus Frankfurt wegrufen. Bitte passen Sie gut auf Esmeralda auf, die ich wegen der Eile nicht mitnehmen kann. Und verzeihen Sie mir! *Con tutta stima*, Marcello Ranieri.«

Wortlos gab Gabriel Johanna den Zettel zurück und sah sie an. Was hatte er mit diesem Zauberer und seiner plötzlichen Flucht zu tun?

»Sie müssen mir helfen!«, sagte Johanna eindringlich.

Als er nicht reagierte, vertiefte sich die Röte auf ihren Wangen noch.

»Wie denn?«, fragte er schließlich wenig überzeugt.

»Ich brauche unbedingt einen Künstler für meine Saloneröffnung, sonst wird das alles nichts. Und Sie sind Künstler!«

»Aber ich bin kein Zauberkünstler, ich bin nur ein einfacher Musiker! Und ein jüdischer noch dazu! Christliche Kaffeehäuser darf ich nicht einmal betreten, geschweige denn dort auftreten. Das wissen Sie doch!«

Johanna blieb stumm. Sie schaute ihn nur an.

Ob sie gleich zu weinen anfangen würde?, fragte sich Gabriel unwillkürlich.

»Während der Messe wäre es vielleicht noch gegangen, da ist ja alles erlaubt«, fügte er rasch hinzu. »Aber jetzt ist die Zahlwoche vorbei. Da wird wieder darauf geachtet, dass alles seine Ordnung hat.« Er schüttelte bedauernd den Kopf. »Schon unglaublich, dass man während der Messe die Gesetze einfach lockert, damit nichts die Geschäfte behindert! Wir leben in einer raffgierigen Stadt.«

»Dann müssen wir das Gesetz eben mal Gesetz sein lassen!«, meinte Johanna plötzlich mit forscher Stimme.

»Wie meinen Sie das?«, fragte der Geiger leicht belustigt.

»Nun, ich brauche einen Künstler, der die Leute unterhält. Und Sie spielen doch so schön!« Sie bemühte sich weiter um einen resoluten Ton. »Und ich würde gut bezahlen. Sagen Sie mir, was Sie haben wollen – ich zahle das. Sie können spielen, was Sie wollen. Hauptsache, die Leute fühlen sich gut unterhalten!«

»Ich würde Ihnen ja liebend gerne helfen. Aber Sie wissen, dass es verboten ist. Wir beide bekommen furchtbaren Ärger, wenn wir gegen das Gesetz verstoßen.«

Erneut schüttelte Gabriel bedauernd den Kopf. Wie stellte sie sich das bloß vor? So viel Naivität war schon erstaunlich. Oder war es Chuzpe?

»Ich brauche Sie unbedingt«, versuchte Johanna es noch einmal, »ich bin sonst ruiniert! Ich habe so viel Geld in den Salon gesteckt. Wenn dieses Geschäft nicht aufgeht, dann weiß ich nicht, was ich tun soll. Wenn der angekündigte Künstler nicht auftritt, bin ich bis auf die Knochen blamiert.« Sie zückte ihre letzte Karte: »In Italien, wo Sie so lange gelebt haben, hält man sich doch auch nicht immer an die Gesetze, habe ich mir sagen lassen. Oder?«

»Das ist etwas anderes. Wir sind hier eben nicht in Italien«, erwiderte Gabriel freudlos. »Was ist denn mit dem Zauberer los, warum ist er so plötzlich abgereist?«

»Ich vermute, dass ihn jemand bestochen hat. Oder man hat ihn bedroht.« Johannas Stimme klang traurig. »Irgendetwas muss da vorgefallen sein. Und ich kann mir auch denken, wer dahintersteckt. Man will verhindern, dass mein Salon ein Erfolg wird. Ranieri hat sich regelrecht aus dem Haus geschlichen. Das meiste Gepäck und sogar seine Möwe hat er uns dagelassen. Dabei ist er ja auf die Sachen angewiesen, um seinen Lebensunterhalt zu verdienen! Wenn er mir nicht diesen Brief dagelassen und nicht zwei von seinen Bündeln gefehlt hätten – ich hätte ihn für tot gehalten!«

»Frau Johanna, ich würde Ihnen ja gerne helfen. Wirklich! Aber ich sehe nicht, wie das gehen soll. Wenn ein Jude in Ihrem Kaffeehaus auftritt, ist das ein gefundenes Fressen für alle, die entweder Ihnen oder mir oder uns beiden schaden wollen. Man wird uns anzeigen. Das ist Wahnsinn, was Sie da vorhaben!«

»Es braucht ja niemand zu wissen, dass Sie Jude sind!«

»Ich heiße aber nun einmal Gabriel Stern und bin Jude, und so sehe ich auch aus. Die Leute sind ja nicht dumm! Und der ein oder andere wird mich auch kennen. So groß ist die Stadt ja nicht, und ich war nur ein paar Jahre weg.«

»Ich würde Sie meinem Publikum als italienischen Künstler vorstellen! Aus Venedig! Statt eines italienischen Zauberers tritt eben ein italienischer Musiker auf. Bei den vielen Italienern hier in der Stadt fällt das gar nicht auf. Ganz einfach …«

Gabriel musste gegen seinen Willen schmunzeln. Es war unglaublich, wie hartnäckig die Kaffeehauswirtin war! Das Wasser schien ihr bis zum Hals zu stehen. Oder warum wollte sie die Verhältnisse nicht so akzeptieren, wie sie waren? Sie hatte sich ihren Plan offenbar genau zurechtgelegt und alle Vor- und Nachteile gegeneinander abgewogen. Und in der Tat: Die Idee war einfach, aber genial! Eigentlich konnte dabei gar nichts schiefgehen. Doch eines hatte sie vergessen: sich in seine Situation zu versetzen. Mit seinem Widerstand schien sie überhaupt nicht gerechnet zu haben. Sie brauchte ihn schlicht und einfach – und sie wusste, dass auch er das wusste.

Wahrscheinlich hatte sie auch gewittert, wie anfällig er für diese Art von Scharade war. Gabriel lächelte in sich hinein. Und wie geübt er darin war, sich als Christ auszugeben! Schließlich hatte er das in Venedig drei Jahre lang getan, sonst hätte er dort den gelben Hut tragen und im Getto wohnen müssen. Ob der Maestro ihm auch Unterricht erteilt hätte, wenn er über seine Religion im Bilde gewesen wäre – diesen Gedanken hatte er vorsichtshalber nie zu Ende gedacht. Sein Judentum zu verbergen, war ihm zwar leichtgefallen, aber er hatte sich trotzdem geschworen, nie wieder in diese Art von Heimlichtuerei und Betrug zu verfallen. Man verstrickte sich immer weiter in seine Lügen und musste ständig fürchten, entdeckt zu werden. Ganz zu schweigen davon, dass man den eigenen Glauben, seine Sitten und letztendlich sich selbst verleugnen musste. Wie sehr hatte er sich gefreut, in Frankfurt wieder unter seinesgleichen zu sein! Die Angst vor der Entdeckung hatte er weder sich selbst noch seinen Eltern länger zumuten wollen.

Johanna holte noch einmal tief Luft.

»Ich habe noch nie in meinem Leben jemanden um etwas gebeten. So etwas war mir immer vollkommen fremd. Doch jetzt muss es einfach sein, es ist meine letzte Chance.«

Sie blickte ihn aus ihren großen kastanienfarbenen Augen an. Ihr eines Lid zitterte kaum merklich.

»Bitte!«, sagte sie leise. »Bitte, tun Sie das – für mich.«

# 8. KAPITEL

Die beiden violetten Fliederbüsche im Hof begannen genau am Tag der Saloneröffnung zu blühen, als hätten sie darauf gewartet, das Fest mit ihrem frühlingshaften Duft zu parfümieren.

Erwartungsvoll saß Cornelia Haldersleben mit Margarethe und Lili auf einer Sitztruhe unter den venezianischen Veduten. Die im Sonntagsstaat gekleideten Mädchen schlugen mit den Füßen gegen die Truhe. Gebannt blickten sie auf eine Karte von Amsterdam. Mit dem Finger zeigte Margarethe auf die Keizersgracht und fragte:

»Warum sind da so viele Flüsse?«

»Das sind Grachten! Die Holländer haben diese Wassergräben angelegt. Sie sind praktisch und wunderschön.«

Cornelia Haldersleben war noch nie in Amsterdam gewesen, sie kannte alle Städte nur von den Karten ihres Bruders, hätte sich aber überall mühelos zurechtgefunden.

»Warum machen sie ihre Flüsse selbst?«, fragte Lili, die auf ihrem Zopf kaute.

»Nicht, Lili!«

Johanna betrat mit einem Tablett in der Hand den Damensalon und stellte ein Kakaokännchen und drei Schalen auf einen niedrigen Hocker vor den Mädchen. Widerwillig nahm Lili den Zopf aus dem Mund. Die Schwester des Kartenmachers nickte dankend und begann einzuschenken.

Johanna versuchte sich ihre Aufregung nicht anmerken zu lassen. Endlich war der große Tag gekommen! Es hing so viel ab von den nächsten Stunden, hoffentlich würde alles gut gehen! Sie hatte nach einigem Hin und Her einen grauen Rock und dazu eine Jacke in derselben Farbe als Kleidungsstücke gewählt. Statt ihrer üblichen Haube hatte sie ein gemustertes Seidentuch um die hochgesteckten Haare geschlungen, dessen eines Ende wie ein kleiner Schleier um ihren Kopf wehte. Eine farblich auf ihr Haar abgestimmte Bernsteinkette blitzte ab und zu unter dem Spitzenfichu hervor, das ihr Dekolleté verdeckte.

»Da sind ja schon die Ersten!«, rief Margarethe aus, als sich der Raum verdunkelte, weil Madeleine van den Velden, die Frau eines Metallhändlers, und die dicke Else Niederhof im Türrahmen standen. Letztere war mit einem Geldwechsler vom Liebfrauenberg verheiratet, der seine Geschäfte zur Messezeit von der *Coffeemühle* aus betrieb. Tagaus, tagein saß er dann vor Stapeln mit Louisdors, Dukaten, Carolinen und unterschiedlichen Talern und bediente seine Kunden.

»Nein, nein, lass nur, Liebes!«, sagte Else Niederhof zu Anne, die herbeigeeilt war, um ihr den Umhang mit dem Fuchsschwanz abzunehmen. »Es ist ja ein wenig frisch hier drinnen, besonders wenn die Tür aufgeht. Ich behalte den Mantel einfach an.«

Die dicke Frau ließ sich schwerfällig in die Mitte des Sofas fallen, das unter ihrem Gewicht einsackte und einen quietschenden Ton von sich gab.

»Hübsch haben Sie es hier!«, bemerkte Madeleine van den Velden, die stehen geblieben war und sich anerkennend im Raum umsah.

In dem Moment ging die Tür erneut auf. Auch diese beiden Neuankömmlinge erkannte Gabriel, der in einer Ecke unter einer mächtigen Allongeperücke schwitzend auf seinen Auftritt wartete, sofort. Noch am Vortag hatte ihm Johanna alle Eingeladenen akribisch beschrieben, um allen Eventualitäten vorzubeugen. Die schwarze Frau musste Christine Haberkorn sein. Ihr Vater war ein westafrikanischer Kapitän, der in Hamburg eine Reederstochter verführt hatte, bevor er auf Nimmerwiedersehen verschwunden war. Diesen Tratsch hatte Johanna von der Gewürzhändlerin erfahren, als sie noch miteinander geredet hatten, und ihn leicht verschämt an Gabriel weitergereicht. Christine war mit einem Bijoutier vom Hühnermarkt verheiratet und hatte ihre Schwägerin Charlotte mitgebracht – eine sauertöpfisch dreinblickende Blondine, die Johanna als Dankeschön für die Einladung einen großen Blumenstrauß überreichte. Ihr Mann war Schreiber beim Jüngeren Bürgermeister, und als Beamtengattin schien sie sich den anderen Damen gegenüber als etwas Besseres zu fühlen, war sie doch die Einzige in der Runde, die nicht in einem Laden zu stehen pflegte.

Als etwa fünfzehn Damen versammelt waren und von der unaufhörlich knicksenden Anne zierliche Meissner Tassen, gefüllt mit duftendem Kaffee, entgegengenommen hatten, rief Johanna mit lauter Stimme in die schnatternde Runde hinein:

»Willkommen in meiner ›Gudd Stubb‹, werte Damen, liebe Nachbarinnen! Heute wollen wir uns endlich einmal genauso amüsieren, wie es sonst nur den Herren der Schöpfung gestattet ist. Aber Sie alle schuften ja auch den lieben langen Tag hart, da steht es Ihnen nicht minder zu, sich in einem gemütlichen Umfeld, ganz unter Ihresgleichen ein wenig zu erholen. Natürlich spricht auch nichts dagegen, in diesem Salon Geschäfte anzubahnen, wie die Männer das nebenan ja ebenfalls tun …« Sie wandte kurz das Gesicht in Richtung Gaststube. »Ich will aber gar nicht lange reden. Mein Musiker, Gabriele Stella, den Sie hier mit der Geige sehen, ist extra aus Venedig angereist, um uns heute mit seiner erlesenen Kunst zu unterhalten. Er hat beim großen Antonio Vivaldi studiert und wird uns einige Stücke des Meisters und ein paar eigene Kompositionen vorspielen. Es war gar nicht so leicht, ihn zu verpflichten«, fügte sie mit einem verschmitzten Lächeln hinzu, »bis zum letzten Augenblick haben wir den Atem angehalten, ob er es wirklich schaffen würde, heute hier bei uns zu sein. Eine Zeit lang dachte ich sogar, wir müssten an seiner statt mit einem einfachen Zauberkünstler vorliebnehmen. Aber nun ist der Maestro hier und wird für kultivierte Unterhaltung sorgen – das versichere ich Ihnen, meine Damen! Lassen Sie uns dem Künstler applaudieren!«

Nachdem der freundliche Applaus der Damen verebbt war, fuhr Johanna mit glühenden Wangen fort:

»Die Hauptrolle aber in unserem neuen Salon nimmt natürlich der Kaffee ein! Sie werden hier heute einen ausgezeichneten Mokka zu kosten bekommen. Eine ganz frische Ernte. Auf Kamelrücken durch die Wüsten Arabiens transportiert und auf einem Schiff mit der Flagge der *Serenissima* ist diese Ladung zu uns gekommen.« Sie hob eine kleine Meissner Schale in die Höhe. »Ich möchte mit Ihnen ein Hoch auf das wundervollste Getränk der Welt aussprechen!«

Vorsichtig setzte sie ihre Schale an die Lippen und nahm einen ersten Schluck von dem schwarzen Gebräu. Einige der Damen stießen laut klirrend mit ihren Tassen an, pusteten auf den dampfenden Kaffee und taten es Johanna nach.

»Und Ursel Volckhardt …«

Bei Johannas Worten setzte die grobknochige Frau neben der Tür mit den braunen Haaren und der Brille, die nur einen Bügel hatte, umständlich ihre Tasse wieder auf die Untertasse und riss ihren rechten Arm hoch. Gabriel wusste, dass sie aus Erfurt stammte und die Frau des Bendermeisters war, der gerade zum Garküchenplatz gezogen war. Das stille junge Mädchen neben ihr mit den etwas stumpfen Gesichtszügen, das an einem Taschentuch stickte, musste ihre Tochter Marianne sein.

»… wird alle, die sich dafür interessieren, in die Welt des Backgammon einweihen. Frau Volckhardt ist eine passionierte Backgammon-Spielerin.«

»Und eine gewiefte dazu. Versuche doch mal eine von Ihnen gegen mich zu gewinnen, meine Damen!«, tönte die Bendersgattin durch den Raum.

Geschickt klappte sie ein Backgammon-Brett auf, das kaum auf Johannas »Giraffentischchen« passte, so groß war es. Helfende Hände begannen von allen Seiten die Tassen wegzuräumen.

Gabriel nahm das als Signal, um unter dem Applaus der Frauen eine Sonate von Vivaldi auf der Geige anzustimmen.

»Was spielen Sie denn da?«

Wahrscheinlich handelte es sich bei der Dunkelhaarigen mit dem fränkischen Akzent um Hedwig Erlenbach, vermutete Gabriel, die mit ihrem Mann eine der größten Holzhandlungen der Stadt betrieb. Ohne auf seine Antwort zu warten, stellte sie ihre

Tasse ab, trat auf ihn zu und klopfte mit ihrer weiß behandschuhten Hand leicht gegen sein Instrument.

»Was ist das für ein Holz?«

Gabriel zuckte mit den Achseln und gab ihr mit einer entschuldigenden Grimasse zu verstehen, dass er sie nicht verstanden hatte. Die Holzhändlerin versuchte es noch einmal, doch als er wieder nur in stockenden Worten darauf verwies, dass er des Deutschen kaum mächtig sei, nickte sie nur und wandte sich wieder von ihm ab.

Johanna schien ihm eine perfekte Gastgeberin zu sein. Mal hier, mal dort ließ sie sich nieder und stellte die Damen, die sich noch nicht kannten, einander vor. Sybilla kam herein, in der einen Hand einen Teller mit bunten Pralinés, die Justine Maurer, die Frau des Zuckerbäckers mitgebracht hatte, in der anderen ein großes Kuchenblech.

»Die können mich mal gernhaben, die im Rat mit ihrer Luxuskleiderordnung!«, hörte Gabriel die dicke Frau auf dem Sofa sagen.

Sie wirkte auf ihn, als hätte sie bewusst jedes Stück, das sie trug, so ausgesucht, dass es garantiert gegen die Verordnung des Rates verstieß, die den unterschiedlichen Ständen vorschrieb, was sie tragen durften und was nicht. Es musste ihr schwerfallen, die Finger zu bewegen, dachte er, so dick saßen die Klunker darauf, aber es gelang ihr tatsächlich, den aus der Auktion stammenden Meissener Teller mit den Petits Fours näher an sich heranzuziehen. Eine rosa Süßigkeit aus Blätterteig wanderte zu dem Marienkäfer in den dunkelrot geschminkten Mund.

Gabriel stimmte eine Sonate von Albinoni an. Er kam sich ein wenig seltsam vor zwischen lauter Frauen. Doch diese achteten gar nicht weiter auf ihn, sodass er frei war, seine Gedanken und Blicke umherwandern zu lassen. Seine Finger bewegten sich ohnehin von allein, er konnte sich ruhig auf andere Dinge als auf sein Spiel konzentrieren. Zum Beispiel auf die Bergerin. Wie schön sie doch war!, durchfuhr es ihn. Die Frisur mit dem kleinen Schleier betonte ihren grazilen Hals und den schmalen Nacken. Er hatte sich die Entscheidung, für sie zu spielen, wahrlich nicht leicht gemacht, aber als er nun ihre glückliche Miene sah, wusste er, dass es richtig gewesen war herzukommen. Lächelnd sah sie vom Sofa, wo sie neben der aufgetakelten Dicken mit dem Fuchsschwanz saß, zu ihm herüber. Am liebsten hätte er seinen Blick für immer mit dem ihren verschränkt.

Es kam ihm vor, als würde er schon seit Stunden spielen. Ein ums andere Mal musste er sich zwischendurch verbeugen, weil der Applaus nicht aufhören wollte. Irgendwann wechselte er zu dem Spinett über, das Johanna eigens für die Eröffnung des Damensalons angemietet hatte, und stimmte ein Konzert für Solocembalo von Johann Sebastian Bach an.

»Bravo!«, rief die Dicke auf dem Sofa, als er seine Darbietung mit einem selbst komponierten Allegretto beendete.

Der Gehilfe mit dem schlafmützigen Blick, der offenbar die ganze Zeit schon an der Tür gewartet hatte, trat zu Johanna und flüsterte ihr etwas ins Ohr. Sie drehte sich zu Gabriel um und vergewisserte sich, dass er mit seinem Konzert fertig war.

»Werte Damen«, sagte sie in das aufkommende Geschnatter hinein, »ich freue mich, dass Sie sich alle so gut unterhalten haben. Wir werden sicher noch häufiger die Gelegenheit haben, ein solch gemütliches Zusammensein ganz unter uns zu wiederholen – das hoffe ich doch sehr! Und Sie werden bestimmt auch wieder in den Genuss eines Konzertes von Gabriele Stella kommen – ich werde mich persönlich dafür einsetzen, dass er seinen Aufenthalt in unserer Stadt verlängert oder uns bald wieder besuchen kommt.«

Sie war einen Schritt auf Gabriel zugetreten und hatte die Hand in seine Richtung ausgestreckt, um ihn dazu zu ermuntern, sich vor seinem Publikum zu verbeugen. Doch stattdessen ergriff der Musiker die ausgestreckte Hand und drückte unter dem tosenden Applaus der Damen einen Kuss darauf.

»Reizend, Ihr Musikant, meine Liebe! Ich habe mich lange nicht mehr so gut amüsiert«, rief die Dicke mit dem Fuchsschwanzcape Johanna zu, während sie zusammen mit den anderen Frauen in den Innenhof wechselte, wo die beiden Bräter gerade einen großen Spieß für das Spanferkel aufbauten.

Plötzlich war der Damensalon wie leer gefegt. Johanna bemerkte, dass nur noch sie und der Geiger im Raum waren.

»Was für ein Erfolg!«, seufzte sie erschöpft. »Sie werden alle wiederkommen …«

Ihre Wangen glühten, als sie mit zwei beherzten Schritten zu Gabriel eilte, der gerade das Instrument in den zugehörigen Kasten gelegt hatte, und seine beiden Hände ergriff.

»Wir haben es geschafft, Gabriel! Gemeinsam haben wir es geschafft. Ich bin Ihnen so dankbar! Und niemand hat etwas gemerkt. Es war doch ganz einfach – oder nicht?«

Sie wollte ihre Hände aus den seinen lösen, aber Gabriel hielt sie einfach fest. Er spürte, wie die Luft um sie herum knisterte. Am liebsten hätte er sie in seine Arme gezogen.

»Johanna«, flüsterte er und trat einen Schritt näher, bis er so dicht vor ihr stand, dass nur noch eine Handbreit ihre Körper voneinander trennte.

In dem Moment dröhnte Justus von Zimmers lauter Bass durch den Raum. Sofort riss Johanna ihre Hände aus Gabriels Griff und verschränkte sie vor der Brust.

»Na, gratuliere, Frau Wirtin! Das scheint ja richtig gut gelaufen zu sein! Welch ein Triumph! Täterätä!«

Er warf Gabriel, der mit hängenden Armen vor Johanna stehen geblieben war, einen verwunderten Blick zu.

»Wir brauchen die Wirtin hier drüben!«, grölte er und zog die nervös kichernde Johanna mit sich in die Gaststube.

In all den Jahren hatte sie die *Coffeemühle* noch nie so voll erlebt, schon gar nicht um diese Uhrzeit – immerhin ging die Sonne bald unter. Alle, wirklich alle waren gekommen!

Ludwig Haldersleben rückte einen Stuhl vor den langen Tisch und half der Bergerin galant, diesen zu besteigen. Der Kartenmacher trug zur Feier des Tages eine komplette kaiserliche Galauniform mit allen Orden, die er hatte auftreiben können, dazu seine gute Perücke. Sie war eigentlich für die Kirche reserviert und wurde entsprechend selten angezogen.

Mit wippenden Röcken stand Johanna nun mitten auf dem Tisch, während Gabriel auf Justus von Zimmers Einsatz hin vom Damensalon aus einen Tusch auf dem Spinett intonierte.

»Meine Damen und Herren«, konnte sie endlich ausholen, »ich möchte Sie ganz herzlich zu diesem festlichen Ereignis in der *Coffeemühle* begrüßen! Einige von Ihnen sind ja schon länger mit mir am Feiern« – sie winkte zu den Damen hinüber, die sich in einem dichten Grüppchen in der Tür zwischen Salon und Hauptraum drängten, um ihren Worten zu lauschen – »und für alle anderen: Gerade eben haben wir Frankfurts ersten Kaffeesalon für Damen eingeweiht. Endlich können auch die Frankfurterinnen eine gute Tasse Kaffee in netten Räumlichkeiten genießen und dabei doch ganz unter sich sein. Dieses Ereignis möchten wir nun mit Ihnen allen feiern. Dass es dazu gekommen ist, verdanke ich Ihnen, meinen verehrten treuen Gästen, meinen lieben Nachbarn und natürlich meiner wunderbaren Familie. Ohne Anne, Sybilla, Schosch, unseren Koch Hannes, meine beiden Mädchen Margarethe und Lili und nicht zuletzt ihren guten Vater und meinen lieben Mann Adam, Gott habe ihn selig, gäbe es weder dieses Fest hier heute noch die *Coffeemühle* überhaupt.«

Sie hob den Becher Riesling, den der Kartenmacher von einem der Tabletts heruntergenommen hatte, mit denen die Mägde und Schosch die Runde machten, um ihn ihr nach oben auf das improvisierte Rednerpult zu reichen.

»Lassen Sie uns anstoßen, meine Damen und Herren!«, fuhr Johanna in feierlichem Tonfall fort. »Auf Sie, auf uns, auf den neuen Damensalon und auf die *Coffeemühle*!«

Schon wollten die ersten Gäste der Rednerin und ihren Mitstreitern applaudieren, als plötzlich ein einzelner, warmer, unendlich lang gezogener Geigenton sie innehalten ließ. Kein Mucks war mehr in der Gaststube zu hören, während aus dem einzelnen, in seiner Lautstärke stetig anwachsenden Ton allmählich ganz viele Töne wurden, die sich in ihrem Tempo immer mehr steigerten, mal zu hüpfen schienen, dann wieder in einer Art Wiegeschritt hintereinander wegglitten, wie auf Kufen über glattem Eis, schmeichlerisch, sanft, um plötzlich in unzähligen Pirouetten durcheinanderzuwirbeln und schließlich in einem Finale zu verlöschen, das so süß und cremig war wie eines der bunten Pralinés vom Zuckerbäcker. Wie eine Katze auf leisen Sohlen war Gabriel Stern von allen unbemerkt aus dem Damensalon in die Gaststube hinübergewechselt, um dann während seines Geigenspiels um den Tisch herumzutänzeln, auf dem Johanna noch immer wie angewurzelt stand. Nun verbeugte er sich in einem formvollendeten Diener vor ihr, der Königin des Abends, und reichte ihr die Hand, damit sie von ihrem Thron herabsteigen konnte.

Applaus brandete auf. »Bravo!«, »Zugabe!«, tönten die ersten Rufer, und dann hoben auch die beiden anderen Musiker, Gabriels Freunde Hans und Hetti Lenz, die mittlerweile eingetroffen waren, ihre Instrumente und stimmten eine heitere Tanzweise an. Schnell hatten sich ein paar kräftige Hände gefunden, die Tische und Stühle zur Seite zu räumen, um Platz für die Tanzlustigen zu machen, die sich bereits in Paaren zusammengefunden hatten.

Hans Lenz mit seiner Flöte war eine eher unauffällige Gestalt, doch umso schriller war seine Frau Hetti an der Gitarre. Ihr Rock war viel zu kurz, wie Johanna fand; er endete irgendwo zwischen Knie und Wade und ließ wohlgeformte Beine sehen. Sie hatte kleine Schellen an beiden Knöcheln befestigt, mit denen sie im Takt rasselte. Die Jacke war so eng, dass die Schlaufen über ihrer Brust aufzureißen drohten, sobald sie die Arme bewegte, und sie war entschieden zu grell geschminkt. Die dunklen Haare trug sie offen und schüttelte sie für Johannas Geschmack ein wenig zu oft. Gabriel hatte sie vorgewarnt, dass Hetti etwas gewöhnungsbedürftig sei, aber nun war sie doch überrascht. Allerdings, wenn sie Justus von Zimmer und die anderen Männer betrachtete, deren Augen sich förmlich an der Gitarristin festgesaugt hatten, war deren auffällige Erscheinung für diesen Abend wohl genau das Richtige.

Johanna schaute sich um. Ein leichter Schwindel hatte sie ergriffen. Vielleicht war es auch eine Art Glückstaumel, sagte sie sich schmunzelnd. Wie froh sie war, dass dieser Tag so gut verlief! Und dass sie vor so vielen Leuten eine Rede gehalten hatte, ohne zu stottern und rot zu werden! Eigentlich hatte sie mit der Einweihungsfeier ja nur für den Salon werben wollen, aber nun hatte sich daraus ein regelrechtes Volksfest entwickelt, das von den unterschiedlichsten Menschen begeistert angenommen wurde. Besser hätte es gar nicht kommen können! Die ganze Last, die sie seit Adams Tod auf ihren Schultern gespürt hatte, war plötzlich von ihr abgefallen. Ihr Blick wanderte von Gabriel, dessen strahlendes Lächeln über seine Geige hinweg für einen winzigen Moment ihr Herz aussetzen ließ, zu seinen ebenso unermüdlich spielenden Musikerkollegen, glitt hinüber zu dem Kartenmacher und dessen Schwester Cornelia, die ihr von ihrem Stammplatz aus freundlich zunickten, bis hin zu den beiden Mädchen Lili und Margarethe. Deren Wangen leuchteten vor Eifer feuerrot, während sie sich kichernd unter den Girlanden wegduckten, die kreuz und quer durch den ganzen Raum gespannt waren. Die Einzigen, die Johanna nicht rundum glücklich erschienen, waren die Billardspieler, die an diesem Tag auf ihr Lieblingsspiel verzichten mussten, war der grün bespannte Tisch doch in den Hof gerückt worden, um darauf das Büfett aufzubauen.

»Lasst uns die Lampions anzünden!«, rief sie Schosch zu und zwängte sich durch die Menschenmenge, um in den Hof zu gelangen.

Wie köstlich das Spanferkel duftete! Es war doch richtig gewesen, dass sie diese Kosten auch noch auf sich genommen hatte, registrierte sie befriedigt.

Schwitzend wendeten die beiden für diesen Tag angeheuerten Bräter den großen Spieß über dem offenen Holzfeuer.

Eine Traube von Menschen drängte sich um den Billardtisch, mit der Absicht, sich die Teller zu füllen. Gebratene Hasen, Hühner, Enten und Wachteln, Sülze, Sauerkraut und Rote Bete, gegrillter Hecht, ein Taubenragout, Maronen in Rahmsauce – tagelang hatte Hannes am Herd gestanden.

Johanna lehnte in der Tür zum Hof und beobachtete, wie Schosch die Lampions aus buntem Papier anzündete. Sie wusste nicht, wie lange sie schon dort gestanden und ein wenig verschnauft hatte, die Arme schwer in die Hüften gestützt, als von hinten jemand an sie herantrat und ihr sacht über den Rücken strich. Ein sanftes Streicheln, vielleicht auch nur eine rein zufällige Berührung. Noch bevor sie sich umwandte, wusste sie, wer da so dicht hinter ihr stand.

»Was für ein schöner Tag, Johanna!«, sagte Gabriel Stern leise in ihr Ohr.

Er musste seinen Samtrock ausgezogen haben, denn sie konnte die Wärme seiner Haut durch den Stoff seines Hemdes spüren. Sie drehte leicht den Kopf und erschauderte, als seine Lippen ihr Ohrläppchen berührten. Instinktiv schloss sie die Augen.

»Johanna …«

Nun war die Berührung keinesfalls mehr zufällig. Sie fühlte, wie er sich von hinten gegen sie drückte, wie sein Mund ihren Hals suchte, und wie ein Lavastrom breitete sich die Wärme in ihrem Inneren aus. Was tat er da? Johanna hielt den Atem an. War er verrückt geworden? Sie wollte etwas sagen, sich von ihm lösen, doch sie war unfähig, sich zu bewegen. Ein vollkommen neues, unbekanntes Gefühl hielt sie gefangen.

»Frau Johanna, endlich habe ich Sie gefunden!«

Ludwig Haldersleben hatte seine Uniformjacke und seine Perücke abgelegt und sah mit einem Mal viel jünger aus. Sein Gesicht war verschwitzt, als hätte er sich beim Tanzen verausgabt, doch sein Blick war ernst und ein wenig verwundert, als er sie so vertraut mit dem italienischen Musiker zusammenstehen sah.

»Was ist los?«, fragte sie sofort alarmiert und trat einen Schritt vor.

»Frau Johanna, Sie müssen mit mir kommen!«

Erst in dem Moment bemerkte sie die etwas verhärmt wirkende Frau mit der vergilbten Haube, die neben Ludwig Haldersleben stand und sie in einer Mischung aus Angst und Hartnäckigkeit anstarrte.

»Was ist los?«, wiederholte Johanna verwirrt. »Wer sind Sie?«

»Ich bin Ännchen Münch, Elisabeth Hoffmanns Nachbarin. Bitte kommen Sie mit mir! Da … da stimmt was nicht«, brachte die Fremde stockend hervor, »nebenan, bei den Hoffmanns, da stimmt was nicht. Sie müssen Elisabeth helfen. Sie sind die Einzige, die das kann!«

Johanna schaute von Ludwig Haldersleben zu Gabriel, der die Szene stumm mitverfolgt hatte. Beide Männer wirkten so, als würden sie keine Sekunde daran zweifeln, dass es der Frau ernst mit ihrem Ansinnen war, auch wenn sie die wahren Gründe für ihr Kommen nur erahnen konnten.

»Johanna, ich begleite Sie!«, sagte der Geiger sofort, der seine Rolle als radebrechender Italiener ganz vergessen zu haben schien. »Ich lasse Sie nicht allein auf die Straße gehen, es ist bald Nacht!«

Johanna schwieg. Sie sah von Ännchen Münch, die offenbar mit den Tränen kämpfte, zu Ludwig Haldersleben, dessen Miene noch ernster geworden war, und dann wieder zu Gabriel. Er stand mit dem Rücken zum Hof, der von den gelben und roten Lampions in einen warmen Schimmer getaucht war, und schaute sie wie gebannt aus seinen dunklen Augen an. Noch hatte offenbar niemand von den Gästen den unerwarteten Besuch und die Unruhe, die er in ihr ausgelöst hatte, bemerkt.

»Nein, es ist besser, ich gehe allein«, erwiderte sie tonlos. »Sie würden sich nur selbst in Gefahr bringen, Gabriel. Sorgen Sie lieber dafür, dass die Stimmung hier nicht umkippt. Spielen Sie, machen Sie Musik, unterhalten Sie die Gäste! Und Sie, Ludwig, passen mir auf die Mädchen auf! Ich bin so schnell es geht wieder zurück.«

# 9. KAPITEL

Das Anwesen der Hoffmanns wirkte im Dämmerlicht vollkommen verlassen. Zu Johannas Erstaunen war das große grüne Tor zur Straße hin nicht verschlossen. Es quietschte leise, als sie mit Ännchen Münch zusammen den Hof betrat. Die langen Bänke waren gegen die Tische gekippt und deuteten darauf hin, dass die Heckenwirtschaft geschlossen war. Kein Licht brannte im Haus, kein Laut war aus dem Hundezwinger und den anliegenden Ställen zu hören. Laut Ännchen Münch war Gottfried Hoffmann vor zwei Tagen mitsamt den beiden Hunden und dem Bären in seinem alten Karren davongefahren. Sie sei dabei gewesen, ihre Geranien zu gießen, und habe mitbekommen, wie er die Tiere unter lautem Gebrüll auf das klapprige Gefährt gepeitscht habe, hatte sie Johanna erzählt, als die beiden Frauen, gerade noch rechtzeitig, bevor das Fallgitter am Brückentor herabgelassen wurde, die Brücke erreicht hatten. Wie immer habe sie Erleichterung verspürt, als sie seinen breiten Rücken mit dem Stiernacken von hinten gesehen habe, und sich nur kurz gefragt, wo Elisabeth wohl abgeblieben sei.

»Aber dann habe ich nicht mehr an sie gedacht«, hatte Ännchen Münch mit Tränen in den Augen gekeucht, als sie endlich am anderen Mainufer angelangt waren. »Wissen Sie, ich habe den ganzen Tag so viel um die Ohren, mit unserer Wirtschaft, den drei kleinen Kindern … da bleibt einem kaum Zeit zum Nachdenken.«

Johanna hatte der verhärmten Frau im Laufen nur kurz über den Arm gestrichen und »Es ist nicht Ihre Schuld« gemurmelt; sie wusste schließlich nur zu gut, was es hieß, ein Gasthaus zu führen.

Kein Geräusch drang aus dem Haus nach außen, als sie nun den Türklopfer an der Hoftür betätigte. Nichts. Niemand öffnete. Keine Bewegung war innerhalb des Gebäudes zu vernehmen. Noch einmal ließ sie den schweren Metallring mit dem Bärenkopf gegen die grüne Holztür schlagen. Wieder nichts. Wo war Elisabeth nur? Soweit Johanna von ihrer Familie wusste, war die Freundin seit längerer Zeit nicht mehr in Bornheim gewesen. Es war also eher unwahrscheinlich, dass sie Gottfried Hoffmanns Abwesenheit genutzt hatte, um ihre alten Eltern zu besuchen.

Johanna versuchte zum Küchenfenster hineinzuspähen, aber dichte Spitzengardinen versperrten ihr die Sicht. Wann hatte Elisabeth zum letzten Mal die Fenster geputzt?, fragte sie sich. Das war doch gar nicht ihre Art, ihr Heim derart verkommen zu lassen! Die Scheibe, durch die sie schaute, hatte einen Sprung. Mit einer unguten Vorahnung im Bauch drückte sie die Türklinke hinunter. Abgeschlossen.

»Ich bringe dich um, wenn du so was noch einmal machst!«, hatte Gottfried seiner Frau gedroht, damals, als Elisabeth sie kurz nach Adams Tod vor ihm und seinen Plänen, die *Coffeemühle* in den Ruin zu treiben, gewarnt hatte. Irgendwie hatte der Apfelweinbauer davon Wind bekommen, dass seine Frau ihrer alten Freundin alles erzählt hatte, und sie grün und blau geprügelt. Danach waren ihr Gottfrieds Drohungen nicht mehr als bloße Großsprecherei vorgekommen. Die Angst um Elisabeth hatte Johanna dazu gebracht, sich all die Monate die Schikanen des mächtigen Apfelweinwirts gefallen zu lassen. Zuletzt hatte er versucht, sie einzuschüchtern, indem er die Kaffeeguckerin zu ihr geschickt hatte. Ob er es wirklich ernst meinte und so lange nicht aufgab, bis er sie und ihr Geschäft zugrunde gerichtet hatte?

Ratlos schaute sich Johanna um. Warum war die Küchentür abgeschlossen? Kein Mensch schloss doch tagsüber seine Türen ab! Es sei denn, er war verreist und sein Gesinde gleich mit. Aber Elisabeth hatte doch niemanden in Frankfurt, zu dem sie gehen konnte, sie musste zu Hause sein! Warum machte sie dann nicht auf? Das konnte doch nur bedeuten, dass etwas Schreckliches geschehen war.

Ihr Blick fiel auf ihre Begleiterin. Ännchen Münch würde ihr keine große Hilfe sein, das war klar. Dazu war die Frau, die sich neben ihr in eine Ecke drückte, viel zu verängstigt. Dass es Leute gab, die noch weniger Mut hatten als sie selbst, hätte Johanna nicht gedacht.

Eine Fledermaus segelte im Tiefflug über sie hinweg. Ännchen schrie auf. Nun machte sich auch in Johanna Panik breit. Wie unheimlich das war!

Ohne einen Ton zu sagen, rannte Ännchen aus dem Hof.

Johanna sah, wie sie quer über die Straße auf ihr eigenes Hoftor zulief und in dem sich öffnenden Manntor verschwand. Gut, jetzt war sie also allein in ihrem Gang, Elisabeth zu retten, dachte sie resigniert und duckte sich vor einer weiteren Fledermausattacke. Sie wusste, dass die Tiere im Grunde vollkommen harmlos waren. Trotzdem hatten sie etwas furchtbar Gruseliges an sich, wenn sie so dicht über einen hinwegflogen, dass man meinte, ihre Flügelspitzen über das Gesicht streifen zu fühlen.

Sie staunte nicht schlecht, als sie kurz darauf hörte, wie die Hoftür der Münchs wieder zufiel und Ännchen mit zwei brennenden Laternen in der Hand neben ihr auftauchte. Immer noch wortlos steckte Elisabeths Nachbarin einen großen Schlüssel ins Schloss und schob vorsichtig die Küchentür auf.

»Huhu! Elisabeth, bist du da? Ich bin's, Ännchen! Ich wollte nur mal sehen, ob bei dir alles in Ordnung ist!«

Johanna war überrascht von der unerwarteten Beherztheit der kleinen Frau. Sie hatte Ännchen Münch eindeutig unterschätzt.

Niemand antwortete. Zögernd blieb die Nachbarin in der Eingangstür stehen.

»Es ist etwas geschehen«, flüsterte sie Johanna zu. »Schauen Sie sich nur an, wie die Küche aussieht!«

Johanna stellte sich auf die Zehenspitzen, um Ännchen über die Schulter zu gucken. Tatsächlich sah die Küche aus wie ein Schlachtfeld. Ein Regal war heruntergebrochen und schräg auf dem Küchentisch gelandet. In einem wilden Durcheinander waren die Vorräte im ganzen Raum verstreut. Auf dem Steinboden lagen die Scherben einer Porzellanschüssel, die Johanna Elisabeth zur Hochzeit geschenkt hatte und von der sie wusste, dass die Freundin sie wie ihren Augapfel gehütet hatte.

»Warum haben sie nur die Truhe über den Kellereingang gerückt?«, fragte Ännchen zaghaft, nachdem sie das Durcheinander eine Weile sprachlos betrachtet hatten. »Die steht doch sonst nicht da!«

Einem Impuls folgend, schob Johanna die Frau zur Seite und betrat die Küche. Geschwind flitzte eine Maus, die an den verschütteten Dinkelkörnern geknabbert hatte, in ihr Loch gleich neben der Tür zurück. Johanna durchquerte mit großen Schritten die Küche und die angrenzenden Räume. Im Gegensatz zur Küche waren alle anderen Zimmer im Erdgeschoss ordentlich aufgeräumt und sahen aus, als hätte sich seit Ewigkeiten niemand mehr in ihnen aufgehalten. Als sie in die Küche zurückging, merkte sie, dass sie Mehlspuren auf dem Boden hinterlassen hatte.

Ännchen hatte sich nicht von der Stelle gerührt. Wie jemand, der damit rechnete, im nächsten Augenblick fliehen zu müssen, stand sie wie angewurzelt im Türrahmen und starrte auf die eisenbeschlagene Truhe.

»Hier unten ist niemand. Ich schaue noch schnell in den oberen Räumen nach. Sagen Sie mir nur rechtzeitig Bescheid, wenn jemand kommt!«, rief Johanna und nahm ihr die Laterne aus der Hand.

»Sie ist nicht oben. Sie ist da!«, sagte Ännchen mit bebender Stimme und zeigte auf die Truhe.

»In der Truhe?«

Johanna hob den schweren Deckel an. Außer ein paar Mörsern, Töpfen und anderen Küchengeräten gab es in dem hölzernen Ungetüm nichts zu sehen

»Nein, im Keller! Die Falltür unter der Truhe führt zum Keller. Die Hoffmanns lagern dort ihre Apfelweinvorräte. Das Haus ist vollständig unterkellert.«

Ännchen begann am ganzen Körper zu zittern.

»Wenn ihr nur nichts passiert ist!«

Johanna stemmte sich gegen die Truhe.

»Sie müssen mir helfen! Alleine kriege ich das Ding nicht von der Stelle. Ich müsste die Truhe erst ausräumen. Aber zu zweit schaffen wir es vielleicht.«

Zögernd betrat Ännchen die geräumige Küche. Sie drehte sich noch einmal um, zog den Schlüssel aus der Haustür, steckte ihn in die linke Schürzentasche, ließ die Tür aber offen. Sie öffnete eine Schublade und nahm ein großes Messer heraus, das sie griffbereit neben sich auf den Boden legte.

»Wer weiß, was wir dort finden ...«, raunte sie unheilvoll.

Gemeinsam schoben sie die Truhe an. Mit einem fürchterlichen Quietschen bewegte sie sich langsam vom Fleck. Als die Falltür endlich frei zugänglich vor ihnen lag, trafen sich die Blicke der beiden Frauen. Auf den groben Holzbrettern, genau dort, wo die Truhe gestanden hatte, befand sich ein dunkler Fleck. Blut!

Kreidebleich lief Ännchen Münch nach draußen. Wenig später kam sie mit einer riesigen Leiter zurück, die sie mehr hinter sich herschleifte als trug.

»Die brauchen wir, um in den Keller zu kommen«, keuchte sie.

Mühsam zog Johanna die Falltür an dem eingelassenen Eisenring hoch. Sie kniete sich nieder und steckte den Kopf in den Kellerraum hinein. Kälte und ein leicht muffiger Geruch schlugen ihr entgegen. Nur der Raum direkt unterhalb der Luke wurde durch das einfallende Licht der Laterne erhellt, die Ännchen über ihr hielt. Weiter hinten war nichts als schwarze Dunkelheit. Kein Laut war zu vernehmen.

»Gehen Sie vor! Ich kann da nicht reingehen. Ich habe Angst vor Geistern.« Bedauernd zuckte die Nachbarin mit den Schultern. »Ich leuchte Ihnen, während Sie hinuntersteigen.«

Gemeinsam ließen sie die Leiter in die Dunkelheit hinab, bis diese auf dem Boden aufkam. Ännchen kniete sich nieder, um das obere Ende der Leiter festzuhalten. Vorsichtig setzte Johanna einen Fuß auf die dritte Sprosse, um zu testen, ob die Leiter auch nicht abrutschen würde. Doch Ännchen sorgte dafür, dass sie nicht hin und her wippte. Sie hängte die eine Laterne an einen Haken nahe der Falltür und drückte Johanna die andere in die Hand.

Während Johanna vorsichtig begann, eine Stufe nach der anderen hinunterzuklettern, sagte Ännchen:

»Das nehmen Sie besser auch noch mit!«

Sie reichte ihr mit ausgestrecktem Arm das Küchenmesser hinunter.

Die Leiter endete in einem kleinen Vorraum, der bis unter die Decke mit aufeinandergestapelten Fässern gefüllt war. Ein schmaler Gang führte tiefer in das Kellergewölbe hinein.

»Und?«, fragte Ännchen mit furchtsamer Stimme von oben.

Johanna hob die Laterne, um besser sehen zu können. Aber so weit ihr Blick reichte, sah sie nichts als mehrreihig den Gang säumende Fässer, Kisten und pralle Säcke.

»Ich schaue mal nach, was am Ende des Ganges ist«, flüsterte sie, als könnte jemand mithören.

Ein seltsames Kratzgeräusch, das aus den Tiefen des Kellers zu ihr drang, ließ sie herumfahren. Fast wäre ihr vor Schreck die Laterne aus der Hand gefallen.

»O Gott!«, schrie Ännchen, die das Geräusch ebenfalls gehört hatte. »Was war das?«

Johanna war die paar Schritte, die sie sich schon in den schlauchartigen Raum zwischen den Fässern hineinbegeben hatte, aufgescheucht zurückgerannt und stand nun wieder am Fuß der Leiter. In was für eine Lage hatte sie sich da bloß gebracht? Warum war sie so dumm gewesen, Gabriels Begleitung abzulehnen? Ob sie ans andere Ufer laufen und Hilfe holen sollte? Doch dann müsste sie möglicherweise Sperrgeld zahlen, und sie hatte ihre Geldkatze nicht dabei. Und ob Elisabeth dann noch am Leben war, wenn sie jetzt in die Stadt zurückkehrte …

Johanna sah in Ännchens ängstliches Gesicht, das über ihr in der Luke erschienen war. Nein, sie musste sofort handeln! Wenn es sein musste, eben allein.

»Elisabeth?«, rief sie beklommen. »Bist du das?«

Wieder hörte sie ein Geräusch. Diesmal klang es so, als träte jemand mit dem Fuß gegen ein Fass. Immer wieder.

Johanna riss sich zusammen und ging in die Richtung, aus der die unheimlichen Laute kamen. Ihre Knie zitterten. Zwar hatte sie im Gegensatz zu Elisabeths Nachbarin nie an Geister geglaubt, aber konnte man sich da wirklich ganz sicher sein? Falls das Geräusch von Elisabeth kam, hieß das zumindest, dass sie nicht tot war.

»Bitte, lass sie am Leben sein!«, murmelte sie vor sich hin und hob ihr Gesicht in Richtung Himmel.

Ein Haufen altes Gerümpel versperrte ihr plötzlich den Weg. Etwas, das aussah wie ein Pflug, eine Schubkarre mit nur einem Rad, mehrere übereinandergestapelte Bänke, eine Weinpresse und das Hinterrad einer Kutsche konnte sie in dem schlechten Licht ausmachen.

Sie hob die Laterne zwischen die Fässer, um dort nach einem Durchgang zu suchen. Wenn sie den Bauch einzog, würde sie es vielleicht gerade so schaffen, sich zwischen den Fässern hindurchzuzwängen. Hingegen das Gerümpel aus dem Gang zu räumen würde ewig dauern, vorausgesetzt, sie konnte die schweren Gegenstände überhaupt vom Fleck bewegen.

»Wie sieht es aus?«, rief Ännchen von oben.

Johanna war erleichtert, ihre Stimme zu hören. Sie wandte ihr Gesicht zu dem hellen Lichtfleck am Ausgang und rief:

»Hier steht zu viel im Weg, ich komme nicht durch! Ich muss mich durch die Fässerreihen quetschen.«

Zwischen den Fässern war ihr noch unheimlicher zumute. Etwas quiekte zu ihren Füßen, und sie zog entsetzt das Bein zurück. Nur eine Ratte, beruhigte sie sich selbst. Auf den Fässern lag eine dicke Staubschicht, als wären sie schon seit Jahrhunderten nicht mehr von der Stelle bewegt worden.

Vor ihr tauchte eine Mauer auf. Das musste die Hauswand sein, sie hatte also das Ende des Kellers erreicht. Eine Fledermaus hing kopfüber an der Decke. Sie kam sich vor wie in einem Irrgarten. Umdrehen konnte sie sich nicht in dem engen

Zwischenraum. Schon wieder hatte sie das Gefühl, dass ein Tier zwischen ihren Beinen umherhuschte.

Sie ging ein paar Schritte rückwärts und wandte sich dann in die Richtung parallel zu der Stelle im Gang, die mit Gerümpel vollgestopft war. Sie musste um das Gerümpel herumkommen, vermutete sie doch, dass es absichtlich dorthin geräumt worden war, um den Zugang zu Elisabeths Aufenthaltsort zu versperren. Oder den Ausgang.

»Ist alles in Ordnung da unten?«, ertönte Ännchens bebende Stimme wie aus weiter Ferne.

»Ja, alles in Ordnung, ich muss nur hier durchfinden!«

Plötzlich stand Johanna wieder auf dem breiten Gang, und das kratzende Geräusch setzte erneut ein. Sie hob die Laterne in die Höhe, um sich einen besseren Überblick zu verschaffen. Vor ihr befand sich eine riesige alte Truhe mit wertvollen Schnitzereien, ein Ebenbild der Truhe oben in der Küche. Das Kratzen schien aus dem Inneren der Truhe zu kommen.

»Elisabeth«, flüsterte sie fassungslos. »Bist du das?«

Die Freundin musste sich in der Truhe befinden, kein Zweifel! Gottfried hatte seine Frau bei lebendigem Leib in einen Sarg gesperrt!

Mit stockender Stimme gab Johanna ihren Fund an Ännchen weiter, die ihr eilfertig zurief:

»Dann müssen Sie den Deckel anheben!«

»Das lässt sich leicht sagen, wenn man sich dort oben in Sicherheit befindet!«, blaffte sie zurück.

Sie streckte eine Hand aus und versuchte vorsichtig den Deckel anzuheben. Abgeschlossen. Was, wenn die Truhe am Ende doch voller Ratten war, die ihr ins Gesicht sprängen, kaum dass sie die Freiheit erlangt hätten?, fragte sie sich unwillkürlich. Aber das Kratzen hatte sich verstärkt, nachdem sie einmal probiert hatte, den Deckel zu öffnen. Es konnte nur Elisabeth sein!, sagte sie sich. Die Freundin hatte sie gehört und versuchte nun, wahrscheinlich mit letzter Kraft, auf sich aufmerksam zu machen.

Johanna leuchtete mit ihrer Laterne an der Truhe entlang, um nach einem Schloss zu suchen. Und tatsächlich: Der Schlüssel steckte. Er war rostig und fast eine Elle lang. Sie musste die Laterne abstellen und mit beiden Händen den Schlüssel bewegen, so schwer war er umzudrehen. Kaum war das Knacken des Schließmechanismus zu hören, begann sich der Deckel der Truhe langsam wie von selbst zu heben. Erschrocken sprang Johanna zurück. Um ein Haar hätte sie die Laterne umgestoßen. Das hätte ihr gerade noch gefehlt, dass sie in diesem gespenstischen Keller im Dunkeln stand!

Ein leises Röcheln drang durch den Spalt zwischen Truhe und Deckel. Johanna sah, wie sich dieser ein paarmal auf und ab bewegte, bevor er krachend wieder zufiel. Elisabeth oder welches Gespenst auch immer sich in diesem verdammten Sarg befand, schaffte es nicht, alleine von innen den Deckel aufzustemmen! Kurz entschlossen trat Johanna auf die Truhe zu, nahm ihre ganzen Kräfte zusammen und hob mit einer letzten Anstrengung den schweren Deckel auf.

In gekrümmter Haltung, die Knie zur Brust gezogen, lag Elisabeth, einen Knebel vor dem Mund, an Hand- und Fußgelenken gefesselt, in dem hölzernen Schrein und rang um Luft.

»Mein Gott, Elisabeth! Was hat dieses Schwein dir angetan?«

Johanna schlug entsetzt die Hände vors Gesicht. Tränen der Wut und des Entsetzens stiegen ihr in die Augen. Was musste Elisabeth für Ängste durchlitten haben! Was für Qualen! Von ihrem eigenen Mann derart misshandelt zu werden!

Elisabeths flehender Blick brachte sie wieder zur Besinnung. Hastig begann sie die Binde um den Mund der Freundin mit dem Messer aufzuschneiden.

»Halt still!«, befahl sie, als Elisabeth sich aus ihrer unbequemen Haltung aufrichten wollte.

Kaum hatte sie endlich das Tuch von ihrem Gesicht entfernt, spuckte Elisabeth japsend den Knebel aus und atmete mehrmals tief durch. Ein keuchender Husten entrang sich ihrer Brust, der in ein undeutliches Stammeln mündete.

»Pscht!«, versuchte Johanna die Freundin zu beruhigen. »Es ist alles in Ordnung, du bist gerettet.«

»Was ist los?«, rief Ännchen in einer Mischung aus Panik und Neugier von oben.

»Es ist Elisabeth, sie lebt!«, erwiderte Johanna halb erschöpft, halb triumphierend. »Ich bringe sie hoch!«

Mühsam half sie Elisabeth, sich aus ihrer liegenden Haltung aufzurichten. Die Freundin stöhnte vor Schmerz. Es dauerte schier endlos, bis Johanna endlich die Stricke aufgesäbelt hatte, mit denen die Handgelenke der Gefangenen zusammengebunden waren. Sie hatte nur eine Hand zur Verfügung, in der anderen hielt sie die Laterne, um besser sehen zu können.

Kaum hatte Elisabeth die Hände frei, wollte sie Johanna die Laterne abnehmen. Doch ihre Finger waren von den Fesseln so steif geworden, dass sie sie nicht bewegen konnte. Wieder stöhnte sie schmerzvoll auf.

»Halt den Arm hoch!«

Johanna hängte ihr die Laterne in die Armbeuge, bevor sie sich an den Fußfesseln zu schaffen machte. Als sie auch diese endlich durchschnitten hatte, nahm sie die Laterne wieder an sich und stellte sie auf eines der Fässer.

»Er wollte mich umbringen«, waren Elisabeths erste Worte, die in ein Wimmern übergingen.

»Darüber reden wir später, jetzt müssen wir erst mal hier raus«, erwiderte Johanna knapp. »Kannst du aufstehen?«

Elisabeth legte beide Hände auf den Rand der Truhe und versuchte sich hochzuziehen. Doch ihre Arme waren zu schwach, um ihr ganzes Körpergewicht zu tragen.

Selbst bei der schlechten Beleuchtung konnte Johanna erkennen, dass die Freundin blutige Kratzspuren im Gesicht hatte und die Äderchen in ihren Augen geplatzt waren.

»Setz dich erst mal einen Moment in der Truhe auf und schüttel deine Hände und Füße, damit wieder Blut in deine Glieder fließt!«

Elisabeth gehorchte stumm. Mehrere Male holte sie tief Luft, als wollte sie ihre Lungen endlich wieder mit frischem Atem füllen. Ihre Hände ballte sie zu Fäusten und streckte sie dann. Johanna konnte sehen, dass sie auch ihre Beine vorsichtig bewegte. Noch immer ging ihr Atem rasselnd.

»Da kommt jemand, ich höre Schritte!«, schrie Ännchen mit gellender Stimme vom Ausgang her. »Ich sehe nach. Lasst uns beten, dass das nicht Hoffmann ist!«

Johanna und Elisabeth sahen sich an.

»Das kann nur Gottfried sein«, stammelte Elisabeth.

Wieder versuchte sie sich hochzustemmen. Diesmal kam sie mit Johannas Hilfe bis auf die Knie.

»Halten Sie ihn auf, Ännchen!«, rief Johanna.

Doch die Nachbarsfrau antwortete nicht. Sie schien ihren Posten oben an der Luke schon verlassen zu haben.

Sie würde sich doch wohl nicht einfach aus dem Staub machen?, fragte sich Johanna angsterfüllt. Nun, so oder so: Es galt auf jeden Fall, schleunigst hier wegzukommen! Beherzt fasste sie Elisabeth noch fester unter den Armen und begann sie in eine stehende Haltung zu ziehen. Unter größter Anstrengung hob die Freundin erst das eine, dann das andere Bein über den Rand der Truhe.

»Bitte, lass uns so schnell wie möglich hier raus!«, flüsterte Elisabeth mit schreckgeweiteten Augen.

Taumelnd bewegte sie sich in Richtung Ausgang. Immer wieder drohten ihr die Beine wie zwei Strohhalme wegzuknicken.

»Der Gang da ist versperrt!«, rief Johanna. »Hier entlang, zwischen den Fässern!«

Sie fasste die Apfelweinwirtin bei den Schultern und schob sie den schmalen Gang zwischen den Fässern hindurch. Zum Glück war Elisabeth nicht mehr so üppig wie früher, durchfuhr es sie in einem Anflug von Galgenhumor. Wie wohl Gottfried mit seiner stämmigen Figur zwischen den Fässern hindurchgepasst hatte? Aber vielleicht hatte er das gar nicht, überlegte sie dann, wahrscheinlich war der Weg noch frei gewesen, als er Elisabeth in ihr Verlies gebracht hatte, und er hatte das Gerümpel erst später in den Gang geschoben. Um den Weg zu versperren. Damit seine Frau nicht aus ihrem Grab entkommen konnte.

Elisabeth war vor ihr stehen geblieben und rang nach Luft.

»Was ist?«

»Ich muss mich einen Moment ausruhen.«

Sie klammerte sich zu jeder Seite an einem Fass fest. Johanna legte eine Hand unter die Achsel der Freundin, um sie zu stützen, in der anderen hielt sie weiterhin die Laterne.

Oben aus der Küche war plötzlich Stimmengemurmel zu hören. Johanna war für einen Moment abgelenkt. Zu spät bemerkte sie, dass Elisabeth schwankte. Wie ein nasser Sack brach sie geräuschlos zwischen den Fässern zusammen.

»O Gott!«, stöhnte Johanna. Elisabeth würde doch jetzt nicht etwa ohnmächtig werden!

Sie beugte sich über die Gefallene und packte sie mit beiden Händen unter den Schultern. Mühsam hievte sie die Freundin von hinten erst auf die Knie, dann auf die Füße. Den einen Arm um Elisabeths Brust geschlungen, griff sie mit der anderen Hand nach der Laterne, die sie auf einem Fass abgestellt hatte.

»Hier, nimm die Laterne, damit ich die Hände frei habe und dich stützen kann! Aber nicht fallen lassen, hörst du?«

Johanna hatte mit fester, energischer Stimme gesprochen. In Wirklichkeit war ihr ganz anders zumute. Doch sie wollte Elisabeth nicht merken lassen, dass auch sie allmählich am Ende ihrer Kräfte angelangt war. Sie mussten hier raus, so schnell es irgend ging.

Die Stimmen aus der Küche kamen näher. Es klang nach einem heftigen Wortwechsel. Zwischen einer Frau – Ännchen – und einem Mann. Gottfried!

Halt ihn auf, so lange du kannst!, feuerte Johanna in Gedanken die Nachbarsfrau an. Sie wusste nicht, was sie Ännchen Münch zutrauen konnte. Jeden Moment rechnete sie damit, dass die Falltür von außen heruntergeklappt wurde und sie und Elisabeth in dem dunklen Keller eingesperrt wären. Würde Ännchen zur Polizei gehen? Ihren Mann informieren? Die Frau hatte einen rechtschaffenen Eindruck auf sie gemacht. Ein wenig verhuscht, aber anständig und ehrlich besorgt um Elisabeth. Immerhin hatte sie sich auf den langen Weg von Sachsenhausen bis zur *Coffeemühle* gemacht, um Hilfe zu holen – ihre, Johannas Hilfe. Aber Gottfried hatte seine Methoden, wie er auch rechtschaffene Menschen unter Druck setzen konnte …

»Sie sind da unten«, hörte sie Ännchen jetzt sagen.

Aber warum erzählte sie ihm das? War sie doch eine feige Verräterin, die ihre Nachbarin und deren Freundin dem sicheren Tod aussetzte?

Dann sagte eine Männerstimme, die Johanna zwar bekannt vorkam, die aber eindeutig nicht die Stimme von Gottfried Hoffmann war:

»Gib mir die Laterne! Ich gehe runter.«

»Das ist Ännchens Mann«, schluchzte Elisabeth vor Erleichterung auf.

Mit eingeknickten Knien stolperte sie wieder einen Schritt weiter durch das Fässerlabyrinth voran.

»Hier entlang!«, dirigierte Johanna sie dem Licht entgegen.

»Wo sind Sie?«, rief Ännchens Mann vom Fuß der Leiter aus.

»Wir sind hier, Martin!«

Gestützt von Johanna schob sich Elisabeth zwischen den Fässern hindurch auf den breiteren Gang hinaus.

Für einen Moment war Johanna sprachlos, als sie in dem fahlen Licht, das von der geöffneten Luke in den Keller herabfiel, den blonden Hünen erkannte, der seit einiger Zeit regelmäßig bei ihr Kaffee trank. Auch ihr Fest hatte er besucht, erinnerte sie sich. Hatte er etwa mitbekommen, dass seine Frau sie in der *Coffeemühle* aufgesucht hatte? Warum hatte er dann nichts gesagt und war gleich mit ihnen gegangen?

»Was machen Sie denn hier?«, stammelte sie.

»Ihr kennt euch?«, fragte Elisabeth.

Ohne zu antworten drückte Martin Münch Johanna seine Laterne in die Hand, packte Elisabeth und warf sie sich kopfüber wie einen Sack über die Schulter.

»Ja, wir kennen uns«, murmelte er dann und begann schwerfällig mit seiner Last die Leiter zu erklimmen.

Von oben griff Ännchen Elisabeth beherzt an den Hüften und zog sie rücklings durch die Luke hinauf.

Als sie sich endlich alle gemeinsam in der Küche befanden, sah Johanna, dass Elisabeths Kleidung nur noch in Fetzen an ihr herunterhing. Ihr ganzes Gesicht war voller Schorf. Immer noch stoßweise atmend, lehnte sich die Freundin gegen den Küchentisch. Erst jetzt fiel Johanna auf, dass ihr rechter Arm merkwürdig verdreht war.

»Um Gottes willen!«, stieß Martin Münch hervor. »Was hat dieser Dreckskerl nur mit dir angerichtet?«

»Lasst uns schnell zu uns rübergehen, bevor er zurückkommt«, schlug Ännchen vor.

Elisabeth hatte sich über eine Schale Wasser gebeugt und trank in gierigen Schlucken.

»Der bringt uns alle um, wenn er uns findet«, sagte Martin Münch nachdenklich.

»Du kommst mit zu mir!«, verkündete Johanna resolut.

Elisabeth nickte mit schmerzverzerrtem Gesicht.

»Das wird das Beste sein«, stimmte der Heckenwirt erleichtert zu. »Aber erst sollten wir die Truhe wieder auf die Luke rücken, damit Gottfried nicht sofort Bescheid weiß, dass seine Frau aus ihrem Gefängnis befreit wurde«, fügte er hinzu.

Mit drei Schritten war er bei der Falltür und klappte sie mit einem dumpfen Knall zu. Johanna war ihm gefolgt und presste ihren Körper gegen die Truhe. Martin Münch tat es ihr nach, und wenig später stand das schwere Möbel an seinem alten Platz. Ännchen legte noch ein paar Eisengewichte hinein, die sie in einer Ecke der Küche neben einer großen Waage aufgestapelt gesehen hatte.

»So ist sie noch schwerer«, sagte sie befriedigt, als die anderen sie fragend anblickten.

»Aber was ist mit der Brücke?«, kam es Johanna schlagartig in den Sinn. »Wie sollen wir auf die andere Mainseite kommen, ohne die Wächter zu alarmieren? Nachher verraten sie uns an Gottfried. Wir können Elisabeth gar nicht zu mir nach Hause bringen!«

Sie spürte, wie ihre alte Mutlosigkeit sie überfiel. Nicht nur, dass sie Elisabeth so schnell wie möglich von hier fortbringen musste, bevor Gottfried Hoffmann heimkam, nein, sie war ja auch in der *Coffeemühle* dringend gefragt! Bestimmt hatten ihre Gäste schon längst ihre Abwesenheit bemerkt und sich gewundert, warum ausgerechnet die Wirtin als Erste ihr rauschendes Fest verlassen hatte. Und dann war da noch Gabriel ... Wenn man sie zusammen gesehen hatte, in der Tür zum Hof, oder sonst wie auf seine wahre Identität gekommen war – nicht auszudenken, was dann alles geschehen mochte! Ob sie zu viel verraten hatte, als sie bei ihrem überstürzten Aufbruch zu ihm gesagt hatte, er würde sich nur selbst gefährden, wenn er sie begleitete? Die Worte waren ihr einfach so herausgerutscht, obwohl Ludwig Haldersleben und Ännchen Münch neben ihr gestanden und alles hatten mit anhören können. Ob die beiden sich ihren Reim darauf gemacht hatten? Und jetzt war sie nicht da, um helfend einzuschreiten, falls Gabriel Unterstützung benötigte ... Wenn sie allerdings nicht wollte, dass die Wächter die halbe Stadt von Elisabeths Befreiung unterrichteten, würde sie noch eine ganze Nacht hier in Sachsenhausen verbringen müssen. Und zwar mit einer schwer verletzten Frau an ihrer Seite, die von ihrem unzurechnungsfähigen Ehemann bestimmt sofort totgeprügelt werden würde, sollte er entdecken, dass sie aus ihrem Verlies ausgebrochen war. Und sie, seine alte Feindin Johanna Berger, würde er garantiert gleich mit beseitigen.

»Ich bringe Sie mit dem Boot rüber«, beeilte sich Martin Münch zu sagen, als hätte er ihre Gedanken erraten. »Ich weiß eine Stelle am Ufer, wo man uns durchlassen wird. Und das Fahrtor drüben ist vielleicht noch offen. Aber lassen Sie uns schnell machen – jede Minute, die wir verlieren, ist eine Minute für Gottfried Hoffmann.«

Johanna unterdrückte die Bemerkung, dass sie eigentlich

furchtbare Angst vor Wasser hatte. Gewöhnlich vermied sie es, mit dem Boot über den Main zu fahren. Doch es gab eben Situationen, in denen es keine andere Möglichkeit gab, und dies war ganz eindeutig eine solche.

Rasch hatten sie Elisabeth, deren Gesicht und Kleidung Ännchen noch notdürftig mit einem Lappen gesäubert hatte, flach auf einen Karren gelegt und mit leeren Säcken zugedeckt. So war zumindest nicht sofort ersichtlich, dass sie einen Menschen aus Sachsenhausen hinausschmuggeln wollten. Schweigend trottete Johanna hinter Martin Münch her, der den Karren mit Elisabeth bis zum Flussufer hinunterzog. Der Abschied von Ännchen war wortkarg, aber herzlich gewesen. Auch Elisabeth, die schon in ihrem Karren lag, hatte ihrer Nachbarin lange die Hand gehalten und immer wieder mit schwacher Stimme ein inniges »Danke« gewispert, bis Martin Münch schließlich einfach losgezuckelt war und seine Frau tränenüberströmt und heftig winkend zurückgelassen hatte.

Der Mond leuchtete ihnen den Weg, als sie endlich die Anlegestelle unweit der Brücke erreichten. Gemeinsam wuchteten Martin Münch und Johanna die kaum mehr als einen Sack Äpfel wiegende Elisabeth auf den Kahn, der in dem seichten Uferwasser vor sich hin dümpelte. Zu schwach, um aufrecht auf der schmalen Holzbank in der Mitte des Bootes zu sitzen, wurde Elisabeth auf den Boden des Bootes gebettet, nachdem Martin Münch die Querlatte einfach abgenommen hatte. Wortlos ergriff er die Ruder, legte sie in die Dollen und tauchte die Blätter ins Wasser. Johanna, die das Boot vom Ufer abgestoßen hatte, sprang mit einem Satz hinterher.

Der Heckenwirt holte kräftig aus. Schon nach wenigen Minuten erreichten sie den Frankfurter Hafen. Ein paar Fischer wuselten mit ihren Nachen um sie herum und erhoben grüßend ihre Ruder. Dunkel ragte der mächtige Uferkran über der Mole auf. Während Johanna das Boot am Kai vertäute, zog Martin Münch die halb bewusstlose Elisabeth aus dem Boot und nahm sie umständlich auf den Rücken.

Johanna lief die wenigen Schritte zum Fahrtor voraus. Wie Martin Münch gesagt hatte, ließen die Wächter sie anstandslos passieren. Schnell hatten sie die Langschirne erreicht. Schon von Weitem war der Radau zu hören, der aus Richtung der *Coffeemühle* kam. Doch erst, als sie das Ende der Gasse erreicht hatten, wurde Johanna die entsetzliche Bedeutung des Getöses bewusst.

## 10. KAPITEL

Ein riesiger Menschenauflauf hatte sich auf der Kreuzung Langschirne-Markt gebildet. Sogar bis zum Hühnermarkt hinauf standen die Schaulustigen, um in Erfahrung zu bringen, was es mit dem ohrenbetäubenden Krach, der aus einem der Häuser drang, auf sich hatte. Johannas dunkle Vorahnungen bestätigten sich, als sie die neugierigen Blicke der Gaffer verfolgte, die sogar aus den Fenstern hingen, um besser sehen zu können. Alle waren sie auf die *Coffeemühle* gerichtet.

Johanna setzte ihre Ellbogen ein, um sich und dem ihr nachfolgenden Martin Münch mit der reglosen Elisabeth auf dem Rücken eine Schneise durch die Menge zu bahnen.

»Schneller!«, rief sie dem Sachsenhäuser zu und trat einem Mann, der ihr nicht aus dem Weg gehen wollte, mit voller Wucht in die Hacken.

»Aua!«, brüllte der Mann empört und drehte sich zu dem Übeltäter um, der ihn so brutal attackiert hatte.

Aber Johanna hatte sich schon weiter vorangedrängt, sodass der Mann sich direkt gegenüber dem hünenhaften Martin Münch befand und seine Rachegelüste sogleich unterdrückte.

Von seinem Aufschrei war Elisabeth aus ihrem Dämmerzustand gerissen worden.

»Was ist denn, Hanne?«, fragte sie mit dünner Stimme unter

dem Apfelsack hervor, den die Freundin ihr übergeworfen hatte, damit man sie nicht sofort erkannte.

»Eine Prügelei«, antwortete Johanna kurz angebunden.

»Das ist sicher Gottfried!«

Elisabeth schob den Sack ein Stück zur Seite, sodass sie die Szene überblicken konnte. Ihr Gesicht war kalkweiß und schmerzverzerrt.

»Gleich holen wir den Doktor, der sich um deine Schulter kümmern wird«, sagte Johanna beruhigend. »Diese ganzen Leute hier werden schon nichts zu bedeuten haben. Sicher nur eine Rangelei unter den Gästen und ein paar Neugierige, die sich das anschauen wollen«, wiegelte sie Elisabeths Befürchtungen ab.

Doch je näher sie dem Eckhaus kamen, in dem die *Coffeemühle* lag, desto klarer wurde, dass die Geräusche von zersplitterndem Holz und klirrendem Glas, die Wut- und Schmerzensschreie, die aus dem Gebäude nach draußen drangen, weit über das hinausgingen, was eine gewöhnliche Wirtshausschlägerei angerichtet hätte.

»Elisabeth hat recht, das ist sicher Gottfried«, sagte nun auch Martin Münch, dem die Angst ebenfalls ins Gesicht geschrieben stand. »Wir drehen besser um. Wenn er Elisabeth und mich hier sieht, wird er einen Tobsuchtsanfall bekommen.«

»Nein, ihr wartet hier! Ich hole Hilfe«, entgegnete Johanna in einem Ton, der keinen Widerspruch duldete.

Die Gewürzkrämerwitwe im Haus neben den Halderslebens hatte sich ein Kissen auf die Fensterbank gelegt und die spitzen Ellenbogen daraufgestützt. Von ihrem Ausguck erspähte sie Johanna als Erste und brüllte quer über die Gasse hinweg:

»Da ist sie! Die Bergerin ist wieder da!«

Seit Henriette Schley mitbekommen hatte, dass Johanna Geschäfte mit Jehuda ben Abraham machte, redeten die beiden Frauen nicht mehr miteinander. »Sie wissen doch, dass es den Juden verboten ist, mit Gewürzen zu handeln!«, hatte die Schley Johanna angegiftet. Auf deren Schulterzucken hin war sie in eine Schimpftirade gegen die jüdische Konkurrenz ausgebrochen.

Nun stand sie dürr wie eine Bohnenstange am Fenster und zeigte triumphierend mit dem Finger auf die Kaffeehauswirtin. Nichts bereitete dieser engstirnigen Frau so viel Vergnügen wie das Missgeschick anderer Leute.

»Ich habe immer schon gewusst, dass es mal so weit mit dir kommen würde, Johanna Berger!«, keifte die schrille Stimme von oben. »Wir wissen doch alle, wie ihr Bornheimer seid: Ihr könnt es einfach nicht lassen mit eurer Hurerei und Prügelei! Kaum habt ihr es aus eurem verlotterten Dorf in die Stadt geschafft, verbreitet ihr auch schon eure liederlichen Sitten unter uns ehrlichen Leuten!«

Johanna hörte ihre Worte kaum. Sie beachtete auch die vielen Schaulustigen nicht, die vor der *Coffeemühle* standen. Wie gelähmt starrte sie auf ihr Haus.

»Die sind einfach über uns hergefallen«, sagte die Bendersgattin Ursula Volckhardt zu ihr, die mit ihrer Tochter Schutz im Laden der Halderslebens gesucht hatte und sich nun zu ihr auf die Gasse wagte. »Unerhört ist das!«

Die Röcke gerafft, rannte Johanna auf den Eingang ihres Kaffeehauses zu. Gerade noch konnte sie sich ducken, als einer der Stühle aus dem Damensalon durch die zertrümmerte Frontscheibe auf sie zugeflogen kam und krachend auf dem Pflaster vor der geistesgegenwärtig zur Seite springenden Bendersgattin landete.

»Haldersleben ist zur Polizei gerannt!«, rief sie ihr noch hinterher, doch Johanna war schon im Inneren des Lokals verschwunden.

»Lieber Gott, lass Lili und Gretel in Sicherheit sein!«, betete sie laut, als sie über die Trümmer im Eingang der Gaststube stieg.

Rauch quoll ihr entgegen. Der Herd hatte sich in ein Lagerfeuer verwandelt. Hell loderten die Flammen aus den Öffnungen über die gesamte Herdplatte. Die Ringe, auf die sie so stolz war, fehlten. Ein Mann, den sie noch nie gesehen hatte, leerte voller Inbrunst eine große Dose Kaffeebohnen in die Flammen.

Ein zweiter Fremder warf grölend ein abgebrochenes Stuhlbein und einen Satz Kochlöffel hinterher. In der anderen Hand hielt er Ludwig Halderslebens Schachfiguren aus Elfenbein, die er offenbar ebenfalls den Flammen zum Fraß vorwerfen wollte.

Johannas erster Impuls war, den Mann mit einer lautstarken Schimpftirade zur Räson zu bringen, doch dann schwenkte ihre Aufmerksamkeit zu einem zuckenden Körper, der sich in einer Blutlache am Boden wand.

O Gott!

Johanna wollte schon auf den Verletzten zustürzen, glücklicherweise jemand, den sie ebenfalls nicht kannte, als sie sah, dass er beileibe nicht der Einzige war, den man so zugerichtet hatte. Inmitten der in ihre Einzelteile zerlegten Einrichtung lagen mehrere blutende und stöhnende Männer am Boden. Einige schienen sich gar nicht mehr zu regen. Schuhmacher Denzel hockte auf allen vieren unter der letzten aufrecht stehenden Bank und kotzte sich die Seele aus dem Leib. Auf dem einzigen Tisch, der noch heil geblieben war, stand ein Riese mit einem Bulldoggengesicht und fegte mit einem Besen johlend die Fayence- und Zinnkannen von dem Balken über den Fenstern. Klirrend und scheppernd fielen sie zu Boden. Sie stammten noch von Adams Vater, und obwohl es eine Heidenarbeit war, sie abzustauben, weil man dazu mindestens fünfmal die Leiter hinauf- und hinunterklettern musste, hatte Johanna sie dort stehen lassen.

Die Eindringlinge waren eindeutig in der Überzahl, stellte sie fest, und die meisten ihrer Gäste schienen rechtzeitig das Weite gesucht zu haben.

Knietief watete sie durch das Schlachtfeld aus zertrümmertem Porzellan, Essensresten, zerrissenen und zerknüllten Kleidungsstücken, Küchengeräten, Perücken und Hüten. Immer wieder trat sie in Lachen, die aus umgeschütteten Getränken oder anderen unappetitlichen Flüssigkeiten bestanden.

Irgendjemand hatte sich einen Spaß daraus gemacht, die neben dem Herd gestapelten Holzscheite überall im Raum zu verteilen und das Reisig, das sie zum Anfeuern benutzten, darüberzustreuen.

Neben dem umgekippten Küchenschrank, dessen gesamter Inhalt zerdeppert auf dem Boden lag, standen Anne und Sybilla vor der Tür zum Treppenturm. Sybilla hielt ein großes Schlachtermesser in beiden Händen, als wäre es ein Schwert. Mit dem Gesichtsausdruck eines Kriegers, der nichts mehr zu verlieren hat, parierte sie mit geschickten Schwüngen nach rechts und links die Fußtritte und Boxhiebe eines schweinsäugigen Dicken mit Stupsnase. Anne setzte sich vor allem durch lautes Zetern gegen einen kaum dem Kindesalter entwachsenen Jüngling zur Wehr, der ihr einen großen Stößel zu entreißen versuchte. Trotz allem gelang es ihr, Johanna durch heftiges Rucken mit dem Kinn zur Zimmerdecke zu bedeuten, dass die Mädchen sich oben in ihren Zimmern und damit in Sicherheit befanden.

Erleichtert setzte Johanna ihren makaberen Rundgang durch die *Coffeemühle* fort. Wenigstens eine Sorge war von ihr genommen! Aber wo um Himmels willen war Gabriel? Wahrscheinlich war er von all ihren Leuten der Gefährdetste. Wenn Gottfried Hoffmann herausbekam, dass er Jude war, würde er sicher nicht lange fackeln und kurzen Prozess mit ihm machen.

Mit einem Ruck stieß sie die Tür zum Damensalon auf. Sie spürte einen Widerstand, der von einem am Boden liegenden Verletzten kam. Stöhnend rollte der Mann in die Zimmerecke hinter der Tür. Auch ihn hatte sie nie zuvor gesehen. In dem Moment näherte sich Justus von Zimmer, der sie wohl nicht bemerkt hatte, dem Liegenden. Er hielt einen dreiarmigen Leuchter in der Hand, mit dem er sich drohend vor dem wehrlosen Mann aufbaute. Auch den Neffen des Schultheißen hatte es ordentlich erwischt: Er hielt sich mit seiner freien Hand ein blutiges Küchenhandtuch vor die Nase gepresst, und sein Rüschenhemd hing in Fetzen an ihm herunter. Mit dem eleganten Schnösel, den sie kannte, hatte dieser aus allen Poren schwitzende Mann mit dem verstrubbelten Haar und dem angriffslustigen Funkeln in den Augen nichts mehr gemein.

Plötzlich sah sie ein Messer hinter dem Kämpfenden aufblitzen.

»Vorsicht! Attacke von hinten!«, rief sie angsterfüllt.

Als würde er eine Abfolge mehrerer gut einstudierter Tanzschritte vollführen, drehte sich Justus von Zimmer schwungvoll einmal um die eigene Achse, schmetterte seinem Angreifer den Leuchter ins Gesicht und trat ihm mit dem rechten Fuß kräftig zwischen die Beine. Vor Schmerz brüllend ging Jockel Lauer in die Knie.

»Danke, Frau Wirtin! Sie haben mir das Leben gerettet«, winkte der Neffe des Schultheißen ihr leutselig zu. »Ganz schön was los heute, gell?«

Er lachte, als er ihren entsetzten Gesichtsausdruck sah, und versetzte dem Schnapsbrenner noch einen weiteren Tritt mit seinen auf Hochglanz polierten Stiefeln.

Sämtliche Polster des Sofas und der Fauteuils waren der Länge nach aufgeschlitzt. Auf den Venedig-Veduten prangten matschige Tortenreste. Der Deckel des Spinetts war aus den Angeln gerissen, die Saiten durchtrennt. Nur ein einziger Vorhang hing noch in seinen Gardinenringen. Johanna schossen die Tränen in die Augen: ihr Damensalon! Was für eine Mühe hatte sie sich mit der Einrichtung gegeben! Schulden hatte sie gemacht! Und nun das! Selbst ihr Giraffentischchen hatten die Randalierer nicht verschont. Als hätte man ihm mutwillig beide Vorderläufe gebrochen, stand es fragil auf seinen eingeknickten Beinen da.

Plötzlich hörte sie einen gellenden Schrei. Aus den Augenwinkeln konnte sie sehen, wie eine große bullige Gestalt eine sehr viel kleinere auf das zerfetzte Sofa warf. Christine Haberkorn, die Gattin des Bijoutiers, erkannte Johanna. Doch bevor sie etwas tun konnte, hatte sich der Riese schon auf die sich verzweifelt wehrende Frau gestürzt und ihr das Mieder aufgerissen. Schon nestelte er mit der anderen Hand an seiner Hose.

Panisch sah Johanna sich um. Um Gottes willen, was sollte sie tun? Sie konnte doch nicht mit ansehen, wie hier in ihren Räumen eine Frau vergewaltigt wurde! Aber wie sollte sie gegen den Riesen ankommen, der sich nun mit seinem ganzen

Gewicht auf die noch immer schreiende Bijoutiersgattin legte und versuchte, ihre Beine unter den Stoffmassen ihrer weiten Röcke freizulegen?

Kurz entschlossen packte Johanna das Giraffentischchen und hob es hoch über ihren Kopf. Sie wollte schon ausholen und es mit aller Wucht auf den Rücken des Mannes niederkrachen lassen, als sie fühlte, wie ihr das Möbelstück brutal von hinten aus der Hand gewunden wurde.

»Du gönnst meinem Freund wohl seinen Spaß nicht, was, Johanna Berger?«

Das Giraffentischchen in der einen, eine gewaltige Sichel in der anderen Hand stand Gottfried Hoffmann direkt vor ihr. Seine eine Braue war aufgeplatzt, sodass ihm das Blut über das Gesicht rann. Immer wieder leckte er mit seiner fleischigen Zunge die Tropfen auf, die von seiner Nase herabfielen. Die Haare hingen ihm wirr in die Stirn, seine rot unterlaufenen Augen waren nur noch zwei kleine Sehschlitze.

Johanna hatte Mühe, ein Würgen zu unterdrücken, so angeekelt war sie vom Anblick ihres Widersachers. Doch ein erneuter Schrei der heftig um sich tretenden Bijoutiersgattin genügte, um ihre Übelkeit in Schach zu halten. Sie musste etwas tun, um der Frau zu helfen – koste es, was es wolle. Eiskalte Wut ergriff von ihr Besitz.

»Gottfried Hoffmann, du bist das mieseste Schwein, das ich je kennengelernt habe! Erst bringst du deine eigene Frau um, und dann lässt du zu, dass vor deinen Augen eine andere vergewaltigt wird.«

Noch während sich Johanna umdrehte, um der wimmernden Bijoutiersgattin zu helfen, erkannte sie, wie eine fahle Blässe in das Gesicht des Apfelweinwirtes trat. Sie wusste nicht, ob vor Zorn oder vor Erkenntnis über das, was er mit Elisabeth angerichtet hatte. Sie bemerkte nur, wie er einen Schritt vortrat, um sich auf sie zu stürzen. Schon hatte sie in einem sinnlosen Versuch, sich zu schützen, die Arme erhoben, als plötzlich Gabriel Stern zwischen ihnen stand.

»Los, Justus, hilf der Frau auf dem Sofa! Ich übernehme das hier!«

Er schenkte Johanna ein beruhigendes Lächeln und bedeutete ihr mit einer raschen Geste, sich in Sicherheit zu bringen. Währenddessen war er nicht aus der Bewegung geraten. Permanent von einem Bein auf das andere hüpfend, die Hände dicht vor seinem Gesicht, ließ er jeden Finger einzeln in rasendem Tempo auf- und abflattern und baute sich vor dem viel größeren und massigeren Apfelweinbrauer auf.

»Gabriel!«

Johanna schluchzte auf; sie wusste selbst nicht, ob vor Angst oder Erleichterung. Genauso gebannt wie Gottfried Hoffmann verfolgte sie die Bewegungen des Geigers, der den Apfelweinwirt mit seiner ungewöhnlichen Kampftechnik völlig durcheinanderbrachte. Schon hatte Hoffmann sich einen Tritt in den Bauch eingefangen, schon einen Boxhieb auf die Nase. Wann immer er versuchte, Gabriels Schläge zu parieren, haute er ins Leere und drohte das Gleichgewicht zu verlieren.

»Die Sau hat heute zum letzten Mal eine Frau angepackt!«, hörte Johanna nach einer gefühlten Ewigkeit, die sie Zeugin des seltsamen Zweikampfs zwischen dem alerten Geiger und dem behäbigen Koloss Gottfried Hoffmann geworden war, Justus von Zimmer voller Genugtuung rufen.

Ein dumpfer Schlag und ein Aufprall folgten den Worten des Schultheißneffen, und sie konnte sehen, wie der Riese, der sich an der Bijoutiersgattin vergriffen hatte, in hohem Bogen aus dem Fenster flog.

Auch Gabriel schien für Sekunden abgelenkt gewesen zu sein. Kaum hatte Johanna den Kopf wieder in seine Richtung gewandt, gewahrte sie ein kurzes Aufblitzen in der Luft und dann nur noch Gabriels erstaunten Gesichtsausdruck, der sich langsam in eine schmerzverzerrte Grimasse verwandelte. Wortlos sank der Geiger zu Boden, beide Hände um die Sichel gefasst, die in seiner Brust steckte. Dunkles Blut sickerte aus der Wunde unterhalb seines Herzens.

Ohne auf Gottfried Hoffmann zu achten, stürzte Johanna auf den Verletzten zu.

»Gabriel, um Himmels willen! Was hat dieser Kerl mit dir angestellt?«

»Johanna«, murmelte der Geiger schwach und blickte sie aus seinen dunklen Augen an. »Zieh das Ding aus meiner Brust, bitte, mach schnell!«

»Aber … Wie soll ich …?«, brachte sie hervor. »Ich kann das nicht, Gabriel! Ich habe so etwas noch nie gemacht. Es wird sicher alles noch viel schlimmer, wenn ich jetzt …«

Johanna hatte sich selten in ihrem Leben so hilflos gefühlt. Verzweifelt sah sie sich um. Wo waren die anderen, warum half ihr denn niemand? Sie wusste doch nicht, wie man einen Menschen behandelte, der womöglich lebensgefährlich verletzt war! Wenn sie Gabriel jetzt die Sichel aus der Brust zog, würde die Wunde dann nicht noch mehr zu bluten anfangen?

»Die Wunde ist nicht so tief, Johanna, glaub mir!«, beruhigte sie der Geiger. Er flüsterte jetzt nur noch. Trotzdem klang seine Stimme ermutigend. »Ich habe immerhin ein Jahr Medizin studiert, ich kenne mich mit so was aus. Reiß ein Stück Stoff von deinem Kleid ab und wickel es mir fest um die Brust. Das wird den Blutfluss anhalten.«

Johanna zögerte nicht länger und tat, wie ihr geheißen. Vorsichtig half sie Gabriel, sich aus seinem zerfetzten Hemd zu befreien. Eine Welle von nie gekannter Zärtlichkeit überschwemmte sie, als ihre Finger die glatte Haut seines Oberkörpers streiften. Doch für so etwas war jetzt keine Zeit, riss sie sich sofort zusammen. Behutsam zog sie das spitze Werkzeug aus Gabriels Brust. Sofort spritzte Blut aus der Wunde. Sie presste den rasch zusammengeknäuelten Lumpen, der einmal sein Hemd gewesen war, auf den Stich.

»Halt deine Hand darauf, Gabriel! Ich werde dir jetzt den Verband anlegen.«

Sanft half sie dem stöhnenden Geiger, sich so weit aufzurichten, dass er mit dem Rücken gegen die Platte eines umgekippten

Tischs lehnen konnte. Dann wickelte sie stramm die lange Stoffbahn aus ihrem Unterkleid mehrmals um seine Brust und verknotete sorgfältig die Enden.

Erschöpft blickte sie auf. Mit einem schwachen Lächeln schaute der Geiger sie an. Seine Nase ragte bleich und spitz aus seinem Gesicht.

»Johanna«, murmelte er wieder und legte eine Hand an ihre Wange. »Du bist unglaublich, weißt du das? Behauptest, noch nie in deinem Leben so etwas gemacht zu haben – und bist doch die beste Pflegerin der Welt.«

Johanna merkte nicht mehr, was um sie herum vorging. Sie sah weder, wie ihr phlegmatischer Neffe Schosch über sich hinauswuchs und Gottfried Hoffmann im Sturzflug den Kopf in die Magengrube rammte, sodass dieser wie ein Klappmesser in der Mitte zusammensackte. Noch verfolgte sie, wie Justus von Zimmer zusammen mit dem Bendermeister unter lautem Kampfgeschrei und dem Einsatz schwerer Kochtöpfe drei weitere Spießgesellen des Apfelweinwirts unschädlich machte. Sie hörte auch nicht die Schüsse, die im Hof ertönten und die Weinfässer durchschlugen, sodass sich die rote Flüssigkeit in kleinen Wasserfällen auf das Pflaster ergoss. Ihre Nase registrierte den Brandgeruch nicht, der von dem vor sich hin kokelnden Billardtisch, dem längst verkohlten Spanferkel oder sonst woher rührte. Sie fühlte nur, wie Gabriels Hand ihre Wange hinabfuhr, über ihre aufgelösten Haare strich und sich in ihrem Nacken vergrub. Mit sanftem Druck zog er ihren Kopf näher zu sich heran. Ganz langsam bewegten sich ihre Münder aufeinander zu, um in einem langen Kuss miteinander zu verschmelzen.

Ein schriller Pfiff riss sie aus ihrem Rausch.

»Aufhören, sofort aufhören!«, schrie eine hohe Männerstimme, die Johanna seltsam bekannt vorkam.

Sofort löste sie sich von Gabriel und sprang auf. Sie sah Hetti, die Gitarristin, die gleich auf den am Boden Liegenden zustürzte, während Hans, ihr Flötistenmann, den Rumpf von Gabriels zersplitterter Geige in der Hand hielt und Johanna mit einem tieftraurigen Blick bedachte. Sie sah Ludwig Haldersleben, der seinen Kopf zur Tür hineinsteckte und ihr etwas zurief, das sie nicht verstand. Und sie sah Gottfried Hoffmann, der sich laut grunzend auf alle viere stemmte, sich langsam zu seiner vollen Größe aufrichtete und auf sie zuwankte.

»Das war erst der Anfang, Johanna Berger!«, fauchte er drohend. Speichel triefte von seinem aufgeschlagenen Kinn. »Das nächste Mal machen wir Ernst. Dann wird nicht nur dein Fiedler hier bluten« – er hob den Arm und zeigte mit dem Daumen auf Gabriel –, »dann blutest endlich auch du!«

Aus seinen Augenschlitzen starrte er sie an, als wollte er noch etwas hinzufügen. Johanna konnte sehen, wie es hinter seiner Stirn arbeitete. Er hatte schon den Mund geöffnet, als Jockel Lauer in sein Blickfeld kam. Sich an der Wand abstützend schleppte sich der Schnapsbrenner auf ihn zu. Sein linkes Ohr hing seltsam lose von seinem Kopf, als wäre es halb abgerissen, und sein eines Auge war vollkommen zugeschwollen.

»Lass uns abhauen, Gottfried, die Bullen sind da!«, stieß er wimmernd hervor.

Gottfried Hoffmann zog wortlos seinen Kumpanen auf die Beine und warf ihn sich wie einen Sack Kartoffeln über die Schulter. Schon halb zur Tür hinaus, drehte er sich noch einmal um und maß Johanna mit einem Blick, als würde er ihr am liebsten die Hände um den Hals legen und fest zudrücken. Er öffnete den Mund und spuckte ihr in hohem Bogen zwei blutige Zähne vor die Füße. Dann tippte er sich an die Stirn und sagte:

»Man sieht sich, Bergerin!«

Johanna hatte sich kaum von ihrem Schock erholt, als es Ludwig Haldersleben endlich gelungen war, sich zu ihr vorzukämpfen. Er war ganz außer Atem.

»Elisabeth Hoffmann ist in Sicherheit, Cornelia kümmert sich um sie, wir haben sie vorläufig bei uns untergebracht«, informierte er sie keuchend. »Aber die Polizei ist schon in der Stube vorne. Ihr italienischer Freund muss sofort weg von hier, Johanna! Ich nehme an, wenn die Piketts ihn in der *Coffeemühle* erwischen, gibt es Ärger, oder?«

Der Kartenmacher blickte sie bedeutungsvoll an. Er weiß es, dachte Johanna, aber sie war zu gelähmt, um etwas zu erwidern.

»Los, schnell, schaffen wir ihn weg!«, raunte Hans, der Haldersleben Worte mit angehört hatte, seiner Frau zu.

Rasch trat er auf Gabriel zu und packte ihn unter den Armen.

»Nimm du die Beine, Hetti!«

»Er braucht dringend einen Arzt! Jemand muss zuerst nach seiner Wunde sehen!«

Johanna wollte sie aufhalten, noch einmal mit Gabriel sprechen, seine Hand halten, in seine Augen sehen – aber der Geiger hatte die Lider geschlossen und warf leise stöhnend den Kopf hin und her.

»Wir kümmern uns um ihn, Frau Berger. Wozu sind Freunde schließlich da?«

Die Gitarristin hatte sich ihr Instrument auf den Rücken geschnallt und folgte mit Gabriels Füßen in beiden Händen ihrem Mann, der, Gabriel noch immer unter den Achseln haltend, seitwärts auf die offene Hoftür zusteuerte.

»Ich werde euch einen Karren besorgen, damit ihr ihn besser transportieren könnt!«, rief Ludwig Haldersleben dem Musikerpaar von der Türschwelle aus zu. »Geht schon mal vor in Richtung Römer!«

Kaum war auch der Kartenmacher aus Johannas Sichtweite verschwunden, fühlte sie, wie ihr von hinten jemand auf die Schulter tippte.

»Sie sind die Wirtin?«, fragte dieselbe Fistelstimme, die sie vorhin schon gehört hatte. »Frau Johanna Berger, geborene Schütz aus Bornheim?«

Johanna musste sich einen Moment besinnen, bevor sie in dem Polizeiadjutanten mit dem riesigen Federbusch auf dem Dreispitz den Pikett mit den flaumigen Haaren wiedererkannte, der sie schon wenige Wochen zuvor wegen der Kaffeeguckerin aufgesucht hatte. Über seine Schulter mit den mächtigen

Epauletten hinweg konnte sie beobachten, wie zwei seiner Männer die letzten Kämpfer, die sich irgendwie noch auf den Beinen gehalten hatten, gewaltsam voneinander trennten. Ein weiterer Polizist versuchte Sybilla das Schlachtmesser aus den Händen zu winden, während er stoisch Annes Schimpftirade über sich ergehen ließ.

»Frau Berger, ich muss Sie darüber informieren, dass Sie soeben die Gerechtigkeit, das Kaffeehaus *Coffeemühle* am Alten Markt in Frankfurt am Main zu führen, verloren haben.«

»Was sagen Sie da?«, stammelte Johanna, die die Worte des Polizeiadjutanten nur wie durch einen dichten Nebel vernommen hatte.

»Ich sagte, Ihre Lizenz ist weg, Frau Berger!« Der Mann lächelte selbstzufrieden, als hätte er mit seiner Ansage eine große Leistung vollbracht. »Sie können ja nach der Sommerpause mal probieren, ob Sie sie wiederbekommen.«

Lieber Gott, lass das alles nur einen bösen Traum sein!, dachte Johanna. Noch vor ein paar Stunden war ihr das Leben so wundervoll vorgekommen, hatte sie ein rauschendes Fest mit ihren liebsten Freunden und Gästen gefeiert, hatte sich ver… Sie stockte und fuhr sich mit der Hand über die Augen. Nein, diesen Gedanken wollte sie lieber nicht zu Ende denken. Ihre Sorgen waren auch so schon groß genug. Und das, was soeben geschehen war, die Zerstörung ihrer Existenz und die ihrer Kinder, war leider alles andere als nur ein böser Traum.

Sie hob den Kopf und sah den Mann an, als nähme sie ihn jetzt erst richtig wahr.

»Nach der Sommerpause, sagten Sie?«, fragte sie mit tonloser Stimme.

Der Polizeiadjutant nickte.

»Wenn Sie Glück haben! Und gute Fürsprecher«, fügte er noch hinzu, bevor er die Hacken zusammenschlug und den Rückzug antrat.

»Und Geld«, ergänzte Johanna halblaut, als der wippende Federbusch schon um die Ecke verschwunden war.

Sie kniff die Augen zusammen und versuchte den dicken Kloß hinunterzuschlucken, der sich in ihrem Hals gebildet hatte. Das Spiel war aus. Sie war ruiniert. Sie konnte ihre Schulden nicht bezahlen. Die Besucherinnen ihres Salons würden garantiert nicht an einen Ort zurückkommen, wo ihnen die Vergewaltigung drohte. Noch war nicht klar, ob es Tote gegeben hatte. Auf jeden Fall unzählige Verletzte, einer von ihnen Gabriel Stern. Gabriel, der sie geküsst hatte. Den sie vielleicht nie mehr wieder sehen würde …

»Gott wird Sie schützen, Johanna Berger!«, vernahm sie in diesem Moment die zornbebende Stimme von Schuster Denzel neben sich.

Sie drehte sich um. Der Schuhmacher hatte die Arme ausgebreitet, als wollte er ihr seinen Segen aussprechen. Johanna ließ sich einfach fallen, gegen seine Brust, die ein wenig säuerlich roch. Unbeholfen tätschelte Gregor Denzel ihre bebenden Schultern, bis ihr Schluchzen allmählich abgeebbt war.

»Denken Sie daran, Johanna«, sagte er feierlich. »Auge um Auge, Zahn um Zahn! Das stand schon in der Bibel. Sie werden sich doch nicht von so etwas unterkriegen lassen! Sie nicht, meine Liebe – das verspreche ich Ihnen!«

Zweiter Teil

# UNTERWEGS

## 11. KAPITEL

V*enezia, la bella Venezia!* Johanna hatte beide Unterarme auf die Fensterbrüstung der schwarz lackierten Gondel gestützt und sich weit aus der Kabine hinausgelehnt. Sie wollte den Anblick der atemberaubenden Kulisse, die sich in der Maisonne vor ihren Augen auftat, in vollen Zügen genießen. Zum ersten Mal seit ihrer Abreise aus Frankfurt verspürte sie so etwas wie Glück. Oder zumindest Erleichterung. Erleichterung darüber, dass die beschwerliche Reise von Frankfurt über München, die Alpen und Tirol nun beinahe hinter ihr lag, ja, dass ein neues Leben für sie beginnen würde, fernab all der Dinge, die sie dazu bewogen hatten, Frankfurt fluchtartig den Rücken zu kehren.

Wenn nur nicht ihre Angst vor dem Wasser wäre! Jeden Moment konnte die Gondel einfach umkippen, befürchtete sie. Da sie niemals schwimmen gelernt hatte, würde das ihren Tod bedeuten. Hätte es eine andere Möglichkeit gegeben, in die Inselstadt zu gelangen, hätte sie die sicher genutzt. Während der Schifffahrt von Fusina aus durch die kanalisierte Brenta mit ihren üppig wuchernden Ufergärten und Lusthäusern bis hin zur Mündung in die Lagune hatte sich heftige Beklemmung in ihr breitgemacht. »Stell dich nicht so an«, hatte sie sich selbst gesagt, »andere schaffen das auch, und gleich hast du es sowieso hinter dich gebracht. Genieß einfach die Aussicht!« Besonders hatte sie sich vor den fünf Meilen Gondelfahrt auf dem offenen Gewässer bis nach Venedig hinein gefürchtet. Doch nun hatten sie schon die Isola di Santa Chiara erreicht, von der aus sich der Canal Grande in schlangenförmigen Windungen bis zur Piazza San Marco zog.

Der Markusplatz war ihr Ziel, dort befand sich das *Caffè Florian*, das Floriano Francesconi gehörte. Er war ihre letzte Rettung – jetzt, da sie vor dem absoluten Nichts stand. Sie hatte die Stimme des kükenflaumigen Polizeiadjutanten mit dem schicken neuen Dreispitz noch im Ohr: »Ich muss Sie darüber informieren, dass Sie soeben die Gerechtigkeit, das Kaffeehaus *Coffeemühle* am Alten Markt in Frankfurt am Main zu führen, verloren haben.« Wie selbstgefällig er geklungen hatte! Als wäre es ihm eine persönliche Genugtuung gewesen, endlich ihrem liederlichen Treiben ein Ende zu bereiten, die Stätte der Hurerei und des Aufruhrs einfach dichtzumachen. Johanna verzog in einer Mischung aus Geringschätzung und Verzweiflung den Mund. Aber selbst wenn sie ihre Lizenz hätte behalten können: Sie hatte ja gar keinen Ort mehr, an dem sie ihren Beruf ausüben konnte. Das Haus am Markt stand zwar noch an seinem alten Platz – so weit, es abzufackeln, war Gottfried Hoffmann dann doch nicht gegangen, noch nicht! –, doch das gesamte Inventar der *Coffeemühle* lag in Schutt und Asche. Kaum ein Möbelstück war von den Schergen des Apfelweinwirts verschont geblieben, ganz zu schweigen von ihrem kostbaren Porzellan und all den Küchengeräten, die sie hemmunglos zerdeppert hatten. Das trostlose Bild, das ihr einst so wunderschönes Kaffeehaus abgegeben hatte, nachdem die Polizei die Randalierer vertrieben und auch die letzten treuen Stammgäste das Schlachtfeld geräumt hatten, würde sie wohl nie mehr vergessen. Sie war nur noch nach oben in ihr Zimmer gewankt und hatte sich in den Schlaf geweint. Am nächsten Morgen hatte ihr Entschluss festgestanden: Sie würde die Mädchen in die Obhut ihrer Familie nach Bornheim geben, Elisabeth gleich mit, die sich immer gut mit den Ihren verstanden hatte, und Frankfurt so schnell wie möglich verlassen. In dieser Stadt hatte sie nichts mehr verloren – vorerst wenigstens. Mal davon abgesehen, dass sie dringend Geld brauchte, wollte sie sich jemals eine neue Existenz als Kaffeehauswirtin aufbauen, in Frankfurt oder anderswo. Also war ihr nur die Flucht geblieben, nach Venedig, wohin sonst – so wie Adam es ihr noch auf dem Sterbebett geraten hatte: »Und wenn du mal gar nicht weiterweißt, wende dich an meinen Freund Floriano Francesconi, den Besitzer des ersten Kaffeehauses von Venedig.«

Je näher die Stadt mit ihren prachtvollen Fassaden, den schlanken Glockentürmen und glänzenden Kuppeldächern heranrückte, desto leichter wurde es Johanna ums Herz. Sie war, sich vorsichtig an der Reling abstützend, in den vorderen Teil der Gondel geklettert, wo sie sich aufatmend auf dem hölzernen Sitz niedergelassen hatte. Der Gondoliere hatte begonnen, ein Lied zu singen, eine seltsam getragene Melodie in einer Sprache, die kein Italienisch war, sondern venezianischer Dialekt sein musste.

Sie atmete tief ein. Die Luft roch salzig und ein wenig moderig. Marcello Ranieri, der Zauberer, der so schnell wieder verschwunden war, als hätte er sich selbst weggezaubert, hatte ihr erklärt, dass Venedig aus mehr als hundert Inseln bestehe und die Lagune eigentlich eine Art Sumpf sei. Die venezianischen Baumeister hätten die Stadt praktisch auf hölzernen Pfeilern errichtet, die sie tief in den lehmigen Grund der Lagune gebohrt und oben mit mehreren Steinschichten bedeckt hätten. Kleine Brückchen verbänden die Inseln miteinander, hatte Marcello erzählt, und das wichtigste Transportmittel seien die Gondeln, denn statt Straßen gebe es Kanäle, auf denen die Menschen sich fortbewegten, weil keine Kutschen durch die engen Seitengassen passten.

Die arme Elisabeth! Noch einmal wurden Johannas Gedanken von den Geschehnissen daheim in Frankfurt abgelenkt. Wie übel hatte dieses Schwein von Gottfried die Freundin doch zugerichtet! Die eigene Frau halb totzuschlagen und sie dann noch bei lebendigem Leib in eine Kellergruft zu sperren – eigentlich hätte sie sofort zur Polizei gehen müssen, um Anzeige gegen ihn zu erstatten. Doch Elisabeth hatte davon nichts wissen wollen. »Nein, tu das nicht, Johanna!«, hatte sie sie angefleht. »Gottfried hat mächtige Freunde in der Stadt, seine Rache wird fürchterlich sein, wenn du versuchst, ihn ins Gefängnis zu bringen. Du weißt doch, wozu er in der Lage ist – beim nächsten Mal bringt er wirklich eine von uns beiden um!« In den drei Tagen, die Elisabeth, die Mädchen und sie vor ihrer Abreise nach Italien gemeinsam bei den Haldersleben verbracht hatten, war Elisabeth erstaunlich schnell wieder zu Kräften gekommen. Der Kartenmacher und seine Schwester hatten sich wirklich aufopferungsvoll um sie gekümmert. Auch Lili und Margarethe, die glücklicherweise nur die Anfänge der Randale in der *Coffeemühle* mitbekommen, aber am nächsten Morgen beim Anblick des Trümmerhaufens sofort begriffen hatten, dass Johanna dort in den nächsten Monaten keine Gäste würde empfangen können, waren schnell wieder so lebhaft und lustig gewesen wie eh und je. Und voller Bewunderung für Elisabeths Tapferkeit und ihr schönes blondes Haar! Johanna war unendlich froh gewesen zu erkennen, dass die drei »Weibsen«, wie sie sie insgeheim bei sich nannte, während ihrer Abwesenheit sicher bestens miteinander auskommen und sie hoffentlich nicht allzu sehr vermissen würden. Ihre Gewissensbisse, dass sie Adams Töchter allein in Frankfurt zurückließ, hatte sie zwar nicht ganz verdrängen können, aber es sah zumindest nicht so aus, als würde Elisabeth rückfällig werden und zu Gottfried zurückkehren wollen. Und Margarethe wurde diesen Monat schon vierzehn, war also fast erwachsen.

Aber was war mit Gabriel?, zermarterte sie sich zum wiederholten Male den Kopf. Von ihm hatte sie überhaupt keine Nachricht mehr erhalten; auch Jehuda, den sie am Morgen ihrer Abfahrt noch rasch aufgesucht hatte, konnte ihr keine Antwort geben. Sie hatte dem alten Krämer nicht die Wahrheit über Gabriels Verwandlung in einen italienischen Salonmusiker erzählt und ihm auch seine schwere Verletzung verschwiegen, sondern einfach behauptet, sie wäre auf der Suche nach dem Geiger, weil sie ihm noch Geld schulde. »Das macht er manchmal, dass er sich für ein paar Tage vollkommen von der Welt zurückzieht«, hatte Jehuda leichthin gesagt. »Geben Sie ihm das Geld einfach später, Frau Johanna, er macht sich sowieso nicht viel daraus«, hatte er kichernd hinzugefügt. Wie wenig sie Gabriel Stern doch kannte, war ihr in dem Moment erneut bewusst geworden. Er hatte etwas in ihr ausgelöst, das sie noch nie erlebt hatte, seine Blicke, seine zarten Berührungen und erst recht sein Kuss hatten ein Gefühl in ihr hervorgerufen, das sie sich nicht erklären konnte. Eine unglaubliche Verlockung, ein Sehnen, das sich ganz tief in ihrem Inneren breitgemacht hatte und das noch immer da war. Aber was half es? Johanna schüttelte den Kopf. Sie konnte nur hoffen, dass Gabriel bei seinen Musikerfreunden, bei Hans und Hetti, untergekommen war und sich rasch wieder von seiner Stichverletzung erholte. Dass sich die Piketts auf die Suche nach ihm machen würden, weil sie mitbekommen hatten, dass er als Jude unerlaubterweise in einem christlichen Lokal aufgetreten war, glaubte sie nicht wirklich. Doch man wusste es nicht. Auf Ludwig Haldersleben, der ihr deutlich genug zu verstehen gegeben hatte, dass er Bescheid wusste, meinte sie sich verlassen zu können. Ännchen hingegen schien nichts mitbekommen zu haben, zumindest hoffte sie das inständig.

Und wenn Gottfried Hoffmann wieder zuschlagen würde? Eine Welle von Panik stieg in ihr auf. Wenn Gottfried Hoffmann Gabriel etwas antäte, das würde sie sich nie verzeihen! Ihretwegen hatte der Geiger sich in Gefahr begeben, ihretwegen war er schwer verletzt worden … Nein, sie durfte nicht mehr darüber nachdenken. Weder über die Schwere von Gabriels Verletzung noch über die Gefahr, die ihm womöglich durch Hoffmann oder die Polizei drohte. Überhaupt: Sie musste sich diesen Mann ein für alle Male aus dem Kopf schlagen! Er hatte sie tief berührt, in jeder Hinsicht, aber nun lagen bestimmt tausend Meilen zwischen ihnen, die zu all dem, was ohnehin schon zwischen ihnen stand – sein Judentum und ihr Status als ehrbare Geschäftsfrau, als Witwe und Mutter zweier Stieftöchter –, noch hinzukamen. Tausend Meilen, dachte sie, je weiter weg, desto besser. Aus den Augen, aus dem Sinn, so sagte man doch. Vielleicht gelang es ihr ja auf diese Weise, ihn zu vergessen …

»*Siamo quasi arrivati, Signora*«, schreckte der Gondoliere sie aus ihren Gedanken hoch. »Wo darf ich Sie hinbringen, nach Cannaregio oder woandershin?«

*»Piazza San Marco, per favore«*, erwiderte Johanna.

Sie war sich zwar nicht sicher, ob der junge Mann sie wirklich nach ihrer Destination gefragt hatte, aber so ganz falsch würde sie mit ihrer Antwort schon nicht liegen. Welch ein Glück, dass sie von ihren italienischen Gästen ein paar Brocken dieser schönen Sprache aufgeschnappt hatte, um sich halbwegs durchschlagen zu können!

Sie fühlte sich wie in einem Traum. Schon die ungewohnten Geräusche um sie herum versetzten sie in eine andere Welt: das plätschernde Wasser, das sanfte Eintauchen des Ruders in die Fluten, der weiche Aufprall der Wellen an den marmornen Fundamenten der alten Paläste. Und dann der kehlige Gesang des Gondoliere, der wieder eingesetzt hatte und sich mit dem seiner Kollegen vermengte, welche in ihren Barken an ihnen vorüberzogen!

Johanna bekam den Mund kaum mehr zu vor Staunen. So eine Pracht hatte sie noch nie gesehen. Wie Perlen an einer Kette folgte ein *palazzo* auf den anderen entlang des Kanals, der ihr ungeheuer breit vorkam. Die Fassaden der Paläste sahen aus wie die von Elisabeth geklöppelte weiße Spitze. Über die schmalen Brücken ohne Geländer eilten Menschen, die offenbar nicht darüber nachdachten, dass jeder kleinste Fehltritt sie unweigerlich im Wasser würde enden lassen. Eine solche Geschäftigkeit hatte sie nur während der Messe in Frankfurt erlebt. Auf dem Canal Grande ging es zu wie auf der Fahrgasse zu den Stoßzeiten.

Dass es ihr in Venedig gefallen würde, das spürte Johanna schon jetzt, als die Gondel langsam über das seichte Wasser des Kanals glitt. Sie bemerkte die neugierigen Blicke der Männer auf den Lastkähnen, die ihnen entgegenkamen, aber sie beschloss, sich nicht daran zu stören. Stattdessen ließ sie selbst ihre Blicke umherschweifen, hinauf zu den Balkonen und in die kleinen Seitenkanäle hinein, die sich immer wieder rechts und links des

Hauptkanals auftaten. Die meisten Häuser, vor allem die prächtigeren unter ihnen, verfügten über eigene Anlegestellen, an denen schmale Barken oder auch größere Segelboote festgemacht hatten. Wenn sich das Wasser zwischen zwei Wellen vom Ufer zurückzog, konnte sie sehen, dass überall Treppen ins Wasser hineinführten, was sie vermuten ließ, dass der Wasserstand normalerweise niedriger war.

Plötzlich sah sie direkt vor sich eine hohe Brücke mit einem mächtigen weißen Steinbogen den Kanal überspannen. Mehrere Häuschen standen auf dem Überweg. Wie die meisten Fenster in Venedigs Hausfassaden dominierten auch diese die Vorderfronten, wenngleich sie weniger lang gezogen und nur spärlich mit Ornamenten verziert waren.

»*Il ponte di Rialto*«, erklärte ihr freundlicher Führer, »und das dort ist der *Fondaco dei Tedeschi*.« Er deutete mit dem Kinn auf ein großes Gebäude zu ihrer Linken, vor dem unzählige Lastkähne be- und entladen wurden. »Dort treiben Ihre Landsleute Handel.«

»*Siamo arrivati, ecco piazza San Marco!*«, riss er sie einige Zeit später aus ihren Betrachtungen, während er zwischen einem Dreimaster und einer riesigen Gondel, die nur dem Dogen persönlich gehören konnte, zur Mole ruderte. Galant half er ihr aus der Gondel und zeigte mit der Hand geradeaus:

»Laufen Sie einfach über die Piazetta auf den Campanile zu, und dort biegen Sie nach links in die Piazza. Das Kaffeehaus von Floriano befindet sich unter den Arkaden der neuen Prokuratien. Sie können es gar nicht verfehlen.«

Was für eine Erleichterung, wieder festen Boden unter den Füßen zu verspüren! Und wie stolz sie war, ganz allein eine so weite Reise bewältigt zu haben, sie, eine einfache Bauerntochter aus Bornheim! Ach, wenn doch alle sie hier sehen könnten! Am Anfang hatte sie noch schreckliche Angst vor dem Fremden gehabt, das sie erwarten würde, aber dann war ihr nicht das geringste Ungemach geschehen. Und vielleicht gab es ja auch gar nichts, wovor sie sich fürchten musste.

Während Johanna die Schönheit des Platzes auf sich einwirken ließ, lud schon ein Junge ihre Reisetruhe auf einen Karren und fragte sie nach ihrem Ziel. Sie war sich unsicher, ob sie noch genügend Geld dabeihatte, um den Jungen zu bezahlen. Aber das sollte jetzt nicht ihre Sorge sein. Floriano würde ihr sicher aushelfen.

»Zum *Caffè Florian*«, sagte sie zu dem Jungen und eilte hinter dem Karren her.

Als sie von der Piazzetta auf den Markusplatz einbogen, blieb sie stehen. Verzückt drehte sie sich einmal im Kreis und kam aus dem Staunen nicht mehr heraus. Was für eine wunderbare Kulisse rings um sie herum! Ehrfürchtig legte sie den Kopf in den Nacken und betrachtete die von der Sonne angeleuchtete Spitze des Campaniles und den dahinterliegenden Markusdom. Dann wandte sie sich wieder um in Richtung Piazza. Ein riesiger schwarzer Hund, groß wie ein Pony, jagte quer über den Platz Hunderten von Tauben hinterher. Wenn sie vor ihm davonflatterten, sah er immer wieder verdutzt, ja fast dümmlich drein, als könnte er nicht verstehen, warum die Vögel nicht mit ihm spielen wollten. Dann entdeckte er Johanna, die ihn ebenfalls erkannt hatte, begann auf einmal enthusiastisch mit dem Schwanz zu wedeln und galoppierte auf sie zu. Ohne sein Tempo abzubremsen, sprang er an ihr hoch, legte seine Pfoten auf ihre Arme und leckte mit seiner großen Zunge über ihr Gesicht. Fast hätte das Ungeheuer sie umgeworfen.

»Pluto«, sagte sie lachend, »das kann doch nur mein alter Freund Pluto sein!«

Sie legte die Arme um den Hund, der laut bellte und sich gar nicht mehr beruhigen wollte vor lauter Begeisterung.

*»Pluto, vieni qua!«*, hörte sie eine bekannte Stimme, und ein kleiner Mann trat unter den Arkaden hervor. »Was fällt dir ein, fremde Leute einfach so anzuspringen!?«

»Signor Ranieri!«

Johanna winkte ihm zu, während sie versuchte, sich aus Plutos immer heftiger werdender Umklammerung zu befreien.

Sie konnte sehen, wie dem Zauberkünstler vor Überraschung der Unterkiefer herunterklappte, als er sie erkannte. Nach einem kurzen Moment der Besinnung fasste er sich wieder und lief, so schnell ihn seine kurzen Beine trugen, auf sie zu.

»Signora Giovanna, welch einen Freude!«

Er drückte sie fest an seine vorgewölbte Brust, um sie dann mit beiden Armen von sich zu halten und von Kopf bis Fuß einer Musterung zu unterziehen, als könnte er es nicht glauben, wirklich sie, Johanna Berger aus Frankfurt, vor sich zu haben.

Schließlich drehte er sich noch immer kopfschüttelnd um und rief wild gestikulierend in Richtung des Kaffeehauses:

»*Floriano, Giuseppina! Venite, venite!* Ihr werdet nicht glauben, wer hier ist: Johanna Berger, die Frau von eurem Freund Adam aus Frankfurt!«

Er wandte sich wieder Johanna zu und flüsterte ihr auf Deutsch zu:

»Wie ist es Ihnen ergangen, Giovanna? *Tutto a posto?* Ich erkläre Ihnen später, warum ich so schnell aus Frankfurt abgereist bin. Es ging nicht anders, ich musste es tun.«

Johanna nickte, während sie neugierig dem kleinen dicken Mann und der noch kleineren und dickeren Frau entgegensah, die mit ausgestreckten Armen auf sie zugelaufen kamen.

Floriano war trotz seiner untersetzten Figur und seines schütteren Haars ein durchaus stattlicher Mann. Seine Frau war einen Hauch zu blond und ihre Kleidung so eng geschnitten, dass sich überall kleine Fettwülste abzeichneten.

Beide begrüßten Johanna mit großer Herzlichkeit auf Italienisch.

»*Non è vero!* Die Frau von Adamo, meinem geliebten Freund aus Francoforte! *Benvenuta, tesoro,* willkommen in Venedig!«

Nachdem Floriano Johanna viermal auf die Wangen geküsst und immer wieder überschwänglich seine Rührung und Begeisterung zum Ausdruck gebracht hatte, war seine Frau dran. Auch sie war in ihrer Freude, die schöne junge Frau aus Francoforte bei sich willkommen heißen zu dürfen, kaum zu bremsen.

Schließlich legte sie resolut ihren Arm um Johannas Schultern und steuerte sie in Richtung Arkaden.

»Du solltest dich jetzt ein wenig ausruhen, *amore*, du bist bestimmt todmüde, nicht wahr? Doch vorher trinken wir noch einen schönen Caffè!«

Ein junger Mann, der trotz seiner Windhundstatur eine auffällige Ähnlichkeit mit Floriano aufwies, war vor der Eingangstür des *Caffè Florian* in einen lautstarken Streit mit Johannas Gepäckträger verwickelt. Noch bevor diese verstanden hatte, was der Grund für den Disput war, hatte sich schon Giuseppina in die Verhandlung eingemischt. Hilfe suchend sah sich der Gepäckträger nun nach Johanna um, aber Floriano zwinkerte ihr nur zu und schob sie rasch durch die Tür ins Innere des Kaffeehauses.

»Lass das nur Tullio und Giuseppina regeln! Diese Leute versuchen immer, einen über den Tisch zu ziehen, *capisci*, aber da ist er an die Falschen geraten.«

Er kicherte zufrieden.

»*Basta, basta!* Hör auf mit diesem Getue!«, hörte Johanna Giuseppina noch keifen, dann fiel die Tür hinter ihr ins Schloss.

»Setz dich auf die Bank, Giovanna, dann kannst du besser sehen, wie es hier bei uns so zugeht!«

Mit einladender Geste bot Floriano ihr einen Platz auf dem roten Polster unter einem goldenen Wandspiegel an. Er und Marcello ließen sich auf den beiden kleinen Stühlen ihr gegenüber nieder.

»Wie schön es ist, die Frau meines geliebten Freundes Adamo hierzuhaben!«, wiederholte Floriano in seiner klangvollen Muttersprache. Dabei grinste er von einem Ohr zum anderen und schaute ihr ungeniert auf den Busen.

Er strahlte eine gewisse Zwielichtigkeit aus, fand Johanna, aber auf eine nette Art. Sie war überrascht, wie gut sie den Venezianer und auch seine Frau verstand. Das meiste hatte sie zwar aus dem Zusammenhang erraten, aber so schwierig erschien ihr die italienische Sprache nun wahrlich nicht zu sein, als dass sie sie nicht schnell erlernen könnte.

Endlich hatte der junge Windhund es geschafft, den Gepäckträger abzuwimmeln, und kam ebenfalls hinein. Es dauerte nicht lange, und Giuseppina stellte ein Tablett mit fünf kleinen Espressotassen auf der winzigen Tischplatte ab. Schwerfällig ließ sie sich neben Johanna auf die schmale Bank nieder. Auch Tullio, so der Name des *»signorino«*, wie seine Mutter ihr stolz erklärte, setzte sich nach kurzem Zieren an ihr Tischchen.

»*È un po' timido*, ein wenig schüchtern, weißt du?«, flüsterte Giuseppina ihr ins Ohr, laut genug, dass auch ihr Sohn jedes Wort verstehen konnte. »Wenn er eine schöne junge Frau noch nicht kennt, hat er erst mal ein bisschen Angst vor ihr. *Non è vero, figlio mio?*«

Sie lachte gutmütig und tätschelte ihrem Sohn die Hand, der an solche Anzüglichkeiten offenbar bereits gewöhnt war und ihr die Indiskretion nicht weiter übel nahm.

»Ich schulde Ihnen eine Erklärung, Giovanna«, begann der Zauberkünstler schließlich mit ernstem Gesicht, während er vier gehäufte Löffel Zucker in seinen Espresso rührte. »Ihre Feinde haben es tatsächlich geschafft, mir Angst einzujagen. Allerdings ging es dabei nicht um mich … Sie haben mir aufgelauert! Zu dritt waren sie. Pluto war nicht dabei, ich hatte ihn an dem Tag in der *Coffeemühle* gelassen – sonst hätte er mich natürlich beschützt. Sie haben mir ein Messer an die Kehle gehalten und gedroht, dass sie Ihre Kinder umbringen würden, Giovanna … Ja, Lili und Margarethe!«, bestätigte er mit einem Nicken ihren fassungslosen Blick. »Wenn ich nicht sofort aus Frankfurt verschwinden würde …«

Er lächelte beschämt, nachdem er den Löffel zur Seite gelegt und einen großen Schluck aus seinem Tässchen genommen hatte.

Johanna hatte kein Wort gesagt, sondern ihn nur ungläubig angestarrt.

»Es war ein Fehler, diesen Schurken nachzugeben, das ist mir dann später auch klar geworden«, fuhr der Zauberer fort. »Aber erst mal hat mir das einen solchen Schrecken eingejagt, dass ich sofort abgehauen bin. Und dann konnte ich natürlich nicht mehr zurück.« Schuldbewusst sah er Johanna an. »Später habe ich gedacht, ich hätte Sie wohl warnen müssen. Mich nicht so einfach aus dem Staub machen dürfen, sondern Ihnen irgendwie meine Hilfe anbieten müssen. Es ist doch hoffentlich nichts passiert?«

Obwohl Marcello seine Erklärung auf Deutsch abgegeben hatte, war Johanna nicht sicher, ob sie ihn richtig verstanden hatte.

»Wiederholen Sie das noch einmal, Marcello!«, bat sie ihn. Sie konnte nicht glauben, was sie da eben vernommen hatte.

Marcello erzählte seine Geschichte noch einmal, um dann den zunehmend neugierig gewordenen Francesconis eine Kurzfassung auf Italienisch zu geben. Bis ins kleinste Detail beschrieb er die Männer, die ihn bedroht hatten.

»Jockel Lauer«, flüsterte Johanna heiser. »Gottfried Hoffmann.«

Als Marcello ihr den dritten Mann als einen blonden, hakennasigen Hünen schilderte, wollte sie abermals ihren Ohren nicht trauen. Übelkeit stieg in ihr auf. So etwas Gemeines und Widerwärtiges hatte sie noch nie erlebt!

»Dieser hinterhältige Mistkerl!«, entfuhr es ihr dann. »Scharwenzelt den ganzen Tag um mich herum! Spielt sich als Retter von Elisabeth auf! Um mich anschließend an meinen ärgsten Feind zu verraten …«

Entgeistert schüttelte sie den Kopf. Sie sah Elisabeth vor sich, huckepack auf dem Rücken von Martin Münch, wie sie vor lauter Erschöpfung beinah das Bewusstsein verlor, um gleich darauf erneut hochzuschrecken. Ja, sie hatte sich im Nachhinein gewundert, dass Martin Münch so plötzlich im Keller der Hoffmanns aufgetaucht war, nachdem seine Frau, offenbar unbemerkt von ihm, das Fest in der *Coffeemühle* gesprengt hatte, um Johannas Hilfe bei der Suche nach Elisabeth einzufordern. Und noch mehr hatte sie sich gewundert, als Martin Münch, nachdem er die gerettete Elisabeth in die Obhut der Haldersleben gegeben hatte, nicht mehr im Kaffeehaus aufgetaucht war, sondern sich klammheimlich aus dem Staub gemacht hatte. Jeder andere hätte doch der Wirtin seines Stammlokals Hilfe angeboten, wenn er gewusst hätte, dass dort Gefahr im Verzug war!

Auch die Francesconis äußerten, wilde Flüche und temperamentvolle Entsetzensschreie ausstoßend, ihr Missfallen am Verhalten des deutschen Kollegen. Giuseppina schüttelte ihre blonde Mähne, die von einem tiefschwarzen, breiten Scheitel gekrönt wurde, heftig hin und her.

»*Mà*«, stieß sie zischend hervor, voller Verachtung für Johannas Feinde. »*Non è possibile*, das ist doch nicht möglich! Diese Schurken! Wie kann man so etwas nur tun?«

Plötzlich sprang Johanna auf.

»Ich muss sofort zurück! Ich kann die Mädchen unmöglich in diesem Schlangennest allein lassen. O Gott, wäre ich doch nie abgereist!«, schluchzte sie auf. Verzweifelt rang sie die Hände. »Was soll ich jetzt tun? Ohne Geld? Ich kann noch nicht mal zurückfahren, geschweige denn in Frankfurt irgendetwas bewirken! Alles ist kaputt, meine Lizenz ist weg, mein Ruf ruiniert …«

Giuseppina legte ihr die Hand auf den bebenden Rücken und zog sie wieder auf die Sitzbank herunter. Leise redete sie auf die schluchzende Johanna ein, wie auf ein Kind, das getröstet werden wollte.

»Wir tun alles, um dir zu helfen«, tönte Floriano und warf sich in die Brust. »Adamo ist ein so guter Freund gewesen. Für seine Familie würde ich alles tun. *Sì, ti giuro: tutto!*«

Johanna spürte, wie sich Giuseppina bei diesen Worten neben ihr merklich versteifte. Ihr ganzer Körper drückte Missbilligung aus, als wollte sie ihrem Mann bedeuten, er solle nicht schon wieder anfangen, irgendwelche Versprechungen zu machen, die er nachher doch nicht würde halten können.

»*Tutto!*«, wiederholte Floriano noch einmal großspurig und breitete die Arme aus.

Giuseppina nickte resigniert. Zu spät, schien ihr leicht genervter Blick zu sagen, er hört ja doch nicht auf mich.

An Johanna gewandt sagte sie leise:

»*Tutto, Giovanna, veramente*, wir tun alles für dich – solange es dabei nicht um Geld geht. Versprich mir, dass du nicht über Geld mit ihm reden wirst.«

»Was gibt es da zu flüstern?«, herrschte Floriano seine Frau an.

Doch Giuseppina war schon aufgestanden und zog, ohne ihren Mann eines Blickes zu würdigen, Johanna hinter sich her.

»Ich habe die Magd schon angewiesen, eine Kammer für dich herzurichten. *Vieni, tesoro*, ich zeige sie dir! Du musst dich jetzt erst mal ausruhen. *Poi vediamo …*«

## 12. KAPITEL

*Un latte macchiato, per favore!«*

*»Due carajilli per noi, signorina!«*

*»Mi porti anche un gran bicchiere di acqua minerale, Giovanna?«*

Johanna schwirrte der Kopf. Den ganzen Tag ging das nun schon so, eine Bestellung nach der anderen. Sie fing einen aufmunternden Blick Giuseppinas auf, der ebenfalls der Schweiß auf der Stirn stand, während sie damit beschäftigt war, den Inhalt des funkelnden kleinen Kaffeekochtopfs vorsichtig in sechs winzige Tässchen auf einem Tablett umzufüllen, das Johanna gleich nach draußen auf die Terrasse des beliebtesten Kaffeehauses von ganz Venedig tragen sollte. Dass es noch einmal so warm im Jahr werden würde, damit hätte wirklich keiner gerechnet. Eigentlich hatten sie die Terrassenmöbel schon längst einpacken wollen, um sie über die kalten Wintertage einzulagern, da war die Sonne kurz vor Allerheiligen noch einmal hinter den dichten Nebelwolken hervorgekommen, die seit Tagen über der Lagune gehangen hatten. Nun schien sie schon seit einer knappen Woche so heiß vom knallblauen Himmel herunter, als wollte sie den Frühling einläuten.

Johanna warf einen sehnsuchtsvollen Blick über die Piazza in Richtung Basilika. Wo Floriano und Tullio wohl abblieben? Sie hätten schon längst zurück sein sollen, um Giuseppina und sie abzulösen. Oder um ihnen zumindest unter die Arme zu greifen. Wahrscheinlich waren sie wieder im *Ridotto* hängen geblieben, das musste es sein.

Dass Floriano der Spielsucht erlegen war, hatte Johanna schon gleich nach ihrer Ankunft bei den Francesconis vor gut einem halben Jahr festgestellt. Sie hatte gar keine Erklärung gebraucht für Giuseppinas merkwürdiges Verhalten am ersten Tag, als sie sie gebeten hatte, bloß nicht über Geld zu reden. Sie hatte dann auch nur Marcello gegenüber ihre Hoffnung erwähnt, dass Floriano ihr finanziell unter die Arme greifen würde, damit sie sogleich wieder ihre Rückreise antreten könnte. Entsetzt hatte der Zauberer sie angesehen und geantwortet: »Floriano und Giuseppina versinken in Schulden!« Ihr war nichts anderes eingefallen, als tagein, tagaus Kaffee zu servieren, um wenigstens irgendwann das Geld für die Rückfahrt zusammenzubekommen.

Mit seiner Spielsucht bildete Floriano wahrlich keine Ausnahme unter den Venezianern, auch zahlreiche seiner Gäste widmeten sich leidenschaftlich gerne Faro, Bassetta oder Biribiss. Wenn Giuseppina bei ihrer Mutter in Mira war und nur noch ein paar Stammgäste sein Kaffeehaus bevölkerten, schloss Floriano nach der Sperrstunde manchmal einfach die Fensterläden und verwandelte das *Florian* in ein Casino. Er wusste durchaus, welches Risiko er damit einging – auf das Betreiben einer privaten Glücksspielstätte standen drakonische Strafen, und die Inquisitoren hatten überall ihre Schnüffler. Aber er konnte es einfach nicht lassen, zu groß war sein Vergnügen an diesem seinem »einzigen Laster«, wie er immer wieder treuherzig betonte, wenn Johanna als lizenzlose Kaffeehausbesitzerin ihm seinen Leichtsinn vorhielt. Es stimmte, der gutmütige, dickliche Floriano hatte wirklich kein anderes Laster als seine Spielleidenschaft – wenn man von seiner offensichtlichen Schwäche für das weibliche Geschlecht einmal absah. Und er hatte sie an jenem Maitag, der ihr schon so lange her zu sein schien, mit buchstäblich offenen Armen empfangen und sie sofort in seinen Haushalt und seinen Betrieb integriert, als hätte er geradezu auf ihr Kommen gewartet. Schon nach zwei Tagen hatte er sie *»figlia mia«* genannt, sie liebevoll in die Wangen gezwickt, wann immer sie ihm über den Weg lief, und sie im Übrigen genauso behandelt wie seinen achtzehnjährigen Sohn Tullio. Mit Giuseppina war es nicht anders gewesen; sie drückte Johanna bei jeder Gelegenheit liebevoll an ihren großen Busen und versuchte sie mit ihrer sensationellen Kochkunst um jeden Preis zu mästen. Was ihr in Ansätzen auch schon gelungen war; bereits nach zehn Tagen hatte Johanna das Gefühl gehabt, aus allen Nähten zu krachen und bald selbst über ein solch üppiges Dekolleté wie Giuseppina zu verfügen. Was sie nicht wirklich bedauerte, wie sie sich eingestehen musste. Auch die vielen Sommersprossen, die die venezianische Sonne auf ihr blasses Gesicht gezaubert hatte, gefielen ihr plötzlich viel besser als sonst in Frankfurt. Sie trug ihr Haar jetzt auch anders, hochgetürmt und mit bunten Bändern, Perlen und Spangen verziert, wie es bei den Venezianerinnen üblich war. Trotzdem wurde sie immer wieder als Fremde erkannt, da konnte sie noch so gut Italienisch sprechen.

Johannas Blick fiel in einen der großen, leicht angelaufenen Spiegel, die mit ihren goldverschnörkelten Rahmen die Wände des *Florian* zierten, während sie mit dem Tablett mit den sechs Espressotässchen in der einen Hand und einem Teller Cappuccinotörtchen in der anderen durch den Gastraum auf die Terrasse eilte. Sie sah eine hübsche rothaarige Frau mit glühenden Wangen und einem hellblauen Kleid unter einer weißen Schürze vorbeieilen, die nur sie selbst sein konnte. Ja, sie hatte sich wirklich zu ihrem Vorteil verändert, dachte sie zufrieden. Sogar die Fältchen um ihre Augen waren verschwunden, und ihre, wie sie fand, etwas zu große und spitze Nase und der eine schiefe Schneidezahn störten sie jetzt nicht mehr. Es ging ihr ja auch gut – jetzt erst recht, da sie endlich Nachricht von zu Hause bekommen hatte, da nach Monaten Postweg Elisabeths Brief eingetroffen war, in dem die Freundin alle ihre Sorgen zu zerstreuen gewusst hatte. Den Mädchen gehe es gut und ihr auch, hatte Elisabeth Ludwig Haldersleben in die Feder diktiert, weil sie selbst nicht schreiben konnte. Sie lebten auf dem Hof von Johannas älterem Bruder Simon, die Familie würde ihnen unter die Arme greifen, wo sie nur könnte, die alten Freunde wie die Halderslebens und Schuster Denzel auch, während sich Gottfried Hoffmann entgegen aller Befürchtungen kein einziges Mal habe blicken lassen. Margarethe und Lili würden kräftig mit anpacken und seien sowieso schon fast erwachsen, und Margarethe kommandiere alle kräftig herum. Sie solle ruhig in Venedig bleiben, hatte Elisabeth ihre Zeilen geschlossen, sie kämen schon noch eine Weile ohne sie zurecht.

Was sie, Johanna, sich nicht zweimal hatte sagen lassen. Zum einen, weil sie noch lange nicht genug Geld zusammengespart hatte, um ihre Rückreise nach Frankfurt zu bezahlen – ganz zu schweigen von der Renovierung der *Coffeemühle*, dem Rückkauf ihrer Gerechtigkeit und dem Abtragen ihres Schuldenbergs. Und zum anderen, weil sie spürte, dass jeder weitere Tag, den sie in dem wunderschönen Venedig verbrachte, bei ihrer *»famiglia nuova«*, wie Giuseppina so gern erklärte, sie innerlich ein Stückchen weiter von Gabriel Stern entfernte. Ja, der Geiger hatte ihre Gedanken mehr beherrscht, als sie sich je hätte träumen lassen. Anfangs hatte sie – nach einer gewissen Eingewöhnungszeit, in der sie all das Neue zunächst hatte verarbeiten müssen – noch in jeder freien Minute an ihn gedacht, in jedem zweiten jüngeren Italiener seine Gestalt zu erblicken geglaubt, ihre letzte Begegnung beim Eröffnungsfest des Damensalons wieder und wieder vor ihrem geistigen Auge heraufbeschworen. Aber allmählich war die Erinnerung an ihn doch in den Hintergrund getreten. Es war schon gut so, dass sie den Kopf endlich wieder frei hatte. Zumal es ja auch in Venedig durchaus interessante Männer gab, lächelte sie in sich hinein, als sie im Vorbeieilen an einem der

Kaffeehaustische ein dunkles, scharf geschnittenes Männergesicht bemerkte, das mit einem halb amüsierten, halb interessierten Ausdruck in ihre Richtung gewandt war.

Der Gast saß wie jeden Tag um die Mittagszeit am Fenster, das auf den Markusplatz hinausging. Er war neben ein paar älteren Herren, die auf der anderen Seite des Korridors saßen, der Einzige im Innenraum des Kaffeehauses. Die übrigen Gäste zogen den Sonnenschein draußen auf der Terrasse vor. Johanna wusste von dem eleganten, nicht mehr ganz jungen Mann lediglich, dass er eine hochgestellte Persönlichkeit im *Maggior Consiglio* und damit von adeliger Herkunft sein musste, so viel sagte ihr sein Habit, der *tabarro* mit Dreispitz und Degen. Sie hatte, abgesehen von seinen Bestellungen – meist ein Glas *bianco di Custoza* und ein Fischgericht sowie ein *caffè doppio* statt eines Nachtischs –, noch nie mit ihm gesprochen, wie sie es häufig mit den anderen Gästen tat. Dafür waren seine Blicke, mit denen er jeden ihrer Schritte verfolgte, wenn er nicht gerade in seine Papiere vertieft war, umso beredter. Seine dunklen, brennenden Augen schienen sie manchmal regelrecht verschlingen zu wollen, und doch fürchtete Johanna sich nicht vor ihm. Was wohl mit ihm war?, fragte sie sich oft, er sah so verloren aus. Obwohl er große Macht und sicher viel Geld besaß. Auch Giuseppina hatte ihr keine Antwort auf ihre Frage nach dem seltsamen Fremden geben können. Lediglich Marcello hatte eine finstere Bemerkung in seinen Bart gemurmelt, als er ihn bei einem seiner Kaffeehausbesuche zufällig einmal an seinem Stammplatz entdeckt hatte. Johanna hatte »Was hast du gesagt, Marcello?« gerufen, doch der Zauberer hatte nur energisch abgewunken, und sie hatte nicht gewagt, weiter nachzubohren.

Als sie nun nach draußen trat, wurde sie gleich mit einem fröhlichen *»Ciao, bellissima!«* begrüßt, das von dem einzigen Tisch, der bisher noch frei gewesen war, zu ihr herüberschallte. Johanna errötete leicht. Sie hatte sich noch immer nicht daran gewöhnt, von den Venezianern ständig als *»bella«*, *»carina«* oder

*»dolce«* bezeichnet zu werden, manchmal auch in der Steigerungsform. Dabei spielte es keine Rolle, ob ein Mann oder eine Frau sie als »Allerschönste« oder »Süßeste von allen« titulierte, wie es eben gerade die berühmte Sängerin Faustina Bordoni getan hatte, die mit einem Herrn im Schlepptau aufgetaucht war, bei dem es sich seiner hellen Gesichtsfarbe nach zu urteilen nur um ihren deutschen Komponistengatten Adolf Hasse handeln konnte. Ganz Venedig lag den beiden zu Füßen, und Johanna war stolz, sie bedienen zu dürfen.

Flink brachte sie ihre beiden Bestellungen an die entsprechenden Tische und wandte sich dann der Sängerin zu.

»Signora Bordoni, wie schön, Sie zu sehen! Sie waren schon lange nicht mehr da – ich habe mir bereits Sorgen gemacht.«

»Das ist ja ganz reizend von Ihnen, *carissima*, aber ich war nur für ein paar Tage in Neapel, wo ich am San Carlo aufgetreten bin. Und meinen Mann besucht habe.«

Sie tätschelte die Hand ihres Mannes, der ganz hingerissen mit seinem Blick an ihrem breitflächigen Gesicht mit der etwas zu dominanten Nase hing.

»Nächste Woche ist hier Premiere, DEMETRIO – da müssen Sie einfach kommen, Giovanna! Und bringen Sie Ihren Freund, den Zauberer, mit!«

Sie lachte ein wenig zu schrill.

»Wenn er dann noch da ist …«, nickte Johanna bekümmert.

Marcello hatte ihr vor ein paar Tagen verkündet, von dieser übel riechenden Lotterstadt, wo die Menschen, statt seine Zauberkunst zu würdigen, lieber ins Bordell oder *Ridotto* gingen, die Nase voll zu haben und sich wieder auf die Reise machen zu wollen. Johanna hatte ihn bestürzt angesehen, aber nichts weiter aus ihm herausgebracht.

Ihre trüben Gedanken wurden von einem erneuten Aufschrei Faustinas unterbrochen.

*»Maestro, Maestro, Signor Vivaldi, siamo qua, nel caffè!«*

Johanna zuckte zusammen. Um ein Haar hätte sie das Tablett mit den leeren Gläsern und Tassen fallen lassen. Vivaldi, er hier?

Der große Komponist und Lehrmeister, Gabriels Lehrmeister, er lief einfach so über die Piazza San Marco, direkt an ihr vorüber?

Faustina Bordoni und ihr Mann hatten sich von ihren Stühlen erhoben. Johanna konnte sehen, wie der stattliche ältere Herr mit der weißen Perücke im Gehen innehielt, seinen Kopf in ihre Richtung drehte, einen Moment zögerte und, als Faustina hektisch zu winken begann, seine Schritte schließlich langsam zum *Florian* lenkte.

Je näher er kam, umso mehr hatte Johanna das Gefühl, innerlich zu erstarren. Warum war der Maestro nicht in Prag, wo eine seiner Opern uraufgeführt wurde, wie sie von einem musikbegeisterten Gast des *Florian* gehört hatte, warum war er hier? Warum musste er wie eine Erscheinung plötzlich in ihr Leben treten, um schlagartig all die Wochen und Meilen zunichtezumachen, die sie an Distanz zwischen sich und den Mann, den sie nicht lieben durfte, gebracht hatte? Hatte sie sich nicht eben noch dazu beglückwünscht, endlich auch wieder Augen für andere Männer haben zu können? Nun schien alles wieder von vorne anzufangen, sie hatte das Gefühl, die Uhren wären um Wochen zurückgedreht. Der Komponist, der da Schritt für Schritt auf sie zukam, hatte Gabriel fast so geprägt wie sein eigener Vater. Er hatte ihn zu dem gemacht, was er war, als sie ihn kennenlernte. Dieser Mann war Gabriels Schicksal, wie er ihr erzählt hatte, weil er den Musiker in ihm geweckt habe, den Künstler, der er habe werden *müssen*, jedoch seiner Herkunft gemäß nicht hätte werden dürfen. Und nun stand dieser Antonio Vivaldi vor ihr, mit seinen geschwungenen Lippen in dem trotz des fortgeschrittenen Alters jungenhaften Gesicht, dem leicht vorgebeugten mächtigen Oberkörper und der Rolle Notenblätter in den langfingrigen Händen – Hände, die auch Gabriel oft gesehen und gespürt haben musste, wenn der Maestro seine Musizierhaltung korrigiert, auf einen zu wiederholenden Takt in den Noten gezeigt oder ihm lobend auf die Schulter geklopft hatte.

Doch der Maestro beachtete sie gar nicht. Er lächelte verhalten, als wüsste er nicht genau, was er von der Begegnung mit seinem Kollegen und Konkurrenten Adolf Hasse und dessen exzentrischer Ehefrau Faustina Bordoni halten sollte, warf einen zögerlichen Blick über die Gästeschaft, um schließlich die großen Steintöpfe mit den Stechpalmen zu umrunden und sich zu den beiden an den Tisch zu setzen. Dann erst drehte er den Kopf zu ihr, Johanna, die die ganze Zeit wie angewurzelt stehen geblieben war, und bestellte mit leiser Stimme einen *caffè lungo*.

Als Johanna Stunden später todmüde und mit bleischweren Gliedern in ihrem Bett lag, wusste sie nicht mehr, wie sie die zweite Hälfte des Tages überstanden hatte. Aber noch viel weniger wusste sie, wie sie die kommende Nacht überstehen sollte. Denn eines war sicher: Sie würde wieder von Gabriel träumen in dieser Nacht, genau wie in all den anderen Nächten nach ihrer schicksalhaften letzten Begegnung in Frankfurt, ja noch während der ersten Wochen in Italien. Von Gabriel, den sie endlich aus ihren Gedanken gedrängt, den sie vor lauter Arbeit und neuen Eindrücken schon fast vergessen zu haben glaubte – bis der Maestro plötzlich vor ihr gestanden hatte und sie schlagartig von der Erkenntnis getroffen wurde, mit diesen Bemühungen noch kein Stück vorangekommen zu sein.

Was soll ich bloß tun, dachte sie mit tränennassen Wangen, um diesen Mann, der nicht für mich bestimmt ist, ein für alle Male aus meinem Herzen zu verbannen? Es kann doch nicht angehen, dass ich den Rest meines Lebens hinter ihm hertrauere!

Erst lange, nachdem die Kerze auf dem Nachttisch in ihrer kargen Dachkammer heruntergebrannt war, schlief sie endlich ein. Und tatsächlich verfiel sie wieder in jenen Traum, der sie so lange verfolgt hatte, dass er ihr in seiner bitteren Süße schon fast wie ein Albtraum vorgekommen war: Gabriel und sie am Main, eingehüllt von Musik und dem Rauschen des Frühlingsregens.

## 13. KAPITEL

»*Sorellina*, was machst du denn schon wieder für ein Gesicht? Das kann man ja kaum mehr mit ansehen! Was ist los, dass du seit Tagen herumläufst, als wäre deine Großmutter gestorben – *dimmi, cara*, welche fette, stinkende Laus ist dir über die Leber gelaufen? Ich werde sie zerquetschen, mit beiden Händen, so – schau!«

Gegen ihren Willen musste Johanna lachen, als Tullio vor ihren Augen ein blau kariertes Küchenhandtuch zu malträtieren begann, so als hielte er eine riesige Laus zwischen den Händen, die er um ihrer Seelenheil willen beseitigen wollte. Sie schob sich mit dem Unterarm die Haarsträhnen aus dem Gesicht, um sich weiter dem Kurbeln der alten Rösttrommel zu widmen. Schweiß stand ihr auf der Stirn, die Kleidung klebte an ihrem Körper, und sie hatte das Gefühl, dass ihr Gesicht knallrot war vor Anstrengung. Auch wenn die Francesconis und ihre venezianischen Kollegen, was ihre Gerätschaften zum Mahlen und Brühen von Kaffee betraf, den Frankfurtern weit überlegen waren – von den unzähligen Arten, das Getränk zuzubereiten, einmal ganz zu schweigen –, hatten auch sie noch keine befriedigende Lösung gefunden, wie man sich die kräftezehrende Rösterei ersparen konnte.

»Also, sag schon, wer ist es, der dir deine gute Laune so nachhaltig verdorben hat?«, beharrte Tullio und schaute sie beinah angriffslustig an.

Johanna wusste, dass es jetzt keinen Zweck mehr hatte, nach weiteren Ausflüchten zu suchen. In den Wochen und Monaten, die sie jetzt schon bei den Francesconis lebte, hatte sie den jungen Tullio erstaunlich gut kennengelernt. Letztlich war dies auch nicht wirklich schwierig gewesen, räumte sie in Gedanken ein, denn Tullio war sehr offen und sagte stets geradeheraus, was er dachte. Er sah zwar aus wie ein Mann, mit seinen breiten Schultern und den langen Beinen, die wie bei den Gondolieri meist in engen, schlammfarbenen Kniebundhosen steckten, und dem länglichen Windhundgesicht, das halb von fransigen Haaren verdeckt war, doch in der Regel benahm er sich wie ein kleiner Junge. Schon vom ersten Tag an hatte sie in ihm eine Art jüngeren Bruder gesehen und ihn bald auch – zu seinem lautstark geäußerten Verdruss – ihren *fratellino* genannt, während er noch versucht hatte, sich vor ihr aufzuspielen und sie mit seinen *Ridotto*-Siegen zu beeindrucken. Irgendwann hatte er begriffen, dass sie sich nicht für ihn als Mann interessierte, und ab dem Zeitpunkt waren sie unter den wohlwollenden Blicken von Tullios *mamma*, die zunächst etwas besorgt gewirkt hatte, die allerbesten Freunde geworden.

»Meinetwegen, wenn du es wirklich wissen willst …«

Da an diesem regnerischen Nachmittag im *Caffè Florian* kaum Betrieb war, erzählte sie ihm, dass sie auf der Flucht war vor einer unmöglichen Liebe.

»Inwiefern unmöglich?«, hakte Tullio nach.

»Das kann ich nicht sagen«, wisperte Johanna geheimnisvoll und sah ihn bedeutungsschwer an. »Aber es ist ganz und gar unmöglich. Es verstößt gegen alle Regeln.«

Tullio schien zu grübeln, aber sie sah ihm an, dass er nicht im Entferntesten ahnte, um was es sich handelte.

»Ist er verheiratet?«, fragte er dann.

Sie schüttelte den Kopf.

»Ein Adliger?«

Wieder schüttelte sie den Kopf.

»Weißt du was, *cara mia*, um sich eine unmögliche Liebe aus dem Kopf zu schlagen, hilft nur eins!«

Tullio hatte das Raten aufgegeben. Mit einem kleinen Grinsen in den Mundwinkeln schaute er sie triumphierend an.

»Ich kenne mich da aus, das kannst du mir glauben!«

»Aha …«

Amüsiert schaute Johanna von dem Blech hoch, auf das sie inzwischen die frisch gerösteten Bohnen zum Abkühlen geschüttet hatte. Plötzlich blieb ihr Blick an der Eingangstür hängen.

Ein plumper schwarzer Regenschirm schob sich durch den Türspalt, und noch bevor sein Besitzer dazu kam, ihn zusammenzuklappen, draußen vor der Tür die Tropfen abzuschütteln, sich wieder umzudrehen und die Gaststube zu betreten, wusste Johanna, wer sich darunter verbarg. Für einen Moment setzte ihr Herz aus, und ihr wurde flau im Magen. Dann tat sie, als wäre weiter nichts geschehen, und widmete sich rasch wieder den Bohnen, die sie mit einem großen Holzlöffel gleichmäßig auf dem Blech zu verteilen begann.

Doch Tullio war die Veränderung in ihrem Gesichtsausdruck nicht entgangen, und auch er schaute auf, um gleich darauf ehrerbietig zu grüßen. Der Gast grüßte zurück und starrte einen Moment in ihre Richtung, als erwartete er, dass auch Johanna ihn grüßte, doch diese beschäftigte sich unbeirrt weiter mit den Bohnen. Nur das Rot auf ihren Wangen hatte sich ein wenig vertieft.

»*Sorellina*, du brauchst einen Mann! Das ist es, was dir fehlt.«

Johanna zog die Augenbrauen hoch, um ihrer Indigniertheit Ausdruck zu verleihen, doch Tullio hob vor lauter Eifer noch ein wenig mehr die Stimme und fuhr in seinen Ausführungen fort:

»Das beste Mittel gegen Liebeskummer ist, die alte Liebe durch eine neue zu vertreiben. Das ist mehr als nur ein Sprichwort, glaub mir! Das ist ein wenig wie Geister verjagen – das kennst du doch, oder? Dabei ist es nicht wirklich wichtig, ob die neue Liebe eine große ist, Hauptsache, sie lenkt dich von der alten ab. Deine Gedanken müssen beschäftigt sein, *capisci*? Und natürlich der Rest von dir auch.« Er lachte ein wenig anzüglich, wie Johanna fand. »Ich kann dir ein paar Kandidaten präsentieren, wenn du willst. Ein Herr mit Geld und Stil, einer unserer *nobili* vielleicht? Ich wüsste da wohl jemanden …«

Seine Stimme hatte sich zu einem Flüstern herabgesenkt. Mit einem vielsagenden Zwinkern schaute er zu dem Neuankömmling hin.

Auch Johanna hatte unwillkürlich zu dem Mann hingesehen, der den Kopf von seinen Papieren hob und ihren Blick erwiderte. Dann hob er langsam die Hand, um zu zeigen, dass er eine Bestellung aufgeben wollte.

»Los, geh hin!«

Tullio schubste Johanna beinah in Richtung des Gastes, sodass ihr nichts anderes übrig blieb, als sich, Geschäftigkeit vortäuschend, ein Tablett zu schnappen und den Korridor bis zu dem Tischchen am Fenster hinunterzulaufen. Sie wusste, dass der Mann jeden einzelnen ihrer Schritte mit den Augen verfolgte, bis sie endlich mit brennenden Wangen vor ihm stand.

»*Buongiorno, Conte*, was darf ich Ihnen bringen?«

Der Mann sah sie aus seinen dunklen Augen an. Er hatte seinen *tabarro* noch umgehängt, Dreispitz und Degen lagen neben ihm auf dem Stuhl.

»Dasselbe wie immer, Giovanna«, erwiderte er leise. »Aber …«

Sie hatte sich schon umgedreht, als sie seine Hand an ihrem Unterarm spürte, die sie am Weitergehen hinderte.

»Aber diesmal hätte ich zum Essen gerne eine Karaffe Wein. Und zwei Gläser …«

Als Johanna kurz darauf mit dem Gewünschten zu ihm zurückkehrte und Karaffe und Gläser auf dem Tisch vor ihm abstellte, umfasste er wieder ihr Handgelenk.

»Das zweite Glas ist für dich«, sagte er in einem Ton, der keinen Widerspruch duldete. »Ich sehe, du hast hier heute kaum zu tun – kein Wunder bei dem schlechten Wetter! Diese Gelegenheit möchte ich nutzen, um mich ein wenig mit dir zu unterhalten. Ich habe gehört, du kommst aus Frankfurt. Was führt dich zu uns? Erzähl mir von dir!«

Johanna stockte der Atem. Was wollte dieser Mann von ihr? Warum interessierte sich er, der höchstwahrscheinlich aus einer der großen venezianischen Adelsfamilien stammte, für eine schlichte Magd, die ihm den Kaffee servierte? Denn mehr konnte sie doch in seinen Augen nicht sein. Er wusste ja nicht, dass sie eigentlich selbst ein Kaffeehaus besaß – oder vielmehr: besessen hatte. Sie schluckte bitter bei dem Gedanken an die verlorene Gerechtigkeit. Aber selbst wenn er es wüsste, das änderte nicht das Geringste an der Situation: Die Standesunterschiede zwischen ihnen blieben bestehen. Außerdem hatte sie es sich schon in Frankfurt zum Grundsatz gemacht, sich nie näher mit ihren Gästen einzulassen – von einigen lieb gewonnenen Ausnahmen wie den Haldersleben oder Schuhmacher Denzel einmal abgesehen.

Ruckartig zog sie ihren Arm zurück. Der Mann sah sie an. Erstaunen und eine leichte Verärgerung mischten sich in seinem Blick.

»Tut mir leid, *Eccelenza*, ich habe keine Zeit, ich muss …«

Johanna brach ab. Sie merkte selbst, wie lächerlich ihre Worte klangen. Das Lokal war menschenleer. Nur Tullio stand hinten bei der Theke und tat so, als würde er in dem großen Marmormörser Kaffeebohnen zerstoßen. Sie konnte sich vorstellen, dass er sich innerlich die Hände rieb und die Ohren gespitzt hatte wie zwei Kreidestifte.

»Wovor hast du Angst, Giovanna?«, fragte der Mann sanft.

Ohne sie anzuschauen, schenkte er Wein in die beiden Gläser und schob ihr eines zu.

»Bitte, setz dich doch!«

Johanna zögerte einen Moment. Langsam nahm sie schließlich ihre Schürze ab. Zum Glück war Floriano mit Giuseppina bei der Schwiegermutter, dachte sie unwillkürlich. Zwei weitere wachsame Beobachter dieser Szene neben Tullio hätten ihr gerade noch gefehlt. Zumal sie wusste, dass die beiden alten Francesconis ihren Grundsatz teilten, niemals zu viel Umgang mit den Gästen zu pflegen, einmal mehr, wenn sie von höherem Stand waren.

»Auf Ihr Wohl!«

Der Mann lachte, als wäre er erleichtert, dass sie sich umentschieden hatte, und hielt ihr sein Glas zum Anstoßen hin.

Ja, wovor hatte sie eigentlich Angst?, fragte sich Johanna, während sie ihr Glas gegen das seine klingen ließ. Der Conte war nicht mehr jung, aber er sah auch nicht so aus wie jemand, der mutwillig Frauen verführte, um sie dann ins Unglück zu stürzen. Eine gewisse Unbeholfenheit ging von ihm aus, als er sie jetzt noch einmal bat, ihm ihre Geschichte zu erzählen.

Erst als sich der Conte nach über einer Stunde von ihr verabschiedete, die sie in einem angeregten Gespräch über Gott und die Welt miteinander verbracht hatten, dachte Johanna über das nach, was Tullio zu ihr gesagt hatte: Sie solle sich einen neuen Mann suchen, der sie von ihrer alten unglücklichen Liebe ablenke. Einen Mann mit Geld und Stil.

Stil hatte der Conte, keine Frage, dachte sie bei sich. Während sie langsam den Tisch mit den Gläsern und der Karaffe abräumte, die sie gemeinsam mit dem Gast geleert hatte, verlor sich ihr Blick nach draußen zur Piazza hin. Hinter der mit langen Regenschlieren bedeckten Fensterscheibe waren nur einige wenige dahineilende Passanten in langen schwarzen Capes zu sehen. Der Conte sah gut aus, war klug und lebenserfahren. Und Geld hatte er auch, gestand sie sich schließlich fast gegen ihren Willen ein. Und zwar offensichtlich so viel, dass er ihr womöglich sogar etwas davon abgeben könnte …

## 14. KAPITEL

Staunend blickte Johanna sich um. So viel Prunk auf einmal hatte sie noch nie gesehen. All das Gold und Purpurrot um sie herum! Und dann erst die Kleider der Damen! Farben über Farben – sogar die Honoratioren hatten ihre schwarzen *tabarri* heute durch bunte Mäntel eingetauscht. Auch Giuseppina neben ihr, die noch nie eine Opernvorstellung besucht hatte, war hingerissen von dem Schauspiel, das sich ihren Augen bot. Sie alle waren auf Einladung des Conte hier. »Was ist nur in ihn gefahren?«, hatte Giuseppina verdutzt gefragt, als sie von der Einladung gehört hatte. Aber natürlich hatte sie die Gelegenheit wahrgenommen, genauso wie Marcello. Tullio hatte anzüglich gekichert, und Floriano fand, dass er solchen »Weiberkram« nicht sehen wollte.

Von ihrem Platz ganz links außen auf der Empore konnte Johanna sowohl aus nächster Nähe auf die Bühne gucken als auch fast den gesamten Zuschauerraum überblicken. Auf den Stehplätzen unter ihr herrschte reges Gewimmel. Zahlreiche Gondolieri waren gekommen, um sich die Uraufführung von Adolf Hasses neuestem Werk *Demetrio* anzuschauen. Johanna hatte das Gefühl, durch das Dach in eine Hafenkneipe hineinzulugen, so leger ging es auf den billigen Plätzen zu. Dort wurde nicht nur Kaffee getrunken, sondern auch eifrig herumgelaufen und geflachst, als könnte sich nicht jeden Moment der prächtige rote Samtvorhang vor der Bühne öffnen und die Aufführung beginnen. Gerade winkte ihr der junge Gondoliere, mit dem sie bei ihrer Ankunft in Venedig die erste Gondelfahrt ihres Lebens unternommen hatte und der danach noch öfter auf einen Espresso ins *Florian* gekommen war, von unten zu und schwenkte in einer Geste der Ergebenheit seinen Hut. Sofort wurden auch seine Kollegen auf sie aufmerksam und zollten ihr ebenfalls lachend und winkend Bewunderung.

Marcello, der zu ihrer Linken saß, raunte ihr zu:

»Deine Chancen unter den Gondolieri scheinen mir nicht die schlechtesten zu sein, *cara mia*. Du siehst heute aber auch wirklich entzückend aus!«

Johanna freute sich über das Kompliment des Zauberers. Es kam nicht oft vor, dass er ihr seine Zuneigung oder gar Bewunderung zeigte. Vor allem in letzter Zeit hatte sie zu spüren gemeint, dass er sich ihr gegenüber zurückhielt. Die wenigen Male, die er ins *Florian* gekommen war, hatte er stets eine düstere Miene zur Schau getragen und weder mit ihr noch mit den anderen so wie sonst gescherzt.

»Danke, Marcello, schön, dass dir mein Aufzug gefällt! Das Kleid gehört eigentlich Giuseppina, ich habe es nur ein bisschen abgeändert und dem Geschmack von heute angepasst.«

»Und enger gemacht, *figlia mia*, das kannst du ruhig dazusagen!«, fügte die Venezianerin lachend hinzu. »So schlank wie du war ich selbst in meinen besten Tagen, also vor hundert Jahren, nicht!«

Schmunzelnd ließ Johanna ihren Blick weiter durch den Zuschauerraum schweifen. Von den Stehplätzen in den hinteren Rängen wanderten ihre Augen zum vorderen Teil des Parketts, wo die Musiker angefangen hatten, ihre Instrumente zu stimmen, dann hoch zur Decke, an der mehrere prachtvolle Lüster hingen, bis hin zu den anderen Logen, die in dreifacher Reihe übereinanderlagen. Ihr Blick fiel auf die Prunkloge direkt der ihren gegenüber. In dem Moment öffnete sich die kleine Wandtür zum Korridor hinaus, und ein älterer Herr in einem hermelinbesetzten roten Gewand mit einer goldenen Mütze auf der weißgelockten Perücke betrat die Loge. Er hatte einen goldenen Stab mit einem dicken Knauf in der Hand und wurde zu beiden Seiten von zwei Männern in gleichfalls roten Gewändern gestützt. Einen Moment blieb der Alte in der Mitte der Loge stehen, als wollte er dem Publikum Gelegenheit geben, seine Anwesenheit zu bemerken, dann nahm er umständlich auf dem thronartigen Sessel Platz, der in der Mitte der Loge stand.

»Der Doge!«, flüsterte Marcello Johanna zu.

Sogar er schien beeindruckt von der Gestalt des Greises, der nun seinen Umhang zurückschlug und seinen Stock auf dem Geländer vor sich ablegte. Die meisten anderen Gäste im Zuschauerraum mussten die Anwesenheit des Staatsoberhaupts ebenfalls bemerkt haben, denn für einen Moment herrschte eine ungewohnte Stille im Raum, die nur von den Klängen unterhalb der Bühne durchbrochen wurde, wo die Musiker noch immer unermüdlich ihre Instrumente stimmten.

Plötzlich war die ganze Loge des Dogen von rot bemantelten Gestalten bevölkert. Und einer davon war der Conte, wie Johanna wusste.

»Das sind die Räte der *Signoria*«, fügte Marcello leise hinzu.

»Habe ich dir doch mal erklärt: die sechs *Consiglieri* und die drei von der *Quarantina*.«

Sie wollte noch etwas sagen, doch da brandete bereits der Applaus auf, und Adolf Hasse, der die Oper dirigieren würde, eilte schwungvoll an sein Cembalo. Während des Orchestervorspiels öffnete sich langsam der Vorhang und gab den Blick frei auf eine abenteuerliche Kulisse, die in der einen Ecke ein Gebirge und in der anderen einen gigantischen Märchenpalast darstellen sollte. Nach und nach traten die Sänger auf, und die Handlung nahm ihren Lauf. Johanna war von dem Geschehen auf der Bühne ganz gefangen; besonders Faustina Bordonis Auftritte beeindruckten sie sehr, die ihr mit Fug und Recht den Status einer Primadonna zu genießen schien. Doch auch von den Balletteinlagen konnte sie nicht genug bekommen – nie zuvor hatte sie eine solche Grazie und Eleganz gesehen.

Als die Oper zu Ende war und der Vorhang fiel, trampelten Giuseppina und Marcello mit den Füßen. Laute »Bravo«-Rufe ertönten von allen Seiten. Immer wieder musste sich Faustina Bordoni verbeugen, mehrmals öffnete sich der rote Vorhang wieder, um noch ein letztes und allerletztes Mal die Solistin und den sich schließlich von seinem Cembalo erhebenden Komponisten zu bejubeln.

Johanna drehte den Kopf von der kleinen Wandtür ihrer Loge zurück in den Zuschauerraum. Draußen im Flur strömten die Menschen dem Ausgang entgegen. Sie konnte es kaum erwarten, dass endlich niemand mehr im Treppenhaus war. Auch die gegenüberliegenden Ränge hatten sich nun fast geleert. Gestützt auf seine Berater verließ der Doge als einer der Letzten seine Loge. Nur einer der rot gewandeten Männer lehnte noch immer an der goldenen Brüstung und starrte in ihre Richtung.

Johanna hob grüßend die Hand. Sie meinte ein Lächeln über die Züge des Conte gleiten zu sehen. Mit einer Geste bedeutete er ihr, in ihrer Loge auf ihn zu warten.

»Giovanna, wo bleibst du denn?«, hörte sie die ungeduldige Stimme von Giuseppina, die bereits halb im Treppenhaus stand.

»Geht schon mal vor, ich habe noch etwas vergessen!«, log sie mit schlechtem Gewissen die Freunde an.

»Sollen wir dir beim Suchen helfen, *cara mia*?«, fragte Marcello, der zurück zur Logentür gekommen war.

»Danke, Marcello, ich komme schon allein zurecht. Wir sehen uns später«, antwortete sie rasch.

Sie spürte, wie ihr die Röte in die Wangen schoss, als sie Marcellos wissenden Blick auffing. Ihm ist vollkommen klar, was ich hier tue, dachte sie mit einem Anflug von Scham und beugte sich über die hochgeklappten Sitze, als suchte sie etwas, das ihr heruntergefallen war. Und es gefällt ihm nicht. Aus welchen Gründen auch immer, es gefällt ihm ganz und gar nicht, dass ich mich mit dem Conte treffe …

Als sie von ihrer vorgegebenen Suche unter den Sitzen wieder auftauchte, stand nicht mehr Marcello in der Tür zur Loge, sondern der Conte. Er hatte seinen roten Mantel gegen den üblichen schwarzen *tabarro* eingetauscht und sah nun wieder aus wie der Kaffeehausgast, den sie kannte. Ein leichtes Lächeln umspielte seine Lippen.

»Hat es dir gefallen?«, fragte er, kaum dass er ihr einen formvollendeten Kuss auf den Handrücken gedrückt hatte.

»Es war wunderbar. So etwas habe ich noch nie erlebt. Vielen, vielen Dank für die Einladung!«

»Das freut mich sehr, dass es dir gefallen hat. Dein Landsmann hat sich mit seinem neuesten Stück aber auch wirklich selbst übertroffen. Und die Bordoni war wie immer ganz vorzüglich. Aber jetzt, liebe Giovanna, würde ich dich gern noch zu einem kleinen Spaziergang einladen. Darf ich? Ich bin sicher, ein wenig frische Luft wird dir guttun. Kommst du?«

Auffordernd hielt der Conte ihr den Arm hin, sodass ihr gar nichts anderes übrig blieb, als sein Angebot anzunehmen und ihre Hand unter seinen Arm zu schieben.

Draußen vor dem Portal der Oper stand eine *portatina* bereit, deren schwarz lackierte Tür mit demselben Wappen beschlagen war, das Johanna auch schon auf dem Portepee des Conte gesehen hatte. Stumm half er ihr, die Sänfte zu besteigen, und setzte sich neben sie. Zum ersten Mal befand sie sich so dicht neben ihm, dass sie seinen Geruch wahrnehmen konnte, eine Mischung aus Tabak und einem herben Rasierwasser. Er trug wie meistens bei seinen Besuchen im *Florian* keine Perücke und hatte die dunklen Haare mit den grauen Schläfen streng nach hinten gekämmt. Im Halbdunkel der Sänfte konnte sie sein scharf geschnittenes Profil erkennen. Eine seltsame Beklommenheit war über sie gekommen, sodass auch sie kein Wort sagte, bis die beiden Sänftenträger im Gehen innehielten.

»*Ci siamo*, wir sind da!«, sagte der Conte in dem Moment und öffnete den Schlag an seiner Seite.

Johanna konnte das Plätschern des Wassers hören, das gegen die steinerne Uferbefestigung des Kanals schlug. Wieder streckte der Conte ihr die Hand entgegen. Er hatte seinen Handschuh ausgezogen, sodass sie die Wärme seiner Haut spüren konnte. Vorsichtig kletterte sie aus der Sänfte, bis sie wieder festen Boden unter den Füßen hatte. Doch er ließ ihre Hand noch immer nicht los. Seine Augen waren fast schwarz, als er sie zu seinen Lippen führte und einen Kuss daraufdrückte, diesmal jedoch auf die Handinnenfläche.

»Ich habe dir noch gar nicht gesagt, wie schön du heute Abend bist, Giovanna.« Er lachte leise. »Ich meine, du bist immer schön. Dein Anblick im *Caffè Florian* ist für mich jedes Mal eine große, große Freude, weißt du das? Auch wenn der Kaffee und die anderen Köstlichkeiten dort hervorragend sind – du allein bist der Grund, weshalb ich Tag für Tag dorthin gehe.«

Johanna wusste nicht, was sie sagen sollte. Ihr Herz klopfte so wild, als wollte es zerspringen. Was geht hier vor?, dachte sie. Was will dieser Mann von mir? Er kennt mich doch kaum! Und ich ihn erst recht nicht, bin doch immer ich diejenige, die redet und erzählt, wenn er ins *Florian* kommt. Ja, ich weiß noch nicht mal seinen Namen, fiel ihr plötzlich ein.

Als hätte der Conte ihre Gedanken erraten, fuhr er fort:

»Du musst verzeihen, Giovanna, dass ich dich vorhin so überfallen habe. Aber mir schien plötzlich, das wäre *die* Gelegenheit, endlich einmal unter vier Augen mit dir zu sein. Und zwar von Mensch zu Mensch. Ohne dass einer von uns beiden eine Rolle spielen müsste.«

Eine Rolle? Ja, welche Rolle spielst du wohl, du fremder, geheimnisvoller Mann?, fragte sie sich unwillkürlich. Sie schauderte, als ein Windstoß um die Ecke fuhr. Die Sänftenträger waren längst verschwunden, nur die schwarze Gondel mit dem ihr bekannten Wappen, das im Mondlicht sanft flimmerte, lag vertäut vor ihnen an der Mole. Im Schatten der Kabine erkannte Johanna eine Gestalt. Das musste der Gondoliere sein, dachte sie. Also sind wir doch nicht ganz allein.

»Ich heiße Andrea. Andrea Giustinian. Meine Familie lebt seit Generationen in Venedig, uralter Adel, sehr reich.« Seine Stimme klang vollkommen gefühllos, als er nach einer kurzen Pause fortfuhr. »Ich hasse diese Stadt. Überall Fäulnis. Und Korruption. Schöner Schein, aber verdammt wenig dahinter. Schau dir das nur an, Giovanna!«

Er zeigte mit der Hand auf den *palazzo* vor ihnen. Johanna sah, dass die braune Farbe auf den hölzernen Fensterläden verblichen war. Das Kanalwasser hatte so oft gegen die stuckumrahmte Haustür geschlagen, dass sich eine dickliche grüne Schimmelschicht gebildet hatte, die das schwere Buchenholz hinaufzuklettern schien.

»Oder hier! Wie zwei Sinnbilder für diese Stadt, der Tod und das Vergnügen – wie nahe liegen sie hier beieinander!«

Er zeigte auf eine tote Taube, die neben einer halb zerfetzten bunten Maske im Kanal schwamm. Eine Welle trieb beides in ihre Richtung, sodass Johanna unwillkürlich einen Schritt zurücktrat und auf den glatten Steinen ins Straucheln geriet.

»Giovanna!«

Schon war der Conte hinter sie gesprungen, um sie aufzufangen. Seine Arme hielten sie umschlungen, als sie sich langsam umdrehte, um ihm ins Gesicht zu schauen.

»*Sei bellissima!*«, flüsterte er nur und erwiderte ihren Blick.

Gabriel – warum musste sie jetzt an Gabriel denken?

Johanna war sich nicht sicher, wie lange sie so gestanden hatten, als sie sich schließlich aus den Armen des Conte löste. Vorsichtig, um nicht erneut auszurutschen, trat sie ein paar Schritte zur Seite. Sie zog sich ihren Mantel fester um die Schultern und starrte in das trübe Wasser vor ihren Füßen. Die tote Taube und die Maske waren weitergetrieben, einträchtig trudelten sie nebeneinanderher, als gehörten sie unwiederbringlich zusammen.

Ja, auch mit Gabriel hatte sie am Wasser gestanden, am Main. Wie lange war das jetzt her? Es kam ihr vor wie eine Ewigkeit. Und doch war die Erinnerung an jene Stunde, an all die wenigen innigen Momente, die sie mit Gabriel verbracht hatte, fest in ihr verankert. Einmal mehr, nachdem sie durch die kurze Begegnung mit seinem Lehrmeister, dem großen Antonio Vivaldi, wieder angefangen hatte, von ihm zu träumen. Sie musste sie loslassen, diese Erinnerung, dämmerte es ihr plötzlich, wie ein Boot, das man aus seiner Vertäuung löst und der Strömung überlässt. Erst wenn ihr das gelungen wäre, konnte sie ein neues Leben anfangen, ein Leben ohne Gabriel. Denn nur das konnte und durfte es für sie geben.

Mit ihren Augen suchte sie die tote Taube und die Maske. Sie konnte gerade noch erkennen, wie beide plötzlich von einem Sog erfasst wurden und hinter einer Häuserecke verschwanden. Die beiden Sinnbilder Venedigs, wie der Conte sie genannt hatte, sie waren von der Strömung schon mitgerissen worden.

Johanna hob den Kopf. Der Conte stand noch immer an derselben Stelle, unbeweglich. Als hätte er auf sie gewartet. Auf das, was mit ihr geschehen würde. In ihr.

»Wohin fahren wir?«, fragte sie leichthin und streckte die Hand aus, um sich von ihm in die Gondel helfen zu lassen.

»Lass dich überraschen, Giovanna!«

Ein metallenes Holzkohleöfchen stand in einer Ecke der Kabine, von dem eine angenehme Wärme ausging. Johanna machte es sich auf einem der beiden Ledersitze bequem. Sie war ganz ruhig. Ihre Angst vor dem Wasser war wie weggeblasen.

Als der Conte sich neben ihr niederließ und der Gondoliere von außen die schwarze *felze* über die Kabine zog, fühlte sie sich von einer warmen Dunkelheit eingehüllt, die nur durch den Feuerschein des Kohleofens sanft aufgehellt wurde. Die schaukelnden Bewegungen der Gondel und der Plätscherton des Wassers sagten ihr, dass sie die Mole verlassen hatten und sich auf dem Kanal befanden.

Der Conte hatte die Beine auf der Seitenbank lang ausgestreckt und forderte Johanna auf, es ihm nachzutun. Dann öffnete er das Fensterchen neben sich und holte einen Kübel mit einer Flasche Champagner und zwei langstieligen Kristallgläsern in die Kabine herein, die der vorsorgliche Gondoliere offenbar draußen abgestellt hatte.

Johanna sah zu, wie er mit geschickten Händen die Flasche entkorkte und die beiden Kelche füllte. Sie musste an ihre erste Unterhaltung im *Florian* denken, auch dort hatten sie miteinander angestoßen und anschließend geredet. Der Conte, Andrea, schien ihr ein Ehrenmann zu sein, der sich aus irgendeinem Grund für sie interessierte. Und auch er hatte ihr Interesse geweckt. Außerdem – was hatte Tullio neulich erst so schön gesagt: »Eine alte Liebe kann man am besten mit einer neuen austreiben.«

Der Conte lag auf der Seite und hatte seinen Körper ganz ihr zugewandt. Wie oft mochte er schon so hier gelegen und eine Frau verführt haben?, schoss es ihr durch den Kopf. Wieso hatte er eigentlich keine Ehefrau? Oder hatte er eine und ließ sie bloß immer allein zu Hause? Sie drehte ihr Glas in der Hand und nahm einen großen Schluck von der perlenden Flüssigkeit.

Andrea schaute sie unverwandt an. Sein leerer Kelch stand auf der kleinen Konsole über seinem Kopf. Wieder setzte sie ihr Glas an die Lippen. Warum sagte er nichts? Warum tat er nichts?

Dann drehte auch sie sich auf die Seite, mit dem Gesicht zu ihm. Sanft nahm er ihr den Kelch aus der Hand und stellte ihn auf die Konsole zu seinem eigenen. Nur noch wenige Zoll trennten ihre Körper voneinander.

»Seit ich ein Junge bin, Giovanna«, sagte der Conte leise, »habe ich mich danach gesehnt, mit einer schönen Frau eine nächtliche Gondelfahrt zu unternehmen. So wie wir beide jetzt.«

Er streckte die Hand aus und berührte leicht die Spalte zwischen ihren Brüsten.

Johanna hielt den Atem an. Sie fühlte seinen Blick auf ihrer Haut, das Brennen seiner blauschwarzen Augen. Als wollte er die Mitte ihres Körpers nachzeichnen, glitt seine Hand immer tiefer. Langsam begannen seine Finger, den Stoff ihres Kleides nach oben zu raffen, bis ihre Beine in den roséfarbenen Strümpfen, die sie mit Bändern seitlich an ihrem Mieder befestigt hatte, vollkommen frei lagen. Ihr Schenkel über dem Strumpfband glänzte weiß unter der sehnigen braunen Hand, die sich nun dort hinlegte.

Plötzlich beugte sich der Conte über sie und küsste sie voller Leidenschaft. Sie wunderte sich über das Verlangen, das sich in ihr entzündete, als sich seine Finger in ihrem Fleisch vergruben. Nichts wünschte sie jetzt mehr, als sich diesem Mann hinzugeben. Mit zitternden Händen half sie ihm, sie ihrer Kleider zu entledigen.

Für einen Moment betrachtete er sie stumm, als sie in ihrer ganzen Nacktheit vor ihm saß, das Haar gelöst, seinem Blick standhaltend.

*»La mia Venere«*, murmelte er heiser.

Dann spürte sie das Gewicht seines Körpers auf dem ihren und ließ sich ins Ungewisse fallen.

## 15. KAPITEL

Johanna schaute aus dem Fenster ihres Dachstübchens. Seit Wochen bot sich ihr der gleiche Anblick: tief hängende, dunkle Wolken, kaum ein Sonnenstrahl, der die Nebelschwaden durchdrang, wenn es nicht sowieso Bindfäden regnete. In der Lagune hinter den feucht glänzenden Dächern der Stadt war kein buntes Segel zu sehen, keine *petone*, keine *bissone* lag aufgetakelt im *bacino di San Marco*. Selbst die Fischer mit ihren kleinen Nachen schienen bei dem Wetter davor zurückzuscheuen, weiter raus als bis La Giudecca zu fahren. Das Meer hinten am Horizont verschmolz mit dem Grau des Himmels, eine einzige Ödnis toter Farben.

Ein Seufzer ging über ihre Lippen. Sie wusste, welches Bild sich ihr bieten würde, wenn sie nach unten ins *Florian* ging und aus dem großen Frontfenster schaute, an dem der Conte, Andrea, für gewöhnlich saß. Der Markusplatz hatte sich in eine riesige trübe Pfütze verwandelt. Nur über die schmalen Holzstege, die die Venezianer in weiser Voraussicht schon Tage vor dem Einsetzen des Unwetters dort aufgebaut hatten, war noch ein Durchkommen. Niemand außer ihr selbst schien sich an dem fauligen Gestank zu stören, der von dem Hochwasser ausging und ihr schon am frühen Morgen Übelkeit bereitete. Kniehoch stand das Wasser jetzt auf der Piazza, sogar in der Vorhalle der Markusbasilika bekam man noch nasse Füße, und es sah nicht danach aus, als ob es sich bald wieder zurückziehen würde, im Gegenteil.

Sie tauchte den Lappen in die Waschschüssel und fuhr sich damit über Gesicht und Hals. Der angelaufene Wandspiegel zeigte ihr ein ziemlich übermüdetes, wenn auch hübsches Frauengesicht mit zahlreichen Sommersprossen, um das sich ein paar kupferrote Haarsträhnen ringelten. Der schlanke Hals mündete in den weiten Ausschnitt eines zart gemusterten Unterkleides, das unter der Büste geschnürt war und den Busen schön zur Geltung brachte.

Johanna schnitt ihrem Spiegelbild eine Grimasse. Sie sah gut aus, das wusste sie, trotz der vielen Arbeit, die auf ihr lastete. Giuseppina und ihren Kochkünsten war es zu verdanken, dass ihre einstige Magerkeit gänzlich verschwunden war. Die vollen Wangen und das üppige Dekolleté verliehen ihr eine ganz andere Aura. Sie sah jetzt viel weiblicher aus als früher, fand Johanna, viel mehr wie eine Frau. Woran allerdings auch der Conte mit seiner ganzen liebevollen Fürsorge und unverhohlenen Leidenschaft für sie nicht ganz unbeteiligt war, musste sie sich eingestehen.

Wieder seufzte sie. Der Conte … Irgendwie schaffte sie es nicht, als »Andrea« von ihm zu denken. Für sie blieb er einfach immer »der Conte«. Trotz der zahlreichen Nächte voller Innigkeit und Verlangen, die sie zusammen verbracht hatten. Und nicht nur das: Er hatte ihr auch die Stadt gezeigt, ihr *sein* Venedig vor die Füße gelegt, das Venedig der Kirchen und Museen, das Venedig der Opern, Theater und Konzertsäle, der literarischen Salons und festlichen Empfänge. Er hatte Kleider für sie anfertigen lassen, regelrechte Roben, damit sie an seiner Seite in Schönheit erstrahlen würde. Die bessere Gesellschaft hatte sich Mühe gegeben, höflich zu ihr zu sein. Und einigen hatte sie die Mühe nicht einmal angemerkt. Die meisten jedoch hatten sie von oben herab behandelt und sie spüren lassen, dass sie eine Fremde war. Dazu unkultiviert und nicht von Stand. Da nützten all die schönen Kleider nichts. Nur dass Andrea Giustinian sich an ihrer Seite befand, hielt die Leute davon ab, sie zu schneiden oder sie aus ihren Häusern zu jagen. Einmal hatte sie mitbekommen, wie die Contessa di Marzio und die Frau eines Schriftstellers sich hinter ihrem Rücken über ihren teutonischen Akzent lustig gemacht hatten, ohne zu bemerken, dass sie ganz in der Nähe stand. Oder vielleicht hatten sie sogar gewusst, dass sie mithörte.

Johanna lachte freudlos. Ja, so weit hatte sie es gebracht, sie war tatsächlich die Mätresse eines venezianischen *nobile* geworden, der sie, für alle deutlich sichtbar, auf Händen trug. Aber passte diese neue Rolle überhaupt zu ihr?

Nachdem für beide Seiten, für den Conte und für sie, klar geworden war, dass es bei dieser einen Nacht in der Gondel nicht bleiben würde, hatte er sie darum gebeten, ihre Arbeit bei den Francesconis niederzulegen. »Man wird dich in der Gesellschaft anders empfangen, wenn du nicht arbeitest und ganz einfach die

Frau an meiner Seite bist«, hatte er argumentiert. »Ich gebe dir das Geld für die Rückreise, wenn es das ist, weshalb du arbeitest.« Johanna hatte erst gezögert, dann aber sein Angebot abgelehnt. Nur die Italienischstunden, zu denen er sie schicken wollte, um ihre Aussprache zu verfeinern, besuchte sie hin und wieder – sofern sie die Zeit dazu fand. Wie lange würde sie diesen Spagat noch durchhalten, tagsüber die umsichtige, zu allen freundliche Schankmagd zu sein und abends die aufregende Geliebte, die ihren Mann mit ihrem Körper, aber auch mit ihrem Witz und Geist zu unterhalten vermochte? Sie wusste, dass der Conte sie nicht nur begehrte, sondern auch die Gespräche mit ihr schätzte und den Austausch über die kulturellen Ereignisse, die sie gemeinsam erlebten. Aber sie spürte, wie ihr allmählich die Kräfte schwanden und sie sich jeden Tag ausgelaugter fühlte. Und sie merkte auch, dass er zunehmend unzufrieden war, sie mit den Francesconis teilen zu müssen.

Endlich war sie fertig mit Ankleiden und eilte die enge Treppe hinunter ins Erdgeschoss, um die letzten Vorbereitungen zu treffen, damit das *Florian* seine Türen öffnen konnte. Sie war sich nicht ganz sicher, ob noch genug Kaffeebohnen vom Vortag übrig waren oder ob sie noch eine Rösttrommel anwerfen musste. Dafür war sie allerdings schon ziemlich spät dran, wie sie mit Blick auf die große Standuhr erkannte. Immerhin würden noch genug Küchlein und Pasteten, sowohl süße als auch salzige, da sein, das hatte ihr Giuseppina gestern noch versichert, bevor Johanna auf den Planken über die Markusplatz-Pfütze zum *molo* geeilt war, wo die Gondel des Conte schon auf sie gewartet hatte. Und dem köstlichen Geruch nach Frischgebackenem, der durch die geöffneten Fenster eindrang, konnte sie entnehmen, dass gleich Ernesto mit seinen *cornetti*- und *pandolce*-Blechen aus der nebenan liegenden Bäckerei herbeigeeilt kommen würde.

Ein lautes Klopfen an der Eingangstür schien ihre Annahme zu bestätigen. Schnell fuhr sich Johanna noch einmal über die hochgesteckten Haare, band die Schürze über ihr schlichtes dunkles Kleid und lief nach vorne in den Gastraum, um die Tür aufzuschließen. Doch die Silhouette, die sie hinter dem Spitzenvorhang vor dem Türfenster erkannte, gehörte nicht dem dürren Ernesto, der seine üppig beladenen Kuchenbleche auszubalancieren suchte. Die elegante Gestalt in dem schwarzen *tabarro* mit dem Dreispitz auf dem edlen Kopf war ihr indes mindestens genauso vertraut.

»Andrea, so früh?«, rief sie erstaunt.

Erst als sie sich vergewissert hatte, dass niemand sie beobachtete, drückte sie dem Mann vor ihr einen Kuss auf die Lippen.

»Möchtest du einen Kaffee, bevor du nach drüben gehst?«

»Drüben«, das war der Dogenpalast, von dem Johanna noch immer nicht wusste, welche Aufgaben den Conte dort erwarteten. Auf ihre Fragen nach seiner Tätigkeit hatte er jedes Mal seltsam verschlossen reagiert und irgendetwas von Amtsgeschäften gemurmelt, um gleich darauf wieder das Thema zu wechseln.

»Sind wir allein?«, antwortete der Conte mit einer Gegenfrage und ließ den Blick flüchtig durch den Raum schweifen.

»Ja, ich habe gerade erst aufgemacht«, erwiderte Johanna.

Sie ärgerte sich über sich selbst, dass sie schon wieder den Anflug eines schlechten Gewissens verspürte, weil sie hier im Kaffeehaus war, statt sich zwischen den seidenen Laken in Andreas Baldachinbett zu aalen. Dieses hatte sie zwar wenige Stunden zuvor erst verlassen, aber dennoch meinte sie, seinen Unwillen zu spüren.

»Ich muss mit dir reden.«

Er zog sie zu seinem üblichen Platz am Fenster und klopfte auffordernd auf den Sitz neben sich. Seine Züge wirkten angespannt, und dunkle Ringe umkränzten seine Augen. Er sah aus, als hätte er kein Auge mehr zugetan, nachdem sie gegen Mitternacht von ihm fortgegangen war.

Fragend blickte Johanna ihn an. Seine Finger, die nervös mit einem liegen gebliebenen Löffel spielten, zitterten leicht, wie sie verwundert feststellte. Mit der anderen Hand nestelte er in der

Tasche seines *tabarro* herum. Er schaute sie nicht an, als er nun mit belegter Stimme sagte:

»Ich muss fort von hier, Giovanna. Eine dringende Angelegenheit, die sich nicht aufschieben lässt. Ich weiß nicht genau, wann ich wieder hier sein werde. Aber ich möchte, dass du auf mich wartest.«

Er zog die Hand aus der Tasche und legte ein kleines schwarzes Kästchen vor ihr auf die Tischplatte.

Johanna hatte das Gefühl, ihr würde die Kehle zugeschnürt. Sie ahnte, was nun gleich folgen würde. Sie hoffte, es würde nicht geschehen, aber da sprach der Conte schon weiter.

»Das ist für dich, Giovanna. Mach es auf!«

Widerwillig öffnete sie das Kästchen. Der Atem stockte ihr, als sie den Deckel aufgeklappt hatte: Sie hatte noch nie ein so schönes Schmuckstück gesehen, ein breiter, schwerer Goldreif, verziert mit zierlichen Girlanden und gekrönt von einem Diamanten, der von Brillanten eingefasst war.

»Ein Erbstück. Von meiner Großmutter. Dem einzigen Menschen aus meiner Familie, der mir je etwas bedeutet hat. Jetzt sollst du ihn tragen.«

Noch immer hatte der Conte ihr nicht in die Augen gesehen. Erst als sie weiterhin schwieg, wandte er ihr sein Gesicht zu. Seine Finger waren eiskalt, als er nach ihrer Hand griff.

»Giovanna, ich möchte, dass du ganz die Meine wirst. Ich muss nur noch ein paar Formalitäten erledigen. Sobald ich wieder da bin, können wir heiraten.«

Was sagte er da? Johanna spürte, wie die Tränen in ihr hochstiegen. Der Conte – Andrea, korrigierte sie sich mechanisch –, er wollte, dass sie seine Frau wurde. War es das, was er ihr gerade zu sagen versuchte?

»Giovanna!«

Verärgerung, weil sie nichts erwiderte, aber auch Angst lagen in seiner Stimme. Sein Griff verstärkte sich um ihre Hand.

Was sollte sie ihm denn sagen? Dass sie nicht seine Frau werden wollte? Nicht werden konnte, weil sie einen anderen liebte? Noch immer liebte? Den ganzen Rest ihres Lebens lieben würde?

Mit einer Klarheit, die fast etwas Gespenstisches an sich hatte, stand mit einem Mal Gabriels Bild vor ihrem inneren Auge. Gabriel mit windzerzaustem Haar, der seine Geige vor dem Regenguss an der Mainbrücke rettete; Gabriel im Damensalon der *Coffeemühle*, der mit seiner Musik die Anwesenden zum Schmelzen brachte; Gabriel, der so dicht hinter ihr stand, dass sie die Hitze seiner Haut durch den Kleiderstoff spürte; Gabriel, schwer verwundet und leichenblass, der ihr Gesicht zu sich heranzog, um sie zu küssen ... Nein, dieses überwältigende Gefühl, dieses maßlose Vertrauen, diese innige Verbundenheit – so etwas hatte sie bei Andrea nie gespürt. Leidenschaft, gewiss, und große Zuneigung, ja vielleicht hätte es auch Liebe werden können, wenn ihr Herz nicht schon unumstößlich einem anderen gehört hätte.

Behutsam klappte sie das kleine schwarze Kästchen wieder zu und schloss die Finger des Conte darum, der ihre Hand endlich freigegeben hatte.

Doch war es wirklich richtig, was sie da tat? Als wäre es jemand anderes, der sich in ihrer Lage befand, betrachtete sich Johanna plötzlich wie aus weiter Ferne mit dem kalten, nüchternen Blick eines Außenstehenden. Konnte sie es sich überhaupt leisten, einen solchen Antrag auszuschlagen? Der Conte war so reich, dass er ihr sicher sofort das Geld geben würde, das sie so dringend benötigte, wenn sie ihn darum bäte. Ja, sie könnte Tullio mit dem Geld nach Frankfurt schicken, Elisabeth bitten, sich um alles zu kümmern, damit das Kaffeehaus seine Pforten wieder öffnen konnte, und den Mädchen weiterhin eine gute Ersatzmutter zu sein, während sie hier in Venedig an der Seite Andrea Giustinians das Leben einer großen Dame führte. Wenn sie erst einmal seine rechtmäßige Frau und damit eine waschechte Contessa wäre, würden auch die arroganten Damen der Venezianer Gesellschaft sie nicht mehr wie Luft behandeln und hinter ihrem Rücken über sie lästern. Und auch auf den Frankfurter Rat würde ein solcher Titel sicher Eindruck machen, sodass es niemand mehr wagen würde, ihr irgendwelche Steine in den Weg zu legen. Selbst Gottfried Hoffmann würde sich vermutlich davor hüten, jemals wieder gegen sie zu intrigieren.

»Andrea, lieber Andrea …«, flüsterte sie mit tränenerstickter Stimme. Sie hatte die Stirn in die Hand gepresst und die Augen auf den Tisch geheftet. Tullio hatte nicht nur den Löffel vergessen abzuräumen, er hatte auch die Platte nicht abgewischt, registrierte sie beiläufig. »Andrea, verzeih mir bitte! Ich weiß, dass ich einen Fehler mache – vielleicht den größten Fehler meines Lebens. Aber es geht einfach nicht. Ich kann nicht anders …«

Als sie wieder aufschaute, war der Conte schon zur Tür hinausgegangen. Sie sah nur noch seinen gebeugten Rücken, als er im strömenden Regen über die schmalen Planken auf den Dogenpalast zueilte. Das schwarze Kästchen hatte er mitgenommen.

## 16. KAPITEL

Schon seit einer ganzen Weile starrte Gabriel auf das kleine Ölporträt. Obwohl es noch früh am Nachmittag war, hatten sie eine Kerze anzünden müssen, so dunkel war es in dem Zimmer. Das weit in die Gasse überhängende Vordach des gegenüberliegenden Hauses versperrte dem wenigen Licht, das der Wintertag bereithielt, den Einlass in die Stern'sche gute Stube.

»Nun, was denkst du?«, fragte seine Mutter und blickte von ihrer Stickarbeit auf.

Sie saß in einem Sessel nahe am zugigen Fenster und verzierte die Manschetten einer dunklen Bluse mit einem hellgrauen Kreuzstich.

»Du verdirbst dir noch die Augen, Mutter«, sagte Gabriel zum hundertsten Male.

»Ach was!«

Ungeduldig legte Esther Stern die Bluse auf ihren Schoß, streckte den Arm aus und nahm dem am Tisch sitzenden Gabriel das Bild aus der Hand. Um es noch besser betrachten zu können, stand sie auf und hielt das Porträt mit dem schlichten Holzrahmen näher an die Bienenwachskerze.

»Sie ist hübsch«, war alles, was ihm dazu einfiel.

Er hatte Rachel Lazarus, die mit ihrer Familie in Worms lebte, noch niemals zu Gesicht bekommen und auch nie zuvor von ihr gehört. Warum nur waren seine Eltern auf die Idee gekommen, dass er unbedingt heiraten sollte, und hatten diesen verfluchten Schadchan als Vermittler eingeschaltet?

»Eure Großväter waren Freunde. Sie wäre genau die richtige Frau für dich. Sie ist genauso alt wie du, spielt Flöte und hat eine gute Schulbildung. Es heißt, dass sie sehr klug sei. Ihren Stammbaum kann sie bis zu König David zurückverfolgen.«

»Hm«, wand sich Gabriel.

Die Frau auf dem Porträt hatte dunkle Augen und schmale, energische Lippen. Das Gesicht war länglich, mit ausgeprägten Zügen. Sie wirkte ernst und intelligent. Und ziemlich reserviert. Sie trug ein dunkles Kleid, das von einer Elfenbeinkamee geschmückt war. Dennoch sah es nicht so aus, als ob sie sich für das Porträt zurechtgemacht hätte. Es gab nichts an ihr auszusetzen. Außer, dass er sie nicht kannte und nicht wusste, ob ihr das Bild wirklich ähnlich sah oder ob der Maler sie nicht vielleicht viel schöner gemacht hatte, als sie tatsächlich war.

»Wir müssen ihnen antworten«, drängte Esther Stern und legte das Bild zurück auf den Tisch.

»Ich werde ja wohl noch darüber nachdenken dürfen!«, empörte sich Gabriel.

»Aber lass dir nicht zu viel Zeit, Junge! Ein solches Mädchen wie Rachel wird nicht lange zu haben sein.«

Sie setzte sich zurück in ihren Sessel und nahm die Stickarbeit wieder auf.

»Ja, morgen teile ich euch meinen Entschluss mit.«

»Enttäusche uns nicht schon wieder, Gabriel! Hör wenigstens bei der Wahl deiner Braut auf deine Eltern! Es ist besser für dich, wenn du verheiratet bist. Mosche Bär mag vielleicht so liberal sein, den ledigen Musiklehrer mit seinen Schülerinnen Eva und Babette allein zu lassen, andere tun das nicht. Du würdest deutlich mehr respektiert werden, wenn du Familie hättest.«

Abrupt stand Gabriel auf. Wenn es nach ihm gegangen wäre, hätte er den Spinett- und Geigenunterricht bei den beiden Bär-Töchtern schon längst wieder aufgegeben. Sie konnten noch immer nicht anständig Noten lesen, und ihre Handhaltung war eine reine Katastrophe. Doch er konnte es sich nicht leisten, Schüler abzuweisen, er brauchte jeden Kreuzer, noch dazu, weil er die neue Geige abbezahlen musste. Leider war es keine Stradivari wie die alte, aber immerhin stammte sie auch aus Cremona.

»Wo gehst du hin?«

»Raus, ich brauche frische Luft.«

»Es wird bestimmt bald wieder schneien, so dunkel wie es den ganzen Tag schon ist.«

Esther Stern blickte zum Fenster hinaus.

Gabriel nahm die Kerze und stellte sie auf die Fensterbank direkt neben seine Mutter.

»Danke, mein Junge!«

Er nahm seinen Wintermantel vom Haken und setzte den großen schwarzen Hut auf, den alle Juden trugen. Er hatte inzwischen das Gefühl, es sei besser, in der Gasse nicht allzu sehr aufzufallen. Seine Rebellion gegen die traditionelle Kleidung von vor einem Jahr war ihm mittlerweile fast ein wenig peinlich geworden. Die Galoschen nahm er in die Hand, um sie unten auf der letzten Treppenstufe überzuziehen.

Gabriel rümpfte die Nase. In dem schmalen Treppenhaus roch es nach Essen. Niemand wollte im Winter richtig lüften, und so sammelten sich die Küchengerüche der verschiedenen Hausbewohner auf der schmalen Stiege. Die Kerze, die ihm den Weg durch das finstere Treppenhaus geleuchtet hatte, blies er aus und stellte sie auf die unterste Stufe. Für den Weg nach oben würde er sich später bei Jehuda Feuer holen.

Im Laden bediente der Krämer hustend die Köchin der Bärs. Gabriel nickte ihm zu und trat auf die wie leer gefegte Straße. Von den Dächern und Vorbauten tropfte das Tauwasser herab. Fast bis zu den Knien stand er im Schneematsch. Immer wieder musste er riesigen Pfützen ausweichen. Wer ging schon freiwillig bei einem solchen Wetter vor die Tür? Selbst die Kinder waren zu Hause geblieben, und von den Bettlern und Hausierern, die die Gasse um diese Uhrzeit gewöhnlich bevölkerten, war weit und breit nichts zu sehen.

Er fragte sich, wohin er eigentlich gehen sollte. Drinnen in der Stube, mit seiner Mutter im Sessel und Rachel auf dem Ölporträt, hatte er es einfach nicht länger ausgehalten. Die ganze Wohnung schien ihm von einem unausgesprochenen Vorwurf erfüllt gewesen zu sein. Doch was hatte seine Mutter von ihm erwartet? Dass er auf ihren Verkupplungsversuch mit dem fremden Mädchen hin in Jubelgeschrei ausbrechen würde? Sie hatte ihn so seltsam angesehen, als ahnte sie, dass hinter seiner abwehrenden Reaktion mehr steckte als nur sein üblicher Widerwille gegen jede Art von Bevormundung. Und natürlich hatte sie recht, es steckte mehr dahinter. Genauer gesagt: Es steckte eine andere Frau dahinter. Die er einfach nicht aus seinen Gedanken verbannen konnte, trotz aller Bemühungen.

Johanna Berger – seit einem Dreivierteljahr hatte er sie nun schon nicht mehr gesehen. Und auch nichts von ihr gehört. Und dennoch! Von Jehuda wusste er, dass die Kaffeehauswirtin wenige Tage nach den schrecklichen Vorkommnissen in der *Coffeemühle* fluchtartig nach Italien aufgebrochen war und dass ihre Freundin Elisabeth mit den beiden Mädchen in Bornheim bei Johannas Familie lebte. Das war alles, was er wusste. Er hatte sich auch nicht bemüht, mehr in Erfahrung zu bringen. Zuerst war er viel zu geschwächt gewesen von der Verletzung, die Gottfried Hoffmann ihm beigebracht hatte, und dem Blutverlust. Und dann war er irgendwann zu der Erkenntnis gekommen, es sei wahrscheinlich besser für ihn, wenn er nicht wüsste, was mit Johanna Berger war, denn nur so würde er sie vielleicht eines Tages vergessen können. Sie war ja doch unerreichbar für ihn. Aber bevor er jetzt einwilligte, dieses Mädchen aus Worms zu heiraten, wollte er doch herausbekommen, was die Bergerin so tat. Ja, zumindest wissen wollte er es. Ohne dass er daraus irgendwelche Schlüsse ziehen würde. Womöglich war sie ja in der Zwischenzeit zurückgekehrt? Nein, davon hätte er sicher gehört. Oder sie selbst hätte über Jehuda den Kontakt zu ihm gesucht.

Hätte sie das wirklich? Gabriel Stern blieb mitten auf der Straße stehen. Es gab so vieles, was dagegensprach. Nicht zuletzt ihre Gefühle. Wer sagte ihm denn, dass sie genauso empfunden hatte wie er? Für ihn hatte die Welt stillgestanden, als sich Johanna Berger mitten in dem wilden Schlachtgetümmel in der *Coffeemühle* über ihn gebeugt hatte, um ihm den Verband anzulegen; er hatte alles um sich herum vergessen, die Schmerzen, den Dreck und den Krach, ja sogar die Gefahr, entdeckt zu werden – einfach alles! Er hatte nur ihr Gesicht vor sich gesehen, ihr wunderschönes Gesicht, und ihre Augen, in denen sich die Angst um ihn gespiegelt hatte. Er hatte sie einfach küssen müssen in diesem Augenblick! Und sie hatte seinen Kuss erwidert, ganz eindeutig!

Mit einem Mal hatte er das Gefühl, den sanften Druck ihrer Lippen wie damals wieder auf den seinen zu fühlen, zu spüren, wie ihr Herz dicht neben seinem eigenen klopfte, schnell und heftig. Er taumelte und musste einen Schritt zur Seite machen, um nicht in den Schneematsch zu fallen. Verdammt, was war das? Schon seit Monaten hatte er nicht mehr so an sie gedacht, nicht mehr ihre Anwesenheit förmlich zu spüren vermeint. Anfangs ja, spätestens wenn er abends im Bett gelegen und nicht hatte einschlafen können. Wie ein Geist war sie ihm erschienen, aber wie ein guter, schöner, unglaublich verführerischer Geist in einem langen weißen Nachthemd, das er ihr in seinen Träumen dann stets recht bald über die Schultern gestreift hatte! Vielleicht war sein Sehnen nach ihr ja so stark gewesen, weil letztlich eben nichts zwischen ihnen passiert war. Schon ein paarmal hatte er diesen Gedanken gehabt. Wäre sie eine der Frauen gewesen, die zu erobern ihn keinerlei Mühe gekostet hatte – einige davon hatte es ja durchaus in seinem Leben gegeben, vor allem in *bella Italia* –, dann wäre es ihm sicher leichter gefallen, Johanna Berger zu vergessen. Einmal mehr, weil die Aussicht auf Erfolg so abwegig war … Ob eine Heirat mit der streng blickenden Wormserin an seinen Gefühlen für die Kaffeehauswirtin etwas ändern würde? Gabriel fuhr sich mit der Hand über das Gesicht. Es gab niemanden, dem er sein Herz ausschütten konnte. Ganz allein musste er diese schwerwiegende Entscheidung über seine Zukunft treffen.

Ein lautes Knacken ertönte über seinem Kopf. Reflexartig blickte er auf. Direkt über ihm hingen ein paar große, schwere Eiszapfen vom Dachrand. Ein dicker Tropfen löste sich von dem größten Zapfen und landete auf seiner Nase. Gerade noch rechtzeitig sprang er zur Seite und riss den neben sich laufenden Mann mit auf die Mitte der Gasse.

»He, was soll das? Lassen Sie mich los!«, schrie dieser wütend.

Sekunden später krachte das gesamte Gehänge mit seinen spitzen Zacken in den aufspritzenden Schneematsch. Wie Dolche steckten die riesigen Eiszapfen in der gräulichen Masse. Die größeren kippten schnell zur Seite um, nur die kleinen Spitzen ragten weiter aus dem Matsch heraus.

Der Mann, dem er gerade das Leben gerettet hatte, war einer der Wasserträger der Judengasse, der auf jeder Seite der quer über seine Schultern gelegten Holzstange vier volle Eimer transportiert hatte. Die Gefäße lagen nun genauso im Dreck wie die durchsichtigen Schneekristalle. Das Wasser suchte sich seinen Weg zur Abflussrinne in der Straßenmitte. Der Wasserträger war schon wieder aufgesprungen und hatte den Arm mit der geballten Faust kampfeslustig erhoben, als ihm klar wurde, was da gerade geschehen war.

»Danke«, stammelte er nur und ließ den Arm sinken.

»Das war knapp! Da haben Sie wirklich Glück gehabt«, bemerkte eine vorbeigehende Magd mit einem Reisigbündel auf dem Rücken.

Mit weichen Knien setzte der Geiger seinen Weg fort. Immerhin wusste er jetzt, was er zu tun hatte; der Schock, um ein Haar von einem banalen Eiszapfen erschlagen worden zu sein, hatte ihn aus seiner geistigen Erstarrung geholt. Immer schneller, mit weit ausholenden Schritten bewegte er sich aus der Judengasse hinaus in Richtung Alter Markt.

Vor der *Coffeemühle* hatte jemand den Schnee zu ordentlichen Matschbergen zusammengeschoben. Doch die Fensterläden waren geschlossen, und neben der Eingangstür lag unter einer Schneeschicht ein großer Schutthaufen. Das Haus, das einst so prächtig auf ihn gewirkt hatte, machte einen vernachlässigten Eindruck. Ganz offensichtlich wohnte hier niemand mehr. Der mittlere Fensterladen, der bei der Prügelei mit Gottfried Hoffmann und seinen Schergen aus den Angeln gerissen worden war, hing noch immer schief herunter. Auch die Scheibe dahinter hatte man nicht ersetzt, sondern sie nur notdürftig mit ein paar Holzlatten vernagelt. Johannas Ladenschild, die an einer Kette baumelnde, im Wind schaukelnde Zinnkanne, war verschwunden.

»Eine Schande ist das!«, sagte ein Mann in einem langen Pelzmantel zu seiner Frau, die ihn mit verbissenem Gesichtsausdruck von dem Schutthaufen wegziehen wollte.

Wer wohl den Schnee zusammengeschoben hatte?, fragte sich Gabriel unwillkürlich, der vor dem Haus stehen geblieben war und traurig die geschundene Fassade musterte. Dass Johanna zurückgekehrt war, schied wirklich aus – sie hätte schon längst dafür gesorgt, dass die *Coffeemühle* zumindest notdürftig wiederhergestellt worden wäre. Nein, es musste jemand aus der Nachbarschaft gewesen sein, vermutlich der Kartenmacher, fiel ihm ein. Ludwig Haldersleben hatte sich auch sonst immer um die Kaffeehauswirtin und ihre Belange gekümmert. Sogar um ihn, Gabriel, hatte er sich gesorgt, erinnerte sich der Geiger; er hatte Hans und Hetti doch an jenem Unglückstag seinen Karren geliehen, damit sie ihn schnell und sicher aus dem Schussfeld bringen konnten.

Kurz entschlossen überquerte er die kleine Gasse und öffnete die Ladentür des Kartenmachers. Hier wusste man über Johannas Verbleib bestimmt Bescheid, dachte er. Das Bimmeln des Türglöckchens wurde übertönt von den Kratzgeräuschen, die aus der Werkstatt im hinteren Teil des Ladens kamen. Durch die Zimmerflucht hindurch konnte Gabriel zwei Kupferstecher sehen, die an ihren Arbeitsbänken entlang der breiten Fensterfront saßen und vorsichtig mit ihren langen, spitzen Werkzeugen Linien auf den Platten zogen.

Er trat seine Galoschen an der Fußmatte ab und wandte den Kopf nach links. In dem angrenzenden kleinen Raum erkannte er eine Druckerpresse, an der zwei Männer arbeiteten. Einer sah aus wie Johannas Gehilfe Schosch. Dicht unter der Zimmerdecke waren mehrere Seile gespannt, auf denen große Papiere zum Trocknen ausgebreitet lagen.

Ludwig Haldersleben stand auf der rechten Seite der Eingangstür hinter einer dunklen Theke und unterhielt sich mit einer auffällig farbenfroh gekleideten Frau. Ein hohes Regal ragte hinter ihm auf, in dem sich zahlreiche, unterschiedlich lange Fernrohre und allerlei Messgeräte befanden. Gabriel meinte einen Jakobsstab für die Winkelmessung und Abstandsbestimmung zu erkennen und einen geometrischen Quadranten. An den anderen drei Wänden hingen grün-gelb-rosa kolorierte Weltkarten und Merian'sche Stadtansichten von Basel, Heidelberg und Frankfurt, alle in Passepartouts gerahmt. In der Mitte des Raums thronte ein großer Globus auf einem Ständer. Und auf einem hohen Tischchen am Fenster lag ein aufgeschlagener Atlas. Der Geiger konnte einen Blick auf den amerikanischen Kontinent erhaschen. Die Seitenränder waren verziert mit Wasserschlangen und Seeungeheuern. Gegen das Tischchen lehnten ein paar Kupferplatten.

»Guten Tag«, begrüßte ihn der Kartenmacher, »womit kann ich dienen?« Er wies mit dem Kinn auf die Frau in dem bunten Trachtenkostüm. »Wir haben uns nur unterhalten, die Dame ist eine Freundin von mir.«

Als Gabriel den Mund öffnete, um seine Anwesenheit zu erklären, kam Johannas Nachbar ihm zuvor.

»Aber … aber Sie sind doch der Geiger!«, rief er aus. »Elisabeth, das ist Johannas Geiger!«

»Der aus Italien …?«, ergänzte die Frau.

Erschrocken legte sie sich einen Finger auf die Lippen, als hätte sie zu viel gesagt.

»Das ist Elisabeth Hoffmann, Johannas Freundin«, erklärte der Kartenmacher an Gabriel gewandt. »Sie wohnt mit den Kindern in Bornheim bei Johannas Bruder, so lange, bis unsere Kaffeehauswirtin zurück ist.«

»Äh … ja, ich wollte mich erkundigen, wie es Frau Berger ergangen ist«, stammelte Gabriel.

»Wie ist es *Ihnen* ergangen?«, erwiderte Ludwig Haldersleben freundlich, ohne auf seine Frage einzugehen. »Beim letzten Mal, als ich Sie gesehen habe, da hatte man Ihnen gerade eine Sichel in die Brust gerammt.«

»Das ist verheilt«, entgegnete Gabriel schnell.

Er wagte es nicht, seine Frage nach Johanna zu wiederholen. Lieber wollte er abwarten, was der Kartenmacher von sich aus erzählen würde.

»Nun, wie es um die *Coffeemühle* bestellt ist, das sehen Sie ja selbst.« Ludwig Haldersleben nickte in Richtung Nachbarhaus. »Ein Trauerspiel! Ich sehe immer mal wieder nach dem Rechten, damit nicht irgendwelche Landstreicher auf die Idee kommen, sich dort einzunisten. Die oberen Räume, die noch intakt sind, haben wir verrammelt. Aber mehr konnten wir nicht tun. Mit den eigentlichen Aufräumarbeiten wird Johanna sich beschäftigen müssen, wenn sie wieder da ist. Allerdings ist da noch die Sache mit der Gerechtigkeit …«

Dem Geiger fiel auf, dass der Kartenmacher gar keine Uniformjacke, sondern nur einen einfachen Arbeitskittel trug. Auch seine Perücke war weniger pompös als sonst. Irgendwie wirkte er längst nicht mehr so schrullig wie der Mann, den er vor gut einem Jahr kennengelernt hatte.

»Und Gottfried, der ist auch noch da!«, mischte sich Elisabeth Hoffmann in das Gespräch. »Er hat Johanna mit dem Tod gedroht.« Angewidert schüttelte sie den Kopf.

»Und seine eigene Frau bei lebendigem Leib in eine Kellergruft gesperrt und Ihnen, Maestro Stella, eine Sichel in die Brust gerammt – das sollten wir nicht vergessen!«, ereiferte sich Ludwig Haldersleben. »Und als wäre das alles noch nicht schlimm genug, holt er jetzt schon wieder zum Schlag aus!« Er deutete auf das vor ihm liegende Papier. »Wir sind gerade dabei, einen Brief an Johanna aufzusetzen …«

»Wenn sie doch nur noch nicht abgereist ist!«, murmelte Elisabeth in beschwörendem Tonfall.

»Was ist denn passiert, um Himmels willen?«, fragte Gabriel erschrocken.

»Sie muss dringend zurückkommen! So schnell wie möglich! Gottfried gibt einfach keine Ruhe – das ist seine Rache dafür, dass Johanna mich gerettet hat. Man beruft sich nun darauf, dass Johanna ja gar nicht die richtige Mutter der beiden Mädchen ist, und will mir Lili und Margarethe wegnehmen. Stellen Sie sich das mal vor! Dabei liebe ich sie, als wären es meine eigenen Töchter. Womöglich werden sie in ein Waisenhaus gesteckt. Obwohl sie doch bei mir ein wunderbares Zuhause haben und vollkommen glücklich sind! Die armen Kinder! Ich habe natürlich sofort Einspruch eingelegt, aber ich fürchte, das nützt nichts. Johanna muss hier sein!«

»Ihr Mann Gottfried Hoffmann hat den offiziellen Vormund der Mädchen alarmiert«, unterbrach Ludwig Haldersleben Elisabeths Redefluss.

Er schien an Gabriels Gesichtsausdruck erkannt zu haben, dass dieser kaum begriff, wovon eigentlich die Rede war.

»Ja, und Gottfried ist der schlimmste Gegner, den man sich denken kann!«, fuhr Elisabeth aufgeregt fort, als ob der Geiger das nicht am eigenen Leib gespürt hätte. »Er hat Philipp Ingen, dem Vormund der Mädchen, eingeredet, in Bornheim würden sie verdorben werden. Dort würden lauter unsittliche Dinge geschehen und so weiter. Und dabei war Philipp Ingen doch ein Freund von Adam Berger!«, jammerte sie. »Sogar Trauzeuge war er bei seiner Hochzeit! Nun droht er damit, die beiden Mädchen in ein Waisenhaus zu sperren.« Hilflos wedelte sie mit den Händen vor ihrem Gesicht herum. »O Gott, hoffentlich ist sie nicht schon aufgebrochen! Ich weiß nicht, wie lange ich ihn noch hinhalten kann. Wenn sie bloß nicht schon weg ist! Sie wollte ja vielleicht nach Konstantinopel weiterreisen. Mit Marcello Ranieri, dem Zauberer, wollte sie sich einschiffen. Ach, es ist so furchtbar! Und alles ist meine Schuld! Wenn ich nicht wäre, ginge es meiner lieben Hanne noch gut …«

Sie klang, als würde sie gleich in Tränen ausbrechen. Auf ihrem Hals hatten sich rote Flecken abgezeichnet.

Ludwig Haldersleben sprang aufgescheucht hinter seiner Theke hervor und legte ihr tröstend den Arm um die Schultern. Behutsam führte er sie zu einem Hocker vor dem großen Kachelofen.

Als Elisabeth Hoffmann sich wieder ein wenig beruhigt und ihren Trachtenrock glatt gestrichen hatte, erzählte sie weiter:

»Mein Mann wollte unbedingt, dass ich zu ihm zurückkomme und wir uns wieder versöhnen. Deshalb hat er die ganze Zeit Ruhe gegeben. Er hat sogar seine fürchterlichen Hunde und den Bären abgeschafft, weil er weiß, dass ich diese Tiere um mich herum nicht ertragen kann, und er hat mit dem Trinken aufgehört. Aber ich bin trotzdem hart geblieben. Es geht einfach nicht mehr, er ist zu weit gegangen. Diese Stunden, die ich im Keller in der dunklen Truhe verbracht habe …«

Die Stimme versagte ihr. Ludwig Haldersleben legte ihr seine große Hand auf den Arm und murmelte ein paar Worte, die Gabriel nicht verstand. Dankbar blickte Elisabeth zu dem Kartenmacher auf. Sie schluckte noch zweimal, dann fuhr sie fort:

»Nun ist ihm klar geworden, dass ich für immer weg bin – und schon geht der Ärger von vorne los. Ich weiß gar nicht, wie ich es den Mädchen sagen soll. Sie wissen noch nichts. Und selbst wenn Johanna noch in Venedig sein sollte, es wird ja mehrere Wochen dauern, bis sie wieder hier ist und etwas tun kann!« Sie blickte Gabriel aus ihren großen blauen Augen treuherzig an. »Dabei hatte sie es doch gerade so schön da unten! Sogar einen Heiratsantrag hat sie bekommen. Von einem echten Grafen. Stellen Sie sich das mal vor!«

Einen Heiratsantrag? Johanna? Gabriel erstarrte. Plötzlich wurde ihm kalt. Er spürte, wie sich auf seinem ganzen Körper eine Gänsehaut bildete.

»Ach, was rede ich da?«, sagte Elisabeth rasch, als sie die eingefrorene Miene des Geigers sah.

Auch Ludwig Haldersleben wirkte irgendwie bekümmert, so als wäre er persönlich davon betroffen, dass Johanna Berger in der Fremde neue Verbindungen einging. Nervös nestelte er an seinem angegilbten Jabot.

War er etwa auch in sie verliebt?, schoss es Gabriel durch den Kopf. Er musterte den Kartenmacher mit kühlem Blick. Nein, das konnte nicht sein! Dieser alte Kerl und Johanna … Wobei – so alt wirkte er jetzt gar nicht mehr. Und war Johannas Ehemann nicht auch viel älter gewesen als sie selbst?

Aus dem Nebenraum schlurfte einer der Männer heran, die an der Druckerpresse gearbeitet hatten. Tatsächlich, es war Schosch, Johannas Gehilfe! Er war gewachsen, seit Gabriel ihn zum letzten Mal gesehen hatte: Aus dem patzigen Knaben war ein mürrischer junger Mann geworden. Er hatte die vordere Partie seiner schulterlangen Haare mit einer Spange am Hinterkopf befestigt, sodass sie ihm nicht ins Gesicht fiel. Eine Frisur, die man eher bei einem Mädchen vermutet hätte, dachte Gabriel. Dunkle Bartstoppeln durchstießen die Haut an seinem Kinn. Er trug eine Art Kittelschürze über mehreren Pullovern und Stulpenstiefel. Auf einem großen Holztablett balancierte er eine frisch gedruckte Landkarte, die er samt Unterlage vorsichtig auf dem hohen Tischchen mit dem aufgeschlagenen Atlas ablegte.

»Hier!«

Er deutete mit dem von Druckerschwärze verschmierten Zeigefinger auf eine Stelle auf der Landkarte.

Gabriel sog unwillkürlich den herben Geruch der feucht schimmernden Farbe ein. Noch immer wusste er nicht, was er von Elisabeth Hoffmanns Eröffnung halten sollte.

Umständlich kramte der Kartenmacher eine große Lupe aus seiner Tasche und hielt sie sich vor die Augen. Kopfschüttelnd inspizierte er den Druck.

»So geht das nicht!«, sagte er schließlich an Schosch gewandt. »Die Platte muss erst nachgraviert werden, bevor ihr weiterdruckt.«

Während Schosch, ohne Gabriel eines Blickes zu würdigen, mit trotzigem Gesichtsausdruck in die Werkstatt der Kupferstecher hinüberschlurfte, drehte sich der Kartenmacher zu Elisabeth und Gabriel um.

»Das ist ein Probedruck. Eine Karte des Schlaraffenlandes. Der Entwurf stammt von meinem alten Meister Johann Baptist Homann aus Nürnberg. Dort bin ich in die Lehre gegangen.«

Er klang fast ein wenig eitel, bemerkte Gabriel befremdet. Als wäre es etwas ganz Besonderes, bei diesem Johann Baptist Homann in die Lehre gegangen zu sein und nun seine Karten zu kopieren. Wer war das überhaupt? Und selbst wenn Homann eine Koryphäe war: Er erzählte ja schließlich auch nicht jedem, dass der große Antonio Vivaldi sein Kompositionslehrer gewesen war. Allerdings sorgte Jehuda dafür, dass es jedermann erfuhr, obwohl es besser gewesen wäre, wenn niemand davon wusste. Schließlich hatte er dem großen Komponisten seine wahre Identität als Jude wohlweislich verschwiegen.

Elisabeth Hoffmann hing wie gebannt an den Lippen des Kartenmachers, als hätte sie noch nie etwas Klügeres gehört. Sie schien völlig vergessen zu haben, was sie eben noch über ihren unberechenbaren Ehemann und das Damoklesschwert gesagt hatte, das über Johannas Töchtern hing.

»Lasst uns keine Zeit mehr verlieren!«, fing sich Ludwig Haldersleben wieder.

Er eilte zurück hinter seine Theke und tauchte eine Feder in das porzellanene Tintenfässchen vor ihm.

*»Liebe Johanna …«*, begann er mit geschwungenen Buchstaben das leere Blatt zu füllen.

## 17. KAPITEL

Der Kapitän war ein Nubier aus Assuan, der die Schifffahrt auf dem Nil erlernt hatte. Meistens stand er mit durchgedrückten Knien breitbeinig auf dem Achterdeck. Den Bauch vorgereckt und die Hände in die Taille gestützt, schrie er seinen Leuten Kommandos zu. Eine zierliche Raubvogelnase saß in seinem dunklen Gesicht mit den pharaonischen Zügen. Anders als an den vorhergehenden Tagen drückte seine Miene an diesem Tag höchste Unzufriedenheit aus, und auch seine weiße Galabia flatterte nicht im Wind. Sie hing genauso matt an ihm herunter wie das Focksegel am Mast der *Lâle*. Schon seit Stunden herrschte Flaute. Kein Lüftchen wehte. Erst hatten sie sich noch durch Hin- und Herkreuzen vom Fleck bewegt. Doch die vielen Wendemanöver hatten die Matrosen erschöpft, und irgendwann hatte sich auch das letzte bisschen Wind gelegt.

Johanna saß mit Marcello in Decken gehüllt auf einem Teppich unter dem Sonnendeck und beobachtete das Geschehen an Bord. Pluto bellte die über ihnen kreisenden Möwen an.

Ahmet Pascha, der Kommandeur der *Nilüfer*, der größten der drei Galeeren, die sie seit Korfu begleiteten, wies seine Ruderer an, so nah wie möglich an die *Lâle* heranzufahren. Anscheinend wollte er Ismail Ibn Abdelrahman, wie der nubische Kapitän hieß, davon überzeugen, sich abschleppen zu lassen. Die Küste war schon seit Stunden auf der Backbordseite zu sehen. Es konnte nicht mehr weit sein.

Die *Nilüfer* war eine Fünfundzwanzig-Bank-Galeere mit einem riesigen Rammsporn am Bug, während die *Müge* und die *Sümbül* nur über jeweils achtzehn Ruderbänke verfügten. Außer von den drei Rudergaleeren wurden sie von zwei großen Dreimastern – einer Brigg und einer Fregatte – begleitet, beide mit zwei Kanonenbatteriedecks. Dann waren da noch die drei wendigen arabischen Dhaus, die sie umschwirrten. Zweimastige Boote mit Lateinersegeln, die kurz vor der Dardanellen-Durchfahrt zu ihnen gestoßen waren.

Die Galeerensklaven auf der Steuerbordseite zogen die Riemen ein, als die *Nilüfer* längsseits der *Lâle* ging, damit der zum Hinüberspringen bereitstehende Ahmed Pascha mit Kapitän Ismail konferieren konnte.

Plötzlich hellte sich die Miene des Nubiers auf. Er befeuchtete seinen rechten Mittelfinger und hielt ihn in die Luft. Dann drehte er sich zu Johanna und Marcello um und rief triumphierend:

»Es kommt Wind auf. *Alhamdullilah*!« Mit den Händen formte er einen Trichter vor seinem Mund und brüllte in Richtung seines Obermaats: »Großsegel und Marssegel setzen!«

Der Obermaat, ein Levantiner aus Tyrus, der ebenso kupferfarbene Haare hatte wie Johanna, sprang von seinem Schachspiel auf und wiederholte brüllend den Befehl des Kapitäns.

Ein großer Mann aus Smyrna mit einem roten Fez auf dem Kopf war dabei, die Treppe zur Kapitänskajüte zu streichen. Ein Teil der Matrosen hatte in Hängematten überall auf dem Schiff gedöst. Der albanische Segelmacher und sein Gehilfe saßen im Schatten auf der Luvseite und flickten das Sturmsegel. Was vermutlich nur eine angeregte Unterhaltung war, wirkte bei den beiden temperamentvollen Männern wie ein Streit.

Nun ließ die aus sämtlichen Ecken des Osmanischen Reichs stammende Mannschaft der *Lâle* alles stehen und liegen, rannte in einem wilden Durcheinander über das Deck und begann den Großmast aufzuentern. Johanna verfolgte das Schauspiel mit offenem Mund. Wie Artisten bewegten sich die Matrosen in der Takelage, während sie die Leinen und Haken am Großsegel lösten. Seiltänzern gleich balancierten sie auf schmalen Tauen unterhalb der Rahen, weit draußen über dem Schiffsrand – zumindest erschien es Johanna so. Wenn bloß niemand herunterfiel!

Den Rudersklaven auf der Backbordseite der *Nilüfer* war es in der Zwischenzeit gelungen, die Galeere wieder von der *Lâle* wegzusteuern, sodass auch die Riemen auf der Steuerbordseite erneut ins Wasser getaucht werden konnten.

Johanna blickte wieder zu den Matrosen im Mast empor. Sie bewunderte ihren Mut, sich so hoch über dem Boden zu bewegen. Schwindelgefühle schienen diese Männer nicht zu kennen.

Beide Segel waren nun gesetzt, und leichtfüßig kletterten die Seeleute wieder hinunter.

»Kurs Nord!«, kommandierte Ismail Ibn Abdelrahman.

Gischt spritzte bis zu ihnen auf, als die *Lâle* an Fahrt aufnahm. Die Brigg und die Fregatte hatten ebenfalls die Segel gehisst, und die Ruderer der Galeeren legten sich kettenklirrend in die Riemen. Am Großmast wehte die osmanische Flagge im Wind. Ein weißer Halbmond und ein weißer Stern auf rotem Grund.

Johanna lehnte sich in ihre Kissen zurück. Jetzt, da das atemberaubende Spektakel vorüber war und die Matrosen nur noch hier und da Hand anlegten, um auf Kurs zu bleiben, konnte sie ihren Gedanken wieder ungestört freien Lauf lassen. Sie genoss es, endlich einmal zur Ruhe zu kommen. Erst auf dem Schiff hatte sie gemerkt, wie erschöpft sie war. Kein Wunder angesichts der Belastungen, denen sie in den letzten Wochen ausgesetzt gewesen war: tagsüber Schankmagd, abends *grande dame*. Aber damit war ja jetzt Schluss, endgültig. Seit dem Tag, als der Conte ihr den Heiratsantrag gemacht hatte, war sie ohne Nachricht von ihm geblieben. Anfangs hatte sie sich nicht viel dabei gedacht; er hatte ja gesagt, dass er verreisen müsse. Doch als er nach zehn Tagen noch immer nicht wieder aufgetaucht war und ihr auch keine Botschaft hatte zukommen lassen, war ihr allmählich klar geworden, dass ihr Verhältnis wohl beendet war. Der Conte würde seinen Antrag nicht erneuern, sie hatte ihn offenbar zutiefst verletzt. Ja, es war voreilig und dumm von ihr gewesen, ihn so vor den Kopf zu stoßen. Wenigstens Bedenkzeit hätte sie sich ausgebeten, ihm nicht gleich einen Korb geben sollen. Vielleicht hätte sie sich dann ganz anders entschieden. Tagelang hatte sie sich gegrämt und über sich selbst geärgert, ständig in der Hoffnung, Andrea könnte eines Morgens wieder in seiner Lieblingsecke im *Florian* sitzen, und alles wäre so wie immer. Aber nichts war mehr so wie immer in Venedig gewesen, außer dass es weiterhin Bindfäden geregnet und die Stadt unter Wasser gestanden hatte.

So war ihr Marcello Ranieris Vorschlag, ihn nach Konstantinopel zu begleiten, gerade recht gekommen. Zehra Sultan, die Schwester des Herrschers, hatte ihm geschrieben, wie sehr ihre Töchter seine Zauberkünste vermissten und dass sie alle sehnsüchtig darauf warteten, ihn wieder in der Hauptstadt des Osmanischen Reiches begrüßen zu dürfen. Sie hätten die ständigen Karagöz-Vorstellungen satt, sie wollten endlich wieder einmal etwas anderes sehen als das ewige Schattenspiel mit den immer gleichen Figuren.

»Was willst du hier noch, Giovanna?«, hatte der Zauberer sie gefragt, als sie einander im strömenden Regen zufällig auf der Piazza San Marco begegnet waren. Marcello hatte sie unter einen der Torbögen gezogen und auf sie eingeredet, während der klatschnasse Pluto sich zu ihren Füßen niedergelassen und ab und zu mit dem linken Ohr gezuckt hatte. »Floriano hat kein Geld. Du wirst hier nur ausgenutzt! Merkst du das nicht? Niemand arbeitet so hart wie du. Spar deine Kräfte lieber auf, um die *Coffeemühle* wieder in Schwung zu bringen! Und der Conte meint es doch sowieso nicht ernst mit dir … Wirklich, *cara*, du glaubst doch nicht im Ernst, dass ein venezianischer Edelmann eine Frankfurter Kaffeehauswirtin heiraten würde? Außerdem ist er sowieso ein Scharlatan und gemeiner Verbrecher.«

»Andrea, ein Scharlatan und gemeiner Verbrecher? Was erzählst du da, Marcello?«

Johanna war ehrlich empört über den Zauberer gewesen und bereit, den Conte mit Klauen und Zähnen zu verteidigen. Sie wusste nicht genau, ob sie diesen Mann geliebt hatte, aber auf jeden Fall hatte sie ihn zutiefst bewundert und sich in seiner Gegenwart ausgesprochen wohlgefühlt. Was fiel Marcello ein, dass er ihn so verunglimpfte?

Der Neapolitaner hatte sie nur stumm angesehen. Seine Miene war finster gewesen, als er endlich wie unter Widerwillen den Mund aufgemacht hatte.

»Dein Conte ist ein Scharlatan, weil er dich gefragt hat, ob du ihn heiraten willst, obwohl er eine Ehefrau hat! Und zwar seit zwanzig Jahren schon. Eine gewisse Marchesa Carlotta Contarini. Vielleicht hast du den Namen Contarini schon mal gehört – Generationen von Dogen sind aus dieser Familie hervorgegangen. Was meinst du wohl, wie dein Andrea an sein hohes Amt gekommen ist?« Marcello hatte höhnisch aufgelacht und, ohne auf ihr entgeistertes Gesicht zu achten, weitergesprochen. »Die Marchesa war eine sehr schöne Frau, als der Conte sie geheiratet hat. Vielleicht ein bisschen einfältig und nicht mehr ganz jung, aber das schien ihn damals nicht zu stören. Sie war reich und kam aus einer mächtigen Familie, das zählte. Aber dann ist sie übergeschnappt, kurz nachdem sie eine Totgeburt hatte. Seit damals lebt sie vollkommen zurückgezogen in einem Seitenflügel des Palazzo, wo auch der Conte noch heute wohnt – und in dem du, soweit ich weiß, wochenlang ein und aus gegangen bist.« Er hatte sich vorgebeugt und ihr mit seinem Zeigefinger auf einen Punkt unterhalb ihres Schlüsselbeins getippt. »Und ich sage dir was: Scheiden lassen hätte der Conte sich nie im Leben von seiner Frau! Das wäre gar nicht gegangen, aus vielen Gründen nicht. Also, was meinst du wohl, was er getan hätte, um frei zu sein für dich?«

Johanna hatte ihn mit weit aufgerissenen Augen angestarrt. Sie hatte etwas sagen wollen, aber nicht ein Ton war ihrer Kehle entwichen.

»Ich weiß, wozu dieser Mann in der Lage ist, *cara mia*! Glaub mir, ich hab's am eigenen Leibe erlebt. Verbring du mal vier Wochen in Einzelhaft in den *pozzi*, dem berühmtesten Kerkerloch von Venedig! Von den Leuten der *Quarantina criminal*, die mich da unten ausgequetscht haben, weil sie meinten, ich wäre ein Spion im Dienste der Osmanen, war dein Conte mit Abstand der grausamste. *Un vero sadista!* Hier, guck dir das an!«

Er hatte sein Hemd hochgehoben und ihr eine lange gezackte Narbe gezeigt, die sich über seine ganze Flanke hinwegzog. Johanna hatte sofort den Blick wieder abgewandt und war, ohne ein Wort zu sagen, hinaus in den Regen gelaufen.

»In Konstantinopel könntest du bei meiner Freundin Fatma in die Lehre gehen und vielleicht sogar bei der alten Aglaia. Niemand kann einen solchen Kaffee kochen wie die Kaffeemeisterin des Sultans!«, hatte Marcello ihr nachgerufen, untermalt von Plutos leisem Winseln, der offenbar mitbekommen hatte, dass irgendetwas nicht stimmte.

Johanna wusste nicht mehr, wie lange sie durch die verregneten Gassen Venedigs geirrt war, die ganze Zeit gegen ihre aufsteigende Übelkeit ankämpfend, aber am Ende hatte ihr Entschluss festgestanden: Sie würde keinen Tag länger als nötig in dieser Stadt bleiben. Marcello hatte recht; bei den Francesconis hatte sie nichts mehr zu gewinnen, und Andrea Giustinian wollte sie in ihrem Leben nicht mehr unter die Augen treten. Selbst wenn nur die Hälfte von dem stimmte, was der Neapolitaner ihr über den Conte erzählt hatte – dies war nicht der Mann, von dem sie geliebt werden wollte. Wie konnte ich nur so naiv sein?, hatte sie sich gefragt und in die trübe Brühe unter der Ponte Rialto gestarrt. *»La mia Venere«*, hatte der Conte sie genannt, als sie sich ihm das erste Mal hingegeben hatte. Und tatsächlich war sie sich wie eine Venus in seinen Armen vorgekommen. Endlich hatte sie begriffen, wovon Elisabeth und auch Ludwig Haldersleben gesprochen hatten, endlich hatte sie die Leidenschaft kennengelernt. Und doch waren die Gefühle, die sie dem Conte gegenüber gehegt hatte, andere gewesen als die gegenüber Gabriel. Doch was wusste sie schon von der Liebe? Nichts, wie sie sich wieder einmal eingestehen musste. Die Liebe war eine Schimäre! Hatte nicht Andrea selbst gesagt, in

Venedig sei alles Lug und Trug? Ob er damit wohl auch sich selbst gemeint hatte?

Wütend hatte sie in den Canal Grande gespuckt und sich an die letzten Sätze des Zauberers unter den *portici* erinnert, an den Klang, den seine Worte »Kaffeemeisterin des Sultans« in ihren Ohren hinterlassen hatten. Sie war zu aufgelöst gewesen, um ihre Bedeutung wirklich zu erfassen, aber nun, da sie sich ein wenig beruhigt hatte, wollten sie ihr nicht mehr aus dem Kopf gehen. Wenn sie schon in der Liebe kein Glück hatte, so blieb ihr immerhin noch ihr Beruf, hatte sie gedacht. Ja, aus dem Grund war sie doch auch nach Venedig gekommen – um bei Floriano Francesconi ihre Kenntnisse in der Kunst der Kaffeezubereitung zu vertiefen. Und um Geld zu verdienen, natürlich, das auch, was ihr allerdings weniger gut gelungen war. Doch das hatte nicht an ihr, sondern an Floriano und seiner Spielsucht gelegen. Wie man im *Caffè Florian*, dem ersten Haus am Platz, Kaffee zubereitete, das indes hatte er sie wahrlich gelehrt. Aber nun konnte er ihr nichts mehr beibringen, sie wusste alles, was er auch wusste. Doch diese Fatma und erst recht die Kaffeemeisterin des Sultans – wie war noch ihr Name gewesen, was hatte Marcello gesagt: »die alte Aglaia«? –, von diesen beiden konnte sie bestimmt noch etwas Neues lernen.

Als sie ziemlich durchnässt ins *Caffè Florian* zurückgekehrt war, hatte Marcello an dem Fenstertisch gesessen, an dem sonst immer der Conte saß. Er hatte ihr einen fragenden Blick zugeworfen, und sie hatte ihm ebenso schweigend zugenickt. Dann war sie zu Floriano und Giuseppina gegangen und hatten ihnen ihren Entschluss mitgeteilt, sie zu verlassen und sich zusammen mit dem Zauberer nach Konstantinopel einzuschiffen. »Marcello will mich der Kaffeemeisterin des Sultans vorstellen«, hatte sie ihren Freunden erklärt, »das versteht ihr doch, dass ich mir diese Chance nicht entgehen lassen kann …«

*Peng! Peng! Peng!*

Johanna hielt sich die Ohren zu, als die Fregatte eine ganze Serie von Böllerschüssen abgab, die von der weißen Festung am gegenüberliegenden Ufer mit einem ebenso krachenden Geballer beantwortet wurden. Und dann tauchte hinter den starken Befestigungsmauern die Silhouette der Stadt auf. Die größte Stadt der Welt, wie Marcello ihr erzählt hatte. Zwanzigmal so groß wie Frankfurt!

Sie beobachtete das erneut einsetzende Ballett in den Masten, als die Segel eingeholt und kurz darauf die Anker ausgeworfen wurden. Schon waren sie von Hunderten kleiner Boote umschwärmt, die Waren anboten oder sich als Transportmittel bereithielten.

Johanna kam aus dem Staunen nicht mehr heraus. Welch großartige Kulisse! Die unzähligen Schiffe im Hafen, die vielen Kutschen und Sänften, die blökenden Kamele und Esel, die be- oder entladen wurden, das Gewimmel von exotisch aussehenden Menschen. Dahinter die riesige Stadt, aus der überall schlanke Minarette herausragten. Gleich am Kai stürzte eine ganze Schar von Händlern auf sie zu und ließ einen unverständlichen Schwall Wörter auf sie niederregnen.

Nachdem sie die Einreiseformalitäten hinter sich gebracht hatten, mietete Marcello einen Karren, der ihr Gepäck zur *Goldenen Kaffeetasse* im Stadtteil Eminönü bringen sollte. Immer wieder mussten sie auf Pluto warten, der die vor den Holzhäusern herumliegenden Hunde auf dem Weg begrüßte.

Die *Goldene Kaffeetasse* lag zwischen einem dampfenden Hamam und einem Barbierladen. Fatma, die Wirtin, war eine zum Islam übergetretene Serbin. Die Schwester des Sultans hatte Fatma nach mehr als dreißig Dienstjahren aus der Sklaverei in die Freiheit entlassen. Sie war klein und pummelig, eine Frau in mittleren Jahren, die schon ein wenig nach vorn gebeugt lief. Ganz in Schwarz gekleidet, zeigte sie nur ihr Gesicht und ihre Hände. Außer den blitzenden schwarzen Augen fand Johanna nichts an ihr sonderlich bemerkenswert. Doch dem verklärten Lächeln nach zu schließen, das Marcellos zerfurchtes Gesicht bei der Begrüßung in zwei ungleiche Hälften spaltete, musste sie in seinem Leben eine wichtige Rolle spielen.

»*Merhaba*, willkommen in İstanbul!«, sagte Fatma immer wieder, während sie Johanna in ihrem Kaffeehaus herumführte und sie ihrem Gehilfen Rifat und dem für den Abend angeheuerten Märchenerzähler Fuad vorstellte.

Entlang der vier Wände des Lokals standen mit Teppichen ausgelegte Holzbänke. Der Boden war mit Ziegeln gepflastert. In der Mitte des Raumes stand ein Dreifuß mit einem Kohlenbecken. An einer Wand hing ein großes Regal mit Geschirr und mehreren Wasserpfeifen, die drei anderen Wände waren gekachelt und mit Koranversen verziert. Von der Decke hing eine üppige Lampe herab, und in einer Ecke stand ein ebenfalls gekachelter Herd. In einer anderen Ecke saßen zwei Männer mit Turbanen auf den Köpfen und langen Kaftanen, die Zeitung lasen. Ein Joghurtmacher und der Professor der gegenüberliegenden Medrese, wie Fatma erklärte. Eine kleine Tür führte in den Innenhof des Gebäudes, wo ein plätschernder Springbrunnen den Besucher in eine andere Welt entführte.

»Ich kann es gar nicht fassen, dass ihr hier seid!«, sagte Fatma noch immer völlig aus dem Häuschen. »Gott hat euch geschickt! Es wird wahnsinnig voll werden heute Abend, wenn Fuad seine Märchen erzählt. Er ist bis weit über die Grenzen des Osmanischen Reiches berühmt.«

Marcello kam mit dem Übersetzen für Johanna kaum mehr nach, so schnell sprach die Frau, die ihm zwischendurch liebevoll in die Wange zwickte. Aber auch er wirkte ganz beglückt, dachte Johanna, all der Unmut, den sie in Venedig an ihm gespürt hatte, schien wie weggeblasen.

Schließlich griff Fatma nach ihrem Ärmel.

»Du wirst uns doch heute Abend helfen, oder, Johanna?«, vergewisserte sie sich mit einschmeichelnder Stimme. »Jede erfahrene Hand wird in der *Goldenen Kaffeetasse* gebraucht.« Ohne Johannas Antwort abzuwarten, drehte sie sich zu ihrem alten Freund um. »Und dich, mein lieber Marcello, dich kündigen wir gleich für morgen als ›die Sensation aus Venedig‹ an! Die Leute werden vor Begeisterung toben, wenn sie deine Zaubertricks sehen.«

Ein verschmitztes Grinsen erhellte ihr Gesicht, als sie sich noch einmal zu Johanna hinüberbeugte.

»Übrigens kommt auch Aglaia heute Abend, die Kaffeemeisterin des Sultans. Du willst sie bestimmt kennenlernen …«

## 18. KAPITEL

Fatma hatte Johanna einen kleinen Alkoven direkt hinter der Gaststube überlassen. Er war nur durch einen Vorhang vom Flur abgetrennt, der zum Hof führte, und ständig lief irgendjemand vorbei, um etwas zu holen oder wegzubringen. Außerdem lag die Küche nebenan, sodass die Dunstschwaden von gebratenem Fleisch und Fisch auch über ihrem Bett hingen. Das einzig Schöne an ihrer Schlafstätte war das Plätschern des kleinen Springbrunnens im Hof. Aber sie würde sich ja ohnehin nie lange in dem Kämmerchen aufhalten. So auch jetzt nicht, da Fatma unten im Kaffeehaus mit ihr rechnete, schließlich sollten bald zahlreiche Gäste erscheinen und die Märchenstunde beginnen.

Johanna hatte ihre Haube, die sie die ganze Zeit in Venedig nicht getragen, aber für die Überfahrt wieder hervorgekramt hatte, gegen ein dunkles Tuch von Fatma eingetauscht. Mit ihrem blassen Teint würde sie ohnehin schon genug auffallen, da wollte sie wenigstens gekleidet sein wie alle anderen und nicht gleich die Blicke auf sich ziehen. Marcello hatte ihr erklärt, dass die türkischen Männer den italienischen in nichts nachstanden, was ihre Empfänglichkeit für weibliche Reize betraf.

Er hatte recht gehabt, dachte sie, als sie die bereits gut gefüllte Gaststube der *Goldenen Kaffeekanne* betrat und sich die Köpfe der Anwesenden, ausnahmslos Männer, sofort in ihre Richtung drehten. Doch sie hatte keine Zeit, sich weitere Gedanken zu machen, denn kaum hatte Fatma sie gesehen, hatte sie ihr auch schon ein voll beladenes Tablett in die Hand gedrückt und auf einen Tisch in der hintersten Ecke des Raumes gezeigt.

Johanna nickte grüßend und stellte flink die Tassen vor den Gästen ab. Als einer der Männer am Tisch sie in ein Gespräch verwickeln wollte, zuckte sie nur bedauernd mit den Schultern und lächelte ihm verlegen zu.

*»Non capisco niente. Parlo solo italiano.«*

In der vagen Hoffnung, dass Italienisch in Konstantinopel vielleicht besser verstanden werden würde als Deutsch, hatte sie unwillkürlich die Fremdsprache gewählt. Doch an dem Stirnrunzeln Fatmas, die hinter ihr an den Tisch getreten war und nun beruhigend auf die aufgebracht diskutierenden Männer einredete, erkannte sie, dass die Sprache der Venezianer hier nicht gerade beliebt war.

Marcello hatte die Szene von seinem Platz am Nachbartisch aus beobachtet. Nach einem kurzen Zwiegespräch mit Fatma, deren Züge eine leichte Gereiztheit verrieten, winkte er Johanna zu sich heran.

»Du musst dringend Türkisch lernen, *cara mia*«, sagte er amüsiert, »sonst kommst du hier nicht weit. Fatma meint, es hat keinen Zweck, dass du irgendwelche Bestellungen annimmst oder die Getränke an die Tische trägst. Du würdest nur ihre Gäste verrückt machen mit deiner Schönheit und deiner fremden Sprache. Sie hält es für besser, wenn du in der Küche bleibst oder beim Kaffeekochen hilfst.« Er hob beschwichtigend die Hand, als Johanna ihm ins Wort fallen wollte. »Aber erst sollst du lernen, wie die Türken ihren Kaffee zubereiten«, fuhr er mit einem kleinen Lächeln fort, »damit du nicht noch mehr Verwirrung stiftest. Und zwar bei der Kaffeemeisterin des Sultans persönlich, der alten Aglaia. Sie hat eingewilligt, dir die wichtigsten Dinge zu vermitteln, damit du hier *bella figura* machen kannst. Komm mit, ich stelle sie dir vor!«

Marcello führte sie an einen kleinen Tisch am Fenster, an dem eine uralte winzige Frau saß, die kaum den Kopf hob, als der Zauberer sie begrüßte. Erst auf den zweiten Blick erkannte

Johanna, dass sie einen Buckel hatte, der ihre Bewegungsfreiheit stark einschränkte. Doch die funkelnden Augen der Armenierin, die bereits als halbwüchsiges Mädchen aus Antiochia in den Harem des Sultans gekommen war, wie sie von Marcello wusste, waren wach und lebhaft.

*»Iyi aksaşmlar«*, begrüßte sie Johanna mit einem zahnlosen Lächeln. »Ich habe schon von dir gehört. Fatma hat mir erzählt, dass du eine berühmte Kaffeemeisterin aus Frankfurt bist und auch schon die Venezianer mit deinen Künsten verzaubert hast.«

»Ich glaube, mit Ihnen werde ich mich noch lange nicht messen können«, wehrte Johanna bescheiden ab. »Es heißt zwar, mein Kaffee sei etwas Besonderes, aber die Leute in meiner Heimat haben nur wenig Vergleich. Ich habe ja selbst erst in Venedig gemerkt, was es alles für Möglichkeiten gibt, Kaffee zuzubereiten – viel mehr, als ich je geahnt hätte! Aber das ist für jemanden wie Sie, die für den Sultan höchstpersönlich Kaffee zubereitet, wahrscheinlich noch gar nichts!«

Nachdem Marcello Johannas Worte zu Ende übersetzt hatte, legte die Alte ihr die gichtige Hand auf den Arm und nickte ihr freundlich zu, während sie gleichzeitig begann, in einem irrwitzigen Tempo auf den Zauberer einzureden.

Johanna verstand nur *saray*, *kahve* und *padişah*, was – so viel wusste sie bereits – »Palast«, »Kaffee« und »Sultan« bedeutete.

»Was hat sie gesagt, Marcello?«, bedrängte sie den Neapolitaner, der mit seiner Aufgabe als Sprachvermittler zwischen den beiden Frauen sichtlich überfordert war. »Was meint sie?«

*»Uffa«*, stöhnte Marcello. Er wischte sich den Schweiß von der Stirn. »Ihr Frauen seid ganz schön anstrengend – jede auf ihre Weise, egal ob alt oder jung. Es ist wirklich höchste Zeit, dass du Türkisch lernst, Giovanna!«

Er zierte sich noch eine Weile, aber als Fatma ihm noch einmal klar gemacht hatte, wie dringend sie Johannas Hilfe bei der Zubereitung des Kaffees benötigte, begleitete er die alte und die junge Frau in die Küche, wo die Wirtin der *Goldenen Kaffeetasse* bereits sämtliche Utensilien aufgebaut hatte.

Aglaias Bewegungen waren zwar langsam, aber hochkonzentriert. Als Erstes entzündete sie ein wenig Weihrauch in einem steinernen Gefäß. Auf Johannas fragenden Blick hin hob sie die gefalteten Hände gen Himmel und legte sie dann in einer Art Verbeugung kurz an die Stirn. Dabei murmelte sie Worte in einer fremden Sprache, die nur Armenisch sein konnte – wenn es denn kein Zauberspruch war, dachte Johanna. Aber auch Marcello, der genauso wenig zu verstehen schien wie sie selbst, zuckte nur hilflos mit den Achseln.

Stumm schauten sie zu, wie die Alte langsam eine Handvoll Kaffeebohnen anröstete, bis sie braun waren, sie abkühlen ließ, die verbrannten eine nach der anderen aussortierte, um dann die restlichen Bohnen umständlich in einem kleinen Mörser zu zerkleinern.

Irgendwann bemerkte Johanna, dass Marcello kaum mehr still stehen konnte. Dauernd hüpfte er von einem Bein aufs andere, rüttelte an dem Weihrauchgefäß oder sammelte die verbrannten Kaffeebohnen auf, die Aglaia achtlos auf den Boden hatte fallen lassen.

»*Che c'è, Marcello?*«, raunte sie ihm zu. »Was ist los?«

»Ich glaube, ich schaue mal, was Fatma macht«, erwiderte der Neapolitaner prompt. »Ihr braucht mich ja hier im Moment nicht, oder?«

Johanna nickte nur, ohne ihn anzusehen. Sie brauchte ihn tatsächlich nicht, um zu erkennen, was die alte Aglaia anders machte als sie selbst. Fasziniert verfolgte sie jeden einzelnen Handgriff, den die Armenierin tat.

»Du willst sicher mein Geheimnis erfahren, nicht wahr, mein Täubchen?«, hörte sie nach einer Weile eine Stimme fragen, die ihr auf seltsame Weise bekannt vorkam.

Doch diese Stimme hatte auf Deutsch zu ihr gesprochen, ein seltsames Deutsch, das aus einer anderen Zeit zu stammen schien. Verwirrt schaute sich Johanna um. Aber außer der alten Aglaia und ihr selbst war niemand sonst in der Küche.

»Meine Mutter sprach Deutsch«, kicherte die Kaffeemeisterin

des Sultans, als sie Johannas Verwirrung bemerkte. »Sie hatte genauso rotes Haar wie du, genauso weiße Haut. Hast du doch, rotes Haar unter deinem Hijab, nicht wahr?«

Schneller, als Johanna reagieren konnte, zupfte Aglaia eine Strähne unter dem schwarzen Kopftuch hervor.

»So lange habe ich Mamas Sprache nicht gehört, viele viele Jahre. Und dann bist da plötzlich du …«

Entgeistert starrte Johanna die alte Frau an, die nun mit stoischer Ruhe ein wenig Zimtpulver unter den frisch gemahlenen Kaffee mischte.

»Aber, aber …Ich verstehe nicht …Wieso haben Sie …«

»Ach, Kindchen, das ist eine lange Geschichte. Vom Krieg und von der Liebe – wie immer im Leben.«

Sie lächelte ein wenig wehmütig, während sie sorgsam das Pulver verrührte, und hob in ihrem eigentümlichen Singsang an, ihre Geschichte zu erzählen.

»In meiner Familie gab es einen Ritter, Albert von Falkenstein, ein junger Haudegen aus der Gegend von Regensburg. Er hatte kein Geld und kein Land, weil er der jüngste Bruder war. So folgte er seinem Kaiser in die Ferne, die Heiden zu bekehren. Aber der Saleph verschlang Barbarossa in seinen Fluten, und Albert zog allein nach Jerusalem.«

Johanna hatte Mühe, die Alte zu verstehen. Nicht nur irritierte sie die ungewohnte Melodie der Sprache, auch schien Aglaia immer wieder die Vokale zu vertauschen und einzelne Buchstaben zu verschlucken. Aber ihr Bericht war spannend, sie musste unbedingt das Ende erfahren.

»Und was geschah dann?«, fragte sie wissbegierig.

»Nun, dann einigten sich Sultan Saladin und Richard Löwenherz, sein Feind. Der König ließ ab von Jerusalem. Und Albert kehrte heim. Doch er kam nicht bis Regensburg …«

»Was war denn mit ihm?«

Johanna kam sich vor wie damals als Kind, als sie und ihre Geschwister stundenlang den Geschichten des Vaters gelauscht hatten, der zahlreiche Volksmärchen kannte und diese mit seiner ruhigen, bedächtigen Stimme abends nach dem Essen gern zum Besten gegeben hatte. »Und dann?«, hatten sie stets im Chor gerufen, wenn der Vater eine Pause eingelegt hatte, um die Spannung zu erhöhen.

»Er kam nur bis Antiochia, denn da war Sabel mit dem roten Haar. Ein Blick – und sein Herz war verloren! Die Hochzeit war ein großes Fest. Und der Ritter vertauschte seine Rüstung mit der Schürze des Kellermeisters, denn Sabels Vater besaß einen fruchtbaren Weinberg. Und wenn Albert Sehnsucht hatte nach Regensburg, dann kelterte er Baierwein und sprach: ›Wohl, bairisch Wein ist stark und zäh, wie bairisch Volk!‹«

Sie kicherte erneut.

»Wohl, bairisch Wein ist stark und zäh, wie bairisch Volk!«, sagte sie noch ein paarmal halb singend, halb sprechend.

»Und so haben Sie Deutsch gelernt, die Sprache Ihrer Vorväter?«

Doch Aglaia reagierte nicht auf Johannas Frage, sie war schon wieder vollauf mit ihrem Kaffee beschäftigt.

»Wenn du willst, tu ruhig Nelken hinzu!«, erklärte sie. »Aber nicht zu viel, hörst du? Vor allem nicht, wenn der Kaffee für den Sultan sein soll. Er mag es nicht so pikant.«

Sie hackte ihre krummen Finger so plötzlich in Johannas Arm, dass diese vor Schreck beinah aufgeschrien hätte.

»Und das willst du doch, oder?«

»Ww… was will ich?«, fragte Johanna eingeschüchtert.

Sie hätte mit allem gerechnet an ihrem ersten Tag in Konstantinopel, nur nicht damit, der Kaffeemeisterin des Sultans höchstpersönlich zu begegnen, die noch dazu Deutsch sprach und offenbar nichts dagegen hatte, sie in die Geheimnisse ihrer Kunst einzuweihen. Johanna schüttelte den Kopf. Wahrscheinlich träumte sie nur. Oder war so übermüdet von der langen Reise, dass sie schon anfing, Gespenster zu sehen.

Doch der feste Griff der Alten um ihren Unterarm belehrte sie eines Besseren. Aglaia hatte mehr Kraft, als man ihr ansah.

»Wenn du mir versprichst«, flüsterte die Armenierin heiser,

»dass du niemandem – hörst du: niemandem! – erzählst, dass ich deine Sprache spreche, nehme ich dich mit in den Topkapi-Serail. Und du wirst alles lernen, was du wissen musst …«

Ein Schwaden Weihrauch stieg Johanna in die Nase, sodass sie niesen musste. Vor lauter Tränen in den Augen konnte sie die alte Kaffeemeisterin nur noch durch einen Schleier erkennen. Mit ihrem Buckel und den wirren Haarsträhnen, die unter ihrem Kopftuch hervorlugten, sah sie fast aus wie eine Hexe.

»Äh … ja, ich werde nichts sagen, gewiss nicht. Aber – warum darf das niemand wissen?«, fragte Johanna noch immer leicht verunsichert.

»Weil dieser Harem eine einzige Schlangengrube ist«, erwiderte Aglaia finster. »Intrigen, nichts als Intrigen … Besser, man stellt sich dumm. Besser, man sieht nichts und hört nichts. Sonst …« In einer raschen Bewegung fuhr sie sich mit der Handkante über den Hals und fauchte: »*Chrrrrrht*!«

Johanna erschrak. Was hatte das zu bedeuten? Wurden im Palast des Sultans etwa Leute geköpft? Oder war die alte Frau einfach nur verrückt? Vielleicht bildete sie sich ja ein, als Nachfahrin von Kreuzrittern besonders gefährdet zu sein …

In dem Moment klopfte es an der Tür. Marcello steckte den Kopf in die Küche hinein. Über seine Schulter konnte Johanna einen Blick in die voll besetzte Gaststube der *Goldenen Kaffeetasse* erhaschen. Die sonore Stimme des Geschichtenerzählers drang an ihr Ohr: »*Bir varmış bir yokmuş* … Es war einmal …«

»Seid ihr so weit?«, fragte der Zauberer ungeduldig. »Fatma wartet.«

»Wir kommen«, erwiderte Johanna folgsam.

Dann drehte sie sich zum Herd um, wo Aglaia gerade versuchte, eine Ladung kochendes Wasser in eine große Messingkanne zu füllen. Mit ihren verkrüppelten Gliedmaßen kam sie kaum bis zum Rand der Kanne. In ihrem Gesicht zeichneten sich vor Anstrengung noch mehr Falten ab als zuvor.

Schnell trat Johanna auf sie zu, um ihr das schwere Gefäß abzunehmen.

*»Teşekkür ederim«*, murmelte die Alte, »danke schön.«

Nur durch ihr Augenzwinkern ließ sie erkennen, dass sie und Johanna nun ein Geheimnis teilten.

»Gern geschehen, große Meisterin«, gab diese zurück und senkte ehrerbietig den Kopf.

## 19. KAPITEL

*Allahu akbar!«*

Der Westwind trug den Gebetsruf von der Süleymaniye-Moschee zu ihnen herüber.

Die Schwester des Sultans hob ihren Schleier an und nahm noch einen tiefen Zug aus der leise blubbernden Wasserpfeife.

*»Allahu akbar. Aschhadu an la ilaha illa allah!«*, rief der Muezzin.

»Ist es schon wieder so weit?«, fragte die Sultana im Tonfall äußerster Überraschung in die Runde und riss die dunkel umrandeten Augen auf. Sie schob den Kopf ein wenig vor, als wollte sie damit ausdrücken, dass sich der Muezzin nur in der Zeit vertan haben konnte. Den schmalen Sehschlitz ihres Schleiers hatte sie weit nach unten gezogen, damit der Rauch ungehindert durch ihre Nasenlöcher austreten konnte.

Alle wussten, dass die Schwester des Sultans die Arabischstunden ihrer Töchter absichtlich zum Mittagsgebet stattfinden ließ. Und tatsächlich sagte Zehra wie jeden Tag:

»Aglaia, geh du für uns beten! Sei so lieb, wir sind gerade so beschäftigt, und ich kann die Kleinen ja nicht mit Süleyman und Yuhanissa alleine lassen. Süleyman ist ihretwegen hergekommen, wir können den Unterricht jetzt nicht unterbrechen!« Sie sah in den Himmel und fügte hinzu: »Wir waren ja heute schon. Das müsste doch reichen, *inschallah.*«

Ihr schlechtes Gewissen, weil sie ihre nicht-muslimische Sklavin zum Beten schickte, beruhigte sie stets mit den Worten:

»Es ist gut für dich, Aglaia. Am Tag des Jüngsten Gerichts wird Gott dich ins Paradies hineinlassen, weil du fleißig gebetet hast.«

Hatice und Selma kicherten.

Aglaia erhob sich und schlurfte hinaus. »Beten ist gut für den Rücken«, hatte sie Johanna anvertraut, als diese sie gefragt hatte, ob es ihr nichts ausmache, die Schwester des Sultans stets zu vertreten.

Der Arabischlehrer, ein Jude aus Alexandria namens Salomon, schwitzte und rutschte unruhig auf seinem Platz hin und her. Er war ein dunkelhäutiger Mann mit riesigen Augen und wie in Stein gemeißelten Gesichtszügen. Jedes Mal, wenn der Gebetsruf erklang, steigerte sich seine Nervosität so sehr, dass er genauso herumzappelte wie seine kleinen Schülerinnen, weil er befürchtete, auch er könne zum Beten geschickt werden. Zehra hatte ihn unter verschiedenen Bewerbern wegen seines guten Aussehens ausgewählt. Wenn er zum Unterricht erschien, drängelten sich die Bewohnerinnen des Harems hinter der großen geschnitzten Holztür und starrten ihn durch die Löcher hindurch an.

»Gieß mir noch mal ein, Yuhanissa!«, sagte die Schwester des Sultans und schob Johanna ihre Kaffeetasse zu.

*»Çok teşekkür«*, bedankte sie sich.

»Nichts zu danken«, erwiderte Johanna in ihrem holprigen Türkisch.

Sie saßen auf einem weichen Teppich auf dem vergitterten Holzbalkon des Harems und blickten auf den Bosporus hinunter. Unzählige Boote tummelten sich auf dem Wasser. Vom Marmarameer kamen mehrere voll beladene Frachter, die unter verschiedenen Flaggen segelten. Johanna staunte noch immer über die Helligkeit, die die Sonne hier schon im Frühjahr verbreitete. Der Himmel war in ein sanftes, aber doch bestimmtes Blau getaucht. Nirgends war auch nur die kleinste Wolke zu sehen. Aus dem Garten unter ihnen stieg der Duft von Hyazinthen auf.

Die Sultana thronte auf einem Stapel bunt bestickter Kissen mit Troddeln. Bücher und wertvolle Manuskriptrollen türmten sich um sie herum auf. An der Balkontür standen drei alte Eunuchen und blickten misstrauisch auf den Arabischlehrer.

*»Allahu akbar …«*, fing nun auch der Muezzin von der Hagia Sophia an, den die Schwester des Sultans wegen seiner klangvollen Stimme schätzte.

Wie jeden Mittag schloss sie die Augen und lauschte verzückt seinem Gebetsruf, bevor sie einen weiteren tiefen Zug aus ihrer Wasserpfeife nahm. Dann legte sie den Schlauch zur Seite und strich sich die Fransen ihres Schleiers aus dem Gesicht. Sie rückte die mit Diamanten verzierte Brille auf ihrer Nase zurecht und griff nach ihren Schreibutensilien. Seit sie ihren Mann, den Emir von Mossul, verlassen hatte und mit ihren zwei Töchtern in den Harem ihres Halbbruders gezogen war – der Sohn war beim Vater geblieben –, forschte sie über Hatice, die auf Arabisch Khadija hieß und die erste Frau Mohammeds war.

»Immer geht es um Aische, dabei ist doch Hatice die viel Interessantere!«, pflegte sie zu sagen. »Sie war ja viel älter als der Prophet, als er sie geheiratet hat. Sie war eine Kauffrau, hatte ihr eigenes Geschäft. Eine sehr selbstständige Frau. Leider weiß man nur so wenig über sie. Nicht mal, wer ihr erster Mann war, wissen wir.«

Ihre hennagefärbten Finger blätterten in dem dicken goldverzierten Buch mit den arabischen Schriftzeichen.

»Das nehmen wir auf jeden Fall auch mit«, sagte sie nach wenigen Minuten und packte das Buch auf den gefährlich schwankenden Bücherstapel zu ihrer Linken. Man konnte ihre Armbänder nur klimpern hören, nicht sehen, da sie sich wegen des Arabischlehrers komplett verschleiert hatte. Auf den linken Stapel kam alles, was Zehra auf ihrer Pilgerreise nach Mekka begleiten würde. »Allein für die Bücher brauchen wir dreißig Kamele«, hatte Johanna den obersten Eunuchen schimpfen hören.

»Und weißt du, Yuhanissa« – Zehra blickte von einer mit Hieroglyphen beschriebenen Papyrusrolle auf – »für dich wird es sicher auch interessant sein zu sehen, wie die Araber den Kaffee zubereiten. Ich persönlich habe mich ja nie an den ganzen Kardamom gewöhnen können in Mossul. Mir ist unsere Art, den Kaffee zuzubereiten, viel lieber. Vor allem, wenn Aglaia ihn macht, sie ist einfach die Beste.«

Mit kleinen Schlucken trank sie ihre Kaffeetasse leer.

»Hm, der ist gut! Hast du den gemacht?«

Johanna nickte. Sie hatte Aglaia genau auf die Finger geschaut. Die alte Kaffeemeisterin prüfte immer alle Bohnen einzeln mit der Hand. Vor und nach dem Rösten. Alles, was ihr nicht in Ordnung schien, wurde rigoros aussortiert. Sie gab eine Prise Ingwer und eine Prise Kardamom an den Kaffee. Gerade so viel, dass man es nicht bewusst wahrnahm, die Gewürze den Kaffee aber intensiver schmecken ließen. Und dann goss sie den fertig gebrühten Kaffee so lange hin und her, bis der ganze Satz herausgefiltert war. Eigentlich ganz einfach, aber trotzdem war Johanna mit dem Ergebnis ihrer eigenen Zubereitung meistens nicht zufrieden. Irgendetwas fehlte, dachte sie dann, ein winziges Etwas, von dem sie einfach nicht wusste, was es sein könnte.

Ein Stück von der Papyrusrolle zerbröselte, als Zehra sie entrollte. Sie schien den Unterschied zwischen ihrem und Aglaias Kaffee nicht zu schmecken.

»Am schlimmsten ist der Kaffee der Beduinen«, sprach sie weiter. »Der schmeckt richtig salzig. Ich weiß gar nicht, wie sie das machen. Ganz merkwürdig! Angeblich gewöhnt man sich ja daran. Aber das ist mir nie gelungen. Man kann dann ja nicht einfach ablehnen: Da sitzt du in der Wüste in einem Zelt mit dreißig Beduinenfrauen und bekommst diesen merkwürdig schmeckenden Kaffee angeboten! Als hätten sie Salz und Säure reingeschüttet. Und dann muss man ein Tässchen nach dem anderen trinken, das gehört sich einfach so. Na ja, das wirst du ja alles selbst erleben.« Raschelnd rollte sie den Papyrus zusammen.

Der Aufbruch zum Hadsch, der Pilgerreise nach Mekka, sollte schon in der nächsten Woche stattfinden, weil die Schwester des Sultans in Damaskus und Jerusalem Station machen wollte. »Wir werden erst in der Omaijaden-Moschee und dann in der Al-Aqsa-Moschee beten«, hatte sie angeordnet. Sie hatte verschiedene Buchhändler über ihr Kommen informiert; auch Aleppo, Tripoli, Beirut, Sidon, Tyrus und Haifa würden sie besuchen, um nach wertvollen Büchern zu stöbern.

Alle Frauen des Harems hatten mitkommen wollen, selbst Zehras sechzigjährige Mutter Emine, eine gebürtige Venezianerin. »Jeder gute Muslim muss mindestens einmal im Leben in Mekka gewesen sein – soll das etwa ausgerechnet für uns nicht gelten?«, hatte sie den Sultan gefragt, als dieser die ganze Pilgerreise aus Sorge um die Sicherheit seiner Familie infrage gestellt hatte.

Emine Hanim war eine reizende ältere Dame, die aber durchaus temperamentvoll sein konnte. Ihre hohe Position am Hofe verdankte sie der Tatsache, dass sie die Mutter der Lieblingsschwester von Mahmud I. war. Sie verbrachte ihre Zeit damit, Ränke gegen die Valide Sultan, Mahmuds Mutter, zu schmieden, die schon immer ihre Konkurrentin im Harem gewesen war und ihr, weil sie dem alten Sultan einen Sohn geboren hatte, den Rang abgelaufen hatte.

»Zehra war bereits viermal in Mekka«, hatte der Sultan geantwortet und Emine Hanim nicht angesehen.

»Aber noch nie in Damaskus oder Jerusalem!«, hatte seine Schwester an ihrer Stelle gesagt. »Und wird Gott uns nicht umso mehr lieben? *Alhamdullilah* für all die schönen Stätten, die er uns zeigen will. Hat er, gepriesen sei sein Name, uns nicht Augen gegeben, um die Schönheiten der Welt zu sehen?«

»Und ich war noch nie in Mekka. Willst du dafür verantwortlich sein, dass ich in die Hölle komme? Und wer wird sich um meine Enkelinnen kümmern, wenn Zehra mit ihren Forschungen beschäftigt ist?«, hatte Emine ihr Vorhaben bekräftigt.

Johanna war hin- und hergerissen von diesen Plänen. Sie war erst seit zwei Monaten im Serail und wäre gern noch länger dort geblieben. Ein wenig scheute sie die weite Reise auch, weil sie nicht noch mehr Meilen zwischen sich und die Mädchen bringen wollte. Aber vor allem wollte sie Konstantinopel aus dem Grund nicht verlassen, weil sie, wenn man es recht besah, ihrem geheimen Wunsch, Aglaias Nachfolgerin und damit die neue Kaffeemeisterin des Sultans zu werden, noch nicht ein Stück näher gekommen war. Zumal Gül auf den Plan getreten war. Die stets schmollende blonde Sklavin aus der ungarischen Puszta, die schon seit ihrem fünften Lebensjahr im Topkapi-Serail lebte, schien ebenfalls Bestrebungen in diese Richtung zu haben. Fortwährend scharwenzelte sie um Aglaia herum und versuchte sich bei ihr einzuschmeicheln. Die Armenierin konnte sie nicht leiden, aber wagte es nicht, ihren Unmut zu zeigen. »Gül ist Emines Lieblingssklavin. Und Emine kann sehr gefährlich sein«, hatte sie Johanna anvertraut und war sich wieder mit der Handkante über den Hals gefahren.

Doch Zehra drängte auf eine baldige Abreise. Und natürlich reizte es Johanna auch, mehr von der Welt zu sehen. Wann würde sie schon in ihrem Leben noch einmal die Gelegenheit haben, nach Mekka zu kommen, dorthin, wo das allererste Kaffeehaus gestanden hatte? Nicht, dass sie mit dem Gedanken spielte, zum moslemischen Glauben überzutreten, aber sie hatte jetzt bereits so viel über den Hadsch gehört, dass sie dieses bedeutsame Ereignis gern mit eigenen Augen verfolgt hätte. Und all die anderen Städte, die Zehra genannt hatte, Aleppo, Tripoli, Haifa – wie fremd und exotisch das klang! Hatte sie überhaupt schon mal jemanden getroffen, der so weit gereist war? Nicht einmal Marcello war bisher in diese ferne Gegend vorgedrungen.

Johanna seufzte. Und noch einen Grund gab es, warum sie sich so schlecht entscheiden konnte: Gabriel. Es hatte keinen Sinn, sich länger etwas vorzumachen, sie konnte ihn einfach nicht vergessen. Bliebe sie in Konstantinopel, würde sie weiterhin jeden Tag dem Arabischlehrer begegnen, der sie so fatal an den Geiger erinnerte. Dabei hatte Salomon in seiner verhuschten Art, die in einem so starken Widerspruch zu seinem fantastischen Äußeren stand, überhaupt keine Ähnlichkeit mit Gabriel. Aber er war eben auch Jude. Und wenn er doch einmal seinen Blick hob, den er aus lauter Angst, irgendeiner Haremsdame aus Versehen zu tief in die Augen zu schauen, stets gesenkt hielt, dann hatte Johanna das Gefühl, in diesem dunklen Blick zu versinken. Der Main, das Konzert, der Regen, das Cembalo im Damensalon, Gabriels weiche Haut unter ihren Fingern, sein Blut, der Kuss – all das war dann sofort wieder da. Der Arabischlehrer schien zu spüren, dass irgendetwas an ihm sie zutiefst verwirrte, denn kaum bemerkte er sie, wurde er noch unsicherer als sonst. Aber wahrscheinlich bildete sie sich das auch nur ein; bestimmt würde sich jeder Mann, der unter den feindseligen, wachsamen Blicken der Eunuchen zwischen lauter Frauen im Harem Unterricht erteilen sollte, auf die eine oder andere Art seltsam benehmen. Und die tief verschleierte, klunkerbehängte Sultansschwester mit der rauen Stimme, die königlich zwischen ihren Bücherstapeln thronte, konnte einen natürlich durchaus aus der Fassung bringen. Ganz zu schweigen von Zehras Mutter, die so reizend wirkte, aber die, wie jeder wusste, nicht lange fackelte, wenn es darum ging, jemandem einen Dolch in den Rücken zu stoßen.

»*Wa kataba al-katib*«, sagte der junge Alexandriner seinen Schülerinnen vor und schaute zu Boden.

Johanna wusste inzwischen, was das hieß: »Und der Schriftsteller schrieb.«

Zehra sah von einem dicken Wälzer auf, der ihre Aufmerksamkeit schon seit geraumer Zeit fesselte. Noch immer schien sie keine Entscheidung getroffen zu haben, ob das Buch auf den linken oder den rechten Stapel wandern sollte.

»Das SEYAHATNÂME des großen Reisenden Evliya Çelebi. Ich habe es schon so oft gelesen. Aber ich weiß nicht, ob ich mich davon trennen kann … Du musst es unbedingt lesen, Yuhanissa!«

Sie legte das Buch auf den Reisestapel und sagte bestimmt: »Das nehmen wir als Lektüre für Yuhanissa mit.«

Zehra hatte Johanna vom ersten Tag an wie selbstverständlich in ihren Hofstaat integriert, zwischen Zwergen, Papageien, Musikantinnen und Pfauen. Immer wieder ließ sie sich von ihr schildern, wie Frankfurt aussah, wann wer in das Kaffeehaus kam. Welche Feiertage man dort einhielt, wie die Kirchen aussahen, wer zum Gottesdienst kam und was die Frauen und Männer für Kleidung trugen. Die Reise durch die Alpen interessierte sie genauso wie die Kaffeesorten, die in Florianos Kaffeehaus an der Piazza San Marco serviert wurden. Auch das venezianische Hochwasser musste Johanna immer wieder schildern. Und natürlich ihren Abend in der Oper. Abends, wenn Zehras Augen vom vielen Lesen müde waren und sie ihnen eine Pause gönnen wollte, war Johannas Stunde gekommen. Dann hieß es Kaffee zuzubereiten und Geschichten zu erzählen, Tasse um Tasse, Anekdote um Anekdote. Zehra schien irgendetwas an ihr exotisch zu finden, mutmaßte Johanna. Die roten Haare konnten es nicht sein, gab es doch mehrere Rothaarige im Harem; sogar die berühmteste Bewohnerin des Serails, Roxelane, die Frau Süleymans des Prächtigen, hatte angeblich kupferfarbenes Haar gehabt. Und mit ihrer Bildung konnte sie Zehra auch nicht beeindrucken, vermochte sie doch nur wenig Auskunft zu geben über die gerade in Frankfurt diskutierten Bücher. Allein mit dem Kartenmacher Ludwig Haldersleben konnte sie aufwarten.

»Ich nehme alles einmal«, hatte Zehra gesagt. Auf Johannas verständnislosen Blick hin hatte sie erläutert: »Schick mir ein Exemplar von jeder Karte, die er hat, wenn du wieder dort bist. Ich werde dir eine Liste mitgeben, was ich brauche. Und wenn du etwas davon findest, schickst du es mir. Geld gebe ich dir mit.«

Was sie wohl alle im Moment in Frankfurt taten? Bestimmt war es dort jetzt noch recht kalt. Vielleicht schien schon ab und zu die Sonne, aber so mild, dass man sich draußen aufhalten konnte, war es sicher noch nicht. Ob der Flieder schon blühte? Nein, wohl kaum! Johanna starrte auf die Zypresse unterhalb des Balkons, die ihr den Blick zum Goldenen Horn versperrte. Ob die Mädchen sich noch immer so gut mit Elisabeth verstanden? So gut, dass sie sie, Johanna, gar nicht mehr vermissten? Hoffentlich gingen sie nur weiterhin zu Cornelia Haldersleben, um ihren Unterricht bei ihr fortzusetzen, auch wenn der Weg von Bornheim nun viel weiter war! Aber der Kartenmacher würde Elisabeth schon einschärfen, wie wichtig es war, dass sie die Mädchen zum Lesen und Schreiben anhielt. Johanna lachte leise. Ludwig Haldersleben würde sich bestimmt prächtig mit Zehra verstehen, sie hatten beide diesen leicht besserwisserischen Zug an sich.

Der schwarze Eunuch drängte sich an den Dienerinnen vorbei auf den Balkon. Er war ein massiger Amhara mit feinen abessinischen Gesichtszügen, die trotz seiner Korpulenz zierlich und elegant geblieben waren.

»Ich räume mal etwas weg, wenn Ihr erlaubt«, unterbrach er Zehra. »Der Balkon bricht uns sonst noch zusammen.«

»Insbesondere wenn du darauf stehst, Iskender«, erwiderte die Schwester des Sultans spitz und ließ ihr raues Lachen hinter dem Schleier ertönen.

Beleidigt nahm der Eunuch einen Arm voller Bücher vom linken Stapel. Beleidigtsein war seine Spezialität. »Warum beschäftigt sie einen Ägypter als Arabischlehrer?«, hatte Johanna ihn zu seinem Todfeind, dem schwarzen Obereunuchen, sagen hören. »Das Arabisch, das die sprechen, ist doch wirklich unmöglich. Jeder von uns hier spricht mit einem besseren Akzent als er. Hör dir das mal an!«

»Und das nehmen wir für Iskender mit«, sagte Zehra und legte ein dickes, in helles Kalbsleder gebundenes Buch auf den Stapel.

»Das ist die Bibel«, sagte Iskender nach einem Blick auf die geheimnisvollen verschnörkelten Buchstaben, von denen sogar Johanna inzwischen wusste, dass sie Äthiopisch waren.

»Wunderbar, du wirst uns daraus vorlesen. Das ist genau das Richtige für den Hadsch.«

Die ungarische Sklavin Gül, die Aglaia nicht leiden konnte, stellte mit Süßigkeiten beladene Tellerchen vor Zehra und den Mädchen Selma und Hatice ab.

Zum Glück lag ihr dieses fettige, klebrige Blätterteiggebäck nicht, dachte Johanna. Die in kleine Stückchen geschnittene Halwa mit den Pistazien dafür umso mehr. Sie wusste nicht, wie sie künftig leben sollte, ohne täglich davon zu naschen. Schon in Venedig hatte sie dank Giuseppinas Kochkünsten kräftig zugelegt, nun war sie noch einmal dicker geworden. Was für ein Glück, dass man ihr neue Kleidung zur Verfügung gestellt hatte: weite Pumphosen und ein langes, fließendes Hemd, darüber ein vorne offener Kaftan – nie hatte sie es bequemer gehabt.

Die Schwester des Sultans spuckte einen Dattelkern aus und schob Johanna den Süßigkeitenteller zu.

Dass der Sultan auf den Balkon getreten war, merkte diese erst daran, dass alle anderen Anwesenden in ihren Tätigkeiten erstarrt waren und sich auf den Boden geworfen hatten. Sie selbst kniete mit dem Rücken zur Balkontür und hatte sein Kommen überhört, was an den dick gepolsterten Samthausschuhen liegen musste, die der Herrscher trug.

»*Selamün aleyküm!*«, grüßte er in die Runde.

»*Aleyküm selam*«, erwiderte seine Schwester.

»Onkel!«, empfing die kleine Hatice den Sultan zärtlich und küsste den Saum seines mit bunten Tulpen bestickten Mantels.

Mahmud war erst seit knapp zwei Jahren im Amt, nachdem die Janitscharen seinen Onkel Ahmed verjagt hatten. Wie seine Schwester war er ein wenig dicklich. Nur sein Gesicht war schmal, mit einer sehr langen, stark nach unten gebogenen Nase. Er hatte einen mächtigen Bart und einen riesigen, mit einer Diamantbrosche verzierten Turban auf dem Kopf. In der Hand hielt er eine Gebetskette.

»Wir müssen noch einmal über den Hadsch reden«, sagte er zu Zehra und forderte die Anwesenden mit einer nachlässigen Geste auf, sich wieder vom Boden zu erheben. Der Federbusch auf seinem Turban wippte hin und her.

Mit einer Kopfbewegung gab Zehra Johanna zu verstehen, dass sie frischen Kaffee machen sollte. Bisher hatte sie Aglaia bei der Zubereitung des Kaffees für den Sultan bloß assistiert, nun musste sie selbst zeigen, was sie konnte, denn von der alten Armenierin war weit und breit nichts zu sehen. Wahrscheinlich hatte Aglaia die Gelegenheit genutzt, um Fatma zu besuchen, vermutete Johanna. Aglaia hatte eine große Zuneigung zu der großen Dogge Pluto gefasst. Fast täglich stattete sie ihrem neuen Liebling einen Besuch ab. Sie schien sowieso keine rechte Lust mehr auf ihre Aufgabe als Kaffeemeisterin des Sultans zu haben. »Ich bin zu alt«, hatte sie Johanna schon mehrfach gesagt. »Am liebsten würde ich mich zur Ruhe setzen. Und nur noch Kaffee trinken, statt ihn für andere zu brauen. Ich werde dich als meine Nachfolgerin beim Padischah vorschlagen, wenn du willst …«

Vorsichtig gab Johanna eine Handvoll grüner Bohnen in die kleine Pfanne und röstete sie gleichmäßig über dem Kohlenbecken.

Zehra schob den Bücherstapel für die Reise zur Seite. Gül brachte ein Tablett mit Meissner »Hofdrachen«-Tässchen und einer passenden Zuckerdose. Leyla, eine Tscherkessin vom Kaukasus, legte noch mehr Kissen mit Troddeln bereit, auf denen der Sultan seinen schweren Körper niederließ.

Er warf einen mürrischen Blick auf den Arabischlehrer, der offenbar bedeuten sollte, dass fremde Männer im Harem nichts zu suchen hätten. Johanna hatte mitbekommen, wie er sich mit seiner Schwester darüber gestritten hatte. »Wer wird deine Töchter noch heiraten?«, hatte er sie gefragt. »Da wird sich schon jemand finden«, hatte Zehra unbekümmert geantwortet. »Mir gefallen die Blicke nicht, die Hatice dem Juden zuwirft«, hatte der Sultan nachgelegt. »Ach, was du dir wieder einbildest!«, war die Antwort seiner Schwester gewesen, obwohl für alle erkennbar war, dass die zwölfjährige Hatice bis über beide Ohren in ihren Lehrer verliebt war.

Johanna schwenkte die gerösteten Bohnen ein paarmal hin und her, um sie abkühlen zu lassen, und gab sie dann zum Mahlen in eine verzierte Mokkamühle. Sie war nervös, weil der mächtige Herrscher des Osmanischen Reiches ihr bei der Arbeit zusah. Das gemahlene Pulver füllte sie in ein kleines Stieltöpfchen. Dazu kamen Wasser, mehrere Löffel Zucker und jeweils eine Prise zerkleinerter Ingwer und Kardamom. Sie ließ das Gebräu eine Weile auf dem Kohlenbecken vor sich hin köcheln und seinen köstlichen Duft auf dem Balkon verbreiten, bevor sie den Kaffee in eine goldene Schnabelkanne goss.

Ihre Hand zitterte leicht, als sie die Schnabelkanne hoch über die Tasse des Herrschers hob, wie sie es von Aglaia gelernt hatte, und die schwarze Flüssigkeit hineinschießen ließ. Sie hielt einen Moment inne, um in sich hineinzuspüren: Schließlich wollte sie sich für den Rest ihres Lebens daran erinnern, wie sie sich bei ihrem Debüt als »Kaffeemeisterin des Sultans« gefühlt hatte. Sie rechnete damit, dass man sie mit diesem Titel von nun an ansprechen würde.

»Was ist nun mit dem Hadsch?«, fragte Zehra, nachdem Johanna auch ihr eingeschenkt hatte.

»Die Reise ist viel zu anstrengend für Emine Hanim.«

Der Sultan schaufelte mehrere Löffel Zucker in seinen für Johannas Geschmack ohnehin schon viel zu süßen Kaffee, ohne gekostet zu haben – wie jemand, dem es nie süß genug sein konnte und der aus Erfahrung wusste, dass immer zu wenig Zucker hineingegeben wurde.

»Das wird sie ja wohl selbst entscheiden können!«

»Wenn deine Mutter mitkommt, dann nur per Schiff!«

»Nicht schon wieder!«, stöhnte Zehra. »Jedes Jahr sind wir mit dem Schiff nach Alexandria gefahren. Ich habe das endgültig satt. Und wie soll ich außerdem auf dem Meer die Bücher einkaufen, die ich brauche?« Schnell schob sie noch hinterher: »Und was ist mit meinen Gebeten in der Omaijaden-Moschee und in der Al-Aqsa?«

»Das machst du auf dem Rückweg. Du fährst mit Emine Hanim per Schiff nach Alexandria. Dann nehmt ihr den Landweg bis Al-Hurghada und schifft euch nach Jeddah ein. Das ist schon gefährlich genug. Die Piratenschiffe werden wie eine Eskorte um euch herumschwirren, wenn sie herausbekommen, wer sich auf dem Schiff befindet. Ich werde euch zehn Begleitschiffe mitgeben. Mehr stehen mir im Moment nicht zur Verfügung. Das wird sie hoffentlich abhalten. Du reist dann mit Emine Hanim bis Alexandria zurück. Dort kann sie sich mit den Mädchen einschiffen, und du nimmst den Landweg.« Klirrend rührte er seinen Kaffee um. »So wird es gemacht, sonst lege ich mein Veto gegen diese ganze Reise ein«, fügte er streng hinzu.

Endlich führte er die Kaffeetasse zum Mund und kostete einen Schluck von dem dunklen Gebräu. Johanna beobachtete ihn gespannt.

Der Sultan verzog das Gesicht. Er sah aus, als hätte er in eine unreife Zitrone gebissen. In einem hohen Bogen spuckte er die braune Flüssigkeit aus seinem Mund durch die Löcher im Balkongitter nach unten in die Tiefe. Die Tasse ließ er auf den Teppich fallen, wo der Kaffee sofort versickerte.

»Zu Hilfe!«, schrie er röchelnd. »Man will mich vergiften!«

Er hielt sich beide Hände an den Hals, als wollte ihn jemand erwürgen, und spuckte immer wieder aus.

Wie von der Tarantel gestochen sprang Zehra Sultan von ihren Kissen auf. Krachend fiel der neben ihr aufgebaute Bücherstapel in sich zusammen.

»Ruft die Garde und den Leibarzt!«, befahl sie barsch, ohne die eilig herbeigelaufenen Domestiken anzusehen. »Keiner von euch bewegt sich von hier weg!«

Sie warf Johanna einen vernichtenden Blick zu. Erst dann beugte sie sich über ihren Bruder.

»Spuck alles aus, Mahmud! Gleich kommt der Arzt. Halte durch!«

Der ewig schlecht gelaunte Eunuch Iskender hielt auf einmal eine Pistole in der Hand und zielte damit abwechselnd auf Johanna und den Arabischlehrer, als unterstellte er ihm, mit der heimtückischen Kaffeemeisterin unter einer Decke zu stecken. Ohne die beiden Verdächtigen aus den Augen zu lassen, beugte auch er sich über den Herrscher.

»Wie entsetzlich!«, murmelte er. »Ich kann es nicht fassen, dass so etwas bei uns passiert. Wie fühlt Ihr Euch, Majestät? Der Arzt kommt sofort. Das Gift scheint nicht allzu stark zu sein. Ihr seht ein wenig blass um die Nase aus. Ist Euch übel? Schwindelig? Habt Ihr Bauchkrämpfe?«

Der Sultan schüttelte den Kopf. Sein Gesicht war noch immer zu einer angeekelten Grimasse verzogen.

»*Iğrenç!* Das hat vielleicht widerlich geschmeckt! Zum Glück habe ich nur einen ganz kleinen Schluck genommen, sonst wäre ich bestimmt schon tot.«

Zwei schwer bewaffnete Männer kamen herbeigestürmt. Ihre Uniformen, vor allem die hohen roten Filzhauben mit dem Nackenhang und den fächerartig ausgebreiteten Federbüschen, ließen sie als Janitscharen erkennen. Sie mussten vor der Tür zum Harem gewartet haben.

Der Sultan zeigte auf Johanna.

»Nehmt diese Frau fest!«, befahl er seinen Leibwächtern.

An seine Schwester gewandt, fügte er hinzu:

»Wer ist das überhaupt? Ich habe diese Frau hier noch nie gesehen.«

Johanna hatte die Entwicklung der Ereignisse mit zunehmendem Entsetzen verfolgt. Sie hatte keine Ahnung, was passiert sein konnte. Sie hatte doch alles ganz genau so gemacht, wie die alte Aglaia es ihr erklärt hatte. Keinen Deut war sie von deren Anweisungen abgewichen, wie sie den Kaffee für den Sultan zubereiten sollte. Und nun wollte man sie festnehmen, weil sie ihn angeblich hatte vergiften wollen! Ein »Schlangennest« hatte Aglaia den Harem genannt. Ja, dieser Ort war in der Tat ein Schlangennest. Und sie war mittendrin.

In diesem Augenblick stürzten sich die beiden Janitscharen auf sie. Brutal bogen sie ihr den Arm auf den Rücken und warfen sie zu Boden. Ihr Handgelenk knackte, als sie sich im Hinfallen auf dem Teppich abstützen wollte. Sie spürte einen Gewehrlauf an ihrem Hinterkopf. Ein roter Stiefel stand auf ihren Fingern.

Aus ihrer knienden Haltung heraus konnte Johanna sehen, wie Emine Hanim, die Mutter von Zehra Sultan, auf den Balkon trat. Majestätisch schwebte die Sechzigjährige in einem mohnblumenfarbenen Kleid heran, das über und über mit Goldfäden bestickt war. Ihre langen schwarzen Haare waren mit grauen Strähnen durchsetzt. Kein bisschen scherte sie sich darum, sich vor den anwesenden Männern zu verhüllen.

»Da siehst du, was du davon hast, ein solches Natterngezücht an deinem Busen zu nähren, Zehra!«, rief sie mit ihrer zittrigen Stimme. »Diese Deutsche hat sich bei uns eingeschlichen und versucht unseren geliebten Padischah zu vergiften. Ein Attentat auf unseren Herrscher hat sie verübt – und in ihrer grenzenlosen Dummheit wohl gedacht, sie würde damit durchkommen.« Sie lachte scheppernd, sodass die Klunker um ihren Hals gegeneinanderstießen. »Nein, nicht bei uns! Diese Frau hat den Tod verdient, Zehra! Und ihre Gönnerin genauso. Ja, auch Aglaia muss sterben! Dieser verlogenen Armenierin habe ich noch nie über den Weg getraut … Du bist einfach zu gutmütig, Zehra, mein Kind. Das warst du schon immer, selbst als du ganz klein warst. Jetzt siehst du, wie dein gutes Herz schamlos ausgenutzt wird: Um ein Haar hätte man deinen geliebten Bruder vergiftet!«

Der Leibarzt, ein spindeldürrer Mann mit einem hennagefärbten Schnurrbart und einem gewaltigen Turban, drängte sich durch die Umstehenden. Er kniete neben dem Sultan nieder und sah ihm in den Mund.

»Hm«, sagte er ratlos, nachdem er eine Weile mit dem Herrscher geflüstert hatte.

Vorsichtig nahm er schließlich die Tasse vom Boden, aus der Mahmud getrunken hatte, und roch an der verbliebenen Flüssigkeit.

»Aber … aber … ich verstehe das nicht! Ich habe alles genauso gemacht, wie Aglaia es mir gezeigt hat!«, rief Johanna zutiefst verzweifelt.

Der größere der beiden Janitscharen hatte sein Knie auf ihren Rücken gestemmt, um sie am Aufstehen zu hindern, und hielt ihren Arm im Klammergriff nach oben gepresst. Johanna biss die Zähne zusammen, um nicht vor Schmerz aufzuschreien. Eine panische Angst hatte sich ihrer bemächtigt.

»Das behaupten alle Verräter«, sagte die alte Venezianerin kalt. »Immer beteuern diese Leute ihre Unschuld. Ich habe noch nie erlebt, dass einer von euch Pack sein Verbrechen zugegeben hätte. Immer versucht ihr euch herauszuwinden.«

An die beiden Janitscharen gewandt, rief sie herrisch:

»Los, tötet sie! Worauf warten wir noch? Bringen wir es hinter uns! Die Sache ist glasklar. Mahmud, wollt Ihr Euren Männern nicht endlich den Befehl erteilen?«

»*Hayır!* Nein!«, schrie in dem Moment die kleine Selma und warf sich schluchzend vor Johanna auf die Knie.

»Yuhanissa hat bestimmt nichts Böses im Sinn gehabt!«, pflichtete Hatice ihrer Schwester bei.

»Ihr beiden Mädchen kommt sofort mit mir!«

Mit der einen Hand riss die heraneilende Oberaufseherin des Harems, die Kahya Kadın, die nur der Sultansmutter unterstellt war, Selma vom Teppich hoch. Mit der anderen Hand versuchte sie ihren improvisierten Schleier festzuhalten, der aus dem kurzerhand zweckentfremdeten Vorhang von der Balkontür bestand.

»Tötet sie!«, krächzte Emine Hanim noch einmal.

Mit einem klirrenden Geräusch zog nun der zweite Janitschare seinen Krummsäbel aus dem Schaft und hielt ihn sich drohend über den Kopf – bereit, ihn jeden Moment auf den gebeugten Nacken der vor ihm kauernden Verräterin niedersausen zu lassen.

»Ich habe doch überhaupt nichts gemacht«, flüsterte Johanna mit erstickter Stimme. »Ich … Zehra, bitte …«

Sie konnte nicht weitersprechen. Durch den Tränenschleier vor ihren Augen blickte sie zu der Schwester des Sultans, die hilflos die Hände rang. Warum unternahm Zehra nichts? Warum ließ sie zu, dass ihre verrückte alte Mutter sie umbringen ließ, sie, ihre Dienerin Yuhanissa, eine Unschuldige?

»Halt!«

Mit einem katzenhaften Sprung fiel der junge Arabischlehrer dem Janitscharen mit dem Krummsäbel in den Arm. Sofort schnellte der Wachmann herum und warf ihn zu Boden.

»Verzeihen Sie, edler Herrscher!«

Die großen dunklen Augen angstvoll zu dem nun über seinem Kopf schwebenden Krummsäbel erhoben, rappelte der Alexandriner sich aus seiner liegenden Haltung auf. Auf allen vieren, den einen Arm lang ausgestreckt, die Hand zur Faust geballt, kroch er langsam auf den Padischah zu.

»Das ist kein Zucker, mein Sultan. Das ist Salz!«

Vorsichtig öffnete er seine Faust. Auf seiner Handfläche lag wie auf einem kleinen Tablett ein klebriges Häufchen weißes Pulver. Mit dem Kinn machte der Alexandriner eine Bewegung in Richtung Meissner Zuckerdose.

»Salz?«, fragte die Schwester des Sultans gedehnt.

Als wären plötzlich alle Lebensgeister in sie zurückgekehrt, leckte sie hastig ihren Zeigefinger an und tauchte ihn tief in die Zuckerdose.

»Tatsächlich«, sagte sie dann und kräuselte voller Abscheu die Nase. »Aber wie kommt das Salz in die Zuckerdose?«

»Was soll dieser Unsinn mit dem Salz? Es war Gift, was sie deinem Bruder gegeben hat, Zehra, Gift! Das ist doch nur ein Ablenkungsversuch. Dieser Mann ist ein Verbündeter von der deutschen Verräterin. Er lügt. Was macht er hier überhaupt? Männer haben im Harem nichts zu suchen! Ich glaube ihm kein Wort.«

Emine Hanim wollte sich nicht geschlagen geben.

Zehra Sultan streifte ihre Mutter mit einem unwirschen Blick. Dann sah sie zu Johanna und sagte zu den Janitscharen:

»Lasst sie los! Wir wollen noch mal gnädig sein mit ihr. Nicht wahr, Mahmud? Du lebst ja schließlich noch!«

Der Sultan nickte verwirrt. Sein Blick hatte etwas Unsicheres, Lauerndes, als rechnete er noch immer damit, plötzlich zusammenzubrechen, im Gesicht blau anzulaufen, sich in Krämpfen zu winden und mit Schaum vor dem Mund elendiglich zu vergehen.

Zehra prustete los, wie jemand, der kurz vor einem Lachanfall steht und sich schnell in eine Hustenattacke rettet. Als sie sich wieder beruhigt hatte, schaute sie mit strengem Gesicht in die Runde, bis ihre Augen an der blassen Ungarin hängen blieben.

»Hattest du nicht das Tablett mit den Tassen und dem Zucker hierhergebracht, Gül?«

Die Sklavin sah mit trotziger Miene an der Sultana vorbei in die Luft.

»Ich habe nur gebracht, was man mir in der Küche gegeben hat«, erwiderte sie schnippisch.

»Aha ...«, nickte Zehra bedächtig. »Nun, das können wir leicht nachprüfen, was man dir dort gegeben hat. Dann können wir immer noch sehen, wen wir bestrafen müssen – dich oder die in der Küche. Einer von euch muss es ja wohl gewesen sein, dem diese Verwechslung unterlaufen ist. Iskender wird sich gleich darum kümmern und die Küchensklaven verhören.«

Demonstrativ schaute sie an ihrer Mutter vorbei.

Diese hob theatralisch die Hände vor ihr Gesicht.

»Will denn gar niemand auf mich hören?«, rief sie anklagend. »Mahmud, gütigster Herrscher, auf Euch wurde ein Anschlag verübt. Wollt Ihr das wirklich einfach so hinnehmen?«

Für einen Mann von seiner Statur unerwartet flink, sprang der Herrscher auf. Er stampfte wütend mit dem Fuß auf und brüllte:

»Es reicht, Emine Hanim! Könnt Ihr denn nie einsehen, wenn Ihr eine Runde verloren habt? Ich will Euch hier nicht mehr sehen! Und wenn Ihr noch einmal solch lächerliche Ränke schmiedet und ich Euch dabei erwische, dann passt auf, dass nicht Ihr diejenige seid, deren Kopf am Ende rollt!«

Sichtlich zufrieden, als hätte er etwas hinter sich gebracht, was schon längst überfällig gewesen war, ließ sich Mahmud wieder in seine Kissen sinken.

Emine Hanim war blass geworden. Schwer atmend gegen den Rahmen der Balkontür gestützt, schien sie mit sich zu ringen, ob sie auf die Worte des Sultans noch etwas entgegnen oder lieber schweigen sollte.

Als Zehra sie dort so stehen sah, lief sie auf ihre Mutter zu und flüsterte ihr ein paar beruhigende Worte ins Ohr. Sanft, aber bestimmt schob sie sie vom Balkon und nahm wieder Platz auf ihrem Kissenberg.

»Was für ein Tohuwabohu!«, stöhnte sie wohlig und biss krachend in ein orangefarbenes, spinnenartiges Gebilde aus karamellisiertem Zucker.

Doch kaum hatte sie ihre Süßigkeit verzehrt, klatschte sie zweimal in die Hände, um die Sklavinnen aus ihrer Schockstarre zu reißen.

»Hallo? Vielleicht kommt hier mal jemand zum Aufräumen? Iskender, der Teppich muss dringend sauber gemacht werden!« Angeekelt zeigte sie auf die Speichelspuren, die ihr Bruder hinterlassen hatte. »Und ordne die Bücher neu! Das ist ja das reinste Durcheinander hier.«

Johanna spürte, wie sie vom Boden hochgezogen wurde. Noch immer hielten die Janitscharen sie fest im Griff.

Der Sultan bedeutete seinen Gardisten zu gehen. Auch der Arzt erhob sich und zog sich unter vielfachen Verbeugungen zurück. Nur der Arabischlehrer blieb auf dem dicken bunten Teppich hocken und starrte angestrengt zu Boden.

»Gut, dass wir uns über die Pilgerfahrt nun einig sind, lieber Bruder!« Als hätte es keinerlei Unterbrechung ihres Gesprächs gegeben, griff Zehra nach einem weiteren orangefarbenen Gebäckstück. »Hast du das schon mal probiert, Mahmud? Das ist schön süß!«, kicherte sie anzüglich. »Und vergiftet scheint es auch nicht zu sein.«

Sie drehte sich zu Johanna um, die sich mit wackeligen Knien am Balkongitter festhielt und noch immer um Fassung rang.

»Mama ist ein bisschen temperamentvoll, Yuhanissa. Du kennst ja die Italiener: Wenn sie nicht ständig in ihre Opern gehen können, müssen sie selbst irgendwelche Dramen inszenieren. Sie meint das nicht böse. Wirklich nicht! Nimm es ihr nicht übel! Es ist ja nichts passiert. Wir alle sind ja noch mal mit dem Schrecken davongekommen«, sagte sie kauend.

Ihre Worte drangen wie durch einen dicken Vorhang zu Johanna durch. Sie wusste weder, was sie Zehra antworten, noch, was sie als Nächstes tun sollte. Für die Schwester des Sultans schien die Angelegenheit erledigt zu sein, zumindest vorerst. Sie versuchte einen Blick des Arabischlehrers zu erhaschen, aber der schaute unverwandt zu Boden. »Du hast mein Leben gerettet, weißt du das, lieber guter Salomon?«, hätte sie ihm am liebsten zugerufen. Stattdessen fiel sie in einen tiefen Kniefall vor dem Sultan.

»Wenn Ihr erlaubt, edler Herrscher, werde ich Euch sofort einen neuen Kaffee zubereiten«, brachte sie mit bebender Stimme hervor.

Der Sultan nickte ihr zerstreut zu und befahl ihr mit einer wedelnden Handbewegung, sich wieder zu erheben.

»Nein, lass nur«, sagte er dann. »In der Kanne ist ja sicher noch was drin. Und warm genug dürfte der Kaffee wohl auch noch sein. Wenn die Sklavin Gül mir dieses Mal die richtige Zuckerdose aus der Küche bringt, wird er mir gewiss munden, davon bin ich überzeugt.«

Er machte eine ungeduldige Kopfbewegung zu der Ungarin, die sich mit einem flüchtigen Knicks sofort in Richtung Küche verzog, um wenig später mit einer Meissner »Tiger«-Zuckerdose wiederzukehren. Johanna hielt ihr die frisch gefüllte Kaffeetasse hin, in die Gül unter den scharfen Blicken Zehras drei gehäufte Löffel Zucker gab.

»Bitte sehr, mein Herr und Gebieter, Euer Kaffee! Möge er Euch diesmal besser munden!«, sagte Johanna, die aufpassen musste, nichts zu verschütten, weil ihre Hand noch immer zitterte.

Der Sultan spitzte die Lippen, nahm vorsichtig einen Schluck von dem dampfenden Getränk und ließ die Flüssigkeit gurgelnd ein paarmal im Mund hin- und herschwappen.

Johanna fühlte sich, als hätten die Janitscharen sie auf eine Folterbank gespannt. Es kam ihr wie Ewigkeiten vor, bis der Padischah endlich den Kopf in ihre Richtung drehte und mit einem kurzen Nicken seine Anerkennung kundtat.

»Irgendjemand muss die Valide Sultan auf die törichte Idee gebracht haben, sie könnte ebenfalls auf Pilgerfahrt gehen«, sagte er an seine Schwester gewandt. Nichts an seiner Mimik verriet, ob er sich der Bedeutung seiner Geste für Johanna bewusst war. »Aber sie will nicht etwa mit euch reisen, sondern mit einer eigenen Gruppe. Das kommt natürlich gar nicht infrage, dass sich die Mutter des Sultans auf eine solche Fahrt begibt!«

Er hielt Johanna die kleine Tasse hin, damit sie ihm nachschenkte.

»Wirklich nicht schlecht«, sagte er schließlich – noch immer, ohne ihr in die Augen zu schauen. »Aglaia scheint dir einiges beigebracht zu haben. Wie war noch dein Name?«

Johanna konnte sehen, wie Gül neben ihr eine Nuance blasser wurde.

Zehra lächelte ihr kurz zu.

»Yuhanissa, sie heißt Yuhanissa«, erwiderte sie an Johannas statt, um sogleich mit ihren Überredungsversuchen fortzufahren: »Die Valide Sultan langweilt sich eben, und was ist da besser, als nach Mekka zu pilgern? Außerdem bringt es deine Beamten auf Trab, wenn wir alle dort mal nach dem Rechten sehen. So faulenzen sie doch nur herum und stecken sich die Steuergelder in die eigene Tasche. Du wirst sehen, wie sich die Steuereinnahmen in den Provinzen, durch die wir reisen, in diesem Jahr verdoppeln werden.«

Mit gierigen kleinen Schlucken trank der Herrscher seine Tasse leer.

»Man könnte von Anfang an etwas mehr Zucker hineingeben«, sagte er ein wenig herablassend zu Johanna, als bräuchte er einen Schuldigen für seinen Heißhunger nach Süßem.

Er stellte seine Tasse ab und erhob sich schwerfällig.

»Aber weißt du, Bruder, wenn sie von Anfang an mehr Zucker in den Kaffee täte, dann könnte ihn außer dir niemand mehr trinken!«

Zehras ganzer Körper bebte vor Lachen, sodass ihr die Brille von der Nase zu rutschen drohte.

Der Herrscher lächelte verschämt, nickte grüßend in die Runde und zog sich zurück.

Schlagartig fiel alle Anspannung von Johanna ab. Eine tiefe Ruhe breitete sich in ihr aus, alle Angst und Schmach waren vergessen. Sie hatte es geschafft, dachte sie glücklich, sie hatte den Sultan mit ihrer Kunst des Kaffeezubereitens überzeugt! Auch, wenn sie dabei fast ihr Leben gelassen hätte – nun hatte sie ihr Ziel erreicht. Was die alte Aglaia wohl zu der ganzen Geschichte sagen würde? Sie konnte es kaum erwarten, ihr davon zu erzählen.

Ihr Blick fiel auf Gül. Die ungarische Sklavin war dabei, kleine Öfchen auf dem Balkon aufzustellen. Johanna bemerkte erst jetzt ihre hellen Augen, bei denen sich die Iris kaum vom Weiß abhob. Wie gespenstisch diese Frau aussah!

»Ja, es ist doch noch recht ungemütlich, wenn man längere Zeit hier draußen sitzt«, stellte die Sultana fest und zog sich ihren goldbestickten Seidenschal enger um die Brust. »Vor allem, wenn man nicht so an den scharfen Wind gewöhnt ist wie die Leute aus der ungarischen Steppe, nicht wahr, meine liebe Gül?«

Sie lächelte ein rätselhaftes Lächeln und wies die Sklavinnen an, Decken zu bringen.

*»Allaha ısmarladık«*, verabschiedete sich der Arabischlehrer so leise, als hoffte er, sich unbemerkt davonschleichen zu können.

Man konnte ihm ansehen, wie erleichtert er war, endlich gehen zu dürfen. Johanna versuchte noch, ihm ihre Dankbarkeit zu bezeugen, aber erneut wich er ihrem Blick aus. Bestimmt würde sie ihn nie wiedersehen. Sie konnte sich nicht vorstellen, dass er noch einmal freiwillig einen Fuß in den Serail setzen würde, nach dem, was er heute mitgemacht hatte.

Doch der Unterricht von Zehras Töchtern war noch längst nicht beendet. Die Kahya Kadın, nun wieder ohne Vorhang über dem Kopf, brachte die beiden Mädchen zurück auf den Balkon.

Die Kalligrafielehrerin Hülya Hanim war bereits eingetroffen. Sie legte ihren schwarzen Schleier ab und ließ sich auf dem Platz nieder, auf dem gerade noch der Alexandriner gesessen hatte. Sie war die Ehefrau eines Meisters der Kalligrafie, dem sie immer nur assistiert hatte. Bis sie irgendwann zu der Ansicht gelangt war, dass sie genauso gut war wie ihr Mann, der Meister.

Auch Firuze, die Parfümhändlerin, hatte darauf gewartet, zur Schwester des Sultans vorgelassen zu werden. Ihr einer Fuß war verkrüppelt, und sie ging am Stock. Zwei junge Dienerinnen schleppten Körbe mit Fläschchen und kleinen Tiegeln, Seifen und wohlriechenden Kräutern heran.

Feierlich breitete Firuze ihre Ware vor Zehra aus. Als sie mit ihrem Zeremoniell fertig war, holte sie als Letztes einen versiegelten Brief aus einem ihrer Körbe hervor, den sie Johanna überreichte.

»Für mich?«

Johanna spürte, wie ihr Herz schneller zu schlagen begann. Was war das jetzt schon wieder? Gerade hatte sie den einen Schrecken halbwegs verdaut, und jetzt kam schon der nächste? Oder aus welchen Gründen sollte ihr sonst jemand einen Brief schreiben? Und wer?

Firuze nickte.

»Der kam gestern mit dem Schiff aus Venedig und wurde heute Morgen bei Fatma in der *Goldenen Kaffeetasse* abgeliefert. Sie hat ihn mir für dich mitgegeben.«

Johanna erkannte die Handschrift nicht.

»Mach ihn ruhig auf!«, sagte Zehra.

Nachlässig tupfte sie sich das von Firuze angepriesene Dattelblütenparfüm auf die Innenseite ihres Handgelenks. Sogleich verbreitete sich ein süßer und doch holziger Geruch.

»Hm, gefällt mir nicht.«

Zehra stellte das Fläschchen zurück. Sie griff nach einem Cremetopf, aus dem ein zarter Mandelduft entstieg.

Johanna erbrach das Siegel. Aus dem Brief fiel sogleich ein zweiter Brief, der nach Venedig geschickt worden war.

Ratlos starrte sie auf die lateinischen Buchstaben. Der Conte hatte zwar darauf gedrungen, dass sie neben der Aussprache und Grammatik des Italienischen auch die Schrift zu beherrschen lernte, aber das meiste hatte sie schon wieder vergessen.

»Gib her!«

Zehra Sultan streckte klimpernd ihren Arm aus.

»*Carissima Giovanna*«, las sie vor, »dieser Brief kam hier vorgestern für Dich an, und wir leiten ihn so schnell wie möglich weiter. Die *Madonna* läuft heute Abend aus, deshalb fassen wir uns kurz. Es geht Dir hoffentlich gut. Wir vermissen Dich und werden bald ausführlich schreiben. Floriano und Giuseppina. PS: Der Conte war neulich da und hat nach Dir gefragt …

Der Conte …?«

Die Schwester des Sultans zog fragend die Augenbrauen hoch.

Ohne auf sie einzugehen, riss Johanna den zweiten Umschlag auf. Auch die eleganten Lettern von Ludwig Haldersleben waren für sie nur schwer zu entziffern, aber wenigstens waren sie in deutscher Schrift geschrieben. Mühsam kämpfte sie sich durch den gestelzten Text.

Nein, das konnte nicht sein!, dachte sie entsetzt, als sie ihre Lektüre beendet hatte. Was teilte der Kartenmacher ihr da mit? Hastig las sie den Brief ein zweites Mal, um ganz sicher zu sein, dass sie alles richtig verstanden hatte.

Sie schluckte. Ja, sie hatte richtig gelesen. Ihre Hände zitterten so sehr, dass das Papier zwischen ihren Fingern leise knisterte. Sie merkte, wie ihre Augen feucht wurden. O Gott, sie musste sich zusammenreißen, auf keinen Fall wollte sie vor der Schwester des Sultans in Tränen ausbrechen!

»Nun, was gibt es Neues aus der Heimat?«, fragte Zehra prompt.

»Ich muss nach Hause. Sofort!«, stieß Johanna hervor.

»Aber warum denn? Was ist passiert?«

»Sie wollen mir meine Töchter wegnehmen.«

Ihre Stimme versagte. Sie schluckte wieder und versuchte Ruhe zu bewahren.

Die beiden Mädchen ließen ihre Rohrfedern ruhen und sahen Johanna entsetzt an. In Selmas Augen bildeten sich Tränen.

»Wie können sie das denn tun?«, fragte Zehra mehr interessiert als entsetzt.

»Ich habe Feinde in Frankfurt, mächtige Feinde. Und die haben es darauf abgesehen, mir das Leben immer wieder schwer zu machen. Ständig ersinnen sie neue Gemeinheiten gegen mich. Jetzt haben sie anscheinend den Vormund meiner Töchter gegen mich aufgehetzt. Und ich habe keinen Mann, der mir hilft und mich beschützt!«

»Ja, wir Frauen ohne Männer müssen zusammenhalten«, nickte Zehra grimmig. »Wenn ich nicht zum Hadsch müsste, würde ich ja mit dir nach Frankfurt kommen und dich unterstützen. Aber wir müssen nach Mekka. Gott will es so, und wir müssen uns seinem Willen beugen.«

Wie alle im Harem wusste auch Johanna, dass die Schwester des Sultans jedes Jahr in Mekka ihren Geliebten traf, einen hohen Beamten aus Edirne. Der Hadsch war die einzige Gelegenheit für sie, ihn zu treffen.

Zehra legte ihr die Hand auf den Arm.

»Wir werden in Mekka für dich beten, Yuhanissa«, verkündete sie feierlich. »Du wirst schon sehen, Gott – gepriesen sei sein Name! – wird auf deiner Seite sein.«

## 20. KAPITEL

Die *Sirena* war eine prächtige dreimastige Galeone. Eine goldene Meerjungfrau mit großen Brüsten, wallenden Haaren und einem Fischschwanz war als Galionsfigur unter dem Bugspriet angebracht. Auch das Heck war von goldenen Verzierungen und Figuren geschmückt. Ganz oben hingen drei goldene Laternen. Allein auf der Backbordseite befanden sich zwanzig Kanonen. Und das, obwohl die *Sirena* ein Handelsschiff war.

Johanna konnte sehen, wie Marcello auf dem Vordeck mit einem Mann redete, der einen Dreispitz und einen Degen trug.

Ach, wenn Marcello doch wieder mitkommen würde! Aber diesmal musste sie die gefährliche Reise ganz alleine antreten. Nur Gül wäre dabei. Ausgerechnet! Sie würde ihr wohl kaum gut zureden, wenn sie wegen ihrer Furcht vor Wasser eine Angstattacke bekam. Zumindest taten ihre Freunde alles, damit sie bequem reisen konnte …

Vier Matrosen hievten unter den wachsamen Augen von Fatma eine an Seilen befestigte Truhe an Deck. Was konnte Zehra Sultan ihr alles mitgegeben haben? Als Johanna sah, dass die nächste Truhe noch viel größer war, blieb ihr vor Staunen der Mund offen stehen. Wie sollte sie dieses Gepäck um Himmels willen von Genua nach Frankfurt befördern?

»Vergiss nie, dass du die Kaffeemeisterin des Sultans bist«, hatte Zehra ihr zum Abschied im Topkapi-Serail mit feierlicher Stimme gesagt und sie auf beide Wangen geküsst. »Und meine«, hatte sie kichernd hinzugefügt. »Mach uns Ehre! Lass dich nicht unterkriegen von deinen Feinden! Schreib, wie es dir ergangen ist! Wie es deinen Töchtern geht. Und wie das Geschäft läuft. Wir kommen nächstes Jahr vorbei, wenn wir wieder den Hadsch machen. Die Route wird dem Sultan vielleicht nicht gefallen, aber das bringen wir ihm schon irgendwie bei. Was hältst du davon, wenn wir die Donau hochfahren, Mama?«, fragte sie an Emine Hanim gewandt.

Die alte Frau hatte zufrieden genickt. Ein unternehmungslustiges Funkeln war in ihre Augen getreten. Was mochte sie nun schon wieder aushecken?, hatte Johanna sich kurz gefragt. Sie hatte nicht vergessen, dass die alte Venezianerin Gül gegen sie aufgestachelt hatte. Dass die ungarische Sklavin ihren Status im Harem verbessern und Aglaias Nachfolge hatte antreten wollen, hatte sie ja noch nachvollziehen können. Aber warum Emine sich da eingemischt hatte, war ihr unbegreiflich geblieben. »Ich hab's dir doch gesagt, ein einziges Schlangennest!«, war Aglaias Kommentar dazu gewesen.

Johanna hatte aufgehört zu zählen, die wievielte Truhe nun auf die *Sirena* verladen wurde. Eine weitere, tief im Wasser liegende Schaluppe nahm bereits Kurs auf ihr Schiff.

Gül zupfte unter den feurigen Augen der Matrosen nervös an ihrem Schleier herum, obwohl nur ihre Augen und Hände zu sehen waren. Sie war wie ein Packesel beladen. Zehra hatte darauf bestanden, dass Johanna kein Gepäckstück selber trug.

»Du bist die Kaffeemeisterin des Sultans, es ist nicht deine Aufgabe, Gepäck zu schleppen. Denk an deine Position!«, hatte sie in strengem Tonfall angeordnet. Und Johannas Versuche, die Begleitung der Ungarin abzulehnen, hatte sie mit den Worten abgewehrt: »Natürlich will Gül mit! Sie möchte das mit dem Salz doch wiedergutmachen und dir dienen! Ach, wie gerne würde ich selbst mitkommen! Aber du weißt ja, wie das ist! Die Pflicht ruft uns nach Mekka.« Mit einem maliziösen kleinen Lächeln hatte sie ergänzt: »Wir nehmen Gül nächstes Jahr wieder mit, wenn sie sich bei dir bewährt hat. Und wenn nicht – wir haben hier noch ganz andere Methoden, wie wir mit Intrigantinnen umgehen.« Gül hatte danebengestanden und so getan, als hätte sie nichts gehört. Was Johanna einmal mehr gezeigt hatte, wie undurchschaubar ihre neue Dienerin war.

Um den Arm hatte die Ungarin einen Korb gehängt, in dem mehrere Blumentöpfe mit Pflanzen platziert waren. In einer Hand hielt sie ein Instrument aus Holz mit einem langen Hals und einem kürbisartigen Bauch. Und einen langen Bogen.

»Das ist eine Kabak-Kemane«, hatte die Schwester des Sultans gesagt, »eine türkische Fiedel. Du hast ja von deinem Geiger erzählt – vielleicht stellst du ihn doch wieder ein, und dann kann er auf diesem Instrument etwas Türkisches spielen, während ihr Kaffee trinkt und an uns denkt … Und das« – sie hatte auf den Korb an Güls Arm gezeigt – »sind Kaffeesträucher. Ob sie bei dir wachsen, ist eine andere Frage. Sie brauchen es warm. Aber versuchen kannst du es ja mal. Sie wurden mir aus Abessinien mitgebracht. Und ein paar Tulpen habe ich dir auch mitgegeben. Sieh mal, die erste blüht schon!«

»Danke für alles, Hoheit, *çok teşekkürler*«, hatte Johanna nur immer wieder gestammelt.

Als Letztes hatte ihr noch der Abschied von der alten Aglaia bevorgestanden. Die Armenierin hatte sich in der Küche versteckt, weil sie nicht wollte, dass die anderen Frauen ihre Tränen sahen. Die beiden Kücheneunuchen hatten sich taktvoll zurückgezogen.

»Yuhanissa«, hatte sie immer wieder gemurmelt und ihr über die roten Haare gestrichen. »Wie gern hätte ich mein Erbe endgültig in deine Hände gegeben …«

Aber dann hatte sie ihren verwachsenen kleinen Körper gestrafft und Johanna aus ihren Schildkrötenaugen streng angesehen.

»Aber weißt du, Yuhanissa«, hatte sie gesagt, »so ganz vollkommen ist deine Kunst ja noch nicht!«

»Ich weiß, Aglaia, aber was kann ich noch tun? Ich befolge ja schon gewissenhaft jeden Rat von dir!«

Auch Johanna hatte einen Kloß im Hals gehabt. Ihr war klar gewesen, dass sie ihre Lehrmeisterin nie mehr wiedersehen würde. Dass Zehra und ihre Töchter eines Tages tatsächlich in Frankfurt auftauchten, war nicht ausgeschlossen. Aber Aglaia war einfach zu alt; es war ohnehin schon ein Wunder, dass sie mit ihren über siebzig Jahren noch so rüstig war.

»Du musst lieben, Yuhanissa, lieben!«

»Lieben?«, hatte Johanna verwundert zurückgefragt.

»Ja. Nur wer wahrhaft liebt, hat das richtige Gespür für die kleine schwarze Bohne.« Sie hatte ihren krummen Zeigefinger gehoben und damit dicht vor Johannas Nase herumgewedelt. »Aber wirklich lieben, Yuhanissa! Nicht nur ein bisschen *amore, amore*!«

Aglaia überraschte sie immer wieder – was verstand eine steinalte armenische Sklavin schon von der Liebe?, hatte Johanna sich gefragt. Und was sollte diese letzte Bemerkung bedeuten? Hatte Marcello ihr etwa von ihrer unglückseligen Liaison mit dem Conte erzählt?

Die Kaffeemeisterin des Sultans hatte ihr meckerndes Lachen ausgestoßen und ihr listig zugezwinkert.

»Ich war auch einmal jung, Yuhanissa. Und sehr schön, weißt

du? Fand zumindest Mehmed, der Jäger. So nannten sie ihren Sultan damals, den Großvater von Mahmud. Er hat nicht nur Tiere gejagt, Yuhanissa, auch Frauen. Viele, viele Frauen! Aus aller Welt hat er sie herbringen lassen.« Sie war plötzlich ernst geworden, und ihre Stimme hatte sich zu einem Flüstern herabgesenkt. »Aber mich hat er geliebt, Yuhanissa. Und ich ihn. Das ist das ganze Geheimnis … Und jetzt geh, mein Täubchen! Fliege heim und finde deine Liebe!«

Als wollte sie sie segnen, hatte sie Johanna für einen kurzen Moment ihre Hand auf den Kopf gelegt. Dann war sie auf ihren krummen Beinen zur hinteren Küchentür hinausgewankt, ohne sich noch einmal umzudrehen.

Und nun standen Fatma und Marcello vor ihr an Deck der *Sirena*, um sie ein letztes Mal in die Arme zu nehmen.

»Wir sehen uns wieder, Johanna! *Ci vediamo a Francoforte, per la fiera!*«, rief ihr Marcello noch einmal zu, bevor er die Strickleiter zu dem kleinen Boot hinunterkletterte, das ihn und die Kaffeehauswirtin zum Ufer zurückbringen sollte. »Komm, Fatma! Der Kapitän will Anker lichten.«

Und tatsächlich schienen die Ladeluken alle schon geschlossen zu sein, und die Matrosen standen auf ihren Plätzen bereit, um den schweren Anker nach oben zu ziehen.

»Jetzt fahren wir los, ja? *Finalmente! Andiamo!*«, sagte der genuesische Kapitän neben ihr, der kurz davor gewesen war, die Geduld zu verlieren. Er war ein schlaksiger Mann mit lebhaften Augen und einem markanten Kinn.

»Diese beiden Boote da«, dozierte er und deutete auf zwei zur *Sirena* gehörende Ruderboote, die mit jeweils zwanzig Ruderern besetzt waren, »werden uns auf das Meer hinausschleppen, wo wir hoffentlich eine Brise erwischen, die uns in Richtung Italien treibt. Sobald wir alle Manöver durchgeführt haben, werde ich mich bei Ihnen melden, um zu sehen, ob alles nach Ihren Wünschen ist. Der Erste Offizier« – er deutete auf einen stupsnäsigen Hänfling mit schlechter Haut – »wird Sie in Ihre Kajüte führen.«

Johanna bedankte sich und sah noch ein letztes Mal zum Ufer. Immer winziger wurden die Silhouetten von Marcello und Fatma auf dem kleinen Ruderboot. Sie riss die Arme hoch und winkte noch einmal heftig, als vom Topkapi-Palast mehrere ohrenbetäubende Böllerschüsse abgefeuert wurden, wie wenn sie ein hochdekorierter Admiral wäre, der hier verabschiedet wurde.

Unter Tränen folgten sie und Gül dem Ersten Offizier unter Deck. Die Kajüte war viel größer, als Johanna gedacht hatte. Die Wände waren mit dunklem Holz getäfelt und teilweise mit alten nautischen Instrumenten behängt. Obwohl die Kajüte so geräumig war, fühlte sich Johanna durch die fünf großen Truhen, die in der Mitte des Raumes nebeneinander abgestellt worden waren, leicht eingeengt. Sie vermutete, dass gewöhnlich der Erste Offizier hier wohnte und nun sein Domizil übergangsweise für die »Kaffeemeisterin des Sultans« hatte frei machen müssen.

»Herzlichen Dank für alles!«, sagte Johanna beflissen zu dem jungen Mann und ließ sich in einen der eleganten dunklen Ledersessel gleiten.

»Die anderen Truhen haben wir in den Laderaum gepackt. Nur diese wollte Signorina Gül unbedingt hier bei Ihnen haben.«

Er machte eine, wie Johanna fand, völlig übertriebene Verbeugung in Richtung der Sklavin. Überhaupt hatte er etwas reichlich Affektiertes an sich, angefangen bei seinem hüftschwenkenden Gang bis hin zu der leicht säuselnden Stimme. Doch was machte das schon – Hauptsache, er überließ ihnen seine Kajüte und störte sie nicht weiter mit seinem Getue!

»Wir erwarten Sie in einer Stunde zum Abendessen in der Kapitänskajüte«, verabschiedete sich der Erste Offizier mit einer anmutigen Handbewegung.

»Lass uns erst mal sehen, was in den Truhen ist!«, schlug Johanna der Ungarin vor, als er endlich gegangen war.

Gül hielt noch immer die Kabak-Kemane und den dazugehörigen Bogen in der Hand, als wollte sie sich daran festhalten. Immer wieder schniefte sie leise hinter ihrem dunklen Schleier mit dem Sehschlitz.

Johanna, die nur ein Tuch um ihr Haar gebunden und darüber einen Gazeschleier geworfen hatte, legte sowohl ihre Kopfbedeckung als auch den leichten Mantel ab. Darunter trug sie einen seidenen Entari in leuchtendem Türkis. Auch der Salvar, die Pluderhose, und das Gömlek, ein langes Hemd, die sie unter dem Kaftan trug, waren in Türkis gehalten und mit zarten sandfarbenen Ranken verziert. Am Ausschnitt des Hemdes waren kleine Perlen auf die Ranken gestickt. Die türkische Kleidung war sehr bequem, und sie würde sie so lange tragen wie irgend möglich. Ihre eigenen Kleider hatte sie verschenkt, weil sie ihr nicht mehr passten. Unglaublich, wie sehr man zunehmen konnte, wenn man fast ein Jahr lang erst von Giuseppina und dann im Serail gemästet wurde! Sie wollte in Genua keine Zeit mit der Suche nach einem guten Schneider verschwenden; der erstbesten Reisegruppe über die Alpen würde sie sich anschließen, die Pässe waren ja sicher inzwischen frei von Schnee. Nur die türkischen Schuhe würde sie wieder gegen ihre eigenen eintauschen, vorausgesetzt, sie würde sie in einer der Truhen überhaupt finden. Um auf engen Schiffstreppen herumzubalancieren, schienen ihr die locker sitzenden Schnabelschuhe mit den hohen Absätzen denkbar ungeeignet.

Gül hatte sich vor die größte der fünf Truhen gekniet, drehte den kleinen Schlüssel im Schloss herum und klappte den schweren Deckel auf. Sie hatte den Schleier zurückgeschlagen, sodass Johanna ihr blasses Gesicht sehen konnte, und schien sich wieder etwas gefangen zu haben.

Was soll ich nur mit Gül machen?, fragte sich Johanna. Der Gedanke, eine Sklavin zu besitzen, war ihr alles andere als recht. Noch dazu eine, der sie kein bisschen vertraute. Aber freilassen konnte sie sie auch nicht, weil Zehra im nächsten Jahr vorbeikommen wollte, um sie wieder mit nach Konstantinopel zu nehmen. Außerdem brauchte sie in der Tat jemanden, der sich mit ihr zusammen um das ganze Gepäck kümmerte. Welche Reichtümer wohl in den Truhen schlummerten?

Ordentlich und sicher für die Reise verpackt, sodass Stöße ihnen nichts anhaben konnten, fanden sich in der ersten Truhe mehrere Mokkamühlen, ein Samowar, zwei Wasserpfeifen und unzählige kupferne Schnabelkannen. Auch an die dazugehörigen kleinen bunt verzierten Gläser und Tassen hatte die Sultana gedacht. Nacheinander öffnete die ungarische Sklavin auf Johannas Geheiß die Truhen. Was da alles zum Vorschein kam! Johannas Begeisterung kannte keine Grenzen: ein großer Sack mit Kaffeebohnen, Kardamom, Ingwerknollen und zerriebenem Ingwer in einem Säckchen, farbenfrohe Teppiche und Kissen, Lampions mit wunderbarem buntem Glas, kleine mit Schnitzereien verzierte Hocker, mit Ornamenten und Koransuren bemalte Kacheln, schön geschmiedete Dolche, ein Krummsäbel, mehrere Stoffballen …

In der letzten Truhe fanden sich die Geschenke für Johannas Familie und Freunde, an die Zehra Zettel geheftet hatte. »Warme Hausschuhe für Margarethe«, las Johanna mühsam, als sie ein Paar pelzverzierte Pantöffelchen in der Hand hielt. Ein fast identisches Paar, nur noch ein wenig kleiner, war für Lili bestimmt. Ein goldener Kaftan aus Atlasseide sollte für Elisabeth sein. Anne bekam einen roten Kaftan mit goldenen Punkten, der vorn durch Schleifen zusammengehalten wurde, und Sybilla einen pelzverbrämten Kaftan mit Tulpenmuster. Für Schosch gab es einen roten Fez mit einer schwarzen Quaste und einer glitzernden Brosche, dazu einen Dolch. »Damit er Euch gegen Eure Feinde verteidigen kann«, hatte Zehra geschrieben. Ganz unten lag ein ledergebundenes Buch. Johanna konnte die arabischen Schriftzeichen auf dem Einband nicht entziffern und klappte es von hinten auf, wo für die Türken und Araber der Beginn war. »Dies ist die neueste Ausgabe von al-Idrisis berühmtem geografischem Werk aus dem zwölften Jahrhundert, dem ROGERBUCH. Bitte gib es Deinem Freund Ludwig Haldersleben«, las sie ins Zehras Handschrift.

Als Letztes hielt Gül einen kleinen Sack in die Höhe und überreichte ihn Johanna. Neugierig tauchte diese ihre Hand in den Beutel und holte eine Handvoll klimpernder Goldmünzen heraus. Zwischen den Münzen steckte ein Zettel, auf den Zehra notiert hatte: »Für Deine Reise, damit Du schnell und sicher zu Deinen Töchtern kommst. Miete fünf Kamele und eine bewaffnete Truppe!«

Johanna war sprachlos. Immer wieder wog sie den schweren Sack in ihrer Hand, spielte mit den Goldstücken, ließ die Münzen gegeneinanderklimpern. Wie reich sie auf einmal war! Zehras Gold musste Unmengen von Gulden wert sein. Die Summe würde nicht nur reichen, um den Vormund ihrer Töchter ruhigzustellen, sondern sie würde damit auch ihre Gerechtigkeit zurückbekommen. Und die ganzen Gerätschaften, die Zehra ihr hatte einpacken lassen, würden zumindest als Erstausstattung für die neu einzurichtende *Coffeemühle* dienen können. Wer Geld hatte, setzte sich doch immer durch, dachte sie in einer Mischung aus Genugtuung und Resignation. So war das Leben nun einmal.

»Wir müssen das Gold sofort verstecken!«, sagte sie aufgeregt zu Gül.

Es durfte jetzt nichts schiefgehen. Sie musste diese Reichtümer unbedingt heil nach Frankfurt bringen! Mit ihrem Leben würde sie ihren neuen Besitz schützen, wenn es sein müsste!

Misstrauisch beäugte sie die ungarische Sklavin, während diese die Truhen nach einem geeigneten Platz absuchte, um das Gold darin zu verstecken. Konnte sie Gül trauen?, wog Johanna zum dutzendsten Male ab. Sie hatte sich schon einmal als Intrigantin erwiesen und hätte gleichmütig ihren Tod durch den Krummsäbel in Kauf genommen. Würde sich das untertänige, zugeknöpfte Mädchen nun als gerissene Diebin entpuppen, die auf den erstbesten italienischen Matrosen hereinfiel, der ihr schöne Augen machte? Um dann zusammen mit ihrem Liebhaber und dem Gold durchzubrennen? Würde sie auf ihre stille Art vielleicht sogar eine Meuterei anzetteln? Nein, besser, sie fing gar nicht erst damit an, sich solche Szenarien auszumalen, riss sich Johanna zusammen, das würde sie nur unnötig verrückt machen.

Leise drang das Läuten eines Gongs zu ihnen in die Kabine. Gleich danach klopfte es. Nachdem Gül sich hastig verschleiert und Johanna den Hijab zugeworfen hatte, öffnete sie die Tür. Ein livrierter Diener richtete Grüße vom Kapitän aus und bat Johanna zum Abendessen in dessen Kajüte. Gül würde ihr Essen in die Kajüte gebracht bekommen.

»Pack alles wieder gut zusammen und lass die Sachen nicht aus den Augen, während ich weg bin!«, beschwor sie die Sklavin. »Und kein Wort zu niemandem, verstehst du?«

Geschickt schlang sie sich ein mit Silberfäden durchwirktes rosa Seidentuch um den Kopf, das sie in einer der Kisten gefunden hatte. Den Knoten band sie hinten, wie sie es oft bei Sybilla gesehen hatte. Die Haare waren nach wie vor verdeckt, aber Hals und Nacken waren sichtbar.

Gül schnalzte entsetzt mit der Zunge und kam sofort mit dem Schleier zu Johanna gelaufen. Aber Johanna winkte ab. Auf einem italienischen Schiff brauchte sie nicht mehr als Osmanin verkleidet herumzulaufen. Hätte sie ihre eigene Haube noch besessen, hätte sie diese aufgesetzt, aber irgendwie war die Haube in den Verkleidungskisten von Hatice und Selma gelandet. In Venedig hatte sie ihr Haar meist offen getragen, aber das erschien ihr auf einem Schiff, auf dem sie und Gül die einzigen Frauen waren, nun tatsächlich unpassend. Vielleicht hatte das Leben im Harem sie doch mehr beeinflusst, als sie wahrhaben wollte, lächelte sie in sich hinein. Es war wirklich Zeit, dass sie wieder nach Hause kam!

## 21. KAPITEL

Die Kapitänskajüte war beheizt und gemütlich. Johanna fühlte sich längst heimisch dort. Seit vierzehn Tagen befand sie sich nun schon auf der *Sirena*. Fast jeden Abend hatte sie gemeinsam mit dem Kapitän zu Abend gegessen. Sie schätzte seine ruhige, besonnene Art und die aufregenden Geschichten, die er zu erzählen wusste. »Alles nur Seemannsgarn«, wiegelte Carlo Barbosa dann bescheiden ab, wenn sie wieder einmal ihre Verwunderung zum Ausdruck brachte, was er alles schon erlebt hätte. Doch sie wusste, dass zumindest ein Teil der Abenteuer, die er zum Besten gab, ihm selbst widerfahren war. Das Leben an Bord war nun einmal rau und gefährlich, auch wenn ihre eigene Überfahrt bisher erstaunlich glatt verlaufen war.

Johanna nahm dankend das Glas Rossese in Empfang, das der Kapitän ihr reichte, und schaute sich um. Sie liebte diesen Moment nach dem Essen, wenn Barbosa sie noch auf einen Wein am Kaminfeuer einlud. Die getäfelten Wände der Kajüte waren mit Tauen, die zu den unterschiedlichsten Knoten geschlungen waren, Rettungsringen und alten Steuerrädern dekoriert. In einer Vitrine war ein kleiner Nachbau der *Sirena* zu bewundern.

Auf der mit weißem Leinen gedeckten Tafel standen noch die Überreste des üppigen Nachtmahls, das sie zusammen mit dem Kapitän und dem Ersten Offizier genossen hatte, das für ein Schiff viel zu teure Porzellan mit dem Silberbesteck und den hohen Kristallgläsern. Ob sie in der *Coffeemühle* auch ein »Kapitänszimmer« einrichten sollte?, begann Johanna unwillkürlich Pläne zu schmieden. Oder doch lieber ein orientalisches Boudoir, ähnlich den Räumlichkeiten, die sie im Sultanspalast kennengelernt hatte? Vielleicht konnte sie auch beides machen: das Kapitänszimmer vorn für die Herren, das orientalische Boudoir im hinteren Teil der *Coffeemühle* für die Damen …

Lautes Stimmengewirr riss sie aus ihren Überlegungen. Auch Barbosa hob überrascht die Augenbrauen und stellte die Weinkaraffe, aus der er sich gerade hatte nachschenken wollen, rasch wieder auf den Salontisch zurück.

»*Madonna*, was ist denn jetzt schon wieder los?«, brummte er verärgert. »Hier hat man aber auch nie seine Ruhe! Bestimmt sind die Jungs wieder dabei, eine Meuterei anzuzetteln!«

Er lachte, wie um ihr zu zeigen, dass er die Sache nicht weiter ernst nahm, aber Johanna ließ sich von seiner heiteren Miene nicht täuschen. Seit sie Malta verlassen hatten, wo sie frisches Wasser und Nahrungsmittel an Bord genommen hatten, meinte sie, eine gewisse Unruhe bei den Seeleuten festgestellt zu haben. Der Geschützmeister, der sonst ebenfalls mit ihnen gegessen hatte, bewegte sich nun nicht mehr von seinem Posten fort. Sobald irgendwo ein weißes Segel gesichtet wurde, gerieten alle in helle Aufregung, und die Nachtwachen waren verdoppelt worden. »Piraten«, hatte der Kapitän Johanna schließlich auf ihr hartnäckiges Nachfragen hin erklärt. »An der nordafrikanischen Küste reiht sich ein Piratennest ans andere. Zum Glück sind wir gut bewaffnet, aber man kann nie vorsichtig genug sein.«

Das hatte beruhigend klingen sollen, aber Johanna fühlte sich keineswegs in Sicherheit. Nicht nur ihre Angst vor dem Wasser machte ihr zu schaffen, sie musste ja auch ständig ein Auge auf ihre Truhen haben. Und nun zu allem Überfluss Piraten! Vorsichtshalber hatte sie sich von Gül sämtliche Schlüssel der Truhen auf ein Lederband fädeln lassen, das sie nun wie eine schwere Kette immer um den Hals trug.

Mit feierlicher Miene betrat der Oberkellner, ein Albino aus dem Senegal, den Raum, um die Teller abzuräumen. Johanna war wie immer sehr beeindruckt von seiner schneidigen Uniform und den weißen Handschuhen. Die unaufdringliche Eleganz, mit der er das Essen servierte und anschließend wieder abräumte, hätte sie sich von ihrem eigenen Gesinde auch gewünscht. Sosehr sie sich auch bemühte, es wollte ihr einfach nicht gelingen, sich Schosch in Uniform und mit weißen Handschuhen vorzustellen.

Bemüht, ihr aufsteigendes Lachen zu unterdrücken, folgte Johanna den Ausführungen des Kapitäns. Er war bei seinem Lieblingsthema angelangt, dem Weinbau in Italien im Allgemeinen und in der Region Ligurien im Besonderen.

»Wissen Sie, Giovanna, die Trauben in meiner Heimat sind mit denen in anderen Gegenden einfach nicht zu vergleichen. Ganz zu schweigen vom Terroir! Entscheidend ist natürlich auch …«

*Rums!* Ein heftiger Ruck, der durch den ganzen Schiffsrumpf ging, unterbrach den Vortrag des Genuesers. Als wäre sie nur ein leichtes Federgewicht, wurde Johanna aus ihrem Sessel nach vorne gegen die Kante des schweren Salontischs geworfen. Unwillkürlich stemmte sie die Arme gegen das Holz. Ihr Unterleib schmerzte von dem Aufprall.

Kaum hatte sie sich von dem Schrecken erholt, als ein erneutes Krachen ertönte, dicht gefolgt von einem noch viel heftigeren Ruck. Diesmal fingen sogar die Wände der Kajüte an zu beben. Die Gläser auf der Tafel fielen klirrend um, Teller polterten zu Boden. Die über dem Salontisch hängende Laterne schaukelte so wild hin und her, dass sie sich aus ihrer Verankerung löste und mitten auf der Wasserkaraffe landete. Nach einem kurzen Moment der Stille begann an Deck die Alarmglocke zu schrillen.

Der nächste Stoß, der nicht lange auf sich warten ließ, donnerte den Albino gegen die Kabinentür, wo er in sich zusammensackte. Das Tablett mit den leeren Schüsseln, das er in den Händen gehalten hatte, landete wenige Handbreit neben Johanna auf dem Boden. Sie selbst war mit dem Oberkörper in die Scherben auf dem Tisch geworfen worden. Auch den Ersten Offizier hatte es übel erwischt: Aus seinem Sessel heraus gegen die Wand geschleudert, hatte er sich eine klaffende Wunde auf der Stirn zugezogen, aus der Blut strömte. Er schien das Bewusstsein verloren zu haben.

»Entweder sind wir gegen einen Felsen gefahren, oder jemand hat uns gerammt.«

Kapitän Barbosa, den es ebenfalls umgeworfen hatte, zog sich an der Tischplatte hoch und hob die Wasserkaraffe vom Boden auf. Mit dem Rest ihres Inhalts löschte er den kokelnden Teppich, den ein aus dem Kamin gefallenes Holzscheit in Brand gesetzt hatte. Seelenruhig fasste er das brennende Stück Holz mit der Feuerzange und warf es zurück in die auflodernden Flammen.

In dem Moment wurde von außen an der Tür gerüttelt.

»Kapitän Barbosa? Machen Sie auf!«, brüllte eine Stimme.

Mühsam rollte der Schiffsführer den noch immer reglosen Albino zur Seite. Sofort flog die Tür auf, und ein wild gestikulierender Matrose stürmte in den Raum.

»Piraten!«, rief der Mann mit sich überschlagender Stimme. »Sie haben uns mit ihrem Rammsporn aufgespießt. Jetzt sind sie dabei, uns an Tauen zu entern. Wir sind manövrierunfähig! Und vermutlich haben wir ein Leck.«

»Bleiben Sie hier unten, Giovanna!«, befahl der Kapitän sofort. Seine joviale Heiterkeit war einem konzentrierten Ernst gewichen. »Sonst geraten Sie mitten ins Kampfgetümmel. Sollten wir tatsächlich ein Leck haben, hole ich Sie hoch. Dann heißt es, die Rettungsboote zu Wasser zu lassen. Wir sind nicht mehr weit von der sizilianischen Küste entfernt. Keine Angst, das wird schon!«, stieß er hastig hervor und folgte dem Matrosen, ohne einen Blick auf seine verletzten Leute zu werfen.

Wäre ihr nicht so elend zumute gewesen, hätte Johanna bestimmt gelacht, wenn jemand »Keine Angst!« zu ihr gesagt hätte, während sein leckgeschlagenes Schiff von Piraten überfallen wurde, sein Erster Offizier ohnmächtig am Boden lag und auch der livrierte Oberkellner keinen Mucks mehr von sich gab. Sie fühlte, wie ihr schwindelig wurde. Eine Gehirnerschütterung? Ihr kleiner Finger stand merkwürdig verdreht von der linken Hand ab.

Lauter Schlachtenlärm war nun von Deck zu vernehmen. Stampfende Schritte, die hin und her rannten. Klirrende Waffen. Ein vereinzelter Kanonenschuss, der offenbar von der *Sirena* abgefeuert wurde. Männerstimmen, die in unterschiedlichen

Sprachen Kommandos brüllten. Schmerzensschreie, das Stöhnen von Verwundeten.

Der Geruch von Schießpulver drang Johanna in die Nase, sodass sie niesen musste. Meine Truhen!, fiel ihr siedend heiß ein, als sie wieder einen klaren Gedanken fassen konnte. Die Schätze, die sie von der Schwester des Sultans mitbekommen hatte, waren alles, was sie hatte, um die *Coffeemühle* wieder aufzubauen. Zwar hatte sich Gül bisher wider Erwarten als äußerst zuverlässig erwiesen, ständig hatte sie nachgesehen, ob sich auch ja niemand an den Truhen zu schaffen gemacht hatte, ob alles noch da war; doch gegen Piraten konnte auch die blonde Ungarin nichts ausrichten. Und sie selbst vermutlich genauso wenig, aber sie durfte nichts unversucht lassen.

Ein Tropfen rollte ihr von der Stirn auf die Nase. Als Johanna ihn abwischte und ihr Blick auf ihre Finger fiel, waren diese rot vor Blut. Kein Wunder, war sie doch mit voller Wucht in einen Haufen Scherben geschleudert worden! Zum Glück schien die Wunde nicht allzu tief zu sein, vergewisserte sie sich tastend. Mit letzter Kraft stemmte sie sich aus ihrer halb liegenden Haltung empor. Warum nur waren ihre Füße so nass? Wahrscheinlich stand sie in einer Minestrone-Pfütze, dachte sie, als sie die umgekippte Suppenschüssel neben sich liegen sah. Aber die Nässe an ihren Füßen nahm weiter zu. Und das Rauschen und Plätschern, das die ganze Zeit schon an ihre Ohren gedrungen war, verstärkte sich.

Mit schreckgeweiteten Augen sah sie sich um. Plötzlich erkannte sie, woher die Nässe kam: Unter dem Türspalt sickerte in einem stetigen Strom Wasser hindurch.

Das Schiff sank! Sie würden alle ertrinken, mit Mann und Maus! Mitsamt ihrem Gold und ihren Schätzen! Hatte sie es nicht schon immer gewusst, dass Wasser gefährlich war, eine Naturgewalt, die viel mächtiger war als der Mensch? War ihre Angst vor dem Wasser nicht immer berechtigt gewesen, auch wenn andere darüber gelächelt hatten?

Johanna schüttelte sich. Vorsichtig fuhr sie mit den Fingerspitzen über ihre Kleidung, um die letzten Glassplitter abzuzupfen. Nein, sie durfte nicht zulassen, dass die Panik sie übermannte! Sie musste einen kühlen Kopf bewahren, um aus dieser Hölle herauszukommen und ihre Truhen zu retten. Vor allem musste sie aus dieser Kajüte raus, denn wenn sie noch lange zögerte, würde sie sich gar nicht mehr gegen die ihr entgegenfließenden Wassermassen stemmen können. Und ob Kapitän Barbosa sich wirklich an sein Versprechen erinnern würde, sie hier herauszuholen, darauf wollte sie lieber nicht vertrauen. Er hatte sicher ganz andere Sorgen, mit den Piraten an Deck.

Sie ignorierte die hämmernden Schmerzen in ihrem Kopf und wandte sich dem Ersten Offizier zu. Als sie sich über ihn beugte, sah sie sofort, dass er tot war. Der Aufprall war zu heftig gewesen, er schien sich das Genick gebrochen zu haben. Sie fühlte, wie ihr wieder schwindelig wurde, und kroch auf allen vieren zur Tür. Der Albino in seiner blutverschmierten Livree sah aus, als wäre er noch am Leben. Sie fühlte seinen Puls. Er war schwach, aber eindeutig vorhanden. Wieder stieg Angst in ihr auf. Sie würde kaum sich selbst retten können, geschweige denn ihre Truhen – aber konnte sie den Mann denn hier so einfach liegen lassen?

Ein Widerstreit entfesselte sich in ihrem Inneren. Die eine Stimme raunte ihr zu, dass das Wasser ständig höher stieg und sie zusehen musste, so schnell wie möglich an Deck zu gelangen, um nicht selbst in den Fluten umzukommen. Während die andere Stimme ihr eindringlich befahl, den Verletzten aus der Kajüte herauszubefördern, wie auch immer. Plötzlich musste Johanna an Adam denken – Adam, der immer gewusst hatte, wie man sich in den brenzligsten Situationen verhielt. Nicht ein Mal hatte Adam die Nerven verloren, stets hatte er sich so verhalten, wie es für alle am besten war. Natürlich, Adam hätte den Verletzten gerettet, und zwar sofort, ohne auch nur eine Sekunde nachzudenken! Und dann erst sich selbst und sein Hab und Gut … Auch sie würde es sich nie mehr verzeihen können, einen Menschen, dessen Schicksal von ihr abhing, dem sicheren Tod überlassen zu haben, das erkannte sie plötzlich genau. Also blieb ihr nur eins.

Sich am Türrahmen hochhangelnd, stemmte sie sich wieder auf die Beine. Die Schlüsselkette um ihren Hals schien ihr so schwer wie ein Rinderjoch und zog sie immer wieder nach unten. Mühsam drehte sie den Ohnmächtigen auf den Rücken, damit seine Nase nicht im Wasser lag, und schleifte ihn unter den Armen gepackt aus der Kajüte heraus. Übelkeit überfiel sie, und sie musste sich würgend erbrechen. Alles um sie herum schien sich zu drehen, Sternchen tanzten vor ihren Augen, sie hatte vollkommen die Orientierung verloren. Wo war die Treppe nach oben, rechts oder links den Gang entlang? Der Gefechtslärm vom Deck schien leiser geworden zu sein. Oder kam es ihr nur so vor? Sehen konnte sie auch kaum mehr etwas, aber das lag daran, dass die meisten Laternen ausgegangen oder ins Wasser gefallen waren. Nur das Feuer in der Kapitänskabine und eine in weiter Entfernung an der Wand befestigte Laterne leuchteten ihr noch den Weg. Auf der einen Seite des Ganges stand das Wasser höher als auf der anderen: Sie schienen Schlagseite zu haben. Wie viel Zeit blieb ihr wohl noch, bis das Schiff kentern würde?

Erneut richtete sie sich auf. Aber sofort sackten ihr die Beine wieder weg. Schließlich schob sie den Mann, so gut es ging, auf allen vieren vor sich her in die Richtung, in der sie die Treppe nach oben vermutete. Zumindest schien das Wasser von dort zu kommen.

Just in dem Moment, als sie endlich die Treppe erreicht hatte, öffnete sie den Mund, um nach Hilfe zu schreien. Eine Welle Salzwasser schwappte wie ein Sturzbach die Stufen hinunter, sodass sie den Mund panisch wieder schloss. Wie sollte sie den schweren Körper des Ohnmächtigen bloß die Treppe hinaufbekommen?, dachte sie verzweifelt. Schon ihren eigenen Körper aufrecht zu halten, schien ihr unmöglich. Warum kam denn niemand, um ihr zu helfen? Hatte der Kapitän sie tatsächlich vergessen? Würde ihr Leben hier enden?

Sie fühlte, dass sie nicht mehr genug Kraft haben würde, um sich gegen das hereinbrechende Wasser zu stemmen und die Treppe hinaufzuklettern. Gleich würde auch sie das Bewusstsein verlieren. So war das also, wenn man sein letztes Stündlein schlagen spürte! Wie gern hätte sie Gabriel noch einmal wiedergesehen, die Mädchen, Elisabeth … Nicht mehr lange, und auch ihre Seele würde in die Ewigkeit hinübergleiten, wie die des Mannes vor ihr, des Ersten Offiziers und all der anderen, ein paar Atemzüge noch, und dann war alles vorbei, ein schönes Leben, aber viel zu kurz, was hätte sie dafür gegeben, noch einmal mit Gabriel …

»*Ya Gabriel, anqriss as-sayda!*«

Sofort regten sich ihre Geister wieder. Was hatte der Mann da gesagt: »Gabriel, rette die Frau«?

Dank der täglichen Arabischstunden der Prinzessinnen, denen sie so oft beigewohnt hatte, war sie in der Lage gewesen, die Worte des Unbekannten zu verstehen. Aber wie kam Gabriel hierher? Wie hatte er von ihrem Unglück erfahren, wie sie gefunden?

Das Letzte, was sie mitbekam, war, dass sich zwei kräftige Männerhände um ihre Taille legten, sie mühelos hochhoben und die Treppe hinauftrugen. Dann wurde alles schwarz um sie herum.

## 22. KAPITEL

»Ich glaube, ich habe gerade ein Blinzeln gesehen! Ja, ihre Augenlider bewegen sich … Sie lebt! Sie wacht wieder auf! … Oh, mein Gott, du hast mich erhört … *Alhamdullilah! Alhamdullilah!*«

Wie durch einen dichten Nebel hörte Johanna die zwitschernde Stimme an ihrem Ohr. Obwohl sie gerade erst wieder zu Sinnen gekommen war, wusste sie genau, wem diese Stimme gehörte: Gül, ihrer ungarischen Sklavin. Und doch war es seltsam, Gül so zwitschern zu hören. Was war geschehen? Und wo war Gabriel? Er war es doch gewesen, der sie aus dem untergehenden Schiff gerettet hatte!

Als Johanna die Augen aufschlug, sah sie als Erstes die verschleierte Sklavin. Dann bemerkte sie drei Männer, die ebenfalls neben ihrem Kopfende standen und die sie noch nie zuvor gesehen hatte. Auf ihrer Stirn lag ein angenehm kühler Lappen, und ihr linker kleiner Finger steckte in einem Verband. Sie war auf einen weichen Diwan gebettet. Die Sonne schien – dabei war es doch gerade noch Abend gewesen, und sie hatte mit dem Kapitän und dem Ersten Offizier der *Sirena* ein Glas Wein getrunken … Noch immer hatte sie den fruchtigen Geschmack des rubinroten Rossese auf der Zunge.

»Wir möchten uns bei Ihnen entschuldigen, *Sayda* Yuhanissa.«

Der junge Mann mit dem fliehenden Kinn, der sie in fließendem Italienisch angesprochen hatte, trug einen roten Rock. Um seinen Hals hing ein riesiges Kreuz.

»Das ist Kapitän Saleh.«

Er zeigte auf einen Mann, der wie ein Tuareg gekleidet war und von dessen Gesicht man genauso wenig zu sehen bekam wie von Güls. Nur die großen dunklen Augen, ein wenig schwarze Haut und der Ansatz einer schmalen Nase waren nicht von dem weißen Tuch um seinen Kopf verhüllt.

»Er lässt Ihnen ausrichten, dass wir Sie deutlich sanfter gerammt hätten, wenn wir geahnt hätten, dass eine Gesandte des Padischah – Gott segne unseren Herrscher! – an Bord ist. Wir entschuldigen uns ausdrücklich für all die Unannehmlichkeiten, die Sie zu erleiden hatten.«

Er überschlug sich fast vor Höflichkeit.

»Mein Name ist Jean de Toulon«, fuhr er in seinem tadellosen Italienisch fort, »ich stamme aus Malta und habe bis vor Kurzem dem Orden des heiligen Johannes von Jerusalem angehört. Kapitän Saleh kennen Sie schon. Und das ist unser Geschützmeister Gabriel Mendoza.«

Enttäuscht blickte Johanna auf den Mann mit den kurzen grauen Haaren, der neben dem Kapitän stand und mit seiner schwarzen Augenklappe tatsächlich aussah wie ein Pirat aus einem Geschichtenbuch. Fehlte nur noch der Papagei auf der Schulter und das Holzbein, dachte sie. Das war also der Gabriel, dem sie ihr Leben verdankte! Natürlich, wie dumm von ihr! Bestimmt gab es jede Menge Gabriels auf dieser Welt.

Der Geschützmeister hatte ihr die Enttäuschung offenbar angemerkt, denn er fragte höflich:

»Sie scheinen einen anderen Gabriel erwartet zu haben?«

»Ich war schon ein wenig weggetreten und konnte nichts mehr sehen, und dann hörte ich diesen Namen, der mir einmal sehr viel bedeutet hat …«, stammelte Johanna.

»Sie waren ganze zwei Tage lang bewusstlos«, säuselte der ehemalige Malteser Ordensritter mit den tadellosen Manieren. »Wir haben uns große Sorgen gemacht, weil Sie so lange nicht aus Ihrer Ohnmacht erwacht sind. Kapitän Saleh ist gleichzeitig unser Schiffsarzt – er hat die ganze Zeit nicht bezweifelt, dass Sie es schaffen würden.«

Sie meinte ein Lächeln in den Augen des Tuareg zu sehen. Sein strahlend blauer Kaftan wirkte frisch gewaschen, und sein sorgsam aus weißen Tüchern gewickelter Turban schien in der Sonne gebleicht zu sein. Nichts ließ darauf schließen, dass einer dieser Männer vor Kurzem an einer Schlacht teilgenommen hatte.

»Signorina Gül« – der Kreuzritter zwinkerte der blonden Ungarin zu – »hat uns die Hölle heißgemacht. Wir haben einen ganz schönen Schreck bekommen, als wir feststellten, dass Abgesandte der Hohen Pforte an Bord sind.« Er stieß ein etwas gekünsteltes Lachen aus. »Wir dachten, wir kapern einen genuesischen Goldtransport …. Nie würden wir gegen unseren guten Herrn, den Padischah, vorgehen!«

»*Wa allah* – bei Gott!«, stieß der Tuareg-Kapitän beschwörend hervor.

»Was ist mit Kapitän Barbosa passiert?«

Johanna stützte sich auf ihren Ellbogen, um besser sehen zu können. Sie fühlte sich noch ein wenig schwach, aber wenn man bedachte, was sie mitgemacht hatte, konnte sie froh sein, noch am Leben zu sein.

Bedauernd zuckte der Kreuzritter die Achseln.

»Leider ist er verstorben. Nur wenige von der *Sirena* haben überlebt. Wir hätten es uns anders gewünscht. Für den Kapitän hätten wir ein gutes Lösegeld bekommen. Auch für den Ersten Offizier, der aus einer wirklich angesehenen Familie stammte.«

»Sobald es Ihnen gut genug geht, werden wir am Kap von Posillipo an Land gehen«, sagte Gül.

Erst jetzt bemerkte Johanna, dass die Ungarin ihren einen Arm in einer Schlinge trug.

»Ich bin gestürzt, als uns die Herren gerammt haben«, beeilte sich Gül zu erklären.

Sie warf dem Kapitän und dem Malteser einen bewundernden Blick zu. Zum ersten Mal, seit sie Gül kannte, wurde diese ihrem Namen tatsächlich gerecht, dachte Johanna. Wie eine Rose war die Sklavin auf dem Piratenschiff erblüht. Sie schien sich hier pudelwohl zu fühlen; nichts erinnerte mehr an die schlecht gelaunte Frau mit dem traurigen Gesichtsausdruck, die die Schwester des Sultans ihr als Begleitung aufgenötigt hatte.

»Wo ist dieses Kap?«

»Wir durchkreuzen gerade die *bocca piccola*, zwischen der Insel Capri und der Küste von Sorrent. Posillipo liegt von hier aus gesehen kurz hinter Neapel – wo wir verständlicherweise nicht anlegen können. Über den Golf von Neapel hinaus in Richtung Norden können wir auch nicht, da ist alles voll von italienischen Schiffen. Leider mussten wir unsere beiden Schwesterschiffe mit der Ladung der *Sirena* zurück nach Algier schicken. Aber von Neapel aus nehmen Sie einfach ein Schiff nach Genua oder reisen auf dem Landweg über Rom. Eine sehr schöne Stadt!«, erklärte Jean de Toulon charmant.

»Aha, sehr interessant«, murmelte Johanna. »Mir geht es übrigens wieder ganz gut. Ich denke, ich kann ohne Weiteres aufstehen.«

Johanna setzte sich auf. Sie wollte so schnell wie möglich weg von dem Piratenschiff – auch wenn die Piraten höflich waren und Gül ihre Augen gar nicht von ihnen abwenden konnte. Geheuer war ihr die ganze Sache nicht.

Sie streckte die Hand nach Gül aus, lächelte die Männer entschuldigend an und flüsterte der Ungarin ins Ohr:

»Was ist mit den Truhen?«

»Alles in Ordnung«, nickte Gül beruhigend. »Sie sind noch da. Wir haben sie alle auf dieses Schiff verladen. Die Herren möchten keinen Ärger mit dem Sultan bekommen. Und die Truhen sind ja im Grunde sein Eigentum.«

Der Kapitän sagte etwas auf Arabisch, das Johanna nicht verstand, weil sein Dialekt ihr unbekannt war. Dann verschwand er durch die Tür.

»Wir nehmen Kurs auf das Kap«, erklärte Gabriel Mendoza. Er nickte Johanna zu: »Wir lassen Sie dann einen Moment allein. Die Küche wird Ihnen noch eine Erfrischung und etwas zu Ihrer Stärkung bringen.«

Kurz darauf schleppten zwei Berberjungen mit kleinen Häkelkappen auf den Köpfen zwei voll beladene Tabletts herein. Gül half Johanna beim Aufstehen, sodass sie sich auf den Teppich vor dem niedrigen Tischchen sinken lassen konnte, auf dem das Essen abgestellt wurde. Der eine Junge schaufelte Johanna eine Art Grieß auf den Teller und deutete dann auf die große Tajine, in der sich ein Eintopf aus gekochtem Gemüse und Fleisch befand. Dazu gab es mehrere scharfe Soßen, Rosinen und eine Sorte Erbsen, die Johanna nicht kannte. Sie löffelte alles auf den Grieß, der Kuskus hieß, wie ihr der Junge sagte. Wie hungrig sie war! Seit dem so dramatisch zu Ende gegangenen Abendessen auf der *Sirena* hatte sie nichts mehr zu sich genommen. Ob sie wohl schon wieder in ihre alten Kleider von vor der Zeit in Venedig passte?

Nach dem Essen brachten die Jungen Johanna einen Tee, der aus einem Aufguss aus Pfefferminze und schwarzen Blättern bestand. Oben in den kleinen Gläsern schwammen Pinienkerne. Sie wusste nicht, wie sie den Tee zu sich nehmen sollte, also kaute sie einfach auf den Pinienkernen herum, während sie vorsichtig die heiße Flüssigkeit schlürfte.

Ein heftiger Ruck schreckte sie hoch. Entsetzt stellte sie ihr Teeglas auf dem Tischchen ab.

»Das war nur der Anker«, radebrechte einer der Jungen auf Italienisch und goss ihr noch einmal nach.

Wenig später kam der geschmeidige Malteser zur Tür herein.

»Wir verladen jetzt Ihr Gepäck. Und danach lassen wir Sie an Land bringen, wenn Sie möchten. Wirklich bedauerlich, dass unser Zusammensein nur so kurz war!«

Er schenkte Gül, die zum Essen ihren Schleier ein wenig gelüftet hatte, ein strahlendes Lächeln.

Als Johanna an Deck kam, musste sie die Augen schließen, so sehr blendete sie die Sonne, die sich ihren Weg durch die dichten Schäfchenwolken brach. Trotz des bedeckten Himmels bot sich ihr ein spektakulärer Anblick. In der Ferne erhob sich ein großer Berg mit einer abgebrochenen Doppelspitze, aus der eine Fahne Rauch stieg. Eine felsige Landzunge, die das eine Ende des sanft geschwungenen Meerbusens bildete, führte in die blaue See hinein. Davor lag eine ebenso felsige Insel, deren Hänge im unteren Teil bewaldet schienen. Das musste Capri sein, erinnerte sich Johanna an die Erläuterungen des kundigen Maltesers.

Wenig später umfingen sie starke Piratenarme in einem blütenweißen Kaftan von unten und platzierten sie auf einer der Truhen in dem tief im Wasser liegenden Beiboot, das Kurs auf die Küste nahm. Johanna drehte sich noch einmal um. Die schwarze Flagge mit dem aufgemalten Totenkopf am Hauptmast flatterte im Wind. Was für ein Abenteuer! Sie schüttelte den Kopf. Wenn sie es nicht selbst erlebt hätte, sie würde es nicht glauben wollen.

Ein letztes Mal winkte sie dem Kapitän zu und setzte sich dann so, dass sie die wunderschöne Aussicht auf den Golf von Neapel genießen konnte. Sie hatte keine Ahnung, was genau sie erwartete und wie sie ihre Reise nach Frankfurt fortsetzen könnte, aber sie würden sich schon durchschlagen, sie und die gute Gül. Nach all dem, was sie schon zusammen durchgemacht hatten. Genug Geld hatten sie schließlich auch. Wenn man sie und ihr Eigentum nur heil an Land bringen würde … Nie mehr in ihrem Leben würde sie ein Boot besteigen!, das schwor sie sich.

## 23. KAPITEL

Wie anders war Neapel doch als Venedig, staunte Johanna, als die ersten ockerfarbenen Häuser der süditalienischen Hafenstadt in Sicht kamen. Gemeinsam mit Gül versank sie in dem bequemen, wenn auch etwas abgeschabten Polster der großen, offenen Kutsche, die sie von Posillipo in die Stadt hineinbrachte. Sie hatte die Beine auf einer ihrer kostbaren Truhen ausgestreckt. Kleine Sonnenschirme waren auf jeder Seite des Gefährts befestigt, sodass sie bequem im Schatten saß. Das war aber auch nötig, spannte doch ihre Gesichtshaut noch von der sengenden Sonne während der Überfahrt. Überdies waren ihre Hände und Unterarme komplett mit Sommersprossen übersät.

Auf dem Kutschbock vor ihnen hockte der freundliche Andalusier mit den beiden Goldzähnen und den unzähligen Tätowierungen auf den nackten Armen, der sie in dem kleinen Fischerdorf südwestlich von Neapel in Empfang genommen hatte, wo die Piraten mit ihrem Beiboot an Land gegangen waren. Xavier

Zaragoza, ein Freund von Gabriel Mendoza, war selbst viele Jahre zur See gefahren. Aber nun führte er ein Lokal in Santa Lucia, dem Hafenviertel von Neapel, und wirkte auf Johanna wie ein waschechter Bürger dieser Stadt. *»Le donne«*, hatte er nur grinsend auf ihre Frage erklärt, warum er denn die See mit dem Land vertauscht habe, »die Frauen«.

Die Bewohner von Posillipo waren alles andere als begeistert gewesen, als man sie angeheuert hatte, um Johannas Truhen auszuladen, und vermutlich hätten sie sich kräftig selbst bedient, wenn nicht der Malteser auf seine höfliche Art mit Drohungen nur so um sich geworfen hätte. Ohne die Miene zu verziehen oder die Stimme zu erheben, kündigte Jean de Toulon Mord und Totschlag an, sollte Johanna auch nur ein Härchen gekrümmt werden oder jemand auch bloß den Gedanken hegen, sich etwas aus ihren Truhen anzueignen. Er hatte es sich nicht nehmen lassen, sie persönlich an Land zu begleiten.

Johanna war erleichtert gewesen, als die Piraten endlich wieder in ihr Beiboot gestiegen und zu ihrem Schiff gerudert waren, das drohend und unheilvoll vor der Küste ankerte. Nie würde sie vergessen, mit welch angstvollen Blicken die unschuldigen Bürger von Posillipo sie angeschaut hatten. »Ich habe nichts mit denen zu tun«, hätte sie ihnen am liebsten zugerufen, aber dann hätten sie sich möglicherweise über ihre Schätze hergemacht. Und das durfte auf keinen Fall sein, da galt sie lieber als Komplizin von gemeinen Verbrechern.

Wie froh sie war, wieder festen Boden unter den Füßen zu haben! Noch immer fühlte sie sich nicht ganz genesen. Jedes Schlagloch, durch das die Kalesche holperte, dröhnte in ihrem Kopf nach. Zumindest war sie die Piraten los. Allerdings konnte es gut sein, dass sie vom Regen in die Traufe geraten war, dachte sie, als ihre Augen erneut die Poritze des Kutschers streiften, dessen Hose so tief saß, dass der größte Teil seines Hinterns freigelegt war. Gül, prüde wie sie nun einmal war, hatte sich ihren Schleier vor das Gesicht gezogen, um diesen Anblick nicht länger ertragen zu müssen.

Johanna sah zu dem Kastell, das auf einer Insel im Meer vor der Küste auftauchte. Rasch drehte sie den Kopf wieder zur anderen Seite, weil die Dünung, die gegen die Festungsmauern donnernden Wellen und das Geschrei der Möwen erneut ein Gefühl des Schwindels in ihr hervorriefen. Statt auf das Meer richtete sie ihren Blick lieber auf den am Horizont aufragenden Berg mit der rauchenden Doppelspitze.

Endlich war Schluss mit dem Geholper! Die Kutsche, der ein neuer Anstrich gewiss gutgetan hätte, wie sie beiläufig registrierte, und der nach Fisch riechende Ochsenkarren mit ihrem Gepäck hielten vor einem heruntergekommenen Haus mitten im Hafenviertel an. Überall waren die Fensterläden geschlossen, und auch sonst machte die Gegend keinen sehr vertrauenswürdigen Eindruck. Magere, mit Narben übersäte Katzen sonnten sich auf den Treppenstufen der Hauseingänge. Fast allen fehlte irgendein Körperteil, eine Pfote, ein Ohr, ein Auge. Abgesehen von den Katzen war die Straße wie ausgestorben.

*»Bella Napoli«* war in türkiser Schreibschrift auf eine verwitterte Hauswand gepinselt. Sie hatten ihr Ziel erreicht. Johanna erhob sich mühsam aus dem Sitzpolster der Kutsche. Es kam ihr vor, als würde sie jeden einzelnen ihrer Knochen spüren. Jetzt wollte sie sich nur noch auf einem Bett ausstrecken und ihre Ruhe haben. In der Gewissheit allerdings, dass auch ihre Truhen in Sicherheit waren – das war im Moment noch ihre größte Sorge. Sie machte sich daran, die kleine Truhe mit den eingeschnitzten Koranversen im Deckel auszuladen, aber Xavier schob sie schnell zur Seite, nachdem er die Zügel einem wie aus dem Nichts aufgetauchten Mann mit grimmigem Gesicht und übertrieben langen Koteletten in die Hand gedrückt hatte.

»Nein, nein, Signora, das machen wir schon!«

Sein dichter schwarzer Schnurrbart bebte vor Lachen. Er steckte zwei Finger in den Mund und stieß einen gellenden Pfiff aus, woraufhin von allen Seiten braun gebrannte Männer und Jungen herbeiströmten, die Netze, die sie geflickt hatten, noch in der Hand. Der Jüngste schleppte in jeder Hand einen Eimer, in dem sich ein wildes Durcheinander aus Fischen, Krebsen und Muscheln befand. Er wollte gleich mit Xavier über seinen Fang verhandeln, wurde aber von diesem in die Küche geschickt.

Durch die offene Haustür schlurfte nun ein Mann heran, offenbar eine Art Hausknecht, der sich vor Johanna und Gül verbeugte und mit anzupacken begann. Er schien von einem Nervenleiden geplagt. Immer wieder wurde sein Körper von wilden Zuckungen durchschüttelt.

»Lassen Sie uns reingehen! Dort ist es kühl.«

Der Andalusier legte Gül und Johanna jeweils eine seiner kräftigen Pranken auf den Rücken und schob sie zur Tür. Gül sprang entsetzt zur Seite; sie ließ sich nicht von einem Mann berühren, das war Sünde in ihren Augen. Und Johanna hasste es grundsätzlich, wenn Männer sie zu bevormunden versuchten. Stur lehnte sie sich gegen die Hand, die sie vorwärtsdrängen wollte, und blieb stehen.

»Ich würde gerne dabei zusehen, wie mein Gepäck ausgeladen wird. Und ich möchte auch wissen, wohin es gebracht wird.«

Ihr Ton war barscher gewesen als beabsichtigt. Es war fast schon eine Marotte von ihr geworden, dass sie ständig ihre Truhen durchzählte. Die Kette mit den Schlüsseln um ihren Hals hatte bereits tiefe Spuren auf ihrer Haut hinterlassen, doch das war ihr gleichgültig.

Xavier schüttelte verständnislos den Kopf. So viel weiblichen Widerstand schien er nicht gewöhnt zu sein.

»Nun, dann kommt eben nach. Die Truhen werden erst mal in den Keller gebracht, sonst ist ja nirgends Platz.«

Johanna wäre es zwar lieber gewesen, wenn die Truhen nicht aus ihrem Blickfeld verschwunden wären, aber sie beschloss, zunächst den Mund zu halten.

In dem dunklen Hauseingang drängelte sich nun eine sehnige junge Frau mit einem bunten Kopftuch an der ersten Truhe vorbei. Als hätten sie sich seit Monaten nicht gesehen, warf sie sich dem ehemaligen Piraten in die Arme. Dann erst begrüßte die neapolitanische Schönheit die Neuankömmlinge.

*»Benvenute! Io mi chiamo Sofia.«*

Sie schnippte ein paar Fischschuppen von ihrer geblümten Schürze und umarmte die beiden Frauen, als wären sie die besten Freundinnen. Ein Geruch von Knoblauch und Schweiß ging von ihr aus.

Nur wenig Licht drang durch die geschlossenen Fensterläden, als sie das Lokal betraten. Johanna konnte die Gesichter der Gäste, die sich prompt zu ihnen umdrehten, kaum erkennen. Bloß dass es ausnahmslos Männer waren, das sah sie. Alle machten den Eindruck, als würden sie auf etwas warten. Keiner verplemperte seine Zeit mit Spielen, einige hatten nicht einmal ein Glas vor sich stehen. Kaum ein Wort wurde gewechselt. Ein idealer Ort, um einen Mord in Auftrag zu geben, schoss es Johanna durch den Kopf. Zuhälter, Hehler, kleine Ganoven, der ein oder andere Matrose, schätzte sie. Aber möglicherweise auch rechtschaffene Familienväter, die der Mittagshitze entflohen waren und sich an der Kühle des Raumes erfreuten, bis es wieder Zeit wurde, an die Arbeit zu gehen.

Sofia servierte ihr und Gül erst einmal ein ordentliches Mittagessen. Selten hatte Johanna so gut gegessen, dabei war es nur ein ganz einfaches Mahl, eine Art Teigfladen, belegt mit einer frischen Tomatensauce und kleinen Meerestieren.

*»Si chiama ›pizza‹«*, verkündete Xavier stolz.

Er tätschelte seiner Sofia, die offenbar eine begnadete Köchin war, den Hintern.

Sogar Gül war für einen Moment aus ihrer üblichen Lethargie erwacht und hatte auf Johannas Begeisterungsrufe zustimmend mit dem Kopf genickt, während sie die Pizzastücke unter ihrem angehobenen Schleier umständlich zum Mund führte. Zum Nachtisch hatte es eine *macedonia con gelato*, einen Obstsalat mit Eis, und einen *ristretto* gegeben, wobei Letzterer allerdings wenig Eindruck bei Johanna hinterlassen hatte. In Sachen Kaffee war sie Besseres gewöhnt.

Misstrauisch drehte sie sich zum wiederholten Male in Richtung Keller um. Sie konnte nicht anders, sie musste dessen Eingang kontrollieren. Sie hatte das Gefühl, sämtliche Augenpaare der herumlungernden, schweigenden Männer wären ebenfalls auf die Luke im Boden gerichtet.

Als Xavier sie und Gül nach dem Essen aus der dunklen Gaststube hinaus in den Hof führte, war Johanna wie versöhnt mit ihrem Schicksal. Ein riesiger Brunnen dominierte das von hohen Mauern gerahmte Viereck, um das zahlreiche Blumenkübel mit kleinen Stechpalmen gruppiert waren. Eine rosafarbene Bougainvillea rankte sich an der einen Hauswand der Sonne entgegen.

»Das hätten Sie nicht erwartet, was?«, fragte der ehemalige Seeräuber grinsend, der ihre ehrliche Bewunderung bemerkt hatte. »Den meisten Gästen geht das so wie Ihnen. Alle denken sie: ›Was für ein heruntergekommener Schuppen, hier soll ich übernachten?‹, wenn sie draußen vor dem Haus stehen. Aber wenn sie dann erst einmal drinnen sind, kommen sie aus dem Staunen nicht mehr heraus. Doch das Beste kommt erst noch, warten Sie nur, bis Sie den richtigen Innenhof, unseren *giardino*, gesehen haben!«

Eilfertig watschelte er vor ihr her um die Ecke des Gebäudes. Immer wieder zog er sich die rutschenden Hosen hoch.

*»Venga, venga!«*

Johanna stockte der Atem. Lauter kleine Tischchen, deren Platten aus bunten Mosaiksteinen bestanden, waren zwischen den Palmen, Agaven und sonstigen bunt blühenden Pflanzen verteilt, die sie nicht zuordnen konnte, weil sie sie noch nie gesehen hatte. Ein Bächlein schlängelte sich weiter hinten durch ein paar Felsbrocken, die wie vom Himmel gefallen schienen. Zahlreiche Orangen- und Zitronenbäume streckten ihre voll beladenen Zweige über das Idyll, als wollten sie dazu einladen, endlich leer gepflückt zu werden.

*»Fantastico«*, flüsterte sie ehrfürchtig.

Ihr Gastgeber stand mit stolzgeschwellter Brust neben ihr.

»*Vero, Signora*, ich habe nicht zu viel versprochen, oder?«

»Nein, das haben Sie nicht. Ich habe noch nie einen so schönen Garten gesehen«, erwiderte Johanna. »Wissen Sie, ich kenne mich ein wenig aus. Auch ich habe daheim in Frankfurt ein Lokal, ein Kaffeehaus, das sogar einen kleinen Dachgarten hat. Aber mit Ihrem Paradies hier ist er in keinster Weise zu vergleichen.«

»Ich mache das alles selbst. Ich bin ein leidenschaftlicher Gärtner«, sagte Xavier stolz.

Er fischte ein paar Blätter aus dem kleinen Springbrunnen.

»Wo ist denn nur Gül geblieben?«, wurde sich Johanna auf einmal der Abwesenheit ihrer Sklavin bewusst.

»Die *signorina turca* ist in den Salon gegangen. Sie hat ein paar Leute getroffen.«

Der Hausherr hatte mit der größten Selbstverständlichkeit gesprochen, als wäre es völlig normal, dass eine ungarische Sklavin, die seit ihrem fünften Lebensjahr im Harem des türkischen Sultans gelebt hatte, plötzlich in einer neapolitanischen Hafenkneipe auf alte Bekannte traf. Was konnte das bedeuten?

Tatsächlich fand Johanna Gül im Salon an einem kleinen Tischchen wieder, zusammen mit einem älteren Herrn und einem schwarzhaarigen jungen Mädchen, das von erschreckender Blässe war und immer wieder in einen keuchenden Husten ausbrach. Alle drei hatten Espressotassen und einen Teller mit Gebäck vor sich stehen und unterhielten sich angeregt in einer fremden Sprache, die nur Ungarisch sein konnte. Gül hatte ihren Schleier nach hinten geschoben, sodass ihr Gesicht und ihr blonder Haaransatz zu sehen waren.

Johanna ließ ihre Blicke prüfend durch den Raum gleiten. Auch hier stellten, neben einem riesigen Kronleuchter und den roten und violetten Seidenkissen auf den blau bezogenen Sesselchen, bunte Wandgemälde den einzigen, aber dafür umso wirkungsvolleren Schmuck dar. Xavier hatte Geschmack, das musste man ihm lassen, registrierte sie anerkennend. Sie wollte gar nicht wissen, woher er das Geld für seine Einrichtung hatte. Dann widmete sie sich der seltsamen Gruppe an dem kleinen Tischchen.

Der ältere Herr stand auf und deutete eine Verbeugung an, als er sie auf sich zutreten sah.

»Küss die Hand, gnädige Frau«, sagte er in breitestem Wienerisch, »Gül hat uns schon viel von Ihnen erzählt.«

Er beugte sich galant über Johannas Hand und lud sie ein, Platz zu nehmen.

*»Un altro caffè, per favore«*, rief er dann dem flugs herbeieilenden Hausknecht zu.

Güls fahle Wangen leuchteten in einem sanften Rosé, und ihre blassen Augen glänzten fröhlich, als sie wie ein Wasserfall auf das junge Mädchen neben ihr einredete, das sofort anfing zu kichern, als wäre Gül die brillanteste Unterhalterin auf Erden.

»Ich kann mir Ihre Überraschung vorstellen«, fing der ungarische Herr an, nachdem der Kellner einen Espresso vor Johanna abgestellt hatte.

Zu bitter, dachte sie nur und rührte drei Teelöffel Honig in das schwarze Gebräu, um weiter den Ausführungen des Fremden zu lauschen.

Graf Attila Kodály und seine Tochter Josepha stammten ursprünglich aus Pest, lebten aber schon seit Jahren in Wien, weil die medizinische Versorgung dort besser war. Seine Tochter könne sich seit frühester Kindheit nur auf Krücken fortbewegen, erklärte Graf Kodály Johanna leise, während Gül und Josepha noch immer keine Notiz von ihr nahmen. Er habe mit ihr eine kleine Italienreise über Venedig, Bari, Sizilien und Sorrent unternommen, die sie von ihrem Unglück ein wenig ablenken sollte. Seit einer Woche seien sie nun in Neapel, um in zwei Tagen nach Rom aufzubrechen und von dort aus nach Wien zurückzukehren.

»Wissen Sie, meine Tochter hat keine Freunde«, sagte er bekümmert. »Sie war immer nur allein. Ihre Mutter ist bei ihrer Geburt gestorben, und dann kam die Lähmung hinzu. Ihr einziger Vertrauter war immer nur ich. Und dieser Hauslehrer, in den sie sich verguckt hat«, fügte er mit düsterer Miene hinzu. »Das konnte natürlich nicht gut gehen. Ich habe ihn sofort entlassen, als ich dahinterkam. Seitdem hat sie auch mit mir nicht mehr gesprochen … Das ist das erste Mal seit Monaten, dass ich sie wieder lachen höre.«

Er lächelte wehmütig, als er seine Tochter und Gül die Köpfe zusammenstecken und kurz darauf in helles Gelächter ausbrechen sah.

Was Gül dem Mädchen wohl alles erzählte?, fragte sich Johanna unwillkürlich. Auch sie hatte ihre Sklavin noch nie so heiter erlebt. Sicher, ihr war aufgefallen, dass sie sich in Anwesenheit der Piraten ganz anders verhalten hatte als sonst, auch da war sie ihr regelrecht aufgeblüht erschienen. Aber das hier war noch einmal etwas ganz anderes. Gül fühlte sich offenbar endlich unter ihresgleichen – das war es wohl, was zu ihrer Veränderung geführt hatte. Vielleicht stammte sie ja tatsächlich aus einer vornehmen ungarischen Familie und war nur durch einen furchtbaren Zufall, eine Intrige, eine Entführung oder Ähnliches im Harem des Sultans gelandet. Johanna fiel auf, wie wenig sie von ihrer Begleiterin wusste, mit der sie jetzt schon so lange unterwegs war. Immer, wenn sie versucht hatte, Gül nach ihrer Vergangenheit zu befragen, hatte diese sich geweigert, darüber zu reden, und behauptet, sie könne sich an nichts erinnern.

»Ja, erstaunlich, wie gut die beiden sich verstehen!«, sagte sie nachdenklich.

Leicht angewidert nahm sie den letzten, trotz des vielen Honigs noch immer bitteren Schluck aus ihrer Kaffeetasse.

Aus irgendeinem Grund beschlich sie eine ungute Vorahnung, als der Ungar plötzlich in einer vertraulichen Geste die Hand auf ihren Arm legte. Und dann kam es auch schon:

»Wir würden Fräulein Gül gerne mitnehmen.«

Aus seinen unergründlichen Augen schaute der ungarische Graf sie bittend an.

Warum nur erschien ihr sein Verhalten so unaufrichtig?, fragte sich Johanna beunruhigt. War es das etwas zu treuherzige Lächeln, mit dem er sie unter seinem dünnen Bärtchen bedachte? Oder der dicke Siegelring an seinem Mittelfinger? Sie warf einen flüchtigen Blick auf Gül. Die tat so, als bekäme sie von alldem nichts mit.

»Wie kommen Sie denn auf diese Idee?«, fragte Johanna.

»Nun, wie es scheint, ist Fräulein Gül als Kind entführt worden. Wir empfinden es als unsere Pflicht, sie zu ihrer Familie nach Ungarn zurückzubringen.«

Wieder lächelte er sie breit an.

Aus den Augenwinkeln sah sie, wie Gül den Blick gehoben hatte, ihn aber schnell wieder senkte, als sie merkte, dass Johanna zu ihr hinüberschaute. Auch das kranke Mädchen hatte die Augen niedergeschlagen.

»Das geht leider auf keinen Fall«, hörte Johanna sich sagen.

Sie wollte Gül nicht verlieren. Die Ungarin hatte ihre Feuerprobe spätestens bei dem Piratenüberfall bestanden. Nach ihrem Fehltritt im Sultanspalast, der ja letztlich Emine Hanim zuzuschreiben war, hatte sie sich am Ende als sehr zuverlässig und treu erwiesen. Außerdem, wie sollte sie ohne ihre Hilfe ihr Gepäck nach Frankfurt bekommen? Vier Augen konnten ihre Truhen entschieden besser bewachen als zwei, sie hatten schließlich noch einen langen Weg vor sich. Außerdem war Gül doch eine Sklavin, sie gehörte der Schwester des Sultans! Als ehemalige Bornheimer Leibeigene hegte Johanna zwar gewisse Sympathien für Freiheitsbestrebungen, aber sie konnte Gül jetzt nicht einfach die Freiheit schenken, das vermochte nur die Sultana. Nein, allein aus dem Grund war die Bitte des Grafen ganz und gar abwegig. Abgesehen davon konnte die *Coffeemühle* gut eine tüchtige Kraft mehr vertragen. Das würde ihr Lokal nur aufwerten, einmal mehr, wenn es sich um eine ehemalige Haremssklavin handelte. Sybilla und Anne würden eben etwas zusammenrücken müssen, genug Platz gab es ja auf ihrem Dachboden. Andere Dienstherren pferchten ihr Gesinde in ganz anderen Verschlägen zusammen. Wenn die *Coffeemühle* erst einmal wieder in Schwung gekommen war, würde sie jede Hand brauchen. Gül könnte die Zimmer sauber halten, dann müsste sie nicht mit fremden Männern in Kontakt kommen, überlegte Johanna. Das würde Sybilla und Anne entlasten und sie noch nicht mal etwas kosten.

Sie sah dem Grafen gerade in die Augen und wiederholte fest:

»Das ist leider ganz und gar ausgeschlossen, Graf Kodály. Ich brauche Gül.«

Sie warf der Sklavin einen vorwurfsvollen Blick zu.

»Was sitzt du hier mit der Herrschaft herum und trinkst Kaffee wie eine feine Dame? Mach dich lieber nützlich!«, zischte sie ihr auf Türkisch zu.

Prompt sprang Gül auf, zupfte ihren Schleier zurecht und verließ ohne ein Wort des Abschieds den Raum.

## 24. KAPITEL

Schweißgebadet schreckte Johanna aus einem ihrer Angstträume auf. Seit sie den Brief von Ludwig Haldersleben erhalten hatte, wurde sie von diesen Träumen verfolgt. Sosehr sie sich auch angestrengt hatte, sie hatte sich wieder nicht von der Stelle bewegen können, um Lili und Margarethe zu helfen. Die beiden Mädchen trugen Sträflingskleidung und waren mit Ketten an einem kleinen Pult befestigt. Vor ihnen stand mit erhobenem Rohrstock die Direktorin des Waisenhauses, in das man sie gebracht hatte, und forderte die weinende Lili auf, ihre Hände nach vorne zu strecken.

Was für ein Glück, dass alles nur ein Traum gewesen war! Johannas Bettlaken waren zu einem Knäuel zerwühlt, ihr Kissen musste heruntergefallen sein. Draußen paarten sich lautstark zwei Katzen. Davon musste sie aufgewacht sein. Kaum zu glauben, dass diese ausgemergelten Tiere die Kraft aufbrachten, einen solchen Lärm zu veranstalten!

Johanna stieß ein erleichtertes Glucksen aus. Wie passend, dass hier bei Xavier und Sofia sogar die Katzen hemmungslos der Liebe frönten! Schnell hielt sie sich die Hand vor den Mund, um Gül nicht mit ihrem Lachen aufzuwecken. Sie blinzelte mit beiden Augen, um ganz sicherzugehen, dass sie sich nicht verguckt hatte. Kein Zweifel: Das Strohlager neben der Zimmertür war leer. Doch wo war Gül? Was war geschehen?

Schlagartig war sie hellwach. Als sie sich aufsetzte, vermisste sie das klimpernde Geräusch ihrer Schlüsselkette, die sie seit der Schiffspassage kein einziges Mal abgelegt hatte. Unwillkürlich griff sie sich an den Hals. Nichts! Die Kette mit den Schlüsseln war weg – genauso wie Gül.

Mit einem Satz sprang sie aus dem Bett. Der Mond leuchtete hell genug, um sie die Umrisse in ihrem Zimmer erkennen zu lassen, aber kaum hatte sie den Flur erreicht, war es so düster, dass sie sich zum Ausgang vortasten musste. Hastig rannte sie in ihrem Nachtgewand über den Innenhof. Kleine Steinchen pikten ihr in die nackten Fußsohlen.

Als sie in die dunkle Gaststube stürzte, stieß sie frontal gegen eine Gestalt, die dort offenbar Wache geschoben hatte. Ein Schwall fremdländischer Worte ergoss sich auf sie. Johanna erschrak. Der Graf, das war doch die Stimme des ungarischen Grafen! Was machte der denn hier mitten in der Nacht?

Wieder schnauzte die Stimme sie an. Johanna begriff, dass der Mann sie verwechselt haben musste. Schnell zog sie sich in eine Ecke des Raumes hinter einen Pfeiler zurück. Irgendetwas stimmte hier nicht, wurde ihr klar. Und zwar ganz und gar nicht.

»Was is'n los?«, hörte sie nun auf Deutsch jemanden rufen.

Es klang dumpf, als befände sich der Rufer im Keller, aber der wienerische Einschlag in seiner Stimme war dennoch deutlich zu vernehmen.

»Ich krieg' die deppaten Dinger net bewegt – du musst mir helfen, Attila!«, brüllte der Wiener erneut, als ihm niemand antwortete.

Johanna erstarrte. Die »deppaten Dinger« mussten ihre Truhen sein. Und der ungarische Graf – wenn er denn überhaupt ein Graf war – plante ganz offensichtlich, zusammen mit seinem Wiener Spießgesellen ebendiese Truhen aus dem Hotelkeller zu räumen. Weil er sie mit nach Wien nehmen wollte – warum sonst? Und das Schlimmste, dämmerte es ihr plötzlich: Gül steckte mit diesen Gaunern unter einer Decke!

Johanna schlug die Arme um ihren Körper. Ihr war kalt. Hätte sie sich bloß etwas übergezogen! Doch das hätte auch nicht wirklich etwas an ihrer Situation geändert: Hier war eindeutig Gefahr im Verzug. Zumal der »Graf« begriffen haben musste, dass man ihn und seinen Kumpanen bei ihrem Diebeszug ertappt hatte. Es war also nur noch eine Frage der Zeit, bis die beiden nach ihr suchen würden. In der Gaststube war es zwar dunkel, aber so düster nun auch wieder nicht, als dass man sie nicht vielleicht doch entdecken könnte. Sicher würde auch bald die Morgendämmerung einsetzen. Was sollte sie tun?, überlegte sie fieberhaft. Ja, es gab nur eins, beschloss sie dann, sie musste Xavier alarmieren. Der Wirt des *Bella Napoli* musste ihr helfen, und zwar schleunigst!

Doch mit einem Mal ging alles ganz schnell. Von außen wurde die Tür zur Gaststube aufgerissen. Im Mondlicht sah Johanna Gül und das kranke Mädchen auf der Schwelle stehen, die zwischen sich die kleine Truhe mit ihren wertvollsten Habseligkeiten hielten. Ohne nachzudenken stürzte sich Johanna wie eine Furie auf die beiden Frauen.

»Diebinnen!«, schrie sie, so laut sie konnte.

Und dann sicherheitshalber noch einmal auf Italienisch, damit auch alle im Haus sie verstanden:

*»Ladre! Siete ladre, volete rubarmi le mie cose!«*

Sie stieß Josepha, die sich nun sehr wohl ohne Krücken zu bewegen wusste, zu Boden und wandte sich Gül zu. Doch diese ließ den zweiten Henkel der Truhe einfach los. Mit einem lauten Scheppern krachte der kleine Holzschrein zu Boden, während Gül hakenschlagend auf die verlassene Straße hinausrannte, genauso schweigsam, wie sie immer gewesen war.

Johanna wollte ihr nachsetzen, als plötzlich zwei kräftige Arme sie von hinten festhielten und sich ihr eine Hand auf den Mund legte.

»Halt die Goschn, du Schaßgradn!«, zischte eine heisere Männerstimme.

Das konnte nur der Wiener sein, der aus dem Keller hochgekommen war, durchfuhr es Johanna. Sie hatte zwar nicht verstanden, was der Mann zu ihr gesagt hatte, aber dem Tonfall nach musste es etwas Unflätiges gewesen sein. So oder so: Er meinte es nicht gut mit ihr. Sie spürte, wie sich kaltes Metall an ihren Hals legte. Wie auf Kommando begannen ihre Knie zu schlottern.

Im selben Augenblick wurde im Haus gegenüber ein Fensterladen aufgeklappt, und eine verschlafene Männerstimme fragte:

»*Cos'è successo?* Was geht da vor?«

Im Schein der Kerze, die der Mann in der Hand hielt, erkannte Johanna den Hausknecht mit den langen Koteletten und dem Walrossschnurrbart. Mit der anderen Hand rieb er sich über die müden Augen.

»Xavier? Sofia? Seid ihr das? Was macht ihr denn da mitten in der Nacht für einen Krach!«, keifte eine dünne Frauenstimme vom Nachbarbalkon. *»Siete matti?«*

»Oa Wort und du bist tot, du Funzn!«

Johanna konnte den Zwiebelatem des Wieners riechen, der dicht an ihrem Ohr gesprochen hatte. Der Druck seines Messers an ihrem Hals verstärkte sich noch. Sie hatte das Gefühl, die Klinge würde ihr jeden Moment in die Haut ritzen. Mucksmäuschenstill stand sie da.

»Alles in Ordnung, ihr guten Leute! Hier wird morgen ganz früh abgereist, und wir verladen nur schon mal das Gepäck. Jetzt ist es noch schön kühl, das wollen wir ausnutzen.«

Der falsche Graf setzte die Truhe ab, die er aus dem Keller hochgeschleppt hatte, und wischte sich den Schweiß von der Stirn. Seine Tochter, die sich erstaunlich schnell von Johannas Schlag erholt hatte, stand hinter ihm, einen eingerollten kleinen Gebetsteppich unter dem Arm.

»Wer reist morgen ab? Wo ist Xavier?«

Dem Hausknecht schien allmählich zu dämmern, dass im

Vorhof des *Bella Napoli* nicht alles mit rechten Dingen zuging. Aber noch hatte er die Ruhe weg.

»*Statevene zitti, manaccia la miseria!* Haltet endlich mal die Klappe! Ständig müssen wir euren Krach ertragen. Nichts könnt ihr leise machen, wie andere Leute auch. Alles bei euch ist laut!«

Die Nachbarin trat zurück von ihrem Balkon und knallte die Tür hinter sich zu.

Ganz in der Nähe wieherte ein Pferd, und ein hastiger Wortwechsel war zu hören. Anscheinend gab es noch einen weiteren Komplizen, der in einem Wagen wartete, ging es Johanna durch den Kopf, während ihre Knie so sehr zitterten, dass sie sich kaum mehr auf den Beinen halten konnte. Ich darf nicht hinfallen, sagte sie sich, nachher rutscht diesem fürchterlichen Wiener die Klinge aus, und er sticht mir in den Hals. Bitte, lieber Gott, lass mich jetzt nicht ohnmächtig werden!, betete sie.

Sie wusste nicht, wie lange sie in der Umklammerung des Mannes mit dem Messer gestanden und dabei zugesehen hatte, wie der Ungar mit seiner Tochter, dem hinzugekommenen zweiten Mann und der tief verschleierten Gül ihr kostbares Hab und Gut zu hohen Kistentürmen auf der Straße aufbaute. Irgendwann hörte sie Hufgeklapper und das Rumpeln von Rädern, die näher kamen.

Das war's dann jetzt wohl!, dachte sie mit ohnmächtiger Wut. Gleich laden sie meine Sachen auf ihren Wagen und fahren damit zum Hafen, wo sie sich alle einschiffen werden. Und ich sitze hier in Neapel fest und bin wieder so arm wie eine Kirchenmaus.

Dicke Zornestränen rollten ihr die Wangen herunter. Als sie zu schniefen begann, presste ihr der stinkende Wiener sofort das Messer wieder fester gegen die Schlagader.

»Halt bloß die Goschn!«, knurrte er in ihr Ohr.

Plötzlich sah Johanna zwei kleine dunkle Schatten dicht hintereinander vor ihren Füßen entlangflitzen. Die Katzen!, schoss es ihr durch den Kopf. Meine Rettung!

Wie von ihr bestellt ertönte in dem Moment ein lautes anhaltendes Fauchen, das fast wie ein menschlicher Schrei klang. In einem weiten Sprung warf sich das größere der beiden Tiere auf das andere und verbiss sich in seinem Nacken. Eine wilde Keilerei entwickelte sich zwischen den beiden Katzen, begleitet von einem ohrenbetäubenden Krach aus den seltsamsten Fauch-, Zisch- und Knurrlauten.

Sofort ging wieder die Balkontür auf der gegenüberliegenden Straßenseite auf. Und auch der Hausdiener steckte erneut seinen Kopf aus dem Fenster. Diesmal schien er schneller zu begreifen. Johanna konnte noch sehen, wie er vom Fenster zurücktrat und in den Raum hinein verschwand, dann spürte sie auch schon, wie sich von oben eine Ladung eiskaltes Wasser auf sie und ihren Bewacher ergoss.

»Kruzzitiakn!«, fluchte der Mann und lockerte unabsichtlich seinen Griff um ihren Körper.

Sofort entwand sich Johanna ihm und stürzte zurück in den Hoteleingang, wo sie geradewegs in den Hausknecht hineinstolperte.

*»Bisogna svegliare Xavier!«*, rief sie ihm mit letzter Kraft zu.

Dann gaben ihre Beine endgültig nach, und sie sank erschöpft auf den kalten Kachelboden.

Doch Xavier aufzuwecken war mittlerweile gar nicht mehr nötig. Dicht gefolgt von Sofia, die in ein knappes Negligé gehüllt war, stürmte er die Treppen vom Obergeschoss hinunter auf die Straße. Der ehemalige Pirat erfasste im Nu die Lage, steckte eine Hand in den Mund und stieß denselben ohrenbetäubenden Pfiff aus, den Johanna schon bei ihrer Ankunft vernommen hatte. Innerhalb kürzester Zeit öffneten sich sämtliche Fensterläden der umliegenden Häuser, so schnell, als hätten die Leute gar nicht geschlafen, sondern nur darauf gewartet, endlich einmal aus ihrer Langeweile erlöst zu werden. Männer ohne Hemd traten vor die Türen, Frauen mit aufgedrehten Haaren lehnten aus den Fenstern, Kinder fingen an zu plärren oder vergnügt durcheinanderzukreischen.

»*Fermate il ladro!* Haltet den Dieb!«, brüllte Xavier quer über die Straße dem davonratternden Wagen hinterher.

Mithilfe von Sofia, deren Negligé ihren gut gebauten Körper mehr präsentierte als verhüllte, hatte sich Johanna aufgerappelt und war nach draußen auf die Straße gehumpelt. Sie sah, wie der Wiener auf das Trittbrett des Karrens sprang, auf dem sich bereits der falsche Graf, seine Tochter und Gül befanden. Das Gesicht beharrlich nach vorne gewandt, versuchte die Haremssklavin ihren wehenden Schleier im Fahrtwind zu bändigen. Sie allein saß etwas erhaben, wie auf einem Thron, während die anderen Flüchtigen auf dem Boden des Karrens kauerten.

Also hatten sie doch nicht alles mitgehen lassen, erkannte Johanna, nur Gül hatte auf einer Kiste gesessen, die anderen nicht. Sie drehte sich um. Tatsächlich standen ihre Truhen noch alle so am Straßenrand, wie die Diebe sie dort aufgestapelt hatten. Und ein paar Schritte weiter lag die kleinste Truhe mit den eingeritzten Koranversen, die die beiden Frauen hatten fallen lassen, als sie sich auf sie gestürzt hatte.

So schnell sie auf ihren wackeligen Beinen konnte, eilte sie zu der kleinen Truhe. Der Schlüssel steckte im Schloss, und als Johanna vorsichtig den Deckel anhob, sah sie auf Anhieb, dass die Geschenke der Sultana zwar etwas durcheinandergerüttelt, aber vollzählig waren. Auch der Beutel mit den Golddukaten war noch in den edelsteinbesetzten Gesichtsschleier gehüllt, in den sie ihn vorsichtshalber eingewickelt hatte. Sie atmete erleichtert auf: Die *Coffeemühle* war gerettet. Und ihre Mädchen auch.

»*Guarda!* Deine Schlüssel!« Mit der schweren Kette in der Hand, die Gül Johanna in der Nacht vom Hals genommen hatte, trat Sofia freudestrahlend auf sie zu. »Sie lag auf der Treppe zum Keller.«

»Und in diesen Keller bringen wir jetzt mal ganz schnell auch die anderen Kisten wieder«, sagte Xavier. »Bis auf eine sind noch alle da – ich habe sie durchgezählt. *Erano dodici, vero?*«

Er schien es aufgegeben zu haben, sich an die Verfolgung der Diebesbande zu machen. Auch die Nachbarn, die eben noch so tatendurstig gewirkt hatten, zogen sich allmählich in ihre Häuser zurück. Nur der Hausdiener machte sich daran, die Kisten auf einem Brett mit untergeschnallten Rädern von der Straße weg ins Hotel zu transportieren.

»Aber was ist mit dem falschen Grafen? Wir können ihn doch nicht so einfach laufen lassen! Das ist ein Betrüger, ein Gauner, der seine Schergen auf unschuldige Frauen losjagt. Man hat mich mit einem Messer bedroht!«

Johannas Stimme überschlug sich fast. Sie fühlte, wie vor lauter Empörung ihre Kräfte wieder zurückkehrten.

»Wir müssen die Polizei rufen, damit diesen Leuten der Prozess gemacht wird! Und meine Kiste, die will ich auch wiederhaben!«

»Ach, die Polizei«, winkte Xavier müde ab. »Die machen hier in Neapel eh nie was. Im Zweifelsfall stecken die mit den Halunken sogar unter einer Decke. Nein, nein, das lassen wir mal schön bleiben.«

»Aber dann müssen wir eben selber ran! Sie haben doch eine Kutsche – lassen Sie uns schnell anspannen und zum Hafen fahren. Bestimmt kriegen wir sie da!«

Doch Xavier schüttelte nur den Kopf, als interessierte ihn das alles nicht weiter. Er legte den Arm um seine Frau, die sich wie eine rollige Katze an ihn schmiegte. Auch sie schien so schnell wie möglich zurück ins Bett zu wollen.

Von einem ehemaligen Piraten hätte sie mehr erwartet! Schon wieder war Johanna von einem Menschen, dem sie vertraut hatte, tief enttäuscht. Erst Gül, die sie so infam hintergangen hatte, und jetzt Xavier, der einfach zu faul war, sich um die Belange seiner Gäste zu kümmern. Bestimmt hatte er sein Geld von dem Ungarn längst bekommen und sah jetzt einfach nicht ein, warum er sich noch weiter anstrengen sollte.

Johanna warf einen Blick auf ihre Kisten, die ordentlich gestapelt im Hoteleingang standen. Wenigstens das Walross tat seine Pflicht, dachte sie ein wenig besänftigt.

»Ich will, dass die Truhen in mein Zimmer kommen!«, sagte sie an den Wirt gewandt.

Xavier schien in Gedanken schon wieder ganz in seinem

Schlafzimmer zu sein, jedenfalls hatte er seine Hand tief in Sofias Ausschnitt vergraben.

»Das machen wir morgen früh«, versuchte er sie abzuwimmeln.

»Ich gehe nicht eher schlafen, als bis alle Truhen in meinem Zimmer sind!«

Johanna hatte beide Hände in die Seiten gestemmt und konnte sich gerade noch zurückhalten, vor Wut mit dem Fuß aufzustampfen.

»Die passen da gar nicht rein.«

»Dann müsst ihr sie eben übereinanderstapeln!«

Während Johanna Xavier und seinem Hausdiener dabei zusah, wie sie ihre Truhen unter Ächzen und Stöhnen nach oben in ihr Zimmer verfrachteten, beschloss sie, keine Nacht länger im *Bella Napoli* zu bleiben. Sie wollte so schnell wie möglich nach Frankfurt zurück und ihre Schätze in Sicherheit bringen. Wie genau sie das anstellen sollte, allein auf einer so langen und gefährlichen Reise, das wusste sie noch nicht. Aber sie würde es schon irgendwie schaffen. Sie musste!

Dritter Teil

# DIE RÜCKKEHR

## 25. KAPITEL

Die junge Frau hatte die Augen niedergeschlagen und die Hände im Schoß zusammengefaltet. Ein geflochtener Haarkranz zeichnete sich unter dem dunklen Kopftuch ab. Von der schmalen Gestalt in der grauen Bluse und dem schwarzen Faltenrock ging eine keusche Anmut aus, obwohl das einzig Helle an ihr das weiße Spitzenumschlagtuch war, das sie über die Schultern gelegt hatte.

»Sie sind also Fräulein Rachel«, sagte Gabriel, als er direkt vor ihr stand.

Abgesehen von ihrer traurigen Aufmachung war sie genauso schön wie auf dem Bild, das er von ihr gesehen hatte. Das Einzige, was ihn hoffen ließ, dass dieses stille Wasser tief war, waren die kokett von ihren Ohren schaukelnden kleinen Davidsterne. Ihr einziger Schmuck.

Aber hier in Frankfurt staksten ja auch nur die Bär-Mädchen und ihre Freundinnen unerschrocken auf hohen Hacken durch die schlammige Judengasse und ließen die eine oder andere rosa Rüsche unter ihren auffällig elegant geschneiderten schwarzen Mänteln hervorblitzen. Die anderen Bewohnerinnen hatten sich vom Roschakol einschüchtern lassen, der sie erst kürzlich wieder ermahnt hatte, Gottes Zorn nicht auf ihre Gasse zu lenken, indem sie sich schmückten und herausputzten wie die Christinnen. In Worms schien man es offenbar genauso zu halten. Oder hatten sich Rachel und ihre Mutter vielleicht bloß so trist gekleidet, weil sie in Frankfurt nicht anecken wollten? Die Frankfurter Gemeinde hatte lange Zeit als die gläubigste im ganzen Reich gegolten.

Die junge Frau sah noch immer nicht auf. Erst als ihre Mutter, eine füllige Matrone mit Stupsnase, die neben ihr auf dem Sofa saß, ihr mit dem Ellbogen einen Stoß in die Seite gab, erhob sie sich. Stumm deutete sie einen Knicks vor Gabriel an und richtete für einen Moment ihre Rehaugen auf ihn. Dann nahm sie wieder Platz, den Blick erneut auf ihre Hände gesenkt.

»Ja, das ist Rachel«, ergriff an ihrer Stelle Esther Stern das Wort. »Und das ist mein Sohn Gabriel.«

Sie legte ihm die Hand auf die Schulter und drückte sie kurz. Wollte sie ihm Mut machen, oder was bedeutete diese Geste?, fragte sich Gabriel leicht irritiert. Er spürte schon wieder jenen unwiderstehlichen Drang, an die frische Luft zu rennen, der ihn fast immer überkam, wenn er sich länger in der guten Stube seiner Eltern aufhielt.

»Gabriel ist Musiklehrer und hat lange in Italien gelebt. Gell, Gabriel?«, erklärte Esther Stern, als die Stille im Raum unangenehm zu werden begann.

Sie und Gabriel hatten auf zwei Sesseln Platz genommen, die dem Sofa gegenüberstanden. Auf dem Tischchen vor ihnen stand eine Karaffe koscherer Apfelwein mit vier Bechern, alle unbenutzt.

Am liebsten wäre Gabriel seiner Mutter ins Wort gefallen. Er war schließlich Komponist, kein »Musiklehrer«. Er unterrichtete nur, um seinen Lebensunterhalt zu verdienen. Wenn er ehrlich mit sich war, musste er allerdings zugeben, dass das Unterrichten einen immer größeren Teil seiner Zeit in Anspruch nahm. Statt sich um seine Oper zu kümmern, brachte er nun auch noch dem kleinen Mosche Bär, dem Bruder seiner Geigenschülerinnen Eva und Babette, die deutsche Sprache, die deutsche Schrift und Rechnen bei. Denn im Cheder, der jüdischen Schule, lernten die Jungen nur die hebräische Schrift und die Thora, das war heute noch genauso wie zu seiner Zeit. »Alles schön und gut«, hatte Mosche Bär senior zu ihm gesagt, »aber der Junge soll schließlich mal ins Geschäft einsteigen.«

Er schaute verstohlen zu Rachel hinüber.

Irgendetwas stimmte mit dem Mädchen nicht, dachte er. Sonst hätte die Familie nicht ihn als Bräutigam für sie ausgesucht. Es gab so viele bessere Partien als ihn. Sowohl in Worms als auch in Frankfurt. Vielleicht war sie stumm, überlegte er. Oder verrückt … Vielleicht brauchte die Familie Lazarus aus Worms aber auch ganz einfach jemanden in ihrer Familie, der die Frankfurter Stättigkeit besaß, um ihre Geschäfte auszuweiten, sann er weiter. Er wusste von seiner Mutter, dass Rachels Vater, Joel Lazarus, ein armer Landjude gewesen war, als er Brunhilde Kahn geheiratet hatte. Brunhilde musste in ihm etwas gesehen haben, was sonst niemandem aufgefallen war. Damals hatte ihre Heirat als Mesalliance großen Stils gegolten, doch inzwischen war Joel Lazarus zu einem der größten Pferdehändler im süddeutschen Raum aufgestiegen. Es hieß sogar, dass er kurz davor sei, von seinem Gönner, dem Kurfürsten von der Pfalz, zum Hoffaktor ernannt zu werden, und dass dieser ihm ein eigenes Gut am Rhein in Aussicht gestellt habe. Rachel, genauso wie ihre kleinen Schwestern Recha und Jeanette, konnte auf eine erhebliche Mitgift zählen.

Als hätte sie seine Gedanken erraten, bohrte Rachel plötzlich ihren Blick in den seinen. Ohne Scheu starrte sie ihn nun aus ihren großen braunen Augen an. Sie hielt den Kopf noch immer leicht gesenkt, sodass weder ihre Mutter noch Esther Stern den Blickwechsel bemerkten.

Gabriel war der Erste, der die Augen abwandte. Er wischte sich mit einem Taschentuch über die Stirn. Wahrscheinlich war sie verrückt, beschloss er dann. Noch nie hatte eine Frau ihn mit einem solchen Blick angesehen. So prüfend. Und unerbittlich. Als wollte sie ihm auf den Grund der Seele sehen. Aber was suchte sie dort? Sie wusste doch genau, dass das Ganze arrangiert war! Er saß keineswegs freiwillig hier, sondern machte allenfalls gute Miene zum bösen Spiel. Sie würde doch nicht etwa erwarten, dass er ihr irgendwelche Gefühle entgegenbrachte! Wenn sie auch einen äußerst seltsamen Eindruck auf ihn machte: Auf den Kopf gefallen schien sie nicht zu sein.

»Hör mal, Gabriel, was hältst du davon, wenn du Rachel deine neue Geige zeigst?«, fragte ihn seine Mutter in einem Tonfall, mit dem man kleine Kinder zum Spielen schickt.

Auch ihr schien die Situation unangenehm zu sein. Sie schien zu ahnen, dass er kurz davor war, aufzuspringen und türenknallend den Raum zu verlassen. Sicher hatte sie Angst, er würde, wie bei seinem Studium, wieder eigene Wege gehen wollen.

»Eine hervorragende Idee!«, pflichtete ihr Rachels Mutter eifrig bei. »Rachel hat eine so schöne Stimme. Vielleicht können die beiden später einmal zusammen musizieren«, ergänzte sie in ihrem pfälzischen Singsang.

Gabriel konnte sein Unbehagen über die Situation kaum mehr verbergen. Der jungen Frau schien es nicht viel anders zu ergehen. Sie sah ihre Mutter kalt an, ergriff ihr Umschlagtuch und stand auf.

Gabriel beeilte sich, ihr die Tür aufzuhalten. Leichtfüßig schritt sie an ihm vorbei in den Korridor hinaus, auf dem wie immer die Patienten seines Vaters saßen und darauf warteten, dass der Herr Doktor aus dem Spital heimkehrte.

Genau diesen Augenblick wählte der Kuckuck für seinen stündlichen großen Auftritt: Die Türen an dem kleinen Haus der Kuckucksuhr, die ein dankbarer Patient Elias Stern geschenkt hatte, klappten gleichzeitig auf. Ratternd fuhr der Vogel aus seinem Häuschen, stieß ein abgehacktes *»Kuckuck!«* aus, schlug genau ein Mal mit den Flügeln und fuhr ratternd wieder zurück in sein Haus.

»Ich hole schnell meine Geige, dann gehen wir nach draußen. Hier fällt mir sonst die Decke auf den Kopf«, sagte Gabriel, ohne auf Rachels sichtliches Erstaunen ob dieses Wunders der Mechanik einzugehen.

Draußen auf der Gasse herrschte ein reges Treiben. Es war einer der ersten wärmeren Tage nach einem schier endlosen Winter, dem sich ein lustloser, regenreicher Frühling angeschlossen hatte. Auf den Gesichtern der Leute hatte sich eine leise Vorfreude auf die kommenden Monate abgezeichnet, wenn die Sonne wieder scheinen und alles lichter und fröhlicher werden würde. Sogar in der Judengasse war das Leben dann zu ertragen, meinte Gabriel in ihren Mienen zu lesen.

Er atmete tief durch. Der Geruch von Kaffee stieg ihm in die Nase. Ob die alte Sara mit ihrem Kaffeeausschank wieder da war? Er schnupperte noch einmal. Kein Zweifel, sie konnte nicht weit sein. Wahrscheinlich hockte sie wieder in ihrem Versteck hinter dem alten Schuppen, der neben dem Haus *Zur güldenen Crone* lag. Jeder in der Judengasse wusste, dass die alte Sara nicht nur frisch gebrühten Kaffee auf der Straße verkaufte, sondern auch in großem Stil Bohnen in ihrem Haus röstete. Das Feuer, das sie dafür entfachen musste, war so gewaltig, dass ihre Nachbarn nicht zu Unrecht befürchteten, es könnte früher oder später großen Schaden anrichten. Die Erinnerung an die große Feuersbrunst in der Gasse war noch frisch in den Köpfen. Auch seine eigene Familie war von dem Brand betroffen gewesen; das Wohnhaus seiner Eltern war in Flammen aufgegangen, sodass sie in das Haus *Zum goldenen Kamel* hatten umziehen müssen. Ihnen gehörte nun ein Achtel der Wohnfläche, denn nur als Hausbesitzer bekam man die Stättigkeit. Aber kein Mensch konnte sich ein ganzes Haus leisten, nirgendwo in Frankfurt musste man so viel zahlen wie hier, um ein Dach über dem Kopf zu haben. Zum Glück war bei dem Brand niemandem aus dem Familienkreis etwas passiert. Und dennoch hatte er seit damals einen fast krankhaften Respekt vor allem, was mit Feuer zu tun hatte. Es war regelrecht eine Marotte von ihm, sämtliche Kerzen zu löschen, wenn er das Zimmer verließ.

Aber was sollte er sich jetzt länger Gedanken darüber machen? Gabriel schüttelte sich, um den Kopf wieder freizubekommen. Die alte Sara brauchte das Geld, das sie mit ihrem Kaffeeausschank und der Rösterei verdiente, dringend zum Leben, und er selbst brauchte jetzt fast ebenso dringend einen Kaffee, um mit dieser verfluchten Situation umgehen zu können, in die ihn seine allzu fürsorgliche Mutter gebracht hatte. Und vielleicht brauchte das seltsame junge Mädchen an seiner Seite, das noch immer keinen einzigen Ton gesagt hatte, auch einen Kaffee, der ihr endlich die Zunge lösen würde. Wenn Rachel so gut sang, wie ihre Mutter behauptete, konnte sie zumindest nicht völlig stumm sein.

Wortlos nahm er sie am Arm, um sie die paar Schritte zum Haus *Zur güldenen Crone* zu führen. Ihr Oberarm fühlte sich durch den dicken Stoff ihres Mantels zugleich weich und fest an. Ein leichter Maiglöckchenduft ging von ihr aus.

»Wohin so rasch des Weges, junger Freund?«, hörte er eine wohlvertraute Stimme in seinem Rücken sagen.

Das konnte nur Jehuda sein! War ja klar, dass er nicht unbeobachtet bleiben würde! Langsam drehte sich Gabriel um.

Der Krämer stand mit wedelnden Armen vor seinem Laden, um die beiden Bettler zu verscheuchen, die sich direkt neben seinen Auslagen auf einem Haufen Lumpen niedergelassen hatten. Die beiden Männer hatten beim letzten Brand nicht nur ihr Hab und Gut, sondern auch ihre Familien verloren. Wie immer trug Jehuda einen bunten Seidenrock und darunter einen langen schwarzen Kaftan mit dem vorgeschriebenen weißen Spitzenkragen. Auf dem Kopf hatte er nur seine Jamulke.

»*Schalom*, Jehuda!«, grüßte Gabriel mürrisch in seine Richtung.

Er sah, wie der Alte den Kopf ein wenig schief legte, um dann Rachel freundlich zuzunicken, die mit unbewegter Miene seinen stummen Gruß erwiderte.

Himmelherrgott, war dieses Mädchen denn zu gar keiner Regung fähig? Gabriel wurde zunehmend von Wut auf seine Begleiterin erfüllt. Und mit dieser Frau sollte er unter den Traubaldachin treten? Wie stellte sich seine Mutter das bloß vor? Bestimmt gab es jede Menge Männer, die sich glücklich schätzen würden, neben einer so schönen Frau wie Rachel einfach nur herlaufen zu dürfen. Den beiden Handwerksburschen mit dem Leiterwagen, die eben an ihnen vorbeigefahren waren, hatte man den Neid richtig ansehen können. Und die Lüsternheit, so keusch Rachel sich auch geben mochte. Doch dass andere Männer ihn anscheinend für einen Glückspilz hielten, machte die Sache wahrlich nicht besser. Andere würden sich ja auch nicht daran stören, wenn ihre Frau keinen Ton herausbrachte – im Gegenteil, sie würden es wahrscheinlich sogar begrüßen. Er hatte nicht wenige Bekannte, die wer weiß was dafür gäben, wenn die werte Gattin nicht ständig belangloses Zeug von sich geben, sondern einfach den Mund halten würde.

Sein Griff um Rachels Oberarm war fester geworden. Fast zog er sie jetzt hinter sich her durch die Menschenmenge, bis sie endlich das Haus *Zur güldenen Crone* und den dahinterliegenden Schuppen erreichten. Beim Kaffeestand hatte sich bereits eine kleine Schlange gebildet.

Endlich war niemand mehr vor ihnen. Die alte Sara schenkte Gabriel ein zahnloses Lächeln und füllte ungefragt zwei Becher mit der dampfenden, heißen Flüssigkeit aus dem großen Kessel vor ihr. Als er den einen Becher wortlos an Rachel weiterreichte, berührten sich ihre Fingerspitzen. Schon in der Wohnung, als sie noch auf dem Sofa neben ihrer Mutter gesessen hatte, war ihm aufgefallen, dass sie schöne Hände hatte. Schmal, aber doch kräftig. So als könnte sie gut zupacken.

Er nahm einen tiefen Schluck aus seinem Becher. Ein genießerisches Seufzen entfuhr ihm, als er die heiße Flüssigkeit durch seine Kehle rinnen ließ. Wie immer, wenn er Kaffee trank, musste er an Johanna Berger denken. Doch er verdrängte den Gedanken sogleich wieder. Nicht jetzt, das war jetzt wirklich nicht der richtige Moment, um an seine verflossene Liebe zu denken. Die im Grunde ja gar keine gewesen war. Jedenfalls keine richtige. Weil sie nicht hatte sein dürfen.

Er zwang sich, den Blick zu heben und seine zukünftige Frau anzuschauen. Über den Rand ihres Bechers schien Rachel ihm zuzulächeln. Er konnte ihren Mund nicht sehen, doch um ihre braunen Augen hatten sich kleine Fältchen gebildet. Aber als sie den leer getrunkenen Becher wieder absetzte und der alten Sara zurückgab, zeigten ihre Lippen den gleichen verschlossenen Ausdruck wie zuvor.

Er reichte der Kaffeeköchin ebenfalls seinen Becher und nahm den Geigenkasten auf, den er zwischen seinen Beinen abgestellt hatte.

»Kommen Sie«, sagte er tonlos zu Rachel, »wir gehen an den Fluss. Dort sind wir ungestört.«

Zu spät fiel ihm ein, dass er unweigerlich wieder an Johanna würde denken müssen, wenn sie erst einmal an seinem Lieblingsplatz unter der Brücke wären. Nach wie vor war das der Ort, wo er am häufigsten übte. Nur im Winter spielte er zu Hause in der engen Kammer, weil ihm im Freien die Finger zu steif wurden. Obwohl es unter dem schlecht abgedichteten Dach auch kaum wärmer war, zumal in der Kammer kein Ofen stand. Er würde Rachel zwei, drei Corelli-Sonaten vorspielen und dann vielleicht noch einen Satz aus einem Vivaldi-Violinkonzert, überlegte er. Das sollte genügen. Danach würden sie schweigend wieder nach Hause zu ihren Müttern gehen, sich förmlich die Hand zum Abschied reichen, und bei ihrem nächsten Wiedersehen wären sie schon verlobt. Dann würde einige Wochen später ein weiteres Treffen erfolgen, vielleicht würde man ja sogar etwas Zeit miteinander oben in seiner Kammer verbringen, damit man sich ein wenig näherkam. Sein geschätzter ehemaliger Lehrer Samuel Miltenberg hatte ihm irgendwann einmal erzählt, dass manche Eltern ihren Söhnen und Töchtern diese letzten Minuten der Zweisamkeit vor der Eheschließung gewährten, damit sichergestellt war, dass man sich auch körperlich halbwegs verstand – ohne dass es dabei zum Äußersten kam natürlich. Und anschließend wäre nur noch die Hochzeit hinter sich zu bringen. Was dann folgte, wären zwanzig, dreißig, vierzig gemeinsame Jahre, in denen ein paar Kinder auf die Welt kommen und sich vielleicht so etwas wie gegenseitiger Respekt und Zuneigung einstellen würden. Mit viel Glück sogar Liebe.

Am liebsten hätte Gabriel das Marktschiff bestiegen, das gerade unter der Brücke hindurchfuhr, und wäre erst den Main abwärts bis nach Mainz und dann den Rhein aufwärts bis nach Basel gefahren. Von dort aus hätte er zu Pferd oder mit der Postkutsche die Alpen überquert, um nach Italien zu gelangen. Nach Venedig, wo Johanna gerade war. Aber was nützte es ihm? Wahrscheinlich war sie längst mit diesem Conte verheiratet und lebte mit ihm in einem der hochherrschaftlichen *palazzi* im oberen Bereich des Canal Grande. Oder sie war gar nicht mehr in der Lagunenstadt. Hatte der Kartenmacher nicht gesagt, dass sie sich nach Konstantinopel aufmachen wollte?

»He, wollt ihr da mitten auf der Straße ein Zelt aufschlagen? Oder könnt ihr vielleicht mal ein Stück zur Seite gehen?«

Rachel war wie magisch angezogen bei einem der Tische mit Trödel stehen geblieben, die vor der Pfandleihe von Gideon Schmidt standen. Der Trödler saß höchstpersönlich auf einem Hocker zwischen dem ganzen Plunder und polierte pfeifend einen alten Chanukkaleuchter auf Hochglanz. Neugierig hatte die junge Frau in einer Kiste mit Büchern zu wühlen begonnen und in ihrer Versunkenheit nicht mitbekommen, dass sie den anderen Passanten den Weg versperrte.

Als Gabriel sich zu dem hageren Burschen mit der Sackkarre umdrehte, der schon länger hinter ihnen gewartet zu haben schien, erkannte er den Sohn des Schulkloppers. Jonah Korn musste seinen gichtigen Vater immer öfter bei dessen morgendlichem Rundgang durch die Gemeinde vertreten, wenn die Männer durch ein Klopfen an der Haustür zum Gottesdienst gerufen wurden. Das karge Gehalt, das die Gemeinde ihm zahlte, besserte der Junge auf, indem er Einkäufe ins Haus lieferte und Botengänge erledigte.

»Oh, Entschuldigung, Herr Lehrer!«, rief der Junge sogleich verlegen aus, als er Gabriel erkannte.

»Nichts für ungut«, erwiderte dieser freundlich und zupfte Rachel am Ärmel, die nur widerwillig von dem dicken Wälzer in ihren Händen aufsah. »Lassen Sie uns zum Fluss gehen, Fräulein Rachel, sonst wird es zu spät!«

Endlich waren sie am Ufer angelangt. Pflichtbewusst reichte Gabriel Rachel die Hand, um ihr die Böschung hinabzuhelfen. Sie war erstaunlich behände in ihrem langen Faltenrock. Johanna hatte sich weniger geschickt angestellt, erinnerte er sich. Dafür war sie ihm in ihrer Unbeholfenheit so verführerisch erschienen, dass er sie einfach in die Arme hatte nehmen müssen. Im Grunde hatte da schon für ihn festgestanden, dass sie die Frau war, nach der er immer gesucht hatte. Wieso war er nur auf die verfluchte Idee verfallen, mit Rachel ausgerechnet an den Ort zu gehen, an dem er mit Johanna diese glücklichen Momente verbracht hatte? Sie war der einzige Mensch, dem er je sein Versteck gezeigt hatte – das so heimlich ja gar nicht war, weil die Fischer ihn vom Fluss aus sehen und hören konnten. Und Hans und Hetti hatten diesen »Konzertsaal« ja auch unabhängig von ihm entdeckt. Aber trotzdem: Damit hatte der Ort etwas Heiliges für ihn bekommen. Und diese Heiligkeit zerstörte er nun. Wenn sie sich jetzt auch noch auf den Stein setzte, auf dem Johanna gesessen und ihm gelauscht hatte …

Lustlos holte er die Geige aus ihrem Kasten und legte sie ans Kinn. Rachel war stehen geblieben. Als er den Bogen auf die Saiten setzte, hob sie die Hand.

»Halt!«, sagte sie.

Überrascht ließ Gabriel den Bogen sinken.

»Halt?«, fragte er verdutzt.

»Ja, halt!«, wiederholte sie bestimmt.

Ihre Stimme klang längst nicht so monoton, wie er instinktiv erwartet hätte. Sie war warm und ein wenig rau.

»Warum?«

»Du liebst eine andere, oder? Und hast hier unten schon einmal für sie gespielt …«

Das war keine Frage gewesen, eher eine Feststellung. Unglaublich, dass sie so etwas sagte! Wie ein Kind, das einfach mit dem Erstbesten, das ihm durch den Kopf ging, herausplatzte. Als könnte sie sich einfach so über die Schranken des Anstands hinwegsetzen. Ob ihr klar war, dass sie ihn geduzt hatte? Ungläubig schaute Gabriel sie an.

»Ich habe es an deinem Gesicht gesehen. Schon vorhin, als wir Kaffee getrunken haben, wirktest du mit deinen Gedanken ganz woanders. Als hätte dich ein geheimer Zauber befallen. Und jetzt wieder.« Rachel schüttelte den Kopf. »Ich will nicht, dass du hier für mich spielst. Es wäre sowieso nicht für mich«, fuhr sie ungerührt fort.

Gabriel nickte wieder. Sie hatte recht; sie wusste ja gar nicht, wie recht sie hatte! Was für ein komisches, romantisches Mädchen war sie doch! Ob sie in der Bücherkiste nach Liebesromanen gesucht hatte?

»Lass mich lieber für dich singen, Gabriel! Wie du weißt, soll ich eine sehr schöne Stimme haben.«

Zum ersten Mal wirkte sie leicht kokett auf ihn. Aber auch mit dieser Koketterie stimmte etwas nicht. Ihre steife, uncharmante Art hatte fast etwas von einer Behinderung an sich, sie konnte sich nicht darüber hinwegsetzen.

Ihre Lippen hatten sich zu einem kleinen Lächeln verzogen, und zwei Grübchen waren rechts und links neben ihren Mundwinkeln erschienen. Sie stellte sich an genau die Stelle, an der er gewöhnlich stand, wenn er unter der Brücke spielte, an den Punkt, an dem die Decke am höchsten war. Ihr warmer Alt hob an, AU CLAIR DE LA LUNE, MON AMI PIERROT zu singen. Ein Kinderlied. Einfach, aber höchst eindrucksvoll.

Als sie merkte, dass er ihr zuhörte, sang sie HEVENU SHALOM ALEICHEM mit der gleichen ergreifenden Schlichtheit. Schließlich sagte sie:

»Jetzt ist es genug. Wir gehen nun besser, meine Mutter wartet sicher schon.«

»Ja, lass uns gehen«, sagte Gabriel. Und leise fügte er hinzu: »Schön hast du gesungen, sehr schön.«

# 26. KAPITEL

Es war schon spät, als das Mainzer Marktschiff endlich in Frankfurt anlegte. Über dem Gutleuthof ging gerade die Sonne unter. Die meisten Leute, die sich tagsüber am Hafen herumtrieben – Arbeiter, Fischverkäufer, Reisende, flanierende Bürger mit ihren Kindern, Fuhrleute, die ihre Ackergäule durch die quirlige Menge trieben –, waren bereits nach Hause gegangen. Auch der Lastkran hatte seine Tätigkeit längst eingestellt. Ein Fass hing auf halber Höhe und schwankte im Wind hin und her. Nur ein paar Fischer, die üblichen Bettler und eine kleine Gruppe Männer mit Leiterwagen befanden sich noch am Kai. Zum Glück wartete auch ein Ochsenkarren, als hätte jemand geahnt, dass sie mit diesem Schiff kommen würde. Ein semmelblonder Jüngling, fast noch ein Knabe, und ein älterer Mann, wahrscheinlich sein Vater, lehnten an dem Wagen und kauten gelangweilt auf Strohhalmen herum.

Johanna beugte sich über die Reling und machte den Besitzern des Ochsenkarrens wild gestikulierend Zeichen. Sie breitete die Arme aus, um die Größe ihrer Gepäckstücke anzudeuten, und streckte beide Hände mit weit gespreizten Fingern nach oben, gefolgt von einem einzelnen Daumen. Sie hoffte, die Fuhrmänner hatten begriffen, dass sie damit die Anzahl ihrer Gepäckstücke beziffern wollte. Nicht auszudenken, was passieren würde, wenn sie sich von einem der anderen Reisenden anheuern ließen, während sie noch mit der Zollabfertigung beschäftigt war! Wahrscheinlich würde sie die Nacht auf ihren Truhen schlafend am Hafen verbringen müssen, immer auf der Hut vor irgendwelchen Herumlungerern, die sie ihr unter dem Hintern wegstehlen würden. Und das unmittelbar vor ihrer Haustür!

Sie musterte die beiden Zöllner misstrauisch, die vom Fahrtor herübergeschlendert kamen. Es war kurz vor Torschluss, und sie traute diesen Herren ohne Weiteres zu, die Zollabfertigung so lange hinzuziehen, dass sie noch ein saftiges Sperrgeld würde zahlen müssen. Bestimmt hatte schon bei Karl dem Großen einer von ihrer Sorte am anderen Ufer gestanden und abkassiert, mutmaßte sie – als der Frankenkönig auf der Jagd durch die Furt im Main geritten war, die dann später zu Frankfurt wurde.

Doch die beiden Zöllner waren erstaunlich milde gestimmt und wollten nur in die ersten drei Kisten einen Blick werfen, bevor sie ihr die nötigen Papiere ausstellten und ihr alles Gute für ihr Kaffeehaus wünschten. Dabei war sicher hilfreich gewesen, dass sie jedem von ihnen ein paar Geldstücke in die Hand gedrückt hatte.

»Sie wissen, wer ich bin?«, fragte sie überrascht.

»Natürlich«, sagte der kleinere der beiden Männer freundlich. »Ihnen gehört doch die *Coffeemühle*. Gut, dass Sie wieder da sind! Ihr Kaffee war immer der beste hier in der Stadt. Eine Schande, dass die Ihnen damals den Laden zugemacht haben!«

Er schüttelte den Kopf, als wüsste er bestens Bescheid über die Umstände der Schließung ihres Geschäfts.

»Aber jetzt sind Sie ja wieder hier!«, ergänzte sein Kollege gut gelaunt. »Wir zählen auf Sie, dass es bald wieder ordentlichen Kaffee in dieser Stadt zu trinken gibt.«

Die beiden Männer tippten sich grüßend an ihre Dreispitze und widmeten sich dann den wartenden anderen Fahrgästen auf dem Mainschiff.

Johanna streckte ihren Rücken durch und hob das Kinn. Geschafft, die erste Hürde war geschafft!, seufzte sie erleichtert. Noch dazu erinnerte man sich an sie. Und hatte ihren Kaffee vermisst. Wenn das kein echtes Willkommenszeichen war! Sie atmete tief durch: Ja, sie war wieder da! Obwohl sie, seit sie in Mainz das Marktschiff bestiegen hatte, zunehmend nervös geworden war und zuletzt gar nicht mehr hatte still sitzen können, fühlte sie sich auf einmal ganz ruhig. Endlich würde sie erfahren, wie es Lili und Margarethe ergangen war. Die Ungewissheit würde ein Ende haben, ihre Albträume aufhören. Und sie konnte wieder anpacken! Schon die ganze Zeit hatte sie vermeint, ein

Kribbeln in den Fingerspitzen zu spüren, als könnten ihre Hände die Tatenlosigkeit nicht länger ertragen.

Sie ließ ihre Augen über die prachtvollen Bauten entlang der Uferpromenade schweifen. Frankfurt – dies war doch ihr wahres Zuhause, bei aller Liebe zu Venedig, Konstantinopel oder auch Neapel. Wie schön, nach so langer Zeit den vertrauten, leicht vernuschelten Singsang der Frankfurter wieder zu hören! Sie warf einen Blick auf das gegenüberliegende Sachsenhäuser Ufer, das von den letzten Strahlen der untergehenden Abendsonne in einen rötlichen Schimmer getaucht war. Zumindest von »hüb de Bach« aus gesehen schien dort alles beim Alten geblieben zu sein. Wie lange war sie jetzt fort gewesen? Fast ein Jahr, wenn sie richtig gerechnet hatte. Eine kleine Ewigkeit, schien es ihr.

Obwohl sie sich geschworen hatte, nie mehr einen Fuß auf ein Schiff zu setzen, hatte sie sich in Basel dann doch für den Wasserweg entschieden. Auf der Landstraße war das Risiko größer, Wegelagerern in die Hände zu fallen, als auf dem Wasser – wenn man die Zollstationen, die ihr einen Gulden nach dem anderen abgeknöpft hatten, nicht mit einrechnete. Die Erfahrung mit dem falschen Grafen und Gül saß ihr noch tief in den Knochen. Aufgeregt hatte Xavier ihr kurz vor ihrer Abreise noch berichtet, dass es sich bei dem windigen Ungarn, seiner maladen Tochter und dem granteligen Wiener um eine berüchtigte Gaunerbande handele, die durch die Welt reise, um blitzschnell zuzuschlagen, sobald sich die Gelegenheit dazu biete. Ganz Neapel wisse inzwischen Bescheid über den versuchten Truhendiebstahl in seinem Hotel! Xavier hatte fast ein wenig beleidigt geklungen, dass er als ehemaliger Pirat solchen Halunken auf den Leim gegangen war, und immer wieder beteuert, nicht das Geringste von dem üblen Komplott geahnt zu haben. »Deine Sklavin muss sehr unzufrieden gewesen sein, dass sie sich dieser Bande so schnell angeschlossen hat«, hatte er noch hinzugefügt. Johanna wollte gar nicht mehr an diese Geschichte denken. Für den Wasserweg hatte sie sich auch deshalb entschieden, weil ihr der Transport der schweren Möbelstücke auf Maultieren über den

Simplon ein für alle Male gereicht hatte. Was für eine Strapaze! Dass weder sie noch die Truhen zerschmettert am Fuße einer tiefen Schlucht lagen, schien ihr das reinste Wunder zu sein. Welch ein Glück, dass sie das alles hinter sich hatte!

Johanna riss sich von dem Anblick der glutrot angeleuchteten Häuserfassaden los und griff nach ihrer Reisetasche, in der sie einige Kleider für unterwegs und ein paar kleinere Mitbringsel verstaut hatte. Rasch eilte sie den schmalen Holzsteg zum Ufer hinunter. Am Kai blieb sie kurz stehen und atmete noch einmal tief durch. Frankfurter Luft – ja, sie war angekommen!

Als sie den vornehmen älteren Herrn, der mit ihr auf dem Marktschiff gewesen war und von dem sie wusste, dass auch er viel Gepäck bei sich hatte, auf den Mann mit dem Ochsenkarren zutreten sah, raffte sie ihre Röcke und eilte an ihm vorbei.

»Sie wissen wohl gar nicht, was Anstand ist!«, hörte sie den Mann schimpfen, als sie sich an ihm vorbeidrängelte.

Doch das war ihr gleichgültig, sollte er über sie denken, was er wollte. Sie hatte ihr Ziel fast erreicht, jetzt würde sie sich nicht mehr aufhalten lassen. Und wenn sich ihr der Kaiser persönlich in den Weg stellen sollte!

Endlich hatten der Fuhrmann und sein Sohn alle elf Truhen aufgeladen, und der Ochsenkarren rumpelte über den Römerberg. Ungeduldig lief sie neben dem Karren her und unterstützte die Ochsen, indem sie neben dem Jüngling hinten mit anschob, wann immer es bergauf ging.

»Wo soll das Zeugs denn hin?«

Der Besitzer des Ochsenkarrens drehte sich zu ihr um, als sie am Alten Markt angekommen waren.

Johanna blieb schwer atmend stehen. Sie wischte sich mit dem Ärmel ihres Reisekleides den Schweiß von der Stirn und schaute die Fassade ihres Hauses hinauf. Was für ein trostloser Anblick! Die Fensterläden der *Coffeemühle* waren zugeklappt, sofern sie nicht aus den Angeln hingen. Nirgendwo brannte ein Licht. Ein Haufen Schutt lag neben der Eingangstür. Einzelne Grashalme ragten zwischen den Bruchstücken hervor. Es war sofort ersichtlich, dass das Haus schon länger nicht bewohnt war. Neben den schmucken Fachwerkbauten rechts und links der Gasse machte es einen regelrecht verwahrlosten Eindruck. »Ein Schandfleck«, hörte sie die Nachbarn im Geiste schimpfen.

Sie musste den Blick abwenden. Die Erinnerung an jenen unseligen Tag vor einem Jahr, als ihre ganzen Hoffnungen mit einem Schlag zunichtegemacht worden waren, stand ihr plötzlich so lebhaft vor Augen, als hätte der Überfall von Gottfried und seinen Kumpanen gerade erst stattgefunden. Sie vernahm ihr Kampfgebrüll, das Bersten von Holz, das Klirren von Geschirr. Und sie spürte ihre eigene Ohnmacht wieder, ihren Hass auf den Mann, der all ihren Besitz zerstört hatte. Und es hätte nicht viel gefehlt, und er hätte auch ein Menschenleben auf dem Gewissen gehabt, dachte sie. Nein, sie durfte jetzt nicht an Gabriel denken! Sonst würde alles nur noch viel schlimmer werden.

Sie wischte sich die Tränen von den Wangen und sah die Gasse hinunter in Richtung Römer. Mittlerweile war die Dämmerung hereingebrochen, sodass man kaum mehr die Hand vor Augen erkennen konnte. Die Nachbarn schienen alle ausgeflogen zu sein. Nur im Laden des Kartenmachers brannte Licht. Schemenhaft erkannte sie Ludwig Halderslebens gebeugten Kopf. Wahrscheinlich studierte er gerade eine seiner geliebten Landkarten. Neben ihm saß noch jemand, den sie nicht ausmachen konnte.

Sie nahm sich vor, sobald ihre Truhen verstaut waren, bei ihm anzuklopfen. Sie freute sich schon darauf, dem Kartenmacher von den verschiedenen Stationen ihrer Reise zu erzählen. Er würde ihr mit Sicherheit eine Menge Fragen stellen, die sie nicht angemessen würde beantworten können, aber weder er noch sie würden sich weiter daran stören. Er wusste, dass ihre Allgemeinbildung, vor allem in Sachen Geografie, nicht die allerbeste war und dass es mit ihm auf diesem Gebiet ohnehin kaum jemand aufnehmen konnte. Und trotzdem schätzte er sie und ihren gesunden Menschenverstand, das hatte er ihr mehr als einmal gesagt.

»Was ist denn nun?«, fragte der Fuhrmann ungeduldig. »Wo soll ich den Kram abladen?«

Unschlüssig schaute sie dem Mann ins Gesicht. Er hatte den gleichen übergroßen Adamsapfel wie sein Sohn. Aus den Augenwinkeln sah sie, wie einer der beiden Ochsen seinen Schwanz hob und neben dem Schutthaufen einen riesigen braunen Flatschen fallen ließ. Im letzten Moment sprang sie zur Seite, um nicht von den Spritzern getroffen zu werden.

»Ich weiß es nicht«, gestand sie mutlos.

Alle Tatkraft war plötzlich von ihr gewichen. Auf einmal fürchtete sie sich vor dem, was sie erwartete, wenn sie die Eingangstür der *Coffeemühle* aufschloss. Drinnen sah es bestimmt noch viel furchtbarer aus als draußen.

»Haben Sie keinen Hof?«, raunzte der Mann sie an.

Er spuckte zwischen den Zähnen aus. Der Auswurf landete direkt neben dem Ochsenflatschen.

»Doch, das ist eine gute Idee«, würgte Johanna hervor.

Sie schloss das Manntor auf und betrat den Hof. Mühsam schob sie den eingerosteten Riegel des Hoftors zur Seite, öffnete die beiden Flügel weit und bedeutete dem Mann, in den Hof hineinzufahren. Es sah längst nicht so schlimm aus, wie sie befürchtet hatte: Irgendjemand hatte die Trümmer beseitigt und sogar die Pflanzen in den Kübeln gegossen.

Mit geübten flinken Bewegungen luden der Fuhrmann und sein Sohn die elf Truhen von dem Ochsenkarren und stapelten sie unter dem Vordach des großen Schuppens. Johanna gab ihnen ein ordentliches Trinkgeld und verriegelte das Tor hinter dem davonrumpelnden Wagen.

Endlich war sie allein. Doch ihre Erleichterung hielt nicht lange vor. Beklommenheit ergriff sie, als sie nach einem kurzen Augenblick der Besinnung vorsichtig die Küchentür öffnete, die leise in den Angeln quietschte. Ein Geruch nach Staub und Moder stieg ihr in die Nase, kaum hatte sie den Gastraum betreten.

Sie hatte noch das Bild der völligen Verwüstung vor Augen, das sich am Tag ihrer Abreise nach Venedig in ihr Gedächtnis eingebrannt hatte.

Aber auch hier hatte jemand während ihrer Abwesenheit für Ordnung gesorgt. Das wenige heil gebliebene Mobiliar stand sorgsam aufeinandergestapelt in einer Ecke des Raums. Der Boden war gefegt und gewischt worden, die zerbrochenen Fensterscheiben von innen vernagelt. Sogar ein paar Holzscheite lagen in dem Korb neben dem Herd, auf dem ihre älteste Messingkaffeekanne stand. Sie war ein wenig verbeult, schien aber intakt. Auch der Wassertopf daneben wirkte voll einsatzfähig.

Ein Gefühl tiefer Dankbarkeit durchströmte Johanna. Hatte sie eben noch Zweifel verspürt, jemals wieder einen Neuanfang wagen zu können, weil ihr einfach die Kraft dazu fehlte, gab ihr der Anblick der aufgeräumten Gaststube nun wieder Zuversicht. Wer immer hier für Ordnung gesorgt hatte, sie würde es ihm oder ihr gar nicht genug danken können. Sicher ahnte ihr Helfer nicht, welch großen Gefallen er ihr damit getan hatte. Ob die Halderslebens dahintersteckten? Oder Elisabeth?

Plötzlich spürte sie ein unbändiges Verlangen nach einer Tasse Kaffee in sich aufsteigen. Ja, das wäre es jetzt! Ein besseres Willkommensgetränk als ein Kaffee war kaum vorstellbar. Einmal mehr in der *Coffeemühle*. Aber sie hatte weder Kaffeebohnen im Haus noch die Möglichkeit, ein Feuer anzuzünden. Und sie brauchte jetzt auch ein wenig Gesellschaft, gestand sie sich ein. Ganz davon abgesehen, dass sie sich nach Neuigkeiten über den Verbleib der beiden Mädchen sehnte. Es war zwar schon spät, aber im Laden von Ludwig Haldersleben hatte noch Licht gebrannt. Er würde bestimmt nichts dagegen haben, wenn sie bei ihm anklopfte. Und vielleicht hatte er ja sogar eine Tasse Kaffee für sie übrig.

Schnell griff sie nach ihrem Umschlagtuch, verriegelte die Türen hinter sich und trat hinaus auf die Gasse. Der Laden des Kartenmachers war noch immer erleuchtet, allerdings konnte sie seine Umrisse hinter der Scheibe nicht mehr sehen. Genauso wenig wie die der zweiten Person, die vorhin neben ihm gesessen hatte.

Sie betätigte den Türklopfer. Nichts regte sich. Wo Haldersleben wohl steckte? Er war doch sicher nicht schon ins Bett gegangen, ohne das Licht im Laden zu löschen … Sie klopfte noch einmal. Endlich hörte sie Schritte hinter der Tür.

»Wer ist da?«, fragte die Stimme des Kartenmachers misstrauisch.

»Ich bin es, Johanna«, erwiderte sie halb bange, halb voller Wiedersehensfreude.

»Johanna!«

Der Kartenmacher sah ganz anders aus, als sie ihn in Erinnerung hatte. Zum ersten Mal sah sie ihn ohne Uniform. Und ohne Perücke. Zu ihrem Erstaunen waren seine Haare gar nicht grau, sondern dunkelbraun und ein wenig zerzaust. Auch seine Gesichtsfarbe hatte einen neuen rosigen Ton. Überraschung zeichnete sich auf seinen Zügen ab. Und Verlegenheit.

»Komme ich ungelegen?«, fragte Johanna sofort.

»Nein, nein, natürlich nicht!«, beeilte sich der Kartenmacher zu entgegnen. »Wie schön, dass Sie wieder da sind! Aber … aber wir haben ehrlich gesagt noch nicht mit Ihnen gerechnet.«

Er hatte die Tür nur halb geöffnet, sodass sie nicht in den Raum hineinschauen konnte. Ludwig Haldersleben schien unschlüssig, was er als Nächstes tun sollte.

»Ich wollte sagen, dass ich wieder da bin«, sagte Johanna zögerlich. »Und fragen, ob … ob ich …«

Sie hatte auf einmal das Gefühl, dass es besser war, wenn sie sich nicht auf einen Kaffee bei dem Kartenmacher einlud. Aber vielleicht konnte er ihr wenigstens einen brennenden Span, ein paar Kaffeebohnen und etwas frisches Wasser geben, sodass sie sich selbst eine Kanne brauen konnte.

»Hanne, bist du das?«, hörte sie plötzlich eine helle Stimme aus dem Hintergrund des Ladens rufen.

Ludwig Haldersleben öffnete die Tür ein Stückchen weiter, und Johanna sah Elisabeth mit weit ausgebreiteten Armen auf sich zustürzen. Die Freundin sah fantastisch aus mit ihrem weiten bunten Kleid und den offenen blonden Haaren.

»Meine Hanne, endlich bist du wieder da!«, rief Elisabeth freudestrahlend und drückte sie an ihren Busen. »Wir haben dich so vermisst!«

Es dauerte eine Weile, bis Johanna sich aus der Umarmung der Freundin befreien konnte. Verwirrt starrte sie von Elisabeth, auf deren flächigen Wangen sich kreisrunde rote Flecken gebildet hatten, zu Ludwig Haldersleben. Ein rätselhaftes Lächeln umspielte seine Lippen.

Was tat Elisabeth so spät am Abend bei dem Kartenmacher, noch dazu in diesem unschicklichen Aufzug? Der Laden war doch längst zu! Außerdem konnte sie sich nicht daran erinnern, dass sie sich jemals für Landkarten und dergleichen interessiert hatte. Und wo war Cornelia Haldersleben? Überhaupt, warum war Elisabeth nicht in Bornheim bei den Mädchen?

Ludwig Haldersleben schaute sie an, als könnte er die Gedanken erraten, die in ihrem Kopf wild durcheinanderwirbelten. Er öffnete den Mund, um etwas zu sagen, und schloss ihn wieder.

Johanna nickte ihm aufmunternd zu.

»Wir … nun … Also, wir haben uns verlobt«, erklärte er schließlich feierlich und griff nach Elisabeths Hand.

»Was?«, riefen beide Frauen wie aus einem Mund.

»Ja, meine Liebe, ich hatte noch keine Gelegenheit, es dir zu sagen, aber ich möchte dich heiraten. Und Johanna wird Trauzeugin. Würden Sie das für uns tun, Frau Nachbarin?«

»Ludwig, du bist ja verrückt!«, rief Elisabeth nach einem kurzen Schreckensmoment lachend und fiel dem Kartenmacher um den Hals. »Ich bin doch schon verheiratet, hast du das vergessen?«

Johanna war sprachlos. Elisabeth und Ludwig Haldersleben ein Paar!? Wer hätte das gedacht! Sie hatte wohl tatsächlich die Zweisamkeit der Verliebten gestört. Deshalb hatte es so lange gedauert, bis der Kartenmacher ihr die Tür aufgemacht hatte, deshalb war er anfangs so verhalten gewesen.

»Nein, ich bin überhaupt nicht verrückt«, erklärte er nun beschwingt und gab Elisabeth vor Johannas Augen einen Kuss auf den Mund. »So klar im Kopf wie jetzt war ich selten in meinem Leben. Ich liebe dich, Elisabeth, und möchte den Rest meiner Tage mit dir verbringen. Ganz einfach. Und jetzt lasst uns darauf anstoßen!« Er drehte sich zu Johanna um. »Und natürlich auf Ihre Heimkehr, Johanna. Willkommen zu Hause!«, fügte er herzlich hinzu. »Ich bin sehr froh, dass Sie wieder da sind!«

Elisabeth, Ludwig Haldersleben und sie hatten jeder eine Tasse Kaffee und ein Glas Apfelbrand vor sich stehen, als Johanna sich endlich traute, die Frage zu stellen, die ihr die ganze Zeit schon auf der Seele gebrannt hatte.

»Aber nun sag mir endlich, wo die Mädchen sind, Elisabeth!«, bat sie die Freundin und nahm einen Schluck aus ihrer Kaffeetasse.

»Tja, das ist eine lange Geschichte«, begann diese unbeholfen. »Nachdem du abgereist warst, lief ja erst mal alles sehr gut. Wir waren zusammen in Bornheim, bei deinem Bruder. Das weißt du ja noch, oder?«

Fragend sah sie Johanna an.

»Natürlich weiß ich das noch!«

Johanna wurde zunehmend ungeduldiger. Wenn sie nicht gewusst hätte, dass die Freundin in ihrer umständlichen Art immer so lange brauchte, um auf den Punkt zu kommen, hätte sie gedacht, sie wollte sie extra auf die Folter spannen.

»Mach es bitte kurz und erzähl mir einfach, wo alle sind, Elisabeth! Fang mit dem Ausgang der Geschichte an, nicht mit dem Anfang, bitte!«

Sie sah, wie Elisabeth kurz überlegte. Ludwig Haldersleben räusperte sich, als wollte er ihr beispringen, falls es notwendig werden sollte.

»Also, alles lief gut. Wir wohnten auf dem Hof von deinem Bruder, und ich habe genäht, damit wir uns etwas dazuverdienen konnten. Ich wollte Simon schließlich nicht auf der Tasche liegen, er hat es ja selbst schwer genug mit den ganzen Gören.«

Sie schüttelte den Kopf, als würde sie nicht verstehen, wie jemand zehn Kinder in die Welt setzen konnte. Johanna musste ihr im Stillen recht geben, auch sie hatte ihren Bruder und seine Frau nie verstanden. Trotzdem wollte sie jetzt endlich wissen, was mit ihren eigenen Kindern war.

»Elisabeth, bitte …«

»Ja, und die Mädchen haben mir ein bisschen geholfen. Und auf dem Feld gearbeitet haben sie auch. Zweimal in der Woche habe ich sie zu den Halderslebens begleitet, damit Cornelia sie weiter unterrichten konnte.«

Sie strahlte den Kartenmacher an, der ihr Lächeln zärtlich erwiderte.

»Dabei sind Ludwig und ich uns allmählich nähergekommen. Ich musste ja irgendetwas tun, während die Kinder bei Cornelia waren …«, erklärte sie. »Aus lauter Langeweile habe ich angefangen, die *Coffeemühle* aufzuräumen, aber dann hat Ludwig mich dabei erwischt, wie ich ganz alleine die schweren Bretter von den zertrümmerten Bänken und Tischen rausgetragen habe. Und als echter Kavalier ist er mir natürlich sofort zur Seite gesprungen. Na ja, so haben wir beide eben alles in Ordnung gebracht.« Sie kicherte wie ein junges Mädchen. »Und dann, eines Tages … Eines Tages hat er mich dann …«

Johanna wollte nicht unhöflich erscheinen, schließlich hatte sie gerade erfahren, wem sie die Beseitigung des Durcheinanders in ihrem Kaffeehaus zu verdanken hatte, aber so langsam drohte ihr nun doch der Geduldsfaden zu reißen.

»Gut, und die Mädchen waren in der Zwischenzeit bei Cornelia. Aber wo sind sie jetzt?«, fasste sie den Bericht der Freundin knapp zusammen.

»Warte, ich wollte erst noch erzählen, was aus Anne und Sybilla geworden ist«, fuhr Elisabeth ungerührt fort. »Weißt du, dein Krämer, Jehuda ben Abraham, hat ihnen eine Stelle als Sabbatweiber vermittelt. Ist das nicht großartig? Du weißt ja sicher, dass die Juden am Sabbat gar nichts machen dürfen, und ihr Gesinde darf auch nichts machen. Da haben sich die Bessergestellten für diesen Tag Christen verpflichtet, damit jemand den Ofen anzündet und das Essen aufwärmt. Das ist wirklich gut bezahlt und hat den beiden bestens über die Runden geholfen. Sie haben sogar uns was von ihrem Geld abgeben können. Und Schosch – bevor er dann bei Ludwig anfangen konnte.«

Sie drückte dem Kartenmacher die Hand, der hingerissen an ihren Lippen hing und gar nicht mitzubekommen schien, dass Johanna vor Nervosität fast platzte.

Wo war bloß Haldersiebens Scharfsinn abgeblieben?, fragte sie sich resigniert. War er wirklich so blind vor Liebe, dass er nicht merkte, wie Elisabeth sich in ihren weitschweifigen Erklärungen verzettelte, statt ihr, Johanna, Rede und Antwort zu stehen? Sie musterte sein glühendes Gesicht, das nun auch durch den Alkohol mehr Farbe angenommen hatte. Nein, selbst wenn der Kartenmacher gewollt oder gekonnt hätte, auch ihm wäre es wahrscheinlich nicht gelungen, Elisabeth zur Eile anzutreiben. Sie war einfach so – wann immer Elisabeth eine Abkürzung nehmen sollte, wurde sie konfus.

»Schosch arbeitet hier? Ich hoffe nur, er stellt sich halbwegs vernünftig an«, wandte sich Johanna beiläufig an Ludwig Haldersleben. »Aber jetzt will ich wirklich wissen, wo meine Mädchen sind!«, sagte sie dann etwas lauter als beabsichtigt in die Runde.

»Bei Philipp Ingen«, erbarmte sich der Kartenmacher ihrer endlich. »Er hat sie Elisabeth weggenommen. Das war um Mariä Lichtmess herum. Tut mir leid, Johanna, wir haben versucht, Einspruch zu erheben, aber er ist der offizielle Vormund. Das Recht ist auf seiner Seite.«

Sie hatte es die ganze Zeit geahnt – die Tatsache, dass Elisabeth ohne die Kinder in Frankfurt war, ihr langes Drumherumgerede, Ludwig Halderslebens Schweigen … Trotzdem traf sie die Nachricht mit voller Wucht.

Johanna schob die Kaffeetasse und das Schnapsglas zur Seite und stützte den Kopf in die Hände. Sie schloss die Augen, damit die Tränen, die sofort in ihr hochgestiegen waren, nicht hervorquellen konnten. Alles war umsonst gewesen! Nichts, was in den verdammten Truhen war, um die sie so gekämpft hatte, ihr ganzer neuer Reichtum, mit dessen Hilfe sie dort wieder hatte anfangen wollen, wo sie vor ihrer Abreise nach Venedig aufgehört hatte – all das konnte den Verlust der Mädchen nicht aufwiegen. Sie war zu spät gekommen. Was nützte ihr ein florierendes Kaffeehaus ohne ihre Töchter?

Elisabeth stand auf. In ihrem bunten Kleid und den offenen blonden Haaren sah sie aus wie damals als kleines Mädchen, als Johanna und sie immer Prinzessin gespielt hatten.

»Was hast du gesagt, Ludwig? Jetzt siehst du, was du angerichtet hast!«, rief sie mit leichtem Vorwurf in der Stimme, während sie sich neben Johanna auf den Boden kniete, die Arme um ihre Hüften schlang und den Kopf gegen ihre Schulter lehnte. »Ich wollte es dir schonend beibringen, Hanne«, schniefte sie unter Tränen.

Als nun auch Johanna in lautes Schluchzen ausbrach, erhob sie sich wieder und füllte den letzten Rest aus der Kaffeekanne in eines der Schnapsgläser, in dem sich noch ein Schluck Apfelbrand befand.

»Hier, trink!«, sagte sie fest.

Sie hielt das Glas an Johannas Lippen und flößte ihr das lauwarme Getränk ein, als wäre es Medizin.

## 27. KAPITEL

Johanna hatte den Jagdtrophäen den Rücken zugewandt und schaute durch das große Fenster auf das morgendliche Treiben hinunter. Auf der Zeil gab es einiges zu sehen. Gerade erst war ein vor einen Einachser gespanntes Pferd scheinbar grundlos zusammengebrochen. Sein Besitzer hieb mit der Peitsche auf das

Tier ein, das sich weigerte, wieder aufzustehen. Ein Ring von Schaulustigen hatte sich um das armselige Spektakel gruppiert.

Es war ein ungewöhnlich kalter, verregneter Junitag. Die meisten Passanten hielten kleine Schirme in der Hand, die eigentlich eher zum Schutz vor der Sonne dienten, oder hatten sich Tücher um den Kopf gebunden, um sich vor dem Nieselregen zu schützen. Sie selbst hatte ihren klammen Umhang auf einem der vier Ledersessel zum Trocknen ausgebreitet.

Am Vorabend hatte ihr die Kraft gefehlt, sich noch auf den Weg zu Philipp Ingen, dem Vormund ihrer Töchter, zu machen, so erschöpft war sie von der langen Reise gewesen. Elisabeth hatte ihr rasch geholfen, ihr altes Schlafzimmer zwei Stockwerke oberhalb der *Coffeemühle* nach der langen Abwesenheit wieder halbwegs wohnlich zu machen, und ihr schließlich befohlen, mit einer Wärmflasche ins Bett zu gehen und sich erst am nächsten Morgen dem zweifellos unangenehmen Gespräch zu stellen.

Die erste Nacht nach so langer Zeit im eigenen Bett war eine wahre Wohltat gewesen, sodass sie gut ausgeruht um halb sieben in der Frühe aufgewacht war und sich sogleich in den Regen begeben hatte. Je früher sie bei Philipp Ingen auftauchte, desto besser, hatte sie gedacht. So konnte sie wenigstens sichergehen, dass er zu Hause war, wenn sie kam. Und er würde auch keine Zeit mehr haben, sich irgendwelche Tricks auszudenken, um sie abzuwimmeln. Sie zweifelte nicht daran, dass sich ihre Rückkehr in Frankfurt wie ein Lauffeuer herumsprechen würde oder gar schon herumgesprochen hatte. Die Witwe Berger war schließlich nicht irgendwer, wie auch die Begegnung mit den beiden freundlichen Zöllnern gezeigt hatte. Wenngleich ihr Ruhm nach den Ereignissen um die Eröffnung des Damensalons wohl insgesamt eher ein trauriger war.

Nun ließ man sie schon seit über einer Stunde im Vorzimmer in der ersten Etage des herrschaftlichen Gebäudes am westlichen Ende der Zeil warten. Angestrengt lauschte sie auf die Geräusche des gerade erst erwachenden Hauses. Im Zimmer nebenan, Philipp Ingens Bureau, wie sie wusste, waren seit geraumer Zeit gedämpfte Stimmen zu hören, die auf die Anwesenheit von Menschen hinwiesen. Sie ballte die Fäuste zusammen und starrte angestrengt zu dem leblosen Pferd auf der Zeil hinunter. Am liebsten hätte sie mit ihren Händen gegen die in vornehmem Grau lackierte Flügeltür getrommelt und Einlass begehrt. Wenn der Jagdsalon wenigstens einen Spiegel gehabt hätte, in dem sie sich hätte vergewissern können, dass ihr Khojal nicht verlaufen war! Aber dafür war zwischen den ganzen alten Waffen, Hirschgeweihen und ausgestopften Rebhühnern wohl kein Platz mehr gewesen. Selbst die Tapete zeigte ein Jagdmotiv: Vornehme Herren hoch zu Ross verfolgten ein Wildschwein. Eine Meute braunweiß gefleckter Hunde mit schwarzen Schnauzen rannten mit wehenden Ohren und heraushängenden Zungen neben den Pferden her, während der vorderste Reiter auf seinem Horn zum Halali blies.

Sein Bestreben, in den Adelsstand erhoben zu werden, war eine der beiden Leidenschaften, die Philipp Ingen antrieben. Die andere war seine Mildtätigkeit. Seit er vor drei Jahren die reiche Erbin Trudi Kühnemeier geheiratet hatte, die vom Alter her gut und gerne seine Tochter hätte sein können, vermochte der ehemalige Notar seinen beiden Leidenschaften uneingeschränkt nachzugehen. Trudis Vater hatte testamentarisch verfügt, dass nach seinem Tod die eine Hälfte seines Vermögens in eine Almosenstiftung fließen und die andere Hälfte an Trudi gehen sollte, die mit dem Geld ihres Vaters als Erstes das schmucke Palais am westlichen Ende der Prachtstraße Zeil erworben hatte.

Wer hier wohnte, der hatte es geschafft! Johanna wusste ganz genau, dass ebendiese Wirkung beabsichtigt war, aber trotzdem hatte sie sich von dem dreistöckigen Neubau mit der achtfenstrigen Front und dem großartigen Eingangsportal eingeschüchtert gefühlt. In der marmornen Empfangshalle hatte sie ein livrierter Diener aufgehalten, der streng ihren Namen und ihr Anliegen erfragt und sie dann die große Freitreppe hinauf zum ersten Stock geleitet hatte.

»Monsieur wird sich gleich um Sie kümmern«, hatte er noch gehaucht, bevor er sie in den kleinen Jagdsalon geschoben hatte.

Als Philipp Ingen noch für Adam tätig gewesen war, dessen Verträge er gestaltet und dessen Testament er aufgesetzt hatte, war er fast jeden Tag in der *Coffeemühle* aufgetaucht. Johanna hatte nie wirklich verstanden, warum Adam ausgerechnet diesem frömmelnden Langweiler die Vormundschaft für seine beiden Töchter überlassen hatte. »Philipp ist äußerst zuverlässig«, hatte Adam sie zu beruhigen versucht. »Und ehrlich. Du brauchst dir keine Sorgen zu machen!« Doch seit seiner Heirat mit Trudi Kühnemeier hielt Philipp Ingen es offenbar für unter seiner Würde, in der *Coffeemühle* zu verkehren. Als Treuhänder einer wichtigen Stiftung suchte er nunmehr die Gesellschaft der Ratsherren und Großen der Stadt und trank seinen Kaffee im *Kaffeekollegium* der Witwe Pick, das lediglich einem auserwählten Kreise zugänglich war. Seine Gattin Trudi war ziemlich unbedarft, wie Johanna fand. Sie war so weich gebettet zur Welt gekommen, dass sie nicht den blassesten Schimmer von den Verhältnissen hatte, in denen der größte Teil der Menschheit lebte. Das Einzige, was man ihr zugutehalten konnte, war ihr Bemühen, nicht allzu sehr auf diejenigen herabzuschauen, die in weniger vorteilhafte Umstände hineingeboren worden waren als sie selbst. Allerdings sah man ihr an, wie schwer ihr das fiel, da sie eine erbärmliche Schauspielerin war.

Endlich öffnete sich die Tür zu Philipp Ingens Bureau.

»Johanna, willkommen zurück!«

Das Frankfurterisch des Treuhänders wies ein leichtes Lispeln auf. Johanna war nie dahintergekommen, ob er wirklich einen Sprachfehler hatte oder sich durch sein Lispeln einfach nur distinguierter fühlte. Seine Kleidung ähnelte der der vornehmen englischen Kaufleute, die sich manchmal zur Messe bei ihr einquartierten. Gedeckte Farben, hervorragende Tuche, aber alles sehr schlicht. Nur die Lederflicken auf den Ellbogen seines Rocks wirkten lächerlich. Unter den feinen Seidenstrümpfen drückten sich dicke Krampfadern durch. Sein Gesicht war rötlich und nichtssagend, die Frisur dafür umso auffallender. Bis auf Höhe der Ohrläppchen schienen die grauen Haare eng am Kopf zu kleben, unten waren sie dann gerollt, als hätte man Würste darin eingewickelt.

»Guten Tag, Philipp!«

Sie hatte Mühe, ihre Stimme nicht allzu reserviert klingen zu lassen. Es war auf jeden Fall besser, ihn erst einmal anzuhören und nicht gleich loszupoltern. Aber es fiel ihr schwer, sich zu beherrschen, so wütend, wie sie war. Doch bei Menschen wie den Ingens musste man raffiniert vorgehen, da kam man nicht weiter, wenn man mit der Faust auf den Tisch haute oder türenknallend den Raum verließ.

»Hinein in die gute Stubb!«, scherzte der große Wohltäter jovial und schob Johanna vor sich her in sein Bureau.

Wusste er nicht, dass sie schon über eine Stunde im Vorzimmer gewartet hatte? Um ihren Unmut in den Griff zu bekommen, musterte Johanna angestrengt die dunklen Ölporträts an den Wänden, die die gleiche Jagdtapete aufwiesen wie nebenan. Wer waren diese hochherrschaftlichen Männer und Frauen wohl? Ihren Frisuren und Kleidern nach zu schließen mussten sie aus mindestens fünf verschiedenen Jahrhunderten stammen. Dass es sich um Philipp Ingens Ahnen handelte, schloss sie aus, allenfalls um die seiner Frau. Nur ein Gemälde, das direkt hinter dem mächtigen Schreibtisch hing, war neu und zeigte Philipp, Trudi und ihre beiden kleinen Söhne.

Ein Dienstmädchen brachte knicksend einen Krug mit Waldmeisterbrause. Auf den zugehörigen Bechern war ein Wappen abgebildet, drei gelbe Sparrenbalken auf blauem Grund.

»Das habe ich schon mal entwerfen lassen«, erklärte der Hausherr schmunzelnd, als er ihren fragenden Blick bemerkte. »Aber bitte setz dich doch endlich, Johanna!«, rief er dann.

Er sprang wieder auf, um einen Ledersessel vor den Sekretär zu rücken, und schenkte die beiden Becher halb voll mit Brause.

»Nun, das wurde ja allmählich auch Zeit, dass du Weitgereiste dich mal wieder in Frankfurt blicken lässt, Johanna! Es ist allerlei passiert in deiner Abwesenheit.«

»Wo sind die Mädchen?«, platzte Johanna heraus, die sich nun doch nicht mehr beherrschen konnte.

»Den beiden geht es gut. Sie fühlen sich sehr wohl bei uns. Trudi ist gerade zum Waisenhaus aufgebrochen und hat die beiden mitgenommen. Sie lässt dich übrigens schön grüßen. Sie freut sich, dass du wieder da bist.«

Johanna verschlug es die Sprache. Da hatte man sie über eine Stunde zwischen all den Hirschgeweihen warten lassen, während ihre Töchter sich die ganze Zeit über ein paar Türen weiter befunden hatten! Am liebsten wäre sie aufgesprungen und hätte Philipp Ingen den Krug mit der Waldmeisterbrause ins Gesicht geschüttet. Überhaupt wäre ihr ein ordentlicher Kaffee viel lieber gewesen als dieses seltsame Modegetränk, das eigentlich nur nach Wasser schmeckte. Aber wahrscheinlich gehörte auch Trudi Ingen zu den Leuten, die den Kaffee verteufelten, weil sie ihn für schädlich hielten. Und der feige Philipp hatte nicht den Mut, sich ihr zu widersetzen.

»Ja, ich weiß gar nicht, wie es mit der Wohlfahrt in dieser ach so reichen Stadt« – der ehemalige Notar gab ein affektiertes Hüsteln von sich – »aussehen würde, wenn Trudi und ich nicht eingegriffen hätten. Wir haben es uns wahrhaft zur Aufgabe gemacht, uns um die Gestrauchelten und Bedürftigen Frankfurts zu kümmern. Neben dem Waisenhaus und dem Almosenkasten kümmert sich die Stiftung jetzt auch noch um ehrbare, unversprochene Bürgerstöchter in Not und um leichtfertige Mädchen – sofern sie bereit sind, auf den Pfad der Tugend zurückzukehren natürlich. Ich selbst bin mehr für die Verwaltung und die Finanzen zuständig. Aber Trudi steht mittendrin. Täglich verteilt sie milde Gaben an die Notleidenden. Und Adams Töchter sind stolz, dass sie Trudi dabei helfen dürfen. Weißt du, Johanna, sie …«

»Moment mal, Philipp!«, unterbrach sie gereizt seinen Wortschwall. Sie wusste, dass sie mit dem Feuer spielte, aber das war ihr jetzt gleichgültig. »Erstens sind Adams Töchter auch meine Töchter! Zweitens finde ich es, gelinde gesagt, eine ziemliche Unverschämtheit, dass du mich so lange in deinem Vorzimmer hast warten lassen, während die Mädchen noch im Haus waren, statt sie sofort zu mir zu schicken. Und drittens, was Trudis Barmherzigkeit betrifft, so …«

Johanna war aufgesprungen und hatte ihren Sessel zurückgeschoben. Mit hoch erhobenem Kopf stand sie nun vor Philipp Ingens Sekretär. Sie kochte vor Zorn. Wenn sie Trudi nicht schon immer verachtet hätte, dann würde sie jetzt damit anfangen. Eine wohlhabende Frau, die es nicht nötig hatte zu arbeiten, aber so tat, als wäre sie mit ihren Wohltätigkeitsprojekten wer weiß wie beschäftigt, während andere sich krumm und buckelig schufteten, um ihre Familien zu ernähren. Und als wäre es nicht genug, dass sie innerhalb von zwei Jahren zwei Söhne bekommen hatte, nahm sie Johanna nun auch noch ihre beiden Mädchen weg. Und dann durfte man noch nicht einmal etwas gegen dieses ganze karitative Getue sagen, diese Gutherzigkeit, diese protestantische Pflichterfüllung gegenüber den Benachteiligten! Stattdessen musste man sich auch noch schlecht fühlen, weil man einen mildtätigen Engel verabscheute.

Philipp Ingen ignorierte ihren Einwurf einfach. Als stünde sie nicht mit zornroten Wangen vor ihm und hätte ihm sein unverschämtes Verhalten vorgeworfen, fuhr er mit seiner Litanei fort. Lediglich seine Stimme hatte einen etwas strengeren Unterton angenommen.

»… und dann überwacht Trudi auch noch persönlich, wie die Almosen eingesetzt werden. Dabei unterstützt sie der Pfarrer von der Barfüßerkirche. Manche von unseren Schäfchen sind nämlich so dem Suff verfallen, dass sie die zwei Brotlaibe, die wir ihnen pro Woche aushändigen, sofort verflüssigen, wenn du verstehst, was ich meine.«

Er blickte sie nicht an, als er sich selbst und ihr, die sie ihre Brause bisher nicht angerührt hatte, noch einmal nachschenkte. Dann, als wollte er ihr zeigen, dass jede Menge Arbeit auf ihn wartete, zog er einen Stapel Papier zu sich heran und tauchte seine Feder in ein großes blaues Tintenfass. Mit schwungvollen Buchstaben schrieb er das Datum des heutigen Tages in die obere rechte Ecke des ersten Blattes: 2. Juni 1733.

Johanna wurde klar, dass sie keinen Schritt weiterkommen würde, wenn sie sich den Vormund ihrer Töchter zum Feind machte. Er würde jeden Vorwurf, den sie ihm machte, einfach an sich abprallen lassen. Als wäre sie eine lästige Fliege, die man mal eben so mit einem Wedeln der Hände vertrieb. Oder gar mit der Patsche erschlug. Nein, sie musste ihre Taktik ändern, wenn sie bei Philipp Ingen etwas erreichen wollte.

»Eure Arbeit hat meine volle Unterstützung, Philipp.«

Johanna strich sich über ihr Kleid und nahm wieder Platz, als hätte sie nur ein paar Falten in den Stoffmassen ihres Rockes richten wollen. Sie spürte, wie ihr Zorn verrauchte. »In der Ruhe liegt die Kraft« – wer hatte das noch immer zu ihr gesagt? War es Adam gewesen? Oder die alte Aglaia? Wer auch immer: Es war auf jeden Fall besser, nicht wie eine aufgebrachte Furie auf andere Menschen loszugehen, sondern ihnen ganz ruhig und unvoreingenommen zu begegnen. Abgesehen davon, dass man seine eigenen Nerven auf diese Weise schonte.

»Niemand hat ein Interesse daran, dass diese armen Menschen bettelnd auf der Straße herumhängen, ihre Wunden zur Schau stellen und unsere Kunden anpöbeln«, fuhr sie einlenkend fort.

Doch noch während sie sprach, merkte sie, dass sie etwas Falsches gesagt hatte.

»Also, darum geht es unsereinem ja gar nicht, liebe Johanna!«, erwiderte Philipp Ingen ein wenig spitz. »Uns treibt die reine Barmherzigkeit. Es gibt so viel Gutes, das man tun kann auf dieser Welt …«

Während er lispelnd über die neue Armenküche und das Spital für Kriegsverletzte schwadronierte, das er und Trudi planten, und sich über den Geiz der besser gestellten Bürger der Stadt beklagte, die so schwer zum Spenden zu bewegen seien, entwickelte sich peu à peu ein Plan in Johannas Kopf. Plötzlich erkannte sie, wie sie den Vormund ihrer Töchter gleichzeitig bei seinem Bestreben, in den Adelsstand aufzusteigen, und seinem Wunsch nach mildtätigen Spenden packen konnte. Sie nippte an ihrer Brause und lehnte sich entspannt zurück. So schlecht schmeckte das Gesöff gar nicht, musste sie zugeben. Alles würde gut werden, das spürte sie jetzt.

Philipp Ingen hatte nun doch das Thema gewechselt und war bei ihr, Johanna, angekommen.

»Ich habe immer zu Trudi gesagt: ›Johanna weiß gar nicht, was da vor sich geht in diesem Bornheim.‹ Seit damals, als du dort aufgewachsen bist, hat sich der Ort von Grund auf verändert. Und die Dirnen sind nicht nur immer mehr, sondern auch immer dreister geworden. Auf offener Straße sprechen sie einen heutzutage an, Johanna!«

Seine Stimme klang so vorwurfsvoll, als hätte sie persönlich dafür gesorgt, dass die »Bernemer Mädsche« jeden Respekt vor ehrbaren Frankfurter Bürgern verloren hatten. Woher wusste er das eigentlich?, fragte sie sich und hatte Mühe, ein Grinsen zu unterdrücken. War er etwa auch regelmäßiger Gast in den einschlägigen Etablissements? Wenn das die gute Trudi wüsste!

»Na ja, und deine Freundin Elisabeth, die war ja kaum mehr zu Hause und hat sich um die beiden Kleinen gekümmert«, beschwerte sich der Treuhänder weiter. »Immerzu hat sie bei diesem Kartenmacher gesteckt. Auch über Nacht, wenn mich nicht alles täuscht. Dabei ist sie verheiratet! ›Wir müssen uns der Töchter meines lieben Freundes Adam unbedingt annehmen‹, habe ich schließlich zu Trudi gesagt, ›auf dem Totenbett habe ich dem guten Mann versprochen, dass ich für seine Kinder sorge. Und was ein Ingen ist, der hält sein Wort!‹«

»Aber nun bin ich ja wieder da«, sagte Johanna ruhig. »Ich warte hier auf Trudi und die Mädchen und nehme sie dann gleich mit.«

»Ich weiß gar nicht, ob sie hier wieder wegwollen.« Er lachte ein wenig gekünstelt. »Sie sind ganz hingerissen von Trudi. Und ich weiß auch gar nicht, wann Trudi zurückkommt. Sie wollte noch bei den von Müllers vorbeischauen. Die haben uns eine größere Spende in Aussicht gestellt.«

»Ja, darauf wollte ich nachher auch noch zu sprechen kommen«, brachte Johanna nun ihre Kanonen in Stellung.

»Worauf?«

»Auf die Spendengelder, die ich möglicherweise für eure Stiftung besorgen kann. Was ihr beiden leistet, ist ja so vorbildlich! Ein solches mildtätiges Engagement wird auf der ganzen Welt bewundert.«

»Tatsächlich?«

»Ich denke da an zwei sehr bedeutende Persönlichkeiten, die sich für eure Stiftung interessieren dürften«, verkündete Johanna gewichtig. »Da wäre einmal der Conte Giustinian, einer der wichtigsten Repräsentanten der Republik Venedig.«

Philipp Ingen zog beeindruckt die Augenbrauen hoch.

»Ist das wahr?«, fragte er staunend.

Johanna nickte. Sie verzog keine Miene. Nach dem Betrug, den der Conte an ihr begangen hatte, verspürte sie nun auch keinerlei Skrupel, ihn für ihre Zwecke zu benutzen.

»Vermutlich wird sich sogar die *Serenissima* beteiligen.«

Übertreib jetzt nicht, rief sie sich in Gedanken zur Ordnung, sonst wirst du unglaubwürdig! Aber dann ging die Fantasie doch mit ihr durch.

»Und außerdem werde ich mit Sicherheit meine Herrin und Mäzenin, die Prinzessin Zehra, für eure Sache gewinnen können, die Schwester des osmanischen Herrschers. Du musst wissen, mir wurde in einer hochoffiziellen Zeremonie der Titel einer ›Kaffeemeisterin des Sultans‹ verliehen.« Sie beugte sich über den Sekretär zu Philipp Ingen vor und senkte vertraulich die Stimme. »Ein Amt, das nicht auf die leichte Schulter zu nehmen ist. Eines der höchsten bei Hofe! Ich kann mich auch offiziell so nennen – aber du und Trudi, ihr müsst mich natürlich nicht mit diesem Titel anreden. Die Prinzessin hat mir einen Sack voller Goldmünzen mitgegeben. Eigentlich war das Geld ja für die Sanierung der *Coffeemühle* gedacht, aber sie hat bestimmt nichts dagegen, wenn ich sozusagen eine erste Anzahlung für eure Stiftung davon leiste. Und nächstes Jahr wird sie persönlich nach Frankfurt kommen, um sich hier alles vor Ort anzuschauen – natürlich mit der Absicht, den hiesigen Bedürftigen zu helfen. Sie hat ein so wohltätiges Herz, die Sultana! Möglicherweise wird auch Seine Majestät selbst die Reise zu uns antreten.«

Philipp Ingen starrte sie mit offenem Mund an.

»Dann könnte ich noch versuchen, den Scheich Saleh von Algier für die gute Sache zu gewinnen. Seine Eminenz fühlt sich der Wohlfahrt ebenfalls sehr verbunden. Ich hatte das Glück, ihn auf der Überfahrt von Konstantinopel nach Neapel kennenzulernen. Er ist meines Wissens der bedeutendste … äh …« – Johanna geriet ins Stottern – »…der bedeutendste Reeder im ganzen Mittelmeer«, fing sie sich schnell wieder. »Er unterhält sogar eine eigene Armee. Sein Kompagnon Monsieur de Toulon stammt aus einem vornehmen französischen Adelsgeschlecht. Auch er wird sich beteiligen, da bin ich mir ganz sicher. Er verfügt über beste Verbindungen zum Orden des heiligen Johannes von Jerusalem in Malta, musst du wissen.«

»Und all diese Exzellenzen würden für unsere Projekte spenden?«

Johanna nickte.

»Dafür lege ich meine Hand ins Feuer. Diese Leute haben viel, viel Geld. Aber noch größer sind ihre Herzen. Sie haben Augen und Ohren für das Elend der Welt. Wenn sie helfen können, dann tun sie das sofort.«

»Das ist ja unglaublich! Wie hast du das denn geschafft, diese ganzen vornehmen Leute kennenzulernen?«

Johanna lächelte schmallippig. Am liebsten hätte sie ihm an den Kopf geworfen, dass er ihr, einer einfachen Bornheimerin, in seinem verdammten Standesdünkel so etwas wohl nicht zutraue.

»Ach, weißt du, Philipp, in meinem Beruf kommt man eben viel in der Weltgeschichte herum. Und lernt fast von selbst die interessantesten Leute kennen. Schließlich lieben sie alle Kaffee, ja sind geradezu verrückt nach ihm! Und da ich nun offenbar doch eine gewisse Begabung auf dem Gebiet der Kaffeezubereitung habe, liegt es nahe, dass sie mir mit Respekt begegnen.« Sie senkte bescheiden die Lider. »Ach, übrigens, es hätte nicht viel gefehlt, und ich wäre gar nicht mehr nach Frankfurt zurückgekehrt: Der Conte Andrea Giustinian, der sich nicht nur in meinen Kaffee, sondern auch in meine Person verliebt hat, wollte mich unbedingt heiraten, musst du wissen. Contessa Giovanna Giustinian – klingt doch nicht schlecht, oder? Ich habe aber abgelehnt, er ist schließlich Papist. Das schien mir dann doch nicht schicklich genug für eine Frankfurter Lutheranerin. Aber die Mädchen hätte ich natürlich zu mir geholt – dein Einverständnis vorausgesetzt!« Sie lächelte ihm huldvoll zu. »Etwas Besseres, als Teil des venezianischen Hochadels zu werden, hätte Adams Töchtern wohl kaum passieren können, findest du nicht?«

Johanna hatte versucht, ihre Stimme möglichst hochmütig klingen zu lassen. Ein Adelstitel war das Einzige, was Philipp Ingen zum Glück noch fehlte. Prompt biss der ehemalige Notar an.

»Aber, Johanna, das mit der Religionszugehörigkeit muss man doch nicht so eng sehen! In einem solchen Fall hätten bestimmt alle von Rang und Namen darüber hinweggesehen.«

Und was würdest du dazu sagen, lieber Philipp, wenn ich dir erzählte, dass ich eigentlich einen armen jüdischen Musiker liebe? Und aus dem Grund den Heiratsantrag des ebenso vermögenden wie mächtigen Conte ausgeschlagen habe? Gerade noch rechtzeitig biss sich Johanna auf die Zunge, um diesen verhängnisvollen Satz nicht über ihre Lippen zu lassen. Sie spürte, wie tief unten in ihr der Zorn wieder zu brodeln begann. Sie wusste noch immer nicht, was aus Gabriel geworden war. Ob seine Verletzung geheilt war, ob er vielleicht in einem Kerkerloch schmorte, weil er ihretwegen gegen das Gesetz verstoßen hatte … Sie hatte sich jeden Gedanken an ihn verboten, solange sie ihre Mädchen nicht sicher bei sich hatte. Also würde sie auch jetzt nicht an Gabriel denken, sondern die Komödie, die sie hier gerade begonnen hatte, ganz gelassen weiterspielen.

»Der Conte ist mir trotz allem weiterhin eng verbunden. Er hat mir sogar angeboten, die Mädchen in die venezianische Gesellschaft einzuführen, wenn sie ein wenig älter sind«, log sie gnadenlos weiter. »Vielleicht würde er dasselbe ja sogar für deine Söhne tun – in gewisser Weise sind sie ja beinah so etwas wie Cousins von Lili und Margarethe, da macht er bestimmt keinen Unterschied.«

»Das wäre natürlich eine feine Sache«, geriet der Treuhänder ins Träumen. »Wir könnten sie gemeinsam hinschicken …«

Plötzlich sah er sie misstrauisch an.

»Du nimmst mich doch nicht auf die Schippe, Johanna?«

»Natürlich nicht, wo denkst du hin?«

Johanna schüttelte empört den Kopf. Sie hatte zwar noch keine Ahnung, was sie tun würde, wenn die angekündigten Spendengelder ausblieben, aber dann wären die Mädchen längst wieder bei ihr. Und Zehra würde sie schon nicht im Stich lassen, sie würde ihrem Bruder auf jeden Fall Geld entlocken, um Johanna einen Gefallen zu tun. Und wie der Conte sich verhalten würde, spielte ohnehin keine Rolle, da sie ihn nie mehr wiedersehen wollte.

»Um welche Summen handelt es sich denn?«

»Ich denke, die erste Anzahlung könnte zwanzigtausend Akçe betragen. Das sind die osmanischen Silbermünzen. Das entspricht in etwa …«

Johanna stockte. Sie hatte nicht die leiseste Idee, wie sich die osmanische Währung in Frankfurter Gulden umrechnen ließ.

»Ich würde Ihrer Hoheit doch dann sicher auch einmal vorgestellt werden, oder?«, fragte Philipp Ingen eifrig.

»Das ließe sich bestimmt einrichten. Voraussetzung für ihr Kommen ist natürlich, dass ich meine Gerechtigkeit zurückerhalte. Das steht ja auch noch aus.«

»Was war denn das überhaupt für eine sonderbare Geschichte? Man hat mir so allerhand erzählt über die Schließung der *Coffeemühle* …«

Er schüttelte den Kopf, sodass die Wurstrolle unter seinen Ohren auf und ab hüpfte.

»Du weißt ja, dass Gottfried Hoffmann sich seit Adams Tod eine Intrige nach der anderen gegen mich ausgedacht hat. Er hat es geschafft, dass mir die Gerechtigkeit entzogen wurde. Die vom *Mainzer Kaffeehaus*, die vom *Breitingschen* und vom *Schällerschen* haben sich natürlich ins Fäustchen gelacht, sind sie doch nun seit über einem Jahr die Einzigen, die in Frankfurt offiziell Kaffee ausschenken dürfen. Was nicht heißt, dass die anderen es nicht heimlich auch täten – Krethi und Plethi brauen sich ja heutzutage ihr Kaffeesüppchen zusammen! Und die Stadt drückt natürlich ein Auge zu: Wo man geht und steht, wird Kaffee ausgeschenkt, alles illegal! Denn erlaubt ist es nur uns vieren – die wir ja auch kräftig dafür zahlen müssen. Erschwerend hinzu kommen die anderen Wirte, die uns Cafétiers sowieso feindlich gegenüberstehen und uns am liebsten aufgeben sähen. Die haben sich alle ein Loch in den Bauch gefreut, als ich mein Geschäft schließen musste. Dabei entbehren die Anschuldigungen gegen mich jeglicher Grundlage, wie du dir vorstellen kannst.«

»Genau das hat Trudi auch immer gesagt. ›Niemals würde Johanna gegen das Gesetz verstoßen!‹, hat sie gesagt. Wenn wir dir also irgendwie helfen können, Johanna …«

Er lehnte sich in seinem Stuhl zurück und trommelte leicht mit einer Stange Siegellack auf seinem linken Handgelenk herum. Sein Mund hatte sich zu einem schmalen Strich verzogen.

»Dein Angebot weiß ich sehr zu schätzen, Philipp!«

Johanna setzte eine gerührte Miene auf und blickte ihm tief in die Augen.

Unten auf der Zeil hörte man eine Kutsche vorfahren.

»Das wird Trudi sein!«

Philipp Ingen erhob sich. Er wirkte erleichtert, dass ihr Gespräch nun zum Abschluss kam.

So schnell sie es in ihren hochhackigen Sonntagsschuhen vermochte, stürzte Johanna zum Fenster. Tatsächlich half der livrierte Diener gerade Lili aus der Kutsche. Was war sie groß geworden! Sie war kaum wiederzuerkennen.

Johanna drehte ungeduldig am Fensterknauf. Endlich ließ sich der Rahmen öffnen.

»Lili, Margarethe!«, rief sie laut auf die Zeil hinaus.

Sie lehnte mit dem ganzen Oberkörper aus dem Fenster und winkte wild mit beiden Armen.

»Mutter!«, kreischte Lili, als sie Johanna erblickte.

Ohne auf die vorbeiratternden Kutschen zu achten, rannte sie, so schnell sie konnte, ins Haus hinein.

Dann sah Johanna Margarethe, die in der Uniform eines Kindermädchens steckte und einem kleinen Jungen aus der Kutsche half.

Philipp Ingen war neben sie getreten. Ergriffen sah er auf die Szene unten auf der Straße herab.

»Ja, die beiden haben sich hier wirklich nützlich gemacht. Insbesondere Margarethe! Die Jungs sind ganz vernarrt in sie. Trudi ist ja viel unterwegs, da haben deine Mädchen immer auf die Kinder aufgepasst.« Er zögerte einen winzigen Augenblick. »Weil die beiden so fleißig waren, würde ich dir auch nur einen Teil der Kosten für ihren Unterhalt in Rechnung stellen …«

Doch Johanna hörte ihn schon nicht mehr. Mit beiden Händen packte sie die Stofffülle ihrer Röcke, raffte hoch, was sie erwischen konnte, und stürmte genauso undamenhaft wie Lili aus dem Raum.

## 28. KAPITEL

»Woher weißt du das?«

Gottfried Hoffmann betrachtete sein Gegenüber misstrauisch. Er hatte die Hände tief in den Westentaschen vergraben, aber Martin Münch vermutete, dass er die Fäuste geballt hatte, so angespannt wirkte die Gestalt des Apfelweinwirts auf ihn.

»Ännchen hat sie vorgestern auf der Straße getroffen«, versicherte er seinem Kollegen. »Erst hat sie Elisabeth kaum wiedererkannt. Sie hätte so frisch ausgesehen, hat sie erzählt, mit ihrem bunten Trachtenrock und den roten Bändern an ihrer Haube. Sie hat die ganze Zeit gekichert und über beide Backen gestrahlt. Irgendwie gar nicht wie eine erwachsene Frau, eher wie ein junges Mädchen.«

Jockel Lauer hatte bei Martin Münchs Beschreibung ein kurzes Meckern ausgestoßen.

»Diese Weiber!«, brummte er abfällig. »Ich sag's ja, wenn die mal länger keinen Mann zwischen den Beinen haben, werden die komisch!«

»Du hältst dein Maul, verstanden?«

Gottfried Hoffmann versetzte dem Schnapsbrenner einen unsanften Stoß in die Rippen.

»Sie hat Ännchen erzählt, dass die Bergerin ihr Kaffeehaus wieder aufmachen wird«, fuhr Martin Münch fort, als wäre nichts gewesen. »In ein paar Tagen schon. Nach dem Prozess.«

Er nahm das Küchentuch wieder zur Hand, das er weggelegt hatte, um die Vordertür zu seiner Apfelweinschänke zu verbarrikadieren, nachdem die letzten Gäste endlich gegangen waren. Er hatte die lange Eisenstange zum Querverriegeln schon in der Hand gehabt, den einen der beiden hölzernen Läden bereits vorgezogen – als er vom hinteren Ende der Paradiesgasse den kleinen Trupp auf sich zusteuern sah, bestehend aus Gottfried Hoffmann, Jockel Lauer und dem Bierbrauer Hildebrand Praetorius, der anscheinend eine Vorliebe dafür entwickelt hatte, sich in der Gosse herumzutreiben. Natürlich hatte er, Sperrstunde hin oder her, den Holzladen wieder aufgestoßen, die Eingangstür weit aufgerissen und munter-fröhlich »Guten Abend, die Herrschaften! Darf's noch ein Schoppen für den Heimweg sein?« gerufen. Er hatte zwar keine richtige Angst verspürt, aber war trotzdem froh um die Eisenstange in seiner Hand gewesen. Bei seinem Nachbarn konnte man nie wissen, vor allem nicht um diese nachtschlafende Zeit, wenn er wahrscheinlich längst wieder sturzbetrunken war. Doch Gottfried Hoffmann hatte ihm fast freundlich zugenickt und sich geradewegs an ihm vorbei in den Schankraum gedrängt. Der Bierbrauer hatte höflich seinen Hut gezogen und war Hoffmann an einen der Tische gefolgt. Nur Jockel Lauer hatte sein dümmliches Dauergrinsen aufgesetzt gehabt und ihn keines Blickes gewürdigt, während er hinter seinen beiden Kumpanen hergestolpert war.

»Prozess? Was soll das heißen? Doch wohl nicht, dass das Verfahren jetzt schon stattfindet?«, herrschte Gottfried Hoffmann den Bierbrauer an. Seine Miene hatte sich verdüstert, als witterte er Unheil. »Man hat uns doch zugesagt, dass man sie hinhalten würde!«

»Das überrascht mich allerdings auch«, erwiderte Hildebrand Praetorius langsam.

»Und was ist mit Elisabeth?«, knurrte Gottfried Hoffmann. »Wohnt sie immer noch in Bornheim? Und was soll dieser seltsame Aufzug bedeuten, von dem ihr erzählt?«

Seine Schultern waren nach vorne gezogen, die Knie leicht eingeknickt. Er sah aus wie ein Kämpfer, der seinem Gegner gleich an die Gurgel springen würde.

»Also, was ist mit Elisabeth?«, blaffte er noch einmal. »Nun red schon, Münch!«

Täuschte er sich, oder hatte so etwas wie Verzweiflung in Gottfried Hoffmanns Stimme gelegen?, überlegte Martin Münch. War der alte Haudegen vielleicht doch zu Gefühlen fähig und trauerte bloß seiner Frau hinterher? Am Ende ging es ihm gar nicht darum, ihm oder der Bergerin oder sonst wem zu schaden, sondern er wollte vielleicht nur sein eigenes kleines Glück gewahrt haben. Aber wenn er sich da mal keine falschen Hoffnungen machte …

»Nach allem, was ich gehört habe, geht es ihr recht gut«, erwiderte er zögernd. »Auf jeden Fall wohnt sie wohl inzwischen bei Johanna Berger im Haus.«

Er wusste, dass er jetzt nichts Falsches sagen durfte. Ging es Elisabeth Hoffmann nämlich zu gut, würde diese Nachricht die Wut ihres Mannes sicherlich nur wieder anstacheln. Er konnte sich noch lebhaft an dessen Eifersuchtsanfälle erinnern, wenn er und Elisabeth, als sie noch Nachbarn gewesen waren, hin und wieder mal ein freundschaftliches Schwätzchen gehalten hatten. Dabei war niemals auch nur das Geringste zwischen ihnen vorgefallen. Er hatte lediglich ein wenig aus der Ferne für Elisabeth geschwärmt, wie er für alle schönen Frauen schwärmte. Zum Leidwesen Ännchens, die um diese seine Schwäche nur allzu genau wusste. Aber eifersüchtig musste man da wirklich nicht werden. Bei Elisabeth war das Ganze schon anders gelagert: Vor einer Woche etwa hatte auch er sie gesehen, am Rossmarkt nämlich. Sie war ihm beinah in die Arme gelaufen, jedoch ohne ihn wahrgenommen zu haben – zu vertieft war sie in das Gespräch mit ihrem Begleiter gewesen! Der hochgewachsene, nicht mehr ganz taufrische Mann hatte sich doch tatsächlich als Ludwig Haldersleben entpuppt, der Kartenmacher, den er vor gut einem Jahr in der *Coffeemühle* kennengelernt hatte. Aber er hatte einen ganz anderen Eindruck auf ihn gemacht als damals, viel lebhafter und jünger war er ihm erschienen. Haldersleben hatte im Gehen eine Geschichte zum Besten gegeben und dabei so wild mit den Armen in der Luft herumgefuchtelt, dass die Äpfel aus dem Korb an seinem Arm herausgehüpft und auf die Straße gekollert waren. Elisabeth hatte sich so über ihn und seine Anekdote amüsiert, dass sie den Kopf übermütig nach hinten geworfen hatte und in ein perlendes Lachen ausgebrochen war. Dabei war ihr das bunte Kopftuch von den Haaren gerutscht, die sich in einer blonden Flut über ihre Schultern ergossen hatten. Nicht nur er, Martin Münch, hatte die Szene mit offenem Mund betrachtet. Auch andere Passanten waren stehen geblieben und hatten das vergnügte Paar angestarrt, die meisten von ihnen in einer Mischung aus Neid und Bewunderung. Kein Zweifel, dieser Kartenmacher, obgleich bestimmt fünfzehn, zwanzig Jahre älter als sie, schien eine unglaubliche Faszination auf Elisabeth Hoffmann auszuüben. So strahlend hatte er sie noch nie gesehen. Hoffmann durfte keinesfalls davon erfahren, dass seine Frau … nun ja, zumindest einen glühenden Verehrer hatte. Wenn nicht mehr! Hoffmanns finstere Rache würde nicht nur Elisabeth und Haldersleben treffen, nein, auch der Überbringer dieser Nachricht würde mit Sicherheit seinen Teil an der fürchterlichen Wut des eifersüchtigen Ehemannes abbekommen.

»Sie hat sich um die Mädchen gekümmert, während die Bergerin auf Reisen war«, erklärte er möglichst unbefangen. »Solange sie noch mit ihr zusammen in Bornheim wohnten, meine ich natürlich. Sie sind ja dann irgendwann zu den Ingens gekommen und …«

»Die Mädchen sind wieder bei ihrer Stiefmutter«, unterbrach ihn der Bierbrauer ruhig.

Er hatte einen Schluck von dem Apfelwein genommen, den Martin Münch ungefragt vor ihm und den beiden anderen abgestellt hatte, und schon gleich nach dem ersten Schluck angewidert das Gesicht verzogen und den Becher weit von sich geschoben.

»Woher wissen Sie das?«, fragte Gottfried Hoffmann mehr erstaunt als erzürnt ob dieser Neuigkeit.

»Von Philipp Ingen, dem Vormund der Mädchen. Wir kennen uns gut«, erklärte Hildebrand Praetorius. »Frau Berger hat ihn davon überzeugen können, dass die Töchter ihres verstorbenen Mannes bei ihr am besten aufgehoben seien.«

»Wie hat sie das denn hingekriegt?«

Martin Münch zuckte nur mit den Schultern.

»Das weiß der Himmel, wie sie das gemacht hat. Auf jeden

Fall bringen sie die *Coffeemühle* schon seit ein paar Tagen wieder auf Vordermann. Da wird gewienert, geschrubbt und neu gestrichen, was das Zeug hält«, berichtete er.

»Nun, das wird ihnen nichts nützen …«, sagte Gottfried Hoffmann bedächtig.

So plötzlich, dass die Anwesenden vor Schreck zusammenzuckten und die Apfelweinbecher scheppernd gegeneinanderschlugen, ließ er seine Faust auf die Tischplatte niederkrachen.

Jockel Lauer lachte dreckig. Als niemand mitlachte, sah er halb verdutzt, halb beleidigt auf seine Hände mit den abgekauten Fingernägeln.

Martin Münch spürte, wie ihm ein kalter Schauer über den Rücken rieselte, als Gottfried Hoffmann ihm den Arm um die Schultern legte.

»Das wird ihnen nichts nützen«, wiederholte er grinsend, »denn wir haben ja dich, Martin.« Er legte eine Pause ein und blickte mit funkelnden Augen in die Runde. »Du bist der Zeuge, Martin. Du wirst in dem Prozess um die Gerechtigkeit gegen die Bergerin aussagen. Und du wirst deine Sache sicher sehr gut machen. Da verlasse ich mich ganz auf dich.«

Seine Stimme war so sanft geworden, als könnte er kein Wässerchen trüben, und sein Lächeln so mild wie das einer Betschwester. Doch wieder täuschte der Eindruck: Mit der Behändigkeit eines großen haarigen Affen sprang Gottfried Hoffmann unversehens auf, packte den Stuhl, auf dem er gerade noch gesessen hatte, mit beiden Händen und donnerte ihn mit voller Wucht auf den Tisch. Diesmal fielen die Apfelweinbecher zu Boden, wo sie in Scherben zersprangen.

Jockel Lauer und der Bierbrauer waren erschrocken zurückgewichen.

»He, was soll das, Gottfried?«, fragte der Schnapsbrenner verdattert und legte seine Weste ab, von der der Apfelwein tropfte.

»Ich muss schon sagen …«, begann Hildebrand Praetorius und strich sich ein paar Tropfen von der Hose.

Martin Münch, der wie durch ein Wunder nichts abbekommen hatte, sagte kein Wort. Er war blass geworden. Seine Hände und Knie zitterten leicht.

»Ich wollte nur mal sehen, ob ihr alle noch wach seid und mir auch wirklich zuhört«, grinste Gottfried Hoffmann.

Seelenruhig stellte er den Stuhl, dessen Lehne an einer Stelle durchgebrochen war, wieder auf den Boden.

»Bring uns was Neues zu trinken, Martin!«, befahl er dann.

Mit wackeligen Beinen trat dieser zu dem großen Apfelweinfass und füllte einen tönernen Krug bis zum Anschlag mit der goldgelben Flüssigkeit. Dann nahm er drei Becher vom Regal und brachte sie zum Tisch. Als er allen eingeschenkt hatte, bückte er sich, um die Scherben vom Boden aufzulesen.

»Lass den Mist!«, knurrte Hoffmann. »Das kannst du später machen. Schenk dir lieber auch was ein und setz dich zu uns. Entspann dich!«

Doch Martin Münch war zu durcheinander, um seinen Worten Gehör zu schenken. Wie in Trance begann er mit einem Lappen den Tisch abzuwischen. Der große zottelige Bär und die beiden Hunde mit den Maulkörben, die sein Nachbar vor ein paar Tagen zurück auf seinen Hof geholt hatte, kamen ihm in den Sinn. Gottfried Hoffmann hatte ihn gesehen, wie er gebannt am Zaun gestanden und auf das unheilvolle Quartett gestarrt hatte. Ohne einen Ton zu sagen, hatte sein Nachbar ihm gönnerhaft zugenickt und ruckartig an der Kette des Bären gezogen, sodass dieser laut aufgejault hatte.

»Entspann dich, habe ich gesagt!«, brüllte Hoffmann.

Als Martin Münch noch immer nicht auf ihn reagierte, sondern stumm mit dem Wischen fortfuhr, sprang er auf und drückte ihn mit beiden Händen auf den Stuhl mit der zerbrochenen Lehne.

»So ist brav!«, sagte er in einem Ton, als wäre sein Kollege ein Hund. »Glaub mir, Martin, es ist wirklich besser, wenn du hier nicht so einen Wind machst! Ich habe etwas Wichtiges zu sagen, und ich will, dass du mir gut zuhörst.«

Er schaute dem in sich zusammengesackten Martin Münch

ernst ins Gesicht. Obwohl er leicht lallte und blutunterlaufene Augen hatte, wirkte er vollkommen klar.

»Auch wenn es so aussieht, als ob die Bergerin wieder Oberwasser hätte – du wirst für unsere Sache kämpfen, Martin! An dir hängt es, ob die *Coffeemühle* wieder aufmachen kann oder nicht. Du wirst in dem Prozess die Richter davon überzeugen, dass der Laden geschlossen bleiben muss. Zumal die Bergerin sich irgendwo illegal Geld beschafft hat, sonst könnte sie den ganzen Aufwand mit der Neueröffnung überhaupt nicht bezahlen. Es war doch alles kaputt, wir haben schließlich saubere Arbeit geleistet.«

Beifall heischend blickte er in die Runde. Jockel Lauer klatschte prompt in die Hände, während der Bierbrauer bloß angewidert die Lippen verzog.

Martin Münch starrte wie abwesend vor sich hin. Warum nur hatte er Gottfried gegenüber erwähnt, dass Ännchen an dem Geiger etwas komisch vorgekommen war?

»Wir haben uns verstanden, nicht wahr, Martin?«

Gottfried Hoffmann hatte seinen Nachbarn beim Kragen gepackt und brachte sein Gesicht nun so nah an das des anderen heran, dass sich ihre Nasenspitzen berührten.

Martin Münch nickte wortlos. Wie er diesen Kerl verabscheute! Aber noch größer war die Abscheu vor sich selbst. Warum nur ließ er sich immer wieder von diesem widerlichen Schläger einschüchtern? Warum gelang es ihm einfach nicht, sich gegen ihn aufzulehnen?

»Dann lasst uns anstoßen, meine Freunde!«, trompetete Gottfried Hoffmann, der seinen Kollegen wieder losgelassen hatte, durch das leere Lokal. Mit einem hämischen Grinsen hielt er seinen Becher in die Höhe. »Auf dich, Martin! Auf unseren stillen Helden!«

# 29. KAPITEL

Da war er nun, der große Tag, von dem alles, aber auch wirklich alles abhing. Johanna war so aufgeregt, dass sie befürchtete, keinen Mucks herauszubekommen, wenn sie vor Gericht Rede und Antwort stehen sollte. Sie hatte kaum geschlafen und keinen Bissen herunterbekommen. Mach dich nicht kleiner, als du bist!, hatte sie sich selbst Mut zu machen versucht. Du bist die Kaffeemeisterin des Sultans. Du hast ganz andere Dinge überstanden: Die Janitscharen des Sultans hätten dir um ein Haar den Kopf abgehackt, du wärst fast ertrunken, du bist in die Hände von Piraten gefallen, du wurdest bestohlen, du hast deine Kinder zurückgeholt. Das alles hast du bewältigt .... Trotzdem fühlte sie sich eingeschüchtert und hatte Angst.

Sie und die Mädchen steckten in ihren Sonntagskleidern. Lili in einem roten, Margarethe in einem blauen Kleid, beide mit dem gleichen Blümchenmuster. Die frisch gewaschenen Haare der Mädchen waren zu strammen Zöpfen geflochten, und auch unter Johannas guter Haube lugte kein Härchen hervor.

Auf dem kurzen Weg von der *Coffeemühle* zum Römer hüpfte Lili mit wippenden Zöpfen vorneweg.

»Es muss einfach klappen, es muss einfach klappen!«, sang sie im Rhythmus ihrer Hopser.

Ja, es musste einfach klappen, sagte sich Johanna. Wie ein Gebet hatte sie diese vier Worte in den letzten Tagen so oft vor sich hin gemurmelt, dass sie auch für die Mädchen zu einer Art Zauberformel geworden waren. Sie brauchte diese Lizenz mehr als alles andere, das sie je im Leben gebraucht hatte. Sonst wäre die ganze Reise, das ganze letzte Jahr völlig umsonst gewesen! Wenn sie ihre Gerechtigkeit nicht zurückerhielt, konnte sie sich eigentlich nur noch einen Strick nehmen – nachdem sie die Mädchen zuvor bei Philipp Ingen abgeliefert hätte. Verhungern würde sie zwar nicht sofort, wenn sie ihr Kaffeehaus nicht wieder eröffnen durfte, weil sie ja noch eine ganze Weile von Zehras

Schätzen zehren könnte. Und danach könnte sie immer noch beim Conte zu Kreuze kriechen und wieder seine Mätresse werden, wenn nicht gar eines Tages seine Ehefrau. Oder sie würde tatsächlich Aglaias Nachfolge im Sultanspalast antreten. Aber das war nicht das, was sie wollte! Nein, sie gehörte nach Frankfurt, sie wollte hier leben, zusammen mit ihren beiden Töchtern und ihren Freunden und vielleicht auch …

Sie zwang ihre Gedanken, zu dem unmittelbar Bevorstehenden zurückzukehren. Irgendwie musste es ihr gelingen, dem Jüngeren Bürgermeister ihre Unschuld zu beweisen. Von ihm hing alles ab, er würde darüber befinden, ob sie ihre Gerechtigkeit zurückerhielt oder nicht.

Am selben Tag, da sie die Mädchen bei ihrem Vormund abgeholt hatte, war sie zum Rechneiamt geeilt, das die Konzessionen vergab. Auch dort hatte man sie eine Ewigkeit warten lassen, bis sich endlich ein freundlicher älterer Herr auf eine etwas umständliche Weise um sie gekümmert hatte. Stundenlang hatte er in unterschiedlichen Akten gekramt und ihr schließlich in lakonischem Tonfall mitgeteilt:

»Das waren nicht wir. Das kam von der Konstablerwache. Sie müssen sich an die wenden, wenn Sie die *Coffeemühle* wieder aufmachen wollen. Ich weiß nicht, was da gegen Sie vorliegt. Das geht nicht aus den Akten hervor.«

Sofort am nächsten Morgen hatte sie sich in die Konstablerwache begeben. Der anwesende Offizier war damit beschäftigt gewesen, zwei Huren in Schach zu halten, die immer wieder keifend aufeinander losgingen, während seine Piketts einen einarmigen, an einen Stuhl gefesselten Mann bewacht hatten, der wild an seinen Fesseln zerrte und brüllte wie ein Stier.

»Kommen Sie morgen wieder, gnädige Frau«, hatte der Offizier gesagt. »Sie sehen ja, was hier los ist.«

Da hatte es ihr gereicht, und nach kurzem Überlegen war sie zu dem Entschluss gekommen, dass Philipp Ingen ruhig etwas dafür tun könnte, dass sich seine Adelsträume erfüllten. Und dass auch Trudi ihr noch einen Gefallen schuldete, weil sie die

Mädchen so ausgenutzt hatte. Nachdem Philipp, getrieben von der Aussicht auf vornehme Bekanntschaften und Stiftungsgelder, sich einmal dahintergeklemmt hatte, war tatsächlich Zug in die Angelegenheit gekommen.

»Äh, Johanna«, hatte er gestottert, als wäre die Sache so unglaublich, dass man eigentlich gar nicht darüber sprechen konnte, »die haben einen Zeugen, der behauptet, der Geiger auf deinem Fest sei Jude gewesen. Es geht gar nicht nur um die Prügelei, wie wir die ganze Zeit gedacht haben. Sie behaupten, du hättest dich strafbar gemacht und müsstest eigentlich längst im Kerker sitzen. Das ist schon eine schwere Anschuldigung, aber natürlich ist es vollkommen übertrieben, dich wegen so etwas vor Gericht zu stellen. Da muss dich jemand ganz schön auf dem Kieker haben. Andere kommen schließlich auch mit einem Bußgeld davon. So etwas habe ich noch nie gehört!«

Der Schreck war ihr in alle Glieder gefahren, aber dann hatte sie so kaltblütig gehandelt, als wäre sie die Mutter des Sultans persönlich und müsste sich in einem Schlangennest behaupten. Wer konnte schon von ihrer geheimen Vereinbarung mit Gabriel wissen? Ludwig Haldersleben, der hatte eins und eins zusammengezählt. Und es auch Elisabeth gesagt. Hans und Hetti Lenz wussten natürlich ebenfalls, dass Gabriel Jude war. Aber die würden sie doch nicht verraten haben …

»Das kann nicht sein! Was soll das für ein Zeuge sein? Der Geiger war Italiener, Gabriele Stella aus Venedig, ein Schüler des großen Antonio Vivaldi. Von einem Juden weiß ich nichts.«

Vehement hatte sie den Kopf geschüttelt und Philipp gerade in die Augen gesehen.

»Nun, wir haben keine andere Wahl, Johanna. Die wollen dir deine Gerechtigkeit auf Teufel komm raus nicht wiedergeben. Ein Jahr machen sie einfach nichts, warten ab, und dann wollen sie diesen Prozess anstrengen …« Er hatte selbst ein wenig fassungslos gewirkt und missbilligend mit der Zunge geschnalzt. »Du hast Feinde in dieser Stadt, Johanna, mächtige Feinde!«, hatte er hinzugefügt. »Gegen die nicht mal ich was unternehmen kann. Aber wenn an der Sache nichts dran ist, wie du sagst, umso besser! Nur wird auf jeden Fall dieser Prozess stattfinden, das können wir jetzt leider nicht mehr verhindern. Aber vielleicht kriegen wir es wenigstens hin, die Verhandlung möglichst zügig stattfinden zu lassen – ich schau mal, was sich machen lässt.«

Gerade eine Woche war seit diesem Gespräch vergangen. Nun befand sie sich tatsächlich, in Begleitung ihrer engsten Vertrauten, im Audienzsaal des Jüngeren Bürgermeisters im Römer, um sich dem Verhör auszusetzen. Die Frühlingssonne erhellte das dunkel getäfelte Zimmer mit den vielen Flaggen aus schwerem Tuch. Leicht erhöht auf einem Podest stand in der Mitte des Raumes ein großer Eichentisch mit üppigen Schnitzereien, an dem der Jüngere Bürgermeister, sein rechtsgelehrter Beisitzer von der zweiten Bank und der Protokollant saßen.

Der Jüngere Bürgermeister klappte die vor ihm liegende Akte zu und sah auf.

»Nun, dann wollen wir mal!«

Johanna versuchte sich einzureden, dass sein Blick etwas Gütiges hatte. Er stammte aus einer der Familien, die seit Jahrhunderten die Stadt regierten und alle wichtigen Ämter unter sich aufteilten. Ein typischer Vertreter des Frankfurter Patriziats, so schien er ihr. Vornehm, aber dennoch bodenständig.

Cornelia Haldersleben war einen Schritt vorgetreten, um die Mädchen an die Hand zu nehmen und sich mit ihnen in den hinteren Teil des Gerichtssaals zu begeben. Dort standen dicht gedrängt Ludwig Haldersleben mit Elisabeth, die Denzels sowie Philipp und Trudi Ingen mit ihrem nun auch für Johanna tätigen Advokaten. Zu Johannas großer Überraschung waren auch die Bendersgattin Ursula Volckhardt und die am fraglichen Tage nur knapp einer Vergewaltigung entgangene Bijoutiersfrau Christine Haberkorn zu der Verhandlung gekommen. Dass sie von dieser Seite, vollkommen unerwartet, Unterstützung erfuhr, hatte Johanna tief gerührt. »Was ist Ihnen doch für ein Unrecht widerfahren, meine Liebe!«, hatte die Bendersgattin Johanna zugeraunt, als diese an ihr vorbei den Raum betreten hatte, und ihr ermutigend auf die Schulter geklopft.

In einer Ecke auf der anderen Seite des Saals, der voll besetzt mit den üblichen Schaulustigen war, wartete der Polizeiadjutant mit dem flaumigen Haar. Er hatte seinen Dreispitz abgenommen, sodass die wenigen Strähnen auf seinem Kopf in alle Himmelsrichtungen abstanden. Neben ihm befand sich der Criminalreferier, der den Fall dem Jüngeren Bürgermeister vortragen würde. Dieser läutete nun höchstpersönlich die vor ihm auf dem Eichentisch stehende Glocke und setzte eine würdige Miene auf. Zwei Ratsdiener klappten feierlich die großen Flügeltüren zu. Das Stimmengemurmel im hinteren Teil des Saales verstummte schlagartig, und eine angespannte Stille senkte sich über den Raum.

Wie ein Schauspieler, der eine Bühne betritt, brachte sich der Criminalreferier vor dem Tisch der Ratsherren in Position.

»Wohl- und Hoch-Edelgeborene, Gestrenge, Hoch-Edle, Veste und Hochgelehrte, Wohlfürchtige, Hoch- und Wohlweise, Großgünstige und Hochgebietende Herren«, redete er die beiden Ratsherren voller Pathos mit ihren Titeln an.

Der Jüngere Bürgermeister nickte ihm gelangweilt zu.

»Fangen Sie an, Criminalreferier Eppelsheim!«

Mit seinen hageren Zügen und dem fein gestutzten Bart sah der Criminalreferier aus, als wäre er geradewegs einem alten spanischen Gemälde entstiegen, unter das der Maler »Der Inquisitor« gesetzt hätte. Johanna hatte gehört, dass er auch bei Kleinigkeiten auf harte Strafen drängte. Mit seiner geübten Stimme donnerte er nun los:

»Der Kaffeehauswirtin Witwe Johanna Berger wird vorgeworfen, mehrfach gegen die Ordnung der Stadt Frankfurt verstoßen zu haben. Insbesondere soll sie jüdische Musikanten in ihrem Etablissement beschäftigt haben.«

Er machte eine Kunstpause und drehte sich zu Johanna um. Den hageren Zeigefinger auf sie gerichtet, durchbohrte er sie mit einem stechenden Blick.

Fehlte nur noch die schwarze Mönchskutte der Dominikaner,

und man käme sich vor wie bei einem Hexenprozess!, schoss es ihr durch den Kopf. Der Mann machte ihr Angst. Wenn sie sich da mal nicht verschätzt hatte …

»Nicht nur ist ein Jude bei ihr im Lokal aufgetreten, nein, er hat auch noch die Frechheit besessen, sich als Italiener auszugeben – einvernehmlich mit Frau Berger im Übrigen! Dies ist aber nicht der erste Verstoß unserer Beklagten gegen die geltende Ordnung. Kurz zuvor hatten unsere Piketts schon einmal in besagter *Coffeemühle* zu tun, weil ihnen gemeldet wurde, dass dort aus dem Kaffeesatz gelesen werde. Wir hatten seinerzeit über einen längeren Zeitraum hinweg immer wieder von verschiedenen Seiten Beschwerde über die *Coffeemühle* erhalten, sodass wir das Etablissement unter Beobachtung gestellt hatten. Wie wir alle nun wissen, traf unsere Vermutung, dass es dort nicht mit rechten Dingen zugehe, vollstens zu.«

Der kükenflaumige Polizeiadjutant – Johanna kam es so vor, als hätte sich sein Schopf innerhalb des letzten Jahres noch mehr gelichtet – nickte heftig.

»Die Juden haben den Herrn ans Kreuz geschlagen!«, fuhr der Criminalreferier in immer fanatischerem Tonfall fort. »Sie sind die Feinde des Christentums! Deshalb gibt es in dieser und in allen anderen Städten Gesetze, die den Umgang der Christen und der Juden miteinander regeln. Wo kämen wir denn hin, wenn die Juden hier machen könnten, was sie wollen? Ich sage es Ihnen: Sie hätten ruckzuck die ganze Stadt übernommen! Nicht mehr Sie wären dann Bürgermeister, nein, wir hätten hier einen jüdischen Bürgermeister!«

Triumphierend blickte sich Heinrich Eppelsheim im Publikum um, das gebannt an seinen Lippen hing. Auf den Mienen ihrer Freunde und Bekannten las Johanna blankes Entsetzen. Der Jüngere Bürgermeister verzog fein das Gesicht, wie jemand, der zwar grundsätzlich ähnlicher Meinung war, aber es nicht angemessen fand, bestimmte Dinge in dieser Form zu sagen. Der rechtsgelehrte Ratsherr von der zweiten Bank lauschte den Ausführungen des Criminalreferiers mit hochkonzentriertem Blick.

Er war deutlich jünger als der Bürgermeister und hatte eine außergewöhnlich hohe Stirn, die fast die Hälfte seines Gesichts einzunehmen schien. Philipp Ingen hatte ihr erzählt, dass er aus einer der großen Frankfurter Handelsfamilien stammte und in Marburg die Juristerei studiert hatte.

Mit sich beinahe überschlagender Stimme fuhr der Inquisitor fort:

»Die Juden in dieser Stadt werden von Tag zu Tag unverschämter. Wenn wir ihnen nicht endlich Einhalt gebieten, breiten sie sich immer mehr aus und verdrängen uns Christen. Gibt es in dieser Stadt ein einziges Gewölbe oder Lagerhaus, das nicht vollgestopft ist mit jüdischem Plunder und jüdischer Trödelware? Und das, obwohl es den Juden verboten ist, im Großen zu handeln! Ein Gesetz, das ja eigens dazu da ist, uns Frankfurter Bürger zu schützen. Denn es liegt nun einmal in ihrer Natur, den ganzen Tag zu schachern und zu feilschen. Und welcher ehrliche Frankfurter steht nicht bis zum Hals bei einem von diesen Halsabschneidern in der Kreide?«

Der Jüngere Bürgermeister trommelte nun ungeduldig mit den Fingern auf den großen Eichentisch.

»Gut, mag dem so sein, wie Sie sagen, Eppelsheim – was ich persönlich jedoch nicht unterschreiben würde –, aber lassen Sie uns jetzt bitte vom Allgemeinen wieder zu diesem besonderen Fall hier kommen. Was hat das alles mit der Witwe Berger und der *Coffeemühle* zu tun? Ich möchte endlich im Einzelnen hören, wer diese Beschwerden eingereicht hat und worauf die Polizei ihre Anschuldigungen gründet. Und erklären Sie mir bitte auch, warum die Akte erst letzte Woche an mich weitergeleitet wurde, während sich die Vorfälle, von denen Sie reden, offenbar bereits im letzten Jahr abgespielt haben. Das ist ja alles schön und gut, was Sie da erzählen, aber wir müssen uns auch an die Prozessordnung halten.«

Er zog die ledergebundene Akte heran, die vor ihm auf dem Tisch lag, und entnahm ihr einen Brief, den er in die Höhe hielt, damit alle im Saal ihn gut sehen konnten.

»Das ist eine Beschwerde des Schatzungsamtes über die Steuerausfälle, die sie dort wegen der Schließung des Etablissements haben. Die liegt jetzt schon seit fast einem Jahr hier rum. Wir wussten ja gar nicht, um was es geht!« Er wedelte ungeduldig mit dem Papier in der Luft. »Ich lasse mir ungern von anderen Ämtern in die Parade pfuschen oder irgendwelche haltlosen Vorwürfe machen. Und jetzt plädieren Sie weiter, Eppelsheim, aber lassen Sie gefälligst diese Stimmungsmache! Beweisen Sie Ihre Vorwürfe gegen die Witwe Berger, und beeilen Sie sich vor allem etwas mehr, wir haben nicht ewig Zeit!«

Der Criminalreferier, dem der Schweiß auf die Stirn getreten war, räusperte sich umständlich.

»Nun, dass sich ein Jude im Kaffeehaus befand, sich dort als Italiener ausgab und aufspielte, wurde von verschiedenen Leuten gesehen. Zeuge der Anklage ist …« – er legte wieder eine lange Pause ein – »… der Sachsenhäuser Apfelweinwirt Martin Münch!«

Der Beisitzer mit der hohen Stirn riss seine kleinen Augen auf, als hätte der Criminalreferier einen guten Witz gemacht, und brach in wieherndes Gelächter aus. Der Jüngere Bürgermeister warf ihm einen unwirschen Blick zu.

»Lassen Sie sich nicht von dem Heiterkeitsausbruch meines verehrten Kollegen von der zweiten Bank ablenken, Eppelsheim!«, sagte er an den irritierten Ankläger gewandt. »Aber das ist heute bereits unser dritter Fall, in dem ein Wirt gegen einen anderen Wirt aussagt. Da fällt es schwer, das Ganze noch ernst zu nehmen … Aber nun wollen wir endlich Ihren Zeugen anhören! Er möge vortreten, auf die Bibel schwören und seine Aussage machen.«

Martin Münch, Ännchens Mann – er war der Zeuge, der gegen sie aussagen und Gabriels wahre Identität enthüllen würde! Johanna fühlte sich, als hätte ihr jemand mit der Faust in den Magen geschlagen. Sie hatte zwar gewusst, dass der Sachsenhäuser dabei gewesen war, als Gottfried Hoffmann und Jockel Lauer den armen Marcello bedroht hatten, sodass er Knall auf Fall aus

Frankfurt geflohen war. Aber der Überfall auf Marcello hatte stattgefunden, bevor sie gemeinsam Elisabeth aus ihrem Verlies befreit hatten. Sowohl Martin als auch Ännchen Münch hatten ehrlich besorgt um die Freundin gewirkt und zutiefst erschüttert von Gottfrieds Gewalttaten. Warum nur stellten sie sich dann jetzt wieder auf seine Seite? Dass Martin Münch nun gegen sie aussagte! Sie konnte es nicht fassen.

»Kennen Sie diesen Münch?«, flüsterte der Advokat ihr zu.

Der Mann in den Dreißigern mit den halblangen Schnittlauchhaaren war ihr zunächst ein wenig schmierig vorgekommen, aber dann hatte sie Philipp Ingens Urteil vertraut, dem zufolge Gustav Gruber sich ausgezeichnet mit den Gesetzen auskannte und über eine brillante Rhetorik verfügte.

Johanna nickte.

»An der Sache ist natürlich nichts dran. So hatten wir das ja besprochen«, sagte Advokat Gruber beruhigend, als er merkte, wie aufgeregt sie war.

Johanna biss die Zähne zusammen und richtete sich kerzengerade auf. Sie drückte die Fußsohlen fest in den Boden, in der Hoffnung, dass ihre Knie aufhörten zu zittern, und verkniff sich, die Arme angriffslustig vor der Brust zu verschränken. Ja, sie würde einfach alles abstreiten! Sie würde einfach so tun, als wäre all das, was man ihr vorwarf – ob der Criminalreferier, ob der Kükenflaumige oder Martin Münch –, erstunken und erlogen. Was blieb ihr anderes übrig? Bei dem Gedanken daran, einen Meineid zu schwören, wurde ihr zwar etwas mulmig zumute, aber sie hatte schließlich keine andere Wahl. Zum Glück würde ihr sicher niemand zutrauen, dass sie so abgebrüht die Unwahrheit sagen konnte. Ihr Gesicht wirkte noch genauso ehrlich wie in ihrer Kindheit, als ihr nach jener einen entlarvenden Erfahrung mit ihrer Tante das Lügen so schwergefallen war. Aber sie selbst, ihre Persönlichkeit, hatte sich verändert. Sie war eine alleinstehende erwachsene Frau, die mit Zähnen und Klauen ihre Familie und ihr Hab und Gut verteidigen musste, egal gegen wen, und koste es, was es wolle. Weder die Ordnung der Stadt

Frankfurt noch erst recht nicht die Ordnung der Welt würden in sich zusammenstürzen, nur weil ein jüdischer Musiker in einem christlichen Kaffeehaus, in ihrem Kaffeehaus, aufgespielt hatte.

»Nun, wo bleibt denn Ihr Zeuge, Eppelsheim?«, fragte der Jüngere Bürgermeister mit gelangweiltem Unterton und schaute sich auffällig im Saal um.

Der Criminalreferier bedeutete dem Polizeiadjutanten mit theatralischen Gesten, endlich den Zeugen Martin Münch vorzuführen. Der Kükenflaumige lief mit hochrotem Kopf aus dem Saal. Stimmengemurmel kam auf.

»Ruhe!«, brüllte der Jüngere Bürgermeister und betätigte wild bimmelnd seine Glocke.

Der Kükenflaumige kam zurück in den Saal und flüsterte dem Criminalreferier etwas ins Ohr, woraufhin sich dieser wieder vor dem großen Tisch in Position brachte und mit deutlich kleinlauterer Stimme verkündete:

»Unseren Männern ist es noch nicht gelungen, den Zeugen hierherzubringen. Wir möchten eine Pause beantragen, Edle Herren.«

Der Jüngere Bürgermeister sprang so schnell von seinem Lehnstuhl auf, dass dieser mit einem lauten Poltern nach hinten umkippte. Der Ratsherr von der zweiten Bank schreckte hoch.

»Für wen halten Sie sich eigentlich, Crimimalreferier Eppelsheim?«, rief er zornbebend. »Wir haben gerade erst angefangen – und Sie wollen schon eine Pause machen? Meinen Sie, wir haben ewig Zeit? Haben Sie nicht gesehen, wie viele Leute da draußen auf dem Flur warten? Was denken Sie, wie viele Fälle ich hier heute noch entscheiden muss? Das ist mit Abstand der am schlampigsten vorbereitete Fall, der mir je untergekommen ist! Sie wollen hier wohl ein Exempel statuieren und bauschen den Fall wer weiß wie sehr auf, statt der Frau einfach ein saftiges Bußgeld aufzubrummen. Dem Stadtsäckel entgehen wertvolle Steuereinnahmen, weil Sie der Frau seit über einem Jahr die Gerechtigkeit entzogen haben, mein geschätzter Kollege von der zweiten Bank und ich müssen uns seit einer halben

Stunde Ihre unausgegorenen Äußerungen über Juden und Nichtjuden anhören, und unsere Piketts sind nicht in der Lage, Ihren Hauptzeugen herbeizuschaffen …« Er senkte lauernd die Stimme: »Gibt es ihn denn überhaupt, diesen sagenhaften ›Zeugen‹?«

Johanna folgte mit den Augen den verzweifelten Blicken des Criminalreferiers zur großen Saaltür hin. Vor dem einen halb geöffneten Flügel stand mit verlegenem Gesicht und hochgezogenen Schultern der Kükenflaumige und rang bedauernd die Hände. Sein weniges Haar klebte schweißnass am Kopf, seinen Dreispitz schien er im Eifer des Gefechts verloren zu haben.

Auch der Jüngere Bürgermeister hatte seinen Kopf zur Tür gedreht. Er schien genug gesehen zu haben. Mit hochgezogenen Augenbrauen wandte er sich wieder zu dem vor ihm stehenden Criminalreferier um.

»Wissen Sie, was ich mit diesem Ihrem Fall mache, mein lieber Criminalreferier?«

Er klappte den Deckel der vor ihm liegenden Akte so laut zu, als knallte er eine Tür ins Schloss. Dann richtete er das Wort an den Protokollanten, einen jungen Mann mit Segelohren, der die ganze Zeit mit apathischer Miene mitgeschrieben hatte.

»Schreiben Sie an das Rechneiamt, dass der Witwe Berger umgehend ihre Gerechtigkeit zurückzugeben ist! Punkt, das war's. Die Akte wird geschlossen. Es gibt keinen Zeugen und damit auch keine Anklage.«

Johanna war zu benommen, um die Worte des Jüngeren Bürgermeisters richtig zu verstehen. Sie bekam nur mit, wie Advokat Gruber ihr seine Glückwünsche aussprach und sie zu den bereits im Flur auf sie wartenden Freunden aus dem Saal schob. Erst als Elisabeth und die beiden Mädchen sie in ihren kleinen Kreis zu ziehen versuchten und singend und tanzend »Wir haben gewonnen, wir haben gewonnen!« riefen, wurde ihr bewusst, was geschehen war. Der Prozess war zu Ende, noch bevor er richtig angefangen hatte. Martin Münch, der Kronzeuge der Anklage, war nicht erschienen. Sie hatte weder lügen noch einen

Meineid schwören müssen. Alles war vorbei, und sie hatte ihre Gerechtigkeit wieder.

»Meine liebe Johanna, ich wusste doch, es würde gut ausgehen!«

Mit ausgebreiteten Armen und schaukelndem Ohrgehänge trat Trudi Ingen auf sie zu und hauchte ihr einen Kuss auf die Wange. Auch die anderen kamen nach und nach, um sie zu beglückwünschen. Als die schwarze Bijoutiersgattin ihr schweigend einen Glücksanhänger in Form einer kleinen Sonne an einer Silberkette überreichte, hatte Johanna Mühe, ihre Tränen zurückzuhalten.

Jetzt fehlte ihr eigentlich nur noch eines zum Glück, dachte sie, während sie hinter Elisabeth und Ludwig Haldersleben, der kurz und unauffällig die Hand der Freundin drückte, durch die hohe Pforte des Rathauses schritt. Sobald sie die *Coffeemühle* fertig eingerichtet hatte, würde sie sich auf die Suche nach Gabriel begeben, nahm sie sich vor. Das war sie ihm einfach schuldig, dass sie sich nach seinem Befinden erkundigte und ihm den Lohn für seinen Auftritt aushändigte, wozu sie damals in der Schreckensnacht vor einem Jahr nicht mehr gekommen war. Danach würde sie ihn nie mehr wiedersehen. Eine Christin und ein Jude – das ging einfach nicht, wie sie eben noch einmal vom Criminalreferier vernommen hatte. Sie durfte Gabriel nicht erneut in Gefahr bringen. Und die Ihren und die *Coffeemühle* auch nicht, nach diesem Prozess, der ein so unerwartet gutes Ende genommen hatte, einmal weniger.

»Wie – schon alles vorbei? Bin ich etwa zu spät?«

Der gewaltige Bass von Justus von Zimmer dröhnte quer über den Platz. Nach wenigen langen Schritten stand er vor ihr und machte eine übertrieben tiefe Verbeugung, sodass Johanna zum ersten Mal die schütter werdende Stelle an seinem Hinterkopf bemerkte.

»Aber zumindest zum Feiern komme ich ja wohl noch rechtzeitig!«, lachte der Neffe des Schultheißen und drückte ihr einen dicken Schmatzer auf die Hand.

# 30. KAPITEL

»Wo bleiben sie nur alle?«

Kaum waren ihr diese Worte über die Lippen gekommen, wurde Johanna bewusst, dass sie genau denselben Satz schon mindestens dreimal gesagt hatte. Sie nahm noch einen Schluck aus der kleinen türkischen Mokkatasse, die sie mit nach draußen gebracht hatte.

Alle Türen und Fenster waren weit geöffnet, um die Gäste zu empfangen und den Geruch nach frischer Farbe und Seifenlauge zu vertreiben. Die Messingtöpfe über dem neuen Herd funkelten im Licht. Die Fensterrahmen und das Fachwerk im unteren Geschoss waren passend zueinander in einem dunklen Auberginetong gestrichen. Die neuen Möbel aus günstigem hellem Tannenholz waren rechtzeitig fertig und von Schosch lackiert worden. Sie würden ja wohl hoffentlich nicht harzen! Wie tief hatte sie in ihre Truhen greifen müssen, um all die Anschaffungen zu bezahlen. Aber es hatte sich gelohnt: Noch nie war die *Coffeemühle* so schön gewesen.

Sogar einen neuen Billardtisch hatte sie sich geleistet. »Eine Partie Billard heute nur 1 Kreuzer!«, konnte man auf dem von Margarethe gemalten Schild lesen, für das sie die Tannenholzreste und das letzte bisschen Farbe aufgebraucht hatte. Es lehnte direkt neben den drei Eingangsstufen an der Hauswand.

Johanna stand unter ihrem neu geschmiedeten Ladenschild auf der obersten Stufe. Der Schmied hatte mit viel Liebe zum Detail einen Mann mit Turban gezaubert, der aus einer Kanne dampfenden Kaffee in eine kleine Schale goss. Schräg gegenüber, auf der anderen Seite der Gasse, stand mit zugehaltener Nase die Gewürzkrämerin Henriette Schley und zeigte anklagend auf Anne, die heftig an der Rösttrommel kurbelte. Die Bohnen in der Trommel knackten.

Anne riss die Trommel auf und beugte sich darüber.

»Noch etwas«, beschloss sie.

Mit einem feindseligen Blick zur Gewürzkrämerin hinüber kurbelte sie unter lautem Quietschen weiter.

»Wie friedlich das hier war, als es dich und deine *Coffeemühle* nicht gab, Bergerin!«, brüllte Henriette Schley quer über die Gasse. »Und jetzt kommst du wieder – mit deinem Qualm und deinen Wirtshausschlägereien. Aber ich lasse mir das nicht mehr bieten! Ich hetze dir die Piketts auf den Hals, sobald ich dich erwische. Wir wissen ja alle, dass du es nicht so genau nimmst mit den Gesetzen!«

Ein paar Vorübergehende, die das Geplänkel mitbekommen hatten, blieben stehen. Sie sahen zwischen den beiden Frauen hin und her, als wären sie Zuschauer bei einem Jeu-de-Paume-Spiel, schüttelten verwundert die Köpfe und liefen weiter.

»Halt du dich da raus!«, rief jemand dicht neben Johanna.

Sie hatte gar nicht mitbekommen, dass Elisabeth zu ihr auf die Stufe getreten war, hatte sie sie doch gerade eben erst mit einem großen Besen in der Hand im Hof herumfuhrwerken gesehen. Die Freundin sah wieder einmal aus wie das blühende Leben, mit ihrem bunten Rock und der Bluse mit den neckischen Puffärmeln. Wenn sie an die verhärmte und völlig verängstigte Frau dachte, die sie vor einem Jahr zusammen mit Ännchen Münch aus der Truhe in ihrem eigenen Keller befreit hatte, mochte sie kaum glauben, dass es sich um ein und denselben Menschen handelte.

Tröstend legte Elisabeth den Arm um sie.

»Die werden schon noch kommen, Hanne! Du wirst sehen, wir müssen nur Geduld haben! Du hast ja gerade erst wieder aufgemacht.«

Johanna nickte tapfer. Was war nur los, wo blieben ihre Gäste? Hatte sie etwa nicht genug für die *Coffeemühle* geworben? Ludwig Haldersleben hatte ihr doch extra ein Flugblatt gedruckt, das Schosch und Anne auf der Straße verteilt und sie selbst beim Kartenmacher und beim Schuhmacher im Laden ausgelegt hatte.

»Ist vielleicht auch nicht so günstig, wenn wir hier herumstehen wie ein Empfangskomitee«, sagte Elisabeth. »Aber immerhin die da drüben …« – sie hob ihren Besen und zeigte auf die Stelle, an der gerade noch die Gewürzkrämerin gestanden hatte – »… haben wir vertrieben.« Sie lachte. »Also, ich gehe jetzt mal lieber in den Hof zurück und kehre noch ein bisschen.«

Wahrscheinlich hatte Elisabeth recht, dachte Johanna. Es war sicher falsch, sich ansehen zu lassen, wie dringend man auf Kundschaft wartete. Nachher machten die Leute alle absichtlich einen großen Bogen um ihr Haus, aus lauter Angst, ihr in die Arme zu laufen! So wie sie es bei dem besonders aufdringlichen Bettler immer machte, der sich genau vor dem *Schwarzen Stern* platziert hatte und sich auf jeden Vorübergehenden stürzte. Aber sie konnte sich einfach nicht von ihrem Wachposten auf den Stufen losreißen, so angespannt war sie.

»Meister Volckhardt!«, rief sie erfreut, als sie den Bendermeister herannahen sah, der in beiden Händen mehrere Eimer trug.

Einladend breitete sie die Arme aus, stellte ihre Tasse auf der obersten Stufe ab und hüpfte auf die Straße hinunter.

»Seien Sie gegrüßt, Bergerin!«, sagte der Bendermeister herzlich. »Meine Frau hat mir schon erzählt, dass alles gut ausgegangen ist. Ich muss schnell die Eimer in die Buchgasse bringen, dann komme ich sofort zurück. Bis später dann! Ich freue mich schon auf Ihren Kaffee!«

Sich die Enttäuschung nicht anmerken lassend, stieg Johanna die drei Treppenstufen wieder hinauf. Immerhin würde er später vorbeikommen, hatte er gesagt. Auch früher war die *Coffeemühle* nicht immer brechend voll gewesen, aber dass sie einmal vor ihrer eigenen Eingangstür stehen würde, um die Gäste in ihr Etablissement zu locken, das hätte sie sich selbst in ihren schlechtesten Zeiten nicht träumen lassen.

Kurz entschlossen eilte sie wieder die Treppe hinunter, um Anne an der Trommel abzulösen.

»Lass mich das machen! Geh du lieber zum Brunnen!«

Johanna vergewisserte sich, dass das Feuer richtig brannte, und befüllte die Rösttrommel mit den frischen grünen Bohnen von der Lieferung aus Venedig. In Florianos Nachricht hatte gestanden, es handele sich um einen Import aus dem abessinischen Hochland, den er mit einer Kaffeesorte aus Mokka gemischt habe. Er würde ihr raten, die Bohnen bei großer Hitze kurz und scharf zu rösten und dann in kaltem Wasser abzulöschen – mit dieser Methode habe er selbst die allerbesten Erfolge erzielt. Johanna schüttelte jetzt noch den Kopf darüber. Sie würde die Bohnen bei schwacher Hitze nur ganz langsam anrösten und sie, statt sie ins Wasser zu werfen, lieber auf einem großen Schüttbrett erkalten lassen, weil dies einfach die schonendere Methode war. Selbst wenn sich die feinen Silberhäutchen dann nicht so einfach ablösten wie im kalten Wasser und man sie teilweise in mühevoller Kleinarbeit entfernen musste. Aber das war die *Coffeemühle* ihrem Ruf schuldig, dachte sie, hier musste einfach jeder sein Bestes geben und durfte keine Mühe scheuen. Wie wichtig die allergrößte Sorgfalt bei der Kaffeezubereitung war, hatte ihr auch die alte Aglaia immer wieder eingeschärft.

Plötzlich wurde sie von hinten an den Schultern gepackt, und eine tiefe Männerstimme rief aufgekratzt:

»Endlich kriegt man hier in Frankfurt wieder einen anständigen Kaffee! Wurde ja auch langsam Zeit!«

Johanna wäre Justus von Zimmer, der sie mit einem breiten Grinsen anstrahlte, am liebsten um den Hals gefallen. So richtig geheuer war er ihr zwar noch immer nicht, aber er war eine treue Seele, das musste man ihm lassen. Ludwig Haldersleben hatte ihr erzählt, dass Justus während ihrer Abwesenheit im vornehmen *Kaffeekollegium* der Witwe Pick Hausverbot bekommen und gleich zwei Verlobungen hatte platzen lassen. »Man sagt, dass seine Familie nicht mehr ein noch aus weiß«, hatte der Kartenmacher unheilschwanger geraunt.

Ein scharfer Geruch kündete davon, dass die Kaffeebohnen dabei waren anzubrennen. Schnell drehte sie sich zur Rösttrommel um und fing hektisch an zu kurbeln. Da hatte sie noch einmal Glück gehabt – wäre schade um die gute Ware gewesen, wenn die Bohnen zu scharf angebraten worden wären. Der Kaffee wurde dann immer so bitter.

Zum Glück kam Anne in dem Augenblick mit einem Joch über der Schulter, an dem auf jeder Seite ein Eimer hing, vom Brunnen bei *Hinter dem Lämmchen* zurück und übernahm wieder ihren Posten an der Rösttrommel.

Johanna nahm die kleine Kaffeetasse mit den goldenen Ranken von der obersten Stufe, ließ sich von Anne das Joch über die Schultern legen und schleppte die beiden Eimer die kleine Treppe hinauf.

»Dann bekommen Sie jetzt einen Kaffee von der Kaffeemeisterin des Sultans persönlich zubereitet, lieber Justus«, sagte sie feierlich, während sie versuchte, sich gerade zu halten, damit das Wasser nicht überschwappte.

Justus stieß einen Pfiff aus, als er die Gaststube in ihrem neuen Glanz sah.

»Kompliment, Frau Wirtin!«, nickte er anerkennend. »Aber wo sind denn die anderen Gäste?«

»Sie sind heute der Erste.«

Justus brach in Gelächter aus.

»Dass ich mal irgendwo der Erste sein würde – wer hätte das gedacht! Ich bringe morgen gleich ein paar Kumpanen mit, damit es hier nicht so leer ist.«

Er deutete auf Ludwig Haldersleben, der sich mit dem *Journal* unter dem Arm an zwei schweren Zugpferden vorbeidrängte, um die Gasse zu überqueren.

»Aber da kommt ja auch schon der zweite Gast!«

»Guten Morgen, liebe Johanna, guten Morgen, Justus!«, rief der Kartenmacher ihnen entgegen. »Das wird aber ein heißer Tag heute!«

Johanna staunte noch immer, wie sehr sich Ludwig Haldersleben während ihrer Abwesenheit verjüngt hatte. Nichts war mehr von seiner alten Kauzigkeit geblieben.

Ihr Nachbar setzte sich neben Justus auf die Bank und ließ seinen Blick durch den Gastraum schweifen.

»Sehr schön, Johanna! Die *Coffeemühle* ist genauso hübsch wie früher. Wenn nicht sogar noch hübscher. Wie sehr habe ich das doch alles vermisst!«

»Die Farbe ist noch nicht ganz trocken, wenn Sie sich also bitte nicht anlehnen!«, warnte ihn Johanna, bevor sie sich zum Herd umdrehte.

Nachdem sie ihren beiden Gästen jeweils einen dampfenden Becher Kaffee gebracht hatte, setzte sich Johanna zu ihnen und begann aus den gerösteten Bohnen auf dem Schüttbrett die allzu verbrannten Exemplare auszusortieren.

»Hm, ganz ausgezeichnet!«, bemerkte Ludwig Haldersleben, der vorsichtig an dem heißen Getränk genippt hatte.

Auch Justus von Zimmer schnalzte anerkennend mit der Zunge.

»Schmeckt irgendwie anders als früher«, grinste er. »Mehr nach … nach … ja, mehr nach Süden! Oder Osten, wie man's nimmt. Jedenfalls so, als hätten die Ihnen da unten eine ganze Menge beigebracht. Kompliment, meine Liebe! So einen guten Kaffee habe ich in ganz Frankfurt noch nicht getrunken.«

Der Kartenmacher nickte bestätigend und nahm einen weiteren kleinen Schluck.

»Sie sollten sich einfach darauf einstellen, dass es eine Weile dauern wird, bis die Gäste wieder kommen, Johanna«, bemerkte er behutsam. »Es muss sich erst mal rumsprechen, dass Sie wieder da sind. Und man darf natürlich auch nicht vergessen, dass die Leute jetzt woanders ihr Stammkaffeehaus haben, ein Jahr ist schließlich eine lange Zeit. Bis sie sich wieder zurück auf die *Coffeemühle* besinnen, das könnte ein Weilchen dauern. Und dann müssen sie ja auch erst mal vergessen, dass Sie gerade vor Gericht gestanden haben. Obwohl ja nichts an der Sache dran war. Aber trotzdem, so etwas bleibt eben an einem hängen. Vielleicht sollte man darüber nachdenken, ob man nicht das *Journal* auf Sie ansetzt, Frau Johanna … Wenn die dort einen vernünftigen Artikel …«

»Aber so lange kann ich nicht durchhalten!«, unterbrach ihn

Johanna. »Die Instandsetzung hat mich ein Vermögen gekostet. Sie wissen ja, wie es hier aussah …«

Ludwig Haldersleben nickte betrübt. Nicht so Justus von Zimmer, der regelrecht ins Schwärmen geriet.

»Was haben wir es diesen Sachsenhäuser Bauerntölpeln gegeben! So einen Spaß habe ich seitdem nicht mehr gehabt. Wissen Sie noch, Johanna?« Er legte ihr eine Hand auf den Arm. »Da schleicht sich dieser Typ mit der Verbrechervisage von hinten an mich ran, unsere Wirtin hier warnt mich, ich drehe mich um und trete ihm voll in den Sack. Aber wie! Der ist vielleicht zusammengeklappt!« Er klang wie ein Kriegsveteran, der von einem besonders aufregenden Schlachterlebnis berichtete. »Und dann will ich der Frau helfen, der auf dem Sofa … Und plötzlich kommt unser fescher Freund aus Italien an und kriegt voll die Sichel in die Brust gehauen – von diesem Oberhalunken aus Sachsenhausen.« Begeistert schüttelte er den Kopf. »Mann, das war was, ich sag's euch! Da hat richtig das Blut gespritzt!« Wiehernd hieb er sich auf die Schenkel. »Klasse war das! So ein Spaß! Allein deshalb würde ich nie woanders hingehen, Johanna. Wo wird einem so was Großartiges schon geboten?« Er hatte sich richtig in Fahrt geredet. »Apropos: Wie ist eigentlich die Geschichte mit dem Geiger ausgegangen? Der hat's doch gepackt, gell? Das war doch wohl nicht so schlimm, wie's aussah, oder?«

Johanna hätte ihn am liebsten geohrfeigt. Wie konnte jemand bloß so taktlos sein? So ohne irgendein Gespür dafür, was andere Menschen vielleicht dachten oder fühlten? Aber Justus von Zimmer war einer ihrer treuesten Gäste, sie konnte es sich nicht leisten, ihn zurechtzuweisen oder gar vor die Tür zu setzen. Außerdem meinte er es vermutlich nicht so.

Natürlich war Gabriel in ihrer Gedankenwelt nach wie vor höchst lebendig, vor allem seit sie nach ihrer Rückkehr wieder befürchten musste, ihm jeden Tag in Frankfurt über den Weg zu laufen. Bisher hatte sie aus Angst vor einem Zusammentreffen mit ihm noch nicht einmal Jehuda aufgesucht, der ihr bestimmt sehr übel nahm, dass sie sich gar nicht bei ihm sehen ließ. Und auch um die Brücke hatte sie bisher einen Bogen gemacht, ja regelrechte Umwege in Kauf genommen, um bloß keinen Fetzen von Geigenmelodie zu vernehmen, der von dort herüberdringen mochte. Zum Glück hatte sie bisher noch nicht auf die andere Mainseite gemusst, um irgendetwas zu erledigen! Aber auch Gabriel schien sie zu meiden, anders konnte es gar nicht sein, ihm musste doch zu Ohren gekommen sein, dass sie wieder in der Stadt war …

»Ja, das ist gut ausgegangen«, ergriff Ludwig Haldersleben das Wort. »Irgendwann, vor ein paar Monaten schon, war er bei mir im Laden. Ich weiß gar nicht genau, was er eigentlich wollte – wohl sich nach Ihnen erkundigen, Johanna. Elisabeth war gerade bei mir, und Schosch war auch da. Die haben Ihnen sicher davon erzählt.«

Johanna versuchte sich nicht anmerken zu lassen, wie sehr diese Neuigkeit sie aufwühlte. Natürlich hatte ihr niemand auch nur ein Sterbenswort von Gabriels Besuch beim Kartenmacher erzählt. Von Schosch konnte man das ja wohl nicht erwarten. Doch auch Elisabeth hatte den Vorfall nicht für erwähnenswert gehalten. Vielleicht dachten sie auch alle, je weniger man über die Sache redete, desto besser … Sie hatte das Gefühl, ein Schwarm Schmetterlinge wirbelte in ihrem Magen umher. Sie bekam kaum Luft, so aufgeregt war sie mit einem Mal. Gabriel hatte sich nach ihr erkundigt – das konnte doch nur heißen, dass auch sie ihm noch immer etwas bedeutete!

»Sie ahnen ja nicht, wen ich vorhin auf dem Römerberg gesehen habe, Johanna!«, wechselte der Kartenmacher das Thema. »Martin Münch, zusammen mit seiner Frau! Sie sahen aus, als wären sie auf dem Weg hierher.«

Johanna erstarrte. Schlagartig kamen die Schmetterlinge in ihrem Bauch zum Stillstand. Martin Münch! Das hatte ihr ja gerade noch gefehlt!

»Na, da bin ich aber mal gespannt«, sagte Elisabeth, die aus dem Hof zurückgekehrt war und auf dem groben Besen lehnte.

»Ännchen hat sich keinmal hier oder in Bornheim blicken lassen. Und ich konnte ja nicht nach Sachsenhausen – ihr wisst schon, wieso.«

Sie lehnte den Besen an den Tischrand, zog sich einen Hocker heran und ließ sich neben Ludwig Haldersleben nieder. Erwartungsvoll blickten sie alle zur Tür.

»Na, der wird hier hochkant rausfliegen!«, schlug sich Justus von Zimmer lachend auf die Schenkel.

Er befreite den rechten Ärmel seines frisch gestärkten Leinenhemds von einem goldenen Manschettenknopf und begann sich den Ärmel aufzukrempeln.

»Er ist ganz merkwürdig gelaufen. So als hätte er den Gleichgewichtssinn verloren. Und seine Frau hat ihn gestützt. Sah irgendwie komisch aus. Merkwürdig auch, dass sie so lange brauchen. Sie waren schon ganz nah«, sagte der Kartenmacher wie zu sich selbst.

In diesem Augenblick verdüsterten zwei Schatten die offen stehende Eingangstür. Zögernd traten sie ein: Ännchen Münch, herausgeputzt wie eine Bäuerin beim Kirchgang, und ihr Mann Martin, der sich mit der rechten Hand schwer auf ihre Schulter stützte. Sein linker Ärmel baumelte leer an seinem Wams herab, und sein Gesicht war übersät von schorfigen Kratzspuren.

Niemand sagte einen Ton.

Schließlich sprang Elisabeth auf und lief auf die beiden zu. Der Besenstiel, gegen den sie im Aufspringen gestoßen war, fiel mit lautem Klackern zu Boden.

»Wie froh bin ich, dich so wohlbehalten zu sehen, Ännchen!«

»Und ich dich, Elisabeth!«

Die beiden ehemaligen Nachbarinnen umarmten sich fest. Dann drehte sich Elisabeth zu Martin Münch um.

»Um Himmels willen, Martin, was ist denn mit deinem Arm passiert?«

Sowohl Ännchen als auch Martin Münch sahen sie nur stumm an.

Elisabeth wurde blass.

»Mein Gott, Gottfried war das?«, schrie sie auf. Als die Münchs schweigend nickten, sank sie schluchzend zurück in Ännchens Arme. »Ach, wie leid mir das tut! Wie furchtbar, wie unendlich furchtbar!«

Martin Münch räusperte sich. Mit wackligen Beinen trat er auf die kleine Gruppe zu, die in der Mitte der großen Bank saß. Die noch immer feindseligen Blicke ließen ihn innehalten.

»Ich muss mit Ihnen reden, Frau Johanna«, brachte er schließlich mit schwacher Stimme hervor.

»Nun, Justus, dann lass uns eine Partie Schach spielen! Johanna hat ein neues Brett angeschafft. Das weihen wir ein.«

Ludwig Haldersleben erhob sich von der Bank, um Platz für den Verletzten zu machen.

Obwohl Johanna sich nicht dagegen wehren konnte, Mitleid mit Martin Münch zu verspüren, bot sie ihm nichts zu trinken an. Der Mann hatte gemeinsame Sache mit Gottfried Hoffmann gemacht und sie ausspioniert, da konnte er nicht erwarten, dass sie ihn mit offenen Armen empfing.

»Ich bin heute zum ersten Mal vom Krankenbett aufgestanden«, flüsterte der Sachsenhäuser mit matter Stimme. »Ich fühle mich noch nicht so gut und kann nur schwer laufen. Aber Ännchen meinte, wir sollten gleich vorbeikommen.«

Johanna nickte reserviert. Nein, sie würde kein Mitleid mit ihm haben!

»Gottfried hat seinen Bären auf mich gehetzt.«

Johanna nickte kühl.

»Weil ich nicht als Zeuge gegen Sie aufgetreten bin.«

»Aha.«

Seine Stimme klang nun verzweifelt.

»Wir haben nicht aufgemacht, als die Piketts bei uns angeklopft haben, um mich abzuholen. Sie haben unser Haus regelrecht belagert. Wir haben so getan, als wäre niemand da. Gottfried ist ausgerastet, als er mitbekommen hat, dass ich nicht zum Römer gegangen bin. Er und Jockel Lauer haben mir am nächsten Tag aufgelauert und mich in den Bärenkäfig gesperrt. Ich hatte Glück, dass das Tier gerade gefressen hatte. So habe ich nur den Unterarm verloren.«

Er blickte zu seiner Frau hinüber, die neben Elisabeth am Herd stand und ihr schwatzend dabei zusah, wie sie in einem großen Topf rührte.

»Ännchen hat von der ganzen Sache nichts gewusst«, fuhr er fort. »Gottfried hat gedroht, meiner Familie etwas anzutun, wenn ich nicht mitmache. Ich dachte, es geht irgendwann vorbei. Aber es ist immer schlimmer geworden. Ich habe das nicht gewollt. Von Anfang an nicht. Ich wollte weder Ihnen noch sonst jemandem schaden. Das müssen Sie mir glauben!«

Sein Blick hatte etwas Flehendes. Johanna war die Erste, die die Augen senkte.

»Aber dann hat Ännchen gedroht, mich zu verlassen. Sie konnte nicht fassen, was ich getan hatte. Das kann ich selbst kaum. Sie hat mir vorgeworfen, ein Feigling zu sein. Und natürlich hat sie sich um Elisabeth große Sorgen gemacht, nach der Sache mit der Truhe. Hätte ich doch nur von Anfang an etwas gegen Gottfried unternommen!« Er blickte zu Boden und presste die Lippen zusammen. »Aber damit ist nun ein für alle Male Schluss!«

»Nun, da bin ich froh.«

Johannas Stimme klang noch immer reserviert. Wenn Martin Münch dachte, dass sie ihm seine Feigheit so einfach verzeihen könnte, dann hatte er sich aber vertan.

»Wenn Sie wollen, sage ich gegen Gottfried aus.«

Johanna blickte ihn an. Ob er ernst meinte, was er da sagte? Forschend musterte sie das eingefallene Gesicht mit den gerade erst verheilten Wunden. Was musste er für Qualen ausgestanden haben! Eingesperrt in einem Bärenkäfig! Und trotzdem wollte er seinem Widersacher die Stirn bieten. Ja, er schien wirklich entschlossen, den Spieß umzudrehen und gegen Gottfried Hoffmann anzugehen.

»Ja, Herr Münch, das ist doch mal eine gute Idee!«, sagte sie freundlich. »Wir werden diesem Mann das Handwerk legen.

Wir beide, Sie und ich, und Elisabeth. Und wer sagt denn, dass wir nicht noch andere Verbündete finden? Gottfried hat ja jede Menge Feinde!«

Martin Münch nickte eifrig. Er wirkte unendlich erleichtert, dass sie ihm verziehen hatte. Aus den Augenwinkeln sah Johanna, dass auch Ännchen bis über beide Ohren strahlte und Elisabeths Hände gedrückt hielt.

»Es ist an der Zeit, Sachsenhausen von diesem Ungeheuer zu befreien«, verkündete Johanna feierlich. »Und von seinem Spießgesellen Jockel Lauer. Und von dem Bären und den Hunden. Lassen Sie uns einen guten Kaffee darauf trinken!«

Sie konnte nur hoffen, dass Martin Münch ihr Vertrauen von nun an verdiente.

## 31. KAPITEL

Die Hundstage waren in diesem Jahr besonders unerträglich. Johanna hatte die Versammlung eigens auf ihr Belvederchen verlegt, in der Hoffnung, dass wenigstens dort ein kühles Lüftchen wehte. Die kleine Terrasse war auf dem flachen Dach eines Anbaus errichtet, der zwischen der *Coffeemühle* und dem benachbarten *Roten Kalb* lag. Und dann hatte das Belvederchen auch den Vorteil, dass sie das Elend unten in der Gaststube nicht länger mit ansehen musste, die immer noch menschenleer war. Sie hatte überlegt, ob sie ein Fest geben sollte, um stärker auf sich aufmerksam zu machen, etwas Offizielles, war dann aber davor zurückgeschreckt, weil sie befürchtete, bei ihren Gästen unliebsame Erinnerungen an die Prügelei zu wecken. »Wann machen Sie endlich Ihren Damensalon wieder auf?«, hatte die Bendersgattin gefragt. Aber auch dazu konnte sie sich nicht durchringen.

Zum Glück warf das Dachgeschoss des Nachbarhauses ordentlich Schatten auf das Belvederchen. Die Erdbeerbowle, die es zur Feier des Tages geben sollte, hatte sie in dem kühlen Treppenturm abgestellt. Wie friedlich die Welt von hier aus gesehen doch war!, dachte sie und ließ zufrieden ihre Blicke über die engen Straßenschluchten unter ihr schweifen, als sie plötzlich ein Keuchen in ihrem Rücken hörte.

»Puh!«, stöhnte Philipp Ingen, der die vier unebenen Stufen vom Treppenturm auf das Belvederchen hinunterschlich und sich mit einem Plumps auf die schattige Holzbank neben dem Schornstein fallen ließ. »Ich habe die Kinder mitgebracht, sie spielen unten im Hof. Sie haben sich doch so gut mit deinen verstanden! Unser neues Mädchen ist wirklich furchtbar! Also, falls Margarethe mal nicht weiß, wo sie hin soll: Bei uns hat sie immer einen Platz!«

»Margarethe wird einmal die *Coffeemühle* übernehmen«, erwiderte Johanna ein wenig spitz.

»Hier war ich noch nie. Ich wusste gar nicht, dass du hier oben ein solches Paradies hast!«, wechselte der Wohltäter rasch das Thema und blickte sich beifällig um.

Johanna ärgerte sich, dass ihre Pflanzen alle so vertrocknet waren. Wie gerne hätte sie vor Philipp Ingen ein wenig angegeben. Der Dachgarten entsprach allerdings noch nicht wirklich ihren Vorstellungen. Von ihrem Vorbild, dem Paradiesgärtlein des *Bella Napoli*, war sie mit ihrem Belvederchen noch weit entfernt. Was vor allem an den fehlenden Felsbrocken und Zitrusbäumen lag, wie sie vermutete. Zehras Kaffeepflanzen, von denen sie sich ein gewisses exotisches Flair erhofft hatte, waren, nachdem sie sie unmittelbar nach ihrer Ankunft in große Kübel umgetopft und nach draußen in die Sonne gestellt hatte, enttäuschend rasch eingegangen. Schon nach ein paar Tagen waren bei dem einen Bäumchen bereits sämtliche Blätter abgefallen. »Wahrscheinlich lag's am Heimweh«, hatte Elisabeth vermutet, die ein seltsam freundschaftliches Verhältnis zu Pflanzen und Tieren hegte und von beiden auch tatsächlich mehr verstand als Johanna.

Sie rückte den großen Sonnenschirm zurecht, damit auch die Stühle, die nicht genau an der Mauer standen, im Schatten lagen. Die Hängematte aus einer von Zehras Truhen – sowieso der allerbeste Platz – hatte sie zwischen zwei Balken befestigt. Dort könnte sich auch noch jemand niederlassen. Dann holte sie den großen Steintopf mit der Erdbeerbowle aus dem Treppenhaus und löffelte Philipp etwas davon in ein Glas, das sie zuvor noch mit ihrer Schürze nachpoliert hatte.

Das Gepolter auf der Treppe kündigte weitere Gäste an. Martin Münch und Justus von Zimmer standen schnaufend und mit hochroten Gesichtern auf dem Treppenabsatz.

Als sie die Herren einander vorgestellt hatte, starrte der Neffe des Schultheißen lange auf Philipp Ingens Wurstrolle, die an diesem Tag noch merkwürdiger aussah als sonst, weil ihm die nass geschwitzten Deckhaare eng am Kopf klebten.

»Wo ist Haldersleben?«, fragte Justus von Zimmer schließlich mit bemerkenswerter Selbstbeherrschung.

Als Johanna, die größte Mühe hatte, sich ihr Lachen zu verkneifen, wortlos mit den Achseln zuckte, beugte er sich über das hölzerne Terrassengeländer. Er legte die Hände zu einem Trichter zusammen und brüllte mit seinem beeindruckenden Organ über Dächer und Gasse hinweg:

»Ludwig!«

Justus von Zimmer nickte befriedigt, als nach wenigen Augenblicken erst Ludwig Haldersleben und kurz darauf Elisabeth die Dachterrasse betraten.

»Ludwig konnte sich einfach nicht von seiner neuesten Karte trennen«, erzählte Elisabeth und ließ sich japsend auf einen Stuhl sinken.

»Seit ich diese wunderbare Ausgabe der MILLE ET UNE NUITS ergattert habe, arbeite ich an einer Karte, die die darin beschriebene Welt erfasst. Der ehemalige französische Gesandte von Konstantinopel, Antoine Galland, hat diese orientalischen Märchen ja aus dem Arabischen übersetzt. Und ich fertige nun die passende Karte dazu an.«

Wieder einmal dachte Johanna, dass Haldersleben unbedingt die Sultana kennenlernen musste. Zehra und er hätten sich in ihrer Begeisterung für Bücher und Reisen bestimmt jede Menge zu erzählen gehabt.

»Sie müssen diese Geschichten unbedingt lesen, Frau Johanna!«, fuhr der Kartenmacher begeistert fort. »Elisabeth kann gar nicht genug davon bekommen. Jeden Tag lesen wir zusammen eine Geschichte. Die Erzählerin – sie heißt Scheherazade – ist eine wirklich kluge Frau: Durch ihre spannenden Geschichten schafft sie es, den grausamen König, der jede Frau nur für eine Nacht heiraten will, um sie am nächsten Morgen zu töten, von seinem Vorhaben abzubringen. Weil er immer wissen will, wie es weitergeht, überlebt Scheherazade, und sie rettet auch die anderen Frauen ihres Landes, die sonst nach einer Nacht mit dem grausamen König Shahryar hätten sterben müssen.«

»Scheherazade?«, murmelte Johanna nachdenklich. »Ich glaube, ich habe bereits von ihr gehört. Die Schwester des Sultans hat ihren Namen auch schon mal erwähnt, wenn mich nicht alles täuscht. Aber ich kann leider kein Französisch – es würde mir also gar nichts nützen, wenn Sie mir Ihr wunderbares Buch ausliehen.«

»Wie wäre es, wenn Justus ein paar Geschichten für Sie übersetzt?« Der Kartenmacher machte ein Gesicht, als hätte er gerade zwei Fliegen mit einer Klappe geschlagen. »Du kannst doch sicherlich Französisch, oder, Justus? Wenn ich das richtig sehe, warten im Augenblick auch keine dringlichen Aufgaben auf dich. Falls du also ausnahmsweise mal keine Lust haben solltest, den ganzen Tag nur dem Müßiggang zu frönen: Hier könntest du dich richtig nützlich machen!«

Justus von Zimmer zuckte zusammen – wie immer, wenn man etwas von ihm wollte. Die ganze Hängematte, in die er seinen langen Körper umständlich gebettet hatte, fing an zu beben. Aber schließlich gab er zu, tatsächlich fließend Französisch zu sprechen, und willigte ein, Johanna die eine oder andere Geschichte aus Tausendundeine Nacht zu übersetzen, wenn er gerade nichts Besseres vorhätte.

Als endlich alle Platz genommen hatten und an ihrer nunmehr lauwarmen Bowle nippten, eröffnete Johanna die Versammlung.

»Gregor Denzel wollte auch kommen, muss aber leider noch ein paar Ballschuhe für eine Bankiersgattin fertig machen. Wir können ihn auf jeden Fall für alle Aktionen einplanen, hat er gesagt. Er und Greta werden außerdem für das Gelingen beten.«

»Das gilt natürlich auch für meine Schwester«, sagte Ludwig Haldersleben schnell.

»Und für Ännchen«, fügte Martin Münch hinzu.

»Lasst uns Trudi nicht vergessen!«, meldete sich Philipp in selbstgefälligem Ton.

»Wie ihr ja alle wisst, macht mir Gottfried Hoffmann, Elisabeths Mann« – sie warf einen entschuldigenden Blick auf die Freundin, die verlegen einen Faden von ihrer Puffärmelbluse zupfte –, »seit Jahren Ärger. Seit ich Elisabeth davon abgeraten habe, ihn zu heiraten.« Sie bemühte sich, alles Besserwisserische aus ihrem Tonfall zu nehmen. »Aber er hat nicht nur mich und Elisabeth tyrannisiert, sondern auch Martin Münch, der sich nun heldenhaft dazu entschieden hat, die Seiten zu wechseln. Gottfried hat ihn in einen Bärenkäfig gesperrt, nachdem er sich geweigert hatte, als Zeuge gegen mich auszusagen. Martin Münch und ich haben uns ausgesprochen und beschlossen, diesem Ungeheuer ein für alle Male das Handwerk zu legen. Sachsenhausen, ja ganz Frankfurt wird ein besserer Ort sein, wenn Gottfried Hoffmann unschädlich gemacht worden ist. Um dieses Ziel zu erreichen, brauchen wir eure Hilfe. Denn auf die Polizei können wir leider nicht zählen – wie wir gesehen haben.«

»Scheint mir keine große Sache zu sein«, tönte Justus von Zimmer und richtete sich in der schaukelnden Hängematte auf. »Wir vergiften als Erstes seine Viecher, und dann hauen wir bei ihm alles kurz und klein, so wie er es hier bei Ihnen gemacht hat. Das ist ruckzuck erledigt.«

»O nein, die armen Tiere!«, rief Elisabeth aus. »Ich habe zwar auch immer Angst vor ihnen gehabt, aber sie können doch nichts dafür, dass sie so sind, wie sie sind! Abgesehen davon, dass Gottfried ihnen nie genug zu fressen gibt, um sie extra scharf zu machen.«

Sie hatte ihr Nähkörbchen mitgebracht und machte sich daran, eine Spitzenborte an eine neue Leinenhaube für Johanna zu nähen.

Martin Münch nickte grimmig und fasste sich an seinen herabbaumelnden Ärmel.

Der Neffe des Schultheißen sah Elisabeth an, als wäre sie nicht ganz richtig im Kopf.

»Gottfried ist ja von Hause aus kein schlechter Mensch«, ergänzte diese ungerührt. »Nur der Alkohol macht ihn schlecht. Wenn er nicht trinkt, kann er so ein Schatz sein! Er war nicht immer so, wie er jetzt ist – das dürft ihr nicht von ihm denken!«

Ludwig Haldersleben wechselte einen Blick mit Johanna, die resigniert die Schultern hob, und versenkte sich in die Beobachtung eines auf dem Rücken liegenden Maikäfers.

Elisabeth fädelte einen etwas zu lang abgeschnittenen Faden in ein Nadelöhr.

»Langes Fädchen, faules Mädchen!«, kicherte sie.

»Ich stimme Elisabeth in der Hinsicht zu, dass wir schon etwas raffinierter vorgehen müssen, als der Kollege von Zimmer vorgeschlagen hat«, setzte Johanna wieder an.

Sie fühlte sich wie eine römische Kriegsherrin, die ihre Generäle um sich versammelt hatte.

»Wir müssen etwas tun, was Gottfried langfristig aus dem Verkehr zieht. Etwas, wovon er sich nicht mehr erholt«, sagte sie ruhig. »Lasst mich euch deshalb erzählen, wie man so eine Sache im Harem des osmanischen Herrschers zu lösen pflegt. Meiner Meinung nach ist das die beste Schule der Welt, wenn man lernen will, auf möglichst raffinierte Weise seine Feinde auszuschalten. Die Geschichte, die ich euch berichten werde, hat sich tatsächlich ereignet – und zwar zwischen der Mutter meiner Gönnerin Zehra, einer vornehmen alten Dame aus Venedig, und ihrem Feind, dem Großwesir.«

»Das ist ja wie bei Scheherazade!«, seufzte der Kartenmacher entzückt.

Johanna hatte sich eine komplett erfundene Anekdote zurechtgelegt, die aus der intriganten Emine Hanim ein ohnmächtiges Weib machte, das vom Hass des mächtigen Wesirs verfolgt wurde und erst lernen musste, sich zu wehren. Sie schmückte ihre Erzählung mit vielen türkischen und italienischen Ausrufen aus und fügte nach jedem zweiten Satz ein *»Alhamdullilah«* oder *»Inschallah«* ein, um ihren Zuhörern das Gefühl zu vermitteln, sie hörten eine wahre Geschichte, die sich genau so zugetragen hatte.

»Zu ihrem großen Erstaunen stellte die schöne Emine Hanim eines Tages fest, dass nicht nur sie unter dem tyrannischen Wesir litt, sondern auch viele andere Menschen. Doch erst als es ihr gelungen war, den Obereunuchen und mit seiner Hilfe schließlich auch den Kadi auf ihre Seite zu ziehen, wuchs ihr Einfluss beim alten Sultan so, dass er den intriganten Wesir entmachtete«, schloss sie ihre Erzählung.

Sie blickte prüfend auf die gebannt an ihren Lippen hängenden Zuhörer.

»Nun fragt ihr euch wahrscheinlich, was wir daraus lernen und wie wir diese Geschichte auf Gottfried Hoffmann übertragen können …« Sie legte sich den Zeigefinger auf den Mund, als Elisabeth etwas sagen wollte. »Nun, wir lernen daraus, dass wir gemeinsam und schlagkräftig vorgehen müssen, liebe Freunde! Ich schlage Folgendes vor: Du, Philipp, wirst dich mit diesem Bierbrauer unterhalten, von dem Martin erzählt hat. Er ist Gottfrieds wichtigster Verbündeter. Wir müssen ihn auf unsere Seite ziehen!«

»Praetorius …«, nickte Philipp bedächtig. »Aber das wird nicht einfach werden, Johanna. Hildebrand Praetorius hasst Kaffee. Der macht das nicht, weil er mit jemandem ein Hühnchen zu rupfen hat wie Gottfried oder aus Lust am Krawall wie Jockel Lauer. Bei ihm ist es eine Sache der Gesinnung: Er glaubt wirklich, dass er die Menschheit vom Kaffee erlösen muss, den er für alle Krankheiten verantwortlich macht.«

»Ich habe vollstes Vertrauen in dich und Trudi«, erwiderte Johanna und lächelte den Vormund ihrer Töchter breit an. »Wer, wenn nicht ihr, kann es schaffen, einen solchen Überzeugungstäter zu einem Gesinnungswechsel zu bewegen?«

Dann wandte sie sich an den Neffen des Schultheißen.

»Justus wird mit seinem Onkel reden und fordern, dass der kükenflaumige Polizist überprüft wird. Irgendwas stimmt da nicht mit dem Kerl! Warum war er so hinter mir her, statt sich mal um Gottfried Hoffmann zu kümmern oder Jockel Lauer aus dem Verkehr zu ziehen?«

Sie war nicht gerade begeistert von der Idee des Kartenmachers gewesen, Justus von Zimmer für die Übersetzung der MILLE ET UNE NUITS einzuspannen. Sie kannte doch ihren Pappenheimer: Zwei Aufgaben auf einmal würden ihn gewiss überfordern. Wenn Justus etwas nicht leiden konnte, dann war es, unter Druck zu stehen.

Tatsächlich verzog dieser für einen Moment das Gesicht, als wollte man ihm lauter ungeheuerliche Aufgaben aufbürden. Doch dann überwand er seine Faulheit und nickte zahm.

»Elisabeth wird Gottfried anzeigen. Es ist zwar etwas spät, aber wir müssen Gottfried endlich wegen der Sache mit der Truhe vor Gericht bringen. Vielleicht kann sie auch die Scheidung einreichen. Du solltest als unbescholtene Ehefrau dastehen, Elisabeth!«

Johanna sah sowohl Ludwig als auch Elisabeth streng an. Gott, wer bin ich, dass ich von anderen verlange, ihre Gefühle zu unterdrücken!, schoss es ihr durch den Kopf. Aber wenn irgendjemand herausbekam, dass Elisabeth die Geliebte von Ludwig Haldersleben war, konnte man die Sache gleich vergessen. Dann war ihre Aussage rein gar nichts mehr wert.

»Wir machen es wie er: Wir greifen von allen Seiten gleichzeitig an. Ännchen und Martin übernehmen es, in Sachsenhausen Stimmung gegen ihn zu machen«, führte sie ihren Plan weiter aus.

»Ich kann froh sein, noch mal mit dem Leben davongekommen zu sein. Und Gottfried hat danebengestanden und gelacht wie ein Wahnsinniger. Erst im letzten Augenblick hat er mich wieder aus dem Käfig rausgelassen. Da war der Arm schon weg.«

Martin Münch schüttelte sich. Der Schreck stand ihm noch immer ins Gesicht geschrieben.

»Martin wird ebenfalls Anzeige gegen Gottfried erstatten«, beschloss Johanna.

Als handelte es sich um einen bestellten Tusch, begann just in dem Moment Philipps Zweijähriger unten im Hof wie am Spieß zu brüllen. Als sie alle zum Geländer stürzten, konnten sie sehen, dass er eines von Johannas Hühnern gefangen hatte, das er offenbar in einer Wanne ertränken wollte. Das Huhn aber wehrte sich mit wildem Flügelschlagen und Gegacker und hackte dem Jungen mit dem Schnabel in die Hand, bis er das Tier schließlich losließ.

»Maria, kümmere dich mal um den Kleinen!«, rief Philipp von oben herunter, der an solche Szenen gewöhnt zu sein schien.

»Dann hätten wir das, oder?«

Johanna blickte in die Runde. Mit ernsten Mienen nickten die anderen ihr zu. Alle schienen fest entschlossen, den Sachsenhäuser Apfelweinwirt und seine Handlanger endgültig aus dem Verkehr zu ziehen. Sie lehnte sich erneut über das Geländer und rief in den Hof hinunter:

»Lili, lauf in die Stube und sag Schosch Bescheid, dass er die Haremsmischung hochbringen kann!« An die Freunde gewandt, fügte sie strahlend hinzu: »Wir müssen auf unseren Pakt anstoßen! Ich habe eine wundervolle neue Kaffeemischung kreiert, ihr werdet begeistert sein!«

Die Tauben auf dem Nachbardach gurrten, die Heckenrosen raschelten im Wind, und Justus von Zimmer begann leise in seiner Hängematte zu schnarchen, während Ludwig Haldersleben den anderen begeistert von seiner neuen Landkarte vorschwärmte.

Johanna blickte über die Dächer von Frankfurt und breitete die Arme aus. Wie in einem Segel wühlte der plötzlich aufkommende Wind in ihrem Rock. Die Bänder ihrer Haube schlugen flatternd gegen ihr Kinn. Ein Gefühl von Glück stieg in ihr auf. Ihr Stillhalten gegenüber Gottfried Hoffmann all die Jahre hatte sie immer damit begründet, Elisabeth nicht schaden zu wollen. Nun wusste sie es besser: Sie hätte damals gar nicht zurückschlagen können, sie war noch nicht bereit gewesen, es mit ihrem ärgsten Feind aufzunehmen. Aber jetzt war sie es! Gottfried Hoffmann würde sein blaues Wunder erleben.

## 32. KAPITEL

Gabriel schwitzte in seinem guten schwarzen Mantel, dem Schabbesdeckel und dem weißen Spitzenkragen. Er sah genauso aus wie alle anderen männlichen Bewohner der Judengasse. Kein Wölkchen war an dem schmalen Streifen Himmel zu sehen, der sich über den eng stehenden Dächern der Judengasse auftat. Die Luft flimmerte über den dunklen Pflastersteinen, so heiß war es in der Stadt. Dabei war es noch nicht einmal halb elf. Gleich würden die Gäste eintreffen. Und Rachel, seine künftige Frau.

Er wusste, dass er Glück hatte. Rachel war eine wirklich gute Partie – ganz im Gegensatz zu ihm. Nach ihrem ersten verunglückten Treffen war sie nach und nach aufgetaut. Sie mochte ein wenig zu ernsthaft sein, etwas zu still. Doch sie war schön und nicht dumm, wenn auch ein wenig spröde. Und die Lazarus' hatten Geld. Die große Leidenschaft verspürte er nicht, aber jeder sagte ihm, dass das noch kommen würde. Bei einer solchen Schönheit! Welcher Mann konnte da kalt bleiben? Auch ihre Eltern hatte er inzwischen näher kennengelernt. Brunhilde war wirklich eine Glucke, aber allem Anschein nach herzensgut und wie ihre Töchter eine passionierte Reiterin. Und Joel, der Pferdehändler, war sicher der beste Schwiegervater, den man sich wünschen konnte. Ein ungebildeter Mann, der nicht einmal lesen und schreiben konnte, der sich aber mit viel Fleiß hochgearbeitet hatte. Inzwischen ging er beim Kurfürsten von der Pfalz ein und aus und hatte von diesem ein Stück Land bekommen, auf dem er sich ein Gut gebaut hatte. Seit er dem Kurfürsten einen wunderbaren Rappen mit glänzendem Fell verkauft hatte, der schnell zum Lieblingspferd geworden war, hatte er sogar den Status eines Hoffaktors erhalten.

An dieser Stelle der Geschichte schaltete Gabriel meistens ab, weil er sich kein bisschen um Pferde scherte. Immerhin musste die Familie Lazarus nicht mehr in einer engen Gasse in Worms wohnen. Frische Luft, Natur, die weite Landschaft. Er versuchte Vorfreude bei dem Gedanken zu empfinden, dass auch ihn dieses Leben demnächst erwartete. Was die Eltern von Rachel bewogen hatte, ausgerechnet ihm ihre älteste Tochter zur Frau geben zu wollen, hatte er lange nicht verstanden. Bis ihm klar geworden war, dass es an ihrer Musikversessenheit liegen musste. Im Gegensatz zu seiner eigenen Familie hatten Joel und Brunhilde Lazarus große Achtung vor ihm, dem Komponisten. Nie vergaßen sie, ihn nach seinen Fortschritten bei den SÖHNEN ABRAHAMS zu fragen. »Bald wirst du genug Zeit haben, um dich in Ruhe deinem Werk zu widmen«, hatte Joel bei seinem letzten Besuch gesagt.

Gabriel warf einen Blick auf die neue Taschenuhr, die sein Vater ihm am Vorabend feierlich überreicht hatte. »Für dich, mein Junge«, hatte Doktor Stern mit feuchten Augen verkündet. »Du weißt, diese Uhr hat früher meinem Vater gehört. Er hat sie mir auch zur Verlobung geschenkt. So wie du sie deinem Sohn ebenfalls zur Verlobung schenken wirst.« Sein Vater hatte ihn auf die Stirn geküsst, was er schon seit Jahren nicht mehr getan hatte, und eine Flasche uralten Rotwein aufgemacht, der bereits leicht nach Essig geschmeckt hatte. Er hatte ihn nicht darauf aufmerksam gemacht, denn solche Stunden der Eintracht zwischen ihnen waren seit seinem Aufenthalt in Venedig selten geworden.

Ja, dachte Gabriel, es war noch Zeit genug für einen kurzen Abstecher an den Main. Vielleicht wehte dort unten an der Brücke eine leichte Brise, die ihm die Kopfschmerzen vertreiben würde, mit denen er am Morgen erwacht war. Das Gefühl, einen Fehler zu machen, nagte an ihm. Es verdarb ihm die Freude, die er eigentlich an diesem so wichtigen Tag hätte empfinden müssen, wie er fand. Bist das wirklich du?, fragte er sich immer wieder und wunderte sich über seine Mutlosigkeit und Trägheit dem eigenen Schicksal gegenüber. Irgendwie schien ihm sein eigenes Leben aus dem Ruder gelaufen zu sein. Er konnte die Musik dazu im Kopf hören: ein leises Adagio morendo.

Flink wuselte er sich durch das Gedränge auf der Judengasse, ohne nach rechts und links zu schauen, und hatte schon nach wenigen Minuten das Südtor passiert. Er war nass geschwitzt, als er die Böschung erreichte. Träge schleppte sich der Main dahin. Es waren nur wenige Schiffe unterwegs, auch den Fischern schien es zu heiß zu sein. In der Ferne Richtung Höchst meinte er die Umrisse des Mainschiffes auszumachen, das flussaufwärts fuhr. Wahrscheinlich waren Rachel und ihre Verwandten darauf, dachte er flüchtig. Sein Blick wanderte unter den Brückenbogen, der ihm schon so lange nicht mehr als Konzertsaal gedient hatte. Seit er den fatalen Fehler begangen hatte, mit Rachel dorthin zu gehen, war er nicht mehr da gewesen. Die Erinnerung an Johanna Berger war hier unten einfach zu stark. So auch jetzt wieder. Wie dumm von ihm – er hätte sich denken können, dass es nur alte Wunden in ihm aufreißen würde, den Ort der Erinnerung aufzusuchen.

Der große, flache Stein, auf dem Johanna gesessen und ihm zugehört hatte, war von einem dicken Flatschen Vogeldreck verunziert. Auch das noch!, dachte Gabriel missmutig. Am liebsten hätte er einen Stein genommen und damit auf die dicke Möwe gezielt, die wenige Meter entfernt auf dem ausgedörrten Ufergras hockte und sich die Flügel putzte. Warum nur musste er jetzt wieder an die Kaffeehauswirtin denken? Ob seine Gefühle für sie niemals aufhören würden? Würde er sich in zehn Jahren mit einer Kinderschar um sich und Rachel an seiner Seite noch immer nach der rothaarigen Frau sehnen?

Gabriel seufzte. Wieder warf er einen Blick auf seine Uhr. Er musste sich beeilen. Sonst wären die Gäste nachher noch vor ihm da. Die Silhouette, die er vorhin auf Höhe des Gutleuthofes gesehen hatte, war tatsächlich das Mainschiff gewesen, das nun in raschem Tempo näher kam. Rachel war darauf, Rachel, seine Braut!

Als er das nächste Mal aus seinen Gedanken auftauchte, hatten ihn seine Beine fast bis zur *Coffeemühle* getragen. Irritiert drehte er sich um und bog ab in Richtung Judengasse. Kaum hatte er das Haus seiner Eltern erreicht, wurde er auch schon von Jehuda begrüßt, der just in dem Augenblick vor seinen Laden getreten war, die Ouvertüre der SÖHNE ABRAHAMS vor sich hin pfeifend. Seit einiger Zeit war der Krämer dazu übergegangen, zusätzlich zu seinen üblichen Waren Obst und Gemüse zu verkaufen. Heute hatte er neben einigen Salatköpfen, die vor lauter Hitze schon halb verwelkt waren, auch ein paar große grüne Kugeln im Angebot. Gabriel hatte diese seltsamen Früchte noch nie gesehen.

»Wassermelonen«, sagte Jehuda, der sein Erstaunen bemerkt hatte. »Sind gestern mit dem Schiff gekommen. Aus Konstantinopel, aber sie wachsen noch viel weiter unten im Süden. Man kann sie gut lagern, tief unten im Schiffsbauch, wo es schön kühl ist. Eine Rarität hierzulande. Vielleicht führe ich sie ein, mal sehen, wie die Nachfrage ist. Hier, probier mal, ist gut gegen Durst!«

Noch bevor Gabriel etwas erwidern konnte, hatte der Krämer bereits ein Messer aus den Tiefen seines Mantels hervorgekramt, die Melone halbiert und ein großes Stück aus der Frucht herausgesäbelt. Ein paar Tropfen fielen auf Gabriels schwarze Ausgehschuhe, als Jehuda ihm den riesigen Schnitz reichte.

Gabriel fühlte, wie ihm das Wasser im Mund zusammenlief. Ihm war gar nicht bewusst gewesen, wie durstig er war. Herzhaft biss er mitten in die rote Frucht hinein.

»Sehr gut, Jehuda«, rief er mit vollem Mund, »ausgezeichnet! Bei dem Wetter kann ich mir kaum etwas Besseres vorstellen.«

»Genau das hat deine Mutter heute früh auch gesagt, als sie mir gleich fünf von den Dingern noch vom Karren weg abgekauft hat«, erwiderte Jehuda. Ein listiges Funkeln war in seine Augen getreten. »Ihr bekommt wohl heute Besuch, was?«

»Was hat sie dir erzählt?«, fragte Gabriel mürrisch.

Schlagartig war seine Stimmung, die sich dank des köstlichen Geschmacks in seinem Mund gehoben hatte, erneut auf dem Tiefpunkt angelangt. Der Saft der Melone lief ihm über die Hand und hinterließ eine klebrige Spur auf seiner Haut.

»Nun, dass heute ein großer Tag für dich ist«, begann Jehuda vorsichtig.

Gabriel nickte grimmig.

»Und was noch?«

»Na ja, dass ihr heute den Schtar Tna'im unterzeichnen werdet, diese hübsche junge Frau, die ich hier schon ein paarmal in deiner Begleitung gesehen habe« – er zwinkerte ihm zu – »und du. Ein Grund zur Freude, würde ich meinen! Sehnt sich nicht jeder Mann nach einem Weibe an seiner Seite? Und steht nicht auch in der Thora geschrieben, dass man fruchtbar sein und sich mehren sollte?«

»Ich bin mir einfach nicht sicher. Es ist ein so wichtiger Schritt, von dem mein ganzes zukünftiges Leben abhängt! Meine Mutter hat sie für mich ausgesucht«, erklärte Gabriel dem Krämer.

Schon immer hatte er Jehuda vertraut. Selbst als kleines Kind, lange vor dem Brand in der Judengasse, als sie noch nicht in einem Haus gewohnt hatten, war er oft bei dem Krämer im Laden gewesen und hatte ihm sein Herz ausgeschüttet.

»Das ist doch völlig normal«, entgegnete dieser fröhlich. »Meinst du vielleicht, ich hätte mir meine Mirjam selbst ausgesucht? Am Anfang gefiel sie mir überhaupt nicht, das kannst du mir glauben, mein Junge! Zu mager, zu knochig, zu laut fand ich sie. Aber jetzt wüsste ich gar nicht mehr, wie ich ohne sie auskommen sollte.«

Jehudas Blick hatte sich verdüstert; das sonst so heitere Gesicht hatte sich in sorgenvolle Falten gelegt. Er säuberte umständlich die Klinge seines Messers mit einem Stück Sack, den er unter der Melonenauslage hervorgezogen hatte, klappte es zusammen und verstaute es wieder in seinem Kaftan.

Gabriel wollte nicht weiter nachfragen, was mit Mirjam war, aber er konnte sich seinen Teil denken: Er hatte sie bereits mehrere Male im Sprechzimmer seines Vaters erblickt, und ihm war auch aufgefallen, dass die sonst so schlanke, fröhliche Frau ungewöhnlich dick geworden war, jedoch nur am Bauch, als würde sie ein Kind bekommen, was in ihrem Alter jedoch vollkommen unmöglich war. Ein Geschwür, das ihren Unterleib aufblähte, vermutete er und blickte diskret auf seine Schuhspitzen.

»Das wird schon«, ermunterte ihn der Krämer halbherzig. »Du wirst sehen, sobald ihr verheiratet seid, wird alles gut, und du weißt, dass du das Richtige getan hast.«

Jehudas Blick verlor sich in der Ferne. Gabriel, der nicht wusste, was er tun sollte, trat unruhig von einem Fuß auf den anderen. Es wäre unhöflich gewesen, einfach zu gehen, andererseits war ihm noch immer fürchterlich heiß, außerdem konnten Rachel und ihre Familie jeden Moment hier aufkreuzen. Ihm wäre lieber gewesen, noch etwas Zeit allein in seiner Kammer zu verbringen, bevor er seine Braut und die Ihren in Empfang nehmen musste. Er hatte das Gefühl, sich sammeln, sich noch einmal ganz auf sich konzentrieren zu müssen, um für das Bevorstehende gewappnet zu sein.

»Was machen eigentlich Die Söhne Abrahams?«, fragte Jehuda plötzlich, als hätte ihr vorheriges Gesprächsthema keinerlei Bedeutung mehr für ihn.

Gabriel war nicht wirklich begeistert über den Themenwechsel.

»Sie ruhen«, erwiderte er schließlich dumpf. Er wischte sich mit seinem Taschentuch über die schweißglänzende Stirn und die klebrigen Finger. »Hier komme ich einfach nicht zum Arbeiten. Ich brauche Platz, um vernünftige Ideen entfalten zu können, den Kopf frei, um etwas zu schaffen, Licht, Inspiration …«

»Na, das wirst du alles ja bald haben. Man munkelt, deine Schwiegerfamilie hätte viel Geld. Da werden dir die Noten wie von selbst aufs Papier fließen! Hier ist seit dem letzten Brand doch nichts mehr wie früher. Und auch da war es schon nicht besonders, aber man hatte wenigstens sein Auskommen. Ich kann nur hoffen, dass du dich ab und zu noch bei uns sehen lässt, wenn du erst mal reich und berühmt geworden bist …«

Jehuda ließ seinen Satz unvollendet im Raum schweben. Auch Gabriel schwieg. Die jüngere der beiden Bär-Töchter, Babette, war es schließlich, die sie aus ihren Gedanken riss. Mit einem Einkaufskorb bewaffnet stöckelte sie in ihrem violettfarbenen Kleid an ihnen vorbei und würdigte sie beide keines Blickes, als hätte sie nicht bei dem einen regelmäßig Geigenunterricht und würde bei dem anderen seit ihren frühesten Kindertagen Süßigkeiten schnorren.

Gabriel hätte am liebsten laut gelacht. Sie schien ein schlechtes Gewissen zu haben, hatte er sie doch einen Tag zuvor erst dabei erwischt, wie sie heimlich unter der Brücke mit dem Sohn des Schulkloppers zusammen eine Pfeife Tabak geraucht hatte.

»Einen einfach wie Luft zu behandeln!« Jehuda schüttelte den Kopf. »So eine Unverschämtheit! Man fragt sich, wer Babette dieses schlechte Benehmen beigebracht hat … Aber man kann sich ja auf niemanden mehr verlassen. Erst neulich, ja, vor zwei Tagen, ist mir schon mal so was passiert: Da habe ich eine Bekannte, die du auch kennst, zufällig auf der Zeil erblickt. Die Dame schien es sehr eilig zu haben und hat mich nicht gesehen. Aber vielleicht wollte sie ja auch nicht, wer weiß?« Er zuckte mit den Achseln. »Einen Juden zu grüßen, wenn man im Begriff ist, das Haus eines der mächtigsten Männer der Stadt zu betreten, ist vielleicht nicht gerade günstig.«

»Von wem sprichst du?«

»Na, von Philipp Ingen, dem ehemaligen Notar und jetzigen Stiftungstreuhänder«, erwiderte Jehuda. »Seine Frau ist eine geborene Kühnemeier, außerdem ist er kurz davor, in den Adelsstand erhoben zu werden. Es heißt, er sei dick mit …«

»Nein, ich meine die Frau!«, unterbrach ihn Gabriel ungeduldig. »Wer ist die Frau, die du neulich auf der Zeil gesehen hast?«

Er hatte das Gefühl, dass Jehuda sich über ihn lustig machte. Ahnte er, welche Bedeutung Johanna Berger für ihn besessen hatte, ja, noch immer besaß? Es konnte sich doch nur um sie handeln! Aber warum quälte er ihn dann mit diesen Spielchen?

»Na, die Bergerin!«, rief Jehuda erstaunt. »Hast du etwa noch nicht mitbekommen, dass sie wieder in Frankfurt ist? Sie hat ihre Gerechtigkeit zurückerhalten und die *Coffeemühle* wieder aufgemacht. Schon vor einer ganzen Weile. Allerdings scheinen die Geschäfte noch nicht richtig gut zu laufen, habe ich mir erzählen lassen. Was vielleicht an dem Kaffee liegt, den sie dort verkauft«, stichelte er dann, »sie bezieht ihre Bohnen nämlich nicht mehr bei mir, sondern muss eine neue Quelle aufgetan haben.«

»Die *Coffeemühle* hat wieder aufgemacht?«

»Dass du das noch nicht mitbekommen hast!« Belustigt sah Jehuda ihn an. »Sie haben ihr den Prozess gemacht, weil sie angeblich einen Juden bei sich hat auftreten lassen, der sich als Italiener verkleidet hat. Und du hast wirklich nichts von der Sache gehört?«

Gabriel hielt es für besser, Jehuda nicht merken zu lassen, dass die Nachricht von Johannas Heimkehr ihn zutiefst verstörte. Nach einem Jahr im Ausland war sie wieder zurückgekommen – und ausgerechnet am Tag seiner Verlobung erfuhr er diese schicksalhafte Neuigkeit. Johanna, sie war wieder da, in Frankfurt, ganz in seiner Nähe! Er fühlte, wie ihn neue Energie zu durchströmen begann, wie das Blut in seinen Adern pulsierte. Johanna zurück in Frankfurt … Aber, besann er sich dann, was änderte das schon an seiner Situation? Außerdem interessierte sich Johanna Berger sowieso nicht für ihn. Oder wie war das zu erklären, dass sie sich weder vor ihrer Abreise noch nach ihrer Ankunft nach ihm erkundigt hatte? Immerhin war er lebensgefährlich verletzt gewesen! Doch wenn sie wieder da war, schien sie zumindest nicht die Frau dieses venezianischen Adeligen geworden zu sein, von dem ihre Freundin, diese Elisabeth, vor ein paar Monaten erzählt hatte …

»Wie ist der Prozess ausgegangen?«, fragte er so ruhig, wie es die Erregung in seinem Inneren zuließ.

»Der Zeuge, der angeblich gegen sie aussagen sollte, ist nie aufgetaucht. Sie ist wohl mit einer Verwarnung davongekommen.« Jehuda legte den Kopf ein wenig schräg und sah ihn aus zusammengekniffenen Augen an. »Wer dieser angebliche Italiener wohl gewesen ist? Na ja, es ist schon ein Skandal, dass unsere Musiker nicht in christlichen Kaffeehäusern auftreten dürfen! Nichts, aber auch gar nichts ist uns erlaubt! Alles muss man heimlich machen, weil es verboten ist. Und dann werfen sie uns vor, wir würden ständig irgendwie herummauscheln. Irgendwann werde ich doch noch nach Saloniki gehen!«

Aus der Ferne hörte Gabriel das Wiehern eines Pferdes, das fast wie eine Begrüßung klang. Wenig später nahm er das Klappern herannahender Hufe wahr. Und kurz darauf kam ein offener Einspänner nur wenige Schritte vor dem Haus *Zum Goldenen Kamel* zum Stehen.

Mit beiden Händen hielt Rachel die Zügel des prächtigen Rappen noch immer stramm gespannt, als befürchtete sie, das Pferd könnte jederzeit wieder losrasen. Joel Lazarus, der neben seiner Tochter auf dem Kutschbock saß, begrüßte seinen künftigen Schwiegersohn fröhlich.

»Sieh dir meine Tochter an! Schön wie eine Göttin! Und eine echte Lazarus, wenn es um Pferde geht. Du solltest sie mal hoch zu Ross sehen!«

Behände sprang er vom Bock und schnippte einen zerlumpten Jungen heran, dem er ein paar Geldstücke in die Hand drückte, damit er sich um das Pferd kümmerte.

Gabriel gab sich einen Ruck und trat auf die Kutsche zu.

Der Pferdehändler war ein drahtiger kleiner Mann mit wettergegerbten Gesichtszügen und einem grauen Spitzbart. Seine gesunde Bräune fiel in dieser Gasse der bleichen Menschen völlig aus dem Rahmen. Und seine prächtige Festtagskleidung hob sich von dem tristen Schwarz der traditionellen Tracht der Frankfurter Juden ab.

»*Schalom*, mein Junge! Friede sei mit dir!«

Joel Lazarus drehte sich zu dem ihn weit überragenden Gabriel um und legte ihm feierlich beide Hände auf die Schultern.

»*Schalom*, mein Vater!«

Respektvoll neigte Gabriel den Kopf und küsste seinem künftigen Schwiegervater die Hand. Dann erst wandte er sich seiner Braut zu.

»*Schalom*, Rachel!«

Er hob die Hand, um auch ihr vom Wagen zu helfen. Die junge Frau überreichte dem wartenden Jungen die Zügel. Sie warf Gabriel einen scheuen Blick zu und ließ sich von ihm aus der Kutsche helfen. Ihr pflaumenfarbenes Kleid war in der Taille von einem schweren, geschmiedeten Silbergürtel zusammengehalten. Auch ihre beiden Handgelenke zierten breite Silberreifen.

»Die anderen sind zu Fuß unterwegs. Ich wollte die Braut standesgemäß vorfahren, deshalb haben wir an der Schiffsanlegestelle diesen Wagen hier gemietet«, sagte der Pferdehändler und sah nachdenklich dem davonzuckelnden Einspänner hinterher.

»Rachel, meine Liebe!«

Esther Stern musste die Ankunft der Kalesche aus dem Fenster beobachtet haben. Mit weit ausgebreiteten Armen stürzte sie auf ihre künftige Schwiegertochter zu, um sie zu umarmen.

»Wo ist Vater?«, fragte Gabriel seine Mutter, nachdem diese auch Joel Lazarus begrüßt hatte.

»Ach, er wird noch im Spital gebraucht«, antwortete Esther Stern. »Die Kranken gehen nun mal vor. Selbst am Tag der Verlobung seines einzigen Sohnes kann er sich nicht freinehmen.« Mit einem entschuldigenden Lächeln an Rachel und Joel Lazarus gewandt fügte sie hinzu: »Er hat versprochen, pünktlich in die Synagoge zu kommen. Ich denke, wir sollten uns jetzt auch auf den Weg machen, viel Zeit haben wir nicht mehr.«

Esther Stern hatte sich bei Rachel untergehakt. Laut auf sie einredend dirigierte sie Braut und Brautvater die Gasse hinauf in Richtung Synagoge.

Als Gabriel sich ihnen anschließen wollte, hielt ihn Jehuda am Ärmel fest.

»Hier, nimm das!«

Der Krämer drückte ihm ein paar geröstete Kaffeebohnen in die Hand. Dann nahm er sich selbst eine und steckte sie sich in den Mund.

»Das beruhigt, weißt du? Wenn ich mich aufrege, kaue ich immer auf einer Kaffeebohne herum.«

Gabriel steckte sich eine Bohne in den Mund und verstaute den Rest in der Innentasche seiner Weste. Dankbar lächelte er Jehuda zu.

»Klarer denken kann man auch«, fuhr der Krämer fort. »Und ich glaube, das ist das, was du nötig hast. Viel Zeit hast du ja nicht mehr, um die richtige Entscheidung zu fällen.« Er sah ihn bedeutungsschwer an und hob den Zeigefinger. »Das Wichtigste ist: Lass dir von niemandem reinreden in dein Leben! Bei mir und Mirjam ist die Rechnung aufgegangen. Bei anderen ist das nicht der Fall. Nur du allein weißt, was gut für dich ist.«

»Gabriel, wo bleibst du denn?«

Die Stimme seiner Mutter klang schrill und gehetzt. Wie betäubt setzte sich Gabriel in Bewegung, ohne sich noch einmal nach dem Krämer umzusehen.

Als sie bei der Synagoge ankamen, waren auch Rachels Mutter Brunhilde, ihr kleiner Bruder Jakob, die Schwestern Recha und Jeanette sowie Elias Stern bereits eingetroffen. Mehr Gäste wurden zu der kleinen Zeremonie nicht erwartet. »Die Hochzeit feiern wir dann richtig groß«, hatte Esther Stern zu Gabriel gesagt und ihm dabei nicht in die Augen gesehen, »mit Musik und vielen Gästen und einem schönen Festessen.« Zum ersten Mal war Gabriel ihr in Sachen Eheschließung geradezu dankbar gewesen: Zumindest das wurde ihm jetzt erspart!

»*Schalom*, Gabriel!«, rief Brunhilde Lazarus aus und küsste ihn auf beide Wangen. »Wie schön, dass dieser Tag, da du meinem Mädchen versprochen wirst, endlich gekommen ist!«

»Ja, wie schön«, erwiderte Gabriel lahm, während er Recha und Jeanette begrüßte, die er schon einmal getroffen hatte. Beide glichen Rachel so sehr, als handelte es sich bei den Lazarus-Töchtern um Drillinge. Wie merkwürdig, dass ein Mann wie Joel so stille, geheimnisvolle Töchter hatte! Und auch der redseligen Brunhilde hätte er temperamentvollere Kinder zugetraut.

Sein Blick fiel auf den etwa achtjährigen Jungen an Brunhildes Seite, der ihn aufmerksam betrachtete. Auch er hatte eine gewisse Ähnlichkeit mit Rachel, doch allein sein Augenausdruck verriet, dass wenigstens er nach seinen Eltern gekommen und ein völlig anderer Charakter als seine Schwestern war. Die wilden Locken, die ihm bis auf die Schultern fielen, wippten lebhaft mit seinen Bewegungen mit. Er schien nicht still zu stehen, obwohl er keine Sekunde seinen Platz verlassen hatte.

Gabriel streckte die Hand aus.

»Hallo, Schwager!«, sagte er mit einem Augenzwinkern.

Er merkte, dass er den richtigen Ton angeschlagen hatte. Der Junge strahlte ihn an.

»Du bist also dieser Spinettlehrer, den meine Schwester heiraten soll!«

»Jakob!«, rief seine Mutter empört. »Wie redest du denn mit Herrn Stern?«

»Wieso?«, erwiderte der Junge mit großen Kulleraugen. »Rachel sagt das auch immer. Und es stimmt doch, oder bist du etwa Bäcker oder so etwas?«

Fragend blickte er Gabriel an.

Gabriel musste grinsen.

»Ich unterrichte zwar Cembalo und Geige, das stimmt«, sagte er freundlich an den Jungen gewandt, »aber eigentlich bin ich Komponist. Du weißt, was das ist, oder?«

»Einer, der Musik erfindet, nicht wahr?«, erwiderte der Junge ernst.

»Genau. Du hast eine Melodie im Kopf und schreibst sie

auf. In Form von Noten. Für ein Instrument oder auch für viele, je nachdem, ob du zum Beispiel eine Violinsonate oder eine Orchestersuite komponieren willst. Oder eben eine Oper, also eine Art Theaterstück, dessen Handlung von der Musik bestimmt und bei dem vor allem gesungen wird. So etwas versuche ich gerade …«

Gabriel und Jakob hatten nicht mitbekommen, dass die anderen Familienmitglieder bereits in die Synagoge gegangen waren. Der Kalmeschores kam hastig angelaufen und begrüßte Gabriel respektvoll, aber zugleich ein wenig drängend.

»Herr Maestro, die Herrschaften warten bereits auf Sie! Es soll gleich losgehen. Der Rabbi ist auch schon da.«

Gabriel nickte Isaak Seligmann zu.

»Los, wir müssen rein, Jakob, sonst verpasse ich noch meine eigene Verlobung!«, kehrte er in die Realität zurück.

Doch statt ihm in die Synagoge zu folgen, blieb Rachels Bruder wie angewurzelt stehen.

»Was ist los mit dir, Schwager?«, rief Gabriel verwundert.

Jakob machte eine seltsame Bewegung mit der linken Schulter, als verspürte er einen heftigen Juckreiz in der Achsel, und zog eine Grimasse. Als Gabriel ihn fragend ansah, schüttelte er nur den Kopf. Sein Blick hatte sich in der Ferne verloren, als hörte er in sich hinein. Schließlich hüpfte er ein paarmal auf der Stelle und ergriff die ausgestreckte Hand des Geigers. Den linken Arm hielt er eng an die Brust gepresst, sodass sein Gang etwas Unbeholfenes bekam, wie bei einem Kriegsversehrten, der einen Schulterschuss abbekommen hatte und den Arm in der Schlinge trug.

Was hatte der Junge bloß? Gabriel musste lachen. Er hatte sich immer einen kleinen Bruder gewünscht. Jetzt würde er einen bekommen. Und so falsch konnte auch Rachel nicht sein, wenn sie Jakobs Schwester war.

Isaak Seligmann führte sie durch einen Seiteneingang der Synagoge in einen schmalen Gang hinein, der parallel zum Hauptraum lag, in dem die Gottesdienste stattfanden. Sie kamen an der Treppe zur Frauenempore vorbei, durchquerten eine

Art Abstellkammer mit zahlreichen Kultgegenständen in den hohen Regalen und erreichten endlich das Hinterzimmer, das für Familienfeiern vorgesehen war. Hinter dem schweren, dunkel gebeizten Tisch hatte der Rabbi bereits Platz genommen.

»Gabriel, ich grüße dich!« Der Rabbiner hatte sich erhoben und reichte ihm quer über den Tisch die Hand. »Welch ein großer Tag! Ich freue mich so für dich.«

Gabriel kannte Schlomo Rapp, seit er ein kleiner Junge war. Er war froh, dass dieser große Gelehrte den Erusin, die Verlobungszeremonie, für ihn abhalten würde. Der Rabbiner war ein etwas weltabgewandter, aber stets heiterer Mann. Weit über Frankfurt hinaus wurde sein Werk über den venezianischen Gelehrten und Rabbiner Leone da Modena, an dem er seit Jahren arbeitete, mit Spannung erwartet.

»Sie alle wissen, was der Schtar Tna'im beinhaltet?«, kam er gleich darauf zur Sache.

Mit einer Handbewegung lud er die Brautleute ein, sich auf die beiden Polsterstühle vor dem Tisch zu setzen. Für die Angehörigen standen Holzstühle bereit, die sich in einer Reihe dahinter befanden.

Rachel nickte stumm und ließ sich graziös auf dem einen Sessel nieder. Gabriel, der sich neben sie gesetzt hatte, musterte sie unauffällig von der Seite. Er musste zugeben, dass sie mit ihrem ernsten Gesichtsausdruck und dem straff nach hinten gebundenen Haar sehr hübsch im Profil aussah. Sie würde erst nach der Hochzeit eine Kopfbedeckung tragen müssen, aber auch die würde ihrer klassischen Schönheit wohl keinen Abbruch tun. Sein Blick fiel auf ihre Hände, die zusammengefaltet in ihrem Schoß lagen. Obwohl ihre Finger schlank waren, wie ihm schon einmal aufgefallen war, wirkten die Hände mit den schweren Silberreifen an den Gelenken eher wie die einer Bäuerin als wie die einer vornehmen Dame. Ihr Rücken war so gerade, als hätte sie einen Stock verschluckt. Unwillkürlich richtete sich Gabriel ebenfalls auf und widerstand dem Drang, sich nach hinten umzudrehen, von wo ein irritierendes Rascheln kam.

»Nun«, sagte der Rabbi, nachdem niemand seine Frage beantwortet hatte, »ich werde es Ihnen noch einmal erläutern. Die Tna'im sind nichts anderes als Vereinbarungen, die Ihre Bindung, Gabriel Stern und Rachel Lazarus, offiziell machen. Das heißt, neben den rein formalen Dingen wie der Nennung der Namen der Heiratswilligen und der Zeugen, in Ihrem Fall der jeweiligen Väter, wie ich hörte, wird hier auch das Datum für die Hochzeit festgelegt. Rachel Lazarus« – er lächelte die Angesprochene über den Rand seiner kleinen Brille an – »Sie wissen, dass die Hochzeit an einem Tag stattfinden muss, an dem Sie rein sind?«

Aus den Augenwinkeln sah Gabriel, wie eine zarte Röte Rachels Haut an Gesicht und Hals überzog. Ihre Finger krampften sich in ihrem Schoß zusammen. Wie immer sprach sie nicht, sondern nickte nur stumm.

»Gut«, konstatierte der Rabbiner und fuhr fort: »Außerdem wird in diesem Vertrag festgelegt, wer von den beiden Parteien sich in welcher Höhe an den Hochzeitsausgaben sowie den Anfangskosten des Haushalts beteiligt.« Er las in den vor ihm liegenden Dokumenten. »Hier wurde mir gesagt, der Vater der Braut übernehme in Ihrem Fall sämtliche Kosten sowohl für die Feierlichkeiten als auch für das erste gemeinsame Jahr, da der künftige Ehemann nur über ein unregelmäßiges und auch nur sehr geringes Einkommen verfügt …«

Nun war es an Gabriel, rot zu werden. Doch mehr als ihm die Erwähnung seiner prekären finanziellen Lage peinlich war, ärgerte er sich über die Indiskretion seiner Mutter, die dem Schadchan im Detail erzählt haben musste, wie sehr sie sich um die berufliche Zukunft ihres Sohnes sorgte.

»Wir werden erst einmal bei meinem Schwiegervater leben«, beeilte er sich zu sagen. »Ich werde selbstverständlich auch immer wieder hier in Frankfurt sein, wegen der Stättigkeit, die ich schließlich nicht verlieren will. Und irgendwann wird uns hier das Haus meiner Eltern gehören. Außerdem arbeite ich zurzeit an einer Oper, die sehr wahrscheinlich demnächst in Venedig zur Uraufführung kommen wird. Was natürlich Tantiemen bringt – und zwar jede Menge auf einen Schlag!«

Das Letzte war glatt gelogen. Er hatte seinem alten Lehrer Antonio Vivaldi zwar die Partitur der ersten beiden Akte von DIE SÖHNE ABRAHAMS geschickt, weil dieser ihm irgendwann einmal gesagt hatte, er könne sich in Italien vielleicht für ihn verwenden. Aber der *prete rosso* hatte nicht auf den Brief seines ehemaligen Schülers »Gabriele Stella« reagiert, der nun auch schon wieder ein paar Monate unterwegs war. Und außerdem hatte er, Gabriel, seitdem kaum mehr als zwei, drei weitere Szenen auf Papier gebannt, mit denen er überhaupt nicht zufrieden war. Er hatte sogar mit einem neuen Werk begonnen, weil er an seiner eigenen Arbeit zweifelte. DIE ZERSTÖRUNG DES TEMPELS würde seine zweite Oper heißen. Doch das alles ging den Rabbi und auch Rachel und ihre Familie nichts an. Sie sollten nur nicht glauben, er wäre ein Versager und läge seinem Vater und künftig auch seinem Schwiegervater auf der Tasche.

Der Rabbi hob wortlos die Augenbrauen, als glaubte er Gabriel kein Wort. Schweigend blätterte er in seinen Papieren. Schließlich sagte er:

»Nun, damit der Vertrag sowie die darin enthaltenen Vereinbarungen rechtswirksam werden, muss ein Tausch, ein Kinjan, stattfinden. Sie wissen, es gibt verschiedene Arten von Kinjanim. Für welche haben Sie sich entschieden?«

Rachel schnellte von ihrem Sitz hoch.

»Für einen Kinjan Sudar«, antwortete sie wie aus der Pistole geschossen. »Ich habe ein Taschentuch dabei.«

»Ein Taschentuch – sehr gut!«, sagte der Rabbi zufrieden. »Und du, Gabriel, was überreichst du?«

Gabriel war verwirrt. Er erinnerte sich dunkel, vor ein paar Jahren bei einem Erusin gewesen zu sein, bei der Braut und Bräutigam nach Unterschrift des Vertrages zwei persönliche Gegenstände ausgetauscht hatten. Seine Mutter, die nichts dem Zufall zu überlassen und alles doppelt und dreifach zu kontrollieren pflegte, hatte offenbar vorausgesetzt, dass ihm dieses Ritual noch geläufig war, sonst hätte sie ihn sicher gefragt, ob er sich auch richtig auf die Zeremonie vorbereitet habe. Hatte er aber nicht, wie sich nun für alle Beteiligten kaum verkennbar herausstellte.

Vielleicht hatte er wenigstens ein Taschentuch dabei, so wie Rachel? Er schob die Hand in seine Westentasche. Seine Finger stießen auf die Kaffeebohnen, die Jehuda ihm gegen die Aufregung mitgegeben hatte. Wie gern hätte er sich jetzt eine davon in den Mund gesteckt! Bestimmt hätte das bittersüße Aroma auch den stechenden Schmerz in seinem Kopf vertrieben, der sich nun plötzlich wieder heftig bemerkbar machte. Aber das war natürlich vollkommen ausgeschlossen, er konnte jetzt unmöglich auf einer Kaffeebohne herumkauen, schlimm genug, dass er hier beim Kinjan zu versagen drohte.

Schnell griff er in die andere Westentasche. Zu seiner Erleichterung befand sich ein zusammengefaltetes Blatt darin. Zwar kein Taschentuch, aber immerhin ein persönlicher Gegenstand, der nicht ganz so verfänglich wie die Kaffeebohnen war. Es musste sich um ein Notenpapier handeln, etwas anderes trug er nicht mit sich herum. Er faltete das Blatt auseinander: ausgerechnet die Szene, in der Gott Abraham auf die Probe stellte und von ihm verlangte, seinen Sohn Isaak zu opfern!

Schlomo Rapp schmunzelte.

»Nun, Gabriel?«

»Das ist ein Ausschnitt aus meiner neuesten Komposition. Ein Stück von mir, wenn Sie so wollen«, sagte Gabriel lächelnd und hielt das Blatt in die Höhe.

»Also gut, das wird gehen«, entgegnete der Rabbiner amüsiert. »Lassen Sie uns fortfahren: Wenn der Vater der Braut fertig ist mit dem Verlesen des Vertrages, die Brautleute und beide Väter unterschrieben haben, wird der Kinjan vollzogen. Danach dürfen die beiden Mütter den Teller zerbrechen. Meine Damen, Sie haben Porzellan und Hämmerchen dabei?«

Gabriel drehte sich um. Seine Mutter hielt ein kleines flaches Paket auf dem Schoß, dessen runde, in ein Stück Leinen gewickelte Form den obligatorischen Teller darunter verriet. Brunhilde Lazarus schwenkte stolz einen großen Vorschlaghammer über dem Kopf, als wollte sie ihre praktische Ader demonstrieren. Oder jemanden erschlagen, dachte Gabriel zerstreut. Jakob, der neben seiner Mutter saß, verrenkte schon wieder so seltsam die Schulter wie auf dem Weg in die Synagoge. Warum zappelte der Junge immer so?, fragte er sich. Ob er vielleicht Flöhe hatte?

»Ich darf jetzt Herrn Lazarus bitten, aufzustehen und den Schtar Tna'im zu verlesen.«

Der frischgebackene Hoffaktor erhob sich grinsend von seinem Platz. Er flüsterte dem Rabbiner etwas ins Ohr, der ihm daraufhin die Worte leise vorsprach.

»... eine Hausgemeinschaft gründen, die die jüdischen Gebote und Rituale respektiert ... einander zu ehren und zu lieben, in guten wie in schlechten Zeiten ... fruchtbar zu sein und sich zu mehren ...«, rauschte es an Gabriel vorbei.

Gleich würde er seine Unterschrift unter das Papier setzen, Rachels Taschentuch in Empfang nehmen, ihr seine Noten überreichen, einen Kuss auf ihre Lippen drücken – und vorbei wäre es mit seiner Freiheit!

»... sollen sie gemeinsam über ihren Besitz wachen, in Ruhe und Frieden, so wie es die Kinder der Thora und alle Gottesgläubigen tun. Dieser Vertrag wird geschlossen aus freien Stücken und in gründlicher Kenntnis beider Parteien, und alles ist rechtens und wird hiermit bestätigt ...«

Joel Lazarus sah stolz und glücklich aus, als er das Dokument nun wieder dem Rabbi überreichte. Dieser schlug es auf der letzten Seite mit dem vorgesehenen Platz für die Signaturen auf und legte es mit der Schrift zu den Brautleuten hin an die Schreibtischkante.

»Darf ich jetzt Rachel Lazarus und Gabriel Stern sowie die beiden Väter zum Unterzeichnen bitten?«

Leichtfüßig trat Rachel vor, griff nach der Feder in der Schale zu ihrer Rechten, tauchte sie in das Tintenfass daneben und setzte in schwungvollen hebräischen Buchstaben ihre Unterschrift auf das Papier.

Gabriels Stuhl kratzte über den Boden, als er sich schwerfällig erhob. Er hatte das Gefühl, Blei in den Knochen zu haben. »Tu es nicht!«, schrie eine Stimme in seinem Kopf. Er sah Johanna am Fluss vor sich, in einem weißen Kleid, ihre roten Haare flatterten im Wind, sie lachte ihn an, öffnete die Arme … Ein Windhauch fuhr ihr unter den Rock, entblößte ihre Beine über den Wollstrümpfen, von denen einer bis auf den Knöchel heruntergerollt war … Sie lachte und lachte, und auch er lachte nun, riss sie an sich, wirbelte mit ihr im Kreis herum, bis sie beide so schwindelig waren, dass sie taumelten und auf die sattgrüne Wiese fielen, wo sie liegen blieben und sich leidenschaftlich zu küssen begannen … Er zwang sich mit seinen Gedanken in die Wirklichkeit zurück. Warum nur hatte Johanna ihn nicht aufgesucht, als sie nach Frankfurt heimgekehrt war? Warum war sie überhaupt so lange fort gewesen? Hatte ihr die Begegnung mit ihm denn gar nichts bedeutet?

Aufmerksam blickte Rachel ihm über die Schulter, während er seinerseits die Feder ergriff, sie in das Tintenfass tauchte und seinen Namen unter den ihren schrieb. Ein kleiner Tintenklecks war auf die untere Ecke des Papiers getropft.

»Du bist nicht ganz gescheit!«, setzte sich die Stimme in seinem Kopf gegen das pochende Kopfweh durch. Es fühlte sich an, als würde jemand von innen mit einem Hammer gegen seine Schädeldecke klopfen.

»Und nun lassen Sie uns zum Kinjan Sudar kommen!«, sagte der Rabbi, nachdem auch die beiden Väter umständlich den Vertrag unterzeichnet hatten. »Darf ich zunächst die Braut bitten?«

Mit einem Lächeln zog Rachel ein seidenes Tüchlein aus ihrem Rock und ließ es langsam auf die Fliesen segeln.

Gabriel blickte wie gelähmt auf das weiße Häufchen Seide zu seinen Füßen. Langsam ging er in die Knie und berührte das Taschentuch. Es fühlte sich zart und beinah knisternd an. »Halt!«, schrie die Stimme in seinem Kopf nun noch gellender als zuvor.

Er wollte seine Finger um das feine Tuch schließen, doch es war, als verweigerten sie ihm den Dienst. Sie wollten ihm einfach nicht gehorchen.

»Was ist los?«, fragte seine Mutter erschrocken.

Plötzlich hörte Gabriel ein lautes Fiepen. Und während er sich noch fragte, ob auch das Fiepen aus seinem Kopf kam, hob er die Augen von dem zarten weißen Häufchen auf dem Steinfußboden und sah, wie sich das hübsche Gesicht von Rachels Bruder in eine schreckverzerrte Grimasse verwandelte.

Wieder machte Jakob Lazarus eine seiner seltsamen Verrenkungen, und unversehens sprang etwas Längliches, Pelziges aus seiner Jacke hervor und landete mitten auf dem Taschentuch. Mit bebender Nasenspitze schnüffelte das Tierchen einen Moment lang an dem Tuch herum, bis es in atemberaubender Geschwindigkeit begann, den Stoff in seine Backe zu stopfen.

»Verdammter Mist!«

»Jakob!«

»Kannst du nicht besser aufpassen, du Lausebengel?!«

»Hab ich dich endlich, du Ratte!«

Gabriel, seine Eltern und der Rabbi starrten von Jakob zu Brunhilde Lazarus, von dieser zu ihrem prustenden Mann, bis ihre Blicke schließlich an Rachel hängen blieben. Mit spitzen Fingern hielt die junge Frau die gelbbraun-weiß gefleckte Kreatur so am Nacken, dass sie alle viere von sich streckte und ihre schwarze Unterseite vorzeigte. Das Tier strampelte wild mit den Beinen und schien sich ziemlich unwohl in seiner Haltung zu fühlen. Ein langer weißer Zipfel hing aus seiner Schnauze. Die dick aufgeplusterte Backe zeigte, dass der Hamster dieses hervorragende Nestbaumaterial auf keinen Fall wieder hergeben würde.

Ein Feldhamster, stellte Gabriel verblüfft fest, ein ausgewachsener Feldhamster! Auch er hatte als Junge ein paar Exemplare dieser Sorte von seinen heimlichen Streifzügen rund um Frankfurt mit nach Hause gebracht.

»Das ist keine Ratte, das ist ein Hamster!«, schrie Jakob seine Schwester an. Er hob die Arme in die Höhe, um ihr das Tier abzunehmen. »Er heißt Herkules III. und ist ganz zahm. Ich nehme ihn immer mit. Es hat nur heute einfach zu lange gedauert, da hat er sich wohl gelangweilt und ist mir abgehauen«, fügte er an Gabriel gewandt hinzu.

Joel Lazarus schlug sich wiehernd auf die Schenkel, Elias Stern verkniff sich nur knapp ein Schmunzeln, dem Rabbiner kullerten Lachtränen unter den Brillengläsern hervor, und sogar die beiden Mütter kicherten verhalten. Nur Gabriel war kein bisschen zum Lachen zumute.

»Die Zeremonie ist nicht rechtsgültig!«, erklärte Schlomo Rapp bemüht streng. »Das brauche ich ja wohl kaum zu sagen. Wir müssen das Ritual wiederholen.«

Gedankenverloren griff Gabriel in seine Westentasche und holte eine von Jehudas Kaffeebohnen hervor. Während sich Rachel mit ihrer Mutter und ihren Schwestern beriet, während Joel Lazarus den Hamster festhielt und Gabriels Eltern auf den Rabbi einredeten, breitete sich der Geschmack der dunkel gerösteten Bohne in seinem Mund aus. Es war ihm, als würde er plötzlich zur Besinnung kommen. Die Stimme in seinem Kopf war verstummt, aber er war sich auf einmal ganz sicher, dass er im Begriff stand, einen schwerwiegenden Fehler zu begehen. Warum bloß hatte er es so weit kommen lassen? Wie sollte er sich nun aus dieser Sache wieder herauswinden? Es war fünf vor zwölf, also allerhöchste Zeit, wenn er die Flucht ergreifen wollte. Was würde passieren, wenn er einfach aufstand und zur Tür hinausging? Noch war der Vertrag nicht rechtsgültig, hatte der Rabbi gesagt. Noch hatte er die Möglichkeit, sein Schicksal selbst in die Hand zu nehmen.

»Tu es sofort!«, schaltete sich die Stimme in seinem Kopf wieder ein. Sie klang wie Johannas Stimme, warm und melodisch. »Schnell!«, sagte sie. »Denk nicht mehr darüber nach – handle!«

Ohne zu zögern erhob sich Gabriel von seinem Platz und ging schnurstracks zur Tür.

»Gabriel!«, hörte er die Stimme seines Vaters in seinem Rücken sagen. »Wo willst du denn hin?«

»Gabriel, ist dir nicht gut?«, rief seine Mutter.

Das Letzte, was er hörte, bevor die Tür hinter ihm ins Schloss fiel, war das weit entfernte Klirren eines Tellers, der zu Bruch ging. Kaum hatte er die Synagoge verlassen und war auf die Gasse hinausgetreten, kam auch schon eine der beiden christlichen Hockinnen auf ihn zugestürmt, die über einem offenen Feuer kleine Vögel brieten.

»Herzlichen Glückwunsch! So, wie Sie strahlen, haben Sie wohl das ganz große Los gezogen!«

Gabriel drehte ihr den Rücken zu. Gebratene Amseln waren jetzt wirklich das Letzte, wonach ihm der Sinn stand.

»Ganz zart!«, versuchte die Frau noch einmal ihre Waren an den Mann zu bringen.

Die Sonne stand senkrecht im Süden und warf einen schmalen hellen Korridor auf die Stufen der Synagoge. Gabriel kniff die Augen zusammen und atmete tief durch. Seine Kopfschmerzen waren wie weggeblasen. Er hatte es geschafft, er war noch einmal davongekommen! Auch wenn er die Frau, die er liebte, nicht heiraten konnte, so war er doch wenigstens nicht an eine andere gebunden. Er würde jetzt nicht daran denken, was er all diesen Menschen dort in der Synagoge angetan hatte. Jehuda hatte recht: Dies war sein Leben! Und nur er würde in Zukunft darüber bestimmen.

## 33. KAPITEL

Und da rutschte der Stein von selbst wieder an seine alte Stelle und verschloss die Höhle«, las Justus von Zimmer von dem Blatt auf seinen Knien vor.

Es herrschte gespannte Stille, wie es mit dem in der Höhle gefangenen Aladin weitergehen würde. Doch der Neffe des Schultheißen rollte die Blätter zusammen und stupste sich mit der Rolle die Fezquaste aus dem Gesicht. Mit einem breiten Grinsen stellte er die Kerze zur Seite und erhob sich von dem kleinen Bänkchen. Wäre das Zeltdach noch ein Stückchen niedriger gewesen, hätte er nicht mehr aufrecht darin stehen können. Er verbeugte sich übertrieben tief nach allen Seiten, als hätte er sein bisheriges Leben in einer Schaustellerfamilie verbracht. Als das Publikum merkte, dass die Darbietung für diesen Tag beendet war, brach tosender Applaus aus.

Das große Zelt, in dem die Gäste nun wie die Beduinen auf weichen Teppichen hockten, im Hof der *Coffeemühle* aufzubauen, war gar nicht so einfach gewesen. Zum Glück hatten sich zwischen den unebenen Pflastersteinen immer wieder Stellen gefunden, in denen sich die Heringe verankern ließen. Einen der Steine hatten sie allerdings ausgraben müssen, um den großen Mast zu befestigen, an dem nun ein bunter Wimpel flatterte. Das Zelt war sechseckig und aus gelber und blauer Leinwand, mit einem offenen Eingang und einem sieben Ellen langen Vordach, das ebenso wie das Zeltdach von mehreren rot-blau-geringelten Stangen getragen wurde. Justus hatte als Kind mit diesem nachgemachten Ritterzelt gespielt, nachdem seine Großmutter es ausrangiert hatte, weil sie für ihre Gartenfeste ein größeres Zelt angeschafft hatte. Mehrere flache Tischchen – eigentlich große Messingtabletts, die zur Erhöhung auf Holzscheite aufgebockt waren – dienten dazu, die Mokkatassen und Gebäcktellerchen zu tragen. Über dem Eingang baumelten orientalische Messinglampen, deren blaue, grüne und gelbe Glasfenster ein wunderbar warmes Licht warfen. Das schienen auch die Mücken zu finden, die begeistert um die Lampen herumtanzten.

Margarethe war diejenige gewesen, die Johanna auf die Idee gebracht hatte, endlich Zehras Truhen auszupacken. Und dann hatte eines das andere ergeben. Erst hatte sie nur im ganz kleinen Kreis ein paar ihrer Reiseabenteuer zum Besten gegeben. Justus hatte das zum Anlass genommen, aus seiner Übersetzung von Tausendundeine Nacht vorzulesen. Inzwischen hatte sich schon eine ganze Gruppe interessierter Zuhörer versammelt. Jeden Tag wurden es mehr Leute. Kurz hatte Johanna sogar überlegt, ihr Kaffeehaus umzubenennen, ihm einen türkischen Namen zu geben, der mehr orientalisches Flair besaß. *Galata* hatte ihr am besten gefallen. Aber dann hatte sie sich gesagt, dass die *Coffeemühle* schon immer die *Coffeemühle* gewesen war. Schon zu Zeiten von Adams Eltern hatte das Kaffeehaus diesen Namen geführt, da konnte man es nicht einfach umtaufen, das hätte sie als frevlerisch empfunden.

Der Bendermeister nickte ihr begeistert zu, während der Applaus immer lauter brandete, und nahm noch einen tiefen Zug aus der blubbernden Wasserpfeife. Zumindest ihre Stammgäste sah sie nun wieder regelmäßig, wenn auch nicht ganz so oft wie früher. Gregor Denzel hatte sich mit dem Wirt vom *Schällerschen Kaffeehaus* angefreundet. »Was soll ich denn jetzt tun?«, hatte er sie ratlos gefragt. »Ich kann doch nicht plötzlich von dort verschwinden!« Er war sichtbar hin- und hergerissen gewesen. Und Johanna hatte ihn tatsächlich verstehen können. Wenn man ein ganzes Jahr lang nicht zu Hause war, dann war natürlich hinterher nichts mehr wie zuvor. Gregor Denzel hatte sein Dilemma schließlich gelöst, indem er die Hälfte seiner freien Zeit in der *Coffeemühle* und die andere Hälfte im *Schällerschen Kaffeehaus* verbrachte. Obwohl Johanna ihm keinerlei Vorwürfe gemacht hatte, war ihr Verhältnis nicht mehr so ungezwungen wie früher. So als hätte der Schuhmacher ein schlechtes Gewissen.

Schosch hielt auf seine stets etwas lustlose Art eine große verzierte Messingkanne hoch.

»Jemand noch einen Mokka?«, nuschelte er.

Als Einziger hatte ihr Neffe sich geweigert, die osmanische Kleidung aus Zehras Truhen anzulegen. Nicht einmal sein Samtbarett, das er sich von seinem Lohn bei Ludwig Haldersleben hatte anfertigen lassen, hatte er mit einem Fez vertauschen wollen. Johanna, Elisabeth, Anne, Sybilla, Margarethe und Lili waren ganz *alla turca* gekleidet. Sybilla hatte erst etwas gemurrt, sich dann aber doch der Mehrheit angeschlossen und den Kaftan mit dem Tulpenmuster über ihre normale Kleidung gezogen, was sie auf einmal etwas dick aussehen ließ. Anne trug den roten Kaftan mit den goldenen Punkten, der vorne von mehreren Schleifen zusammengehalten wurde. Dazu rote Pumphosen und ein gelbes Hemd. Johanna hatte wieder ihren türkisfarbenen Lieblingsentari angelegt, und Margarethe hatte sich auch von der Jahreszeit nicht davon abbringen lassen, ihre pelzverzierten Pantoffeln zu tragen. Mit Elisabeth indes war die Fantasie völlig durchgegangen: Zu ihrem goldenen Kaftan hatte sie sich aus einem Stoff mit einem wirren Arabeskenmuster einen langen Schleier genäht, der von einem hohen Hut herunterwehte und bis zum Boden reichte. Sie sah eher wie eine mittelalterliche Prinzessin aus als wie eine Haremsdame. Und wirklich praktisch war ihr Kostüm auch nicht, musste sie doch in dem Zelt ständig mit gebeugtem Nacken herumlaufen und jedes Mal, wenn sie durch eine Tür schritt, den Kopf einziehen.

Die Freunde, die Justus von Zimmer wie versprochen mitgebracht hatte und die reichlich zu Johannas Umsätzen beitrugen, trampelten vor Begeisterung noch immer mit den Füßen. Allerdings blieb der gewünschte Effekt aus, weil das Geräusch von den dicken Orientteppichen gedämpft wurde.

Ein hochaufgeschossener Jüngling, dem die oberste Zahnreihe fehlte, Sohn eines Bankiers, wie Johanna wusste, sprang von seinem Sitzkissen auf und rief laut:

»Zugabe! Zugabe!«

Sofort fielen die übrigen Zuschauer in seine Rufe ein.

Mit erwartungsvoll hochgezogenen Augenbrauen und einem neuen feurigen Glanz in den Augen sah Justus Johanna an.

»Eine Fortsetzung wird es morgen Abend geben!«, rief sie mit erhobener Stimme in den Applaus hinein. »Dann werden wir Sie hoffentlich alle wieder hier begrüßen dürfen, liebe Gäste! Und dann wird nicht nur Herr von Zimmer eine Geschichte aus den Mille et une Nuits vorlesen, einem Buch, das, wie Sie wissen, gerade erst seinen Siegeszug um die Welt antritt. Nein, dann werde auch ich eine kleine Darbietung geben.« Sie senkte ihre Stimme zu einem geheimnisvollen Flüstern. »Und meine Geschichte wird eine wahre sein, eine wahre Geschichte aus dem Morgenland. Und diese wird noch viel spannender sein als das, was ihr heute gehört habt …«

Justus lachte anerkennend, als sie ihre Rede mit dem gleichen Satz schloss, den die Erzählerin Scheherazade in jeder der tausend Nächte benutzte, um dem bösen König Shahryar die Fortsetzung ihrer Geschichte schmackhaft zu machen – immer dann, wenn sie an der dramatischsten Stelle angelangt war. Johanna hoffte, dass die Ankündigung einer weiteren spannenden Geschichte in ihrem Fall genauso viel Erfolg haben würde wie bei der klugen Tochter des Wesirs. Das Zelt war bis auf den letzten Platz besetzt, und sie musste einfach etwas tun, um alle diese Gäste weiterhin jeden Abend zu sich zu locken.

»Ich möchte außerdem vorschlagen, dass wir die Runde jetzt nach drinnen verlagern. Wir haben noch genügend Zeit bis zur Polizeistunde. Weil es dank unseres brillanten Übersetzers« – sie machte eine weit ausholende Geste in Justus' Richtung – »so ein schöner Abend war, spendiere ich jedem Gast ein Freigetränk. Und natürlich hoffe ich, dass Sie auch morgen kommen und sich meine Geschichte anhören werden!«

Als die Gäste schließlich nach mehreren weiteren Kaffee- und Weinrunden gegangen waren und sie todmüde die Eingangstür der *Coffeemühle* zugesperrt hatte, legte Johanna das ausrangierte halbe Brett, das ihr schon einmal als Werbeschild gedient hatte, auf den Tisch und schrieb mit der von Ludwig Haldersleben gestifteten schwarzen Druckertinte: »Heute: orientalischer Abend. Eintritt frei!« Margarethe hatte ihr den Text vorgeschrieben, damit sie keinen Fehler machte. Zum Trocknen ließ sie das Schild flach auf dem Tisch liegen.

Die ganze Nacht lang grübelte Johanna, welchen Teil ihrer an Abenteuern so reichen Reise sie am nächsten Tag zum Besten geben sollte. Würde man sich mehr dafür interessieren, wie sie aufgrund einer Haremsintrige fast geköpft worden war, oder dafür, wie sie ihr Leben beinah bei einem Piratenüberfall gelassen hätte? Sollte sie den Conte und seine verrückte Frau erwähnen, oder wäre das zu persönlich? Und was war mit der Geschichte von dem falschen ungarischen Grafen und dem gerade noch vereitelten Truhenraub? Am Ende beschloss sie aus einer Art Bauchgefühl heraus, eine ganz neue Geschichte zu erzählen, eine erfundene Liebesgeschichte von zwei Menschen, die alles taten, um zueinanderzufinden, obwohl die ganze Welt gegen sie war. Eine Liebesgeschichte, die so war, wie sie sich gern ihre eigene erträumte, obwohl sie wusste, wie aussichtslos das war.

Entsprechend spät wachte sie am folgenden Morgen auf. Als sie in die Gaststube herunterkam, stand Elisabeth schon am Herd und schob ein großes Blech mit Blätterteigtaschen in die Ofenklappe. Mit einer Hand hielt sie ihren langen Schleier fest, damit er nicht Feuer fing. Aus einem der Stoffe, die in den Truhen gelegen hatten, hatte sie sich eine dazu passende, ebenfalls mit Arabesken übersäte Schürze genäht, deren aufwendiges Muster noch durch einige Fettflecken verstärkt wurde. Sie sah aus, als würde sie zum Fasching gehen.

»Guten Morgen, Hanne!«, rief sie aufgedreht und wirbelte vor Johanna in einer Pirouette herum, bei der sie sich lachend in ihrem Schleier verwickelte.

Margarethe servierte gerade Justus von Zimmer seinen Morgenkaffee in einem bunt verzierten kleinen Glas. Johanna konnte beobachten, wie der Neffe des Schultheißen ihrer Stieftochter ein charmantes Lächeln schenkte. Margarethe senkte verlegen den Kopf und schlug die langen Wimpern nieder.

Wie erwachsen die Mädchen während ihrer Abwesenheit geworden waren! So lange war sie doch gar nicht weg gewesen! Margarethe weigerte sich seit Neuestem, Zöpfe zu tragen, und hatte ihre Haare zu Schnecken über den Ohren aufgesteckt. Auch Lili mit ihren zwölf Jahren wollte keine Zöpfe mehr tragen und hatte sich für einen Flechtkranz rund um den Kopf entschieden, in den sie Gänseblümchen eingeflochten hatte. »Auf die Kinder anderer Leute aufzupassen, das war nichts für mich,

Mutter!«, hatte Margarethe ihr gestanden, die sich nun ganz sicher war, dass sie einmal die *Coffeemühle* übernehmen wollte.

Johanna konnte es noch immer kaum fassen, welche Wandlung Justus, dieser notorische Nichtstuer und Tagedieb, in den letzten Wochen durchgemacht hatte. Von morgens bis abends saß er auf derselben Bank, mit Blick auf die Gasse und dem Rücken zur Stube, und füllte Seite um Seite mit seiner Übersetzung von Tausendundeine Nacht. Geradezu fanatisch wirkte sein Arbeitseifer. »Man könnte fast meinen, du seist unter die Streber gegangen«, hatte Ludwig Haldersleben seinen jungen Freund aufgezogen, als dieser wieder einmal bedauernd den Kopf geschüttelt hatte, um eine Partie Schach auszuschlagen. »Muss die Seite noch fertig kriegen …«, hatte er nur gemurmelt.

Vor sich hatte Justus alle zwölf Bände des Galland'schen Werkes akkurat aufgestapelt. Geradezu genießerisch rührte er mit seinem Löffel die leicht klumpende Tinte um.

»Du übertreibst, Justus!«

Johanna war dazu übergegangen, ihn und Ludwig Haldersleben zu duzen, schließlich gehörten ihre beiden treuesten Stammgäste mittlerweile fast schon zur Familie.

»Es ist noch nicht mal acht Uhr, und du brauchst deine Kraft für heute Abend«, ermahnte sie ihn.

»Ich kann mich nicht trennen von meiner Arbeit«, erwiderte der Neffe des Schultheißen gut gelaunt.

Er legte den Löffel zur Seite und hielt die Spitze seiner Feder dicht vor die Augen, um sie einer kritischen Prüfung zu unterziehen.

»Bei euch ist es auch viel gemütlicher als bei mir zu Hause. War es schon immer. In meiner Familie ist man nicht gerade begeistert von meiner neuen Karriere als Possenreißer. Obwohl sich alle einig sind, dass das Übersetzen eine schöne Beschäftigung ist.«

Mit der Feder deutete er auf den Fez, der neben ihm auf der Bank lag.

»Schau mal, was ich mir von Haldersleben geliehen habe!«

Der ganze Hut war über und über mit Orden bedeckt. Johanna lachte. Nicht nur Elisabeth, nein, auch Justus schien den orientalischen Abend mit einer Faschingsfeier zu verwechseln.

»Ach, übrigens, Johanna, meine Schwester Magda hat sich für heute Abend angekündigt. Sie ist ein bisschen eigen, die Gute. Wundere dich also nicht!«

»Warum sollte ich mich wundern?«

Aber Justus hatte die Federspitze schon wieder in die schön gerührte Tinte getaucht und war in die Welt von TAUSENDUNDEINE NACHT hinübergedriftet.

Wenige Stunden später waren alle Plätze im Zelt reserviert. Johanna legte auf jedes Kissen ein handgeschriebenes Namensschild und ermahnte ihre Leute, sich nur ja vorsichtig durch das Zelt zu bewegen, damit die Schilder nicht wegflogen. Unter dem Vordach und im Hof hieß sie Schosch und die Mägde die Stühle aus sämtlichen Zimmern des Hauses sowie die mit Schnitzereien verzierten Hocker und vier von Zehras Truhen aufstellen. Wenn man Kissen auf die Deckel legte, konnte man tatsächlich ganz bequem darauf sitzen. Sogar eine der langen Bänke schleppten Schosch und – zu Johannas Erstaunen – Justus nach draußen. Der Neffe des Schultheißen rekelte sich nach dem langen Sitzen in alle Richtungen und machte ein paar Kniebeugen.

Ludwig Haldersleben und seine Schwester Cornelia kamen als Erste. Der Kartenmacher überreichte Johanna feierlich eine große Karte in einem dunklen Holzrahmen, und auch Cornelia guckte ganz ernst, als handelte es sich um einen großen, erhabenen Moment.

»Das erste Exemplar meiner Übersichtskarte von den Schauplätzen aus TAUSENDUNDEINE NACHT, meine liebe Johanna! Ich dachte, wir hängen sie ins Zelt«, sagte der Kartenmacher stolz. »Ich schaue mal schnell, wie wir die Karte befestigen können. Drüben habe ich noch mehr Exemplare. Ich habe mir überlegt, dass es eine gute Gelegenheit ist, sie der Welt zu zeigen. Vielleicht möchte ja der ein oder andere noch ein Exemplar erwerben«, ergänzte er leicht verlegen.

Ännchen und Martin Münch betraten die Gaststube als Nächste.

»Oh, wie schön, dass ihr kommen konntet! Aber ich habe gar nicht für euch reservieren können – es wird wohl ziemlich voll werden.«

»Das macht doch nichts! Ein Stehplatz wird sich ja wohl noch finden lassen«, sagte Martin Münch, dessen Gesicht seit dem Vorfall mit dem Bären drei tiefe Narben zierten.

Seine Frau war, nachdem sie alle Anwesenden begrüßt hatte, gleich zu Elisabeth geeilt, die dabei war, die von einem italienischen Südfrüchtehändler bezogenen schwarzen Oliven in kleine Schälchen zu füllen, um sie zu den getrockneten Aprikosen, Pflaumen und Feigen auf ein Tablett zu stellen.

»Gibt es Neuigkeiten von der Sachsenhäuser Front?«, fragte Johanna den Apfelweinwirt leise.

»Ja, sieht ganz so aus«, raunte dieser zurück. »Den Bierbrauer habe ich schon seit einiger Zeit nicht mehr gesehen – Ingens Gespräch mit ihm scheint also erfolgreich verlaufen zu sein.«

Johanna fühlte sich noch immer mitverantwortlich für das schreckliche Schicksal, das Martin Münch ereilt hatte. Schließlich hatte Gottfried Hoffmann seinen Nachbarn in den Bärenkäfig gesperrt, weil er ihr, Johanna, geholfen hatte, indem er nicht zu dem Prozess gegen sie erschienen war. Sie nickte schnell, um das Gespenst zu vertreiben und Martins Worte zu bestätigen.

»Ja, Philipp hat ihm klipp und klar gesagt, dass Gottfried und Jockel Kriminelle sind und dass er sich und seiner Kampagne nur schaden würde, wenn er sich mit solch verbrecherischen Subjekten verbindet.«

»Nachts hören wir Gottfried manchmal schreien. Wie ein verwundetes Tier klingt er dann.« Vorsichtig blickte Martin Münch sich um. »Er ruft nach Elisabeth. Aber es ist wohl besser, ihr nichts zu sagen. Ich hoffe nur, Ännchen hält auch dicht.

Sonst überlegt Elisabeth es sich vor lauter Mitleid womöglich noch anders.«

Johanna schüttelte den Kopf, dass der kurze Schleier, den sie zur Feier des Tages an ihre Haube gesteckt hatte, um ihre Nase wehte.

»Nein, nein, keine Sorge, das wird nicht mehr passieren! Elisabeth hat wirklich genug von ihm. Sie hat ihn angezeigt.«

»Meine liebe Bergerin, wie gemütlich es hier bei Ihnen ist!«

Johannas alte Feindin, die Gewürzkrämerin von gegenüber, drängte sich zwischen sie und Martin Münch. Energisch hielt sie ihr ein Körbchen mit wohlriechenden Kräutersträußen unter die Nase. Henriette Schley war dünn wie eine Bohnenstange, aber sehr gepflegt und anscheinend unbedingt darauf bedacht, jünger zu wirken.

»Riechen Sie mal! Der beste Majoran, den man in ganz Frankfurt kriegen kann!«

Als Johanna ihren Kopf aus dem tatsächlich wundervoll duftenden Körbchen hob, fügte sie mit öliger Stimme hinzu:

»Es wird doch wohl noch ein klitzekleines Plätzchen für mich übrig sein, nicht wahr, Frau Nachbarin?«

Johanna war vollkommen verblüfft. Seit Jahren hatten Henriette Schley und sie kein nettes Wort mehr miteinander gewechselt, und nun tauchte die Gewürzkrämerin einfach so auf, als wäre nie irgendetwas gewesen. Sie lächelte eingefroren und hielt Margarethe, die mit einem Tablett voller Kaffeetassen an ihr vorbeieilte, am Ärmel fest.

»Margarethe, zeig doch Frau Schley eben, wo sie sich hinsetzen kann, ja?« Sie drehte sich zu ihrer Widersacherin um. »Sie nehmen doch auch ein Tässchen Kaffee, Gnädige?«

»Aber liebend gerne!«, zirpte die Gewürzhändlerin. »Ihrer soll ja der beste der ganzen Stadt sein.«

Margarethe rollte mit den Augen und zog einen Flunsch, den sie aber gekonnt in ein strahlendes Lächeln umwandelte, als sie die Nachbarin begrüßte.

Dass selbst ihre schlimmste Feindin diesen Abend nicht verpassen wollte, konnte doch nur ein gutes Vorzeichen sein!, sagte sich Johanna vergnügt und rieb sich die Hände. Alle Plätze belegt – wer hätte das gedacht?

»Hab ich's Ihnen nicht gesagt, Frau Johanna?«, flüsterte Gregor Denzel, der schon den zweiten Abend hintereinander in die *Coffeemühle* gekommen war, ihr ins Ohr. »Sie sind keine, die sich unterkriegen lässt. Das hab ich Ihnen gesagt, damals vor einem Jahr. Wissen Sie noch? Und jetzt schauen Sie sich um! So voll war es hier noch nie. Sie haben es geschafft, meine Liebe!« Er hatte den für ihn reservierten Stuhl schon fast erreicht, als er sich noch einmal zu ihr umwandte und sagte: »Und heute werden sie ja wohl nicht wieder auftauchen und hier alles kurz und klein schlagen wollen ...«

Er lachte und tänzelte wie ein Boxer mit erhobenen Fäusten vor ihr herum.

Johanna zuckte zusammen. Eine Art Déjà-vu flackerte in ihr auf. Sie hatte doch schon einmal ein wunderbares Fest gegeben, erinnerte sie sich. Und dann war Gottfried Hoffmann gekommen und hatte alles zerstört.

»Wer schlägt alles kurz und klein?«, fragte in dem Moment eine distinguierte Stimme neben ihr.

Johanna erkannte Magda von Zimmer auf Anhieb. Eine etwa zwanzigjährige, nicht wirklich hübsche, aber irgendwie verwegen aussehende junge Frau mit einem riesigen Obstgebilde auf dem sommerlichen Strohhut, einem Stock mit Silberknauf und einer Zofe im Schlepptau. Sie hatte den gleichen Lausbubenblick wie ihr Bruder und hielt sich sehr gerade. Justus hatte Johanna erzählt, dass seine Schwester demnächst einen Baron aus dem Rheinland heiraten würde, der mit ihrer Mitgift seine Ländereien bei seinen Gläubigern auslösen könnte.

»Hoffentlich niemand!«, versuchte Johanna die unheilvolle Prophezeiung des Schuhmachers wegzulachen. »Wie schön, dass Sie kommen konnten, Fräulein von Zimmer!«

»Justus wollte unbedingt, dass wenigstens einer aus unserer Familie seinen Auftritt miterlebt! Da habe ich mich erbarmt.

Mutter würde natürlich kein Kaffeehaus betreten« – Magda von Zimmer schaute sich um, als wäre sie zwischen lauter Strohhütten gelandet und die Dorfbewohner würden gleich ihren Stammestanz aufführen –, »und Vater weiß noch nicht so recht, was er von Justus' neuer Berufung halten soll. Er hat ja lange gehofft, dass sein Filius mal ein wenig Interesse für die Politik oder die Verwaltung unserer Ländereien zeigen würde. Jetzt ist mein Bruderherz schon seit zwei Wochen mit dieser Übersetzung zugange und immer noch Feuer und Flamme für seine neue Tätigkeit. So lange hat er ja nicht mal sein Jurastudium durchgehalten oder sich für eine seiner Verlobten interessiert! Wirklich erstaunlich, dieser Anfall von Schaffenskraft und Beständigkeit! Fast eine Art Weltwunder.«

Sie warf ihrem am anderen Ende der Gaststube stehenden Bruder eine Kusshand zu und legte dann ihre spitzenumrüschte Hand auf Johannas Ärmel.

»Aber wem erzähle ich das!« Sie senkte vertraulich die Stimme. »Du weißt das ja alles längst, Johanna.«

Justus hatte sie darauf vorbereitet, dass seine Schwester jeden, der unter ihrem Stand war, zu duzen pflegte. Genau wie bei ihm haperte es auch bei Magda von Zimmer an den Manieren, die eher an die eines Bierkutschers erinnerten als an die eines Adelsfräuleins. Sie hatte zwar die Nonchalance ihres Bruders, aber irgendwie weniger Charme, fand Johanna.

Aus den Augenwinkeln konnte sie wahrnehmen, wie Philipp Ingen ihr hektische Zeichen machte und ihr etwas zuraunte, das sie jedoch nicht verstand. Auch Trudi, ein kleines Waisenkind auf dem Arm, das sie überallhin mitnahm wie ein hübsches Accessoire, hüpfte nervös von einem Bein aufs andere. Das Kind brach in begeistertes Krähen aus. Was hatten die beiden nur?, wunderte sich Johanna.

Dann fiel es ihr wie Schuppen von den Augen: Philipp und Trudi wollten Magda vorgestellt werden – das war es, was sie ihr bedeuten wollten! Wenigstens hier konnte sie behilflich sein, wenn schon nichts aus der Bekanntschaft der Ingens mit dem

Conte werden würde und es höchst ungewiss war, ob die Sultana jemals in Frankfurt auftauchen würde. Johanna hatte ihr einen Brief geschrieben, gleich nach ihrer Rückkehr, ihr von Güls Verrat berichtet und erzählt, dass sie ihre Töchter und ihre Gerechtigkeit wiederhatte. Und Ludwig Haldersleben hatte ein großes Paket mit allen möglichen Karten und Merian'schen Stadtansichten nach Konstantinopel losgeschickt. Doch Johanna hatte bisher weder von Zehra noch von Aglaia oder Marcello etwas gehört.

»Darf ich Sie mit meinen lieben Freunden Philipp und Trudi Ingen bekannt machen, Fräulein von Zimmer? Die beiden gehören hier in Frankfurt ja zu den größten Wohltätern. Sie haben vielleicht schon vom Ingen'schen Armenkasten gehört?«

Sie legte die Hand auf Magda von Zimmers Arm, der in einem nach der letzten Mode geschneiderten Damastsommerjäckchen steckte, und drehte sich zu den Ingens um.

»Philipp, Trudi, kommt doch einen Moment her!«

»Ach, bevor ich es vergesse – das ist für dich, Johanna! Kauf dir was Schönes, ja?«

Magda von Zimmer, die aus der am Gürtel ihrer Zofe befestigten Börse ein paar Geldstücke entnommen hatte, musterte sie von oben bis unten. Ihr Blick war keinesfalls abschätzig, sondern rein sachlich, als hätte sie eine Kuh auf dem Viehmarkt zu bewerten und sei der Meinung, diese könne noch etwas mehr Fleisch auf den Rippen vertragen.

Johanna war sich wohl bewusst, dass ihr Äußeres vor lauter Anstrengung und Aufregung in den letzten Wochen zu kurz gekommen war. Sie hatte einfach keine Zeit gehabt, sich um ihre Kleidung zu kümmern, ihre abgearbeiteten Hände mit den teilweise abgebrochenen Fingernägeln zu maniküren und ihre Haare mit einer Kamillenspülung zu pflegen. Letzteres sah man ja zum Glück nicht, aber ihre Nägel hätten unbedingt geschnitten werden müssen. Und dieser Riss in ihrem Kaftan, der war doch am Morgen noch nicht in dem Stoff gewesen … Beschämt sah Johanna an sich herunter. Zugleich ärgerte sie sich über Magda von Zimmers herablassende Art. Was bildete sich dieses höhere Töchterchen eigentlich ein? Verteilte ihre Almosen, als wäre sie, Johanna, eine Bettlerin und keine gestandene Kaffeehauswirtin! Doch dann beschloss sie, sich ihre gute Laune nicht verderben zu lassen, zumal sie ein Extratrinkgeld in der Tat gut gebrauchen konnte, so viel war von Zehras Geld in die Instandsetzung der *Coffeemühle* geflossen.

Sie nickte Magda von Zimmer kurz zu und überließ es Philipp und Trudi, sich ihr selbst vorzustellen.

Ein freudiger Schreck durchfuhr sie, als sie nach draußen kam. Kaum zu glauben, wie voll es war! Nicht nur das Zelt platzte aus allen Nähten, nein, der ganze Hof wimmelte nur so von Menschen. Überall standen die Gäste in kleineren Grüppchen mit ihren Kaffeetassen in der Hand herum und plauderten angeregt miteinander. Ein paar Leute, die weder im noch vor dem Zelt Platz gefunden hatten, waren so einfallsreich gewesen, es sich auf den leeren Weinfässern vor dem Schuppen bequem zu machen.

Anne wetzte herein und heraus, ein großes Tablett mit Kaffeetassen über dem Kopf balancierend. Schosch, noch immer ohne Fez, dafür mit einem kleinen Ziegenbart, schenkte den Gästen nach, während Lili eifrig leere Gläser und Becher einsammelte.

Johanna konnte nur hoffen, dass niemand das Durcheinander ausnützen würde, wenn es ums Bezahlen ging. Die Zeche ihrer Stammkunden wurde natürlich wie immer auf dem Kerbholz eingetragen, auch wenn das Kerbholz heutzutage aus einem Zettel bestand und die Kerben Striche waren. Adams Eltern hatten noch die Kerben in das Holz geritzt, aber als er die *Coffeemühle* übernahm, hatte Adam das dann geändert. Am Ende des Monats rechneten sie ab. Bei den anderen Gästen hingegen wurde sofort kassiert. Aber vor allem Schosch konnte sich nur schlecht merken, wer jetzt eigentlich was und wie oft gehabt hatte. Und natürlich bestand bei so vielen Fremden auch immer die Gefahr, dass jemand die Zeche prellte. Sie kannte schließlich ihre Pappenheimer! Da hieß es aufpassen wie ein Luchs!

Als sich Johanna endlich ins Zelt vorgekämpft hatte – sie kam aus dem Händeschütteln gar nicht mehr heraus –, klopfte Justus ungeduldig auf den Platz neben sich auf dem teppichbezogenen Bänkchen. Doch statt seiner Aufforderung nachzukommen, atmete sie erst einmal tief durch, um ihre Aufregung zu unterdrücken, und ließ ihren Blick über das erwartungsvoll dreinschauende Publikum wandern. Schließlich klatschte sie zweimal laut in die Hände und formte mit den Fingern einen Trichter vor ihrem Mund.

»Liebe Gäste, verehrte Damen und Herren, wenn ich jetzt um Ihre Aufmerksamkeit bitten darf! Ich möchte Sie ganz herzlich willkommen heißen bei unserem nun täglich stattfindenden Vorlese- und Erzählabend in der *Coffeemühle*. Herr von Zimmer wird erst ein Stück aus ALADIN UND DIE WUNDERLAMPE lesen, einer Geschichte aus TAUSENDUNDEINE NACHT, deren Lektüre wir gestern begonnen haben. Dann werde ich selbst Ihnen eine Geschichte erzählen, die mir auf meiner Reise in den Orient zugetragen wurde. Wie Sie alle wissen, war ich lange unterwegs und habe am Hofe des Sultans so einiges erlebt … Während Herr von Zimmer seine Lesung abhält, werden Anne, Schosch und meine Tochter Margarethe Sie mit Getränken bewirten. Danach machen wir eine kleine Pause, in der Sie etwas essen können. Wir haben verschiedene köstliche Speisen aus dem Morgenland für Sie zubereitet …«

Sie machte eine kleine Kunstpause, in die hinein der durch den Trubel in seinem Hof verwirrte Hahn zweimal laut krähte. Als sich das Gelächter über den Hahn gelegt hatte, fuhr sie fort:

»Nun bitte ich aber zunächst um einen kräftigen Applaus für Herrn von Zimmer und Aladin!«

Während der Beifall an ihren Ohren vorbeirauschte, beschlich sie erneut das Gefühl, die gleiche Situation schon einmal erlebt zu haben. Damals, bei der Eröffnung des Damensalons, hatte Gabriel unmittelbar nach ihrer Rede eine heitere Tanzweise auf seiner Geige angestimmt. Nun lauschte sie Justus von Zimmers Bassstimme, die für einen so jungen Mann erstaunlich voluminös war, wie er die Geschichte von Aladin bis zu dem Punkt kurz zusammenfasste, an dem der Zauberer Aladin in der Höhle einsperrte. Dann begann er aus seiner Übersetzung zu lesen, und sie ließ ihren Gedanken freien Lauf.

Natürlich hatte sie schon ihren kleinen Geschwistern immer Geschichten erzählt, und später dann Margarethe und Lili. Aber vor einer so großen Menschenmenge zu sprechen, das war noch mal etwas ganz anderes. Ob ihre Stimme überhaupt bis zu den Zuhörern draußen vor dem Zelt vordringen würde? Justus bereitete das keine Schwierigkeiten, ihn konnte man vermutlich noch auf der Gasse hören. Aber sie? Und wenn es ihr nicht gelang, die Pointe rechtzeitig zu setzen, und die Leute anfingen sich zu langweilen? Was für eine schreckliche Vorstellung, in lauter angeödete Gesichter zu blicken! Plötzlich bereute sie es, sich keine Notizen gemacht zu haben. Aber wie hätte das denn ausgesehen: eine Geschichtenerzählerin mit Spickzettel? Nein, sie würde das Kind schon schaukeln, redete sie sich selbst gut zu, sie durfte sich nur nicht verrückt machen. Wie hatte Zehra noch gesagt, die ihr irgendwann einmal von den Redekünsten eines berühmten Staatsmannes aus dem alten Rom vorgeschwärmt hatte: »Stell dir einfach vor, du betrittst ein Haus. Und du gehst von einem Zimmer zum anderen, und in jedem holst du ein Stückchen von deiner Geschichte ab. Wenn du alle Räume durchschritten hast, ist die Geschichte zu Ende erzählt, und du gehst wieder aus dem Haus heraus.«

Justus hatte neben sich auf einem Höckerchen eine große Sanduhr aufgestellt. Als diese ein Mal durchgelaufen war, hörte er auf zu lesen, genau an der Stelle, an der Aladin die schöne Prinzessin Badroulboudour zum ersten Mal sieht.

Während ihre Gäste sich auf das Büfett mit den orientalischen Köstlichkeiten stürzten, lief Johanna schnell in die obere Etage, um sich für ihre Rolle als Scheherazade fertig zu machen. Zum krönenden Schluss legte sie noch einen perlenbestickten Schleier über ihr Gesicht, sodass nur noch ihre schwarz umranderten Augen zu sehen waren.

Und hier, meine sehr verehrten Damen und Herren, hochverehrtes wertes Publikum, liebe Zuhörer, liebe Kinder« – kündigte Justus' dröhnende Stimme sie nach der Pause den Gästen an – »ist nun eigens aus Konstantinopel für Sie angereist die wunderbare, unvergleichliche und rätselhafte Scheherazade. Die klügste und schönste Frau des ganzen Morgenlandes. Lassen Sie sich von ihr verzaubern und entführen! Bitte Applaus, meine Damen und Herren …«

Johanna ließ sich neben ihm auf dem kleinen Bänkchen nieder und schlug mit einer dramatischen Geste ihren Schleier zurück. Ein Raunen ging durch die Menge, als wären die Leute tatsächlich überrascht, dass sie, Johanna, es war, die dort vor ihnen saß. Sie räusperte sich, um das Kratzen in ihrem Hals loszuwerden.

»Wird schon schiefgehen!«, flüsterte ihr Justus so laut ins Ohr, dass man ihn auch in den ersten Reihen noch gut hören konnte.

Prompt brach seine Schwester in lautes Gelächter aus und fing sich ein tadelndes »Pscht!« von Henriette Schley ein.

»Ich möchte die Geschichte meiner Abenteuer im Orient mit der Schilderung des Schicksals einer der faszinierendsten Gestalten beginnen, die ich im Harem getroffen habe …«

Johanna bemühte sich, ihre Stimme möglichst laut klingen zu lassen, um das Gehüstel im Publikum, das Klirren der Gläser und Tassen, das vereinzelte Schmatzen und Rascheln zu übertönen. Sie veränderte ihre Haltung leicht, in der Hoffnung, dadurch mehr Stimmvolumen zu erzeugen. Von der Gasse her schallte ein wildes Peitschenknallen über das Hoftor, das sie aber ignorierte, indem sie tapfer fortfuhr:

»Dazu müssen Sie wissen, meine Damen und Herren, dass der Harem, ja der ganze Serail voll ist von faszinierenden Gestalten! Die Haremsdame Mihrimâh, eine gebürtige Abchasin vom Schwarzen Meer und Favoritin des Sultans, übertrifft sie jedoch alle. Ihre Geschichte ist so traurig und doch so schön, denn sie war unbändig verliebt in einen Fischer aus Üsküdar, den sie mit einem Fernrohr beobachtete, wenn sie im Rosengarten des Harems spazieren ging. Jeden Abend um die gleiche Zeit lief der junge Hüseyin zum Fang auf einem kleinen Nachen aus. Irgendwann fiel ihm auf, dass stets, wenn er am Palast des Sultans vorbei hinaus auf das Marmarameer segelte, am Ufer etwas in der Abendsonne blitzte. Er schilderte das seltsame Phänomen seinen Freunden, den anderen Fischern, mit denen er sich im Kaffeehaus meiner guten Freundin Fatma zu treffen pflegte. Dort verkehrte auch Rifat, der Hofastronom des Padischah, und der konnte ihm eines Tages die Antwort geben. ›Jemand beobachtet dich aus den Haremsgemächern heraus mit einem Fernrohr, das sich in der untergehenden Sonne spiegelt‹, erklärte er dem erstaunten Hüseyin.«

Johanna, die versucht hatte, ihre Stimme bei der Rede des Hofastronomen besonders tief klingen zu lassen, musterte unauffällig die Reihen der vor ihr sitzenden Menschen. Kein einziges gelangweiltes Gesicht, dachte sie beruhigt, im Gegenteil, die Leute schienen wie gebannt an ihren Lippen zu hängen. Beherzt fuhr sie fort:

»Der Fischer, ein stattlicher Jüngling mit lockigem Haar, wurde von einer ihm bis dahin völlig fremden Erregung erfasst. Obwohl er gar nicht wissen konnte, wer ihn da beobachtete, verlor er sein Herz an die unbekannte Haremsdame und redete von nichts anderem mehr als von dem geheimnisvollen Leuchten, das er Abend für Abend herbeisehnte und das sich tatsächlich jedes Mal treu und brav zur fraglichen Stunde zeigte. ›Kann doch auch eine hässliche Alte ohne Zähne sein‹, nahmen ihn seine Freunde auf den Arm. Aber Hüseyin ließ sich nicht beirren. Er war fest davon überzeugt, dass seine Angebetete wunderschön war, einsam und unglücklich und gefangen in den Haremsgemächern. ›Sie ruft mich‹, sagte er zu seinen Freunden. ›Ich muss zu ihr. Ich muss sie befreien!‹ Seine Freunde lachten ihn aus, aber dann bemerkten sie, dass er sich nur immer mehr in seine Leidenschaft hineinsteigerte, und sie begannen sich zu sorgen. Doch Hüseyin hatte sich einen Plan zurechtgelegt: Er freundete sich mit dem Eunuchen an, der die Speisen für die

Küche des Harems besorgte, und belieferte ihn von da an mit seinem Fang – natürlich in der steten Hoffnung herauszufinden, wer die schöne Unbekannte war. Dem Küchenmeister dämmerte schließlich, worauf der Jüngling mit seinen Fragen hinauswollte. Und weil er ihn mochte und ihm hoch anrechnete, dass er ihn noch nie betrogen hatte – so wie die anderen Fischer, die schon oft mit ihrem alten Fisch vom Vortag zu ihm gekommen waren –, warnte er ihn: ›Höre, Hüseyin, das wird kein gutes Ende nehmen. Denk an die Geschichte von Osman und Seniye!‹ Und sein Gesicht verdunkelte sich, und er sagte kein weiteres Wort …«

Johanna senkte den Kopf, sodass der Schleier vor ihr Gesicht fiel. Auch sie würde heute kein weiteres Wort mehr erzählen, wollte sie damit ihrem Publikum bedeuten.

Den Gästen schien es ebenfalls die Sprache verschlagen zu haben. Erst als Johanna leicht irritiert ob der Stille, die plötzlich in dem stickigen Zelt herrschte, wieder aufsah, brach wie auf Kommando tosender Applaus aus.

»Bravo, eine wunderbare Geschichte!«, rief Ursula Volckhardt, die Bendersgattin, und erhob sich heftig klatschend von ihrem Sitz.

Johannas Blick fiel auf die Gewürzkrämerin, die sich verstohlen eine Träne aus dem Augenwinkel wischte. Sogar Magda von Zimmer sah ergriffen aus, während Margarethe und einige weitere Damen verklärt vor sich hin lächelten, als wähnten sie sich selbst in der Rolle der Haremsdame Mihrimâh.

»Hab ich's nicht gesagt!« Gregor Denzel schlug ihr mit seiner großen Schusterhand auf den Rücken, während der Applaus allmählich abflaute. »Sie schaffen das – habe ich doch schon vor einem Jahr gesagt! Und weit und breit keine Spur von diesem Ungeheuer aus Sachsenhausen. ›Die lässt sich doch von so einem nicht kleinkriegen, die Bergerin!‹, das habe ich allen erzählt, die nach Ihnen gefragt haben. Und so ist es gekommen. Ich bin stolz auf Sie, Frau Johanna! Der Herr hat sich auf Ihre Seite geschlagen.«

Johanna verspürte plötzlich große Lust, jemanden zu umarmen, und drängte sich durch die ihr gratulierenden Zuschauer zu Margarethe und Lili hindurch.

»Du warst wunderbar, Mutter!«, sagte Margarethe. »Und die *Coffeemühle* ist wieder in aller Munde. Morgen wird es bestimmt noch voller werden. Wir haben so viele Reservierungen entgegengenommen, dass wir von Haldersleben und Denzels Stühle rüberholen müssen.«

»Bis morgen dann in alter Frische!«, verabschiedete sich Justus von Zimmer grinsend von Johanna.

Natürlich hatte sie ihm eine Bezahlung angeboten, aber er hatte darüber nur gelacht. Er hatte seinen Fez aufbehalten und bugsierte seine eifrig Trinkgelder verteilende Schwester zum Ausgang. Hinter ihnen lief die Zofe, die mit resignierter Miene eine gerahmte Karte des Morgenlandes schleppte.

Johanna sah, wie Ludwig Haldersleben noch einmal den Hut vor Magda von Zimmer zog und sich dann die Hände rieb, als hätte auch er an diesem Abend gute Geschäfte gemacht. Sie selbst würde ihre Gäste gleich allein lassen und in ihrem stillen Kämmerlein erst einmal das Geld durchzählen, das sie eingenommen hatte, und prüfen, was auf dem Kerbholz notiert war.

## 34. KAPITEL

Der Garten sah aus, als wäre ein Orkan über ihn hinweggefegt. Alle Pflanzen waren ausgerissen, die Bäume gefällt und die Tische und Stühle in ihre Einzelteile zerlegt. In dem Balken über der Hoftür steckte eine Axt, als hätte jemand nur kurz eine Verschnaufpause während seines Wutanfalls einlegen wollen und käme gleich zurück, um das Haus zu zertrümmern.

»Na, dein Mann hat halt noch ein paar mehr Feinde, nicht nur uns. Da ist uns wohl jemand zuvorgekommen«, erholte sich Justus von Zimmer als Erster von dem Anblick der Verwüstung.

»Ich wette, das war er selbst«, murmelte Elisabeth gedankenverloren.

Justus tippte sich mit dem rechten Zeigefinger an die Stirn und meinte laut:

»Wer so was mit seinem eigenen Haus macht, der muss ja komplett von Sinnen sein!«

Elisabeth reagierte nicht, sondern starrte wie gebannt auf das kaum leserliche »Geschlossen«-Schild an der Eingangstür. An der durch den Regen verlaufenen Schrift konnte man erkennen, dass das Schild schon seit einiger Zeit an dieser Stelle hing. Abgesehen von der Verwüstung im Garten machte auch das Haus einen stark vernachlässigten Eindruck. Die Fenster waren offensichtlich seit Ewigkeiten nicht mehr geputzt worden. Direkt neben dem Schornstein schienen einige Dachschindeln locker zu sein, und vor dem Haus standen mehrere leere Fässer, auf denen sich Blätter und Dreck gesammelt hatten.

»Das macht er mit Absicht!« Endlich löste sich Elisabeth von dem traurigen Anblick ihres einstigen Heims. »Um mich zu bestrafen, lässt er alles verkommen.« Sie wischte sich über die Augen.

Ludwig Haldersleben fasste sie am Ärmel.

»Wir sollten hier wirklich nicht stehen bleiben. Lass uns rübergehen!«, sagte er leise.

»Warum sollen wir hier nicht stehen bleiben? Ich stehe, wo ich stehen will!«, tönte Justus von Zimmer.

Er hatte, während sie vom Sachsenhäuser Ufer aus das Fischerstechen auf dem Main beobachtet hatten, schon ein paar Schoppen getrunken. Gewonnen hatte einer der Sachsenhäuser Fischer, der alle seine Konkurrenten mit einer langen Lanze von ihren Booten gerammt hatte und nun den besten Fangplatz bekommen würde. Immer wieder waren seine Gegner unter dem Gejohle der Zuschauer ins Wasser gestürzt.

»Von den Bauern hier, Martin natürlich ausgenommen, lasse ich mir nicht vorschreiben, wo ich stehe! Und mal unter uns: Warum habt ihr diesen irren Choleriker nicht einfach abmurksen lassen? Es gibt schließlich genug Leute, die so was für einen erledigen. Nicht, dass ich die kennen würde, aber so schwierig kann das nicht sein.« Er legte seinen Arm grinsend um Ludwig. »Weiber! Ihr macht die einfachsten Sachen kompliziert. Am besten man versucht gar nicht erst, euch zu verstehen. Bringt ja doch nichts.« Er zwinkerte erst Johanna mit dem einen, dann Elisabeth mit dem anderen Auge zu. »Dabei hat der Mann doch geradezu darum gebettelt, dass ihm irgendjemand ein Messer zwischen die Rippen stößt! Wieder und wieder hat er euch angefleht, endlich einen Schlussstrich unter sein verkorkstes Leben zu ziehen – und ihr in eurer unendlichen weiblichen Geduld und Güte habt ihn immer weitermachen lassen. Aus Verzweiflung zerhackt er schon seinen eigenen Garten, weil alle anderen zu viel Schiss davor haben. Würde mich nicht wundern, wenn er sich als Nächstes selbst zerhacken täte! Aber jetzt ist Schluss! Ein Glück, dass ihr euch doch noch aufgerafft habt! Die Tiere sind wenigstens erst mal weg. Das ist erledigt, da können wir einen Haken hinter setzen. Die kommen auch nicht wieder, weil unsere Polizei das nämlich kontrollieren wird. Ich bin meinem Onkel ziemlich auf die Nerven gefallen mit dieser Sache! Und mit dem Bürgerkapitän von Sachsenhausen wurde auch endlich geredet. Nicht zu fassen, dass der das all die Jahre geduldet hat! Wozu sind diese Leute da?, fragt man sich.«

»Schon gut, Justus, lasst uns endlich weitergehen!«

Besorgnis klang aus Ludwig Halderslebens Stimme. Und auch Johanna hatte böse Vorahnungen, als sie zu viert vor Gottfried Hoffmanns Haus herumstanden. Zu sehr fühlte sie sich an den Abend erinnert, als sie Elisabeth aus der Truhe befreit hatte. Jeden Augenblick rechnete sie damit, die erste Fledermaus dicht über ihrem Kopf hinwegsegeln zu spüren. Dass Justus aber auch einen solchen Lärm veranstalten musste! Und bei Elisabeth konnte man sich auch nie sicher sein, ob sie nun ehrlich zornig war oder am liebsten erst einmal in ihrem alten Haus nach dem Rechten sehen wollte. Sich vielleicht schnell ihre alte Schürze umbinden und ein bisschen Ordnung machen würde.

»Ja, lasst uns umkehren! Wir haben gesehen, was du sehen wolltest, Elisabeth. Und jetzt lasst uns wieder nach drüben gehen. Mir ist nicht wohl bei der Sache«, machte Johanna ihrem Unbehagen Luft und sah sich vorsichtig nach allen Seiten um.

Bildete sie sich das nur ein, oder hatte sich da gerade die vergilbte Gardine des mittleren Dachbodenfensters bewegt? Sie meinte, eine leichte Welle gesehen zu haben. Stand Gottfried vielleicht lauernd hinter der Gardine und beobachtete sie? Oder hatte es sich nur um einen Lufthauch gehandelt? Ein Schauer lief über ihren Rücken. Nein, bestimmt spielte ihr nur ihre Fantasie einen Streich, sagte sie sich dann.

»Kommt gar nicht infrage!«, empörte sich Justus. »Wir sind Bürger dieser Stadt! Wir gehen hin, wo wir wollen! Ich klopfe mal.«

Johanna glaubte, ihr Herz würde aussetzen, als er sich tatsächlich in Richtung Tür aufmachte. Sie eilte hinter ihm her und hielt ihn am Ärmel fest.

»Bist du noch bei Trost, Justus?«

»Haha, reingelegt!«, lachte Justus, als er die erschreckten Mienen seiner Freunde sah. »Ihr hättet mir das wirklich zugetraut? Denkt ihr, ich bin verrückt, oder was?«

»Ich will unbedingt noch Ännchen und Martin Guten Tag sagen. Wir trinken einen Äppelwoi, und dann gehen wir wieder«, quengelte Elisabeth, die auch schon zwei große Becher Apfelwein getrunken hatte. Sowohl Justus als auch Elisabeth waren knallrot im Gesicht.

Ludwig Halderslebens Miene nahm einen ganz weichen Ausdruck an, und Johanna sah ein, dass sie diese Partie verloren hatte. Nie konnte er Elisabeth etwas abschlagen.

»Ja, dann gehen wir doch im *Wilden Ochsen* noch einen Schoppen heben!«

Demonstrativ spuckte Justus vor Gottfried Hoffmanns Haus

aus und watete o-beinig an einem Kuhfladen vorbei, der mitten auf der matschigen Sachsenhäuser Gasse lag.

Johanna hatte von Anfang an nicht viel von der Idee gehalten, einen Ausflug auf die andere Mainseite zu unternehmen. Es schien ihr ratsamer, sich von Sachsenhausen fernzuhalten. Sie wollte schließlich nicht unnötig provozieren. »Du solltest mal eine Pause einlegen, Mutter!«, hatte dann aber Margarethe gesagt. So hatte es angefangen. Und Justus würde auch eine Pause brauchen, hatte das junge Mädchen leicht verschämt hinzugefügt und wie immer in Anwesenheit des Schultheißneffen die Augen niedergeschlagen. »Pause? Was soll ich mit einer Pause? Ich mache doch schon mein ganzes Leben lang Pause!«, hatte Justus eingewandt. Aber Margarethe hatte sie alle überstimmt. Sie wurde mehr und mehr wie Adam: energisch und tatkräftig, dabei nie laut oder aufdringlich. Schon jetzt, mit ihren gerade einmal fünfzehn Jahren, strahlte sie in ihrer ruhigen Art eine erstaunliche Souveränität aus. All das, was Johanna sich mühsam hatte aneignen müssen, schien bei ihr angeboren zu sein. Ganz sicher würde Margarethe eines Tages eine wunderbare Kaffeehauswirtin abgeben. Und sie hatte natürlich vollkommen recht: Sie, Johanna, war tatsächlich ziemlich erschöpft und heiser vom vielen Erzählen. Seit zwei Wochen traten sie und Justus nun schon jeden Abend auf. Sie schwamm im Geld, und noch immer hofften die Frankfurter darauf, dass der Fischer Hüseyin und seine schöne Haremsdame sich irgendwann kriegen würden. Hüseyin war es inzwischen gelungen, sich als Küchenjunge im Palast zu verdingen, und er überlegte, ob er aus Liebe zu seiner Angebeteten zum Eunuchen werden sollte. Denn wie sonst könnte er sie jemals sehen? Mihrimâh hingegen spielte mit dem Gedanken, sich vom höchsten Palastfenster aus ins Meer zu stürzen, wie sie ihrer besten Freundin Suleika anvertraut hatte, so unglücklich war sie über ihr ausweglose Schicksal. Jeder, aber auch wirklich jeder, der in Frankfurt etwas zählte, wollte sich von ihr in der *Coffeemühle* Geschichten erzählen lassen, hatte Johanna zutiefst befriedigt festgestellt.

Ja, sie hatte sich eindeutig eine Pause verdient, lächelte sie in sich hinein, als sie mit den Freunden durch den runden Torbogen in den Hof des *Wilden Ochsen* trat. Wenn sie auch nach wie vor keineswegs begeistert über die Vorstellung war, diese ausgerechnet in Sachsenhausen zu verbringen. Hätte sie Elisabeth doch einfach alleine losziehen lassen! Aber nein, das hatte sie nicht gekonnt. Dann hätte sie sich die ganze Zeit Sorgen um sie gemacht. Na, hoffentlich war Elisabeth jetzt zufrieden, wo sie gesehen hatte, wie es um ihr ehemaliges Heim bestellt war. Entspann dich einfach, redete Johanna sich selbst gut zu, es ist ein wunderbarer Sommerabend. Nicht mehr lange, und der Sommer ist vorbei. Mach dir einfach einen schönen Abend mit deinen Freunden und vergiss mal für einen Augenblick Gottfried Hoffmann!

»Na so etwas!« Mit roten Wangen kam ihnen Ännchen Münch entgegen und umarmte Elisabeth. »Was für eine Freude!«

Es hätte keinen größeren Gegensatz zu dem verwüsteten Garten der Hoffmanns geben können als den lauschigen Hof der Münch'schen Heckenwirtschaft. Der Wind raschelte in den prächtigen Kastanien, an denen schon die ersten stacheligen grünen Bällchen hingen. Die Sonne warf ihre langen Strahlen durch die bräunlich gewordenen Blätter. Die meisten der etwa zehn auf der Wiese platzierten Holztische waren besetzt. Die Tische wirkten zwar grob gezimmert und schon ein wenig verwittert, aber die dazugehörigen Bänke mussten nagelneu sein.

Johanna schaute sich um. Was für ein schönes Licht! Plötzlich war sie doch froh, sich zu dem Sachsenhäuser Ausflug überredet haben zu lassen. Die Sonne schickte nun einmal ihre letzten warmen Strahlen auf diese Seite des Mains; es war wirklich viel angenehmer, hier im Freien zu sitzen als drüben im Schatten, wo die frühherbstliche Kühle sich um diese Uhrzeit bereits bemerkbar machte. Die meisten von Martins und Ännchens Gästen waren wohl genau wie sie aus der Stadt herübergekommen, um den Tag im Kreis von Freunden und Verwandten bei einem Äppelwoi zu beschließen. Johanna zählte ungewöhnlich viele Frauen unter ihnen, denn die Heckenwirtschaften waren die einzigen Gasthäuser, in denen sich die Damenwelt blicken lassen konnte, ohne ihren Ruf aufs Spiel zu setzen. Sie erkannte am Tisch neben dem Tor inmitten einer fröhlichen Runde den Sieger des Fischerstechens. Weiter hinten schienen ein paar Schreinergesellen zusammen mit ihren kreischenden Frauenzimmern den Feierabend zu begießen. Und in der Nähe der Mauer saß die schwarze Bijoutiersgattin Christine Haberkorn mit einem rundgesichtigen älteren Herrn mit schwarzer Perücke, der wohl ihr Ehemann war.

Nachdem Johanna ausgiebig mit dem Bijoutier und seiner Frau geplaudert hatte, trat sie an den langen Tisch der Schreinergesellen, zu denen sich ihre Freunde inzwischen gesellt hatten. Sie saßen direkt unter den Zweigen einer alten Kastanie, die sich auf der anderen Seite der Gartenmauer befand und von einem eifrigen Specht bearbeitet wurde. Nur die Mauer, ein altes Türmchen und ein paar Bäume trennten sie von der mächtigen, ganz Sachsenhausen einschließenden Befestigungsanlage. Jenseits davon befanden sich die Sommervillen der reichen Frankfurter, Obstgärten, Wiesen, Felder und dann der Stadtwald. Wie friedlich wirkte das alles in der Abendsonne!

Martin Münch, eine Schürze aus hessischem Tuch umgebunden, hatte ein Tablett mit vier Bechern und einem Tonkrug gegen seine Hüfte gestützt. Vorsichtig setzte er das Tablett auf dem Tisch ab. Seine Bewegungen wirkten ungeschickt, als müsste er noch üben, mit nur einer Hand zurechtzukommen.

»Schön, dass ihr euch mal hier bei uns blicken lasst!«, sagte er.

Er schenkte die Becher bis zum Rand voll. Johanna hatte den Eindruck, als wäre er besser beieinander als bei ihren letzten Begegnungen. Zwar waren seine Wangen noch immer hohl und die Hakennase wirkte konturierter als früher, aber er schien wieder er selbst zu sein.

»Jetzt setz dich erst mal zu uns und trink einen mit!«, sagte Justus und verscheuchte eine Wespe von seinem Becher.

»Würde ich furchtbar gerne, aber ich muss mich um die Gäste kümmern.«

Bedauernd zuckte Martin Münch mit den Schultern, was den leeren Ärmel an seinem Wams vibrieren ließ.

»Ich kann mir vorstellen«, nickte Ludwig Haldersleben, »dass die Konkurrenz unter euch Apfelweinwirten auch nicht gerade kleiner wird, oder?«

Als freute er sich, dass sich endlich einmal jemand für seine Sorgen interessierte, holte der Angesprochene weit aus. Die anderen Gäste in dem voll besetzten Garten schien er vergessen zu haben.

»Seit der Rat im letzten November sein Edikt mit der Apfelweinsteuer verkündet hat, ist das Betreiben einer Heckenwirtschaft richtig teuer geworden. Nicht, dass wir nicht schon vorher hätten Gebühren zahlen müssen, aber da hat sich ja keiner dran gehalten! Jetzt schleichen überall Spitzel herum, die die Steuerbetrüger an den Senat verpfeifen – und noch nicht mal ihren Namen nennen müssen, wenn sie jemanden anzeigen. Stellt euch das mal vor! Damit wird natürlich jede Menge Schindluder getrieben. Ich habe meinen Fichtenkranz mit dem Apfel in der Mitte schon immer an der Tür hängen gehabt und natürlich auch immer meine Abgaben gezahlt, aber das nützt einem unter Umständen überhaupt nichts mehr, wenn da einfach so einer herkommt und sagt, du produzierst und verkaufst viel mehr, als du eigentlich darfst.« Er schüttelte angewidert den Kopf. »Und dann war auch noch die letzte Ernte so schlecht! Fast die Hälfte meiner Bäume hat kaum was getragen. Der Frost, ich sag's euch! Aber die neue Ernte ist dafür ausgezeichnet.«

»Und einen Konkurrenten hast du ja auch weniger.«

Justus machte eine Bewegung mit dem Kinn in Richtung des Hoffmann'schen Anwesens.

»Prost, Martin!« Er hob seinen Becher. »Auf dich und auf uns! Auf dass es noch weniger Konkurrenten werden mögen!«

Klirrend stießen sie ihre Becher zusammen, während Martin andeutungsweise den Krug anhob, als wollte er mit ihnen anstoßen. Justus machte sich mit den Schreinergesellen an ihrem Tisch bekannt, stieß mit jedem einzelnen an und griff schließlich nach Johannas Arm, um mit ihr zu schunkeln, als die Tischgenossen ein Trinklied anstimmten.

»Schöppchen mein, was bist du so fein!«, grölte er, und dann: »Ein Schoppe so klein, bleibt nicht lange allein …«

Widerwillig ließ sich Johanna von seinen Schunkelbewegungen mitziehen. Das konnte ja heiter werden!

»Ach, ist das herrlich hier! Ich hatte ganz vergessen, wie schön es in Sachsenhausen ist. Meinst du nicht auch, Ludwig?«, rief Elisabeth aus.

Der Kartenmacher lächelte sanft und strich ihr verstohlen über die Hand. Auch er bewegte sich leicht im Takt von Justus' Gesang, in den inzwischen ihre Tischnachbarn eingefallen waren. Einer von ihnen hatte eine so geübte Stimme, dass sogar Justus' Bass plötzlich richtig melodisch klang. Als brauchte er nur jemanden, der ihn führte und ihm mit gutem Beispiel voranging, dachte Johanna, dann kamen alle seine verborgenen Talente zum Vorschein.

Im Gegensatz zu ihren Freunden amüsierte sie sich jedoch ganz und gar nicht. Ständig sah sie irgendwelche Gespenster. Einmal schreckte sie zusammen, weil etwas um ihre Beine strich, das sich dann nur als die graue Katze der Münchs herausstellte. Und die ganze Zeit konnte sie ihren Blick nicht von dem efeubewachsenen Torbogen abwenden, durch den jeden Augenblick Gottfried Hoffmann mit seinen Schergen hereinkommen konnte. Es war doch ein Fehler gewesen mitzugehen, stellte sie missmutig fest, Abendsonne hin oder her. Zumal zu Hause jede Menge Arbeit auf sie wartete. Und sie, wenn sie ganz ehrlich war, auch ein wenig das Gefühl hatte, in dieser heiteren Runde vollkommen überflüssig zu sein.

Plötzlich vernahm sie ein lautes Knacken über sich. Erschreckt blickte sie auf und konnte gerade noch sehen, wie etwas von oben mit Karacho in ihren Becher plumpste. Apfelwein spritzte ihr ins Gesicht. Panisch sprang sie auf.

»Um Himmels willen, was war das denn?«

Justus von Zimmer nahm ihren Becher und schüttete seinen

Inhalt schwungvoll auf den Boden. Eine stachelige Kastanie kullerte über den Gang zwischen den Tischen und blieb schließlich neben dem schwarzen Schnallenschuh des verdutzt nach unten blickenden Bijoutiers liegen.

»Ein gefährliches Grenadiergeschoss«, sagte Justus mit Grabesstimme, »man nennt so etwas auch ›die grüne Handgranate‹.«

Elisabeth bekam einen Lachkrampf, als hätte sie noch nie so etwas Komisches gehört. Ludwig Haldersleben schmunzelte, und Justus von Zimmer feixte über seinen albernen Witz. Selbst die Schreinergesellen um sie herum schlugen sich wiehernd auf die Schenkel, während ihre Frauen vergnügt aufkreischten. Nur Johanna fand das Ganze kein bisschen lustig.

Ännchen Münch kam mit einem neuen Becher für Johanna angelaufen.

»Merkwürdig, es ist eigentlich noch viel zu früh«, sagte sie kopfschüttelnd. »Die sollten doch noch gar nicht runterfallen! Das war die Erste. Wir rücken dann immer die Tische weg, wenn es richtig losgeht.«

Johanna fühlte sich denkbar unwohl in ihrer Haut. Ihr gesamter Humor war ihr abhandengekommen. Lieber Gott, lass diesen Abend schnell vorbeigehen!, betete sie still. Verzweifelt starrte sie auf die Apfelweinbecher auf ihrem Tisch, die einfach nicht leerer werden wollten.

Endlich hatte Justus seinen letzten Schluck genommen, Elisabeths Becher war bis auf eine kleine Pfütze fast ausgetrunken, und auch der Kartenmacher schien zum Ende zu kommen. Nur ihr eigener Becher war noch voll.

»Ja, dann …«, setzte sie an.

In dem Moment sah sie, wie Justus Ännchen bedeutete, ihnen einen neuen Weinkrug zu bringen. Wütend stand sie auf.

»Was ist mit dir?«, fragte Elisabeth erstaunt.

»Wir hatten doch gesagt, wir gehen nach einem Äppelwoi!«

»Aber du hast ja noch gar nichts getrunken!«

»Wir sollten nicht hier sein. Es bringt doch nichts, Gottfried zu provozieren! Wir haben alle Schritte eingeleitet, damit ihm für immer das Handwerk gelegt wird. Er hat das natürlich mitbekommen und wird wütend sein wie eine Hornisse, die ihr Nest verteidigt.«

»Ach, sei doch nicht so langweilig, Hanne! Lass uns einfach ein bisschen Spaß haben! Den haben wir uns ja wohl verdient. Oder etwa nicht? Das ist doch harmlos hier«, sagte Elisabeth leicht lallend.

Johanna verstand nicht, wie die Freundin so die Beherrschung über sich verlieren konnte. Ihr Blick wirkte glasig, und das Tuch in ihrem Ausschnitt war verrutscht, sodass die Schreinergesellen von der gegenüberliegenden Tischseite einen wunderbaren Einblick in ihr Dekolleté bekamen. Außerdem war sie so nah an Ludwig Haldersleben herangerutscht, dass sie ihm fast schon auf dem Schoß saß.

»Genau, sei keine Spielverderberin, Johanna!« Justus schnippte mit den Fingern, um das zwischen den Tischen hin und her wetzende Ännchen auf sich aufmerksam zu machen. »Du und ich, wir haben schließlich Pause! Genieß es doch einfach! Morgen sind wir wieder diejenigen, die die Gäste unterhalten müssen. Hier kannst du dich zur Abwechslung einmal selber bedienen lassen.«

Elisabeth nickte eifrig.

»Sei nicht so langweilig, Hanne!«, wiederholte sie nölend. »Immer musst du anderen Leuten den Spaß verderben! Nicht wahr, Ludwig, immer wird Hanne so streng und ernst und will gar nicht mehr weiterfeiern. Manchmal kann ich kaum glauben, dass ausgerechnet dir auf deiner Reise alle diese Abenteuer passiert sein sollen, von denen du immer erzählst. Wo du doch so langweilig sein kannst, Hanne!«

»Lasst uns noch einen Becher trinken und dann gehen«, versuchte der Kartenmacher zu vermitteln.

Johanna hatte den Eindruck, er fühlte sich genauso unwohl wie sie selbst. Und obendrein schien ihm Elisabeths Verhalten auch peinlich zu sein. Er zwinkerte ihr zu und hob mit schiefem Lächeln seinen Becher.

Ihre Aufmerksamkeit wurde auf drei zerlumpte Straßenmusikanten gelenkt, die durch die Tischreihen liefen: ein Fiedler, ein Flötist, dessen Instrument ein unangenehmes Schrillen von sich gab, und ein Tamburinspieler. Dieser ließ zugleich einen ledernen Becher mit Münzen klimpern, den er den Gästen des Lokals unter die Nase hielt. Die angeheiterten Schreinergesellen und ihre Gespielinnen bildeten eine Polonaise und hopsten hinter den Musikanten her.

»Los, da machen wir mit!«, rief Justus begeistert.

Schwankend erhob er sich und griff nach Johannas Hand. Plötzlich stutzte er und brüllte dann so laut, dass er die Musiker übertönte:

»Sieh mal einer an! Wenn man vom Teufel spricht …«

Sofort ließ er Johannas Hand fallen, griff nach seinem Getränk und streckte den Arm mit dem frisch gefüllten Becher aus.

»Prosit, Gottfried! Komm her zu uns und trink einen Schoppen mit!«, grölte er triumphierend.

Elisabeth war schlagartig alles Blut aus dem Gesicht gewichen. Ängstlich umklammerte sie Ludwig Halderslebens Arm. Sie sah jetzt gar nicht mehr angeheitert aus, sondern nur noch wie eine Frau, die befürchtete, wieder Prügel einstecken zu müssen.

»Bist du völlig wahnsinnig geworden?«, zischte Johanna zu Justus und packte ihn an der Jacke, um ihn wieder auf die Bank zu ziehen. »Hoffentlich hat er uns noch nicht gesehen! Wie kann man nur so dumm sein? Warum musst du ihn auch noch auf uns aufmerksam machen?«

Gottfried Hoffmann und drei seiner Männer hatten sich breitbeinig unter dem Torbogen aufgebaut. Das Gesicht des Apfelweinwirts war aufgequollen, die Tränensäcke schwer. Er wirkte wie jemand, der sich nach einem schweren Schicksalsschlag nicht mehr im Griff hatte. Nichts erinnerte mehr an den einstmals gut aussehenden und stattlichen Mann, den Elisabeth geheiratet hatte. In der rechten Hand schwang er bemüht lässig eine große Axt, als wäre sie ein Kriegsbeil. Links neben ihm stand ein hünenhafter Kahlkopf mit groben Zügen, der seine wenigen verbliebenen Haare zu einem dünnen Pferdeschwanz zusammengebunden hatte. Johanna hatte selten jemanden gesehen, der so hässlich war. Ihn, wie auch die beiden anderen Kumpane von Gottfried, ein schmächtiges Männchen mit einem schuppigen Ekzem um den Mund und ein an beiden Oberarmen tätowierter Schrank, meinte sie von der Schlägerei bei ihrem Fest wiederzuerkennen. Traurige Gestalten, die zu einfältig oder zu verzweifelt waren, um zu begreifen, dass der Wind sich gedreht hatte und Gottfried Hoffmann nicht mehr der große Rädelsführer war, in dessen Diensten zu stehen man sich stolz und erhaben fühlen konnte.

Martin Münch, dem der Schrecken ins Gesicht geschrieben stand, war mannhaft auf Gottfried zugetreten und redete beschwörend auf ihn ein. Der aber fuchtelte nur mit dem Arm herum, als wollte er eine lästige Fliege verscheuchen.

Abrupt hatten die Musiker zu spielen aufgehört. Als ahnten sie, dass Unheil drohte, lächelten sie verschämt nach allen Seiten, machten ein paar angedeutete Verbeugungen und verdrückten sich.

Gottfried Hoffmann ließ seine Augen über die Tische mit den Gästen wandern, die in ihren Gesprächen verstummt waren und je nach Temperament amüsiert oder verschreckt auf den kleinen Trupp in der Hofeinfahrt starrten. Kurz verweilten Gottfrieds Augen auf der Bijoutiersgattin, die aufgrund ihrer Hautfarbe aus der Menge der Gäste herausstach. Dann traf sein Blick Elisabeth.

Langsam setzte er sich in Bewegung. Die Schreinergesellen und ihre Mädchen, die die Polonaise gebildet hatten, stoben schreiend auseinander. An Gottfrieds Taumeln erkannte Johanna, dass er stark angetrunken war. Die Axt in seiner Hand schlenkerte bedrohlich, als er immer näher an ihren Tisch herankam.

»Du kommst jetzt mit mir mit, Elisabeth!«

Seine Stimme klang keineswegs so autoritär, wie er sie wohl gern hätte klingen lassen, sondern eher unsicher, fast weinerlich.

»Lassen Sie Elisabeth in Ruhe!«

Ludwig Haldersleben erhob sich entrüstet von seinem Platz.

»Halts Maul, du alter Knacker! Das wäre ja wohl noch schöner, wenn du hier was zu sagen hättest. Das ist meine Frau!«

Gottfried Hoffmanns Gesicht sah aus, als hätte er viel zu lange in der Sonne gelegen. Die Ader an seiner linken Schläfe drohte zu platzen. Er dünstete einen ganzen Fuder Alkohol aus, sodass sich Johanna angeekelt zurücklehnte.

»Wir können das hier jetzt auf die leichte Tour lösen – oder auf die schwere«, lallte der Apfelweinwirt.

Er hatte wohl eine Drohung aussprechen wollen, aber tatsächlich hörte er sich an, als würde er gleich in Tränen ausbrechen. Sein massiger Körper schwankte vor und zurück. Doch plötzlich, mit einer für einen Betrunkenen ungewöhnlich flinken Bewegung, hatte er die Axt hoch über seinen Kopf geschwungen.

Johanna hörte einen Schrei, der wohl ihr eigener gewesen sein musste, wie sie Sekunden später feststellte, und sprang auf. Auch Ludwig Haldersleben und Elisabeth wichen unwillkürlich zur Seite aus, während die Schreinersleute an ihrem Ende des Tisches rasch näher zusammenrückten. Nur Justus von Zimmer blieb ungerührt sitzen, als wäre etwas mit seinem Reaktionsvermögen nicht in Ordnung. Oder als hätte er es nicht nötig, sich wegen Gottfried Hoffmanns Sperenzchen von der Stelle zu bewegen.

Krachend schlug die Axt in die Tischplatte ein. Holz splitterte, die Becher fielen zu Boden, und der Tisch brach in der Mitte auseinander.

Weitere Aufschreie ertönten. Die ersten Gäste erhoben sich und versuchten unauffällig zum Ausgang zu gelangen, so als hätten sie sowieso gerade das Lokal verlassen wollen.

»Los, komm, du Nutte!«

Immer noch erstaunlich behände schoss Gottfried Hoffmann auf Elisabeth zu und verpasste ihr eine schallende Ohrfeige. Dann packte er sie am Arm und riss sie mit sich. Elisabeth stolperte über ihre Füße und schlug mit einem Wimmern der Länge nach zu Boden. Gottfried achtete nicht weiter auf sie, sondern schleifte sie einfach an den Haaren hinter sich her.

»He, was soll das?«, nuschelte einer der Schreinergesellen und versuchte sich rülpsend aufzustemmen. Als er merkte, dass seine Beine ihn nicht trugen, ließ er sich schwer wieder auf die Bank zurückplumpsen.

Den ersten Schreck überwunden, stürzte sich der Kartenmacher mit einem Satz, den man einem Mann seines Alters kaum zugetraut hätte, von hinten auf Gottfried Hoffmann, um Elisabeth aus seiner Umklammerung zu befreien.

Im selben Moment war ein tiefes, grollendes Brummen zu hören, das vom Hofeingang kam. Im Torbogen stand, von der Abendsonne malerisch angeleuchtet, Gottfried Hoffmanns Obergetreuer, der Schnapsbrenner Jockel Lauer. An einer Lederleine hielt er einen zotteligen Bären, der schon auf allen vieren fast so hoch war wie ein Ochse, sodass Johanna hoffte, nie erfahren zu müssen, wie riesig er war, wenn er sich erst einmal aufrichtete. Das Tier hatte winzig kleine Augen und schnüffelte auf dem Boden herum wie ein Hund. Sie konnte seine Ausdünstungen riechen, obwohl sie sich mindestens zwanzig Schritte vom Eingang entfernt befand. Was für eine Bestie!, dachte sie.

»Gottfried, ich …Ich kann Luzifer nicht …«

Genau wie seine Stimme, die etwas geradezu Flehendes an sich hatte, wirkte der ganze Mann auf Johanna längst nicht mehr so dummdreist und selbstgefällig wie bei ihrem letzten Aufeinandertreffen. Jockel Lauers Hand, in der er die Leine mit dem Bären hielt, zitterte so sehr, dass das Leder kleine Wellen schlug. Ganz offensichtlich hatte der Schnapsbrenner Angst! Und in der Tat schien es eher so, als ob das Tier ihn an der Leine hielte statt umgekehrt.

»Er gehorcht mir einfach nicht, Gottfried!«

Mit schreckgeweiteten Augen fuchtelte Jockel Lauer zaghaft mit der Peitsche herum, die er in der anderen Hand hatte.

»Das ist ein Raubtier, kein Schoßhund, Jockel! Halt ihn einfach fest!«, knurrte der Apfelweinwirt mit zusammengebissenen Zähnen, während er noch immer versuchte, Ludwig Haldersleben von seinem Rücken abzuschütteln.

»Ich kann den nicht festhalten!«

Jockel Lauer klang, als würde er sich gleich vor Angst in die Hosen machen. Und als spürte das Tier, welche Macht es über den Schnapsbrenner hatte, hob es den Kopf und fletschte brummend die Zähne.

Johanna war starr vor Entsetzen. Was machte der Bär auf einmal hier? Hatte Justus nicht behauptet, die Tiere wären Gottfried weggenommen worden? Der Gedanke an Martins leeren Ärmel ließ einen Schauer durch ihren Körper rieseln. Jeden Moment würden ihre Knie unter ihr wegknicken.

Auch unter den übrigen Besuchern der Heckenwirtschaft hatte sich inzwischen die helle Panik ausgebreitet. Einer der Schreinergesellen, der offenbar nicht ganz so betrunken war wie seine Kollegen, versuchte sich an einem Ast der Kastanie hochzuziehen. Andere Gäste waren unter die Tische gekrochen. Einige aus der eben noch so fröhlichen Fischerrunde machten sich daran, die Mauer zu erklimmen, zumal der einzige Fluchtweg, die Hofeinfahrt, durch den Bären und Gottfrieds Leute versperrt war.

»Oh, oh, oh!«, machte Justus wie ein Zuschauer in einer Gladiatorenarena.

»Mach Luzi los, mach schon, Jockel!«, brüllte Gottfried Hoffmann.

Er stieß Elisabeth von sich, drehte sich einmal um die eigene Achse und versetzte Ludwig Haldersleben einen solchen Faustschlag gegen die Schläfe, dass Johanna meinte, Knochen knacken zu hören. Der Kartenmacher flog in hohem Bogen vor die Füße Jockel Lauers und des Bären, wo er in sich zusammenfiel wie ein nasser Sack.

Doch anstatt es gut sein zu lassen, stürzte sich Gottfried brüllend auf seinen am Boden liegenden Widersacher, sprang ihm mit voller Wucht auf den Bauch und trampelte mit beiden Beinen auf ihm herum. Schließlich verlor er das Gleichgewicht auf dem weichen Untergrund und taumelte von Ludwig Halderslebens Oberkörper wieder herunter. Dafür holte er nun mit dem rechten Bein weit aus und trat seinem Opfer noch einmal kräftig gegen den Kopf. Alles war so schnell gegangen, dass sich erst in diesem Moment ein Aufschrei aus Elisabeths Kehle löste. Sofort wandte sich Gottfried wieder ihr zu und packte sie an den Haaren. Der Kartenmacher gab keinen Ton von sich, nicht einmal ein Stöhnen oder Wimmern.

Als hätte Elisabeths Schrei ein Signal für ihn bedeutet, begann plötzlich ein kleiner weißer Hund, der einem der Gäste gehören musste, wie verrückt den Bären anzukläffen. Dieser zuckte irritiert mit seinen kleinen Ohren, ignorierte Jockel Lauer und die Lederleine und richtete sich in einer erstaunlich geschmeidigen Bewegung mit seiner ganzen Körpermasse auf die Hinterbeine auf. Der Schnapsbrenner warf erschrocken die Leine von sich und sprang zur Seite. Der Bär legte den Kopf in den Nacken und fletschte erneut die Zähne. Seine Pranken mit den scharfen Krallen schwebten nun genau über dem schwer verletzten Kartenmacher.

Während der kleine Köter bellend um ihn herumsprang, verharrte der Bär endlose Minuten in dieser Haltung – zumindest erschien es Johanna so. Erst als der Kläffer die Lust verlor und sich schwanzwedelnd zu seinem Herrchen trollte, senkte Luzifer seinen Körper langsam wieder nach unten herab. Er sah fast ein wenig verdutzt aus, wie er Ludwig Haldersleben so direkt vor sich erblickte. Als fragte er sich, wer ihm denn dieses große Stück Fleisch so tellerfertig serviert hätte. Er brummte ein paarmal kurz und begann dann mit seiner großen schwarzen Nase an dem Reglosen zu schnüffeln.

In die atemlose Stille hinein, die in der Heckenwirtschaft herrschte, war nur das monotone Klopfen des Spechts zu hören, der unbeirrt weiter seiner Arbeit nachging. Niemand sprach, alle schienen nur darauf zu warten, dass etwas geschah, etwas Schreckliches, Unausweichliches.

»So tut doch was! Warum macht denn hier keiner was? Was seid ihr denn für ein feiges Pack?«, krächzte Elisabeth und trat abwechselnd mit beiden Beinen nach Gottfried.

»Verflucht!«

Justus von Zimmer schien endlich einen hellen Moment in seinem trunkenen Zustand zu haben. Er schob die zusammengebrochene Tischhälfte von seinem Schoß, zückte seinen Degen und rannte mehrere Haken schlagend von der Seite aus auf den Bären zu.

Dieser musste ihn gewittert haben, denn sofort wandte er sich mit einem bedauernden Grunzen von seiner Beute ab. Genauso flink wie wenige Minuten zuvor richtete er sich erneut auf die Hinterbeine zu seiner vollen Größe auf und drehte sich zu seinem Angreifer herum.

Mit einem einzigen kühnen Stoß rammte Justus von Zimmer die in der Abendsonne funkelnde Klinge in die Brust des Tieres.

Der Bär brüllte auf. Seine Pranken schlenkerten in der Luft. Nur der goldverzierte Griff des Degens ragte noch aus dem zotteligen Fell heraus.

Mit einer unkoordinierten Bewegung versuchte der Neffe des Schultheißen seinen Degen aus dem Bären zu ziehen, als ihn ein Prankenschlag des taumelnden und gurgelnde Laute ausstoßenden Tieres an der Wange traf.

»Hoppla!«, rief er und warf sich zur Seite.

Der Bär sackte neben ihm auf alle viere. Aus seinem Rücken ragte die Spitze des Degens. Seine winzigen Augen nahmen einen glasigen Ausdruck an. Er versuchte sich noch einmal aufzubäumen, doch er war zu geschwächt. Langsam knickten seine Beine unter ihm ein, und er sank zu Boden. Ein Zucken ging durch den großen schweren Körper, dann rührte sich das Tier nicht mehr.

»Luzi!«, heulte Gottfried Hoffmann auf.

In seiner wütenden Verzweiflung fing der Apfelweinwirt an, wie von Sinnen auf seine Frau einzuschlagen. Mit beiden Fäusten prügelte er auf sie ein.

Johanna hatte das Gefühl, sich jeden Moment übergeben zu

müssen. Oh, Gott, wo war sie hier wieder hineingeraten! Sie stöhnte auf und verbarg das Gesicht in den Händen.

Als sie sich aus ihrer Erstarrung löste und losrannte, traf sie im selben Augenblick bei Elisabeth ein wie die Bijoutiersgattin.

»Lass sie in Ruhe, du widerliches Schwein!«, fauchte die schwarze Frau und drosch mit ihrem Sonnenschirm auf Gottfried Hoffmanns Kopf ein.

Johanna zerrte Elisabeth auf die Beine, die mit blutender Unterlippe und aufgelösten Haaren sofort zu Ludwig Haldersleben eilte. Sie drehte sich zu Gottfried Hoffmann und der schirmschlagenden Bijoutiersgattin um, als sie sah, wie deren Mann und Justus von Zimmer sich auf Jockel Lauer und den Pferdeschwanzträger stürzten. Der dritte Kumpan, der mit den Tätowierungen, schien die Flucht ergriffen zu haben.

»Jockel, hilf mir, verdammt noch mal!«, brüllte Gottfried. »Du musst mich von dieser Furie befreien!«

»Kann nicht«, röchelte der Schnapsbrenner, der sich mittlerweile im Würgegriff von Herrn Haberkorn befand.

»Wo sind die anderen hin? Sag Scholli, er soll den Kerl kaltmachen, der meinen Luzi auf dem Gewissen hat!«

Gottfried war es endlich gelungen, der Bijoutiersgattin den Schirm zu entringen. Schon holte er aus, um das Gerät mit dem Knauf voran auf ihren Kopf niedersausen zu lassen wie eben noch die Axt auf die Tischplatte, als Johanna ihm in den Arm sprang.

»Das wirst du nicht tun, Gottfried Hoffmann!«, knirschte sie wutentbrannt.

»Die sind abgehauen«, hörte sie Jockel Lauer sagen. »Was ich jetzt auch tun werde …«

Der Schnapsbrenner hatte den Moment ausgenutzt, als der Bijoutier seinen Würgegriff gelockert hatte, um seiner Frau zu Hilfe zu eilen, und war im Begriff, aus dem Tor hinauszurennen. Als Gottfried Hoffmann erkannte, dass sich neben dem Bijoutier nun auch noch Justus von Zimmer auf ihn zu bewegte, stieß er Johanna von sich weg, die im Fallen die Bijoutiersfrau umwarf, und setzte hinter seinem Kumpanen her.

»Los, wir müssen ihn verfolgen!«, brüllte der Neffe des Schultheißen. »Hinterher!«

Mit beiden Armen wedelnd stand er unter dem Torbogen und versuchte die anderen Gäste zum Mitmachen zu animieren. Aber außer zwei sturzbetrunkenen Schreinergesellen schien sich ihm niemand anschließen zu wollen.

Johanna rappelte sich auf, half der Bijoutiersgattin auf die Beine und trat zu Elisabeth, die den Kopf des Kartenmachers in ihren Schoß gebettet hatte. Tränenüberströmt, mit einer dünnen Blutspur, die ihr von der verletzten Lippe aus über das Kinn lief, strich sie ihm immer wieder über Stirn und Wangen. Ludwig Haldersleben hatte das Bewusstsein verloren und eine beängstigend wächserne Gesichtsfarbe angenommen.

»Lebt er?«, fragte Johanna besorgt.

»Ich glaube, ja«, schluchzte Elisabeth, die dem Kartenmacher eine Hand vor Mund und Nase hielt, um zu sehen, ob er noch atmete.

Ännchen Münch kam mit einem Eimer Wasser und mehreren Küchentüchern angelaufen, um Ludwig Haldersleben kalte Wickel zu machen.

»Das hat keinen Zweck. Wir müssen einen Arzt holen!«, sagte Johanna. »Er wird innere Verletzungen haben, nach dem, was Gottfried mit ihm angestellt hat! Sonst überlebt er das womöglich nicht.«

»Ist das Ungeheuer tot?«, rief ein an einen Ast geklammerter Mann mit einer blauen Fischermütze.

»Ja, der Bär ist tot.«

Vorsichtig hatte Martin Münch mit der Spitze von Christine Haberkorns Schirm in den leblosen braunen Fellberg gepikt, um sich zu vergewissern, dass von der Bestie kein Unheil mehr ausgehen konnte. Nun schlug er mit dem Schirm nach dem kläffenden weißen Hündchen, das sein Bein gehoben hatte, um gegen den Kadaver zu pinkeln.

»Ich hole Doktor Stern, das ist nur einmal über die Brücke!«, hörte Johanna sich sagen.

»Beeil dich!«, schrie Ännchen ihr hinterher.

Doch Johanna nahm ihre Worte schon gar nicht mehr wahr. An den abgekämpften Schreinergesellen vorbei, die es sich hinter dem Torbogen im Straßendreck gemütlich gemacht hatten, rannte sie so schnell wie möglich die Elisabethengasse entlang, bog in die Brückengasse ein und lief in Richtung Main. Eine dünne Blutspur zog sich auf dem Boden entlang, die nur Justus von Zimmer mit seiner aufgeplatzten Wange hinterlassen haben konnte. Im Laufen versuchte sie ihre Gedanken zu ordnen, die wild in ihrem Kopf hin und her flogen. Das Schild, das seit Jahrhunderten am Eingang der Stadt stand, stach ihr unangenehm in die Augen. Wie hatte sie nur so viele Jahre in Frankfurt verbringen können, ohne sich jemals daran zu stören? Ein Jude saugte an den Zitzen einer Sau, während das Tier einem anderen Juden, auch er in der typischen Tracht, in den Mund schiss. Seit Gabriel in ihrem Dasein aufgetaucht war, fühlte sie sich durch die »Judensau« persönlich beleidigt. Das Schild muss weg, dachte sie, während sie daran vorbeieilte, auf dem Weg zu dem jüdischen Arzt, dem sie das Leben ihres Freundes Ludwig Haldersleben anvertrauen wollte.

»Net so stürmisch, Mädsche! Wo wolle mer denn hie?«, versuchte der Brückenwächter sie aufzuhalten.

Rasch befreite Johanna ihren Ärmel aus seinem Griff.

»Ich muss einen Arzt holen«, rief sie dem Mann im Laufen zu. »Ein Freund von mir ringt mit dem Tod. Es ist ein Notfall, ganz dringend!«

Sie hielt sich die Hand in die Flanke gestützt, um ihr Seitenstechen zu mildern.

»Ja, was ist denn heute los? Schon wieder einer!«, hallten die Worte des zweiten Wächters aus dem Torbogen hinter ihr her.

Zu ihrer Linken ging gerade die Sonne unter, eine riesige orangefarbene Kugel. Die letzten Strahlen färbten das sich kräuselnde Wasser golden. So ein wunderschöner Anblick, dachte Johanna unwillkürlich. Und dabei sah die Wirklichkeit ganz anders aus …

Als sie kurz darauf durch die Brückenmühle hastete, entdeckte sie wenige Schritte vor sich Justus von Zimmer. Und dann Gottfried Hoffmann, der auf dem Brückengeländer stand. Direkt neben dem Brückenkreuz!

Keuchend blieb sie stehen. Hoch oben über dem Apfelweinwirt thronte der in der Abendsonne funkelnde goldene Brickegickel. Früher wurden an dieser Stelle die zum Tode Verurteilten in den Main gestürzt, weil dort die Strömung am stärksten war, sodass die gefesselten Sünder sofort ertranken Aber Gottfried Hoffmann schien weit davon entfernt, seinem Leben ein Ende bereiten zu wollen. Mit einer Hand hielt er sich am Brückenkreuz fest, in der anderen schwang er wütend seine Axt. Wie ein Feldherr, dessen gesamte Armee schon in den Fluten versunken ist und der nun ganz allein seine letzte Schlacht schlagen muss.

Mit einem eleganten Satz sprang der Neffe des Schultheißen nun ebenfalls auf das Brückengeländer. Sein Hemd war vom Kragen bis zu den Achseln so tiefrot gefärbt, dass es aussah, als hätte er sich einen roten Schal umgelegt. Der Bär musste ihm mit seinem Prankenhieb tiefe Wunden im Gesicht beigebracht haben.

Johanna hielt den Atem an, als Justus wie ein Seiltänzer mit ausgestreckten Armen auf Gottfried zubalancierte. Wie ein Seiltänzer, der ein paar Becher Apfelwein intus hatte.

»Ich krieg' dich noch, Gottfried!«, lallte er und schüttelte seinen erhobenen Zeigefinger, als würde er einen ungezogenen Buben ausschimpfen.

»Justus«, rief Johanna warnend, »er hat eine Axt! Pass bloß auf!«

»Meinst du, ich bin blind? Hol die Piketts, Johanna! Wir kriegen den. Diesmal kommt er uns nicht davon!«

Er war stehen geblieben und hatte sich mit einem breiten Grinsen zu ihr umgewandt. Nur wenige Schritte trennten ihn noch von Gottfried Hoffmann. Sein Gesicht und seine Haare waren blutverschmiert. Ein Lappen Haut hing von seiner linken Backe wie ein Fetzen herunter.

Langsam, um nicht das Gleichgewicht auf der Brüstung zu verlieren, drehte er sich wieder zu dem Apfelweinwirt herum.

»Na, komm schon, du feiges Muttersöhnchen!«, brüllte dieser und schwang drohend seine Axt.

»Nichts für ungut, Gottfried, aber jetzt ist ein für alle Male Schluss mit deinen Mätzchen!«

Justus' Stimme hatte einen jovialen Tonfall angenommen. Immer näher rückte er dem axtschwingenden Mann, der sich nur mit einer Hand am Pfeiler des Kreuzes festhielt und sich mit dem Oberkörper weit über den Main hinauslehnte.

»Du hast mich ruiniert, du blöde Fotze! Von Anfang an hast du rumgestänkert und gegen mich intrigiert. Du wolltest mir Elisabeth nicht gönnen.«

Ohne jede Vorwarnung holte Gottfried Hoffmann mit dem Arm aus und schleuderte seine Axt in Johannas Richtung.

Sie sah das blitzende Metall auf sich zufliegen, hörte Justus' entsetzten Schrei und Gottfrieds hämisches Lachen – und ließ sich der Länge nach auf den Boden fallen. Wie ein Baum, der vom Blitz gefällt wurde. Mit den Händen konnte sie ihren Sturz gerade noch abfedern. Sie spürte den harten Schotter des Brückenbelags unter ihren Fingern. Das war knapp! Eine Sekunde später, und die Axt hätte sie mitten ins Gesicht getroffen.

Ganz langsam richtete sie den Kopf auf. Sie versuchte den Schmerz in ihren Händen zu ignorieren und stützte sich vorsichtig auf die Ellbogen, um eine bessere Sicht zu haben. Ihr Blick fiel genau auf Gottfried Hoffmann, der mit den Armen in der Luft ruderte und um sein Gleichgewicht kämpfte.

Im selben Moment, als Justus von Zimmer mit einem tollkühnen Satz auf ihn zuschnellte, stürzte der Apfelweinwirt vom Brückengeländer und fiel brüllend in die Tiefe.

# 35. KAPITEL

Rot, alles war rot. Der Bär hatte sein großes Maul geöffnet und ließ sie tief in seinen stinkenden Rachen mit den gelben Zahnstummeln hineinblicken. Seine Pranken mit den scharfen Krallen befanden sich dicht über ihrem Kopf. Gleich würden sie niedersausen und sie mitten im Gesicht treffen …

»Hanne!«

Johanna fuhr hoch. Vor ihr stand Elisabeth, in einen weiten orientalischen Mantel gehüllt. In der einen Hand hielt sie eine Laterne, in der anderen einen Schlüssel. Sie sah erschrocken aus.

»Hanne, was machst du hier um diese Zeit noch? Wie siehst du bloß aus? Was ist passiert?«

Johanna sah erst jetzt die Verwüstung, die sie angerichtet hatte. Das Tintenfass mit dem Rot aus Färberkrapp war umgekippt und über ihren Rechnungsbüchern auf dem langen Tisch in der Gaststube ausgelaufen. Die Feder lag mit abgebrochener Spitze auf dem Boden. Auch sie war blutig rot, als wäre sie gerade einer frisch geschlachteten Gans ausgerupft worden. Das Fass mit der schwarzen Eisengallustinte stand so dicht an der Tischkante, dass es jeden Moment auf den Boden fallen konnte. Etwas Feuchtes rann Johannas Wange hinunter. Sie wischte mit der Hand darüber. Rot. Auch in ihren Ausschnitt fielen einzelne Tropfen.

»Ich muss eingeschlafen und mit dem Kopf auf den Tisch gesunken sein«, murmelte sie erschöpft.

Ihre ganze Arbeit war umsonst gewesen. Zumindest die Spalte mit den Ausgaben, die sie mit roter Tinte gefüllt hatte, Zahl für Zahl, war vollkommen unleserlich geworden. Auch sonst sah die große Kladde, die sie für ihre Buchhaltung benutzte, nicht mehr wirklich ansehnlich aus. Sie hatte die Kunst der Buchhaltung mühsam erlernt, und nur wenn sie verschiedene Farben einsetzte, hatte sie wirklich das Gefühl, den Überblick zu behalten. Früher hatte sie ihre Tinte von Jehuda bezogen. Noch immer hatte sie den würzigen, schweren Duft seiner parfümierten Tinten in der Nase. Inzwischen war sie Kundin bei Henriette Schley von gegenüber, deren Tinten zwar einwandfrei schrieben, aber nicht besonders gut rochen.

»Wie spät ist es?«, fragte sie die Freundin.

Elisabeth blickte sie kopfschüttelnd an.

»Gleich drei Uhr. Du solltest längst im Bett sein. War doch ein anstrengender Tag heute, oder?«

»Ja, natürlich war es anstrengend, wie die ganzen letzten Tage schon, seit Justus als Vorleser ausfällt und du ständig bei Ludwig bist statt in der Küche!«

Johannas Stimme hatte vorwurfsvoller geklungen als beabsichtigt, aber letztlich war genau das ihre große Sorge: Sie ersetzte zurzeit gleich zwei wichtige Mitstreiter der *Coffeemühle*. Und musste sich zudem noch um den Einkauf und die Finanzen kümmern. Da konnte es einem schon mal passieren, dass man mit seinen Kräften am Ende war und etwas unwirsch wurde.

Elisabeth sah sie verletzt an. Sie hatte bereits als kleines Mädchen diese Begabung entwickelt, dreinzuschauen wie ein Rehkitz, das man ganz allein im tiefen Wald ausgesetzt hatte. Johanna hatte schon früher das Gefühl gehabt, dass sie diesen Gesichtsausdruck nach Belieben einsetzen konnte, aber ihren Verdacht nie wirklich erhärten können.

»Was würdest du denn an meiner Stelle machen, wenn der Mann, den du liebst, mit dem Tode ringt? Würdest du dann nicht Tag und Nacht an seinem Bett weilen?«

Elisabeths Stimme zitterte ein wenig, ebenso wie ihr Kinn.

Dass die Freundin jetzt zu weinen anfing oder in ihrer Gekränktheit einen Streit vom Zaun brach, das konnte sie nun wirklich nicht gebrauchen! Vor allem hoffte Johanna, dass Elisabeth nicht wieder damit anfangen würde, wer eigentlich an dem missglückten Ausflug schuld wäre. »Ihr habt alle nichts gemacht! Nur zugeschaut habt ihr!«, hatte sie immer wieder vorwurfsvoll gesagt. Und nur, weil sie Johanna leidtat, hatte diese nicht erwidert: »Aber wer wollte denn unbedingt nach Sachsenhausen? Du oder ich? Einmal ganz davon abgesehen, dass ihr alle viel zu tief ins Glas geguckt habt …« Und davon, dass Elisabeths Behauptung einfach nicht stimmte! Sie und Justus hatten nur einen Augenblick gebraucht, bis sie in der Lage gewesen waren, etwas zu unternehmen – aber sie hatten etwas unternommen! Johanna hatte nur noch nicht den richtigen Zeitpunkt gefunden, um das Ganze in Ruhe mit der Freundin zu besprechen. Doch irgendwann würden sie das tun müssen, damit diese Anschuldigung nicht zwischen ihnen stehenblieb.

Sie stand auf, um sich ein Küchentuch zu holen und sich die rote Farbe von Gesicht und Hals zu wischen. Sogar ihre Haare hatten etwas abbekommen, stellte sie fest, als sie die verrutschte Haube abnahm und ihre Locken schüttelte. Vorne an der Schläfe waren sie jetzt noch röter als sonst.

»Natürlich würde ich auch am Bett meines Mannes sitzen!«, sagte sie besänftigend und legte Elisabeth die Hand auf die Schulter. »Aber es geht Ludwig doch schon viel besser, oder?«

Elisabeth strahlte. Ein Leuchten ging plötzlich von ihrem Gesicht aus, das von tief innen zu kommen schien.

»Ja, es geht ihm wirklich schon viel besser. Er kann sogar schon wieder aufstehen! Doktor Merseburger meinte, in ein paar Tagen könnte er auch wieder arbeiten. Allerdings …«

Ihre Stimme brach ab.

»Was?«

»Allerdings …« Elisabeth blickte auf. Plötzlich war das Strahlen aus ihrem Gesicht verschwunden. »Allerdings wird er vermutlich keine Kinder mehr zeugen können, hat Doktor Merseburger gesagt. Gottfried, dieses Schwein, hat ihn so zugerichtet, dass er … dass er …«

Johanna verstand. Sie selbst war diejenige gewesen, die Doktor Merseburger vor einer guten Woche zu dem schwer verletzten Kartenmacher in den *Wilden Ochsen* geführt hatte. Sie hatte sich in einer seltsamen Zwickmühle befunden, als sie mit Justus von Zimmer auf der Brücke gestanden und fassungslos in den Main hinuntergestarrt hatte, in den kurz zuvor Gottfried Hoffmann gestürzt war. »Oh, Gott, was machen wir jetzt?«, hatte sie Justus entsetzt zugerufen, der ihr mit einem Schlag stocknüchtern erschienen war. »Immer mit der Ruhe, Johanna. Ist doch alles im grünen Bereich! Du machst jetzt gar nichts, außer einen Arzt für Ludwig zu suchen. Ich kümmere mich um den hier«, hatte der Neffe des Schultheißen trocken erwidert, mit dem Kinn zum Fluss gedeutet und sie an beiden Schultern in Richtung Judengasse geschoben.

Doch weil das Südtor der Judengasse bereits geschlossen war, hatte sie ihren Plan, Doktor Stern zu holen, aufgeben müssen und sich in ihrer Verzweiflung an einen der Brückenwärter gewandt, der ihr den am Weckmarkt wohnenden Doktor Merseburger genannt hatte. Dieser war ohne lange zu fackeln sofort vom Abendbrottisch aufgestanden und mit ihr gekommen. Auf dem Rückweg nach Sachsenhausen hatte sie im Vorbeieilen sehen können, wie Justus am Mainufer stand und, einem Feldwebel gleich, laute Kommandos an ein paar Fischer abgab, die mit langen Stöcken von ihren Booten aus in der Mitte des Flusses herumstocherten, um nach dem Ertrinkenden zu suchen. »So ein Mist, dass diese Fischer aufgetaucht sind! Womöglich finden sie ihn noch, und dann war alles umsonst. Aber man darf ja wohl hoffen«, hatte er ihr hinterher zugeraunt. Auch den kükenflaumigen Pikett im Gespräch mit dem völlig aufgelöst wirkenden Jockel Lauer hatte Johanna flüchtig gesehen.

»Gottfried, dieses Schwein, hat seine verdiente Strafe bekommen«, sagte sie nun mit fester Stimme zu Elisabeth. »Zumindest ist mit großer Wahrscheinlichkeit davon auszugehen, dass er ertrunken ist. Das hat sogar der Pikett gesagt. Auch wenn seine Leiche immer noch nicht gefunden wurde.« Sie schüttelte den Kopf, dass die rot gefärbte Haarsträhne an ihrer Wange kleben blieb. »Das Dumme ist nur, dass Justus nicht aus dem Kerker kommt, solange nicht eindeutig bewiesen ist, dass ihn keine Schuld an Gottfrieds Tod trifft. Jockel Lauer hat behauptet, er hätte gesehen, wie Justus Gottfried mit einer Lanze ins Wasser gestoßen hätte. Dabei hat dein Mann einfach nur das Gleichgewicht verloren. Nachdem *er mich* versucht hat umzubringen mit seiner verfluchten Axt!«

Sie erschauderte bei der Erinnerung an diese Szene. Der Anblick des blitzenden Metalls in der Luft, das mit rasender Geschwindigkeit auf sie zugesaust war, hatte sich ebenso fest in ihr Gedächtnis eingebrannt wie der des hoch aufgerichteten Bären mit seinen speicheltriefenden Lefzen und erhobenen Pranken. Kein Wunder, dass sie ständig davon träumte!

»Aber wenn er nun doch nicht tot ist!«, entgegnete Elisabeth weinerlich. »Ich kenne Gottfried, der hat das bestimmt überlebt und versteckt sich jetzt irgendwo. Er wird warten, bis die Luft rein ist, und dann wiederkommen und uns alle vernichten.«

Johanna winkte ungeduldig ab.

»Ach was! Er ist tot, Elisabeth! Es dauert bestimmt nicht mehr lange, und sie fischen seine Leiche aus dem Main. Irgendwo flussabwärts. Stell dir das mal vor: eine schöne grüne Wasserleiche! Mit aufgedunsenem Gesicht und triefenden langen Haaren. Und Wasserfontänen, die aus allen Löchern quellen.«

Sie kicherte bei der Vorstellung. Auch Elisabeth musste gegen ihren Willen lächeln.

»Und spätestens dann werden sie sehen, dass er vollkommen unverletzt war, als er starb. Oder dass er zumindest keine Wunde hat, die ihm mit einer Lanze zugefügt wurde.« Wieder ergriff die Wut von ihr Besitz. »Dieser widerliche Jockel Lauer! Einfach so herumzulügen! Und mir glaubt natürlich mal wieder keiner, erst recht nicht der Kükenflaumige. Dabei bin ich die einzige richtige Zeugin! Ich stand ja direkt daneben, während Jockel schon fast am anderen Ufer war! Dass überhaupt jemand Jockel Lauer Gehör schenkt, ist nicht zu fassen. Es hat jede Menge Zeugen für den Zwischenfall im *Wilden Ochsen* gegeben, die alle gesehen haben, dass Gottfried uns angegriffen hat. Da stimmt irgendwas nicht, da geht was nicht mit rechten Dingen zu! Und dass Justus' Familie ihn so im Stich lässt, das kann ich mir auch nur damit erklären, dass sie wohl die Nase voll von ihm und seinen Marotten haben. Sonst wäre er doch längst wieder raus aus dem Kerker! Was ist schon ein Jockel Lauer gegen einen von Zimmer? Aber die wollen ihm wohl mal zeigen, wo der Hammer hängt.«

Elisabeth schien genug von dem Thema zu haben. Sie zog ihren bunten Mantel über der Brust zusammen und sagte:

»Hat Margarethe dir eigentlich schon Justus' Manuskript gegeben?«

Johanna schüttelte verwirrt den Kopf.

»Margarethe? Justus' Manuskript?«

»Ja. Sie war bei ihm im Kerker und wollte ihn besuchen. Schon mehrmals. Natürlich hat man sie nicht zu ihm vorgelassen. Aber heute haben sie ihr immerhin mehrere von ihm beschriebene Blätter mitgegeben. Sie hat sie mir gezeigt: drei neue Geschichten aus TAUSENDUNDEINE NACHT, die er im Gefängnis übersetzt hat. Und er muss ihr auch einen Zettel geschrieben haben, auf dem stand, dass sie ihn bei der Lesung vertreten soll.« Sie lächelte gutmütig. »Offenbar stand auch noch was anderes drauf, aber das wollte Margarethe mir nicht verraten.«

Johanna glaubte ihren Ohren nicht zu trauen. Was ging denn hier vor? Margarethe besuchte Justus im Gefängnis. Der setzte sie als seine Stellvertreterin in der *Coffeemühle* ein. Und schrieb ihr Dinge, von denen niemand sonst etwas wissen durfte. Und das Schlimmste daran war: Sie, Johanna Berger, die Mutter des Mädchens und die Verantwortliche für das Lokal, wusste von alledem nichts! Aber nicht etwa, weil man es bewusst vor ihr verheimlichte, sondern weil sie es schlicht nicht mitbekommen hatte. Tiefe Scham überkam sie mit einem Mal. Was hatte sie noch alles nicht mitbekommen, was ihre Lieben betraf, nur weil sie sich nie genug Zeit nahm, sich mit ihnen und ihren Angelegenheiten zu beschäftigen?

Schuldbewusst blickte sie zu Elisabeth, die sich auf eine Bank hatte sinken lassen und mit einem Mal sehr müde aussah.

»Ja, Margarethe ist in Justus verliebt«, erklärte die Freundin fast beiläufig. »Schon lange. Erst habe ich es auch für die typische Schwärmerei eines jungen Mädchens gehalten. Aber als sie dann jeden Tag zum Kerker gelaufen ist … Jedenfalls hat sie fest vor, morgen Abend aus Justus' Übersetzung zu lesen. Sie hat das Bedürfnis, ihn zu vertreten, wahrscheinlich weil sie sich ihm dann näher fühlt. Ich glaube, sie hat heute schon heimlich geübt, jedenfalls meinte Lili so etwas. Sie hat sie wohl in ihrer Kammer belauscht, wie sie vor sich hin deklamierte.«

Johanna setzte sich neben Elisabeth auf die Bank und streckte die Beine von sich. Sie spürte ihre brennenden Fußsohlen. Den ganzen Tag war sie herumgelaufen, ohne Pause. Und nun das! Das hatte ihr gerade noch gefehlt. Was für ein Unsinn! Was würden die Leute sagen, wenn ein junges Mädchen vor ihnen auftrat? Margarethe kam aus einer ordentlichen Familie. Wer würde sie später noch heiraten, wenn sie sich jetzt auf einer Bühne zeigte? Doch höchstens ein Mitgiftjäger oder jemand, der selbst Dreck am Stecken hatte. Nein, das würde sie auf keinen Fall zulassen! Wie kam es, dass sie so gar nichts davon erfahren hatte? Aber wenn Justus und Margarethe ineinander verliebt waren, dann erklärte das natürlich vieles, beispielsweise, warum Justus sich ständig in der *Coffeemühle* aufgehalten hatte und wieso es ihm ein geradezu persönliches Anliegen gewesen war, Gottlieb aus dem Weg zu schaffen.

»Ihr müsst mich für ganz schön selbstsüchtig halten …«, begann sie zögernd.

Elisabeth legte ihr eine Hand auf den Arm.

»Nein, für selbstsüchtig nicht«, erwiderte sie sanft. »Nur für … für … sagen wir: für überlastet. Wahrscheinlich machst du viel mehr, als du eigentlich müsstest, um die *Coffeemühle* in Schwung zu halten. Dabei läuft der Laden doch prächtig! Jeden Tag ist er voll! Und die Leute kommen gerne. Wahrscheinlich hast du in der Zeit, seit das Zelt im Hof steht und du dich als Scheherazade verkleidest, das Zehnfache von dem verdient, was du in den Wochen nach der Wiedereröffnung eingenommen hast.«

Johanna nickte bedächtig. Das Zehnfache stimmte nicht ganz. Aber es war trotzdem ordentlich. Jedenfalls war die Summe, die sie in Rot unter die Liste mit den Ausgaben geschrieben hatte, sehr viel kleiner gewesen als die in Schwarz, die unter den Einnahmen stand. Auch wenn man das jetzt wegen des umgekippten Tintenfasses und der ausgelaufenen Farbe kaum mehr lesen konnte. Aber so weit erinnerte sie sich noch, sie war wohl erst danach über den Rechnungsbüchern eingeschlafen.

»Ludwig meint das übrigens auch«, fuhr Elisabeth eifrig fort. »›Wenn man so viel um die Ohren hat wie Johanna‹, hat er gesagt, ›dann kann man einfach nicht mehr nach rechts und links gucken. Da kommt schon mal was zu kurz. Leider eben auch die Belange der Nächsten …‹ Ja, genauso hat er das gesagt«, nickte sie zufrieden, ohne Johanna anzusehen. »Du hast ja schon als Kind nicht mal fünfe grade sein lassen können! Immer musste bei dir alles perfekt sein. Und da war es dir völlig gleichgültig, was um dich herum geschah. Hauptsache, dein Plan ist aufgegangen. Da konnte die Welt untergehen, deine beste Freundin Liebeskummer haben oder du selbst fürchterliche Bauchschmerzen – Hauptsache, du hast deinen Willen durchgesetzt und alles wurde genau so gemacht, wie du dir das vorgestellt hast!«

Johanna blickte ungläubig auf Elisabeths nun leicht trotzig vorgerecktes Profil. War sie wirklich so gewesen als Kind, wie die Freundin ihr gerade vorgeworfen hatte? So stur und nur auf die Umsetzung der eigenen Ideen bedacht? Sie schüttelte den Kopf. Dass sie jetzt ein wenig übertrieb und wirklich sehr pingelig darauf achtete, dass die *Coffeemühle* genau so geführt wurde, wie sie das wollte und bestimmte, das mochte ja noch angehen. Aber früher war sie doch ganz anders gewesen! Früher hatte sie doch immer Angst gehabt, etwas falsch zu machen, sich nichts zugetraut und sich stets hinter solchen Machern wie ihrem Vater oder Adam versteckt.

»Doch, glaub mir, Hanne, du warst auch früher schon so! Natürlich nicht so ausgeprägt wie heute«, lenkte Elisabeth ein, die ihre Gedanken erraten haben musste, »aber man konnte das damals schon sehen, dass du einmal so tüchtig und strebsam werden würdest wie heute.«

Sie drehte ihr Gesicht wieder zu Johanna um und sah sie treuherzig an.

»Weißt du, Hanne, manchmal denke ich, du brauchst wieder einen Mann. Einen, der nett zu dir ist. Der dich liebt und verwöhnt. So wie … ja, so wie Ludwig. Du ahnst ja gar nicht, wie gut er mir tut!« Ihre Augen verdunkelten sich. »Wenn ich nur daran denke, dass dieses Schwein ihn mir beinah weggenommen hätte …«

Elisabeth schien zu merken, dass Johanna wenig Neigung verspürte, sich um diese Uhrzeit zum hundertsten Mal ihre Lobeshymnen auf Ludwig Haldersleben anzuhören.

»Weißt du, man neigt sonst als Frau dazu, zu hart zu werden, wenn man keinen Mann hat«, führte sie ihren Gedankengang schnell zu Ende. »Man wird dann selbst so männlich, so forsch und fordernd und … ja, eben wie jemand, der beides sein muss, Frau und Mann zugleich. Verstehst du, was ich meine?«

Johanna hatte sich von der Bank erhoben. Sie legte sich beide Hände ins Kreuz und dehnte ihren schmerzenden Rücken. Wie viel Uhr mochte es jetzt wohl sein? Statt ins Bett zu gehen, hatte sie sich von Elisabeth die gesammelten Wahrheiten an den Kopf werfen lassen. Ausgerechnet von Elisabeth, die sich jahrelang von ihrem Mann hatte verprügeln lassen, um ihr dann einen Vortrag darüber zu halten, dass eine Frau ohne Mann hart würde! Unglaublich! Manchmal fragte sie sich, worauf ihre Freundschaft mit Elisabeth eigentlich gründete. Wahrscheinlich einfach darauf, dass sie sich schon so lange kannten.

Ein mächtiges Gähnen überrollte sie. Morgen war wieder ein anstrengender Tag. Erst das übliche Tagesgeschäft, dann das Abendprogramm. Mit ihr als einziger Erzählerin. Dass Margarethe einen Teil des Programms übernahm, kam nicht infrage. Nicht in einer anständigen Familie wie der ihren! Sie nahm sich vor, in der nächsten ruhigen Minute mit Margarethe über Justus zu reden. Was dachte sie sich nur dabei? Sie machte sich doch wohl keine ernsthaften Hoffnungen, in den ersten Stand einzuheiraten? In den Frankfurter Stadtadel? Was für eine lächerliche

Idee! Aber Margarethe war erst fünfzehn, und obwohl sie reifer wirkte, hatte sie wohl doch noch einige Flausen im Kopf. Dabei waren die Regeln der Gesellschaft unerbittlich. Wer wusste das besser als sie, Johanna Berger? Eine Gastwirtstochter aus dem vierten Stand und ein Patrizier! Unmöglich!, dachte Johanna missmutig. Hoffentlich war noch nicht allzu viel zwischen den beiden vorgefallen – nicht dass Margarethe am Ende noch mit einem Kind dasaß! Als ob sie nicht schon genug Scherereien hätten! Und was in Justus' flatterigem Herzen vor sich ging, das mochte sie sich gar nicht erst ausmalen.

Auch Elisabeth war aufgestanden und sah die Freundin aus ihren großen blauen Augen ernst an.

»Du nimmst mir doch hoffentlich nicht übel, was ich gesagt habe, oder, Hanne? Du weißt, du kannst dich immer auf mich verlassen, egal was passiert. Aber manchmal muss man seine Freunde auch ein bisschen zurechtstutzen, das gehört einfach dazu. Findet Ludwig übrigens auch ...«

Johanna runzelte die Stirn. Ging das schon wieder los? Sie wollte ins Bett – keine Elogen mehr ertragen!

»Ja, ja, ich höre ja schon auf!«, kicherte Elisabeth, noch bevor Johanna den Mund aufmachen konnte. »Du gehst jetzt schlafen, würde ich sagen. Ich wische die Schweinerei, die du da angerichtet hast, noch schnell auf, mach dir keine Gedanken deswegen, ja?« Sie ging zum Herd, legte einige Reisigzweige und ein Scheit Holz in den Ofen und griff zum Blasebalg. »Ich koche die Lappen lieber gleich hinterher aus, sonst müssen wir sie wegwerfen«, sagte sie angesichts der Uhrzeit erstaunlich munter. »Ach, übrigens«, fügte sie noch hinzu, als Johanna sich bereits zum Gehen gewandt hatte, »die Lieferung aus Venedig ist heute schon wieder nicht gekommen. Deine neue Freundin Henriette Schley, die ich daraufhin gefragt habe, ob sie uns noch mal mit einem Sack Kaffee aushilft, hat gesagt, sie hätte leider nichts mehr. Außerdem fandest du ihre Bohnen ja sowieso viel zu teuer und zu schlecht. Ich fürchte also, du musst in den sauren Apfel beißen und doch wieder zu Jehuda gehen ...«

Eine flackernde Kerze in der Hand, öffnete Johanna die Tür zum Treppenturm. Tiefes Schwarz empfing sie. Und eine erstaunliche Kühle, dafür, dass es den ganzen Tag draußen so heiß gewesen war. Sie dachte über Elisabeths letzte Worte nach. Jehuda – wie lange war sie nicht mehr bei ihm gewesen? Über ein Jahr! Wahrscheinlich wusste er nicht einmal, dass sie wieder im Lande war. Nein, Jehuda wusste alles, korrigierte sie sich, er hatte wahrscheinlich als einer der Ersten von der Wiedereröffnung der *Coffeemühle* erfahren. Und sicher war er zutiefst beleidigt, dass sie ihn noch immer nicht aufgesucht hatte. Mit Recht, schließlich waren sie einander sehr zugetan gewesen. Und jetzt würde sie wieder angekrochen kommen, weil sie seine Dienste benötigte. Elisabeth hatte gar nicht so falschgelegen mit ihrer Behauptung, sie, Johanna, würde immer nur sich selbst sehen …

Das zuckende Spiel der Kerzenflamme warf seltsame Schatten auf Wand und Boden. Langsam tastete sich Johanna die Stufen hinauf. Gut, sie würde morgen zu Jehuda gehen, beschloss sie. Etwas anderes blieb ihr wohl kaum übrig, wenn dieser unzuverlässige Floriano sie schon wieder im Stich ließ. Sie würde in den sauren Apfel beißen, wie Elisabeth sich ausgedrückt hatte. Oder in die Höhle des Löwen gehen, als welche man das Haus *Zum Goldenen Kamel* in der Judengasse durchaus auch betrachten konnte. Nur dass der Löwe keine sandfarbene Mähne, sondern schwarze Locken hatte. Und kein furchterregendes, aufgesperrtes Maul und gefährliche Tatzen, sondern wunderbar geschwungene Lippen und lange, schmale Musikerhände. Aber Angst hatte sie trotzdem vor ihm.

# 36. KAPITEL

»Mutter, du musst aufstehen! Bitte, Mutter, wach auf!«

Johanna hatte das Gefühl, von einer Reise in die Mitte der Welt zurückgeholt zu werden, so tief und fest hatte sie geschlafen. Mühsam öffnete sie die Augen. Sie zwinkerte, als das helle Licht, das vom Fenster aufs Bett fiel, sie blendete. Schützend legte sie den Arm über ihre Stirn. Am liebsten hätte sie sich wieder umgedreht und sich die Decke über den Kopf gezogen. Doch offenbar war sie gefragt, im Hier und Jetzt, und zwar von Margarethe, wie ihr allmählich dämmerte.

»Mutter, da ist jemand, der dich sprechen will!«

Die Stimme ihrer Tochter war immer drängender geworden. Johanna setzte sich auf. Sie fror in ihrem dünnen Nachthemd.

»Was ist denn, Gretel?«, murmelte sie verschlafen und gähnte herzhaft.

»Bitte, Mutter, nenn mich nicht Gretel!«, sagte das junge Mädchen vorwurfsvoll. »Du weißt doch, wie ich diesen Namen hasse. Ich verstehe ja auch nicht, wieso du dich von Elisabeth immer noch ›Hanne‹ nennen lässt.«

»Schon gut, Gr … Margarethe, aber nur um mir das zu sagen, bist du doch sicher nicht in aller Herrgottsfrühe in meine Kammer gekommen. Was ist denn so Dringendes los?«

Margarethe reichte ihr den Becher Kaffee, den sie aus der Gaststube mit nach oben gebracht hatte. Dankbar ergriff Johanna das dampfende Getränk und nahm einen großen Schluck.

»Unten ist ein Herr, der dich sprechen möchte«, erklärte das Mädchen. »Er hat seinen Namen nicht genannt, aber ich kenne ihn. Ich meine, ich habe ihn schon mal gesehen, und zwar bei Gericht.«

»Bei Gericht?«

Jetzt war Johanna endgültig wach. Sie drückte der plötzlich leicht verängstigt aussehenden Margarethe den Kaffeebecher in die Hand und sprang aus dem Bett, um sich in Windeseile anzuziehen.

»Was hat er gesagt? Wie sieht er aus? Was will er von mir? Ist er allein?«, überschüttete sie ihre Tochter mit Fragen, während sie sich ihr Mieder zuknöpfte und in die langen Strümpfe fuhr.

»Er hat seinen Namen nicht genannt, aber ich glaube, er ist ein Freund von Justus. Du erinnerst dich doch sicher noch an diesen jungen Mann mit der hohen Stirn, diesen Beisitzer bei deinem Prozess, der so laut gelacht hat, oder? Das ist er. Vielleicht … vielleicht will er …«

Margarethe brach ab. Sie wirkte seltsam fahrig auf Johanna. Obwohl die Kaffeetasse nur noch zu einem Drittel gefüllt war, hatte sie es fertiggebracht, eine kleine braune Lache auf dem Holzboden zu hinterlassen. Zwei rote Flecken hatten sich auf ihrem Hals gebildet.

Johanna musterte sie scharf. Ob sie wirklich in Justus verliebt war, wie Elisabeth behauptet hatte? Ja, warum eigentlich nicht?, erkannte sie plötzlich. Für ein so junges Mädchen wie Margarethe sah Justus von Zimmer wahrscheinlich recht gut aus, außerdem war er lustig, nicht dumm und sehr reich. Und dass er mehr Tiefe besaß, als seine oberflächliche Art zunächst vermuten ließ, hatte spätestens sein erstaunliches Übersetzertalent gezeigt und der große Ernst, mit dem er bei der Sache war. Selbst seine draufgängerische Art, diese Mischung aus Hanswurst und Held, kam bei einem jungen Mädchen vermutlich gut an. Aber würde er für Margarethe auch echte Gefühle aufbringen können? Und selbst wenn: Was brachten in einem solchen Fall Gefühle, wenn man von so unterschiedlichem Stand war? Justus' Familie würde eine derartige Mesalliance ganz gewiss niemals zulassen. Entweder sie würden den abweichlerischen Filius enterben oder ihn so unter Druck setzen, dass er Margarethe fallen ließ wie eine heiße Kartoffel. Das Kind war doch noch so jung! Und so verletzlich! Wenn Justus mit ihrer Tochter spielte, würde sie ihn umbringen, das war klar. Johanna spürte, wie sich der Zorn in ihr regte, ein vorausschauender Zorn für die Zukunft. Dass sich indes ein Mann für Margarethe begeistern konnte, war nicht so abwegig, das musste sie zugeben. Wie sie da so vor ihr stand, mit ihrem leicht geöffneten, fein geschwungenen Mund und den weiten blauen Augen, wirkte sie in der Tat verführerisch.

»Mutter, was starrst du mich so an? Bitte, beeil dich! Nachher geht der Mann wieder, wenn du nicht endlich kommst! Ich glaube nicht, dass er viel Zeit hat. Und es ist doch so wichtig! Bestimmt kann er Justus …«

Wieder brach ihre Stimme ab. Sie wandte sich ab, aber Johanna hatte dennoch gesehen, wie ihre Augen feucht geworden waren.

Schnell schlüpfte sie in ihre Pantinen und band sich ihre Haube um.

»So, fertig. Lass uns runtergehen«, sagte sie aufmunternd und drückte Margarethes Hand.

Als sie die Gaststube betraten, in der um diese Uhrzeit erst ein paar vereinzelte Gäste saßen, Kaffee tranken und Zeitung lasen, war der Mann mit der hohen Stirn tatsächlich noch da. Er hatte sich auf Ludwig Halderslebens Stammplatz gesetzt und plauderte munter mit Elisabeth.

Johanna musste lachen. Die Freundin sah heute wirklich wieder großartig aus! Sie hatte eine der weiten Pluderhosen aus zimtfarbener Seide angezogen, die Zehra eigentlich für Schosch gedacht hatte, und darüber einen weiten roten Mantel, der mit einem breiten, edelsteinbesetzten Ledergürtel zusammengehalten wurde, als Kleid drapiert. Auf dem Kopf trug sie ein locker um ihren Zopf geschlungenes Tuch in der Farbe der Pluderhose. Sie schien bestens aufgelegt zu sein, und weder ihr rosiger Teint noch ihre strahlenden Augen ließen vermuten, dass sie in der Nacht kaum geschlafen hatte. Die Gaststube sah picobello aus, und nicht ein einziger roter Tintenklecks verriet ihr, Johannas, Missgeschick vom Vorabend.

Der Mann brach in schallendes Gelächter aus, als hätte Elisabeth einen guten Witz gemacht, wurde aber sofort wieder ernst, als Johanna auf ihn zutrat.

»Ich bin Johanna Berger«, sagte sie und reichte ihm die Hand. »Ich glaube, wir kennen uns bereits …«

Er stand auf und ergriff ihre ausgestreckte Rechte.

»Ortfried von der Lohe«, stellte er sich vor.

Er schaute sich um, als wollte er sich vergewissern, dass sie keine unerwünschten Zuhörer hatten.

Johanna hatte ihren Arm um Margarethe gelegt, um zu zeigen, dass sie keine Geheimnisse vor ihr hatte.

»Meine ältere Tochter, Margarethe Berger«, sagte sie kurz.

»Margarethe Berger?« Ortfried von der Lohe betrachtete das Mädchen prüfend aus seinen kleinen Augen. »Ich habe schon von Ihnen gehört, junges Fräulein«, sagte er lächelnd. »Justus hat mir von Ihnen erzählt.« Er wandte sich wieder an Johanna. »Ich bin ein Freund von Justus von Zimmer, müssen Sie wissen. Seinetwegen bin ich hier. Aber in inoffizieller Mission, nicht als Angehöriger des Rats.« Wieder ließ er seinen Blick durch die Gaststube schweifen, als hätte er Angst, sie würden belauscht. »Sie wissen, was man Justus vorwirft, oder?«

Johanna nickte stumm. Sie hatte noch immer den Arm um Margarethe gelegt und drückte nun kurz ihre Schulter.

»Wenn es uns nicht gelingt, Justus' Unschuld zu beweisen, kommt er nie mehr aus dem Kerker raus. Oder Schlimmeres noch. Auf Mord steht bekanntlich die Todesstrafe!«

Johanna spürte, wie Margarethe neben ihr zusammenzuckte.

»Aber ich habe doch gesehen, dass es ein Unfall war!«, rief sie empört. »Gottfried Hoffmann hat das Gleichgewicht verloren, nachdem er eine Axt auf mich geschleudert hat. Um ein Haar hätte er mich umgebracht! Was kann Justus dafür, dass Hoffmann so dumm war, sturzbetrunken aufs Brückengeländer zu klettern?!«

»Psst, nicht so laut!« Der Mann mit der hohen Stirn legte sich einen Finger auf den Mund. »Genauso hat ja auch Justus selbst den Hergang geschildert. Doch nun hat sich die Lage zugespitzt, denn es gibt einen zweiten Zeugen, der gegen Justus aussagt. Und seine Familie unterstützt ihn immer noch nicht.«

»Und wer soll der zweite Zeuge sein?«

»Polizeiadjutant Johann Gerst«, sagte Ortfried von der Lohe wie aus der Pistole geschossen. »Sie kennen ihn bereits, er war auch bei Ihrem Verfahren zugegen.«

Johanna starrte ihn mit offenem Mund an.

»Sie … Sie meinen doch nicht etwa den Kükenflaumigen?«, vergewisserte sie sich entsetzt.

»Doch, doch«, schmunzelte ihr Gegenüber, »genau den meine ich. Er behauptet, zufällig auf der Brücke gewesen zu sein, als das Unglück geschah. Und er sagt, er hätte Sie auch gesehen. Sie wären wie angestochen weggerannt, nachdem Gottfried Hoffmann in den Main gestürzt war, als wären Sie auf der Flucht vor irgendetwas.«

Johanna spürte, wie ihr die Beine den Dienst versagten. Heftig atmend ließ sie sich auf den Hocker vor Ludwig Halderslebens Stammtisch fallen. Der Kükenflaumige! Der hatte ihr gerade noch gefehlt! Natürlich, sie hatte ihn ja auch gesehen, im Vorbeilaufen, als sie eigentlich zur Judengasse wollte, um Doktor Stern für den schwer verletzten Kartenmacher zu holen. Fieberhaft dachte sie nach. Warum legte dieser Mann ihr nur ständig Steine in den Weg? Was hatte er davon?

»Aber was ist mit der Leiche?«, fragte sie endlich. »Hat man die immer noch nicht gefunden?«

»Leider nicht.« Der Ratsherr schüttelte bedauernd seinen Kopf mit der hohen Stirn. »Wenn wir die Leiche hätten, könnten wir höchstwahrscheinlich beweisen, dass Hoffmann keinerlei Stichverletzungen zugefügt worden sind – zumindest dann, wenn die Leiche durch das tagelange Herumliegen im Wasser nicht zu stark aufgequollen ist. Aber ohne Leiche können wir uns nur auf die Zeugenaussagen verlassen, und da steht es sozusagen zwei zu eins.«

»Jockel Lauer war viel zu weit weg, um irgendetwas zu erkennen! Abgesehen davon, dass er mindestens genauso stockbesoffen war wie Gottfried Hoffmann und sowieso ein übler Lügner und Scharlatan ist!«

Johanna hatte sich jetzt wirklich in Rage geredet. Sie kümmerte sich nicht um die beschwichtigenden Gesten Ortfried von der Lohes, doch etwas mehr Diskretion zu wahren. Schon hatten sich an den anderen Tischen die ersten Köpfe von ihrer Zeitungslektüre gehoben und neugierig zu ihnen umgedreht.

»Mutter, sei bitte nicht so laut!«, zischte nun auch Margarethe. »Du schadest Justus nur! Der Herr möchte uns helfen, verstehst du das nicht?«

Johanna verstand die Welt nicht mehr. Dass sogar der tote Gottfried Hoffmann ihr und ihren Lieben noch das Leben schwer machen konnte! Wenn Justus jetzt des Mordes angeklagt würde, weil die Zeugenaussagen eines minderbemittelten Schnapsbrenners und eines korrupten Polizisten mehr Gewicht hatten als ihre? Immerhin war sie eine bekannte Persönlichkeit in der Stadt, die mittlerweile auch wieder einen einwandfreien Leumund besaß. Zumindest hoffte sie das. Oder galt ihr Wort deshalb nichts, weil sie eine Frau war? Sie musste mit Philipp Ingen sprechen – genau, das war die Lösung! Er konnte doch sicher etwas für Justus tun! Andererseits, wenn selbst sein Freund, der Ratsherr, offenbar machtlos war, was würde dann Philipp ausrichten können? Justus' Familie schien es sehr ernst damit zu sein, ihm eine Lektion zu erteilen. Aber wie weit würden sie gehen? Sie würden sich doch hoffentlich im letzten Augenblick hinter ihn stellen und all ihren Einfluss geltend machen. Wie sie das hasste, dass allem nur mit Vetternwirtschaft und Filz beizukommen war!

Sie sah zu Margarethe, die sich auf die Bank des Nachbartischs gekauert hatte, ein zerknülltes Taschentuch in der Hand, die Augen gerötet. Dann trat Elisabeth auf sie zu. Sie hatte einen leeren Kaffeesack in der Hand und bedeutete ihr mit theatralischem Gesichtsausdruck, dass das kleine Häufchen Bohnen, das vor ihr in der Röstpfanne vor sich hin brutzelte, der letzte Rest Kaffee sei, den sie noch im Hause hätten.

Johanna stand auf und strich ihren Rock glatt.

»Ich muss jetzt gehen«, sagte sie zu dem Ratsherrn. »Bitte lassen Sie mich wissen, wie es mit Justus weitergeht! Ich werde alles tun, um ihm zu helfen. Meine Tochter und alle anderen aus der *Coffeemühle* auch.«

Sie legte die Hand auf Margarethes Schulter. Ihre Tochter schaute auf. So viel Vertrauen lag in ihrem Blick, dass Johanna fast Angst vor der Verantwortung bekam, die ihr wieder einmal aufgebürdet wurde. Was konnte sie nur tun, um Justus aus dem Gefängnis zu holen und ihre Tochter wieder zum Strahlen zu bringen?

»Und sehen Sie zu, dass unsere Polizei die verdammte Wasserleiche endlich findet!«, rief sie dem Mann mit der hohen Stirn zu. »Er wird sich doch nicht in Luft aufgelöst haben!«

Das war alles, was ihr im Moment einfiel, dann war sie endlich zur Tür hinaus. Draußen empfing sie ein wunderschöner Spätsommertag. Nur die braunen Blätter, die vereinzelt auf der Gasse herumlagen, und der milchige Hauch in der Luft, der letzte Rest von Frühnebel, ließen erahnen, dass bald Michaelis war. Aber noch war es warm, und schon nach kurzer Zeit spürte Johanna, wie ihr der Schweiß den Rücken hinunterrann. Mit kräftigen Schritten durchmaß sie die Fahrgasse, in jeder Hand einen leeren Eimer, in dem sie die Kaffeebohnen transportieren wollte. Es hatte keinen Sinn zu trödeln, sie musste jetzt endlich diesen Besuch bei Jehuda hinter sich bringen. Die *Coffeemühle* war ihres Grundnahrungsmittels beraubt, und sie als Betreiberin des Lokals hatte für Nachschub zu sorgen. So einfach war das. Noch immer hatte sie sich nicht zurechtgelegt, was sie dem Krämer sagen könnte, um ihr langes Fernbleiben zu entschuldigen. Denn die Wahrheit war ja unaussprechbar. Wie sollte sie ihm schließlich erklären, dass sie nur aus Angst, Gabriel bei ihm zu treffen, die Judengasse und damit auch seinen Laden bisher gemieden hatte? Dass sie die Gefühle, die ein Wiedersehen mit dem Geiger in ihr auslösen könnten, mehr fürchtete als alles andere auf der Welt? Dass sie seit Wochen einen riesigen Bogen um alle Orte machte, an denen sie Gefahr lief, ihm zu begegnen? Auch jetzt hing ihr das Herz vor lauter Aufregung beinah in den Kniekehlen.

Hinter der Synagoge stauten sich einmal mehr Menschen, Tiere und Karren. Ein ohrenbetäubender Lärm herrschte, als Johanna sich durch das Gewimmel auf dem Vorplatz des Gotteshauses drängte. Erst als sie sich einen Platz auf den Eingangsstufen des Gebäudes erkämpft hatte, sah sie, woher der Krach rührte: Ein paar Spielleute trieben ihren Schabernack mit den Gemeindedienern, die offensichtlich die Aufgabe hatten, sie am Ausüben ihrer Tätigkeit zu hindern. Die Musiker in ihren zerlumpten bunten Gewändern und lustigen Kopfbedeckungen wehrten sich gegen das Verbot, indem sie die wildesten Geräusche auf ihren Instrumenten erzeugten. Ein unglaubliches Quäken, Tröten, Scheppern, Rasseln ging von der kleinen Gruppe aus, die feixend vor den unglücklich dreinschauenden Kalmeschores zurückwich und ihnen dann doch wieder ausbüxte, um sich erneut vor dem Haupteingang der Synagoge zu versammeln. Die Umstehenden schienen genauso viel Spaß an der Sache zu haben wie die Musiker selbst. Auch Johanna musste lachen, obwohl ihr die Ohren von dem Getöse schmerzten. Sämtliche Basare von Konstantinopel waren doch eigentlich nichts im Vergleich mit der Geschäftigkeit der Frankfurter Judengasse.

Endlich hatte sie sich ihren Weg durch die Schaulustigen gebahnt und stand vor dem Haus *Zum Goldenen Kamel.* Vorsichtig stieß sie die Tür auf. Ein Schwall modriger Luft schlug ihr entgegen. Das Glöckchen über der Tür bimmelte leise. Johanna trat vor. Eine dicke Staubschicht lag auf dem Verkaufstisch, beleuchtet von einem einzelnen Sonnenstrahl, der ein wenig Licht in den düsteren Raum brachte. Auch auf dem Boden tummelten sich die Staubflocken, wie winzige Mäuse hüpften sie in dem von Johanna verursachten Luftzug umher. Die Stoffballen in den Regalen hinter dem Tresen waren zwar immer noch zahlreich, doch auch sie schienen ihren Glanz verloren zu haben.

Was war geschehen? Ein Gefühl des Unbehagens beschlich Johanna. Das alles sah Jehuda überhaupt nicht ähnlich. Er war doch sonst immer so pingelig darauf bedacht gewesen, seine Waren schön zu präsentieren. Nicht dass er krank war – oder gar Schlimmeres?

Plötzlich hörte sie ein Schlurfen, das aus den Tiefen des Ladens immer näher kam. Der Greis, der auf seinen Stock gestützt langsam auf sie zuschlappte, blickte erst auf, als er genau vor ihr stand.

»Die Bergerin! Na so was! Sieht man Sie auch mal wieder!«

Rührung schwang in Jehudas Stimme mit, die genauso frisch und jugendlich klang wie eh und je. Wäre sie nicht gewesen, Johanna hätte den Krämer, der aussah wie ein Schatten seiner selbst, kaum wiedererkannt. Sie versuchte sich ihren Schrecken nicht anmerken zu lassen

»Jehuda! Es tut mir ja so leid, dass ich nicht schon längst zu Ihnen gekommen bin! Ich habe ein so schlechtes Gewissen …«

Der Krämer hielt sie auf Armeslänge von sich entfernt und betrachtete sie gründlich.

»Gut sehen Sie aus, Mädchen!«, ging er gar nicht auf ihre Entschuldigung ein. »Die Italiener waren wohl nett zu Ihnen, was? Und unter die Geschichtenerzähler sind Sie auch gegangen, habe ich gehört.«

Er lächelte und ließ sich von Johanna eine Kurzfassung ihrer Erlebnisse während des letzten Jahres geben. Als die Rede auf Gottfried Hoffmann kam, winkte er verächtlich ab.

»Ich habe gehört, was er Ihnen angetan hat. Unglaublich, dass dieser Mann so lange sein Unwesen treiben konnte! Und jetzt macht er Ihnen auch noch als Wasserleiche Scherereien …« Mit plötzlich matt gewordener Stimme sprach er weiter: »Wissen Sie, Johanna, ich bin alt und müde geworden in diesem einen Jahr, als Sie weg waren. Auch in meinem Leben ist einiges passiert, aber nicht eben Erfreuliches.«

Er schaute sie aus seinen dunklen Mandelaugen bedrückt an.

»Meine Mirjam ist gestorben«, sagte er dumpf. »Sie war schon lange krank, eine Geschwulst hat sie von innen aufgefressen. Es war klar, dass sie sterben würde, ich hatte genug Zeit, mich an den Gedanken zu gewöhnen. Aber als sie dann tatsächlich gegangen ist …«

Er machte eine hilflose Geste, die wohl auch den heruntergekommenen Zustand seines Geschäfts erklären sollte.

»Oh, Jehuda, wie entsetzlich!«, rief Johanna bestürzt. »Ich habe sie ja leider nie gesehen, Ihre Mirjam, aber Sie haben immer so schön von ihr erzählt.«

Der Krämer nickte traurig.

»Ja, sie war schon eine ganz besonders Gute. Beinah dreißig Jahre haben wir zusammen verbracht, Johanna. Stellen Sie sich das mal vor! Jetzt habe ich nur noch Deborah, Manasse und Baruch. Und Manasse und Baruch sind in Saloniki.«

Er zuckte mit den Schultern und schien für einen Moment in eine andere Welt abzutauchen.

Wie klein und alt er aussah! Regelrecht gebrochen. Johanna wagte es nicht, Jehuda in seinen Erinnerungen zu stören. Sicher dachte er an die glücklichen Tage, die er mit seiner geliebten Frau verbracht hatte. Auch sie, Johanna, hatte ihren Mann verloren, aber sie hatte nicht ihr ganzes Leben mit ihm geteilt, sondern nur wenige Jahre. Außerdem war sie noch jung; im Gegensatz zu Jehuda hatte sie die Möglichkeit, vielleicht noch einmal neu anzufangen, mit einem anderen Gefährten, einer neuen Liebe …

Plötzlich konnte sie sich nicht mehr zurückhalten, sie musste Jehuda einfach fragen, was aus Gabriel geworden war.

»Ach, was ich Sie noch fragen wollte: Was ist eigentlich aus dem jungen Geiger aus Ihrem Haus geworden? Wohnt er noch hier?«, fragte sie betont nebensächlich und beugte sich über ein Stück blau-grün gemusterten Damaststoff, um seine Qualität zwischen den Fingern zu befühlen.

Jehuda warf ihr über seine kleine runde Brille einen unergründlichen Blick zu.

»Ja, er wohnt noch hier«, erwiderte er gedehnt. »Er gibt immer noch Geigenunterricht, versucht immer noch, sein Jahrhundertwerk fertigzustellen …«

»Stimmt, er wollte ja eine Oper komponieren! Wie hieß sie noch gleich?«, fragte Johanna, als wüsste sie nicht ganz genau, wie Gabriel seine erste große Komposition nennen wollte.

Die Söhne Abrahams, wohl nie mehr in ihrem Leben würde sie diesen Titel vergessen! Die Oper würde ein Meisterwerk werden, das hatte sie damals schon gedacht, als Gabriel ihr mit leuchtenden Augen die Handlung skizziert und einzelne Tonfolgen auf dem Cembalo im Damensalon angespielt hatte.

»Die Söhne Abrahams«, sagte Jehuda prompt. »Aber ich nehme doch nicht an, dass Sie sich nur um den Titel des unveröffentlichten Meisterwerks meines Nachbarn zu erfahren, in die Niederungen der Judengasse begeben haben ... Was führt Sie zu mir, meine liebe Johanna, sicher gibt es doch einen Grund, weshalb Sie sich nach all den Monaten wieder hierherverirrt haben?«

Jehuda zwinkerte ihr zu, wie um ihr zu bedeuten, dass er nicht wirklich gekränkt über ihre Untreue war. Außerdem schien er zu wittern, dass er ein Geschäft mit ihr machen könnte, sagte sich Johanna, um ihr schlechtes Gewissen endgültig zu unterdrücken.

»Kaffee, mein lieber Jehuda, Kaffee!«, antwortete sie lachend.

»Da haben Sie aber Glück, meine Schöne! Wie Sie sehen, habe ich mein Geschäft in den letzten Wochen ein wenig vernachlässigt« – wieder flog ein Schatten über sein Gesicht –, »aber ich habe noch zwei Fässer allerfeinsten arabischen Mokkas im Keller. Als hätte ich geahnt, dass Sie kommen würden«, grinste er auf einmal fröhlich.

»Wunderbar, Jehuda!«, rief Johanna erleichtert. »Soll ich mit in den Keller kommen, um Ihnen beim Tragen zu helfen?«

Nicht auszudenken, wenn der Krämer ihr nicht hätte aushelfen können! Wahrscheinlich wäre es am geschicktesten, sie würde gleich noch mehr bei ihm bestellen, überlegte sie schnell. Auf Jehuda war schon immer Verlass gewesen. Im Gegensatz zu Floriano, diesem alten *Ridotto*-Gänger! Und vielleicht würde es dem Krämer ja auch helfen, seine Trauer um Mirjam zu überwinden, wenn sie wieder Geschäfte miteinander machen konnten wie in früheren Zeiten. Ja, sie könnte ihn zu ihrem festen Handelspartner erklären, sicher würde er sie auch noch mit anderen Waren beliefern können als nur mit Kaffee.

»Ist nicht nötig, meine Liebe, dafür habe ich schließlich noch den guten Schmuel, meinen Gehilfen. Er will den Laden hier mal übernehmen, dann kann er ruhig etwas dafür tun. Warten Sie hier, Johanna, ich bin gleich wieder da!«

Jehuda wirkte wie neu belebt, als er jetzt ohne Stock zurück ins Innere seines Ladens eilte. Nur seine eingefallenen Schultern und der zu weite Rock, der um seinen dürren Leib schlotterte, zeugten von dem Leid, das er erfahren hatte, dachte Johanna, während sie ihm nachschaute.

Plötzlich entdeckte sie einen Besen, der in einer Ecke neben der Tür zum Treppenhaus stand. Solange sie auf Jehuda und Schmuel wartete, konnte sie ruhig ein wenig im Laden sauber machen, beschloss sie. Bei Jehuda dauerte es manchmal Ewigkeiten, bis er aus den Tiefen seiner unterirdischen Lagerräume zurückkehrte.

Als sie auf die Tür zutrat, um sich den Besen zu holen, bemerkte sie, dass diese nur angelehnt war. Kurz zögerte sie, dann konnte sie der Versuchung nicht mehr widerstehen: Vorsichtig zog sie die Tür ein Stückchen weiter auf und spähte in das dunkle Treppenhaus hinein.

Durch diesen Eingang war Gabriel in ihr Leben getreten, als sie ihn zum allerersten Mal gesehen hatte. In der Erinnerung schien ihr jener magische Augenblick wie aus einer anderen Zeit zu stammen. Damals hatte sie Gabriel erst gehört, bevor sie ihn gesehen hatte. Genauer gesagt, sein Geigenspiel, mit dem er sie verzaubert hatte, noch bevor sie wusste, wer er war. Und in dem Moment, als er dann schließlich vor ihr gestanden hatte, war es endgültig um sie geschehen gewesen. Ja, schon bei dieser ersten Begegnung hatte sie gespürt, dass er der Mann ihres Lebens sein würde. Liebe auf den ersten Blick sozusagen. So etwas gab es, das hatte sie oft genug von anderen Leuten erzählt bekommen; seltsam nur, dass sie sich erst jetzt richtig darüber klar wurde. Natürlich, auch sie hatte dieses Schicksal ereilt! Bloß dass es in ihrer Geschichte kein glückliches Ende geben würde. Gewöhnlich blieben die beiden Liebenden dann bis zu ihrem Tod beieinander und bekamen viele Kinder und Kindeskinder. »… und wenn sie nicht gestorben sind, dann leben sie noch heute«, so hatte auch sie schon manch einen ihrer Scheherazade-Abende ausklingen lassen.

Johanna hatte bereits den Besen in der Hand und die Tür fast wieder geschlossen, als sie plötzlich ein Geräusch vernahm, das von einem der oberen Stockwerke zu kommen schien. Als wäre irgendwo im Haus eine Tür zugeknallt. Erstarrt blieb sie stehen. Nur ihr Herz puckerte wie verrückt. Ihr fiel ein, wie sie früher als Kind immer die Blütenblätter eines Gänseblümchens abgezupft hatte, um dem Schicksal vorauszueilen und einen Blick in die Zukunft zu werfen: »Er liebt mich, er liebt mich nicht …« Bis nur noch ein einziges weißes Blättchen übrig geblieben war und sie gewusst hatte, was auf sie zukommen würde. Was das Gänseblümchenorakel ihr jetzt wohl sagen würde? »Er ist es, er ist es nicht, er ist es, er ist es nicht …« Und wenn er es tatsächlich sein sollte – wäre das dann nicht von Gott so gewollt, dass sie sich wiedersahen?

Johanna hielt den Atem an und lauschte. Jetzt ertönten leichtfüßige Schritte, die nach unten eilten, begleitet von einem Pfeifen, einer Melodie, die ihr bekannt vorkam. Vorsichtig machte sie die Tür ein Stück weiter auf. Dieses Mal knarrte sie ein wenig. Die Schritte hielten inne, als hätte derjenige, der die Stufen herunterkam, das Knarren gehört. Dann setzten sie wieder ein, etwas vorsichtiger und tastender als zuvor.

Johanna konnte nichts sehen, sie konnte nur ihren eigenen sich beschleunigenden Atem hören. Die Tür stand jetzt sperrangelweit auf. Sie umklammerte den Besenstiel so fest, dass ihre Fingernägel in ihre Handfläche stachen. Doch sie verspürte keinen Schmerz.

Und dann war der Augenblick der Wahrheit gekommen. In das Geräusch ihres Atems mischte sich das eines anderen Atems. Noch zwei Schritte, dann stand der Mann direkt vor ihr. Ja, es war ein Mann, kein Zweifel. Sie konnte seinen Schatten sehen, der gegen die Wand im Treppenhaus geworfen wurde, die schlanke, nicht sehr große Silhouette.

Der Mann schwieg. Als hätte es ihm die Sprache verschlagen. Sekunden vergingen. Der Atem des Mannes wurde stockender, dann schneller. Sein Schatten geriet in Bewegung, als wäre er zusammengefahren.

»Johanna?«, fragte er schließlich ungläubig. »Johanna, bist du es wirklich?«

Der Mann trat vor und fasste sie bei der Schulter, um sie ein Stück weiter in Jehudas Laden hineinzuschieben, damit sie im Dämmerlicht zu stehen kam.

Johanna sog seinen Geruch ein. Diesen Duft würde sie immer erkennen, genau wie seine Stimme.

Gabriel starrte sie an. Seine Augen hefteten sich auf ihr Gesicht. Bedächtig setzte er seinen Geigenkasten ab und nahm ihr den Besen aus der Hand.

»Johanna«, sagte er noch einmal.

Und plötzlich wusste sie nicht mehr, was passiert war, wer da auf wen zugeflogen war, wer wen an sich gerissen hatte. Sie spürte nur Gabriels Arme, die sie umfangen hielten, seine warmen, zugleich weichen Lippen auf ihrem Mund, seinen festen Körper, der sich gegen den ihren presste, und sie glaubte, in Ohnmacht fallen zu müssen, zu vergehen, endlich angekommen zu sein, ihr Glück gefunden zu haben. Und sie schwor sich in diesem Augenblick, es nie, nie wieder loszulassen. Davon hatte sie immer geträumt, seit sie ihn zum ersten Mal gesehen hatte: nur sie beide, ganz allein! Ein Moment, der so einzigartig, so überwältigend war, dass sie ihn ihr Lebtag nicht mehr vergessen würde.

»Johanna«, flüsterte Gabriel, ohne seine Lippen von den ihren zu nehmen. »Ich habe mich so nach dir gesehnt! Wenn du wüsstest, was alles geschehen ist in der Zwischenzeit! Ich habe dir so viel zu erzählen, dass ich gar nicht weiß, wo ich anfangen soll.«

»Ich dir auch, Gabriel. So viel!«

»Wie froh ich bin, dass ich mich richtig entschieden habe!«

Er strich ihr mit den Lippen über den Hals. Seine Bartstoppeln kitzelten sie leicht. Johanna wurde schwindelig. Ihre Knie gaben nach. Was redete er da? Wieso küsste er sie nicht einfach? Er sollte nicht damit aufhören, nie mehr sollte er damit aufhören, sie immer halten, liebkosen, seinen Körper spüren lassen …

»Was meinst du mit ›richtig entschieden‹?«, brachte sie schließlich hervor.

Gabriel ließ von ihr ab. Sie sah, wie seine Augen sich plötzlich verengten.

»Ich meine damit, dass ich die richtige Entscheidung getroffen habe, als ich vor meiner eigenen Verlobung davongerannt bin.«

Er fuhr sich mit der Hand durch die Haare und stieß ein nervöses Lachen aus.

»Du bist was?«

Gabriel löste seinen Arm von ihrem Rücken und zeichnete mit dem Finger sanft die geschwungenen Konturen ihrer Oberlippe nach.

»Ja, ich bin vor meiner eigenen Verlobung davongerannt«, nickte er. »Und rate mal, warum!«

»Warum?«

»Deinetwegen! Ich habe an dich gedacht und gewusst, dass ich keine andere heiraten kann.«

Johanna schnappte nach Luft. Gabriel und heiraten? Erst jetzt begriff sie das ganze Ausmaß seiner Worte. Gabriel war einer anderen Frau versprochen. Oder zumindest versprochen gewesen. Aber was machte das für einen Unterschied, die andere war ja da. Sie hatte sich zwischen sie gedrängt, zwischen Gabriel und sie.

»Wer ist sie?«, fragte sie mit brüchiger Stimme.

»Eine Frau, die meine Eltern für mich ausgesucht haben. Sie heißt Rachel. Aber ich werde sie nicht heiraten.«

Johanna nickte stumm. Rachel. Die schöne Schäferin aus der Bibel, Jakobs Lieblingsfrau. Bestimmt war auch die echte Rachel eine Schönheit. Ob Gabriel sie auch geküsst hatte?

Der Geiger sah sie eindringlich an. Seine beiden Hände hatten die ihren ergriffen und drückten sie so fest, dass Johanna vor Schmerz fast aufgeschrien hätte.

»Vergiss Rachel, Johanna! Du bist meine Frau! Ich habe es immer schon gewusst. Aber jetzt weiß ich es einmal mehr. Und ich werde nie mehr daran zweifeln oder mich von irgendjemandem davon abbringen lassen.« Seine Stimme wurde drängender. »Auch wenn wir es vielleicht nie offiziell machen können: Lass uns unser Leben zusammen verbringen, Johanna! Es muss eine Möglichkeit geben. Lass uns von hier fortgehen, irgendwohin, an einen Ort, wo man sich unserem Glück nicht entgegenstellt!«

Johanna wollte ihm antworten, ihm sagen, dass es diesen Ort nicht gab, dass man sie überall auf der ganzen Welt verstoßen würde. Doch sie hatte kaum den Mund geöffnet, als Gabriel ihn sogleich mit seinen Lippen wieder verschloss.

»Sag jetzt nichts. Überleg es dir!«, murmelte er noch.

Und dann versanken sie in einen Kuss, aus dessen leidenschaftlicher Innigkeit sich Johanna erst wieder lösen konnte, als sie Jehudas schlurfende Schritte den langen Gang herannahen hörte.

»Dann sehen wir uns morgen, Frau Berger!«, sagte Gabriel mit belegter Stimme und trat einen Schritt zurück.

Er bückte sich nach seinem Geigenkasten und verschwand auf demselben Weg, den er gekommen war.

Mit fliegenden Fingern richtete Johanna ihre verrutschte Haube und ihr Brusttuch. Schon tauchte der Krämer im Lichtschein der Funzel auf, die seinen Verkaufsraum mehr schlecht als recht beleuchtete. In beiden Händen hielt er je einen bis zum Rand mit Kaffeebohnen gefüllten Eimer.

»Es ist nicht gut, die so lose zu transportieren«, bemerkte Jehuda mehr zu sich selbst als zu ihr. »Wir müssen sehen, dass wir sie irgendwie verpacken, damit das Aroma nicht flöten geht.« Er blickte auf und lächelte breit. »Nachher war das sonst heute das letzte Mal, dass Sie meinen Laden aufgesucht haben, Frau Johanna … Und das wollen wir doch nicht hoffen, oder? Wo wir uns jetzt endlich wiedergefunden haben!«

# 37. KAPITEL

Mit schweren Schritten ging Gabriel die wenigen Stufen hinunter zum Sprechzimmer seines Vaters. Er fühlte sich, als hätte man ihm Ziegelsteine um die Knöchel gebunden. Die Mutter hatte ihm mitgeteilt, dass der Vater mit ihm reden wolle, als er vom Unterricht bei den Bär-Töchtern zurückgekehrt war. Schon diesen hatte er als eine Zumutung empfunden – noch mehr als sonst. Während Babette Bär ihre holprigen Tonfolgen herunterleierte, hatte er sich in Gedanken zu Johanna geflüchtet. Johanna, die er vor vierundzwanzig Stunden erst im Arm gehalten und geküsst hatte. Johanna, die sich so wunderbar warm und weich angefühlt hatte. Die ihm mit jeder Faser ihres Körpers zu verstehen gegeben hatte, dass sie ihn genauso begehrte wie er sie. Dass sie ihn liebte und die lange Zeit, die seit ihrer letzten Begegnung vergangen war, nichts, aber auch gar nichts an ihren Empfindungen für ihn geändert hatte. Johanna, wie sehr er sich nach ihr sehnte! Er musste sie sehen, so schnell wie möglich.

Ihm schwante nichts Gutes, als er gegen die schwere Eichentür klopfte, hinter der Elias Stern seine Patienten empfing. Er kam sich vor, als wäre er fünf Jahre alt und hätte gerade irgendeinen Unfug angestellt. Wann immer der Vater ihn in den letzten Jahren zum Gespräch in sein Sprechzimmer zitiert hatte, war es um grundsätzliche Dinge gegangen, um seine nachlassenden Leistungen in der Schule, seine exotischen Studienpläne oder um unrühmliches Betragen im Allgemeinen. Er ahnte dumpf, dass es auch diesmal um seine Zukunft gehen würde, genauer gesagt um seine Zukunft als Ehemann von Rachel. Der aufgeregte Gesichtsausdruck seiner Mutter hatte Bände gesprochen. Es sah nicht so aus, als wäre die ganze Geschichte durch seine Flucht von der Verlobungszeremonie so einfach beendet …

»Herein!«

Die Stimme des Vaters klang erschöpft. Gabriel wusste, er arbeitete einfach zu viel. Er sah aus, als hätte er sich seit Tagen nicht rasiert. Auch die grauen Haare, auf denen ein schwarzes Käppchen saß, wirkten verstrubbelt. Er hätte einen Assistenten gebraucht, jemanden, der ihm zuarbeitete und die leichteren Krankenfälle übernahm. Einen Sohn, der in seine Fußstapfen treten wollte, dachte Gabriel mit einem Anflug von Bitterkeit.

»Du wolltest mich sprechen, Vater?«

Vor Elias Stern auf dem großen Schreibtisch lagen drei aufgeschlagene Folianten. Angelegentlich betrachtete Gabriel die Seiten mit den anatomischen Zeichnungen.

Der Vater hatte seinen Blick bemerkt. Er seufzte schwer.

Dann nahm er seine Brille ab und fuhr sich mit der Hand über die müden Augen.

»Du fragst dich sicher, warum ich dich in mein Sprechzimmer habe kommen lassen«, kam er umständlich auf den Zweck ihres Zusammentreffens zu sprechen.

Er schlug die drei dicken Anatomiebücher eines nach dem anderen zu, wuchtete sie aufeinander und schob sie an die äußere Kante des Schreibtischs, sodass seine Gestalt hinter dem Stapel halb verborgen war.

Er verschanzt sich hinter seinem Wehrturm, dachte Gabriel und rückte seinen Stuhl so zurecht, dass er den Vater wieder vollständig sehen konnte. Die Dinge schienen schlimm zu stehen, wenn er solche Schwierigkeiten hatte, sein Anliegen hervorzubringen.

»Es geht um Rachel, oder?«, kam er dem Vater zu Hilfe, als dieser nach einer schier endlos erscheinenden Weile des Schweigens noch immer nicht mit der Sprache herausrückte.

Elias Sterns Hände spielten mit der Brille, die vor ihm auf dem Schreibtisch lag. Er hatte lange, schmale Finger, genau wie er, Gabriel, nur dass seine Haut schon etwas Pergamentenes an sich hatte. Sie wirkte, als wäre sie zu groß für die Muskeln und Knochen, die sie umhüllte.

»Ja, es geht um deine Verlobte«, sagte Elias Stern endlich.

Er machte eine abwehrende Handbewegung, als wollte er jeden Einwand Gabriels im Keim ersticken.

»Wir – deine Mutter, deine künftigen Schwiegereltern und ich – haben uns überlegt, dass es besser ist, wenn ihr noch vor Chanukka dem Erusin die Chuppa folgen lasst und unter den Traubaldachin tretet.«

»Moment mal, Vater!«, unterbrach Gabriel ihn heftig. »Ihr seid doch nicht ernsthaft der Ansicht, dass diese lächerliche Veranstaltung von neulich als ›Verlobung‹ zu bezeichnen ist? Erinnere dich bitte daran, dass wir den Kinjan Sudar nicht vollzogen haben! Ich betrachte mich keineswegs als rechtsgültig verlobt!«

Seit jenem Unglückstag vor drei Wochen hatte er Rachel nicht wiedergesehen. Auch hatten weder sein Vater noch seine Mutter mehr mit ihm über die Ereignisse während der Verlobungszeremonie gesprochen. Nach seiner Flucht aus der Synagoge war er stundenlang auf den Feldern außerhalb Frankfurts herumgeirrt, bis hinter Bornheim, und erst kurz vor Schließung der Tore wieder nach Hause gekommen. Er hatte sich leise in sein Zimmer geschlichen, um den vorwurfsvollen Gesichtern der Eltern nicht begegnen zu müssen. Auch in den Tagen danach war er ihnen aus dem Weg gegangen. Oder sie ihm, wie man's nahm. Auf jeden Fall war irgendwann der Zeitpunkt überschritten gewesen, da man noch über den Vorfall in der Synagoge hätte sprechen können. Irgendwann war er zu dem Schluss gekommen, dass es wohl besser sei, alles auf sich beruhen zu lassen und den Mantel des Schweigens darüberzubreiten. Er hatte gehofft, dass die Angelegenheit einfach erledigt war und er der Familie Lazarus nie wieder begegnen musste. Hin und wieder hatte ihn zwar sein schlechtes Gewissen Rachel gegenüber geplagt, die sicher nicht sehr glücklich über den Ausgang dieses für sie so wichtigen Tags gewesen war. Aber er hatte diese Anwandlungen stets schnell wieder verdrängt.

Elias Stern war aufgestanden und überragte nun deutlich den Bücherstapel auf seinem Schreibtisch. Seine beiden Hände hielten die Tischkante umklammert. Die Brille hatte er wieder aufgesetzt. Eine Festigkeit ging nun von seinem Blick aus, die Gabriel erschreckte.

»Du hast Glück, mein Sohn: Rachel hat dir dein unmögliches Betragen verziehen. Sie ist ein wirklich liebes Mädchen und hat dich sehr gern. Ich konnte auch Joel und Brunhilde Lazarus davon überzeugen, dass solche Empfindlichkeiten bei Künstlern nun einmal vorkommen würden. Du hättest im Moment eine schlechte Phase, weil du mit deiner Komposition nicht richtig vorankämst, habe ich ihnen erzählt. Das haben sie mir sofort abgenommen – sie sind nämlich sehr stolz darauf, dich als Schwiegersohn zu haben, Gabriel! Joel Lazarus hat zwar viel Geld mit seinen Pferden verdient und wird durch seine neue Position bald noch reicher werden. Auch von daher hat er sich großen Einfluss in der jüdischen Gemeinde von Worms erworben. Aber es gibt dort immer noch genügend Leute, die auf ihn herabsehen. Trotz seiner Verbindungen zum Hofe. Mit einem Komponisten in der Familie, der noch dazu in Italien beim großen Antonio Vivaldi studiert hat, sieht das ganz anders aus. Jeder andere hätte ja lieber einen Rabbiner, einen Arzt, einen Kaufmann oder einen Lehrer in der Familie. Oder jemanden mit viel Geld und guten Verbindungen. Nicht so die Lazarus', die sind verrückt nach Musik.« Er verschränkte die Arme vor der Brust und fuhr fort: »Du bist jung. Denk an deine Zukunft! Wie willst du mit deinem Beruf jemals genug Geld verdienen, um eine Familie zu ernähren? Der Rabbi hat die Verlobung letztlich doch als rechtsgültig anerkannt. Er hat sich erkundigt: Allein die Tatsache, dass du den Tna'im unterzeichnet hast, reicht vollkommen aus, um den Vertrag wirksam zu machen.«

Auch Gabriel hatte sich jetzt erhoben. Der Vater wich zurück, als er sich mit beiden Händen auf der Tischplatte abstützte und den Oberkörper weit über den Schreibtisch beugte.

»Ich kann Rachel nicht heiraten, Vater! Es geht nicht. Ich habe mich bemüht, es euch allen recht zu machen, aber es geht einfach nicht! Ihr müsst euch ein für alle Male damit abfinden, dass es mein Leben ist, um das es hier geht. Meins – nicht eures!«

Die letzten Worte hatte er nur noch herausgestoßen. Er zitterte am ganzen Leib vor unterdrückter Wut. Seine Lippen waren trocken, er hatte Durst.

Der Vater hatte sich wieder hingesetzt. Im Gegensatz zu ihm selbst wirkte er mit einem Mal ganz ruhig. Er sah gar nicht mehr erschöpft und überarbeitet aus, sondern wie ein gestandener Mann im besten Alter und Vollbesitz seiner Kräfte. Er hatte die Beine übereinandergeschlagen und sich in seinem Schreibtischstuhl weit zurückgelehnt, während er, Gabriel, noch immer über den Tisch gebeugt vor ihm stand.

Elias Stern schien das seltsame Kräftemessen damit beenden zu wollen, dass er den obersten Folianten von dem Stapel auf seinem Schreibtisch nahm und angeregt in ihm zu blättern begann.

»Es ist, glaube ich, alles gesagt, mein Junge«, bemühte sich der Arzt um einen versöhnlichen Ton. »Die Hochzeit muss stattfinden. Du bist vertraglich an Rachel gebunden. So sehen es die Lazarus' und so sehen es deine Mutter und ich. Du wirst uns einmal dankbar dafür sein, so wenig wie du selbst dich um deine Zukunft kümmerst. Wir schauen uns das jetzt seit Jahren an – und wo hat das alles hingeführt? Du gibst den Bär-Töchtern Unterricht. Irgendwann werden diese Mädchen heiraten und sich um ihre Familien kümmern, und was machst du dann?«

Gabriel starrte den Vater an. Sein Gefühl der Ohnmacht war so erdrückend, dass ihm die Worte fehlten. Einmal mehr, als er nicht den Eindruck hatte, der Vater wäre auch nur ansatzweise bereit, mit ihm zu diskutieren. Im Gegenteil, seine hochkonzentrierte Mimik, das Buch in seinem Schoß, in dem er immer wieder blätterte, die flinken Augen, die die Seiten überflogen oder im Zimmer umherwanderten, zeigten ihm, dass Elias Stern mit seinen Gedanken längst woanders war. Allenfalls überlegte er noch, wie er ihn am besten loswerden konnte, ohne unhöflich zu erscheinen, dachte Gabriel wütend. Wie man einen lästigen Patienten abschüttelte, der nach Verkündigung der tödlichen Diagnose einfach nicht nach Hause gehen wollte.

»Kuckuck, Kuckuck!«, rief es von draußen auf dem Flur.

»Nun, Gabriel, ich denke doch, wir haben uns verstanden?«

Ja, er hatte verstanden! Er, Gabriel Stern, hatte verstanden, dass sein Vater, Elias Stern, ihm keine andere Wahl ließ, als sein Elternhaus jetzt sofort für immer zu verlassen. Er musste doch inzwischen wissen, dass so nicht mit ihm umzuspringen war, hatte er doch schon einmal gezeigt, wie sehr ihm daran lag, eigene Wege zu gehen, als er sein Medizinstudium abgebrochen und sich ganz der Musik gewidmet hatte.

Er nickte und griff tief in seine Hosentasche. Als er die Taschenuhr, die der Vater ihm zur Verlobung geschenkt hatte, wortlos neben den Bücherstapel auf den Schreibtisch legte, wurde der Ältere blass.

»Auf Wiedersehen, Vater!«

Ohne eine Antwort abzuwarten, drehte Gabriel sich um und verließ den Raum. Sein Vater versuchte nicht, ihn zurückzuhalten. Und auch Esther Stern begriff beim Anblick ihres Sohnes, als dieser wenige Minuten später in ihrer Küche erschien, um sich zu verabschieden, sein Bündel in der einen, den Geigenkasten in der anderen Hand, auf Anhieb, was vorgefallen war. Mit Tränen in den Augen kam sie auf ihn zu und wollte ihn gar nicht mehr loslassen.

»Sag Rachel, dass es nicht an ihr liegt! Aber ich kann sie einfach nicht heiraten, Mutter. Sie ist ein hübsches, kluges Mädchen, sie wird leicht einen anderen Mann finden. Einen besseren als mich – jemanden, dessen Herz nur für sie schlägt. Der mit ihr am Rhein entlangreitet und für sie singt.«

»Jeder ist seines Glückes Schmied, mein Junge … Versprich mir, dass du uns schreibst, sobald du dort angekommen bist, wo du hingehen musst.«

Sie küsste ihn auf beide Wangen. Er spürte, wie sein Gesicht von ihren Tränen nass wurde.

Kaum hatte er die Tür hinter sich zugezogen, fühlte Gabriel sich wie befreit. Schlagartig war jede Unruhe, jeder Zorn von ihm gewichen. Er hatte einen entscheidenden Schritt getan, es würde kein Zurück mehr für ihn geben, das war klar. Aber er hatte die richtige Wahl getroffen, auch daran gab es keinen Zweifel.

Als er Jehudas Laden betrat, war dieser gerade dabei, ein paar schrumpelige Zitronen mit dem Ärmel seines Rockes zu polieren.

»Nun, mein Junge, wo willst du denn hin?«, fragte der Krämer, nachdem sie sich begrüßt hatten.

»Ich bin deinem Rat gefolgt, Jehuda. Ich habe beschlossen, mir von niemandem in mein Leben reinreden zu lassen.«

Jehuda nickte bedächtig. Wieder fiel Gabriel auf, wie sehr der alte Mann nach Mirjams Tod an Gewicht verloren hatte.

»Das hast du richtig gemacht, Gabriel! Deine Eltern sind gute Menschen, aber sie sorgen sich zu sehr um dich. Du bist ja kein kleiner Junge mehr. Und jetzt?«

»Wahrscheinlich kehre ich nach Italien zurück. Erst einmal nach Venedig. Der Maestro wird staunen, wenn ich plötzlich unangekündigt bei ihm vor der Tür stehe. Und vielleicht etwas ärgerlich werden, weil ich nicht auf seine Einladung gewartet habe. Aber er wird mir sicher helfen, Arbeit zu finden, wo auch immer. Irgendetwas wird sich schon auftun, selbst wenn ich nur ein einfacher Musiklehrer bleibe. Hofkapellmeister in einem der italienischen Fürsten- oder Herzogtümer zu werden, in Modena oder Urbino, wäre natürlich noch mal was ganz anderes.«

In Wirklichkeit hatte Gabriel überhaupt keine Pläne für seine Zukunft. Er wollte einfach nur mit Johanna zusammen sein. Er und sie waren füreinander bestimmt. Das wusste auch sie. Lediglich die Gesetze verboten ihre Liebe. Doch manchmal musste man die Gesetze eben umgehen, das hatte Johanna selbst gesagt, damals vor einem Jahr, als sie ihn überredet hatte, als italienischer Geiger in ihrem Kaffeehaus aufzutreten.

»Vielleicht können wir einen Teil des Weges zusammen reisen«, sagte der Krämer versonnen. »Du weißt ja, dass ich schon seit Langem überlege, zu Baruch und Manasse nach Saloniki zu gehen. Ich habe sogar schon angefangen, Ladino zu lernen, die Sprache meiner Vorfahren.«

Er deutete auf das aufgeschlagene Buch auf seinem Verkaufstisch.

»Aber gerne, natürlich!«, versprach Gabriel, nachdem er sich von seiner Überraschung erholt hatte.

Er lachte leise, als er seinen Geigenkasten und sein Bündel wieder aufnahm und den Krämerladen verließ. Er musste kaum auf den Weg achten, seine Schritte trugen ihn von ganz allein die kurze Strecke bis zur *Coffeemühle*. Er schaute durch die Fenster des Kaffeehauses in die Gaststube hinein. Sie war zwar erleuchtet, aber dafür war keine Menschenseele zu sehen. Nicht einmal eine der Mägde, geschweige denn Johanna selbst. Wo waren sie denn alle? Das konnte doch nicht sein! Wenn die *Coffeemühle* geschlossen gewesen wäre, hätte man doch die Läden verrammelt und vor allem keine Leuchten angezündet!

Enttäuschung machte sich in ihm breit. Plötzlich wurde ihm die Waghalsigkeit seines Unterfangens bewusst. Wie naiv er doch gewesen war! Er hatte alles auf eine Karte gesetzt, die Karte Johanna. Sie liebte ihn zwar, da war er sicher. Aber das hieß ja noch lange nicht, dass sie so einfach ihr Leben mit ihm teilen konnte. Warum hatte er nur nicht vorher darüber nachgedacht? Er kam einfach so angelaufen und dachte, nun wäre alles gut ... Wie idiotisch von ihm! Natürlich konnte Johanna ihn nicht mit offenen Armen empfangen. Sie hatte schon einmal ihre Gerechtigkeit verloren, weil sie sich mit einem Juden – mit ihm – eingelassen hatte. Letztlich war sie bei der ganzen Geschichte mit einem blauen Auge davongekommen, doch nun lagen die Dinge anders. Es ging um mehr als um den simplen Auftritt eines jüdischen Musikers in einem christlichen Lokal. Eine Liebesbeziehung zwischen einem Juden und einer Christin war strengstens verboten! Sie würden ihre Liebe nicht ewig verstecken können. Und selbst wenn er ein Christ gewesen wäre, hätte die Witwe Berger ihn nicht so einfach in ihrem Haus aufnehmen können, ohne ihren Ruf zu verlieren und damit ihre Existenz als Frankfurter Kaffeehauswirtin und die Zukunft ihrer Töchter aufs Spiel zu setzen. Was sollte er jetzt tun?

Er wusste nicht, wie lange er regungslos vor dem Haus am Markt gestanden und auf die vorbeiziehenden Schleierwolken vor dem dunklen Himmelsgrund gestarrt hatte, wie vor den Kopf geschlagen, all seiner Hoffnungen beraubt, bis er schließlich Schritte und Stimmen hinter sich hörte. Müde drehte er sich um.

Der Bendermeister hielt mit einer Hand das Hoftor auf und winkte seine Frau und seine Tochter hindurch.

»Sie wollen doch sicher auch zu Johannas Orientalischem Abend, oder?«, fragte er jovial an Gabriel gewandt.

»Ja, genau, da wollte ich hin«, beeilte dieser sich zu entgegnen und schlüpfte unter dem Arm von Meister Volckhardt durch den Türspalt.

Der Hof der *Coffeemühle* war gerammelt voll. Gabriel konnte sich nicht erinnern, so viele Menschen bei der Eröffnungsfeier des Damensalons gesehen zu haben. Es war kaum ein Durchkommen, so dicht standen die Leute in den hinteren Reihen. Weiter vorn in Richtung Bühne saßen sie eng aneinandergedrängt auf Stühlen, Bänken oder dicken Kissen, manche hatten sich auch auf die herumstehenden Fässer oder sogar auf den neben dem Schuppen abgestellten Leiterwagen gesetzt. Alle waren sie gekommen – Männer, Frauen, Alte, Junge und sogar kleine Kinder –, und alle schauten sie wie gebannt auf das kleine Podium, auf dem Johanna Berger, eingerahmt von mehreren flackernden Fackeln, auf einem hohen, thronähnlichen Stuhl Platz genommen und offensichtlich gerade mit ihrer Darbietung begonnen hatte.

Wie schön sie war! Gabriel spürte, wie bei ihrem Anblick sein Herz einen Augenblick aussetzte, bevor es in deutlich schnellerem Tempo erneut zu schlagen begann. Johanna hatte ein helles Tuch um ihre Haare geknotet, das fast mehr von ihrer nur lose zusammengebundenen Lockenpracht sehen ließ, als dass es sie verbarg. Sie trug ein mit Diamanten besticktes Stirnband um den Kopf, an dessen einer Seite ein kleiner Gesichtsschleier herabhing. In demselben cremefarbenen Ton wie das Haartuch war ihr Seidenkleid gehalten, das in der Taille von einem breiten Ledergürtel zusammengerafft wurde. Der bernsteinfarbene Mantel mit den kurzen Ärmeln, den sie über dem Kleid trug, passte gut zu ihren schwarz umrandeten Augen, und in der roten Pumphose fand sich der kupferfarbene Ton ihrer Haare wieder. Ihr Gesichtsausdruck wirkte hochkonzentriert und gleichzeitig so, als befände sie sich in einer anderen Welt, während sie mit klarer Stimme ihre Geschichte zum Besten gab.

»An jenem Tag hatte der Kücheneunuch den jungen Hüseyin gebeten, den Fisch zuzubereiten, der für die Haremsdamen bestimmt war. Er fühlte sich nicht gut, und allein der Anblick der starren Augen der toten Goldbrassen, die da vor ihm aufgereiht lagen und darauf warteten, zu einem Ragout verarbeitet zu werden, und erst recht der Geruch, der von ihren feucht glänzenden Leibern ausging, ließen Übelkeit in ihm aufsteigen. ›Natürlich‹, erwiderte der Fischer freundlich, ›das tue ich gern für dich. Du weißt, ich liebe es zu kochen – einmal mehr, wenn meine Speisen für eine solch erlesene Gesellschaft bestimmt sind.‹ Der Kücheneunuch warf ihm einen strengen Blick zu, denn er wusste natürlich, an wen Hüseyin bei jenen Worten dachte, aber er war zu schwach, sich weiter um die Angelegenheit zu kümmern, er sehnte sich nur noch nach seinem Lager und einem tiefen, erholsamen Schlaf.«

Gabriel war es gelungen, sich von den anderen Besuchern unbemerkt an dem Schuppen vorbei bis zu dem großen Leiterwagen vorzukämpfen, auf dem drei junge Männer mit noch fast kindlichen Gesichtszügen saßen. Sie waren so versunken in Johannas Erzählung, dass sie ihm keinerlei Beachtung schenkten. Er verstaute unauffällig seinen Geigenkasten und sein Bündel in einer dunklen Ecke und schwang sich vorsichtig auf das hochrädrige Gefährt. Er setzte sich nicht wie die Burschen auf das Geländer des Wagens, sondern hockte sich leicht versetzt hinter sie, sodass er zwar die ganze Versammlung überschaute, man ihn selbst jedoch von den Sitzreihen aus kaum entdecken konnte. Er wagte es nicht, noch einmal zu Johanna hinüberzusehen, die jetzt nur noch wenige Schritte von ihm entfernt auf ihrem Podest saß, sondern blickte sich um. Viele Gesichter in der Menge unter den bunten Lampions kamen ihm bekannt vor: Er sah die schwarze Bijoutiersgattin in der ersten Reihe neben einem älteren Herrn sitzen, der ihr Ehemann sein musste, den Schuhmacher mit den gottesfürchtigen Aussprüchen, dessen Name ihm entfallen war, und eine äußerst füllige Dame auf einem dicken Sitzkissen, die einen kleinen Schoßhund dicht an ihre Brust gedrückt hielt. Auch sie kam ihm vage bekannt vor. Ihre aufgerissenen Augen zeugten von der tiefen Empfindung, die Johannas Geschichte in ihr hervorrief.

Gabriel sah zum Eingang der *Coffeemühle* hin, aus dem immer wieder Johannas Bedienstete mit hoch über ihren Köpfen erhobenen Tabletts eilten, auf denen sich bunte Gläser befanden. Johannas Magd mit den stumpfen Gesichtszügen, die ihm bei der Eröffnung der *Coffeemühle* schon nicht recht geheuer gewesen war, hielt eine große orientalische Kaffeekanne in der Hand und sah forschend in die Runde, um herauszufinden, wem sie noch Kaffee nachschenken konnte.

Ob sie ihn gesehen hatte? Gabriel duckte sich noch ein wenig mehr hinter die Burschen. Zwischen ihren Schultern hindurch sah er den Kartenmacher den Hof betreten. Er schien ihm ein wenig zu humpeln und wirkte im Gegensatz zu ihrer letzten Begegnung weniger agil und jugendlich. Wo war Johannas Freundin, die er damals bei seinem Besuch im Haus von Ludwig Haldersleben getroffen hatte?, fragte er sich unwillkürlich. Er hatte eine zwiespältige Erinnerung an sie; sie war die Frau des Mannes, der ihn beinah getötet hätte, und zugleich mit Johanna und wohl auch diesem freundlichen Kartenmacher eng befreundet.

»Der junge Fischer gab noch ein paar gehackte Korianderblätter über seinen Eintopf, dann war das Gericht fertig. Es duftete verführerisch, und er wusste, dass er eine Meisterleistung vollbracht hatte. Allerdings war er nicht geübt im Kochen für so viele Menschen, sodass er ziemlich lange für die Zubereitung gebraucht hatte. Schon zweimal war eine Dienerin in die Küche gekommen, um sich nach dem Verbleib des Mittagessens zu erkundigen. Die Damen seien hungrig und die Sultana kurz davor, schlechte Laune zu bekommen, was sie weder ihm noch sich selbst und den anderen Frauen wünschen würde, hatte die tief verschleierte Odaliske erklärt. Hüseyin, dem die gefürchtete Launenhaftigkeit der Sultana bereits mehrfach zu Ohren gekommen war, hatte sich wortreich entschuldigt und der anmutigen, jedoch für seinen Geschmack etwas zu mageren Zypriotin erklärt, er sei eigentlich Fischer von Beruf und bloß aushilfsweise mit der Zubereitung des Essens beauftragt, weil der Koch erkrankt sei. Denn dass sie Zypriotin war, meinte er ihrem Akzent entnehmen zu können. Und auch das Aufblitzen ihrer dunklen Augen über dem Schleier war ihm nicht entgangen, als er seinen Beruf genannt hatte, doch er hatte sich weiter nichts dabei gedacht und zugesehen, dass er seinen Eintopf in den Ofen schob, um die Haremsdamen nicht noch länger warten zu lassen.«

Mit einem Mal senkte Johanna ihre Stimme zu einem dramatischen Wispern und fuhr eindringlich fort:

»Als das Mädchen nach einer Weile ein drittes Mal erschien, hielt es ein kostbares langes Fernrohr in der Hand ...«

Dann hörte sie ganz auf zu sprechen. Alle Augen hingen an ihren Lippen. Auch Gabriel musste zu ihr hinschauen, er konnte nicht anders. Er wusste, dass es besser war, wenn sie ihn nicht bemerkte – denn sie musste sich auf ihre Rolle als Geschichtenerzählerin konzentrieren, und er konnte schon so kaum mehr seine Aufregung zügeln –, aber sein Verlangen, sie zu sehen, war stärker als seine Vernunft. Er reckte den Hals, um über die Köpfe der drei Burschen hinweg einen unverstellten Blick auf sie zu haben.

Mit einer ihm unendlich sinnlich erscheinenden Geste befestigte Johanna den kleinen Schleier über ihrem Gesicht, griff mit einer Hand hinter ihren Rücken, sodass der bernsteinfarbene Mantel sich leicht über ihrer Brust öffnete, und holte ein Fernrohr hervor. Das Rohr war mit rötlich gelbem Leder bezogen und mit Goldprägungen durchsetzt. Sie schob es ein wenig auseinander und setzte es geübt an ihr Auge. Gemächlich ließ sie das ausgefahrene Rohr über die Menge in dem engen Hof hinweggleiten.

Gabriel hielt den Atem an. Die Menschen um ihn herum waren mucksmäuschenstill. Die Atmosphäre war zum Zerreißen gespannt. Alle schienen darauf zu warten, dass etwas geschah.

Und dann geschah tatsächlich etwas – denn plötzlich verharrte das Fernrohr in Johannas Hand an einer Stelle. Alle Köpfe drehten sich in die Richtung um, in die das Ende des langen Rohres zeigte. Doch keiner der Zuschauer konnte etwas Auffälliges an dem Leiterwagen neben dem Schuppen entdecken, auf dem ein paar junge Burschen saßen. Und weil alle auf die jungen Burschen mit den rot angelaufenen Gesichtern starrten, bemerkte niemand, wie ein Beben durch Johannas Körper ging und die cremefarbene Seide ihres Gewandes für einen Moment in Wallung geriet, wie ein See, in den jemand einen Kiesel geworfen hatte.

Sofort hatte sie sich wieder gefangen. Nur ihre Stimme klang ein wenig tiefer, als sie das Fernrohr schließlich sinken ließ und in ihrer Erzählung fortfuhr. Ausnahmsweise hatte sie den Schleier diesmal nicht zurückgeschlagen.

»Die Dienerin trat auf Hüseyin zu. Anders als bei ihren beiden vorherigen Besuchen in seiner Küche hatte sie die Tür fest hinter sich verschlossen. Er spürte, wie ihre Augen über dem Schleier sein Gesicht erforschten. Doch er schaute nicht auf, sondern ließ seinen Blick nun wie gebannt über ihren Körper gleiten. In vollendeten Schwüngen malten sich ihre Brüste und Hüften unter dem leichten Stoff ab, und sie erschien ihm weitaus fülliger als zuvor. Wie konnte das sein?, fragte er sich erstaunt. Wie hatte die Sklavin in so kurzer Zeit jene üppigen Formen entwickeln können? War es denn überhaupt dieselbe Frau? Und was wollte sie mit dem Fernrohr in der Küche? Endlich sah er ihr in die Augen, um etwas zu sagen, als sie ihm die Hand auf die Lippen legte. ›Psst, sag nichts!‹, flüsterte sie in vollendeter türkischer Sprache. ›Mein Name ist Mihrimâh. Ich habe dich beobachtet, von meinem Rosengarten aus …‹ Der junge Fischer verspürte eine Erregung, wie er sie nie zuvor in seinem Leben gekannt hatte. Sie war es, die Frau, nach der er so lange gesucht hatte: Er hatte sie gefunden! Einem plötzlich aufkommenden Fieber gleich bemächtigte sich nun eine brennende Ungeduld seiner. Er wollte Mihrimâh sofort in seine Arme reißen, sie küssen und herzen …«

Johanna schwieg erneut. Wie Mihrimâh schaute sie mit funkelnden Augen über den Rand ihres Schleiers hinweg.

Gabriel blickte sich um. Auch auf die anderen Zuschauer schien die Schilderung der schönen Haremsdame eine ähnliche Wirkung ausgeübt zu haben, überall sah er rote Köpfe, glänzende Augen, erwartungsvoll geöffnete Münder. Einer der Burschen vor ihm flüsterte seinem Nachbarn etwas zu, das er nicht verstand, aber er sah die obszöne Geste, die er machte, und hörte sein dreckiges Lachen. Er verspürte einen Stich von Eifersucht.

»Doch Hüseyin wusste um die Gefahren, die ihnen drohten, sollte man ihn und Mihrimâh erwischen. Ihn, den einfachen Fischer, und sie, die schöne Haremsdame, die allein dem Sultan versprochen war. Er hatte die Warnung des Kücheneunuchen noch im Ohr: ›Denk an die Geschichte von Osman und Seniye!‹ Natürlich wollte er nicht geköpft werden. Und erst recht sollte niemand Mihrimâh auch nur ein Haar krümmen. ›Wo können wir uns treffen?‹, flüsterte er und streckte die Arme aus, um Mihrimâh an sich zu ziehen. Doch die schöne Haremsdame entwand sich seiner Umarmung. ›Nicht hier!‹, flüsterte sie beschwörend.«

Johanna sah auf. Gabriel hatte das Gefühl, von ihrem durchdringenden Blick über dem Schleier bis ins Mark getroffen zu werden. Plötzlich verstand er: Johanna sprach nur zu ihm. Für ihn allein war ihre Erzählung bestimmt, sie war eine Botschaft, ein Versprechen!

Geräuschlos erhob er sich und begann von dem Leiterwagen hinunterzuklettern. Er spürte noch immer Johannas Blick auf sich ruhen, der ihn verfolgte, während er sich durch die Umstehenden schlängelte, dem weiteren Fortgang der Geschichte vom

Fischer und seiner Geliebten lauschte und auf neue verschlüsselte Anweisungen von ihr wartete. Niemand achtete auf ihn, alle Anwesenden in dem kleinen Hof starrten nach vorne auf das kleine Podium und warteten darauf, dass die Darbietung sich ihrem Höhepunkt näherte.

»›Wo dann?‹, fragte der junge Fischer, der nicht wusste, wie er seine Ungeduld im Zaum halten sollte. ›Erst müssen die anderen dein köstliches Gericht zu essen bekommen – du weißt doch, sie haben Hunger!‹ Mihrimâh lachte leise. ›Außerdem sind sie dann abgelenkt, verstehst du? Sie werden nicht nach uns suchen, sondern sich an den Köstlichkeiten laben, essen und trinken, so viel sie es vermögen. Ich habe ihnen einen wunderbaren weißen Wein zu deinem Fisch ausgesucht. Und danach werden sie schläfrig werden und dösen wollen und sich vielleicht ins Reich der Träume begeben. Wo sie ihrem Prinzen begegnen werden, so wie ich jetzt dir …‹«

Gabriel, der sich inzwischen bis zum Hoftor vorgekämpft hatte, sah, wie Johannas Mägde und ein junges Mädchen, in dem er ihre ältere Tochter wiederzuerkennen glaubte, in der Tür zur *Coffeemühle* auftauchten. Auf dem Tablett in Margarethes Händen türmten sich verschiedenartige Gebäckstücke, während die beiden Mägde Becher und große Steinkrüge herbeischleppten. Auch Johannas Gäste würden gleich zu essen und zu trinken bekommen, begriff er.

»›Wo werden wir uns sehen? Sag es mir, schöne Mihrimâh, wo?‹, flehte der junge Fischer die Haremsdame an. Doch sie lächelte nur geheimnisvoll und schüttelte den Kopf. ›Weißt du das nicht, mein über alles Geliebter?‹, entgegnete sie in gespieltem Vorwurf. ›Weißt du das wirklich nicht? Du musst den Ort selbst herausfinden – wenn ich es dir sage, ist der Zauber zerstört!‹ Welcher Zauber?, fragte sich Hüseyin erschrocken. War Mihrimâh etwa eine Magierin, in deren Bann er geraten war? Doch sie schüttelte wieder den Kopf, als sie seine Verwirrung bemerkte, und nahm die Rose ab, die in ihrem Ausschnitt steckte. Sie hauchte einen Kuss auf die vollendete rosafarbene Blüte und reichte sie ihm. ›Da, nimm, sie wird dir den Weg zeigen!‹, hauchte sie und verschwand.«

Johanna stand von ihrem Thron auf und trat einen Schritt vor. Erst als sie eine leichte Verbeugung andeutete, begriffen ihre Zuhörer, dass die Vorführung für diesen Abend beendet war. Tosender Applaus entbrannte, in den sich einzelne »Zugabe!«-Rufe mischten. Dann erhoben sich auch die Leute von ihren Sitzen, begannen sich im Hof zu verströmen, die Gebäckstücke und Getränke entgegenzunehmen, die ihnen gereicht wurden, und sich über das eben Gehörte oder andere Themen miteinander auszutauschen.

Gabriel, der sich vor dem plötzlichen Gedränge im Hof auf die Gasse geflüchtet hatte, blieb unschlüssig stehen. Er hatte nicht sehen können, wohin Johanna gegangen war, nachdem sie das Podium verlassen hatte. Nur ihre Worte – Mihrimâhs Worte – hallten in seinem Kopf wider. Wie eine Beschwörung meinte er den rätselhaften Satz zu vernehmen: »Du musst den Ort selbst herausfinden ...« Was hatte sie damit bloß gemeint? Hatte sie überhaupt etwas damit gemeint, das auf ihn bezogen war? Auf seine Liebe zu ihr und ihre Liebe zu ihm? Oder war sie einfach nur eine hervorragende Geschichtenerzählerin, eine Magierin des gesprochenen Wortes, in deren Bann er geraten war wie der naive junge Fischer in den der Haremsdame?

Eine Hand legte sich von hinten auf seine Schulter. Gabriel fuhr herum.

»Was machen Sie denn hier?«

Die Frau in dem bunten Kleid, die ihr blondes Haar ähnlich nachlässig wie Johanna unter einem Seidentuch verborgen hatte, strahlte ihn an. Unter den Arm hatte sie einen der großen Steinkrüge geklemmt, aus denen die Mägde den Gästen zu trinken eingeschenkt hatten.

»Sie sind doch Johannas Geiger, oder?« Sie hatte die Stimme zu einem vertraulichen Flüstern herabgesenkt. »Der Italiener aus Venedig? Wir haben uns vor ein paar Monaten bei Ludwig ... ich meine natürlich, bei Herrn Haldersleben im Laden kennengelernt – wissen Sie noch? Ich bin Elisabeth, Johannas Freundin.«

Gabriel nickte und reichte ihr zerstreut die Hand.

»Hier können Sie aber auf keinen Fall bleiben! Johanna kommt in Teufels Küche, wenn Sie jemand entdeckt. Und Sie auch!« Nervös blickte sie sich um. »Ich weiß gar nicht, wo Johanna hingegangen ist. Ach, wissen Sie was? Sie kommen jetzt am besten mit mir mit. Ich zeige Ihnen ein Zimmer, wo wir Sie verstecken werden, bis Johanna sich um Sie kümmern kann. Sie wollten doch zu ihr, oder?« Ohne seine Antwort abzuwarten, plapperte sie weiter: »Wir sind eigentlich restlos ausgebucht. Die Messegäste sind noch nicht wieder abgereist. Aber ich habe eine Idee, wo wir noch ein Plätzchen für Sie finden. Kommen Sie, ich zeige Ihnen das Zimmer!«

Mit ihren tänzelnden Schritten eilte sie vor ihm her auf den Eingang der *Coffeemühle* zu.

»Wir gehen hier entlang, da ist es nicht so voll!«, rief sie ihm zu und schleuste ihn durch die Gaststube, in der nun wieder etwas mehr Leben herrschte, in Richtung Treppenturm.

Gabriel schaute sich um. Wo war Johanna? Hatte sie sich vielleicht hierhin zurückgezogen, um dem Ansturm ihrer Gäste im Hof zu entfliehen? Doch er sah nur Schosch, ihren tumben Gehilfen, der sich an der Rösttrommel zu schaffen machte und dabei leise vor sich hin fluchte.

»Haben Sie gar kein Gepäck dabei?«, hörte Elisabeth nicht auf zu schwatzen, während sie den Treppenturm betraten. »Na ja, Sie können es ja auch später noch holen … Leider ist das Zimmer, das wir Ihnen anbieten können, direkt unter dem Dach. Und nicht eben groß. Wie gesagt, es ist unser letztes. Eigentlich vermieten wir es auch gar nicht mehr, aber seit ich bei …«

Sie biss sich auf die Lippen, als hätte sie etwas Falsches gesagt, und setzte ihren Aufstieg nunmehr schweigend fort. Lediglich eine schmale Leiter führte noch weiter nach oben, konnte Gabriel sehen, als Elisabeth auf dem letzten Treppenabsatz stehen blieb und eine der beiden davon abgehenden Türen öffnete.

Der Raum war wirklich nicht mehr als eine winzige, karg möblierte Mansardenkammer mit einer Art Pritsche und einer Waschschüssel in einem Ständer. Aber das war ihm egal. Er würde ein Dach über dem Kopf haben, er müsste nicht auf der Straße schlafen. Und er wäre bei Johanna! Wenn er auch noch immer nicht wusste, wo genau sie sich gerade befand. Doch er würde sie finden – so wie der junge Fischer seine Haremsdame ebenfalls finden würde.

»Danke!«, drehte er sich zu der wartenden Elisabeth um. »Ich versuche, Johanna zu finden. Aber ich muss jetzt schnell wieder nach unten, Sie haben ja gesehen, was für ein Betrieb in der *Coffeemühle* herrscht.«

Sie kicherte stolz, als wäre sie persönlich dafür verantwortlich, dass ein solcher Hochbetrieb herrschte, und eilte mit fliegenden Röcken die Stufen wieder hinunter.

Gabriel stellte den wackeligen Hocker unter die Dachluke und beugte sich weit aus dem schrägen Fenster hinaus. Der Himmel war nun ganz dunkel. Die grauen Schleierwolken hatten sich verzogen und die Sicht auf den Mond und die Sterne freigegeben. Unten im Hof leuchteten ein paar bunte Lampions. Gedämpfte Stimmen und Gelächter drangen zu ihm nach oben. Wo war Johanna? Wie sollte er sie nur finden? Ob sie die *Coffeemühle* vielleicht verlassen hatte? An den Main gegangen war, unter die Brücke, an den Ort, an dem jener geheimnisvolle Zauber, den man wohl »Liebe« nennen musste, zum ersten Mal zwischen ihnen zu spüren gewesen war? Aber nein, Johanna würde doch nicht alleine in der Dunkelheit an den Fluss gehen!, berichtigte er sich dann. Außerdem waren die Stadttore schon längst verschlossen. Sie musste irgendwo im Haus sein, aber wo? Ob Elisabeth sie zu ihm schicken würde? Vielleicht musste er nur warten. Doch gerade das fiel ihm besonders schwer.

Ein leichter Windhauch trug einen kaum wahrnehmbaren Duft durch das Mansardenfenster. Süß und mild. Wie Parfüm. Oder Blütenduft. Hatte Johanna nicht etwas von einer Rose gesagt? Er öffnete die Tür seines Zimmers, um herauszufinden, woher der Rosenduft kam. Tief die milde Abendluft einsaugend, lief er den Flur zum Treppenturm entlang. Der Wind streichelte sein Gesicht, als er hinaus ins Freie trat. Ein Dachgarten, Johanna hatte einen Dachgarten! Überall standen Töpfe und Kübel mit Pflanzen herum. Exotische Pflanzen, die er nie zuvor gesehen hatte, und kleine Bäumchen mit winzigen Früchten. Und Rosen, jede Menge Rosen! Ein paar helle Blütenblätter lagen auf dem Boden, doch die meisten Rosensträucher standen noch in voller Pracht. Daher der betörende Duft, der ihn hierhergelockt hatte.

Wieder sog Gabriel den Duft ein. Und da sah er sie.

Johanna hatte Schleier, Tuch und Mantel abgelegt und stand in ihrem hellen Kleid aus fließender Seide direkt vor ihm. Wie eine Statue aus weißem Marmor, die aus dem Nichts aufgetaucht war, dachte er. Nur ihr Haar schimmerte kupfern in dem fahlen Mondlicht.

Wortlos trat sie auf ihn zu. Sie lächelte leicht, als sie nach seinen Händen griff. Ihre Haut war warm unter seinen Fingern.

»Johanna«, flüsterte er. »Mihrimâh ...«

Ihr Lächeln vertiefte sich. Dann legte sie ihre Lippen auf seinen Mund und küsste ihn.

Gabriel hatte das Gefühl, von einer reißenden Woge erfasst zu werden. Er war Hüseyin, der in seinem Fischerboot aufs wilde Meer hinausfuhr, sich dem tosenden Element hingab, in dem Wissen, nie mehr aus den Tiefen dieses Ozeans hervorzutauchen. Seine Hände fuhren über den kühlen, glatten Stoff, der ihren Körper umhüllte. Er spürte die Festigkeit ihrer Arme, ihrer Schultern, ihres Rückens, ihrer Brust. Und schließlich die Wärme ihrer Haut, als er seine Finger unter den Saum ihres Kleides gleiten ließ. Er merkte, wie sie den Atem anhielt, als er über die Innenseiten ihrer Schenkel strich.

Immer leidenschaftlicher wurde ihr Kuss, bis sie schließlich innehielt und noch immer außer Atem zu ihm sagte:

»Komm, ich führe dich zu meinem Lager, Liebster!«

Sie nahm ihn bei der Hand und zog ihn hinter den Schornstein, der hoch neben den Dachschindeln aufragte. Eine Hängematte, über die eine bunte Decke gebreitet war, hing zwischen zwei Balken.

Sie drehte sich zu ihm um.

»Hierhin komme ich, wenn ich allein sein und alles andere vergessen will.«

Sie hob die Arme und begann ihm die Jacke von den Schultern zu streifen. Er half ihr, sein Rüschenhemd und seine Hose auszuziehen. Immer hastiger wurden ihre Bewegungen, bis er schließlich nackt vor ihr stand.

Stumm betrachtete sie ihn. Nur das Rascheln des Windes in den Blättern der Rosensträucher war zu vernehmen. Ihn schauderte leicht, doch er hätte nicht sagen können, ob es an der aufkommenden Kühle oder an seinem inneren Fieber lag.

Schließlich lächelte Johanna wieder und bedeutete ihm, sich in die Hängematte zu legen.

Mit einer einzigen fließenden Bewegung stieg sie aus ihrem Kleid, das in einem hellen, glänzenden Häufchen zu ihren Füßen liegen blieb. Nur ihre roten Locken bedeckten jetzt noch ihre Blöße, als sie langsam das Bein hob und sich rittlings auf ihn setzte.

Wieder war er Hüseyin in seinem schwankenden Boot. Über ihm schaukelten die weißen Brüste der Meeresgöttin Mihrimâh im Auf und Ab der Wellen. Immer höher türmten sich nun die Wogen, bis sie plötzlich den Kopf nach hinten warf, mit weit geöffneten Augen in den sternklaren Himmel blickte und ein kehliges, glückliches Lachen ausstieß.

In dem Moment spürte auch er, wie die Fluten endgültig über ihm zusammenschlugen. Und wäre er Hüseyin gewesen, der Fischer auf hoher See, so hätte er sich wohl kaum einen schöneren Tod vorzustellen vermocht.

# 38. KAPITEL

*Platsch!*

Ein weiterer Tropfen fiel in den Eimer, den sie unter die undichte Stelle im Dach gestellt hatten. Johanna stand auf der obersten Stufe einer langen Leiter und tastete die Schindeln ab, um das Leck zu finden. In der linken Hand hielt sie eine Laterne, weil von außen kein Licht in das Geschoss mit dem spitzen Giebel eintrat. Den ganzen Monat schon regnete es, und jetzt war auch noch ihr Dach undicht! Insgesamt vier Eimer hatten sie auf dem dunklen Speicher verteilt, um alles aufzufangen. Der Oktober war so feucht gewesen, dass der Hof eine einzige Pfütze war. Die Schlösser an den Türen setzten Rost an, und die Luft roch nach Schimmel und nasser Wolle. Wenn das so weiterging, würden sie bald auf Planken durch die Stadt laufen müssen wie die Venezianer! Sie hatte gehört, dass der Main über die Ufer getreten war und das Wasser schon beim Fahrtor stand. Morgen würde sie mit dem Dachdecker reden müssen, denn noch vor dem Winter wollte sie ein dichtes Dach haben. Den Main konnte man nicht aufhalten, aber zumindest von oben sollte das Wasser nicht in ihr Heim dringen.

»Halt die Leiter fest!«, sagte sie zu Anne, bevor sie sich an den Abstieg machte.

»Da ist irgendwas los!«, rief diese aufgeregt.

Sie wackelte mit der Leiter, als sie sich reckte, um besser auf den Lärm hören zu können, der nur von unten aus der Gaststube kommen konnte. Es schien sich jedoch nicht um eine Streiterei zu handeln, wie Johanna sogleich befürchtet hatte. Die Stimmen, die den auf die Dachschindeln prasselnden Regen übertönten, klangen ausgelassen. Wie Willkommensrufe, mit denen man begeistert einen lang Verschollenen begrüßt.

»Dann wollen wir einmal sehen, was da unten los ist!«

Johanna hatte den dunklen Bretterboden erreicht.

»Hier scheint noch eine undichte Stelle zu sein.« Anne hatte sich niedergebeugt und strich mit der Hand prüfend über den Boden. »Ja, hier ist es auch nass.«

»Dann bring noch einen Eimer hoch, damit es euch heute Nacht nicht auf den Kopf regnet«, rief Johanna, die schon halb die Leiter in den obersten Stock hinuntergeklettert war, wo sich die Kammern der Dienstboten befanden. »Bei diesen Wassermassen, die ständig vom Himmel herunterstürzen, muss man aufpassen, dass man nicht in den Fluten versinkt.«

Aus dem Treppenturm waren hastige Schritte zu hören, die nach oben eilten.

»Mutter, wo bist du denn?«

Das war Lilis Stimme.

»Was ist denn da unten los, Lili?«

»Justus ist wieder da!«

Atemlos blieb Lili vor Johanna stehen. Ihre Wangen waren ganz rot vom schnellen Laufen. Und von der Aufregung, wie Johanna mutmaßte. Sie hatte ihre Jüngste im Verdacht, dass auch sie ein wenig für den Neffen des Schultheißen schwärmte.

»Justus? Dann ist er also wieder frei?«

»Ja, er ist geradewegs von der Konstablerwache hergekommen.«

Ohne weiter auf Lili zu achten, stürmte Johanna die Wendeltreppe des Turms hinunter. Noch bevor sie die Gaststube erreicht hatte, konnte sie schon Justus' sonoren Bass aus dem Stimmengewirr in der Gaststube heraushören.

»Ich schwing' mich also auf das Geländer. Und ihr könnt euch ja denken, dass ich schon ganz schön einen in der Krone hatte … Da wirft der die Axt nach unserer Wirtin! Ich hab mir fast in die Hose gemacht vor Schreck. Aber sie duckt sich einfach, und die Axt fliegt so ein Stück über ihren Kopf hinweg.«

Justus von Zimmer stand, von sämtlichen Gästen umringt, in der Mitte der Stube und hielt die Hand hoch, um mit Daumen und Zeigefinger einen Abstand anzudeuten, der nicht einmal einen Zoll maß. Er war klitschnass. Das Wasser tropfte an ihm herunter und hatte bereits eine kleine Pfütze zu seinen Füßen gebildet. Ein zotteliger Bart bedeckte die hohlen Wangen unter den geröteten Augen. Seine einstmals vornehme Kleidung schlotterte wie ein schmutziger Lumpen um seinen Körper. Selbst aus der Entfernung konnte Johanna sehen, dass seine Hand von einer schorfigen Krätze übersät war. Aber wie immer schien Justus bestens aufgelegt.

»Und dann fällt dieser Hurensohn ins Wasser!« Justus brach in schallendes Gelächter aus, das in ein röchelndes Husten überging. Er wischte sich eine Lachträne aus dem Augenwinkel und sagte immer wieder von heftigem Gelächter geschüttelt: »Ich musste gar nichts machen, versteht ihr? Der ist einfach so von alleine reingefallen!«

Drei von Justus Kumpanen, darunter der Bankierssohn mit der fehlenden oberen Zahnreihe, der, wie Johanna inzwischen wusste, Hubertus Steinfeld hieß und eigentlich bei seinen Studien in Straßburg weilen sollte, Ortfried von der Lohe und Gregor Denzel legten ihre Hände zu einer Art Sitzfläche zusammen, auf die sie Justus hinunterdrückten.

»Hipp hipp hurra!«, brüllten sie aus vollem Hals und warfen den Helden des Tages in die Luft.

Margarethe goss jedem einen Becher heißen Apfelwein ein und rief mit ihrer strengen Stimme:

»Das geht aufs Haus! Lasst uns alle anstoßen auf den glücklichen Ausgang dieser Geschichte und auf den Tod von Gottfried Hoffmann! Lili ist losgelaufen, um Mutter zu holen. Sie wird sicher gleich zu uns stoßen.« Ihr Blick fiel zur Tür. »Da bist du ja schon«, fügte sie etwas leiser hinzu.

Sie stellte den dampfenden Krug und die Becher auf dem langen Tisch ab und rannte auf die überraschte Johanna zu. Sie schlang ihre Arme um sie und rief:

»Gottfried Hoffmanns Leiche ist in Höchst angeschwemmt worden! Ist das nicht großartig? Sie muss irgendwo festgehangen haben, und das Hochwasser hat sie weitergeschwemmt. Und weil keine Stichverletzungen an der Leiche zu erkennen waren, hat man Justus' Unschuld als erwiesen angesehen. Was für ein Glück, dass sie nicht in den Rhein gespült worden ist und dann ins Meer! Dann hätte Justus ewig im Kerker festsitzen müssen.«

»Ist das denn sicher?«, fragte Johanna. »Ich meine, ist es sicher, dass es sich um Gottfried handelt? Sehen diese Leichen nicht alle gleich aus? Er liegt ja schon seit einiger Zeit im Wasser.«

Unendliche Erleichterung machte sich in ihr breit. Natürlich gehörte es sich nicht, sich über den Tod eines Mitmenschen zu freuen. Doch sie freute sich trotzdem. Gottfried Hoffmann war ein fanatischer, unberechenbarer Irrer gewesen, und sie würde ganz bestimmt nicht um ihn trauern.

»Elisabeth ist gerade losgegangen, um ihn zu identifizieren.«

Auch Margarethe strahlte.

*»Hoch soll er leben, hoch soll er leben …«*, sangen die Gäste, die Justus noch immer wie einen Helden umringten.

Der sprang nun von seinem Sitz herunter und kam mit ausgebreiteten Armen auf Johanna zu.

»Liebe Johanna! Die ganze Zeit im Kerker habe ich mir gedacht, so ein Mist, jetzt sitzt du hier für was, das du noch nicht mal getan hast. Hättest du es doch wenigstens getan! Hättest du diesen Halunken doch einfach über die Klinge springen lassen!« Er grinste. »Aber nun ist ja alles gut. Ich finde, das hat sich gelohnt.« Hustend drehte er sich um und deutete auf ein großes Bündel, das auf dem Tisch lag. »Man hat mir gestattet, die Bücher im Knast dazuhaben. Und Ludwig hat mich mit Kerzen versorgt. Auch das haben sie merkwürdigerweise erlaubt.«

Der Bankierssohn fiel Justus ins Wort.

»Dein Onkel ist Schultheiß! Dass sie dich überhaupt so lange eingelocht haben, ist ein Wunder!«

Justus' Miene verfinsterte sich für einen Augenblick.

»Die müssen mich sehr satt gehabt haben, dass sie mich so lange im Gefängnis schmoren ließen, meine alten Herrschaften. Scheint, als hätten sie mir eine Lektion erteilen wollen.«

Dann lächelte er wieder.

»Aber ich habe die Zeit genutzt! Ich bin gut vorangekommen.

Den ersten Band habe ich fertig übersetzt und einmal komplett überarbeitet. Meine Schwester hat dafür gesorgt, dass mir Papier und Tinte nicht ausgehen. Ich musste allerdings meistens mit einer stumpfen Feder schreiben, weil man nicht zugelassen hat, dass ich sie mit einem Messer spitze.« Er brach in lautes Gewieher aus. »Die haben gedacht, ich könnte mir was antun! Haha! Ich!«

Er zog die Nase kraus und schnüffelte ein paarmal. Sein Gesicht verzog sich leicht angewidert.

»Vielleicht kann ich bei euch ein Bad nehmen? Ich habe mich seit dem Tag, als sie mich eingelocht haben, nicht mehr waschen können.«

»Ich habe das Wasser schon aufgesetzt«, rief Margarethe vom Herd aus.

»Ich zeige dir, wo unsere Badewanne steht«, sagte Johanna.

Sie nahm zwei Eimer vom Haken über dem Herd, mit denen sie kaltes Wasser aus der Regentonne schöpfen würde; das würden sie dann mit dem heißen Wasser mischen. Die Zinkwanne, in der sie badeten, stand im Schuppen.

»Ich hole dir ein paar frische Sachen von oben. Du wirst wohl auch tagsüber erst mal als Türke herumlaufen müssen.«

»Da habe ich nichts dagegen, solange niemand von mir verlangt, zu meiner Familie zurückzugehen. Die habe ich so was von gefressen! Mich derart hängen zu lassen! Denn das glaubt doch kein Mensch, dass die mich so lange hätten sitzen lassen wegen einer Lappalie, wenn meine Familie dagegen gewesen wäre.«

Als Johanna mit den Eimern in der Hand die Tür zum Hof öffnen wollte, ertönte vorne am Eingang die neue Türglocke, und Elisabeth stürmte wie ein Wirbelwind in die Gaststube. Sie fiel dem erstbesten Gast um den Hals und verpasste ihm zwei dicke Schmatzer auf die Wangen.

»Juchhu!«, schrie sie laut heraus, riss die Arme hoch und sprang in die Luft.

Alle Köpfe drehten sich zu ihr um.

»Ich bin Witwe!«, rief sie strahlend quer durch den ganzen Raum. »Ich bin endlich frei!«

Sie rannte auf Johanna zu, umarmte sie und hüpfte aufgeregt auf der Stelle. Dann kam Justus, packte sie an der Schulter, und gemeinsam führten sie einen Freudentanz auf, während die Gäste im Takt dazu klatschten.

»Du scheinst dich gar nicht richtig zu freuen, Mutter«, raunte Margarethe Johanna zu, die neben ihr am Herd stand und darauf wartete, dass das Wasser zu kochen begann. »Jetzt ist doch alles gut – wir haben gewonnen: Gottfried ist tot, Elisabeth kann endlich Ludwig heiraten, und Justus ist auch wieder da!«

Sie warf dem sich immer wilder mit Elisabeth im Kreis drehenden Justus einen verklärten Blick zu.

»Ja, alles ist gut«, antwortete Johanna leise.

Und das wäre es vielleicht auch gewesen, wenn sie nicht schon seit Tagen dieses merkwürdige Kribbeln in den Brüsten verspüren würde. Eine Art Rauschen, das man aber nicht hören konnte. Ihre Periode war mehr als zwei Wochen überfällig. »Das kann nicht sein!«, hatte sie sich immer wieder gesagt. »Ich habe acht Jahre lang kein Kind bekommen.« So lange war sie mit Adam verheiratet gewesen. Ja, es war vollkommen ausgeschlossen, dass sie schwanger war. Sie war unfruchtbar, es hatte lange genug gedauert, bis sie sich damit abgefunden hatte. Also würde sie auch jetzt kein Kind bekommen. Verspürte sie nicht schon seit einer geraumen Weile diesen unangenehmen Schmerz im Unterleib, mit dem sich die Blutungen immer ankündigten? Sobald sie Justus mit seiner Badewanne allein gelassen hatte, würde sie in ihr Zimmer gehen und wieder einmal nachsehen, ob schon Blut da war.

Denn abgesehen davon, dass es ganz unwahrscheinlich war, dass sie sich in anderen Umständen befand – es durfte einfach nicht sein! Seit jener wunderbaren Septembernacht hatte sie noch zweimal mit Gabriel geschlafen. Statt zurück zu seinen Eltern in die Judengasse zu gehen, war er in das kleine Haus von seinen Musikerfreunden Hans und Hetti nach Rumpenheim gezogen. Kein wirklich idealer Unterschlupf, denn in so einem kleinen Ort kannte jeder jeden, hatte Johanna zu bedenken gegeben. »Ach, weißt du, bei Hans und Hetti gehen die ganze Zeit die merkwürdigsten Gestalten ein und aus. Die Bauern im Ort sind daran gewöhnt«, hatte Gabriel sie beruhigt. »Hetti ist ja die Tochter des Pfarrers, das hättest du nicht gedacht, oder? Deshalb haben die Leute dort Respekt vor ihr.«

Es war ein langer Weg von Rumpenheim nach Frankfurt. Sie mussten sehr vorsichtig sein, wenn sie sich sahen. Jedes Mal, wenn Johanna dem Bürgerkapitän des Quartiers auf der Straße begegnete, hatte sie ein ungutes Gefühl. Ständig hatte sie den Eindruck, bespitzelt zu werden, machte sich Sorgen, man könnte sie entdecken. Wenn jemand herausposaunte, dass sie eine Affäre mit einem Juden hatte, dann wäre die Hölle los.

Und nun war sie aller Wahrscheinlichkeit nach schwanger. Was sollte sie tun? Sich die Treppe hinunterstürzen? Stundenlang heiße Bäder nehmen? Mit einer Stricknadel in sich herumstochern? Sich mit voller Wucht gegen eine scharfe Tischkante werfen? Zu irgendeinem Kräuterweiblein gehen? All die Jahre über hatte sie sich so nach einem Kind gesehnt. Nun bekam sie vielleicht eins. Noch hatte sie niemandem davon erzählt, nicht einmal Gabriel.

Den ganzen letzten Monat hatte ihre Stimmung zwischen himmelhochjauchzend und zu Tode betrübt geschwankt. Mal hätte sie ihr Glück am liebsten aus voller Kehle herausgeschrien, dann wieder musste sie sich zusammenreißen, um nicht vor aller Augen in Tränen auszubrechen wegen der Hoffnungslosigkeit ihrer Situation. Immer wieder sagte sie sich, dass es keine gemeinsame Zukunft für sie beide geben würde, dann wieder fühlte sie sich, als schwebte sie über den Wolken. Unablässig kreisten ihre Gedanken um ihn, Gabriel, ihren über alles Geliebten.

Johanna seufzte, als sie sah, wie Justus im Vorbeitanzen Margarethe eine Kusshand zuwarf. Das Mädchen strahlte über beide Wangen. Auch diese Liebe würde nicht gut ausgehen, dachte sie resigniert. Dafür war der Standesunterschied viel zu groß. Nie würde seine Familie in eine solche Ehe einwilligen.

Warum musste die Liebe nur so kompliziert sein? Am Morgen ihrer Nacht mit Gabriel über den Dächern der Stadt hatte sie alle ihre Leute unter irgendeinem Vorwand aus dem Haus geschickt oder so beschäftigt, dass der Treppenturm frei war, damit sich der Geiger unbemerkt aus dem Haus schleichen konnte. Auf Zehenspitzen war sie dann vor Gabriel die Stufen hinuntergeschlichen, um zu prüfen, ob die Luft auch wirklich rein war. Wie eine Neunjährige, die vor ihren Eltern etwas verbergen wollte, war sie sich vorgekommen. Dabei war es ihr Haus! In ihrem eigenen Haus schlich sie wie eine Einbrecherin auf Zehenspitzen herum! Sie hatte auf jedes Geräusch gehört und war immer wieder zusammengezuckt. Und fast wäre Gabriel Schosch in die Arme gelaufen, der sein Samtbarett in der Schlafkammer vergessen hatte und noch einmal nach oben gerannt war. Zwar meinte sie, Schosch und den Mägden vertrauen zu können, aber sie wollte einfach kein Risiko eingehen. Immer wieder hatte sie an den Criminalreferier mit dem Inquisitorenblick gedacht. Diese Heimlichtuerei in ihren eigenen vier Wänden, das ständige Versteckspielen vor den Kindern und den Dienstboten, vor ihren Freunden, ja selbst vor Elisabeth – das hatte alles keine Zukunft! Das hatte sie immer geahnt und sich deshalb mit allen Kräften gegen diese Liebe gewehrt. Dann war sie schwach geworden, und nun saß sie in der Patsche.

Am folgenden Morgen dämmerte es bereits, als Johanna erwachte. Sofort stieg ihr der durchdringende Duft von frisch gekochtem Kaffee in die Nase. Wer war denn da schon wieder vor ihr aufgestanden? Sie hörte, wie die Läden aufgeklappt wurden. Jemand klapperte mit den Töpfen, Stühle wurden gerückt, und eine Männerstimme begann zu singen.

Schnell schlüpfte sie in ihre Kleider. Ihre Blutungen waren noch immer nicht gekommen, doch sie nahm sich vor, nicht mehr ständig nachzugucken. Das machte sie nur verrückt. Am Vortag war sie mindestens zehnmal aus der Gaststube weggerannt, um in ihrem Zimmer nachzuschauen, ob die Blutungen endlich eingesetzt hatten. Bis Margarethe sie irgendwann entnervt gefragt hatte, was denn eigentlich mit ihr los sei, sie würde sich ja benehmen wie jemand, dem man etwas in den Kaffee geschüttet hätte.

Als sie nach unten kam, stand Justus singend am Herd und röstete in einer riesigen Pfanne Maronen. Er hatte sich Elisabeths Schürze umgebunden und wedelte albern mit dem Zipfel herum. Er machte kleine Tanzschritte, und ab und zu rüttelte er rasselnd die Maronen im Takt. Margarethe saß lachend auf einem Hocker neben dem wärmenden Herdfeuer, eine Kaffeemühle zwischen die Knie geklemmt. Das Feuerholz war frisch geschlagen und hatte nicht lange genug gelegen, sodass die Stube ungewohnt verqualmt war. Um den Qualm etwas erträglicher zu machen, hatte wohl Margarethe die Sandelhölzer auf den Ofen gelegt, die Henriette Schley ihnen aufgedrängt hatte, um ihre enge Beziehung zu dem angesagtesten Kaffeehaus von Frankfurt unter Beweis zu stellen.

»Guten Morgen!«, riefen Justus und Margarethe ihr fröhlich entgegen.

»Guten Morgen«, erwiderte Johanna lahm und blickte Justus fragend an.

»Justus hat im blauen Gästezimmer übernachtet«, beeilte sich Margarethe zu erklären. »Er kann ja nicht mehr nach Hause.«

Sie trat zum Herd, schenkte aus der schon bereitstehenden Kaffeekanne einen Becher für Johanna ein und überreichte ihn ihr. Dann goss sie auch für sich und Justus noch einmal nach.

»Setz dich doch mal für einen Moment hin, Mutter!«

»Warum soll ich mich hinsetzen?«

»Justus und ich müssen mit dir reden.«

Johanna ließ sich auf der langen Bank nieder und wartete schweigend, bis Justus das Feuer unter den Maroni abgestellt und die Pfanne mit einem großen Warmhaltedeckel versehen hatte. Missbilligend musterte sie die winzigen Bröckchen, die auf der Oberfläche ihres Kaffees schwammen. Anscheinend hatte jemand die Bohnen gemahlen, der noch nicht sonderlich versiert in dieser Kunst war. Die kleinen Rückstände waren zu leicht, um auf den Grund des Bechers zu sinken, und sie vermutete auch, dass der Kaffee nicht dreimal aufgekocht worden war, wie es in der *Coffeemühle* üblich war.

Als sie Margarethe verwundert ansah, legte sich diese den Finger auf den Mund und deutete auf Justus.

»Der schmeckt aber sehr gut!«, sagte Johanna brav.

»Mein erster Kaffee!« Justus platzte fast vor Stolz.

Er ließ sich ihr gegenüber auf der Bank nieder, rückte seinen Fez zurecht und setzte eine feierliche Miene auf, während er mit einem Holzlöffel Honig in seinen Kaffee tat.

»Wir haben uns doch alle recht gut kennengelernt in letzter Zeit«, begann er umständlich. »Und um gleich mit der Tür ins Haus zu fallen, liebe Johanna: Margarethe und ich haben uns sogar sehr gut kennengelernt! Wir wollen heiraten. Und bevor du fragst, was meine Familie dazu sagt: Sie wissen nichts davon, und wenn es nach mir geht, müssen sie auch gar nichts wissen. Sie haben mich auf eine Weise hängen lassen, die ich nicht so einfach vergessen kann. Garantiert sehen sie das ganz anders, behaupten, sie hätten es nur gut mit mir gemeint, hätten mir dabei helfen wollen, endlich vernünftig zu werden und so weiter. Aber auf so was kann ich gut verzichten!«

Er hatte sich in Rage geredet und heftig mit dem Löffel in der Luft herumgefuchtelt. Ein langer Honigfaden hing auf den Tisch herab, wo er eine klebrige Spur hinterließ.

Margarethe lächelte still in sich hinein. Johanna beobachtete sie einen Moment. Wie anders dieses Mädchen doch war als sie selbst!, wunderte sie sich einmal mehr. Wirklich ein Jammer, dass Adam ihre Entwicklung nicht mehr mitbekommen hatte! Er wäre so stolz auf seine Älteste gewesen.

»Was sagst du dazu, Margarethe?«, fragte sie schließlich. »Du bist erst fünfzehn. Das ist sehr jung. Ich war immerhin siebzehn, als ich deinen Vater geheiratet habe.«

»Manchmal weiß man eben gleich, was man will«, erwiderte das junge Mädchen, ohne mit der Wimper zu zucken.

Johanna war sich nicht sicher, ob Justus wirklich in ihre Tochter oder vor allem in die *Coffeemühle* verliebt war. Aber konnte man bei einem so unsteten Menschen wie ihm überhaupt davon ausgehen, dass er etwas ernst nahm? Man konnte allerdings sagen, was man wollte: Wenn sich jemand in letzter Zeit um die *Coffeemühle* verdient gemacht hatte, dann war das Justus. Er war nicht erst im Gefängnis gereift, sondern vorher schon, als er begonnen hatte, sich als Übersetzer und Vorleser zu engagieren, statt einfach in den Tag hineinzuleben. Und auch wenn er Gottfried Hoffmann nicht umgebracht hatte, so hatte er doch durch seine wilde Verfolgungsjagd bewirkt, dass dieser in den Main gestürzt und damit für alle Zeiten unschädlich gemacht worden war. Und irgendwie passten sie auch zusammen, die resolute, vernünftige Margarethe und der leichtlebige Patriziersohn. Dem Renommee ihres Hauses würde es auf jeden Fall nicht schaden, wenn sie mit einer so bedeutenden Frankfurter Familie wie den von Zimmers verschwägert war. Obwohl sie auch so nicht um das Ansehen der *Coffeemühle* bangen musste: Bei der Herbstmesse hatte sie ständig Leute abweisen müssen, so groß war der Andrang gewesen. Auch die Messebesucher hatten ihre Geschichten hören und dazu ihren türkischen Mokka trinken wollen.

»Wir werden mit Philipp Ingen reden müssen.«

Sie drehte sich um, um herauszufinden, an welcher Stelle der Türladen hinter ihr undicht war. Irgendwo musste ein Schlitz sein, durch den dieser unangenehme eisige Wind hineinpfiff. Auch darum musste sie sich noch vor dem Winter kümmern, genauso wie um den Dachdecker.

»Das mache ich«, antwortete Justus.

»Er wird sein Glück kaum fassen können!« Margarethe verzog spöttisch das Gesicht. »Wetten, dass Philipp versuchen wird, das von Zimmer'sche Wappen in seins zu integrieren? Und stellt euch erst Trudi vor: Sie wird keine Ruhe geben, bis Magda bei ihr Tee trinkt und mit ihr neue Waisenhäuser eröffnet! Endlich wird ihnen in puncto Adel mal so richtig was geboten! Der Conte und die Sultana sind ja bisher leider nicht hier aufgetaucht.«

Justus brach wieder in seinen lachenden Husten aus. Johanna schmunzelte.

»Ach, übrigens«, sagte Justus, nachdem er sich ausgehustet hatte, »endlich ist es uns gelungen, ein großes Geheimnis zu lüften: Ihr habt euch doch alle gefragt, warum das Küken bei dieser Kampagne gegen dich mitgemacht hat, oder?«

Johanna nickte gespannt. Natürlich, nicht nur sie hatte sich den Kopf zermartert, warum sich der Pikett mit dem flaumigen Haar, dieser Johann Gerst, an der ebenso infamen wie offensichtlichen Intrige gegen sie beteiligt hatte.

Justus legte eine sehr lange Pause ein. So als säße er als Geschichtenerzähler vor seinem Publikum und wollte es ein wenig zappeln lassen.

»Ich bin ganz Ohr«, sagte Johanna unwirsch.

»Ortfried ist der Sache nachgegangen: Das Küken hat gar nichts mit Gottfried zu tun. Er hat die ganze Zeit sein eigenes Ding gemacht. Sein Schwager ist nämlich Apotheker und versucht gerade, den Kaffeehandel an sich zu reißen. Er steckt mit ein paar Ärzten unter der Decke, die Kaffee für gefährlich halten und alle dafür plädieren, ihn nur noch in Apotheken zu verkaufen. Um dann heftig Prozente zu kassieren, die Schweine!« Genüsslich leckte Justus den Honiglöffel ab, an dem inzwischen ein paar Fussel klebten. »Johann Gerst hat versucht, die Kampagne seines Schwagers zu unterstützen, indem er den Kaffeehauswirten das Leben schwer macht«, fuhr er schmatzend fort. »Ortfried hat gestern mit denen vom *Schällerschen* geredet, und denen ist er auch schon unangenehm aufgefallen. Dort hat er neulich eine ganze Ladung Kaffee beschlagnahmt, mit der Begründung, es würde sich um Schmuggelware handeln.«

Johanna konnte kaum glauben, wie banal die Erklärung für das Verhalten des Kükenflaumigen doch war. Da würde ja noch einiges auf sie zukommen, wenn das, was Justus erzählte, auch nur halbwegs den Tatsachen entsprach! Mit Gottfried Hoffmann waren die Feinde der schwarzen Bohne also noch längst nicht ausgestorben.

Die ersten Gäste kündigten sich an. Erst polterten zwei Straßburger Kaufleute, die schon seit der Herbstmesse in der *Coffeemühle* übernachteten, weil sich ihre Geschäfte immer weiter verzögerten, die Treppe hinunter. Dann läutete die Türglocke zur Straße hin, und Cornelia Haldersleben betrat in einem roten Samtkleid die Stube, das garantiert gegen die Kleiderverordnung verstieß. Auf Elisabeths energisches Zureden hin hatte sie ihre Witwentracht abgelegt, was ihr niemand übel nahm, da sie ja gar keine Witwe war. Nun war sie, dachte Johanna, allerdings ein wenig übers Ziel hinausgeschossen. Cornelia hielt ein großes Tablett mit leeren Tassen vor sich, um für ihren Bruder, seine Mitarbeiter und sich selbst frischen Kaffee zu holen.

»Guten Morgen!«, rief sie in die Runde.

»Guten Morgen, Cornelia! Schenk dir doch bitte selbst ein, wir besprechen gerade etwas Wichtiges. Du kennst dich ja aus«, entgegnete Johanna.

Cornelia hob die Augenbrauen, dann griff sie nach der auf dem Ofen bereitstehenden Kanne und machte ein paar Striche auf dem Kerbholz. Sie hatte die neue Haube auf, die Elisabeth für sie genäht hatte. Wochenlang hatten die beiden darüber diskutiert, ob denn die Haube unbedingt weiß sein müsse oder ob man nicht auch einen der orientalischen Stoffe nehmen könne, mit denen die Wände der *Coffeemühle* dekoriert waren. Schließlich hatte sich Cornelia durchgesetzt, und die Haube war weiß geworden, hatte aber bunte Bänder.

Anne kam vom Hof herein, in den Händen eine Schüssel mit Geschirr vom Vorabend, das sie gespült hatte und das nun in den großen Küchenschrank neben dem Herd einsortiert werden wollte.

»Guten Morgen allerseits!«, rief sie hektisch in die Runde. »Habt ihr schon gesehen? Die Regentonne ist übergelaufen, alles ist überschwemmt!«

Dann machte sie sich daran, den beiden Straßburgern ein ordentliches Frühstück zu servieren.

Johanna hatte noch immer nicht ganz verdaut, was Justus ihr

soeben erzählt hatte. Eigentlich hatte sie gedacht, sie wären all ihre Sorgen nun endlich los, nachdem Gottfrieds Leiche aufgetaucht war. Und nun musste sie damit rechnen, demnächst die Apothekergilde am Hals zu haben! Einmal ganz zu schweigen von ihrem anderen Kummer. Schon wieder war ihr leicht flau im Magen. Aber vielleicht lag das auch nur daran, dass sie noch nichts gegessen hatte? Schnell nahm sie sich eine Handvoll Maronen aus der Pfanne und knackte die Schalen auf. Ob sie jetzt gleich zum Dachdecker laufen sollte?, überlegte sie, während sie zuschaute, wie die auf einer Kaffeebohne herumkauende Anne die Tische mit einem großen Lappen abwischte. Und ob sie die Gelegenheit nutzen sollte, einen Abstecher nach Rumpenheim zu machen, wenn sie sowieso schon einmal unterwegs war? Sie wollte Gabriel unbedingt sehen, so schnell wie möglich.

Justus schlichtete gerade einen sich anbahnenden Streit zwischen einem Hausierer und einem Kesselflicker, die beide ihre Waren im Kaffeehaus anpreisen wollten und darüber aneinandergeraten waren, als die Tür erneut aufflog. Ein Mann in einem vor Regenwasser tropfenden Mantel aus Wolfsfell und schlammbespritzten hohen Stiefeln kam hereinstolziert. Er brachte einen solchen Windstoß mit sich, dass die Maronenschalen neben Johannas Teller vom Tisch flogen. Auf dem Kopf trug der Fremde einen Fez mit einem Nackenhang, und unter seinem mit einer Spange zusammengehaltenen Fellmantel blitzte die blau-rote Uniform der Janitscharen auf. In der rechten Hand hielt er ein Gewehr. Bunte Blätter, die an seinen Stiefeln geklebt hatten, bildeten eine lange Spur von der Eingangstür bis zur Mitte der Gaststube, wo er stehen geblieben war.

Johannas erster Gedanke war, dass sich jemand über sie lustig machte und die »*alla turca*«-Mode aus der *Coffeemühle* imitierte. Doch dann bemerkte sie die dunkle Hautfarbe, den schwarzen gestutzten Bart mit den ersten grauen Härchen darin und die melancholischen dunklen Augen des Mannes. Nein, das war ein echter Osmane – kein Witzbold, der sie auf den Arm nehmen wollte!

»*Salam Aleikum!*«, grüßte Justus weltmännisch.

Er schien kein bisschen verwundert darüber, dass die Bewohner von Tausendundeine Nacht nun auch in sein wahres Leben eindrangen. Aber vielleicht konnte er das auch gar nicht mehr unterscheiden, ebenso wenig wie Johanna selbst. Sein erstaunliches Talent, die Fassung zu bewahren, egal was um ihn herum passierte, schien ihr auf jeden Fall eine nützliche Eigenschaft für einen künftigen Kaffeehauswirt zu sein.

»Guten Morgen! Ich möchte zu Yuhanissa Hanim, der Besitzerin dieses Kaffeehauses«, erklärte der pausbäckige Janitschar in holprigem Deutsch mit einem Akzent, als wäre er noch persönlich bei der Belagerung von Wien dabei gewesen. »Ich habe eine wichtige Botschaft von Ihrer Hoheit der Prinzessin Zehra.«

Wie in Trance erhob sich Johanna von der Bank. Eine Botschaft von Zehra Sultan – was konnte das sein?

»Ich bin Yuhanissa Hanim«, sagte sie auf Türkisch zu dem Mann.

»Mein Name ist Batiray.«

Seine Stimme war hell und sanft. Es hätte Johanna nur wenig überrascht, wenn er sich ihr gleich noch als Obereunuch aus dem Topkapi-Serail vorgestellt hätte.

Batiray lehnte das Gewehr an die Bank und schälte sich aus seinem tropfenden Mantel. Sein blauer Rock spannte über dem mächtigen Brustkorb. Unter dem Rock kam ein Kettenhemd zum Vorschein, das an einigen Stellen Rost angesetzt hatte.

»Geben Sie mir das mal, ich poliere es Ihnen!«, sagte Anne sogleich fachmännisch und streckte die Hand aus.

»Ich bin die ganze Nacht durchgeritten. Mein Pferd habe ich draußen einem Jungen gegeben, der es für mich festhält. Es braucht Wasser, Futter und einen gemütlichen Stall«, sagte der Mann in seinem gebrochenen Deutsch, während er sich gleichzeitig sein schweres Kettenhemd über den Kopf wuchtete.

»Wir kümmern uns um das Tier«, sagte Johanna. »Anne, sagst du bitte Schosch Bescheid, dass er es zu Radegundis bringt?«

Sie hatte gesehen, wie sich ihr Neffe sogleich hinter den Billardtisch geduckt hatte, kaum dass ihm aufgegangen war, welch unangenehme Aufgabe da wieder auf ihn wartete. Radegundis Schrader besaß eine Herberge in der Allerheiligengasse und bot den Pferden und Kutschen von Johannas Gästen bei Bedarf einen Unterstand. Aber bei dem Regen war man sofort pitschnass, wenn man nur den Fuß vor die Tür setzte, wie Schosch wusste. Wie war das erst bei einer so langen Strecke wie vom Markt bis zur Allerheiligengasse?

Batiray hatte endlich Platz auf der langen Bank genommen. Er schien sichtlich überrascht von dem türkischen Dekor in der *Coffeemühle*. Mit offenem Mund starrte er auf Justus' über und über mit Arabesken bedeckte Schürze, ließ seinen ungläubigen Blick hinauf zu seinem Fez mit der eigenwilligen Quaste wandern und blieb schließlich mit den Augen an dem Bord oberhalb des Billardtischs hängen: Mit ordentlich aufgewickelten Schläuchen warteten dort die Wasserpfeifen auf ihre Raucher.

Margarethe stand auf und holte einen Kaffee für den Mann, der die ganze Nacht durchgeritten war.

»Hier, das ist für Sie!«

Als hätte er sich schlagartig seiner Mission erinnert, kramte Batiray eine Papierrolle mit einem dramatischen Siegel aus der Tasche seines Fellmantels und überreichte sie Johanna.

Zögernd brach sie das Siegel mit dem Halbmond und den arabischen Schriftzeichen auf.

»*Bismillah ar-rahman ar-rahim* – im Namen Gottes, des Allerbarmers des Barmherzigen«, las Johanna.

So schnell sie es vermochte, überflog sie die Zeilen in der ihr bekannten Handschrift mit den kühnen Bögen.

»Meine liebe Yuhanissa, möge Gott, der Allmächtige, dafür Sorge tragen, dass Dich dieser Brief erreicht! Wir sind gesund und demütig wieder zu Hause angekommen, nachdem wir an den heiligen Stätten gebetet haben. Leider sollte uns daheim eine traurige Neuigkeit erwarten: Die gute Aglaia ist von uns gegangen. Sie starb, während sie ihrer Lieblingsbeschäftigung nachging, dem Rösten frisch angelieferter Bohnen aus Mokka. Wenn ich nicht so bestürzt über ihren Verlust wäre, würde ich sagen: ein schöner Tod!«

Johanna blickte auf. Ihre Augen waren feucht. Die arme Aglaia! Sie hatte zwar gewusst, dass sie sie nie mehr wiedersehen würde, aber nun war die Nachricht von ihrem Tod doch ein Schock.

»Ihr letzter Wunsch war, dass Du ihre Nachfolge antrittst«, las sie weiter. »Dies ist auch mein Wunsch, denn wenn auch niemand Aglaia ersetzen kann, so war doch Dein Kaffee fast so gut wie ihrer. Batiray wird Dich hierher begleiten, damit Du nicht wieder von Seeräubern überfallen wirst. Bring Deine Familie einfach mit. Hatice und Selma können es kaum erwarten, Deine Töchter kennenzulernen. Ich habe für Euch alle schon ein kleines Häuschen reserviert. Es liegt direkt neben Fatmas Kaffeehaus. Seine Majestät lässt Dir ausrichten, dass er sich sehr freuen würde, wenn Du kämst. Finanziell wird es sicher nicht zu Deinem Nachteil sein. Wir warten gespannt. Deine Zehra«

Die Sultana hatte noch ein kleines Postskriptum unter ihren Brief gequetscht: »Bring am besten auch den Geiger mit!«, entzifferte Johanna die winzigen Buchstaben.

Sie ließ das schwere weiße Büttenpapier in ihren Schoß sinken. Ihr war heiß geworden, als hätte jemand in ihrem Inneren eine Flamme entzündet. Zehra hatte ihr geschrieben, nach all den Wochen des Schweigens! Um sie zurück nach Konstantinopel zu beordern. Anders konnte man das wohl kaum bezeichnen. Aber kam das Ersuchen der Sultana nicht gerade zum richtigen Zeitpunkt? So schlimm es auch war, dass die gute alte Aglaia nicht mehr lebte: Ihre Nachfolge am Hofe des osmanischen Herrschers anzutreten war die größte Herausforderung, die Johanna sich vorstellen konnte. Die »Kaffeemeisterin des Sultans« – nun sollte sie diesen Titel tatsächlich tragen! Und das unter ganz anderen Voraussetzungen als damals: Sie würde dort nicht mehr als die verhuschte kleine deutsche Schankmagd auftreten, die zufällig im Harem gelandet war, um sich anschließend von irgendwelchen missgünstigen Furien herumschikanieren zu lassen. Nein, man hätte sie geholt, weil man sie haben wollte, sie und niemand anderen, Johanna Berger aus Frankfurt, die Besitzerin der berühmten *Coffeemühle*! Und das Beste: Sie würde ihre Familie dabeihaben – und Gabriel!

Sie sah schon alles genau vor sich: sich selbst auf dem Holzbalkon über dem Bosporus, wie sie der Sultana Kaffee einschenkte, ihr Kind, das zwischen den Bücherstapeln herumkrabbelte, und Gabriel, wie er die Uraufführung von DIE SÖHNE ABRAHAMS dirigierte, zu Ehren Seiner Majestät Sultan Mahmud I. Was für eine unglaubliche Vorstellung! Und sie war auf einmal so nah. Kein bloßer Traum, kein Hirngespinst mehr! Was Gabriel wohl dazu sagen würde? »Lass uns von hier weggehen, Johanna«, hatte er sie immer wieder gedrängt, »irgendwohin, wo unsere Liebe eine Chance hat. Ob du dich als Jüdin ausgibst oder ich mich als Christ, ist mir egal – Hauptsache, wir können zusammenbleiben! Venedig, London, das spielt für mich keine Rolle. Ich brauche nur ein Zimmer, in dem ich komponieren kann, und ein paar Menschen, die mir zuhören wollen. Und dich!«

Johanna stand auf. Ihre Brüste spannten noch immer. Und auch die Maronen hatten nicht gegen ihr flaues Gefühl im Bauch geholfen. Doch das war ihr jetzt vollkommen gleichgültig. Nun würde sie wohl ständig hinauf in ihr Zimmer rennen, um sich zu vergewissern, dass die Blutungen *nicht* eingesetzt hatten … Ein breites Lächeln glitt über ihre Züge, von einem Ohr zum anderen. Wie glücklich sie plötzlich war, wie unsagbar froh! Alles schien sich auf einmal zu fügen. Lili würde natürlich mit nach Konstantinopel kommen, sie war ja noch so jung. Margarethe würde sicher in Frankfurt bleiben wollen, bei ihrem Justus. Was ja auch gut war, so würde die *Coffeemühle* auf jeden Fall in der Familie bleiben.

»Mutter, du bist wirklich komisch geworden! Erst schleichst du hier tagelang in der Stube herum wie ein begossener Pudel, nun strahlst du bis über beide Ohren. Jetzt sag endlich, was in dem Brief stand!«

Margarethe hatte die Hände in die Hüften gestützt und blickte Johanna streng an. Auch Lili machte große Augen und versuchte, einen Blick auf das eng beschriebene Büttenpapier zu erhaschen, das neben die schlammigen Stiefel des seltsamen Fremden auf den Boden gesegelt war. Justus spielte schon wieder den Kasper und bohrte Elisabeth den Gewehrlauf der Janitscharenflinte in die Seite. Die Freundin quiekte wie ein angestochenes Ferkel und tat so, als flehte sie Justus gegenüber um ihr Leben.

Wie sehr sie ihre Lieben doch vermissen würde!, dachte Johanna. Aber sie würde ihnen regelmäßig Geschichten vom Hofe schicken, damit sie genug Stoff hätten, um das Publikum der *Coffeemühle* auch ohne sie bei Laune zu halten. Und irgendwann würde sie nach Frankfurt zurückkommen, um nach dem Rechten zu sehen.

»Mutter! Was ist jetzt?«

Auch Lili war nun böse geworden. Sie sah aus, als würde sie gleich zu weinen anfangen. Als spürte sie den Umbruch, der ihnen allen bevorstand, und hätte Angst.

»Alles ist gut, meine Süße!«, rief Johanna lachend und umarmte ihre Tochter. »So gut, wie es noch nie war! Ich muss jetzt nur ganz schnell nach Rumpenheim. Wenn ich zurück bin, erzähle ich euch alles.«

»Nach Rumpenheim? Was willst du denn in Rumpenheim?«, fragte Justus verwundert. »Da gibt's doch gar nichts außer Hühnern und Kühen …«

»Wenn du bei dem Wetter schon unbedingt hinaus willst, dann nimm wenigstens den mit!«, drängte Elisabeth Johanna den großen schwarzen Regenschirm auf, den jemand in der *Coffeemühle* vergessen hatte.

»Und ob es in Rumpenheim was gibt außer ein paar Kühen, lieber Justus: den nettesten, klügsten, bestaussehenden, tollsten Mann der Welt!«, jubelte Johanna und riss die Tür auf, um in den strömenden Regen zu treten.

»Der bin doch ich!«, murmelte der Neffe des Schultheißen halb entrüstet, halb amüsiert.

Doch das hörte Johanna schon nicht mehr. So schnell sie

konnte, rannte sie die Langschirne hinunter in Richtung Fluss. Vielleicht bekam sie ja das Mainschiff in Richtung Hanau noch, wenn sie sich beeilte. Sie würde zwar dem geldgierigen Kapitän wieder eine Stange Geld in den Rachen werfen müssen, damit er seine Treidelpferde auf der Höhe von Rumpenheim anhielt und sie aussteigen konnte, doch das war es ihr wert.

Wie sie überhaupt bereit war, jedes Opfer zu bringen, um mit Gabriel zusammen einen Neuanfang zu wagen! Ihre geliebte *Coffeemühle* aufzugeben, gerade jetzt, wo alles so gut lief, würde ihr wirklich nicht leichtfallen, das wusste sie schon jetzt. Aber auch Gabriel hatte der Göttin der Liebe ein Opfer dargebracht, indem er auf das bequeme Leben an der Seite der Pferdehändlerstochter verzichtet hatte. Ja, sogar seine Eltern und sein ganzes bisheriges Leben hatte er für sie, Johanna, zurückgelassen. Nun galt es bloß noch herauszufinden, ob die alte Aglaia recht gehabt hatte mit ihrer Behauptung, dass nur der wahrhaft Liebende einen richtig guten Kaffee zubereiten konnte …

Auf nach Rumpenheim!, dachte Johanna glücklich, als sie in letzter Sekunde mit einem kühnen Satz auf das gerade ablegende Mainschiff sprang.

# DICHTUNG UND WAHRHEIT UND DANK

Um 1730 gab es in Frankfurt am Main drei Kaffeehäuser, das *Schällersche Kaffeehaus*, das *Breitingsche Kaffeehaus* und das *Mainzer Kaffeehaus*. Außerdem gab es noch das *Kaffeekollegium* der Witwe Pick, das nur einer auserwählten Klientel vorbehalten war. Die *Coffeemühle* und ihre Wirtin indes sind meiner Fantasie entsprungen. Johanna Bergers Haus ist der *Goldenen Waage* nachempfunden, einem der einstmals schönsten Frankfurter Fachwerkhäuser. Erfunden sind ebenfalls die Häuser in der Judengasse und die Heckenwirtschaften in Sachsenhausen – wie auch die Menschen, denen Johanna im Laufe des Romans dort und anderswo begegnet.

Wirklich gelebt hat hingegen Floriano Francesconi, der Gründer des berühmten, später nach ihm benannten *Caffè Florian* in Venedig. Ich habe mir von ihm jedoch nur seinen Namen ausgeliehen, seine Persönlichkeit und auch seine Familie sind ausgedacht.

Antonio Vivaldi, Adolf Hasse, Faustina Bordoni und Sultan Mahmud I. sind bekanntermaßen wahre Gestalten, die aber in meiner Geschichte Charakterzüge besitzen, die sie so wahrscheinlich nicht hatten.

Um die historischen Tatsachen möglichst genau wiedergeben zu können – angefangen beim Kaffee und seiner Zubereitung bis hin zu den Lebensbedingungen, die in der ersten Hälfte des achtzehnten Jahrhunderts in der Frankfurter Judengasse herrschten –, habe ich mich bei meinen Recherchen auf die wichtigsten historischen Quellen gestützt. Ab und zu habe ich mir aus dramaturgischen Gründen jedoch auch kleinere Freiheiten erlaubt.

Bedanken möchte ich mich bei folgenden Menschen, die die Entstehung dieses Romans begleitet haben:

Monika Stojanowska, der Besitzerin des kleinen, aber feinen Kaffeehauses *Coo Coo* auf der Frankfurter Berger Straße, bei der ich ein hochinformatives Kaffeeseminar belegen durfte;

Carola Fischer, meiner Lektorin, die mir nach meinem ersten Roman DIE PORZELLANMALERIN auch diesmal wieder mit Rat und Tat zur Seite stand;

Britta Hansen, der Programmleiterin des Diana Verlags, sowie ihren Kolleginnen und Kollegen aus Presse- und Vertrieb; Petra Hermanns, meiner Freundin und Agentin;

und nicht zuletzt auch bei meiner Familie, allen voran Carl Ferdinand.

*Helena Marten im März 2011*